小杜麗

下 卷

上流社會繁榮即邪惡，狄更斯經典批判之作

查爾斯·狄更斯 著 | H.K. 布朗 插圖

劉成龍 譯 | 孔寧 校注

Little Dorrit RICHES

「《小杜麗》是狄更斯最成功的一部小說，因為它不僅宏偉，而且給人們啟示。
它向人們展示了人類社會的圖景（幾乎包括一切重要的事物）。此外，它結構完美，
是狄更斯為了解決長篇敘事體的一些特殊難題所作的最切實的努力。」——約翰·韋恩（英國作家）

目 錄

目錄

第一章　旅伴

這一年的一個秋日傍晚時分，黑暗和夜色正在悄悄爬上阿爾卑斯山脈最高的那些山脊。

在大聖伯納德山口瑞士那一頭的山谷裡面，以及日內瓦湖的沿岸地區，時值採摘葡萄的季節。因此，那些地方的空氣中充滿了堆積起來的葡萄的香氣。有些葡萄被盛放在籃子、槽子或者桶的裡面，它們或者站立在鄉下地方的暗淡門道裡面，或者堵塞著陡峭而狹窄的鄉村街道，在此前的整個白天裡面，還曾被載運著走遍了大街小巷。還有一些從上述容器中溢了出來，撒得到處都是，或者在人們腳下被踏得稀爛。一個農婦看起來有些難堪重負，一邊步履艱難地朝家裡走去，一邊用撿起來的葡萄安慰著一個裝在嬰兒吊袋裡面的孩子，欲要讓他安靜下來；一個傻瓜坐在一條通往瀑布去的路旁，在木頭農舍的屋簷下面一邊曬著他的大脖子[001]，一邊大快朵頤著葡萄；在奶牛和山羊呼出來的氣息裡面，也散發著濃烈的葡萄莖葉味道；還有在每家小酒館均有跡可尋的客人們，他們也在吃喝或者談論著葡萄。而可以引為憾事的是，這種慷慨豐裕的成熟氣象，卻沒辦法被給予終究也是用葡萄製造出來的，稀薄冰冷得像是石頭一般的葡萄酒！

在整整一個白晝裡面，陽光始終明媚而燦爛，空氣始終溫暖而透明。建築的金屬尖頂和教堂的屋頂都發著閃閃的光彩，它們雖然遙遠得難睹其真容，卻並不妨礙在視野裡閃爍個不停，而雪山的山頂卻是如此清明，以致讓那些還未習慣此般景致的眼睛們，先是刪除了橫亙於其間的鄉村地帶，又因為一些宛若仙境之物的東西的誘惑，而忽視了它們崎嶇高拔的所在，最終把它們測算出這樣一種結果來，即認為它們不消幾個小時便可輕易抵達。至於谷中那些極富盛名的山峰，若從谷裡來看的話，有時一連數

---

[001]　因缺碘所致的甲狀腺腫大，俗稱大脖子病，19 世紀多發於瑞士地區。

月都難覓其蹤跡，而在眼下的這一天裡面，自打早晨開始，便在蔚藍的天空上顯出了一副清晰而近在眼前的狀貌來。現在，它們的下方地帶已是昏黑一片，與此同時，當紅色的餘暉逐漸從它們身上消退而去，讓它們變成了一種冷白色調的時候，它們自己也像是一些行將消失的鬼魂似的，好像在莊重地隱去身形，但是，在昏黑的霧氣上方，其形單影隻之態仍然清晰可辨。

從這些荒僻的所在看去，或者說，從屬於其一員的大聖伯納德山口看去，逐漸升起的夜色像是一陣漲潮似的，正在朝山上湧去。當它最終上升至大聖伯納德修道院的牆上時，那座飽受惡劣氣候侵凌的建築物像是變成了另外一艘諾亞方舟，開始在昏黑的波濤上漂浮了起來。

當黑暗超過一些騎在騾背上面的訪客，上升至修道院粗糲的牆壁上面時，那些旅客們尚在向山頂攀爬的途中。此前，在熾熱耀眼的白晝裡面，他們曾在由融化的冰雪匯成的溪流旁邊停下來飲過水，而現在，白晝已經變成了高海拔地帶那種空氣稀薄、霜凍遍野而徹骨寒冷的夜晚，同時，較低處那種清新美麗的旅途，也已經讓位於荒蕪不毛的景致。現在，他們所走的是一條崎嶇且陡峭的小道，眾多騾子在其上排成了一個縱隊，從一堆石頭攀爬或轉向另外一堆石頭，像在一座龐大的廢墟裡面，爬著一條支離破碎的樓梯一樣。放眼望去，不見哪怕一株樹木，也沒有任何植物生長，只有一種可憐巴巴的，低矮的苔蘚叢，在岩石的縫隙裡面被凍得梆硬。一些發黑的木頭像是人的臂骨似的，在小道旁邊向上指著修道院的方向，就像之前有些葬身大雪的旅客化成了冤鬼，痛苦萬狀地糾纏著這個地方不肯放鬆。一些岩窟和地窖懸掛著冰柱，它們原本是為躲避突發的暴風雪而建，現在卻像有一干人等，正在竊竊低語著此地的莫大危險。由霧氣形成的圓環和迷宮狀物絕難停歇下來，迫於鳴鳴咽咽的風聲的追擊，它們只能四處遊蕩個不停。還有大雪，雖然已經對它嚴加防範，但仍然是這道山脈的一個擺脫不得的危險因素，現在，它正在朝著山下猛烈傾瀉而去。

經過了一白天的工作，這支騾隊已經臻於筋疲力竭，但仍然在陡峭的上坡路上，緩慢地蜿蜒迂曲而行。打頭的那一隻由一位徒步嚮導引領著，此人頭戴寬簷帽，身穿被風鼓成圓形的短上衣，肩上扛著一兩件登山用品，嘴裡跟另外一位嚮導交談著什麼。然而，在騎在騾背上的那一線人馬裡面，卻沒辦法與聞任何講話的聲音。這是因為，凜冽的嚴寒，旅途的疲累，以及一種新近產生的，像是有什麼滯住了呼吸的感覺（既像是剛從非常澄澈冷冽的冰水中冒出頭來，又像是一直都在嗚咽個不停），讓他們選擇了緘口不言。

最後，他們抵達了這條岩石樓梯的頂頭部位處，只見一星微光閃閃爍爍地穿透了風雪和迷霧。嚮導們呼喝起了騾子，騾子們聞言豎起了低垂的頭顱，旅客們打著結的舌頭也開始鬆動了起來，接著，在一陣突然爆發出來的打滑聲、爬行聲、叮噹聲和交談聲中，他們來到了修道院的門口。

其他騾子也是剛到不久，它們有的馱著農夫馭者，有的拉著貨物，把門口那塊雪地踐踏成了一片泥塘。在這個由融雪匯成的泥潭裡面，以及門階的四周，混亂地攢集著騎行的鞍韉和轡頭、裝貨的鞍韉和串鈴、騾子和人類，以及燈籠、火把、麻袋、糧秣、大桶、乳酪、小桶蜂蜜或奶油，還有草捆和其他形狀的各色包裹。在這個雲霧繚繞的所在，每樣事物都得穿過雲霧方可得見，還像溶解進了雲霧裡面一般。人類在呼吸著雲霧，騾子也在呼吸著雲霧，燈光為雲霧所環繞，近在手邊的講話者因了雲霧而緣慳一面，儘管不管是他們的聲音，還是其他各種聲音，全都清楚到了令人訝異的地步。在牆壁的圓環上面，眾騾被急匆匆地拴成了一排，然後亦被雲霧遮蔽了起來，在那裡面，其中一隻可能咬了另外一隻一口，或是踢了一腳，霧氣因此被攪亂了起來，然後會有人衝進去，隨之有人和牲畜的喊叫聲從中傳出，但沒有哪位旁觀者能夠識別出來，那裡面到底發生了何事。在這片景象的中間部位處，修道院的大馬廄（它位於地下那一層，由地下室的門而入，所有這些騷亂全都發生在它的外面）也在向外傾吐著雲霧，

為這派雲霧繚繞的景象貢獻著一己之力，就像這座高低不平的宏偉建築未曾填充有任何其他東西，一旦它把霧氣傾吐一空，馬上便會倒塌下去，只剩大雪在光禿禿的山頂上空自飄零。

就這樣，這些喧囂和擾攘滿滿地充斥在這些活著的旅客們當中，而與此同時，在五六步開外的一座裝著鐵柵欄的房子裡面，還沉默地聚集著一群殞命於山上的旅客，他們也被同樣的雲霧包裹著，也有同樣的雪花飄蕩進來降落在他們身上。多年前的一個冬夜裡面，一位母親冒著暴風雪趕路而遭凍斃，現在，她站在一個角落裡面，仍然把她的寶寶抱在胸前；還有那個男人，他在臨死前因為恐懼或者飢餓，而把一條胳膊舉到了嘴邊，在經歷了年復一年的時光荏苒之後，仍然用兩片乾枯的嘴唇死命摁著那條胳膊。一群可怕的，不可思議地走到了一起的人們！一份已經為那位母親所預見到的，回歸野性的遭際和命運，「我和我的孩子身處這些如此眾多的，我之前從未見過的，今後也絕對不會再見的同伴們當中，將會永不分離地一起棲居於大聖伯納德山口，將會比那些前來觀看我們，絕對不會知道我們的名字，也不知道有關我們的故事的哪怕一個字眼（除了它的結局之外）的後代們存在得更為久遠。」

然而，在眼下的這一刻裡面，這些活著的旅客們卻甚少，或者說根本沒有想到過這位死者。他們想得更多的是，要在修道院的門口跳下騾背，然後去修道院的爐火旁邊烤一烤自己。當他們在馬廄裡面為騾群安置好宿處之後，方才的那場動盪已經在逐漸往下平息了，而現在，他們得以從它的裡面解脫了出來，開始抖顫顫地，急匆匆地走上臺階，進入了那幢建築物的內部。那裡面有一股味道，是從拴著牲口的房間的地板那裡傳上來的，跟展覽野生動物的獸籠所散發出來的那一股有些相像。那裡面還有一些堅固的拱頂走廊，龐大的石頭支柱，巨大的樓梯，以及厚重的牆壁，它們被鑿開了一些快要沉到地裡去的小窗眼，這是針對高山暴風雪而設的防禦工事，像在嚴陣以待著同為人類的敵人一般。那裡面還有一些拱頂睡

房，它們雖然極度寒冷，但卻很是清潔，而且為客人們做了一些甚是好客的準備工作。最後，那裡面還有一間供客人們閒坐和進餐的客廳，現在，那裡已經擺好了一張桌子，還有一堆烈焰熊熊的爐火正燒得又紅又旺。

由兩位年輕神父為他們分配好夜間的住處之後，眾位旅客很快便在這個房間的壁爐左近聚攏了起來。他們共分三隊人馬，其中的第一隊人數最眾且勢力最大，但同時也是行動最為緩慢的一隊，在之前的上山途中，曾被另外兩隊裡面的其中一隊趕上去過。它包括一位老年淑女，兩位灰髮紳士，兩位年輕淑女，以及她們的兄長。這一干人等還帶有下述扈從人員，包括一個導遊、兩個男僕和兩個侍女（這還沒說那四個嚮導），而後面這人數甚眾且有失便利的一撥，也已經被安置到了同一個屋頂下面的其他所在。趕上過他們，並尾隨著他們到達的那一隊僅包括三位成員，即一位淑女和兩位紳士。第三隊是從該山口義大利那一頭的山谷中爬上來的，而且是最先到達的，他們一行共有四人，是一位像是患有多血症的，飢餓而沉默的，戴著眼鏡的德國家庭教師在跟三位年輕男士結伴旅行，這三人係前者的學生，也都像患有多血症似的，也都飢餓而沉默，而且也都戴著眼鏡。

這三組人員圍爐而坐，不動聲色地盯視著彼此，同時等待著晚餐的到來。在他們當中，僅有一人朝著談話這個方向邁進了一步，他是隸屬於那個三人組的一位紳士。他朝著那個勢力強大的部落的首領拋出幾句話去，同時也是對著自己的夥伴們而說，用的是一種把在座人等全都包含了進去的音調（如果他們願意被包含進去的話），他論稱：這真的是漫長的一天，他的這番感慨是為女士們而發；他擔心，有一位女士並非是一位慣於此道的結實旅行者，在兩三個小時以前有些勞累過度的跡象；他從後面的位置上觀察到，看她坐在騾背上面的樣子，像是已經筋疲力竭了一般；這之後有那麼兩或三回，他曾有幸向一位落在後面的嚮導詢問，那位女士怎麼樣了；結果他可稱狂喜地獲悉，她的精神已得復原，那副模樣不過是一陣暫時的不適而已；所以他相信（這時，他已經得到部落首領的青眼相加，所

以下面這些話是對他而發），他可以蒙允表達一下下述希望，即她的狀況並未出現惡化，而且不會後悔進行這場旅行。

「我女兒，先生，我對你不勝感激之至，」部落首領應答道，「恢復得相當不錯，承蒙你的莫大關注。」

「可能以前沒來過山上吧，對嗎？」那位旅客有些含沙射影地說。

「是沒來過 —— 哈 —— 來過山上，」部落首領說。

「但你應該挺熟悉它們吧，先生？」含沙射影的旅客假設道。

「我啊 —— 嗯 —— 還算熟悉吧，但不是這幾年的事，不是這幾年的事，」部落首領答日，同時擺了擺手。

含沙射影的旅客先微微歪了歪腦袋，以此答謝了那個擺手動作，然後把話題從部落首領這裡，轉移到了第二位年輕淑女身上，截至目前，除了充當他之前那份十足敏感的關注之情的兩位關懷對象之一，她還尚未被提及過。

他希望，日間的疲累並沒給她帶來什麼麻煩。

「至於麻煩，那肯定是有的，」年輕淑女應道，「但並不怎麼累。」

含沙射影的旅客稱讚了她立場分明的公正態度。這也正是他想說的。在跟那種眾所周知不能盡如人意的動物，即騾子打交道時，每位淑女無疑是肯定會遇到一些麻煩的。

「那當然了，因為我們被迫，」年輕淑女說，她顯得有點寡言和倨傲，「把馬車和行李車全都留在了馬提尼。沒辦法把你需要的無論任何東西帶到這個閉塞的地方來，同時必須把一應舒適的享受拋諸身後，是挺不方便的。」

「的確是一個蠻荒的所在。」含沙射影的旅客說。

那位堪稱準確著裝的範本，且其儀態完美無瑕的老年淑女，一直被眾人當成是一件機器，聽到這裡之後，她插了一句評論進來，用的是一種低而柔和的聲音。

「不過，像其他有失便利的地方一樣，」她論稱，「它是必須要被看上一看的。作為一個常常被談起的地方，我們是必須要把它看上一看的。」

「喔！我一點都不反對把它看上一看，我向妳保證，領袖夫人。」另外那位淑女漫不經心地說。

「夫人妳，」含沙射影的旅客說，「之前訪問過這個地方嗎？」

「是的。」領袖夫人應答道。「我之前是來過這裡的。讓我來提點你一下吧，親愛的。」這話是對之前那位年輕淑女而說，「你要把臉遮住，不要讓灼熱的木頭烘烤它，因為它剛才暴露在山風和大雪裡面過。你也一樣，親愛的。」這話是對另外那位更年輕的淑女而說，她立刻就照辦了，但前者僅僅說了這麼一句，「謝謝妳，領袖夫人，我覺得舒服得不得了，更喜歡保持著現在這個樣子。」

在此之前，她們的兄長起身打開了一架立在房間裡面的鋼琴，對著它吹了一聲口哨，然後又把它蓋了起來，現在，他用一種閒庭信步的架勢返回了爐火旁邊，並把單片眼鏡卡在了眼裡。他穿戴著一套非常而至為齊全完備的旅行行頭，看他那副樣子，這個世界好像很難大到這樣一種程度，即絕難為他提供一份能跟他的裝備相匹配的旅行。

「這些傢伙可是在晚餐上面花了一整個年頭啊。」他拖著長腔說。「我很想知道，他們會給我們吃些什麼！有誰有什麼想法嗎？」

「我相信，肯定不會是生烤活人。」這是來自於三人組裡面第二位紳士的聲音，只聽他這樣答道。

「我想不會吧，你什麼意思呀？」他詢問道。

「意思就是，因為你不會被端上來充當大家的晚餐，所以你可能願意賞我們一面，不要在大家的爐火前面把自己給烤熟了。」另外那人應道。

這位年輕紳士正用灑脫的姿勢站在爐前地面上，把單片眼鏡朝著眾人的方向，脊背朝著爐子裡面的烈火，外套的左右兩襟分別塞在兩條胳膊下面，有些像是某種屬於家禽那個類別，正在被紮緊翅膀烘烤著的東西一

樣。聽了這番答話之後，他有些大驚失色了起來。接著，他好像正要要求對方做出進一步的解釋，這時他發現——因為所有人的目光全都轉移到了方才的講話者身上——那位跟方才的講話者同行的，年輕而漂亮的淑女，她把頭抵在那人的肩膀上暈了過去，像是沒有聽到他們方才的那些對話似的。

「我想，」那位紳士壓低嗓門說，「我最好直接把她送回房裡。你願意叫人拿盞燈過來嗎？」這話是對他的同伴而說，「然後給我們照照路？在這個陌生又亂糟糟的地方，我不知道能不能找到它。」

「請允許我把我的侍女叫來吧。」兩位年輕淑女當中的身量較高者大聲說。

「請允許我把這杯水端給她吧。」身量較短的那一位說，在此之前，她尚未有過開聲的時候。

二人均依其提議而行，所以現場並不顯得孤立無援。更準確地說應該是，等到兩位侍女進來之後（由那位導遊護送著，唯恐有誰會在半路上用外語跟她們講話，把她們弄個噤口難言），還顯出了一些援助過剩的前景來。見此情狀，並用寥寥數語跟兩位淑女當中較為纖弱年輕的那一位講說了他的這種擔憂之後，那位紳士把他妻子的一條胳膊攬在肩上抬起她，然後便架著她離開了。

他的朋友被獨身一人剩在了其他訪客當中，只見他慢騰騰地在房間裡面上下踱著步，但並沒返回爐火跟前，而是用一副沉思的神態慢慢拉著他的髭鬚，就像他覺得，方才那番詰駁係他自己犯下的過錯。而部落首領眼見它的主題人物在一個角落裡面發著受傷意味濃重的呼吸之聲，於是頗為傲慢地向這位紳士開言道。

「你的朋友，先生。」他說，「有點——哈——有點缺乏耐心，還有，他可能沒有完全意識到，因為這種缺乏耐心，他在我們名下虧欠了什麼——嗯——虧欠了什麼——但是，我們願意放棄這項主張，我們願

意放棄這項主張。你的朋友顯得少了點耐心，先生。」

「可能真是這樣吧，先生。」另外那人回應說。「但是，雖然我有幸在日內瓦的酒店結識了那位紳士，前一陣子，我們和一大群好朋友在那裡碰了面，又有幸在隨後的幾場遠足旅行中跟他結伴同行，還跟他談了話，但我卻沒能獲悉任何 —— 沒有，先生，就算像你這種儀表和地位的人所說的話，也不能產生這種效果 —— 有損於那位紳士的事情。」

（眾位旅客）

「你並沒面臨著，先生，從我這裡聽到任何這種事情的風險。雖然我評論說，你朋友剛才顯得不耐煩了一些，但我所說的並非這種事情。我之所以發表那則評論，是因為無可置疑的一點是，我兒子無論從出身來講還是從 —— 哈 —— 從學識來講都算是一位 —— 嗯 —— 一位紳士，如果有誰很是熱心地對所有在座人等應該公平分攤爐火這件事情表達了無論任何願望，他無不樂於欣然從命。從原則上來講，我本人 —— 哈 —— 因為在

這種場合裡面 —— 所有人都是 —— 嗯 —— 都是平等的 —— 我本人認為這種願望實屬正當。」

「很好，」那人答覆說。「就讓這件事這麼了結了吧！我願意充當你兒子的恭順的僕人。我要請求你兒子相信，我真的對這個決定進行了深心的考量。接下來，先生，我可以向你承認，可以坦率地向你承認，我朋友的脾氣有時候確實尖刻了點。」

「那位女士是你朋友的妻子吧，先生？」

「那位女士正是我朋友的妻子，先生。」

「她長得非常英氣勃勃。」

「先生，她是並世無儔的。他們尚在結婚頭一年的蜜月期當中。他們部分上是在新婚燕爾當中，部分上是在進行一場畫家的藝術之旅。」

「你朋友是一位畫家嗎，先生？」

另外那位紳士吻了吻右手的幾根指頭，然後揚起胳膊把那個吻送往了天國那個方向。那樣子像是在說，我把這位萬世流芳的不朽畫家奉獻給了天上的諸神！

「但他也是個出身於簪纓巨族的人。」他補充說。「他的親戚們屬於最為優秀的那一撥。他不止是一位畫家，還擁有高貴的出身。但實際上，他可能已經驕傲地、不耐煩地、尖刻地（我這兩個詞用得算是比較客氣了）跟他的親戚們斷絕了關係，但他仍然是擁有他們的。我們交往時擦出了一些火花，它們向我展示了這一點。」

「好吧！我希望，」高傲的紳士說，並顯出來一副最終丟開了方才那件事情，而如釋重負的神情，「那位女士的微恙可能只是暫時的。」

「先生，我也希望如此。」

「我敢說，只是疲勞而已。」

「並不完全只是疲勞，先生，因為她的騾子今天絆了一跤，她從鞍子上面跌了下來。她跌得不重，沒用別人幫忙自己就爬了起來，還大笑著從

我們身邊騎了過去。但是，到了將近天黑的時候，她卻抱怨說肋骨那裡有些輕微的擦傷。我們跟在你們的隊伍後面上山的途中，她把這話說了不止一次。」

　　至於那一大隊隨行人員的首腦人物，他雖然顯得很是親切，但並未失於狎昵，到了這個時候，他似乎覺得，他的降尊紆貴姿態已有過分之虞，於是不肯再多說什麼。在接下來的大約一刻鐘裡面，那裡一片鴉雀無聲，直至晚餐被端上來方告打破。

　　跟著晚餐一起到來的，還有一位年輕的神父（那裡似乎沒有什麼年長的神父），他隨之在餐桌上面占據了首席。它跟普通瑞士酒店的晚餐沒什麼兩樣，而且不乏用修道院自己種植的，擁有絕佳生長氣候的葡萄釀造的優質紅葡萄酒。待其他人均已落座之後，那位身為畫家的旅客面色平靜地返了回來，然後在桌子旁邊坐了下去，看他的樣子，對於剛才跟那位全副裝扮的旅客所發生的衝突，他已經沒有什麼顯著的感覺了，早已把它拋在了腦後。

　　「請問，」他越過自己的湯盤向東道主詢問道，「你們修道院現在有很多本地的那種名犬嗎？」

　　「先生，一共有三條。」

　　「我剛才在下面的走廊裡看到三條，無疑就是你說的這三條了。」

　　這位東道主是一個身材修長、眼神明亮、膚色發黑而彬彬有禮的年輕男士，他身穿一件黑袍，上面交叉著兩道白色條紋，狀如吊帶褲的背帶一般，而且，他既像是常見的那種聖伯納德僧侶，又像是常見的那種聖伯納德犬。現在，只聽他答道，無疑那就是他說的這三條了。

　　「還有，我認為，」畫家旅客說，「我之前就見過其中的一條。」

　　這是有可能的。他是一條十分出名的狗。先生很容易就能在山谷裡面，或者是湖邊的某個地方看到他，那是他（指狗）在山下跟修道會的某位兄弟在給我們修道院化緣呢。

「我認為，此事是在一年裡面的固定季節裡進行的。」

先生說得沒錯。

「而且絕對少不了那條狗的存在，那條狗是非常重要的。」

先生又一次說對了。那條狗的確是非常重要的，人們完全有理由對那條狗產生出興趣。小姐將會注意到，作為一種赫赫有名的犬類中的一員，他確實如此。

小姐卻有點訥於注意到這一點，像是尚未能十分習慣他的法語似的。不過，領袖夫人卻代表她注意到了。

「你問問他，他是不是救過很多人？」之前大驚失色過的年輕紳士用他的母語，即英語說。

東道主無需他人翻譯這個問題。他迅速用法語作答說，「沒有，這條沒有。」

「為什麼沒有呢？」同一位紳士又問道。

「請原諒，」東道主冷靜地應答說，「如果你能給他這種機會的話，他無疑是會這麼做的。例如，我完全確信，」他一邊切著一盤小牛肉（供眾人傳遞著輪流享用），一邊對之前大驚失色過的年輕紳士沉著地微笑著，「先生，如果你願意給他這種機會的話，他會懷著巨大的熱情慌忙去履行他的任務的。」

畫家旅客聞言大笑了起來。含沙射影的旅客（在足額獲取他那份晚餐這件事情上面，他表現出來一副深謀遠慮的焦急模樣）則用一塊麵包從他的髭鬚上面揩了幾滴葡萄酒下去，然後加入了談話。

「神父，對於畫家旅客們來說，」他說，「每年的這個時候已經有點為時過晚了，是不是啊？」

「是的，是晚了一些。不過再有兩三個星期，最多也就是這個樣子了，我們就可以觀賞冬季的雪景了。」

「到了那時候，」含沙射影的旅客說，「就該那些扒雪的狗和被埋掉的

孩子們上場了 [002]，圖上是這麼畫的！」

「對不起，」東道主說，他沒能完全理解這個典故的確切含義。「忙著扒雪的狗和被埋掉的孩子們怎麼了，圖上畫什麼了？」

還沒等那人來得及給出一個回答，畫家旅客便再次插言道：

「你難道不知道嗎？」他冷冰冰地詢問著坐在桌子另一邊的同伴，「除了走私客們之外，沒有任何人會在冬天裡面走這條路？或者說，能在這條路上找到任何事做。」

「聖潔的蒼穹啊！我不知道，從來沒有聽說過。」

「但我相信，事實就是這樣。還有，因為他們對天氣徵兆擁有還算不錯的了解，所以不會把太多工作交給狗來做 —— 結果他們已經有點快要滅絕了 —— 不過，這座盛情招待旅客的房子還是坐落在這裡為他們提供著便利和服務。至於他們那些年幼的家人，我還聽說，他們通常會把他們留在家裡。不過，這簡直是一項宏圖偉業！」畫家旅客大聲說，出人意料地拔高到了一種熱情的語調。「這簡直是一條大道宏經！這簡直是全世界最最出色的絕妙點子，能讓一個人激動得熱淚盈眶起來，我敢以朱比特起誓！」然後，他繼續微波不興地吃起了他的小牛肉。

然而，在這段演講的最深處，卻包含著太多表裡不一的模仿和嘲弄成分，多得足夠讓它變得有失協調了起來，儘管演講人的儀態可稱考究，作為受眾的那個人也表現得相當受寵若驚，而且，它那些意在貶低的壞話是用如此嫻熟的技巧講出來的，對於一個並未十分熟識英語語言的人來說，他是非常難於理解它們的，或者說，就算能夠理解，也非常難於從中聽出冒犯的意味來，因為演講人的語調是如此純樸，又十分鮮見於激烈感情的流露。就這樣，在一片靜默當中吃完他的小牛肉之後，演講人又對他朋友開言道：

---

[002]　這句話的潛臺詞是，此地在冬天會有被大雪埋掉的孩子，然後會有狗扒雪救人，而作者之所以會讓講話人說出這種話來，意在突出他的邪惡趣味。另外，講話人的朋友雖然在表面上否定了他的這種說法，但同時又用「宏圖偉業」和「大道宏經」來形容此事，也足見其言談和性格的虛偽。

「請看，」他說，還是之前那種語調，「這位紳士，也就是我們這位盛情招待著我們的東道主，他尚未進入人生的盛年，但行事作風已經如此優雅，溫文謙遜的姿態已是如此堂皇！這份儀態比得上一位君王！讓他跟倫敦的市長老爺一起共進午餐（如果你能得到邀請的話），然後去觀察其間的那種對比吧。這個親愛的夥計，他長著一張我曾經所見的最為精雕細琢的臉，一張由最精妙的畫工繪製而成的臉龐，他離開某種劬勞艱辛的生活，來到了這個我不知道比海平面高出去多少英尺的地方，他這樣做沒有任何其他世俗的意圖（但我希望，他能在一間第一流的修道院餐廳裡面自得其樂），只為給你跟我這種無所事事的可憐鬼開上一家酒店，然後讓我們的良心欠上一筆莫大的債款！哎呀，這難道不是一種美好的犧牲嗎？我們還需要別的什麼來打動我們嗎？這是因為，那些被它挽救的，擁有迷人外表的人們不會在一年十二月的八九個月裡面，一直吊在這裡那些叼著木頭瓶子的，全世界最睿智的狗們的脖子上面！我們來貶低這個地方好不好？不好！求上帝保佑這個地方吧。它是一個偉大的地方，一個輝煌壯美的所在！」

聽到這裡，那隊勢力強大的人馬的首領，即那位灰髮紳士的胸膛有些鼓脹了起來，像在抗議他被列入了可憐鬼這個行列當中。於是，畫家旅客甫一停下話頭來，他便用至大的尊貴語氣開腔發聲了，像是肩負著這樣一項責任一般，即在大多數場合裡面，他都得拔得頭籌，剛才只是把那項責任稍微拋開了一小會兒而已。

只聽他頗為鄭重地向東道主傳達了下述觀點，即他在這裡度過的冬季生活絕對是一種非常沉悶乏味的生活。

東道主願意向先生承認，它確實有點缺乏變化。有那麼一段時間，這裡的空氣連連讓人覺得艱於呼吸。寒冷亦是非常之凜冽。你得年富力強才能受得了它。不過，如果有了這兩樣東西以及上帝的護佑的話 ——

是的，那是非常不錯的。「但被關在這裡。」灰髮紳士說。

在許多日子裡面，甚至在天氣惡劣的時候也是這樣，都是有可能出去走一走的。這裡的一個慣例是，要自己踏出一條小道來，然後在那裡鍛鍊身體。

「但這個空間，」灰髮紳士竭力主張道。「太過狹小，太過 —— 哈 —— 而且非常的有限。」

先生可能會記起來，這裡還有一些庇護所可供訪問，而且，通往它們的那些小路也得靠自己來開關。

先生仍然竭力主張說，從另一方面來講，這個空間太過 —— 哈 —— 嗯 —— 太過而且非常的刻板。非但如此，它還是一成不變的，還是一成不變的。

東道主露出一個非常不以為然的笑容，然後溫和地聳起，又溫和地落下了自己的肩膀。那倒是真的，他評論說，但請允許他說上這麼一句，幾乎所有事物都有它們不同的視角。先生和他沒從同一個視角看待他這種可憐的生活。先生肯定沒被長期關起來過。

「我啊 —— 哈 —— 是的，非常正確。」灰髮紳士說。但是，這條強有力的論據似乎給他帶來了一份相當巨大的震動。

先生作為一名有幸被各種旅行資源包圍著的英國旅客，無疑擁有財富、馬車和僕人 ——

「一點沒錯，一點沒錯，這是毫無疑問的。」那位紳士說。

先生很難想像一個沒有選擇能力的人會是什麼樣子，他沒辦法選擇我明天要去這裡，或者後天要去那裡，也沒辦法去想我要越過這些障礙，我要拓展那些界限這些問題。先生可能沒辦法意識到，在面對著這些事情時，一個人的頭腦該如何去順從那種絕對力量。

「這倒是真的。」先生說。「我們還是 —— 哈 —— 不要再說這個了。你說的 —— 嗯 —— 非常正確，我對此毫不置疑。我們別再多說什麼了。」

　　這時，晚餐已經進入了尾聲階段，只見他一邊講話一邊拉開椅子，返回了之前在爐火旁邊占據的那個座位上。因為餐桌旁邊的大部分位置全都非常寒冷，所以其他客人也都重回了爐火旁邊的座位，打算在上床睡覺之前，好好為自己乾上一杯。待他們全都從桌上起身之後，東道主向所有在場的人等鞠了一躬，又向他們道了晚安，然後便退了出去。但在此之前，那位慣於含沙射影的旅客先問了他這樣一個問題，即他們能不能喝上一些熱葡萄酒，待到他回答說可以，並不消片刻功夫便把它送了進來之後，那位坐在眾人中間部位處，同時也是爐火最熱處的旅客，很快就忙著給其他人倒起酒來了。

　　這時，在那兩位年輕淑女當中，那位更為年輕者趁機溜了出去，此前，她一直默聲不響地待在一個陰暗的角落裡面（在那個昏暗的房間裡，爐火的火光係其主要光源，燈盞被燈煙所蒙蔽，光線甚是微弱黯淡），留神聆聽著人們對那位離席女士的議論。用輕柔的動作關上門之後，她有些茫然於該朝那條路拐去，不過，在眾多發著回聲的走廊和其他通道中稍作逡巡之後，她便走進了一個位於主廊拐角處的房間，在那裡面，眾位僕人正在享用著他們的晚餐。接著，這些人給她拿來一盞燈，並指點了她該如何去往那位女士的房間。

　　它位於一條巨大的樓梯的上端，即上面一層樓當中。這層樓的白牆光禿禿的不著一物，只是隔三岔五被鑿開一個裝了鐵柵欄的口子，所以，她一邊沿著它走下去，一邊心想，這個地方有些像是一座監獄呢。那位小姐的房間，或者說囚室的門是拱形的，而且沒被關得非常嚴實。她先把它敲了兩到三遍，但沒能得到回音，於是，她用柔和的動作推開它，然後朝裡面張望了起來。

　　小姐正閉著兩眼躺在床的外側，用毯子和睡衣抵禦著房裡寒冷的空氣，那是她之前從暈厥中醒過來之後，自己把它們蓋在身上的。一個光線暗淡的燈盞被放在窗臺形成的深龕當中，至於它給這個拱形房間留下的印

記，則可稱是非常之微小。只見這位訪客羞怯地移步前往床邊，然後用溫柔的耳語聲說，「妳好上一些了嗎？」

小姐適才進入了一場小睡當中，她的這聲耳語又太過低弱，所以沒能把她給叫醒。於是，她的訪客相當安靜地立在原地，然後專注地看起了她來。

「她長得非常俊俏，」她自言自語道。「我從來沒見過這麼漂亮的一張臉，啊，跟我自己是多麼不同呀！」

這話聽起來相當古怪難解，卻有些隱含的意思在裡面，這是因為，它讓她的眼裡浮起了淚花。

「我知道我肯定沒有弄錯。我知道，他在那天傍晚說起的肯定是她。我非常可能在其他事情上犯下錯誤，但這件不會，絕對不會！」

只見她用寧靜而溫柔的動作把睡中人的一綹散落的頭髮撩開，又摸了摸那隻擺在遮蓋物外面的手。

「我喜歡看著她，」她用呼吸般的微弱聲息對自己說。「我喜歡看到，這個讓他動情如此之深的人是什麼樣子。」

接著，當睡中人張開眼睛又吃了一驚的時候，她還沒有抽回她的手去。

「請不要害怕，我只是樓下那些旅客的其中之一。我過來是想問問你，妳是不是覺得好些了，還有，我能否為妳做點什麼。」

「我想，妳剛才已經十分好心地派你的僕人上來幫過我了吧？」

「沒有，那不是我，那是我姐姐。妳好點了嗎？」

「已經好多了。只是一點輕微的擦傷，而且得到了很好的處理，現在差不多已經全好了。它一下就讓我天旋地轉地暈過去了，在這之前，它只是讓我有點難受，但最後猛地一下把我給打倒了。」

「在有人過來之前，我可以留下來陪著妳嗎？妳願意嗎？」

「我當然願意了，這個地方實在是太孤單了，但我擔心，你可能會覺

得太冷了一些。」

「我並不在意有多冷，其實我並不嬌弱，儘管看上去可能是這樣。」說完，她迅速把兩張粗木椅子的其中一張搬到床邊，然後坐了下去。另外那位也同樣迅速地從自己身上扯下一件旅行睡衣的一部分來，然後拉開它裹住了她，就這樣，為了讓睡衣停留在她的身上，她的一條胳膊順勢搭在了她的肩上。

「你的神情酷似一位仁慈的保姆。」小姐一邊對她微笑著，一邊說，「這讓妳看起來就像是，妳是從家裡過來照顧我的。」

「我非常樂於如此。」

「剛才醒過來的時候，我正在做夢夢著家裡呢。我指的是，我結婚以前的那個家。」

「也是妳離開它如此之遠以前的那一個。」

「我曾經離開它比這次還遠很多過，但那時，我是把它最好的那一部分帶在身邊的，所以並沒有想念什麼。可睡在這裡卻讓我覺得孤零零的，還有點想念它，所以就神思恍惚地回到那裡去了。」

在她的聲音裡面，包含著一種飽含深情而追悔莫及的悲傷成分，所以在一時之間，她的訪客克制住了拿眼看她的強烈願望。

「最終還是有一個奇特的機會讓我們萍水相逢了，一起待在了這件妳用它裹著我的睡衣下面，」稍作停頓之後，訪客這麼說道，「這是因為，妳知道嗎，我想我已尋找妳有一陣子了。」

「尋找我嗎？」

「我相信是這樣，我這裡有一封不長的短箋，無論我在什麼時候找到妳，就要把它交給妳。就是這個。除非我犯了一個天大的錯誤，那它肯定是寫給妳的。是不是啊？」

小姐接過它去，旋即說是的，然後就讀起它來了。在她這麼做的時候，她的訪客一直都在密切注視著她。它的確非常簡短。接著，她微紅著

臉把雙唇湊到了訪客的頰上，又按了按她的手。

「在某個時候，他引薦給我的這位親愛的年輕朋友，可能會成為我的一份慰藉，他是這麼說的。而在我第一次見到她的時候，她真的成了我的一份慰藉。」

「可能妳還不知道 —— 」訪客猶猶豫豫地說，「可能妳還不知道我的經歷吧？可能他從來沒有告訴過妳我的經歷吧？」

「沒有。」

「啊，當然沒有了，他為何會這樣呢？可在眼下，我是沒有權利親口把它講出來的，因為有人求我不要這麼做。其實它並沒有多少內容，但它可能會讓妳明白，我為何會請求妳不要去說有關這封信的任何事情。妳可能已經看到我那些跟我待在一起的家人們了，對吧？他們當中有些人 —— 我只能告訴妳這個 —— 有點驕傲，也有點心存偏見。」

「妳可以重新把它拿回去，」另外那人說，「這樣我的丈夫就肯定不會看到它了。不然的話，他可能會在偶然之間看到它，然後說起它來。為了保險起見，妳要重新把它揣回懷裡嗎？」

她十分小心地照辦了。接著，她們聽到有人出現在了外面的走廊裡，這時，她的纖弱的小手仍然按在那封信上。

「我之前承諾過，」訪客起身說，「在見到妳之後（我是不會見不到妳的，只是或早或晚的問題），我會寫封信給他，告訴他妳是否安好和快樂。我想我最好在信裡說，妳是安好和快樂的。」

「是的，是的，是的！就說我非常安好和非常快樂，再說我滿懷深情地感謝他，永遠都不會忘記他。」

「我會在明天早上跟妳碰面，然後，我們也肯定會很快就再見的。晚安！」

「晚安！謝謝妳，謝謝妳！晚安，親愛的！」

在二人彼此作別，以及這位訪客走出門外之際，她們全都有點忙亂和

激動不安。她原本預計，會碰到這位小姐的丈夫正在朝著門口走來，但實際上，走廊裡面的人並不是他，而是那位曾用一塊麵包揩乾了髭鬚上面的葡萄酒滴的旅客。聽到身後的腳步聲之後，他轉過了身來，這是因為，他之前正在摸著黑朝外走去。

他的彬彬之態是極大的，因此絕不容許這位年輕小姐自己掌著燈，或者說獨自一人走下樓去。於是，他一把奪過她的燈盞掌了起來，令其在石頭臺階上面投下的光亮達到了最佳形態，並一路跟著她來到了之前吃晚餐的房間裡面。於她而言，在下樓的過程當中，想要隱藏起她那份極大的畏縮和顫抖傾向，可謂殊非易事，這是因為，這位旅客的外表令她感到甚是不悅。晚餐之前，她曾坐在那個安靜的角落裡面暗自想像，在她經驗範圍當中的一些場景和地點裡面，他會作何表現，直至他在她心裡激起了一股極大的反感之情，令他變得跟駭人可怖相差無幾了起來。

他則擺出一副笑意盈盈的彬彬之態，跟在她身後往樓下走去，跟著她走進了房間裡面，最後重新在壁爐前面的最佳位置上落了座。在那個陰暗的房間裡面，他就著一堆已經開始見其式微的，不斷在他身上起起落落的爐火，把兩條腿伸出去烤著火，把杯裡的熱葡萄酒喝得露出了殘渣，與此同時，在牆壁和天花板上面，還有一個巨大而駭人的陰影模仿著他的這些形態。

疲倦的旅客們業已作鳥獸散，除了眼前這位年輕小姐的父親之外，其餘一干人等全都已經上床睡覺去了，只剩他在爐火旁邊的椅子裡面打著盹。原來，那位旅客此前不憚辛勞長途跋涉走上樓去，是為了去他的睡房裡面取來他那個裝著白蘭地酒的便攜扁酒壺。這些話是在他把它的內容物倒進葡萄酒的殘渣裡面，並重新有滋有味喝起來的時候，他講給他們聽的。

「我可以問一聲嗎，先生？你是否正在前往義大利的途中？」

在此之前，那位灰髮紳士已經自己醒過來了，正在準備告退而去。他

聞言給予了肯定的答覆。

「我也是！」那位旅客說。「我希望，我能夠有幸在一些比這座淒涼的高山更為美麗的場景裡面，或者說更為溫和的環境之下，向你致獻我的一份敬意。」

另外那位紳士朝他鞠了一躬，但態度甚是疏離，又說他對他不勝感激之至。

「我們這些可憐的紳士，先生。」那位旅客一邊說，一邊用一隻手捋乾著他的髭鬚，這是因為，之前他把它們浸在了葡萄酒和白蘭地裡面，「我們這些可憐的紳士旅行時不比那些王子，不過，對於我們來說，識禮高雅的生活也算是一筆寶貴的財富。為你的身體健康乾杯，先生！」

「先生，我要謝謝你。」

「也為你那些卓爾不群的家人們的身體健康乾杯 —— 包括那兩位美麗的小姐，也就是你的女兒們！」

「先生，我要再次感謝你，祝你晚安。親愛的，我們 —— 哈 —— 我們的那些下屬還在伺候著嗎？」

「他們就在附近，父親。」

「蒙您見允！」當這位紳士挽著他女兒的胳膊，穿過房間朝門口走去的時候，那位旅客一邊站起身來為他們拉開了房門，一邊說。「睡個好覺吧！為再次得見你們的欣喜之情乾杯！為明天乾杯！」

說完，他用已然臻於至善的儀態吻了那位紳士的手一下，非但如此，他臉上的那抹微笑也已經達到了至為高雅的境界，但是，那位年輕小姐卻在走過他身邊的時候，往她父親那邊靠攏了一點，生怕會碰上他哪怕一下。

「哼！」慣於含沙射影的旅客說，只剩了他一個人之後，他的儀態有些懈怠了起來，他的聲音有些低落了下去。「要是他們全都睡覺去了，我為什麼也必須去睡呢。他們全都急得要命。就算在兩個小時之後上床睡

覺，有人也可能會覺得，在這個寒冷、沉寂又孤單的地方，夜晚實在是太過漫長了一些。」

說完，他仰頭喝乾了杯中的殘酒，同時把兩隻眼睛投擲到了旅客登記簿上面，它正攤開在鋼琴之上，還有鋼筆和墨水擺在一旁，像是在他離開那時候，有人把當晚的旅客名字登記了上去。接著，他把它拿到手裡，讀起了下面這些條目。

杜麗威廉先生　　杜麗小姐　　　　以及一干隨員。

杜麗福德先生　　杜麗愛米小姐　　從法國前往義大利。

杜麗愛德先生　　領袖夫人

高文恆瑞夫婦二人。從法國前往義大利。

見此情狀，他用一種小而複雜難辨的字跡為它們補充了另外一條，而且，他的字跡的末尾部分還有一個長而細瘦的花飾，而它並非不像是一個正在拋向其他一干名字的套索。他所補充的是：

布蘭多，巴黎人氏。從法國前往義大利。

接著，他的鼻子開始向下挪去，他的髭鬚開始向上翹起，並板著這樣一張面孔，朝著為他分配的那間牢房走了過去。

第二章　領袖夫人

不可或缺的一項舉措是，我們須得把那位在杜麗家的一干隨員中擁有舉足輕重地位，且造詣精湛的女士做個引薦，令其在旅客登記簿裡面擁有屬於她自己的一筆記載。

領袖夫人出生於一座教會城市，係一位宗教界要人的女兒，四十五歲以前，她一直引領著當地的時尚風潮，實現了一位單身女士所能達到的最高成就。其時，有一位拘泥刻板、時年六十、以嚴格執行軍紀著稱的軍需處官員因傾心於她駕馭著四匹禮儀之馬，馳騁於該教會城市上流社會當中的莊嚴英姿，而請求能在那輛素以冷酷聞名的禮節馬車的車夫座上謀得一個座位，即欲要跟她並駕齊驅。結果，他的求婚被這位女士接受了，於是，軍需官十分端莊地在禮儀之馬身後落了座，領袖夫人則駕著這輛馬車直至軍需官死去。在他們合力進行這段旅途的過程當中，也曾碾壓過幾個阻礙了他們的禮儀之道的人，但從未有失超然高蹈和冷靜從容的氣度。

軍需官的葬禮做足了適宜於喪葬儀式的一應門面功夫，比如那隊禮儀之馬，它們被悉數套到了他的柩車上面，而且全都加裝了羽毛和黑色天鵝絨馬衣，還在角落處裝點了他的紋章。待到他下葬之後，領袖夫人開始著手於調查詢問，他在銀行家那裡存下了多少令人失望的俗物。領袖夫人隨後獲悉到，軍需官竟然暗中在她前面偷了如此巨大的一步，即是說，在他們結婚數年之前，他便為自己購置了一筆養老年金，並在求婚的時候隱瞞了此事，只說他的收入來自於存款利息。此事的結果是，領袖夫人發現，她的財產縮水了如此巨大的一塊，以致於，若非她那套堪稱完美的思考規程，她真的可能會覺得，她想要質問一下，在剛剛結束的葬禮儀式當中，那部分經文是不是真的準確無誤，它不是宣稱說，軍需官不會隨身帶走任何東西麼 [003]？

---

[003]　此處指涉了《聖經新約－提摩太前書》第 6 章 7 節的經文，「因為我們沒帶什麼到世上來，也不能帶什麼去」，基督徒下葬時慣讀此經。

　　面臨了此般事態之後，領袖夫人突然想到，她可以以某位品格優良的年輕小姐為目標對象，去「塑造她的思想」，並裨補她的禮儀。或者說，她可以把自己的禮儀之馬套到坐著某位年輕富有的女繼承人或者嬌婦的馬車上面，然後駕馭並護衛這輛交通工具駛過上流社會的迷宮。當領袖夫人把這個想法傳達給她那些或擔任神職，或供職於軍需部門的親屬們之後，竟然領受了他們如此熱烈的掌聲和稱許，以致於，若非這位女士確鑿擁有這方面的優勢，他們會顯得像是，想要快點擺脫她似的。然後，又從眾多權勢人物那裡大量湧來了各種品德證明文件，甚至顯出了過多之虞，它們述稱，領袖夫人是一位集虔敬、博學、美德和雅致等諸般優秀品格於一身的奇才。有那麼一位德高望重的副主教大人，甚至還在記錄這些佐證她的完美品格的證言（這些事情是由一些他信得過的人描述給他聽的）時，激動得掉下了眼淚來，但實際上，他此生從未收穫過這份將自己的雙眼投注在領袖夫人身上的榮幸，以及這份莫大的道德慰藉。

　　就這樣，她像是被教會和政府指派著掮起了這項使命，而向來都是擇高而居的領袖夫人又覺得，她得設置一定的條件才能配得上這個名頭，並隨之為自己張貼出來一個非常之高的價碼，正式開啟了這份職業生涯。但過了一段時間之後，並沒見有人來邀請領袖夫人。最後，有一位出身於世家，一女年方十四的鰥夫，跟這位女士展開了磋商談判，然後，又因為領袖夫人生來便具有一種尊貴做派，但也可能是人為制訂的一條方針策略（但肯定不是這個，就是那個），總之就是，她慣於讓自己表現得像是，她被別人爭取的時候，要遠遠多過她去爭取別人，於是，在最終說服她同意去塑造他女兒的思想和禮儀之前，這位鰥夫很是花了一番功夫去追求領袖夫人。

　　執行這項委託占去了領袖夫人大約七年時間，在這段時間裡面，她遊覽了歐洲，把那些接受文雅教育的人們必須得假借別人的眼睛加以檢驗，而自己絕對不能看上一眼的，形形色色而光怪陸離的各種東西看了個八九不離十。當受她照顧的那人最終被塑造成型之後，非但是這位年輕小姐的

婚姻，就連她父親，即那位鰥夫的婚姻也同樣被敲定了下來。然後，那位鰥夫發現，領袖夫人既與人不便又索價高昂，於是驀然之間，一下子就被她的諸般美德觸動到了無以復加的地步，其情態跟之前那位副主教的表現幾無差別，接著，他開始在一應他認為有機會把這份祝福轉讓於他人之手的地方，大加傳頌褒揚她那份超凡出眾的價值，這樣做的結果是，領袖夫人的名頭竟然比之前更為令人尊敬了起來。

而這隻鳳凰棲於這根高枝上等待主顧之際，也正值新近繼承了財產的杜麗先生向他的財產管理人提及下述心願之時，他說，他想尋找一位擁有良好教養，學問精湛，人面廣博，諳熟上流社會，且有資質同時承擔他的兩個女兒的教育問題，並身兼她們的監護人和女伴二職的女士。事有湊巧的是，杜麗先生的財產管理人也正是那位出身世家的鰥夫的財產管理人，他們聞言立即說，「領袖夫人。」

為了追尋這道有幸得遇的光明，同時也是因為，他發現，領袖夫人的相識者們的證言，全都呈現為那種前文已經記錄在案的令人潸然淚下的調性，總之，杜麗先生不辭辛勞前往了出身世家的那位鰥夫所在的那個郡，以求見領袖夫人一面。結果，在此人的身上，他發現了一位擁有優秀品格的女士，或者說，她的品格要比他的最高預期還出色許多。

「不知道會不會有所冒犯，」杜麗先生說，「但我還是想打聽一下 —— 哈 —— 妳的酬 —— 」

「啊，那當然了。」領袖夫人截斷了最後那個詞語，這樣回應說，「這是一個我傾向於避免提及的話題。我從來沒跟這裡的朋友們談過這個話題，還有，杜麗先生，我實在沒辦法戰勝這個棘手的難題，一直以來，我始終都是這麼看待它的。我希望你是知道的，我不是一個家庭教師 —— 」

「喔老天呀當然不是了！」杜麗先生說。「夫人，請不要存有哪怕一秒鐘這樣的猜想，不要覺得我會這麼想。」而且，身受這種嫌疑之後，真的

讓他有些臉紅了起來。

領袖夫人莊重地歪了歪腦袋。「因此，我不能對一份如果我可以自發去提供它的話，我會樂於去提供的幫助待價而沽，但是，當我真的提供它的時候，我的回報不能僅僅是酬金這種東西。我不知道應該怎樣，或者說去哪裡找到一個跟我自己相似的例子，它是特立獨行的。」

這是毫無疑問的。但接下來（杜麗先生用並不顯得不太自然的神態暗示說），我該怎樣接近這個主題呢？

「我並不反對 ——」領袖夫人說，「儘管就算是這樣，也讓我覺得甚是不悅 —— 杜麗先生私下裡向這裡的朋友們打聽一下，他們慣於每個季度，向我在財產管理人那裡的帳戶中支付多少款項。」

杜麗先生鞠了一躬，示意已經領會了她的意思。

「請允許我補充一下，」領袖夫人說，「除此之外，我絕對不能再提這個話題。還有，我不能接受二等或者說低級的地位。如果我有幸蒙閣下提議，要讓我認識一下杜麗先生的家人們 —— 我認為，你說的是兩個女兒吧？」

「是兩個女兒。」

「我只能在完全平等的前提下接受它，身分是夥伴、保護人、導師和朋友。」

杜麗先生已經顧不上他的矜貴感了，他覺得，只要她能接受它，無論開出什麼條件來，都已經算得上是大發慈悲了。他差不多就把這話給說出來了。

「我認為，」領袖夫人重複說，「你說的是兩個女兒吧？」

「是兩個女兒。」杜麗先生也又重答了一遍。

「這樣的話，」領袖夫人說，「就必需在這裡的朋友們慣於向我的財產管理人支付的款項（無論結果表明，它是多大的數額）上面，再加上三分之一了。」

杜麗先生未失任何時機，馬上向那位出身世家的鰥夫提出了這個棘手的問題，然後他發現，他慣於每年向領袖夫人的帳戶中支付三百英鎊，於是，他沒讓自己的算術知識遭受多麼嚴峻的考驗，便得出了下述結論，即他自己必須付上四百。領袖夫人是一個外表熠熠生輝的對象，它暗示說，它是值得上任何價錢的，於是，他最終正式向她提請道，請允許他收穫這份視她為他家一員的殊榮和欣幸。結果，領袖夫人授予了他這項高級特權，然後她就到這裡來了。

　　從外貌方面來講，領袖夫人（包括她的裙子，因為它跟她的外表有著莫大的關聯）擁有一副尊嚴高貴和器宇不凡的儀表：它寬敞、莊重、肥大且不時窸窣有聲，永遠都在禮儀之馬後面挺得筆直。就算上到阿爾卑斯山脈的最高處，或是下到赫庫蘭尼姆[004]的最底下，她都有可能 —— 已經確切有過這樣的先例了 —— 不會弄亂衣服上面的一條褶痕，或是讓一根飾針挪動了位置。如果說，她的臉孔和頭髮有點麵粉的模樣，像是住在某個超級上流的磨坊裡面似的，那麼，它更大程度上是因為，她全然是一個白堊質地的創造物，而不是因為，她曾經用紫羅蘭香粉粉飾過自己的臉龐，或者說，它曾經變得黯然起來過。如果說，她的兩隻眼睛裡面沒有任何表情，那麼，這可能是因為，它們根本沒有任何東西可以去表達。如果說，她的臉上鮮見皺紋，它的原因則在於，她的思想從未探究過皺紋這類東西，或者是臉上的任何其他銘記的成因。總之，她是一個冷酷、蠟狀而膨脹欲裂的女人，從未展露過粲然的笑顏。

　　領袖夫人是沒有任何觀點的。她的思想塑造法的法門便在於，阻止它去形成無論任何觀點。她的頭腦裡面有一套不大的環狀車轍，或者說鐵軌，在那上面，她開動著好幾輛載著各人唾餘的火車，它們從來不會彼此發生衝突，但也不會去往任何地方。就連她那些堪稱儀態樣板的禮儀之馬

---

[004]　赫庫蘭尼姆（Herculaneum），古羅馬時代的一座古鎮，西元 79 年，維蘇威火山噴發後將其埋沒，全西元 1709 年方被重新發現。

們，也沒有能力去爭辯這個世界上是有鄙俗這種東西的。而領袖夫人擺脫它的妙法則是，她會把它置於視野之外，然後讓自己相信，世界上是沒有這種東西的。這其實也是她的另一種思想塑造法，即把反映人世艱難疾苦的一應物品統統塞進碗櫥裡面，把它們鎖將起來，然後說它們從來沒有存在過。這是最輕鬆不過的辦法，而且，相形之下也是最恰當的辦法。

　　領袖夫人還不能被告知無論任何予人以震驚的事物。意外的事故，悲慘的境遇，或者是無禮的言行，都是絕對不能在她面前被提及起來的。當領袖夫人在場時，熱烈的情欲會告酣然入睡，沸騰的熱血會化為牛奶和水。至於扣除完所有這些不良事物之後所剩的那點殘餘，領袖夫人則有責任予其以粉飾。在她的這一塑造進程當中，她會把最小的刷子浸在最大的桶裡，然後把她所顧慮的一應事物的表面統統粉刷一新。它的裂痕越大，領袖夫人便刷得越多。

　　領袖夫人的聲音裡面存在著粉飾的成分，領袖夫人的觸摸裡面也存在著粉飾的成分，甚至連領袖夫人的形體四周，也氤氳著粉飾的氛圍。當她躺在善良的聖伯納德的懷抱裡面沉沉入睡，並有羽毛狀的雪花飄落在屋頂上之際，領袖夫人的夢境也應該是被粉飾過了 —— 如果她還會做什麼夢的話。

第三章　在路上

　　明亮的晨曦令人為之目眩，大雪業已停息，霧氣也已消散，而雪霽後的山間空氣又是如此澄澈輕盈，以致呼吸起來有種耳目一新的感覺，簡直像是踏上了一塊新的地界似的。而有助於這種錯覺的是，堅固的土地本身好像消失不見了，還有眼前的這片高山區域，即這一片巨石嶙峋而閃閃發亮的白色荒原，它好像行將變成一個漂浮在頭頂上的藍天和腳底下的陸地之間的，猶如雲團一般的所在。

　　雪地上面散布著一些黑色的斑點，像在一根細繩上面打了許多繩結似的，它們起始於修道院的門口，然後向著山下蜿蜒迂曲而去。它們各自位於一些支離破碎而尚未連成一氣的地段當中，展示著那些散布在各處，忙著清理山間小道的教友們的位置所在。而修道院門口的那些積雪，則已經再度開啟了被亂足踏成泥塘的進程。眾騾被急匆匆地牽了出來，拴在了牆壁的鐵環上面，然後開始裝載負荷，馭者和騎手們或者往騾子身上搭扣著串鈴，或者調整著載荷的位置，他們的聲音此起彼伏，聽起來宛如妙樂一闋。在最早起來的那批人裡面，有一些甚至已經重新開啟了他們的旅程，而且，不管在修道院附近那潭黑水旁邊的山頂平地上面，還是在昨天的上山道路，亦即今天的下山之路上，都有人和騾子的微小身形在向前蠕動著，在四周那些龐然大物的映襯之下，它們全都縮減成了微縮模型般的存在，但還有叮噹作響的清越鈴聲，以及和諧悅耳的人語聲伴隨他們遠去。

　　在昨晚的那間晚餐室裡面，以及昨晚那堆舊火所剩的羽毛狀的殘灰上面，堆起了一簇新的爐火來，它明亮地照耀著一頓由長條麵包、奶油和牛奶構成的居家式早餐，與此同時，它亦照耀在杜麗家的那位導遊身上，此人正在用他隨身帶上山來的一份補給，以及其他幾樣主要留給人數甚眾且有失便利的那批人使用的些微儲備，為他所服務的那隊人馬烹製著茶飲。

至於高文先生還有來自巴黎的布蘭多，他們已經吃罷了早餐，現在正在一邊抽著雪茄，一邊在湖邊來來回回地散步。

「他叫高文，是嗎？」又名杜麗愛德先生的提普一邊翻閱著登記簿的頁面，一邊喃喃自語道，其時，那位導遊已經離去了，只剩他們一家人坐在早餐桌邊。「那麼，高文就是一隻小狗的名字了，我想說的只有這麼一句！如果我值得花費那個時間的話，我會揪一揪他的鼻子。但是，我是不值得花費這個時間的 —— 算他走運。他妻子怎麼樣了，愛米？我猜妳是知道的，因為妳總是知道這種事情的。」

「她好些了，愛德。不過，他們今天還不會離開。」

「喔！他們今天還不會離開！這麼說那小子又走了一運，」提普說，「不然的話，他和我可能會發生衝突。」

「這裡的人認為，她今天最好能臥床靜養，不要因為騎騾子下山受到勞累和震動，要到明天才可以。」

「我要給予她竭誠的祝願。但聽妳談論起來就像是，妳一直都在護理她似的。你沒有舊病（見領袖夫人沒在這裡）舊病復發吧，妳有嗎，愛米？」

問她這個問題的時候，他詭祕地瞥視並觀察了范妮小姐一眼，還有他的父親。

「我只是進去問她，我能否為她做些什麼，提普。」小杜麗說。

「妳不需要用提普來稱呼我，孩子氣的愛米。」那位年輕紳士蹙眉回應說，「因為那是一張老譜來的，就算把它撇開去也是一樣的。」

「我不是有意這麼說的，親愛的愛德，剛才給忘掉了。以前說得太順口了，所以眼下好像變成了合理的選擇。」

「啊沒錯！」范妮小姐插嘴說。「順口，合理的選擇，以前，還有所有其他這一類言辭！統統都是胡說八道，妳這個小東西！妳為什麼會對這位高文夫人懷有這樣一份強烈的興趣，我心裡跟明鏡似的。妳是沒辦法蒙蔽我的。」

「我不會試著這麼做的，范妮，請不要生氣。」

「啊！還叫我不要生氣！」那位年輕淑女回應說，並伴之以一個激烈的動作。「我可忍不了那麼多。」（這倒的確是一句實話。）

「請妳，范妮。」杜麗先生揚著眉毛說，「妳是什麼意思呀？請妳解釋一下。」

「啊！千萬別放在心上，爸。」范妮小姐答覆說，「這不是什麼大不了的事情。愛米會明白我的意思的。她在昨天以前就認識，或者說了解這位高文夫人了，不管她承認不承認都是一樣的。」

「我的孩子，」杜麗先生扭向他的小女兒，然後說，「對於這一則古怪的陳述 —— 妳姐姐真的有 —— 任何 —— 哈 —— 根據這麼說嗎？」

「不管我們怎樣馴順，」還沒等她來得及做出回答，范妮小姐便插嘴說，「我們都不會偷偷爬進別人的位於雪山之頂的房間裡面，然後跟別人一起坐在嚴寒裡面凍得半死，除非我們事先知道一些有關他們的事情。不難推測的一點是，高文夫人是誰的朋友。」

「誰的朋友啊？」她父親詢問說。

「爸，我要非常難過地說上這麼一句，」范妮小姐應答說，截止此時，她已經成功地把自己激發進了一種飽受虐待並牢騷滿腹的狀態當中，而且，她總是不辭勞苦去做這件事情的，「我相信，她是那個非常惹人非議和令人不悅的人物的一個朋友，後者因為全然欠缺了一份謹言慎行（因為我們的過往經歷，所以對他有了這麼一份期待），而用一種如此公然蓄意的方式，對我們大肆加以了侮辱，並踐踏了我們的感情，對於此事發生的那個場合 [005]，我們現在已經有了下述共識，即以後不會再對它做更為明確的提及。」

「愛米，我的孩子，」杜麗先生說，同時用一份不失尊貴的慈愛回火 [006] 了一份慈祥的嚴厲做派，「事情真是這樣嗎？」

---

[005]　此處應該是在暗指，在杜麗一家人離開馬夏監獄的時候，柯南當著眾人把暈倒的小杜麗抱到了他們車上。

[006]　回火是一種熱處理工藝，指對淬火金屬件進行再度加溫、保溫和冷卻處理，以增強其韌性和

小杜麗溫和地回答說，是的，真是這樣。

「是的，真是這樣！」范妮小姐大聲說。「當然是這樣了！我之前就這麼說過！接下來，爸，我要永久而嚴正地宣稱，」這位年輕淑女慣於在她生命當中的每一天裡面，一勞永逸地永久宣稱同一件事情，甚至會在一天裡面幾度如此，「這是應該引以為恥的！我要永久而嚴正地宣稱，它是應該被予以制止的。我們已經捱過了那些只有我們自己知道的事情，這難道還不夠嗎，難道我們還要被一個最不該傷害我們的感情的人，鍥而不捨而按部就班地把它們扔到我們臉上來嗎？難道我們要在我們人生的每一刻裡面，都去承受這種有乖常理的行徑嗎？難道我們絕對不被允許忘記它們嗎？我要再說一遍，這全然是一種辱沒門庭的行為！」

「妳瞧，愛米。」她哥哥搖著頭評述說，「妳得知道，只要有那個能力，我會在無論什麼時候站在妳這一邊，且在絕大多數場合當中都是如此。但我必須得說，我敢以我的靈魂起誓，我真的認為，妳展示的這份姐妹之情有點不可理喻，還有，妳將會對一個曾經待我以極乏紳士之道的人，予以支持和認同，說起他對我的作為來，可以說是一個人能夠給予另一個人的最不紳士的對待了。而且這個人，」他用一種令人篤信無疑的語氣補充說，「絕對是一個居心卑劣的小偷，妳得知道這一點，不然的話，他肯定不會做出之前那種行為來。」

「我們再來看看，」范妮小姐說，「看看這事造成了什麼影響！不管什麼時候，我們還能寄望於被我們的僕人尊重嗎？永遠不能了。這裡有我們的兩位女僕，爸的貼身男僕，還有一個制服男僕，一個導遊，和各種各樣的其他扈從人員，然而，就在這些人當中，我們這頭的一個人卻拿著盛了冷水的玻璃杯，像個下人似的來回跑個不停！哎呀，要是有一個叫花子在街上發病了。」范妮小姐說，「一個員警就只能端著玻璃杯四處亂撞了，這正是我們這位愛米，昨天晚上在這個房間裡面，當著我們的面所做的事情！」

可塑性。

「有些時候，我倒並不非常介意她那麼做，」愛德先生論稱，「但你那位柯南，他覺得你這麼稱呼他再合適不過了，卻是另外一回事情。」

「他是這件事情裡面的一個環節，」范妮小姐回應說，「跟所有其他環節別無二致。他首先做的是，強行闖入了我們的生活，但我們從來沒有需要過他。舉個例子來說，我一直都在向他表示，我有能力懷著至大的欣喜之情謝絕他的相伴。然後，他犯下了那椿嚴重踐踏我們的感情的昭彰重罪，若非他把揭露我們的過往當成了一種莫大的樂趣，他是絕無可能犯下此罪的，而我們家的人卻巴巴地去服侍他的朋友，讓我們跟著含羞受辱！哎呀，對於這個高文先生針對你的那些行為，我毫不引以為奇。當他因為我們過去的不幸而享受著莫大的樂趣時，還能指望他作其他表現嗎 —— 就在眼下的這一刻裡面，他不是正在對著它們幸災樂禍嗎？」

「父親 —— 愛德 —— 不是的，真的不是！」小杜麗懇求地說。「不管高文先生，還是高文夫人，都從來沒有聽說過我們的名字。他們不管過去，還是現在，都對我們的歷史一無所知。」

「這就更糟了。」范妮反駁說，她鐵了心不去認可對方的任何辯白之詞，「因為這樣一來的話，妳的行為就沒有任何藉口可找了。如果他們之前就了解我們的情況，妳可能會覺得，妳有責任去取悅他們一下。雖然妳那麼做將會犯下一個軟弱而荒謬的錯誤，但我可以尊重一個錯誤，可與此同時，我卻不能尊重有人蓄意而處心積慮地辱沒那些跟她最為親近和親密的人。絕對不能。我是不能尊重那種行為的。除了予以它譴責之外，我沒辦法做出任何其他選擇。」

「雖然妳這麼冷酷地對待我，范妮。」小杜麗說，「但我從來沒有蓄意傷害過妳。」

「那妳就該多加小心了，愛米。」她姐姐回應說。「如果這些事情係妳無意而為，妳就應該多加小心了。如果我自己碰巧出生在一個獨特的地方，然後被一些獨特的環境因素模糊了我對禮儀的認知，我猜想，每採

取一步行動的時候，我都會覺得自己必須去考慮下面這個問題，『我會因為無知而損害到哪個親近而親密的親人嗎？』如果我自己的情況是這個樣子，我想我肯定會有這麼一問。」

　　現在，杜麗先生插進話來了，他立即憑藉他那份當權者的地位，阻止了這些令人心痛的話題，又憑藉著他的那份智慧，指出了它們的教訓所在。

　　「親愛的。」他對他的小女兒說，「我要向妳發出乞求 —— 哈 —— 請不要再多說什麼了。妳姐姐范妮激烈地表達了她的觀點，但並非沒有相當充分的理由。妳現在有一個 —— 嗯 —— 一個了不起的地位，等著妳去支撐它。那個了不起的地位並非被妳自己一個人占據著，還有 —— 哈 —— 有我，還有 —— 哈，嗯 —— 有我們大家。我們大家。再有，那些地位顯赫的人們全都擔負著這麼一份責任，就是說他們得讓自己受到尊敬，但我們這家人尤其如此，至於這其中的原因我就 —— 哈 —— 就不再細數了。他們得時刻警惕著，要讓自己受到尊敬。至於那些扈從們，為了讓他們尊敬我們，必須得 —— 哈 —— 保持一定的距離還得 —— 嗯 —— 予以壓制。壓倒他們。因為，妳不能顯出想要謝絕他們的服務然後自己去做的樣子來，不能因為這個讓妳自己受到我們那些僕人們的議論，這是 —— 哈 —— 具有高度重要性的。」

　　「哎呀，有誰能懷疑這話說得不對嗎？」范妮小姐大聲說。「它是所有事情的實質所在。」

　　「范妮。」她父親予以了她一番高談闊論式的回應，「請妳允許我再提一言，親愛的。我們接下來該說到 —— 哈 —— 說到柯南先生了。我要坦率地說上這麼一句，愛米，對於妳姐姐對柯南先生的那些感想 —— 我是不能 —— 換句話說就是，不能完全 —— 嗯 —— 不能完全加以認同的。我樂於把那個人當作 —— 哈 —— 從整體上來講 —— 一個端人正士來看待。嗯。一個端人正士。我不會去詢問妳，柯南先生有否真的，在任何時候強行闖入了 —— 哈 —— 我的社交圈子。他知道，我正在拓展

尋找 —— 嗯 —— 我的社交圈子，所以他可能會有這樣的托詞，說他是把我當成一個公眾人物來看待的。但是，還有一干環境因素伴隨著 —— 哈 —— 我跟柯南先生那份淡薄的交情（它是非常淡薄的），」說到這裡，杜麗先生的言行變得極度莊重和令人過目難忘了起來，「要是柯南先生 —— 哈 —— 想在當前環境之下，重續跟我的那場交往，或者跟我的任何一位家人，那麼，因為上面所說的一干環境因素，他的這種行為會有高度失體之嫌。而如果柯南先生的行為足夠謹慎得體，領悟到了任何該等嘗試的失當之處，那麼，我作為一位負責的紳士，就必須得 —— 哈 —— 認同他的這種謹言慎行。如果情況正好相反，就是說柯南先生並不具備這份謹言慎行，那我一刻也不能 —— 哈 —— 跟這樣 —— 嗯 —— 一個粗俗的頭腦保持交往關係。不管哪種情況，柯南先生都會顯得被完全置於了度外，即是說我們跟他，或者說他跟我們會顯得沒有任何關係。哈 —— 領袖夫人來了！」

他予以通報的這位女士走了進來，在早餐桌上落了座，並隨之終止了眼前這場討論。片刻功夫之後，他們的導遊又通報說，貼身男僕、制服男僕、兩位侍女、四位嚮導和十四匹騾子均已準備停當，於是，早餐席上的這隊人馬便起身來到修道院門口，進入了停在那裡的馬車佇列。

高文先生顯出來一副置身事外的超然做派，手拿雪茄和鉛筆站得老遠，但是，布蘭多先生卻站在人群裡面，向諸位小姐致獻著他的敬意。只見他充滿騎士風度地朝著小杜麗扯掉了帽檐拉得很低的帽子，而後者卻覺得，眼前這個穿著斗篷，黑黝黝地站在雪地裡面的他，甚至要比昨晚在爐火前面時，顯得更為陰險。不過，因為她父親和她姐姐全都有些受寵若驚地接受了他的致敬，所以，她努力克制住自己，沒把對他的那份不信任感表達出來，唯恐它最終會變成她的又一個可以被追本溯源到她的監獄出身的汙點。

儘管如此，當他們沿著崎嶇的山路逶迤而下，同時修道院尚在他們的視野當中時，她還是不止一次扭回頭去，然後看到布蘭多先生背靠著從修

道院的煙囪裡面冒出來的，在金黃色的晨霧中升得又高又直的炊煙，始終站在一個突起的所在處向下俯瞰著他們。而當他在雪地背景中變得只有一根黑色的樹棍那般大小很久之後，她仍然覺得，她好像還能看到他臉上的那抹微笑，以及那個高聳的鼻子，和那兩隻距離鼻子過近的眼睛。甚至在那之後，即修道院已經消失不見，且有一些輕盈的晨雲為修道院下方的山間小道遮上了一層面紗之際，路旁那些狀如死人胳膊的樹枝還好像仍然在指著他那個方向。

　　等到他們向下進入了一些坡勢較為和緩的區域之後，那個來自巴黎的，比雪更為變化叵測，心裡的溫度可能比雪更冷，且更加難於融化的布蘭多，開始逐漸從她的頭腦中清除了出去。其時，陽光再度溫暖了起來，且有飲之沁人心脾的溪水再度從冰川上，或者雪洞中奔流而下，此外，他們還再度置身在了瑞士鄉村地帶的松樹、岩溪、木頭農舍和之字形的粗糙籬笆，以及蒼翠蔥郁的高地和谷壑當中。有時候，道路竟然會寬得令她和她父親可以並轡而行起來。然後，看著他那副富態而悠哉的做派，看著他有皮毛和絨呢英俊加身，有眾多僕人服侍扈從左右，還有他的那兩隻眼睛，它們環顧或遠眺於各種壯麗的景致當中，不再有那道悲慘的屏障橫陳在它們前面遮暗他的視野，或者把它的陰影投擲在他的身上，總之，看著這些，便足以讓她寬慰於懷了。

　　她叔叔被如此徹底地救出了過去的那道陰影，現在，他穿著他們買給他的衣服，對自己施行了一些洗禮或者說沐浴，以此作為對家族榮譽的獻祭，而且，每被帶到一個地方之後，他都會像動物那樣，表現出一種忍耐著痛苦的樂趣來，像是在努力表達著這樣一個觀點，即空氣和環境的變化對他是大有裨益的。除了這個方面之外，他在所有其他方面都難有亮點可尋，而且，就算真有什麼光亮的話，那也是從他哥哥身上反射而來的。無論他自己願意與否，他都得為兄長的偉大、富有、自由和顯赫感到高興。他是沉默而內向的，有他哥哥開口講話的時候，他是不願意使用自己的言

語的，他也沒有被人服侍的意願，所以，眾位僕人都把勁兒使到了他哥哥身上。唯一一個由他自身主導的顯著變化是，他對他的小姪女的態度有了一些轉變。日復一日地，它每天都在提純昇華為一份更加顯著的尊敬，這種敬意甚少見諸年輕人身上，而有人可能會說，比這更為少見的是，他竟然為它賦予了一種適宜合理的狀貌。在范妮小姐真的永久宣稱那件事情的那些場合裡面，他會立即抓住機會在他的小姪女面前脫下帽子露出他的灰腦袋侍立於前，或是幫她下馬和把她抱到馬車上面，再或者是，用一種至為深切的順從態度，向她展示其他關注之情。然而，他的此般舉動從來不會顯出錯位或者強迫為之的樣子來，取而代之的是，它永遠都是興高采烈、純樸、自願和真誠的。他無論何時都不會同意（甚至在他哥哥明令要求時也不會），假借某種助力取得先於她的位置，或者在任何事情上面優先於她。此外，他還對她受到的尊敬待遇妒火中燒，結果，在眼下這場從聖伯納德修道院出發的下山旅途當中，他突然就對制服男僕爆發出一股猛烈的怒氣來，此事的起因是，在她下馬的時候，那人在為她執鐙時有些怠忽職守的跡象（其實站得還是挺近的），只見他默聲不響地騎著一匹高頭大騾朝著那人猛衝過去，把他逼到了一個角落裡面，作勢要把他活活踩死，從而把整個隨從隊伍都驚了個詫異非常。

他們是外表光鮮迷人的一夥人，差不多所有酒店老闆都對他們崇敬有加。無論他們去往何處，他們的顯赫聲勢總是先於他們一步到達，而這種聲勢的化身人物是他們的那位導遊，此人騎騾行走在隊伍的最前頭，目的是為了去確認，他們預定的上房已經準備妥當。他可稱是這個家族佇列的先驅者。一輛巨大的旅行馬車緊隨其後，裡面坐著杜麗先生、杜麗小姐、杜麗愛米小姐和領袖夫人，外面坐著隨從隊伍中的一部分成員，和杜麗愛德先生（天氣晴朗的時候），而且車夫座上總是為他預留著一個位置的。接著走來的是一輛四輪輕便遊覽馬車，裡面坐著杜麗福德先生，還有一個為杜麗愛德先生預留的空位，供他在雨天時使用。再接著是運貨馬車，上

面裝載著隨從隊伍中的其他成員和一個沉重的包裹，以及上述幾輛交通工具拋在它身上的，它有能力承載起來的盡可能多的泥巴和塵土。

待杜麗家的眾人從他們的高山遠足中歸來之後，這些車馬及其隨員便為馬提尼酒店的院落提供了一份裝點。除了它們之外，那裡還有其他一些交通工具，它們多數都屬於途中的眾多旅伴，從像是臨時拼湊起來的義大利四輪馬車——它像是英國集市上的那種鞦韉的主體，被擱到了一個裝著輪子的木頭托盤上面，然後又在它的上面放了另外一個木頭托盤——到整齊完備的英格蘭旅行馬車，不一而足。不過，這家酒店的另外一個裝飾物卻是杜麗先生未曾提前預定的，換句話說就是，有兩位陌生的旅客為他的其中一個房間提供了一份裝點。

酒店老闆手裡拿著帽子站在院子裡面，向杜麗家的導遊信誓旦旦地宣稱說，他徹底怕了，他淒涼極了，他被深深地傷害了，他是所有畜生裡面最悲慘和最不幸的那一頭，他還長了一個豬腦袋，而且這隻豬還是木頭的。他絕對不該做出那個讓步的，他說，但是，那位嫻雅上流的淑女非常激烈地請求他通融一下，請他允許他們在那個房間裡面臨時吃一下飯，只要稍稍半個小時就好，所以，他最終還是敗下陣來了。現在，那稍稍的半個小時已經過去了，那位女士和紳士還在吃著他們的小點心，還在喝著他們的小半杯咖啡，本來，帳單已經付過了，馬也已經備好了，他們是應該馬上離開的，但是，因為一份不盡人意的天意和上蒼的詛咒，他們實際上尚未起身離去。

當杜麗先生在樓梯腳那裡聽到這些歉語時，他的憤慨之情高漲到了任何事物都難以企及的高度。他覺得，杜麗家的尊嚴受到了一位刺客的毒手摧殘。說起他的那份尊嚴感來，它是具有至為精緻優美的屬性的。他是能夠探測到這份針對它的不法圖謀的，但其他人卻對這一事實不存任何認知。他的生命感到了一種至大的劇痛，他覺得，有許多精緻鋒銳的解剖刀正在一刻不停地攣割著他的尊嚴。

「有沒有這種可能呢，先生。」杜麗先生說，他的臉紅漲到了有些過分的程度，「是你自己 —— 哈 —— 你自己膽大妄為地把我的一個房間交給其他人隨便折騰去了？」

成千上萬份歉意！這位主人最終被那位非常嫻雅上流的淑女打敗了，從而面臨了這樣一份至為深切的不幸遭遇。他懇求閣下不要大動肝火。他把他的一己之身全部交由閣下從寬發落。要是閣下願意心懷一份卓越不凡的善意，僅僅在那間專門留給他的客廳裡面待上五分鐘的話，所有問題就都迎刃而解了。

「不，先生。」杜麗先生說。「我不願意待在什麼客廳裡面。我要離開你的房子，不去吃或喝上它的哪怕一口東西，也不會涉足於其中哪怕一步。你怎麼敢這樣辦事？你知道我是誰嗎，你竟然 —— 哈 —— 把我跟其他紳士進行區別對待？」

The family dignity is affronted

（杜麗家的尊嚴遭到了公然侮辱）

唉！這位主人要請全宇宙來見證以下事實，即閣下是全體貴族當中最為和藹可親的那一位，同時也是最顯要、最堪尊重和最可敬的。如果他真的把閣下跟其他人做了區別對待，那只能是因為，他要比其他人更見顯貴、更受珍視、更為慷慨且更加知名。

「別跟我來這套，先生。」杜麗先生回應說，他巨大的怒火簡直烈焰燭天。「你公開侮辱了我。你把眾多侮辱叢集於我的一身。你怎麼敢這樣？你解釋一下。」

啊，那好吧，公正的上帝呀，這位主人怎麼能做出什麼解釋來呢，因為他沒有別的什麼話拿來解釋，他所能做的只有道歉，同時把自己交托給其寬宏大量聞名遐邇如斯的閣下做任何處理！

「讓我來告訴你吧，先生。」杜麗先生說，他氣喘吁吁的聲息中包含著激烈的怒氣，「你把我 —— 哈 —— 跟其他紳士做了區別對待，你認為我跟其他擁有財富和地位的紳士們不可同日而語。我要問問你，這是為什麼呢？我想知道一下 —— 哈 —— 你所依恃的是什麼樣的權力，是誰人的權力。答覆我，先生。你解釋一下。回答我這是為什麼。」

那麼，請允許店老闆謙遜地向導遊先生提出下述意見，即素以仁厚著稱的閣下此番大動肝火簡直沒有任何道理可講。這裡面是沒有什麼為什麼的。導遊先生將會向閣下轉述以下意見，他懷疑這裡面還包含著其他為什麼純屬自欺欺人，至於唯一的那個為什麼，他的忠誠的僕人已經有幸講給他聽過了。那位非常嫻雅上流的淑女 ——

「收聲！」杜麗先生大聲說。「你給我閉嘴！我不想再聽到那位非常嫻雅上流的淑女，我不想再聽你多說什麼。看看這家人吧 —— 我的一家人 —— 比任何一位淑女都更加嫻雅上流的一家人。但你卻對這家人待以不敬，用侮慢不恭的態度去對待這家人。我要毀掉你。哈 —— 派人去叫馬吧，同時把車裝好，我絕不再次涉足此人的房子哪怕一步！」

沒有人在這場爭論中插進嘴來，這是因為，它的內容超出了杜麗愛德

先生的法語會話能力，亦不在杜家兩小姐的學識涵蓋範圍之內。不過，范妮小姐現在心懷著一份巨大的憤憤不平之情，向她的父親提供了一份援助，她用母語宣稱說，相當明確的一點是，此人的不恭行為當中是包含著某種特殊成分的，以及，她認為相當重要的一點是，他應該被假以某種手段，被強制放棄他那個將她家和其他富有家庭做區別對待的理由。至於他假想出來的那些理由到底是何面目，她茫無頭緒而無從想像，但他肯定是懷有一些理由的，而且，它們是應該被加以褫奪的。

所有嚮導、騎驟者和閒人全都列席了這場怒火熊熊的會談，現在，他們又對杜家導遊忙著把馬車推出院外的舉動投注了巨大的關注之情。它的每個輪子上面都聚集了大約一打幫忙的人，最後，這一目標在一陣巨大的喧囂聲中得以了達成，接著進行起了裝車操作，同時等待著從郵局租用的馬匹被送達。

但是，那位非常嫻雅上流的淑女的英式輕便馬車已經套好馬停在了酒店門口，同時，店老闆也溜到樓上陳述他的艱難情狀去了。院裡眾人獲悉這一情形的途徑是，他們看到，他現在陪伴著那位紳士和那位淑女一起走下樓來了，然後用一個意味深長的手勢向他們指出，杜麗先生的巨大威嚴受到了莫大的冒犯。

「請您原諒，」那位紳士說，他從那位女士身邊解脫了出來，並走上前來。「我是一個寡言之人，也不是什麼進行解釋的好手 —— 不過這裡這位女士極度擔心會發生爭吵。女士 —— 從事實這個角度上來講，她是我的母親 —— 想讓我說上這麼一句，她希望不要發生爭吵。」

杜麗先生仍然因為前述傷害氣咻咻地喘個不停，只見他用一種冷漠疏離、堅定不移而不可戰勝的架勢，先跟那位紳士打了個招呼，然後又跟那位女士打了個招呼。

「不是，不過說真的 —— 這邊，老傢伙，說你呢！」那位紳士這樣向杜麗愛德先生呼籲道，他把後者當成一個上天賜予的巨大轉機，於是朝

他猛撲了上去。「讓你跟我把這件事給解決一下吧。女士如此又非常地希望，不要發生爭吵。」

杜麗愛德先生被酒店的侍者扯開了一點，但他還是板起一副外交面孔答覆說，「喔，你必須得坦白承認，當你事先預定了很多房間，然後它們又屬於你的時候，發現其他人在裡面折騰是會讓人不高興的。」

「是的。」另外那人說，「我知道這會讓人不高興。我承認這一點。然而，還是讓你和我試著把它給解決一下吧，同時要避免發生爭吵。錯誤完全不在這個小夥子身上，而是在我母親那裡。作為一名周身上下沒有什麼太大的不可理喻之處，且引人注目的傑出女性 —— 而且學問也不錯 —— 她不是這個小夥子所能抵擋得了的。把他把玩於股掌實屬正常。」

「如果事情真是那樣 ——」杜麗愛德先生正要開口說。

「你就放心吧！我敢拿靈魂起誓事情真是這樣。結果就是，」另外那位紳士說，並退守到了他的主要陣地上面，「為什麼要吵吵鬧鬧呢？」

「愛頓。」那位女士從門道裡面喊話說，「我希望你已經向這位紳士和他的家人們解釋清楚了，或者說正在解釋，這位待人客客氣氣的店老闆是不應該受到責備的。」

「妳就放心吧，夫人。」愛頓回應說，「為了騙取他們的信任，我都把自己給徹底累癱了。」接著，他先用堅定不移的目光一連看了杜麗愛德先生數秒鐘，然後突然補充說，且有一股強烈的自信意味從其語氣中噴薄而出，「老傢伙！能算是解決了嗎？」

「但我終究還是不知道，是不是真的解決了。」那位女士說，並優雅地朝著杜麗先生趨前了一到兩步，「我知道的只有，我最好馬上親口說明一下，我曾經向這個善良的人保證過，在占用一位陌生人的一間套房這件事情上面，我會把所有後果一肩承擔起來，其實僅僅是在他不在的時候，能讓我在那裡面吃上一頓飯，時間會盡量長（或是短）上一些。我沒想到它的正牌主人會回來得這麼快，也沒有想到他已經回來了，不然的話，我會

趕忙把那個非法得來的房間收拾一下，然後獻上我的解釋和歉意。我相信，在我說過這些話之後——」

有那麼一瞬間功夫，在杜麗家的兩位小姐面前，這位一隻眼睛上面卡著單片眼鏡的女士變得呆若木雞和口不能言了起來。在同一個瞬間裡面，范妮小姐身處一幅壯觀華美的，由其家庭，以及她家的車馬隨從和眾位僕人構成的圖畫的前景位置當中，只見她用一條胳膊攬緊了她的妹妹，令其在原地穩住了陣腳，同時用另外一隻手給自己扇著涼，並且面帶一副顯貴的神態，漫不經心地從頭到腳審視起那位女士來了。

那位女士很快便恢復了常態——因為她是莫德夫人，是不會輕易被打敗的——接著繼續說起了前面那句話，只聽她補充道，她相信，在說過這些話之後，她就算是為她的膽大魯莽道過謙了，同時會讓那位循規蹈矩的店老闆重獲那份對他來說如此而非常寶貴的讚許。至於杜麗先生這邊，在領受了所有這些向他的尊嚴聖壇獻祭的香火和恭維之後，最終做出了一個仁厚的答覆，他說，他的下人將會——哈——撤銷租用馬匹的請求，他自己將會——嗯——忽略掉他一開始將其視為一份公然侮辱的上述種種，轉而把它當作一份榮耀來看待。聞聽此言之後，那個大胸脯向他彎了下去，然後，它的主人憑藉著一份對五官的神奇掌控能力，向杜家兩姐妹致以了一個煞是迷人的臨別微笑，這是因為，她此前從未有幸瞻仰過這兩位年輕富有的小姐的丰姿，而現在，她已經滿心都是討取她們歡心的心思。

然而，小秀才卻並非如此。這位紳士像他的淑女母親那樣，在同一個瞬間裡面變得呆若木雞了起來，但無論透過任何方式，都沒辦法讓他自己重新活動起來，而是只知道僵硬地站在原地，瞪視著那幅有范妮小姐位於其前景當中的圖畫不知所措。等到他母親說，「愛頓，我們都準備好了，你願意攙我一下嗎？」從他的嘴唇動作來判斷，他好像答覆了這麼一句，那裡面包含著他那幾句令其燁耀生輝的天才得以最頻繁流露的公式化語

句,但是,他的肌肉卻未見任何鬆弛的跡象。他的身體如此牢固地固定在原地,以致於,若非他及時接受了他母親那份來自車裡的拖拉和援助,想要讓他彎下身子進入車裡,將會是一件有些難度的事情。而等他一進入車裡之後,那輛輕便馬車後面那扇小窗的保護墊便告消失了,轉而是他的一隻眼睛篡竊了它原來的位置。在如此微小的一個東西能夠被識別出來的時候,他的那隻眼睛一直停留在那裡沒有挪窩,而且有可能停留得比這更為長久,看它瞪視著窗外的那個樣子,像是一個巨型吊墜相片盒裡面的一隻沒被擺放妥當的眼睛,又像是某件驚人得無以言表的事情行將發生在一條鱈魚身上似的。

對於范妮小姐來說,這場邂逅具有如此之高的怡人屬性,還給她帶來了如此之多可供事後回想自得的資本,以致於,它甚至把她原本粗暴的態度軟化到了有些過分的地步。當這個佇列於次日重新動作起來之後,她居於其間時挾裹了一股嶄新的快活氣象,並且確鑿無疑地流露出來一股如此巨大的愉悅心緒,結果讓領袖夫人都有點吃驚起來了。

小杜麗很為沒人把錯誤歸咎於她感到高興,她也樂於看到范妮那副高興的樣子,不過,她在這個佇列裡面扮演的是一個沉思默想的角色,亦是一個安靜的角色。當她在旅行馬車裡面跟她父親相向而坐,同時回想著馬夏的那個破舊房間時,她目下的存在恍如夢境一般。她所目睹的一切都是新奇的,但也是不真實的,在她看來,那些群山連綿的景象和風景如畫的鄉村景致,都可能會在任何一刻裡面消融不見,而她所乘坐的馬車在拐過某個急彎時,則有可能會在一陣顛簸中衝向馬夏那個破舊的大門。

沒有工作可做是一種陌生的感受,但是,比起偷偷溜進一個角落裡面但沒有人可以去想,也沒有事情可供籌謀策劃,亦沒有對他人的擔心可供加諸她的身上來,前者的陌生程度連它的一半都難以企及。而且,雖然上述那種情形已經足夠陌生了,但比它更要陌生上許多的是,她發現,她和她父親之間現在橫亙了一條鴻溝出來,在那條溝裡,其他人承擔起了照顧

他的責任，卻絕對不會希望她也出現在那裡。起初的時候，它甚至比這些高山都更加令她無所適從，也更加迥異於她以往的經驗，結果，她一時難以讓自己去順從這種變化，還試著想要保留住她在他身邊的那個舊有位置。但是，他隨即找她私下裡談了話，他說，地位顯赫的——哈——地位顯赫的人們，親愛的，必須從他們的扈從那裡強行索取到一份尊敬，不能有絲毫的馬虎和懈怠，還有，對於她，也就是他的女兒，多塞特郡杜麗家族所剩唯一旁支的杜麗愛米小姐來講，要是讓人知道——嗯——她讓自己履行了一位貼身男僕的——哈，嗯——的職責，那將會是不相相容於那份尊敬的。因此，親愛的，他——哈——他要以父親的身分向她下達一條禁令，就是她必須得記住，她現在是一位淑女，得讓自己表現出——嗯——適當的傲慢來，還得維護住一位淑女應有的地位，結果就是，他要求她克制住自己，不要去做那些將會招致——哈——令人不快和引人貶損的事情。她一聲沒吭地服從了父親的命令。於是就有了眼下的這個場面，她坐在她家那輛豪華馬車的一個角落裡面，兩隻慣於忍耐的小手疊放在身前，甚至連她的雙足流連難捨的那塊舊有領地的最後一個據點都割捨掉了。

　　正是因為身處在這個位置上面，所以她所目睹的一切才顯得不真實了起來，在她一整天都在那些空洞的地方苦苦撐持的過程當中，她所目睹的景致越是驚人，就越是相像於她自己那種流於虛幻的內心生活。比如眼下的辛普朗山口，還有它那些巨大的深淵和聲若雷鳴的瀑布，它那條神奇的通路，那些一隻鬆動的輪子或者馬匹的一個趔趄都會引發毀滅性後果的危險所在，那條向下通往義大利的斜坡，以及那個豁然展露出那片美麗土地的缺口，其時，崎嶇難行的高山峽谷逐漸加寬，最終把他們吐出了那座幽暗的牢獄——所有這一切都像是一場夢似的——只有破舊簡陋的馬夏才是真實的。不對，當她在腦海中勾畫它的模樣而缺失了她父親的時候，甚至連破舊簡陋的馬夏都轟然傾圮成了一塊平地。她幾乎沒辦法相信，它完

全還是她過去所熟知的那副模樣，比如，那些囚犯還在那個逼仄的放風場裡面踟躕徘徊，那些簡陋的房間還是戶戶不空，以及，那個牢頭還在門房裡面履行著放人出入的職責。

小杜麗念念不忘於一份有關她父親的牢獄生活的記憶，它像是一闋悲傷曲調的伴奏聲部似的，時刻縈繞於她的心頭。接下來，她將會攜帶著這份記憶，從一個有關她的出生地點的睡夢當中醒來，轉而進入另外一個白日夢境當中。而展開後面那場白日夢境的將會是，她於其間醒來的那個被油漆過的房間，它通常是一間已然威風掃地的巨大寢室，位於一座破舊失修的宮殿裡面，有野生葡萄的秋日紅葉懸垂在它的玻璃外面，有橘子樹種植在它窗外裂了縫隙的白色露臺上面，有一群僧侶和農夫聚集在它下方的小街上面，還有悲慘和壯美這兩種情狀在它遠處的每一路得[007]土地上不停角力，不管這些土地有著怎樣的天壤之別，悲慘總能假以命運的力量，把壯美摔個四仰八叉動彈不得。繼此而來的將會是一座由光禿禿的走廊和高廊大柱交織而成的迷宮，她家的那支隊伍已經在它下面的四方院落裡面，為日間的旅行做起了準備工作，不斷穿梭於由眾位僕人彙集起來的馬車和行李當中。然後是，在另外一間刷了油漆的寢室裡面進食早餐，這件寢室長了潮溼的黴斑，而且大到了讓人覺得荒蕪的地步，再然後就是出發了，對於羞怯而自知沒辦法在這一儀式中表現得足夠高高在上的她來說，出發永遠都是一件令人不安的事情。這是因為，在那個時候，導遊（此職將由馬夏的一位享有盛名的外國紳士擔任）將會現身報告說，一切均已準備停當；然後，她父親的貼身男僕將會用傲慢又炫耀的動作，為他進行旅行斗篷加身儀式；然後，范妮的女僕，還有她自己的女僕（此人是小杜麗心頭的一個重負，一開始千真萬確讓她哭過鼻子，她對該如何跟她相處所知甚少），都將會扈從在她們的身邊；然後，他哥哥的僕人將會備妥他主人的旅行裝備；然後，她父親將會把胳膊遞給領袖夫人，她叔叔會把他的

---

[007]　路得（rood），一種面積單位，每路得約合公制 1,077.7 平方公尺。

遞給她，最後，在店老闆和酒店侍者的護送之下，他們會朝著樓下猛撲而去。在那裡，將會有一群人聚集起來瞻仰他們的登車盛舉，而他們將會在一窩蜂湧來的鞠躬、乞討、馬跳、鞭打和叮鈴啷噹的硬幣碰撞聲中完成此舉。就這樣，他們最終將會發了瘋一般駛過不忍卒聞的狹窄街道，朝著城鎮的大門猛衝而去。

在日間的那些失卻了真實意味的事物當中，還將會出現：一連許多英里都栽種著葡萄樹的公路，樹上有又紅又亮的葡萄簇集得累累成環；許許多多的橄欖樹；位於山坡上面的白色村莊和城鎮，它們從外面看起來煞是可愛，但其內裡的邋遢貧窮情狀卻睹之令人怵目驚心；位於路邊的許多十字架；深邃湛藍的湖泊和其間那些宛若仙境的島嶼，還有其上那些簇集成群的船隻，它們都擁有顏色鮮亮的遮蓬和形態美麗的風帆；正在腐爛破碎為塵埃的龐大建築物；懸於半空當中的花園，因為其間的野草長勢太過強盛，所以它們的根部像是一些被錘子鑿打進去的楔子似的，有的撕裂了它們的拱門，有的撐裂了它們的牆壁；築有石頭階梯的小巷，它的每一個縫隙裡面都有蜥蜴在爬進爬出；以及隨處可見的各色乞丐，他們或引人不勝唏噓憐憫，或宛如畫中人物一般，或飢餓難耐，或其樂陶陶，其中既有兒童乞丐，也有老年乞丐。通常是在郵局或者其他中途暫停地點，這些境況淒慘的人們會變成她眼裡唯一具有真實意味的東西，有許多次，當她把帶在身邊預備送給他們的錢全部送出之後，她會疊起雙手坐在那裡，思緒萬千地看著某個身形極小的女孩領著她頭髮灰白的父親，那情形就像是，眼前的這幅景象讓她想起了逝去歲月當中的某件事情似的。

那些事物當中還將出現這樣一些地方，在那裡，他們會整整一週住在富麗堂皇的房間裡面，每天都享用佳餚盛饌，乘著馬車在堆疊成群的奇觀中遊覽，或是步行徜徉於長達數英里的宮殿群落當中，而他們用以休息的所在，則是一些巨大教堂的陰暗角落；在那裡，將會有金質或銀質的燈盞在巨柱和拱頂當中忽明忽滅地眨眼，還有跪倒在地的人們星星點點地遍布

於各處，他們有的跪在告解室附近，有的跪在走道上面；在那裡，還將有焚香的煙氣和香味繚繞彌漫於其間；在那裡，還會有各種圖畫、神像、俗豔的祭壇，以及其他各種或高或遠的東西，它們全都被朦朧的燈光柔和地照射著，而這些燈光是穿過骯汙的玻璃，或者透過門道裡厚重的門幕而來的。離開這些城市之後，他們將會再度出發，所走的依然是被葡萄樹和橄欖樹夾峙著的道路，所路過的仍然是骯髒破落的村莊，在那些村莊裡面，沒有一間茅舍的骯髒牆壁是沒有縫隙的，沒有一扇窗戶能擁有一英寸完整的玻璃或窗紙，在那些村莊裡面，好像沒有任何可供維持生計的事物，沒有任何可供果腹的食物，沒有任何可供製作的產品，沒有任何可供種植的作物，沒有任何可以希冀的未來，總之，除了等死之外沒有任何事情可做。

他們還將到達一些整座城鎮全部都被宮殿覆蓋著的地方，但它們的原住民悉數均遭驅逐清除，它們隨之全部變成了兵營。只見一批又一批無所事事的士兵在巨大的窗臺上面憑牆而坐，在它們的大理石欄杆上懸掛晾晒著他們的裝備，而在那些有識之士們看來，這些人像是一大群老鼠似的，正在（快樂地）嚙噬著支持這些大廈的根基，然後肯定會在不久的將來，跟這些大廈一起傾圮毀滅掉，砸在樓下街上那些如蜂群般密集的士兵、教士和密探們的腦袋上面，而後面這些留下來沒有離開的面目醜陋的人們，也正在等待著被毀滅的命運。[008]

途經了上述這些景致之後，杜麗家的這支隊伍一路進發到了威尼斯。在這個地方，這支隊伍暫時告於了解散，與此同時，在當地大運河邊上的一座宮殿（它的大小六倍於整個馬夏監獄）裡面，它的成員們一連住了有幾個月時間。

若是論起此地的那份不真實感來，絕對可稱冠絕於所有其他所在。它的街道悉數均由河水鋪就，它的無論晝夜的沉寂如死亡般安謐，打破它的

---

[008]　此處所指涉的是，1815 年奧地利對義大利北方地區的侵占。

唯有輕柔鳴響的教堂鐘聲，河流的潺潺水聲，以及貢多拉[009]船夫轉過水街拐角時的喊叫聲。在這個地方，小杜麗相當迷茫於她的享受任務該如何完成，所以經常坐在那裡苦思冥想。她的家人們開始了一種快樂的生活，這裡那裡地四處走動，夜以繼日地尋歡作樂，但是，她卻怯於加入他們的這種快樂當中，只是一個勁兒地請求他們，請允許她一個人獨善其身。

有時候，她會步入那些繫泊在門口的漆柱上，永遠都在聽候吩咐的眾多貢多拉的其中一隻裡面 —— 這是在她能夠逃脫那位咄咄逼人的女僕的扈從的時候，此人可稱是她的主子，而且是一位嚴厲的主子 —— 然後被它載著走遍這座陌生奇特的城市。在其他貢多拉裡面，那些過著群居社交生活的人們開始互相詢問起來，那個他們剛剛從她身邊經過的，兩手交疊著坐在船裡，用憂思又好奇的目光看著周遭景物的，形單影隻的小女孩是誰。但小杜麗從來沒有想過，她自己或者說她的行為，是值得任何人去花費時間加以關注的，所以，她仍然在這座城市四處遊走著，仍然還是那副安靜、受驚又茫然的模樣。

但是，她最為鍾愛的地方卻是她自己房間的陽臺，它懸掛在運河上方，有眾多其他陽臺位於其下，卻沒有哪怕一個陽臺位於它的頭上。它用一塊厚重的大石雕琢而成，因為年深月久而加深了顏色，並在建造時秉承了一種流於野性的審美趣味，這種趣味來自於東方，係當地眾多野趣的其中之一。而在這個寬闊的壁架狀物上面憑欄遠眺的小杜麗，相形之下確實是太過微小了一些。因為她對其他傍晚景致的喜愛程度均不及此處的一半，所以，她很快就引起了人們的注意，在路過的那些貢多拉裡面，有很多人會朝著她抬起眼來，還有很多人會說，那個身量矮小的英國女孩永遠都是孑然一身。

對於這個身量矮小的英國女孩而言，這些人們全都不是真實的存在，

---

[009] 貢多拉 (Gondola)，威尼斯特有的一種人工小划船，其船身細長，兩頭翹起，為當地的主要水上交通工具。

這些人們全都不為她所知。所以，她會仔細觀賞落日的景致，看它低垂的紫色和紅色光線射向遙遠的地方，看它燃燒的紅雲躍入半空當中，看它十分明亮地照耀著眾多建築，令它們的架構變得輕盈了起來，結果，它令它們看起來就像是，它們堅固的牆壁變得透明了起來，從它們的內部向外散射著光線。她會看著這些輝煌的景象走向終結，然後，待樓下黑色的貢多拉載著客人前往音樂會和舞會之後，她會抬起眼睛望向閃爍的群星。在其他時候，難道這些星星沒有照耀過她自己的一場聚會嗎？是時候回想一下那扇破舊的大門了！

　　於是，她會想起那扇破舊的大門來，想起她自己在夜闌人靜之際坐在它的旁邊，還有馬姬的頭枕在她身上的情景，以及彼時不同時候的其他地方和其他景象。然後，她會靠在陽臺上面眺望起下面的河水來，就像想像當中的這些東西全都藏在水面下一樣。抵達這個階段之後，她會一邊沉思冥想，一邊注視它緩慢流動的樣子，那情形就像是，在眼前的整個幻境當中，河水將會變為乾涸，然後再次把那座監獄展示於她的眼前，還有她自己，那個昔日的房間，那些昔日的獄友，以及昔日的訪客們，即一應始終縈繞於她的心頭，從未有過任何改變的真實事物。

第四章　小杜麗寫來的一封信

　　親愛的柯南先生 —— 我給你寫去此信的地點是，位於威尼斯的一個屬於我自己的房間，我覺得，你將會樂於與聞我的消息。但我知道，你與聞我的消息的那份欣喜之情，是沒辦法跟我給你寫去此信的欣喜心情相比的，這是因為，你身邊的每樣事物都是你慣於見到的模樣，你無需去想念任何東西 —— 除非是非常短暫，或者非常稀少地想起我來 —— 而我生活當中的所有事物都變得如此之陌生，令我對往昔懷戀非常。

　　當我們身在瑞士的時候，儘管那僅僅是在數周之前，但好像已經過去好幾個年頭了，那時我碰到了年輕的高文夫人，她當時也跟我們一樣，正在進行一場高山遠足旅行。她告訴我說，她非常安好和非常快樂。她托我給你捎去這條口信，說她滿懷深情地感謝你，而且永遠都不會忘記你。她非常推心置腹地對待我，而我差不多剛一開口跟她說話，就已經愛上了她。不過，那也沒有什麼好奇怪的，有誰能忍得住愛上這麼漂亮迷人的一個人呢？無論任何人愛上她，我都沒辦法覺得驚訝。真的，肯定不會。

　　如果我告訴你說，我希望高文夫人能嫁得一個更加適合於她的人選，我希望，你不會因為她的緣故感到不安 —— 因為我記得，你曾經說過，你對她懷有一份摯友那般的關切之情。高文先生看起來非常喜歡她，理所當然的是，她也非常非常喜歡他，但我認為，他還不夠誠實 —— 我不是指那個方面 —— 我指的是一應其他方面。我沒辦法把下述想法擯於頭腦之外，即如果我是高文夫人的話（那將會是一個多麼巨大的變化，我必須得做出怎樣的改變，才能變得像她一樣！），我會覺得有點孤單和茫然，換句話說就是，有點需要一個目標堅定一些的人。我甚至認為，她自己也有點感受到這種需要了，只是還未完全意識到它的存在。但請記住，你不要因此感到不安，因為她是「非常安好和非常快樂的」。還有，她看上去

漂亮得無以復加。

　　我期待著，能在不久之後再次見到她，更確切地說應該是，過去這幾天來一直都在期待著，能在這裡見到她。我將會因為你的緣故，永遠竭盡一己所能，盡量友好地去對待她。親愛的柯南先生，我敢說，你很少想起還有我這樣一個朋友（我在彼時是沒有任何其他朋友的，這並不是說，我現在有了其他朋友，因為我並沒結識新的朋友），但我卻經常想起這份友誼來，而且永遠不會忘記它。

　　我希望我能獲悉 —— 但最好還是沒有任何人寫信給我 —— 布羅夫婦把我親愛的父親買給他們的那份生意做得紅紅火火，老南帝先生跟他們，還有他的兩個孫子幸福地生活在一起，一遍又一遍地演唱著那些歌曲。當我想起我可憐的馬姬，還有當她沒了她的小媽之後，一開始肯定會感到的那份空虛失落，無論他們對她多好都於事無補的時候，我是絕難忍住奪眶而出的淚水的。你願意過去告訴她一聲嗎，請把這條口信當成一個絕大的祕密，而且要附帶上我的一份愛意，告訴她對於我們的這場分離而言，她所感受到的那份遺憾之情絕對不會大於我的這份遺憾？還有，你願意告訴他們所有人一聲嗎，我每天都在想著他們，無論身在何處，我的心都是忠誠於他們的？啊，如果你能知道它是怎樣的忠誠，你差不多會對我距離他們如此迢遙，又得做出這樣一副堂而皇之的樣子，發出一份憐憫來！

　　我能確信的是，你將會樂於知悉，我親愛的父親在身體健康方面非常安好，這些變化都對他產生了莫大的益處，還有，比起你曾經所見的那副狀貌來，他現在真的是大不相同了。我認為，我叔叔身上也有了一些改善，儘管他之前從未有過任何怨言，現在也從未得意忘形過。范妮現在非常優雅、伶俐而機敏。對她來說，成為一位淑女是天經地義的事情，她已經非常輕而易舉地適應了這場我們新近遭遇的鴻運，簡直達到了堪稱神奇的地步。這也提醒我記住，我自己是沒能力作此表現的，而且，我在某些時候差不多瀕於了絕望的境地，覺得自己無論何時都難作此表現。我發

現，我是沒能力學得會的。領袖夫人一直都跟我們在一起，我們說的有法語，還有義大利語，她煞費了巨大的苦心，想從許多不同的方面來塑造我們。我剛才說我們說的是法語和義大利語，我的意思是他們在說。至於我自己，卻是表現得如此遲鈍，以致幾乎沒能取得任何進展。每當我開始計畫、思考和嘗試之後，我的這些計畫、思考和嘗試就馬上沿著以往的那些管道付諸東流了，我會再一次仔細認真地思考起，有關日間的費用、我親愛的父親和我的工作的事情來，接著，我會恍然大悟地想起來，現在已經沒有這些憂慮可言了，只是讓我學習外語這件事情太過新鮮和不可能了一些，所以讓我又一次胡思亂想了起來。除了你之外，我是沒有勇氣向任何其他人提及此事的。

對於這些前所未見的國家和堪稱神奇的景致，我也是同樣的感受。誠然，它們是非常漂亮的，而且令我驚詫不已，但我卻沒辦法足夠泰然自若 —— 如果你能透徹理解我的意思的話，就是說，我是沒辦法充分放開自己的 —— 不能充分享受本來可以在它們當中享受到的那些樂趣。而且，我之前的那些見聞也十分奇特地跟它們混同在了一起。例如，當我們身在大山當中時，我常常覺得（親愛的柯南先生，我有些躊躇不決，該不該講述這樣一件瑣碎無益的事情，哪怕對你都是如此），好像馬夏肯定就在那塊巨大的岩石後面，或者說，好像柯南老夫人那個我在其中工作過許多個日子，而且第一次在那裡見到你的房間，肯定就在山頂積雪的另外一頭似的。你還記不記得，有一天晚上，我跟馬姬去了你在考文特花園的寓所？當我在天黑之後望向馬車車窗外面的時候，我曾屢次三番覺得，我好像看到那個房間出現在了我的眼前，看到它跟著我家的馬車一連走了好幾英里。那天晚上，我們被關在了外面，只能靠坐在那扇鐵門外面，和四處走動來打發時間，直到天亮才進去。現在，我常常抬頭仰望星空，然後相信，甚至在這個房間的陽臺上面都會這麼覺得，相信自己又一次身在了那條街道裡面，又一次跟馬姬被關在了外面。對於被我留在英格蘭的那些人，

們而言，我也會有同樣的想像。

當我乘坐貢多拉在這裡遊逛時，我竟然朝其他貢多拉裡面張望了起來，就像我很希望看到它們一樣，這很讓我自己吃了一驚。現在，看到它們會讓我喜不自勝，但我並不認為，剛開始看到它們的時候，我覺得它們有什麼特別的地方。在我的那些幻想時刻裡面，我幻想它們會出現在無論什麼地方，還想像當我身在橋上和碼頭上的時候，差不多都在盼望著看到它們那可愛的臉龐。

我還面臨著另外一個難題，在你看來，它會顯得非常奇怪。除了我自己之外，任何人都會覺得它非常奇怪，甚至連我自己都有這樣的感覺。我常常對 —— 我無需寫出那個詞來 —— 對他發出過去那種悲傷的憐憫之情來。雖然他已經改頭換面，我也始終對此懷有無以言表的感激之情，覺得受到了莫大的恩賜，但是，過去那種充滿悲傷之情的同情感有時會如此強烈地降臨於我的心頭，令我想用雙臂環繞起他的脖子來，告訴他我有多麼愛他，然後俯在他的胸脯上面哭上一小會兒。待到哭完之後，我會覺得高興、自豪和幸福起來。但我清楚地知道，我是絕對不能這麼做的，他不會喜歡我這樣做，范妮將會非常生氣，領袖夫人則會大吃一驚，所以，我最終還是讓自己平靜了下來。然而，在我這麼做的時候，我卻拚命壓制著下面這些感覺，一是我覺得，我跟他之間已經產生了一種距離，二是我覺得，就算在所有這些僕人和屬從們中間，他也像是被遺棄了一樣，從而非常需要我。

親愛的柯南先生，我已經寫了一大堆有關我自己的事情，但我必須得再多寫上一點，不然的話，我在這封言不及義的信裡最最想說的那些話，將會被排除於其外。在我這些愚蠢的想法當中，我方才如此大膽地向你坦陳了它們，因為我知道，如果有誰能夠理解我的話，你是肯定能理解我的，就算你不能理解我，也會比任何其他人都更加寬容於我 —— 在所有這些想法當中，有一個想法幾乎從來不會 —— 或者說絕對不會 —— 淡出

於我的記憶之外，那就是，我希望，你偶爾能在某個安靜的時刻裡面想到我。我必須要告訴你的是，有關這件事情，自打我離開家裡之後，我就懷上了一種急欲擺脫的焦慮感。因為我擔心，當你想到我的時候，可能會換了一種新的眼光，或者說把我當成了一個新的人物。請不要那樣做，我沒辦法承受那樣的局面 —— 它將會給我帶來你無從想像的痛苦感受。如果我相信，當你想到我的時候，不再把我當成你過去善意以待的那個人，而是當成了一個陌生人來看待，那將會令我痛苦到幾至心碎。我必須要請求並懇求於你的是：請你絕對不要認為，我是一個富人的女兒，也絕對不要認為，比起你最初認識我的時候，我現在的穿戴有了任何長進，或者說我的生活狀況有了任何改善；還有，請你記住，我僅僅是那個你曾經用如此巨大的柔情加以保護的，你曾經為她磨光露底的衣服遮擋過風雨的，你曾經在爐火旁邊為她烘烤過溼透的雙腳的，衣衫襤褸的小女孩；再有，請你在想起我（無論你在任何時候想起我來），還有我的真摯的感情和忠誠的感激之心時，永遠不要有任何改變，永遠把我當成你的可憐的孩子

小杜麗

附言 —— 你要特別謹記，不要為高文夫人感到不安。她的口信是，「非常安好和非常快樂」。還有，她看上去漂亮得無以復加。

第四章　小杜麗寫來的一封信

第五章　有個地方出了些問題

　　杜麗家在威尼斯住了一兩個月之後，有一天，大多數時間都跟伯爵和侯爵老爺們待在一起，而極少暇晷的杜麗先生事先留了一個小時出來，以期作為跟領袖夫人進行一些會談之用。

　　待他暗自留出的這個時間一經到達，他便派遣萬金油先生，也就是他的貼身男僕前往領袖夫人的套房（它足夠把三分之一個馬夏監獄吸納於其中），去致獻他對那位淑女的問候，並描述他欲要求得晤面殊榮的殷切願望。其時正值午前的下述時段，即杜麗家的各位成員們都在自己的房間裡面享用著咖啡，而距離他們聚集在一間一度曾經奢侈華美過，但現在已經黯然失色的，並被水蒸氣和一種積重難返的憂鬱氣質所俘獲的大堂裡面共進早餐這一盛事，則還有大約兩個小時的時間，所以，領袖夫人是能夠為這位男僕所覓見的。結果，這位使節發現，她正立足於一塊正方形的小地毯上面，比起她的石頭和大理石地板來，它的尺寸顯得極度微小，結果讓她看上去就像是，她之所以把它鋪展開來，可能是為了在它的上面試穿一雙新鞋，或者像是，她不知怎麼把那塊在《天方夜譚》裡面，由那三位王子的其中之一花光了四十個錢包才買來的，被施了魔法的地毯[010]搞到了手，然後在眼下的這一刻裡面，想要站在它的上面被載運到一個跟它不具任何連繫的，像是宮殿一般金碧輝煌的會客廳裡面去。

　　領袖夫人一邊放下空了的咖啡杯，一邊答覆這位使節說，她願意立即前往杜麗先生的套房，免得煩勞他屈尊來訪（他曾發乎於一份勇邁豪俠的騎士精神，主動做出了這一提議），於是，這位使節便甩開領袖夫人的房門，一路護送著她前來謁見了。從領袖夫人的套房前往杜麗先生的套房，途經的是一些充滿神祕氣息的樓梯和走廊，所以，這段路程可稱是相當獨

---

[010]　典出《天方夜譚》之「艾哈邁德王子和仙子佩麗·巴奴的故事」。

特的。它們二者當中的前者，即領袖夫人的套房被一條狹窄的，上面有一
道低矮悲傷的橋梁的輔街和對面那些如同地牢一般的公寓蒙住了眼睛，那
些公寓的牆上塗抹著成百上千個呈點狀和條狀，全都朝下流去的汙斑，那
情形就像是，在一連好幾個世紀的時間裡面，這些像是發了瘋一般的小
孔，始終都在朝亞得里亞海傾瀉著它們飽含鐵鏽的眼淚；後者擁有一扇跟
一座英式宅邸的正面等大的窗戶，從它眺望出去，可以看到許多漂亮的教
堂穹頂紛紛聳入了雖然倒映在水中，但又像完全從水中躍了出去的蔚藍天
空當中，它的下方是，屏聲息氣而呢喃低語的大運河不斷沖刷著它的門
道，在那裡，有數條貢多拉和它們的船夫一邊隨時恭候著杜麗先生的旨
意，一邊在小小的泊椿叢林中昏昏欲睡地搖盪個不停。

　　杜麗先生穿戴著光彩奪目的晨衣和便帽 —— 那條曾經蟄伏在眾多大
學生當中，韜光養晦了如此之久的幼蟲已然破繭而出，化為了一隻美麗得
罕見的蝴蝶 —— 立起身來接待了領袖夫人。給領袖夫人找把椅子去。要
舒服一點的椅子，先生，你在做什麼啊，你在想什麼呢，你什麼意思啊？
好了出去吧！

　　「領袖夫人。」杜麗先生說，「我不揣冒昧 ——」

　　「不會的，」領袖夫人插嘴說。「我完全聽候您的差遣，我剛才正在喝
咖啡呢。」

　　「我不揣冒昧，」杜麗先生把剛才的話又說了一遍，辭色之間流露了一
位不容置疑者的那份堪稱壯觀的冷靜氣度，「想要請您賞臉跟我進行一場
不大的私人會談，這是因為，我有點擔心我的 —— 哈 —— 我的小女兒。
您應該已經看到了吧，夫人，我的兩個女兒在性情方面存在著巨大的差
異？」

　　領袖夫人交叉起戴了手套（她是絕對不會不戴手套的，而且，它們是
絕對不會起皺的，永遠都是一副熨帖的模樣）的雙手來，嘴裡答覆說，「的
確存在著巨大的差異。」

「可以請您惠賜一下您對此事的看法嗎？」杜麗先生頗為恭敬地說，而且，此般狀貌並非不相相容於他那份壯嚴的安詳氣度。

「說起范妮來，」領袖夫人回應說，「她擁有強有力的性格和自立精神。而愛米呢，卻什麼都沒有。」

什麼都沒有嗎？哎呀，領袖夫人啊，你去問問馬夏的那些石頭和柵欄吧！哎呀，領袖夫人啊，你去問問教她工作的那個帽匠，還有教她姐姐跳舞的那個舞蹈老師吧！哎呀，領袖夫人啊，領袖夫人啊，你來問問我吧，也就是她的父親，問我在她的名下虧欠了什麼，再請你聽聽我的那些證詞，它們將會觸及到，自打她的童年時代起，這個纖弱的小人兒都遭逢了一些什麼樣的人生際遇！

但實際上，並沒有這樣的要求進入杜麗先生的頭腦當中。他看著領袖夫人，只見後者還是像往常那樣，在她的那幾匹禮儀之馬後面，用挺拔的姿勢端坐在她的馭者座上面；然後接著說，「沒錯，夫人。」且臉上堆滿了認真思考的神色。

「我不願意，」領袖夫人說，「被您當成我是在說，請注意，范妮身上沒有任何值得改進之處。而如果不是這樣的話，那就是她身上的才幹 —— 可能，或者說真的，有點太多了一些。」

「您能行行好嗎，夫人。」杜麗先生說，「請說得 —— 哈 —— 再明確上一些？我不是非常理解，我的大女兒擁有 —— 嗯 —— 太多才幹是什麼意思。到底是什麼才幹啊？」

「范妮她，」領袖夫人回應說，「目前擁有太多的觀點。完美的教養會讓人不去形成任何觀點，而且絕對不會做過多的表露。」

唯恐在完美的教養這個方面，他自己也被發現是有所缺陷的，於是，杜麗先生急忙答覆說，「您說的沒錯，夫人，這是毋庸置疑的。」領袖夫人回應說，「我也認為如此。」且辭色之間未見任何感情或者表情的流露。

「但是您要知道，親愛的夫人。」杜麗先生說，「我的兩個女兒在她們

尚且非常年幼的時候，便不幸失去了為她們所深切悼念的母親，還有，因為我直到最近才被認可了財產繼承人的身分，所以，她們曾經跟我這個相對來說比較貧困，儘管一直都很是驕傲的紳士，在 —— 哈，嗯 —— 比較隱蔽的地方生活過一段時間！」

「我並沒有，」領袖夫人說，「忽視掉這個情形。」

「夫人。」杜麗先生繼續說，「對於我的女兒范妮，她現在身受著眼下的這種指導，還有這樣一個榜樣總是樹立在她的眼前 —— 」

（聽到這裡，領袖夫人閉上了她的眼睛。）

「—— 我並沒什麼好擔心的。在范妮的身上，是有一種適應性很強的性格的。但是我的小女兒，領袖夫人，卻讓我覺得有點擔心和苦惱。我必須得向你通報一聲，她一直都是我最喜愛的孩子。」

「說起這種偏愛來，」領袖夫人說，「它們是沒有什麼理由的。」

「哈 —— 是的。」杜麗先生表示同意。「沒有理由。那個，夫人，我現在有些煩惱地注意到，愛米她，姑且這麼說吧，她不是我們當中的一員。她不喜歡跟我們一起四處走動，她在我們在此地擁有的社交群落中感到不知所措，我們的品味顯然並非是她的品味。這種狀況，」杜麗先生像法官那樣嚴肅地總結說，「換句話說就是，愛米身上 —— 哈 —— 出了些問題。」

「我們可以傾向於下述這種假設嗎？」領袖夫人略加粉飾地說，「即是說，這些問題可以歸因於她目前的地位太過新奇？」

「不好意思，夫人。」杜麗先生論稱，且其反應可稱相當之敏捷。「作為一位紳士的女兒，儘管 —— 哈 —— 他一度相對來說距離富裕的生活有些遙遠 —— 只是相對來說 —— 而她自己呢 —— 嗯 —— 也是在一個比較隱蔽的地方撫養長大的，但是，她並不需要一定就得覺得，這個地位真的新奇得這麼屬害。」

「沒錯。」領袖夫人說，「沒錯。」

「因此，夫人。」杜麗先生說，「我不揣冒昧（他對這個短語予以了分外的強調，把它重複了一遍，就像他溫文有禮又堅定不移地下達了這麼一條規定，即他是絕對不能再次遭到反駁的），我不揣冒昧請求進行這次晤面，我的目的在於，可以借此機會向您提及此事，然後詢問一下，您會為我提供一些怎樣的建議？」

「杜麗先生。」領袖夫人回應說，「自從我們在這裡住下之後，我跟愛米籠統地談過幾次有關儀態塑造的問題。她向我表達了她對威尼斯的極度驚奇之感。而我向她提及說，那個聲譽卓著的尤塔斯先生 [011]，也就是那位古雅的旅行家，他卻並不非常以它為然，他還把裡阿爾托橋跟西敏橋和黑衣修士橋 [012] 做過對比，最終得出了非常不利於它的結論。在您說過上面那些話之後，我無需補充您也能知道，我尚未發現我的這些論據收到了成效。您現在賞臉問我有什麼建議，而我一直都覺得（如果最終有事實證明，這只是一種沒有根據的假設，我想我是會得到原諒的），杜麗先生才是慣於向他人的思想上面施加影響的那個人。」

「嗯 —— 夫人。」杜麗先生說，「我一直身為一個相當巨大的團體的 —— 哈 —— 首腦人物。您剛才的假設是正確無誤的，我並非未曾習慣於 —— 居於一個影響他人的位置上面。」

「我是樂於，」領袖夫人回應說，「受到這種支持的。因此，我將會更加信心百倍地建議說，杜麗先生應該親自找愛米談話，把他的諸般論述和願望告與她知曉。此外，作為最受他喜愛的孩子，而且毫無疑問非常依戀於他，這會令她屈從於他的影響的可能性大為增加。」

「我已經料到您會這樣建議了，夫人。」杜麗先生說，「但是 —— 哈 —— 我不太確定，我這樣做 —— 嗯 —— 不會侵犯到 —— 」

---

[011]　全名約翰‧切特伍德‧尤塔斯 (John Chetwoode Eustace, 1762 ？～ 1815)，著名旅行家，著有《穿越義大利的古典之旅》(*A Classical Tour Through Italy*) 一書。

[012]　里阿爾托橋 (Rialto) 係威尼斯大運河上的一座橋梁；西敏橋 (Westminster) 和黑衣修士橋 (Blackfriars) 係倫敦泰晤士河上的橋梁。

「你說侵犯到我的職權嗎，杜麗先生？」領袖夫人頗為仁厚地說。「別提這碼子事了。」

「那就蒙您見允了，夫人。」杜麗先生接著上面的話頭說，然後搖響他的小鈴鐺，召喚他的貼身男僕前來聽候差遣，「我馬上派人把她叫來。」

「杜麗先生希望我留下來嗎？」

「如果您沒有其他事務纏身的話，可能並不反對抽出一兩分鐘 ——」

「一點都不。」

於是，貼身男僕萬金油奉命前去找到了愛米小姐的女僕，然後飭令那位下級向愛米小姐通報，說杜麗先生想在他自己的房間裡面見到她。向萬金油傳達這一指示的過程當中，杜麗先生用一隻眼睛頗為嚴厲地看著他，同時把另外一隻猜忌的眼睛盯在他的身上，直至他走出門外方告終止，因為杜麗先生有些不大放心，他心裡可能對杜家的尊嚴懷有一些偏見，再有就是，他甚至可能在擔任起這個職位之前，便已經聽聞過大學生們所講的某個笑話的風言風語，從而在眼下的這一刻裡面，可能滿心嘲諷地復蘇了對它的記憶。如果萬金油碰巧笑了一下，無論它是怎樣的難以察覺和無辜，都沒有任何事物能夠說服杜麗先生相信（直到他死去的那一刻都是如此），事情真的並非如此。然而，因為萬金油碰巧生就一張嚴肅而冷靜的面孔（這於他而言真可謂幸莫大焉），從而最終逃脫了這個可能禍及於他的隱祕危險。而且，等到他返回來之後 —— 其時，杜麗先生又盯著他看了一頓 —— 當他通報杜麗小姐到來的消息時，那副腔調像是她來出席葬禮那麼莊嚴隆重一般，所以，他在杜麗先生心裡留下了這麼一個模糊的印象，即這個由一位孀居母親撫養長大，跟著後者研習教理問答[013]的人，可以稱得上是一個循規蹈矩的好小夥子。

「愛米。」杜麗先生說，「妳方才充當了我和領袖夫人的一些談話的主

---

[013]　指基督教的《教理問答手冊》，此書中的所有問題都有既定而一成不變的答案，此處旨在隱喻，萬金油所受的是一種墨守成規的教育。

題人物。我們一致認為，妳在這裡好像過得不很舒服自在。哈 —— 這是怎麼回事呢？」

談話中出現了一陣停頓。

「我認為，父親，我還需要一點時間。」

「爸爸是一個更加可取的稱謂，」領袖夫人論稱。「父親顯得有點粗俗，親愛的。另外，爸爸這個詞語還能為嘴唇賦予一種嬌美的形態。爸爸、馬鈴薯、家禽、李子和稜鏡[014]，它們對嘴唇來說全都是非常好的詞語，尤其是李子和稜鏡。如果妳願意在某些場合 —— 比如走進一個房間的時候 —— 自言自語地說一下爸爸、馬鈴薯、家禽、李子和稜鏡，李子和稜鏡，妳將會發現，它對儀態的塑造是很有用處的。」

「孩子，」杜麗先生說，「請留心聽著 —— 嗯 —— 領袖夫人的這些箴言。」

朝著那位稱得上錚錚佼佼的傑出粉飾家，可憐的小杜麗投去了顯得有點成功無望的一瞥，並答應說她會試試。

「愛米，妳剛才說，」杜麗先生接著說，「妳認為妳需要時間。這時間是拿來做什麼用的？」

談話中出現了另外一陣停頓。

「變得習慣於目前這種新奇的生活，是我的全部意圖所在，」小杜麗說，同時用她飽含愛意的兩眼看著她的父親。而且，因為她意欲聽從領袖夫人的教導，同時取悅於他，所以，她稍微差一點就把她父親給叫成家禽了，如果不是李子和稜鏡的話。

杜麗先生蹙起了眉頭，看上去絕無任何被取悅的跡象。「愛米。」他回應說，「我必須得說上這麼一句，在我看來，我已經給了妳充裕的時間去用於那個目的。哈 —— 妳讓我吃了一驚。妳讓我大失所望。范妮已經戰

---

[014] 這一組詞語所對應的英語原文為 papa, potatoes, poultry, prunes, prism, 均以 P 開頭，讀時需收縮嘴唇，符合其時的審美規範。

勝掉無論任何這樣的小困難了，那麼 —— 嗯 —— 妳為什麼不可以呢？」

「我希望，我能快點做得更好一些。」小杜麗說。

「我也希望如此。」她父親回應說。「我 —— 哈 —— 我至為虔誠地希望能夠如此，愛米。我派人叫妳過來是為了，我想說上這麼一句 —— 嗯 —— 在領袖夫人在場的時候，讓妳印象更深地說上這麼一句，在領袖夫人的名下，我們全都負有莫大的虧欠，因為她總是令人感激地，願意在 —— 哈 —— 在這種或者任何其他場合裡面，跟我們身處同一陣營當中，」聽到這裡，領袖夫人閉上了她的眼睛，「我想說的是，我 —— 哈嗯 —— 對妳不大滿意。妳讓領袖夫人的工作變成了一件吃力不討好的差事。妳 —— 哈 —— 將我置於了非常窘迫的境地當中。妳一直都是（如同我對領袖夫人透露的那樣）我最喜愛的孩子，我一直都把妳當成一個 —— 嗯 —— 一個朋友和夥伴，事有往來的是，我要乞求妳 —— 我哈 —— 我真的要乞求妳，請你更好地適應一下 —— 嗯 —— 眼下的環境，同時履行一下那些對應於妳的 —— 妳的地位的職責。」

現在，杜麗先生的語言甚至比平時更顯支離破碎了一些，眼前的這個話題讓他激動了起來，急欲令自己表現出分外強調的姿態來。

「我真的要乞求妳，」他又說道，「請妳注意一下此事，再請妳嚴肅認真地費上一些心思，努力讓自己表現出一種既能適宜於妳身為 —— 哈 —— 杜麗愛米小姐這一地位，又能令我和領袖夫人覺得滿意的姿態來。」

聽到自己又一次被提及起來之後，那位女士又一次閉上了她的眼睛。然後，她慢慢睜開它們又立起身來，並補充了下面這些言辭：

「如果杜麗愛米小姐願意把注意力投向塑造外表這件事情上面，並願意接受我就此事給予的可憐援助，那麼，杜麗先生就不會再有其他憂心的理由了。我可以借此機會說上這麼幾句嗎，我們可以把它當成一個適例來看待，我想說的是，我看到，我的一個非常可愛的年輕朋友用關注的目光去看待那些流浪漢們，這可算不上是非常謹慎的行為，不是嗎？他們是不

應該被加以關注的。無論任何時候，任何令人不快的事物都是不應該被加以關注的。除卻這樣一種習慣是那種優雅泰然的外表（此係良好教養的一種深切流露）的莫大阻礙之外，它還絕難相容於一個純淨的頭腦。而一個真正純淨的頭腦將會顯得，它對無論任何稱不上十足恰當、平靜和怡人的東西的存在，都是置若罔聞的。」發表完這個卓然高拔的觀點之後，領袖夫人敬了一個裙裾曳地的屈膝禮，然後便退了下去，其時，她嘴部的表情隱隱顯出了李子和稜鏡所對應的形態。

至於小杜麗這邊，她不管開口講話還是默然不語，都保持著她那副安靜的誠實模樣，和她那道飽含愛意的目光。截至目前，除去一個倏忽即逝的瞬間之外，它未曾被罩上過任何陰影。但是，她現在卻隻身一人跟他待在了房間裡面，於是，她的輕輕疊放在一起的兩手的手指開始動彈了起來，臉上也顯出了努力克制感情的跡象來。

這一切並非因她自己而起。她可能覺得有點受傷，但是，她的思慮卻並非因她自己而起。如同它們一直以來慣以為之的那樣，她的思想仍然還是轉到了他的身上。有那麼一種模模糊糊的擔憂，自打他們獲得命運垂青開始，它便縈繞在她的心頭不曾離開過，它就是，就算直到現在，她都絕難看到他在入獄之前曾經有過的樣子，而且，在她的心裡，這種模糊的擔憂已經逐漸具有了確切的形態。她覺得，在他方才對她所說的那些話裡面，在他對待她的整副儀態裡面，都有馬夏高牆的那道再熟悉不過的陰影存在著。它現在擁有了新的形狀，但仍然還是過去那道令人悲傷的陰影。於是，她開始滿心悲傷又不大情願地暗自承認了如下事實，即她還沒有強大到能夠驅逐下述恐怖事物的地步，而這個恐怖事物，或者說令人恐懼的真相就是，在一個人的生活當中，無論任何時空都沒辦法戰勝在監獄鐵窗後面度過的四分之一個世紀的時光。因此，她不會把任何責備加諸他的身上，也不會對他進行任何指摘，在她那顆忠誠的心裡，除了巨大的憐憫和漫無邊際的柔情之外，是沒有任何其他感情存在的。

　　這便是下述事實的原因所在，即，就算他現在坐在她面前的沙發上面，被義大利的一個晴朗白晝的明媚陽光所籠罩，身處一座古老而壯觀的宮殿當中，身外是那座神奇的城市，在眼前的這一刻裡面，她眼裡的他仍然身在馬夏那間囚室的那種已經諳熟日久的黑暗當中，而她自己仍然想在他的身邊坐將下來，給予他撫慰，並再度跟他親密無間起來，再度對他不可或缺起來。如果他預料到了她在想些什麼，他自己的想法是絕難與其合拍的。只見他先在沙發上面焦躁不安地動了幾下，然後立起身四處走動了起來，臉上掛著一副非常不滿的表情。

　　「你還有別的什麼話想要對我說嗎，親愛的父親？」

　　「沒有，沒有。沒有別的話了。」

　　「你剛才對我不大滿意，讓我覺得很是抱歉，親愛的。我希望，你現在想起我來不會再覺得有什麼不滿了。我將會比以往任何時候都更加努力地去嘗試，讓我自己像你所希望的那樣，努力去適應周遭的環境 —— 因為說真的，我一直都在不停努力著，但它們全都失敗了，我是有這個自知之明的。」

　　「愛米。」他突然把臉扭向了她，嘴裡回應說。「妳 —— 哈 —— 總是習慣性地傷害我。」

　　「我傷害你嗎，父親！你說我嗎！」

　　「有這樣一個 —— 嗯 —— 這樣一個主題，」杜麗先生說，同時四下裡打量著房間天花板的周遭各處，卻沒把那張專注、震驚而毫無怨言的臉看上哪怕一眼，「一個令我感到痛心不已的主題，或者說一系列的各種事情吧，它們是我想要 —— 哈 —— 完全抹掉忘卻的。這一點是為妳姐姐所認同的，她已經在我在場的時候，向你表示過抗議，它也是為妳哥哥所認同的，它還是為 —— 哈嗯 —— 為每一個謹慎敏感的人所認同的，只有妳自己是個例外 —— 哈 —— 我要很難過地說，只有你自己是個例外。妳，愛米 —— 嗯 —— 妳獨自一人，只有妳一個 —— 總是讓這個主題重新活泛

起來，儘管並非表現於言詞之間。」

她把她的一隻手放在了他的胳膊上面。她沒再做任何其他舉動。她用柔和的動作觸摸著他。那隻顫抖的手像是帶著某種表情說道，「想想我吧，想想我是怎麼操勞的吧，想想我操過多少心吧！」但是，她卻沒有親口說出哪怕一個音節來。

然而，他卻在這陣觸摸中讀出了一種責備來，這是她所未曾預料到的，不然的話，她可能會克制住那隻手，不讓它伸將出去。接著，他開始狂熱難捺、磕磕巴巴又憤慨不已地為自己辯解了起來，欲要為自己正名一番，然而卻沒能取得任何成效。

「我那些年一直待在那裡。我被 —— 哈 —— 大家公認為那個地方的首腦人物。我 —— 嗯 —— 我讓妳在那裡受到了人們的尊敬，愛米。我 —— 哈，嗯 —— 我給我的家人們在那裡創造了一種地位。我理應得到一份回報。我要求得到一份回報。聽著，要把它從地面上掃除掉，然後重新開始。這個要求很過分嗎？我想問一問，這個要求很過分嗎？」

進行這一番東拉西扯的漫談時，他並沒有馬上拿眼看她，而是比劃著手勢指著空蕩蕩的空中，同時向它發出了上述呼籲。

「我是受過苦的。對於我受了多少苦這個問題，我可能比任何人都知道得更加清楚 —— 哈 —— 聽著是任何人！如果我可以把這一點撇開不顧，那該有多好，如果我可以把那些我曾經含辛茹苦的痕跡完全抹殺，那該有多好，如果我可以作為一位 —— 哈 —— 未曾受到糟蹋和未被打上烙印的紳士 —— 出現在世人面前，那該有多好 —— 如果我期望，我的孩子們將會有 —— 嗯 —— 上述表現，並把那段遭到詛咒的經歷從地面上掃除乾淨 —— 這個期望會有失之於過分的嫌疑嗎 —— 我要再說一遍，這個期望會有失之於過分的嫌疑嗎？」

儘管處於一種心神不寧的狀態當中，但是，他的這些驚嘆悉數均由一種被小心壓制著的聲音而來，唯恐隔牆有耳，會被貼身男僕偷聽了什麼去。

「相應地，他們全都這樣做了。妳姐姐這樣做了。妳哥哥也這樣做了。唯獨是妳，這個最受我喜愛的孩子，這個自打妳還是一個十足的——嗯——小寶寶開始，我就把你當成了我人生當中的朋友和夥伴的人，卻沒有這樣做。唯獨是妳這麼說道，妳沒辦法這樣做。況且，我還為妳提供了一份寶貴的援助，幫助妳去這樣做。為了實現這個目的，我讓一位造詣精深同時擁有高貴血統的女士——哈——也就是領袖夫人陪伴在妳的身邊。我感到不滿會讓人覺得驚訝嗎？我必需得為表達這樣的不滿辯白些什麼嗎？答案是不！」

話雖如此說，但他仍然還在辯白著自己，與此同時，他那份把自己激動得滿臉通紅的情緒，也未見任何減弱的跡象。

「在我表達無論任何不滿之前，為了確證我的想法是否正確，我還十分小心地求助了那位女士。我——嗯——我在進行此番求助的時候，必需得讓它圍於一個有限的範圍當中，不然的話，我——哈——就會讓那位女士，識破那些我意欲抹掉的東西了。我是個自私的人嗎？我的這些怨言是為我自己而發嗎？不是的。不是的。主要是出於——哈，嗯——妳的考慮而發，愛米。」

從他講出它的神態來判斷，對於最後這一份體貼的考量而言，它顯然是在眼前這一刻才進入到他的頭腦裡面的。

「我之前說過，我受到了傷害。我現在還是這麼說。我——哈——鐵了心要這麼說，無論他人會提出任何相反的意見來。讓我感到受傷的是，我的女兒穩穩當當地坐在——嗯——好運的大腿上面，卻會垂頭喪氣地縮頭縮腦，還宣揚說她配不上她的命運。讓我感到受傷的是，她會——哈——一板一眼地重新翻出來那些我們其他人想要抹掉的東西，還像是——嗯——我差點就要說，她是確確實實急著想要這麼宣揚了——想對我們那些富有顯赫的朋友們宣揚說，她出生和成長在——哈，嗯——一個我，也就是我本人拒絕將其具名的地方。但是，愛米，

在我覺得受傷，但這些怨言主要出於你的利益考慮而發這兩件事情之間，是沒有什麼自相矛盾之處的 —— 哈 —— 一點都沒有。我真的這麼認為，我要再說一遍，我真的這麼認為。出於妳的利益考慮，我希望妳能在領袖夫人的支持之下，去塑造一下 —— 嗯 —— 妳的外表。出於妳的利益考慮，我希望妳能擁有一個 —— 哈 —— 真正純淨的頭腦，（我要套用一下領袖夫人那些振聾發聵的言詞）對一應算不上十足恰當、平靜和怡人的東西全都置若罔聞。」

在他發表最後一段演說期間，他女兒一直都在不停地向下扯著他的袖子，像是某種警鐘在調節失當後所遭遇的情形一般。即是說，那份觸摸現在仍然位於他的胳膊上面。待他沉默下來之後，他先繞著天花板的周遭四處又稍稍打量了片刻功夫，然後才低下頭看起了她來。她的頭低垂著，所以他沒辦法看見她的面孔，但是，那份觸摸仍然是溫柔和安寧的，而且，她那副顯得有些沮喪的身形，也未流露出任何責備的意味 —— 除了愛意之外別無任何其他成分。接著，他開始抽抽搭搭地哭了起來，跟他那天晚上（即她後來在他的床邊一直坐到了次日早上那晚）在牢房裡面的表現別無任何二致，然後又喊叫著說，他是一個坐擁著財富的可憐的廢人，一條徹頭徹尾的可憐蟲，最後把她緊緊摟在了懷裡。而她所說的僅僅是，「別做聲，別做聲，親愛的！吻我吧！」他的淚水很快便乾涸了，要比前一次快上許多，而且，須臾功夫之後，便跟貼身男僕興致非常之高地談論了起來，以此糾正著他剛才竟然揮灑了幾滴眼淚這個錯誤。

除了另外一個將被記錄於相應位置處的顯著例外情形，在他重獲自由並鴻運加身的人生階段當中，這是他唯一一次跟他的女兒愛米談起以往的日子來。

但是，現在早餐時間已經到來了。跟著它一起來到的還有，從她的私人套房裡面走來的范妮小姐，以及亦是來自私人套房的愛德先生。因為熬夜的緣故，這兩位卓越不凡的年輕人全都顯出了一些疲態來。對於范妮小

姐而言，她狂熱迷戀上了一種被她自己稱為「出入上流社會」的活動，對此懷有不知饜足的欲望，並深受其害，若是有下面所說的那麼多次機會可供她支配的話，她會在頭一天的日落和第二天的日出之間，一頭埋進五十場這樣的社交活動當中去。而愛德先生呢，他亦廣闊交遊並收穫甚眾，一般而言，在每晚的絕大多數時間段當中，他都在忙個不停（但他把多數時間用在了搖色子賭博，或者是類似性質的其他活動上面）。而這裡面的原因在於，在他的命運尚未發生轉機之際，這位紳士便已經立足在了一個巨大的優勢地位上面，為如今結識他那些地位至高無上的夥伴們做好了各種準備工作，無需再去學習什麼，而他之所以能有該等習得，則要多虧他僥倖遭遇了一些意外事件，令他進入了馬匹買賣和撞球記分這兩個行當當中。

　　同樣地，杜麗福德先生也出現在了早餐席上面。因為這位老年紳士居住在他們這座宮殿的最頂層（在這一層練習手槍射擊不會有太多機會被其他住客發現），所以他的小姪女鼓起勇氣向他提議說，要把他的黑管還給他，在此之前，杜麗先生已經下令對它予以了沒收，但她擔著干係把它保存了起來。儘管范妮小姐也有一些反對意見，聲稱它是一種低俗的樂器，還說她很是憎惡它的聲音，但她最終還是做出了讓步。可是，她們隨後卻發現，他過去已經吹夠這個惹人厭的東西了，現在絕對不願意再把它碰上哪怕一下，即它已經不再是他的衣食飯碗了。取而代之的是，他在不知不覺間養成了一個新的習慣，喜歡拖曳著腳步走進畫廊裡面去，在那些著名威尼斯人的肖像畫前面一待就是好幾個小時，而在此過程當中，他的一隻手裡始終都會攥著他那個皺巴巴的鼻菸紙包（范妮小姐對此表示了極大的憤慨，並且提出，為了不給家人丟臉，要給他購買一個金質鼻菸盒，而等到它買來之後，他卻斷然拒絕把它帶在身邊）。有一個絕難得出確切答案的問題是，他那雙昏眩的眼睛到底在這些畫裡面看到了什麼，他是僅僅把它們當成一些圖畫來看待，還是像看到了自己精神層面上的力量那樣，糊

裡糊塗地把它們當成了一種已然消逝的榮耀，只能不得而知。但是，他卻以嚴格精確的步調向它們趨奉著他的殷勤關注，並顯然從這項事業裡面收穫了莫大的樂趣。待他一個人看了幾天之後，有一天上午，小杜麗恰好也加入了這種關注的行列。它顯然極大地提升了他的滿足感，所以，從那之後，她便經常陪著他一起去看畫，而當他為她抬著一把椅子從一張畫前走到另外一張畫前，並且不顧她的百般抗議，堅持要站在椅子後面侍候她的時候，這位老人的身上展現出來了，自打他這個廢人從這些遠足旅行中重獲新生以來，他所能擁有的至大歡樂之情，而且，他這麼做還擁有另外一個目的，即想要默聲不響地把她引薦給眾多高貴的威尼斯人。

結果，他在眼前這一席家庭早餐上提及到，前一天在一間畫廊裡面，他們見到了那對他們曾經在大聖伯納德修道院遇到過的淑女和紳士。「我忘記他們的名字了。」他說。「我敢說你是記著的，是吧威廉？我敢說你也是記著的，是吧愛德？」

「我記得非常清楚。」後面那位說。

「我也這麼認為，」范妮小姐論稱，並扭頭瞥了她妹妹一眼。「但我懷疑，要不是叔叔偶然絆到了這個話題上面的話，他們是不會重現於我們記憶當中的。」

「親愛的，妳用了一個多麼古怪的短語啊！」領袖夫人說。「無意中提到，或者偶然提及不是更好一些嗎？」

「非常感謝妳，領袖夫人。」那位年輕淑女回應說，「但是不，我認為不是。從總體上來說，我還是更喜歡自己的表達方式。」

一直以來，范妮小姐都是這樣接受來自領袖夫人的建議的。但是，她也總是把它儲存在頭腦裡面，然後在另外一個時間加以採用。

「就算叔叔沒有提到這回事，范妮。」小杜麗說，「我也會提及我們碰到了高義夫婦。妳得知道，自從碰到他們之後，我都沒有好好見過妳。我之所以打算在早餐期間說起它，是因為我想拜訪一下高文夫人，更好地跟

她結識一下，但得爸爸和領袖夫人不反對才行。」

「好吧，愛米。」范妮說，「我確信自己樂於發現，妳終於表達了一個想要跟威尼斯的不管什麼人更好地結交一番的願望。不過，高文夫婦是否是可取的結識對象，仍然還是有待確定的。」

「我說的是高文夫人，親愛的。」

「這是毫無疑問的，」范妮說。「但我相信，要是沒有國會法案[015]幫忙的話，妳是沒辦法把她跟她丈夫分開的。」

「你是怎麼想的，爸爸？」小杜麗詢問說，顯得很是羞怯不安且躊躇猶疑，「你反對我進行這場拜訪嗎？」

「說真的，」他答覆說，「我 ── 哈 ── 領袖夫人作何看法呢？」

領袖夫人的看法是，因為她尚未有幸跟方才提及的那對淑女和紳士進行過任何結識，所以，她也尚未有條件去把眼前這個對象給粉飾一番。作為粉飾行當中的一條總體性原則，她所能評論的只有，對於一個像杜麗家這樣在社會這座廟宇中被供奉得如此顯眼的家庭來講，這很大程度上要取決於，眼前探討的這位淑女可以歸結於哪一社會領域當中。

聽了這句評論之後，杜麗先生的臉色變得相當陰沉了起來。而正待他要一票永久徹底否決高文這個名字的時候（因為他把上述歸屬問題跟一個名叫柯南的冒僭之人連繫了起來，他模模糊糊地記著，此人曾經在他之前的生活中存在過），只見杜麗愛德先生加入到這場談話裡面來了，他眼睛上卡著單片眼鏡，嘴裡先來了這麼一句，「喂 ── 那邊那幾個！你們先出去一下，可以嗎？」這話是對兩個正在忙著傳遞菜肴的男僕所講的，旨在用謙恭的姿態向他們暗示，他們的服務可以被暫時停止使用一下。

待那兩位奴僕服從了這道訓令之後，杜麗愛德先生接著說了下去。

「出於總體政策方針方面的考量，我可能需要讓你們大家全都知道一

---

[015]　於 1857 年通過《婚姻動機法案》（*Matrimonial Causes Act*）之前，英國的離婚案件需要經由國會的一部個人法案來促成。

下，高文家的這兩個人——說起他們來，至少是說起那位紳士來，我本人是不能被認為對他們抱有什麼好感的——認識一些很有身分和地位的人，如果這件事還有些分量的話。」

「我想說的是，這件事呢。」那位美麗的粉飾家論稱，「它是有著極其巨大的分量的。要是我們正在討論的這些關聯人士，果真是一些很有身分地位且引人矚目的人物的話——」

「關於這一點，」杜麗愛德先生說，「我會教給你一個辦法讓你自己去判斷。你可能結識過，那位名叫莫德的名人吧？」

「你說的是偉大的莫德吧！」領袖夫人驚叫著說。

「這位莫德，」杜麗愛德先生說。「他們是認識他的。高文夫人——我指的是那位孀居的貴婦——也就是我那位以禮待人的朋友的母親——跟莫德夫人相當熟稔，而且我知道，這倆人都在他們夫婦的拜訪名單上面。」

「如果真是這樣的話，那我就沒辦法給出一份更加不容拒絕的保證來了。」領袖夫人對杜麗先生說，並舉起戴著手套的兩手低下了腦袋，像在對著某座雕像致以敬禮似的。

「我想請問我的兒子一聲，我的動機只是——哈——好奇而已，」杜麗先生論稱，他的神態已然發生了一種堅定不移的轉變，「他是如何得到這條——嗯——及時的資訊的？」

「這並不是一個很長的故事，先生。」杜麗愛德先生回應說，「你馬上就能得知它的來龍去脈。首先呢，莫德夫人就是那位你在那個它的名字叫什麼來著的地方，跟她進行過談判的女士。」

「馬提尼。」范妮小姐插嘴說，並顯出一副極度無精打采的神情來。

「馬提尼。」她哥哥對她的提示予以了認同，並微微地點了點頭，又微微地眨了眨眼睛，范妮小姐見狀之後，先是大大地吃了一驚，旋即大笑著漲紅了臉，以示已對其兄的意思心領神會。

「怎麼會是這樣呢，愛德？」杜麗先生說。「你當時向我透露的是，那位你跟他進行商談的紳士名叫 —— 哈 —— 小秀才。不對，你是給我看了他的名片。嗯。是小秀才。」

「這是毫無疑問的，父親，但接下來的事情並不一定就是，他母親的姓肯定也是那個。莫德夫人過去結過一次婚，而他現在仍然是她的兒子。她現在人在羅馬，到了那裡之後，我們可能可以多了解一些她的情況，因為你已經決定，要在那個地方過冬了。小秀才是才來這裡不久。我昨晚就是陪著小秀才一起度過的。從總體上來講，小秀才是一個非常好的小夥子，不過在有一件事情上面有點煩人，這是因為，他受到了某位年輕女士的致命重創。」說到這裡之後，杜麗愛德先生透過他的單片眼鏡，盯著桌子另一頭的范妮小姐看了起來。「我們昨晚碰巧對比了我們的旅行日記，所以我才能從小秀才本人那裡，得到了剛才說給你聽的那條消息。」說到這裡，他止住了話頭，但繼續透過眼鏡盯著范妮小姐看個不停，其時，他的一張臉扭曲得非常嚴重，但並非他有意對它進行了這麼一番裝飾，而是，一來是因為要把單片眼鏡卡在眼框裡面所做的那個動作，二來是因為他臉上那抹非常微妙難解的笑容。

「在該等種種情形之下，」杜麗先生說，「我相信當我對妳說，愛米，我並不反對，而是 —— 哈，嗯 —— 恰恰相反 —— 妳去滿足妳的願望的時候，我同時也在表達著領袖夫人的 —— 哈 —— 觀點，而不止是我自己的。我相信我可以 —— 哈 —— 讚頌 —— 妳的這個願望，」杜麗先生說，並顯出一副鼓勵且寬恕的神態來，「稱它是一個巨大的吉兆。去結識這些人是一件相當正確的事情。這是一件非常恰當的事情。莫德先生的名字 —— 哈 —— 是具有世界性聲響的。莫德先生的事業是龐大的。它們給他帶來了數量如此廣大的錢財，以致它們可以被當成是 —— 嗯 —— 我們國家的收益。莫德先生是時代的驕子。莫德先生的名字代表著時代的精神。請代表我向高文夫婦致以一應應有的客套和禮貌，因為我們會 ——

哈 —— 我們肯定會留意到他們的。」

　　就這樣，杜麗先生莊嚴且堂皇地授予了他的認可意見，令此事告於了塵埃落定。眾人沒有留意到的是，叔叔推開了他的盤子，忘掉了他的早餐，不過，無論在任何時候，除了小杜麗之外，其他人都是不會對他予以太多關注的。現在，那兩個僕人被重新召喚了回來，眼前的這餐飯也隨之走向了尾聲。接著，領袖夫人立起身來離開了餐桌。小杜麗也跟著立起身來離開了餐桌。再接著，正在愛德和范妮隔著桌子竊竊私語，杜麗先生則是一邊吃著無花果，一邊閱讀法文報紙的時候，那位叔叔卻突然把上述三人的注意力全都鎖定到了他的身上，只見他從椅子上立起身來，用一隻手重擊了桌面一掌，嘴裡說道，「哥哥，我要對此表示抗議！」

　　倘若他剛才用一種沒人懂得的語言發表了一則宣言，旋即又丟開了這個像是鬼一樣的東西，他也沒辦法讓眼前的這幾位觀眾驚駭得比現在更重一些。只見報紙從杜麗先生的手裡滑落了下來，他本人像是石像一般呆坐在那裡動彈不得，手裡還舉著一枚正待送進嘴裡的無花果。

　　「哥哥！」這位老人說，並往他的顫抖的聲音裡面，注入了一股可稱驚人的力量，「我要對此表示抗議！我是愛著你的，你知道我是滿懷深情地愛著你的。在過去的許許多多個年頭裡面，我從來沒有過哪怕一個不忠於你的念頭。屠弱如我這般的一個人，都會在無論任何時候，去打擊無論哪個敢說你不是的人。但是，哥哥啊，哥哥啊，哥哥啊，我要對此表示抗議！」

　　目睹著這樣一個老朽之人，竟然能夠爆發出這樣一股巨大的真情來，絕對可稱是一個非凡的場景。他的兩眼變得明亮了起來，他的灰髮在頭上聳立了起來，那些已然從他的眉臉上消退了二十五個年頭的，事關意志和目標的痕跡，也再度泛起了光彩，此外，他的其中一隻手也再度擁有了力量，令它做出了一些緊張不安的動作。

　　「親愛的福德！」杜麗先生驚叫著說，聲音顯得有些虛弱。「你這是怎

麼了？出什麼事了？」

「妳怎麼敢這樣呢。」那位老人朝著范妮扭過臉去，嘴裡說，「妳怎麼敢這麼做呢？妳是沒有記性嗎？妳是沒有心肝嗎？」

「我的叔叔呀！」范妮大聲說，她很是受了一些驚嚇，並迸出了眼淚來，「你為什麼要這麼殘忍地攻擊我呢？我做什麼了我？」

「還做什麼了！」那位老人一邊回應說，一邊指著她妹妹的位置，「妳這位對妳滿懷深情的，堪稱無價之寶的朋友在哪裡？妳這位忠誠耿耿的守護者在哪裡？妳這位勝似母親的親人在哪裡？妳怎麼敢讓自己凌駕在你的妹妹，這個集合上述三種身分於一體的人的頭上？丟人啊，妳這個虛偽的女孩，丟人啊！」

「我對愛米的那份愛意，」范妮大聲說，同時抽抽搭搭地哭泣著，「就像熱愛我自己的生命一樣 —— 或者說更甚於熱愛我自己的生命。我不應該受到這樣的對待。我對愛米的感激之情，和對愛米的鍾愛之心，已經臻於了人類所能達到的最大限度。我希望我還是死了乾淨。我絕對不要遭受這種惡毒的冤枉。而這一切僅僅是因為，我急著想要提升杜麗家的名譽。」

「快讓杜麗家的名譽喝西北風去吧！」那位老人大聲說，語氣中包含著巨大的蔑視和憤慨之情。「哥哥，我要對傲慢表示抗議。我要對辜恩負義表示抗議。我要對我們在座眾人當中的任何一個人表示抗議，只要他明知我們全都知道的那些事實，只要他目睹過我們全都見過的那些事情，但卻巧立了會讓愛米處於哪怕一瞬間的不利地位，或者是遭受哪怕一瞬間的痛苦體驗的無論任何藉口。我們全都可以知道，從它將會產生的那個結果來看，它絕對是一個卑劣的藉口 [016]。我們應該因此受到審判。哥哥啊，我要在上帝面前對此表示抗議！」

---

[016]　福德這段話的潛臺詞是，范妮欲利用愛米此次對高文夫人的拜訪，來加強她跟莫德一家人的關係，進而建立跟小秀才的戀愛關係，而福德有些擔心，她的戀愛會讓小杜麗覺得痛苦。

在他的那隻手舉過頭頂又拍在桌子上面的時候，它可稱是一隻鐵匠之手。但是，在沉默了一陣子之後，它又逐漸鬆弛成了往常那副虛弱的樣子。接著，他拖著平常那種曳足而行的步伐，繞過桌子走到他哥哥身邊，把那隻手放在他哥哥的肩膀上面，用一種柔和的聲音說，「威廉，親愛的人，我覺得必須得把它們說出來不可，請原諒我吧，因為我覺得必須得把它們說出來不可！」然後就佝僂著腰身走出了那間殿堂，其狀貌跟他以往走出馬夏的那間囚室別無任何二致。

在此過程當中，范妮始終都在嗚嗚咽咽地哭個不停，現在仍然還是作此表現。至於愛德，他的受驚之狀已經遠遠超過了吃驚得長大了嘴巴，而是未曾開啟他的雙唇，除了瞪大眼睛之外未見任何其他舉動。杜麗先生也全然是一副摸不著頭腦的窘迫模樣，完全沒辦法以任何方式去顯示自己的權威。所以，范妮是眼下頭一個開口講話的。

「我從來，從來，從來沒被這樣對待過！」她抽噎著說。「我從來沒見過任何事情，能有這麼嚴厲無情而有失於正當，這麼凶惡殘忍而有失於優雅！親愛的，善心的，安靜的小愛米也是一樣，要是她知道了，她竟然在無心之間充當了讓我遭受這種對待的幫凶，你說她會作何感受呢！但是，我是絕對不會告訴她的！不，善良的親愛的人，我是絕對不會告訴她的！」

在這一席話的援助之下，杜麗先生也打破了他的沉默。

「親愛的。」他說，「我是 —— 哈 —— 贊成妳的決定的。不把這件事情講給愛米去聽 —— 哈 —— 將會是一個大大上佳的選擇。它可能會 —— 嗯 —— 它可能會給她帶來巨大的痛苦。哈。毫無疑問的一點是，它將會給她帶來非常巨大的痛苦。避免此種情形的出現，乃是體貼正確之舉。我們將會 —— 哈 —— 讓這件事情爛在自己的肚子裡面。」

「但是叔叔的那個殘忍啊！」范妮小姐大聲說。「啊，我絕對不能原諒叔叔那種刻意傷害於我的殘忍行為！」

「親愛的。」杜麗先生說，他正在努力平復自己的音調，但仍然顯得非常蒼白，「我必須得要求妳不要這麼說。妳必須得記著，妳叔叔現在 —— 哈 —— 不再是以前的那個他了。妳必須得記著，妳叔叔的狀態需要 —— 嗯 —— 我們的大度包容，大度包容。」

「我確定，」范妮甚是悲天憫人地大聲說，「我們只能滿懷慈悲地作此猜測，他身上的某個地方肯定出了一些問題，不然的話，他絕對不會在全世界的那麼多人裡面，偏偏挑我來進行這麼一番攻擊。」

「范妮。」杜麗先生回應說，用的是一種兄弟情深的語調，「妳得知道，妳叔叔身上是有著難以計數的優點的，但他曾經遭受了 —— 嗯 —— 多麼巨大的傷害啊。還有，我要憑藉著我對他的那份衷愛之忱，憑藉我一直以來向他表現的不貳忠心，妳是知道這一點的，請求妳在 —— 哈 —— 在得出妳自己的結論時，不要去傷害我弟弟的感情。」

這席話為眼前的這個場景畫上了句點。杜麗愛德先生始終沒有說上哪怕一個字眼，把那副滿心困惑和疑竇的模樣保持到了最後。范妮小姐則在那天的白天裡面，在她妹妹心裡喚醒了許多飽含深情的不安情緒，因為在那個白天的絕大多數時間裡面，她要麼時不時地猛然發作起來把她擁入懷中，要麼一會兒送她妹妹胸針，一會兒又希望自己還是死了乾淨。

第六章　有個地方沒什麼問題

現在，高文恆瑞先生處於這樣一種進退維谷的境地當中，一方面懷著極度憎惡的心情拋棄了兩大權勢家族之一，另一方面又缺乏必要的資質，沒辦法在另一個領域裡面找到進身之階，只能鬱鬱寡歡地在中立地帶上四處兜兜轉轉，而這種狀況對心理健康是不甚有利的，且時間也沒可能對它有所改善。像他這種總在忙著對他人的優點和成績進行減法操作，同時絕無可能令自己的優點和成績出現加法傾向的病態的數學家們，每天都在對人世間最糟糕的那一類算術活動 [017]，進行著令其變得雲山霧罩起來的複雜化操作。

另外，他們這類人還慣於從一種因灰心失望而發的，流露著不滿情緒的自吹自擂中尋求某種補償，這種習慣亦是一種充滿著墮落頹敗氣息的習慣。而且，它很快就會滋生出某種有失於堅持固守，同時失之於漫不經心或者馬虎草率的懶散作風來。此外，透過顯揚那些不值得讚賞的東西，來貶低那些值得讚賞的東西，也是這種人的一種扭曲倒錯的樂趣，與此同時，無論在任何遊戲當中，也無論程度的輕重鬆緊，玩弄真相是絕對難於避免令事態惡化這一後果的。

對於美術行當裡那些在他看來絕無任何優點可言的各種表現而言，高文曾經表達過一些鮮明的觀點，從這個角度上來講，他算得上是地球上面心胸最為曠達開明的傢伙。他會宣稱說，倘若一個人不具任何力量，而另外一個人擁有許多力量，那麼，前者的一根小指頭都可能比後者的整個身心擁有更大的力量。如果有人反對說，他所讚揚的東西實際上是垃圾來的，他會代表他的行當答覆說，「我的善良的夥計，我們所有人最終除了變成垃圾之外，難道還會有別的出路嗎？反正我是變不成任何其他東西

---

[017] 「最糟糕的算術活動」暗指某些人用一些似是而非的歪理來扭曲或掩蓋真相，譬如高文在前文中的某些言論。

的，我要奉送給你的，就是這條坦白的供詞。」

　　他這種憤世嫉俗的狀態所具有的另外一種表現是，吹噓自己有多麼的貧窮，不過，他這樣做也可能存有下述居心，即向人表示他實際上應該是個富人，與此別無任何二致的是，他會公開讚美或譴責巴氏家族，唯恐人們會忘掉，他是屬於這個家族的一員。儘管讚美和譴責存在著雲泥之別，但是，這兩個主題卻非常頻繁地同時出現在他的口中，而且，他把它們運作經營得如此妥善，以致於，雖然他會把自己一連誇耀上整整一個月，卻可以令他自己不顯出實際顯要身分的一半來，而這其中的祕訣在於，他會用輕鬆的語氣自輕自賤，聲稱他無權要求任何人對他做何種看法。

　　而無論他跟他妻子去往何處，人們總是很快就能從他這種輕浮的言談當中，聽出如下畫外音來，即他的這份婚姻違背了他那些顯親貴戚們的意願，他得大費周章才能勸服他們對她高看一眼。他是從來沒有親口說過這種話的，而是恰恰相反，總是顯得對這種想法懷有嘲笑乃至鄙棄的態度，但有一個千真萬確的事實是，他總是不憚辛勞地貶低著自己，以此反襯著高於其妻一等的地位。自從他們的蜜月旅行期伊始，高文蜜妮便開始意識到，人們總是認為，她嫁給了一個自貶身價娶了她的男人，但他對她那份充滿騎士精神的愛情，抵消了這種先期地位上的不平等。

　　他們是由巴黎的布蘭多先生陪伴著來到威尼斯的，到了威尼斯之後，巴黎的布蘭多先生順勢跟高文過從甚密了起來。當他們第一次在日內瓦見到這位勇邁豪俠的紳士時，高文曾經懸而不決於，是該把他踢開，還是該鼓勵他跟他交往。在時長大約二十四小時的躊躇期期間，他一直處於六神無主的狀態當中，不知道該如何把這個難題敲定至令他自己滿意的程度，甚至一度想到了拋擲五法郎硬幣這個辦法，並為此舉設立了如下規定，「反面，踢開他，正面，鼓勵他，」準備聽從神諭的指示。然而，事有湊巧的是，他妻子恰好表達了對很是迷人的布蘭多的惡感，而且，旅館裡面的感情傾向整體上也不利於他。而見此情狀之後，高文卻決定要鼓勵他。

倘若此舉並非是他的慷慨之情的突然發作 —— 而它也真的不屬於這種狀況 —— 那麼，為何會有這種顛倒悖逆的情形出現呢？高文這個論身分地位要比巴黎的布蘭多優越上非常之多，絕對有能力把那位外表煞是予人以好感的紳士撕成碎片，也有能力看清他到底是何材料製成的人，為何會跟這樣一個人親密往來起來呢？這首先是因為，他觀察到，他妻子在脫離了父母之後首次產生了一個獨立的意願，而他卻想要跟這個東西對著幹上一下，這又是因為，她父親曾經為他償還過債務，而他得以抓住這個機會盡早主張一下他的獨立品格，是為可取之法。其次是，他想跟眾人的想法對著幹上一下，而這裡面的原因又在於，雖然他在其他方面擁有許多五花八門的本領，實際上卻是一個品行不肖之人。他樂於去宣稱，在任何一個外表光潔的國家裡面，一個像布蘭多這樣擁有優雅儀態的弄臣，是理應躍升至至為顯赫的地位的。他還樂於把布蘭多設立為優雅的典範，利用他去諷刺那些引其自身風度為傲的人們。此外，他還嚴肅認真地堅稱，布蘭多的雍容揖讓是完美無瑕的，布蘭多的強健談鋒是無可抵擋的，還有布蘭多身上那份如畫般美麗的從容氣度，就算是把它賤價甩賣，也得花上十萬個法郎方可購得（倘若它並非是一種天賦的能力，並非是不可購買的）。至於此人言行當中那種誇誇其談的成分，它是他跟一應同類人等身上的固有組成部分之一，無論他們一開始顯得多麼富有教養，都是無法抹除這一汙點的，就像太陽屬於我們這個太陽系一般確鑿無疑，對此，高文願意把它當成一種漫畫式的形象去加以接納，因為他發現，他可以把它當成一種現成的幽默素材，用來嘲弄那些也有這一汙點的為數甚眾的人們，雖然他們可能表現得不像布蘭多那麼過分，但肯定也會或多或少有些表露的。就這樣，他跟他密切地來往了起來，就這樣，他不以為意地逐漸加強著這些傾向，無所事事地從布蘭多的言談之間汲取著樂趣，並最終滑入了與其沆瀣一氣狼狽為奸的泥淖。儘管二人之間存在著這份關係，但是，他卻猜測他只是一個靠著小聰明，在牌桌和類似所在混口飯吃的人；他還懷疑他是

一個懦夫，同時覺得自己是無畏而勇敢的；他還明明白白地知曉，他是為蜜妮所不喜的；而且，儘管存在著上述種種情狀，但他對他的關愛之情最終卻是如此稀少，以致於，倘若他給了她無論任何明確的理由，令她對他憎惡以待，那他肯定會從威尼斯最高的那扇窗戶裡面，把他扔進這座城市最深的水裡，而且不會因此負上任何良心上的罪疚。

小杜麗原本是樂於獨自一人去造訪高文夫人的，但是，因為雖然已經過去了二十四個小時之久，可范妮尚未從她叔叔的抗議當中恢復過來，現在又十分急迫地提議，想要陪伴她前往，於是，杜家兩姐妹最終一起步入了一條停在杜麗先生窗下的貢多拉裡面，接著，她們又在那位導遊的陪同之下，挺著一副奢華隆重的派頭，被帶到了高文夫人的寓所那裡。事實上，對於那座寓所而言，她們的這副派頭顯得太過奢華隆重了一些，如同范妮所抱怨的那樣，它「偏僻到了嚇人的地步」，還迫使她們穿越了一系列錯綜複雜又狹窄逼仄的水街，對於它們，上述那位淑女將其貶低為「徹頭徹尾的臭水溝」。

高文夫人住的那幢房子位於一座荒蕪的小島上面，看上去像是從其他某個地方分離出來的一樣，然後恰巧漂到了眼前的這個下錨地點。跟它一起漂來的還有一株葡萄樹，此樹處於亟待修剪的狀態當中，其狀貌跟躺於其枝葉下方的那幾個可憐人幾無差別。而周遭景致當中的引人注目之物又包括：一座被臨時圍欄和腳手架包圍著的教堂，它在很久之前進行過一場假冒的修葺，那些修葺的設施和工具看上去已屆百歲高齡，且其自身也已經開始了腐朽的進程；為數甚眾的新近洗過的床單，被鋪展在太陽地裡晾晒風乾著；大量彼此不相協調一致，且怪誕得失卻了垂直形態的房舍，它們像是一些在亞當誕生以前便已經製成的腐壞乳酪，被切成了各種前所未見的奇形異狀，且長滿了蟎蟲；以及一大片像是熱病患者所看到的，令人頭腦為之昏亂的窗戶，它們的格構式百葉窗全都歪歪斜斜地吊在那裡，且絕大多數都有拖拉骯髒的物事懸蕩於其外。

這座房子的二樓是一家銀行——對於任何一位來自一座英國城市的，為全人類帶來了商務法規的商買紳士而言，它都可稱是一種令人訝異的體驗——在那裡，有兩位閒來無事的辦事人員，他們像是一對風乾的龍騎兵，頭戴飾有金色流蘇的綠色天鵝絨小帽，下頷上面蓄著小鬍子，站在一張不大的櫃檯後面，這張櫃檯又位於一個不大的房間裡面，該房間除了他們之外，所容納的其他可見之物僅包括一個空蕩蕩的保險櫃、一扇開著的房門、一個水罐，以及一張畫著玫瑰花環的牆紙。不過，一旦被依法徵用之後，此二人只需把手伸進一個人們看不見的所在，便能取出一堆又一堆的，簡直是耗之不竭的五法郎硬幣來。在這家銀行的下方，有一所包含著三或四個房間的套房，這些房間的窗戶上面全都安裝著柵欄，看上去像是為犯下罪行的老鼠而設的一座監獄。至於這家銀行的樓上，那便是高文夫人的住所了。

儘管它的牆壁上汙漬斑駁，像是有傳教地圖正在從它們的上面顯現出來，欲要向住客傳授一些地理知識似的，又儘管它那些古怪的傢俱全都呈現為一種寂寥、褪色而發黴的樣貌，而且有威尼斯那股無處不在的，由艙底汙水和草灘退潮之水混合而成的味道非常強烈地撲鼻而來，但是，這個地方的內部實際狀況，還是要比從外表推斷出來的樣子強了不少。為她們開門的是一個笑瞇瞇的男人——看樣子像是一個經過了改頭換面的殺手，實際上是一位臨時僕人——此人把她們引進了高文夫人坐於其間的那個房間裡面，並通報說，有兩位漂亮的英國淑女前來晤見女主人來了。

高文夫人正在做著針線工作，聞言把手裡的工作撇在一邊，放進一個覆蓋著的籃子裡面，然後立起了身來，動作稍微顯得有點忙亂。范妮小姐對她顯出了過分謙恭的姿態，並且動用起一位社交老手的全副技巧，說了一些常見的空洞無物的東西。

「讓爸爸感到極度抱憾的是，」范妮繼續說，「他今天恰好有事在身（他在這裡要忙的事情是如此之多，而我們那個社交圈子又大到了如此令人惱

火的地步），所以特地要求，要我把他的名片帶給高文先生。為了讓我自己可以確信，我已經完成了那件他至少囑咐了我十來遍的任務，請允許我馬上把它放在桌子上面，讓我的良心緩上一口氣兒吧。」

說完，她老練而從容地完成了此舉。

「我們全都，」范妮說，「欣喜若狂地獲悉，你們是認識莫德夫婦的。我們希望，它可以另闢蹊徑幫我們撮合一下。」

「他們是，」高文夫人說，「高文先生的家人的朋友。我尚未有幸被當面引薦給莫德夫人，但據我猜測，我會在羅馬被介紹給她認識。」

「真的呀！」范妮回應說，並做出一副和藹可親的樣貌來，像在努力平息著她自己那種高此人一等的感覺似的。「我想，你是會喜歡她的。」

「妳跟她很熟嗎？」

「喔，你肯定知道，」范妮說，並用她嬌美的雙肩做了一個意表坦率的動作，「在倫敦，每個人都是認識所有其他人的。況且，我們還在這裡碰到了她，跟你說實話吧，爸爸一開始對她發了點脾氣，因為她占據了我家下人為我們預定的一個房間。不過，那件事自然很快就過去了，我們現在又都是很好的朋友了。」

雖然到目前為止，這場拜訪尚未給予小杜麗任何跟高文夫人交談的機會，但是，她們之間卻進行了一場默不作聲的神交，而且它是同樣奏效的。她看著高文夫人，滿眼都是急切熱烈的興趣，後者的聲音甚至讓她激動得打起了抖來，凡是她附近或者四周的，或者說無論透過任何方式跟她發生了關聯的任何東西，都難以逃脫小杜麗的眼睛。對於此間那些至為細微末節的事情，她的領悟能力要敏銳於任何其他場合 —— 只有一件事情是個例外。

「那天晚上之後，」她現在開口講起話來了，「妳一直都很好吧？」

「很好，親愛的。妳呢？」

「啊！我一直都好，」小杜麗羞怯地說。「我 —— 挺好的，謝謝妳。」

她之所以會結巴著停下話頭來，其中的原因只有那一個，那就是，在跟她說話的同時，高文夫人摸了摸她的手，然後她們的目光也交織在了一起。在對方那雙大而溫柔的眼睛裡面，存在著某種擔心思慮的成分，它一下子就讓小杜麗嗓住了口舌。

　　「妳大概還不知道吧，我丈夫還蠻喜歡妳的呢，我差不多都要嫉妒妳了？」高文夫人說。

　　小杜麗紅著臉搖了搖頭。

　　「如果他會把他告訴我的那些話告訴妳的話，那麼，他將會告訴妳，妳要比他曾經見過的任何人都更加安靜，且更加敏於急智。」

　　「他把我說得過於好了。」小杜麗說。

　　「我對這話持懷疑態度，但我一點都不加懷疑的是，我必須得告訴他，妳到這裡來了。如果我沒有這麼做，就讓妳 —— 還有杜麗小姐 —— 走掉了，那麼，他是絕對不會原諒我的。我可以嗎？對於一位畫家的工作室，妳能原諒它的那份凌亂和有失於舒適嗎？」

　　上述問題是對范妮小姐而發的，後者仁厚地答覆說，她將會對此懷有無以復加的強烈興趣和狂喜之情。接著，高文夫人走到一扇門口，越過它朝裡面望了進去，然後又返了回來。「請賞恆瑞個面子進來吧。」她說，「我知道他會為此感到高興的！」

　　小杜麗是頭一個走進去的，而她所遭遇的第一個視物對象便是，來自巴黎的布蘭多，此人身穿一件巨大的斗篷，頭戴一頂帽簷拉得很低，顯得有些鬼祟的帽子，站在一個位於角落裡面的國王講壇之上，其狀貌跟他之前站在大聖伯納德山口的那塊石頭上面，同時有那些充滿警告意味的樹幹全都朝上指著他的時候很是相像。接著，當這個人形狀物朝她微笑起來的時候，她往後縮了縮身子。

　　「不用害怕，」高文說，同時從門後的畫架那裡走上前來。「那只是布蘭多而已。他正在履行今天給我充當模特這份責任。我正在用他畫著一幅

習作。讓他有所用處給我省了一筆錢出來，而我們這些窮畫家向來都是一文不剩的。」

接著，巴黎的布蘭多扯掉他那頂帽檐拉得很低的帽子，朝著兩位淑女致獻了一份敬意，但並沒從那個角落裡走出來。

「我要獻上一千份歉意！」他說。「但是，這位教授對我卻是如此的不肯通融，所以我有些不敢動彈。」

「那就別動。」當兩姐妹朝著畫架趨前時，高文沉著地說。「但至少應該讓小姐們看到我這幅拙作的原型人物吧，這樣她們才能知道我畫的是什麼。他就站在那裡，你們看到了吧。一個刺客正在等待著他的獵物，一個顯赫的貴人正在等待著拯救他的國家，或者是，他那位粗魯的敵人正在等待著給予某人一份卑劣的驚嚇，再或者是，一位天使般的信差正在等待著給予某人一份意外的驚喜 —— 無論你們認為他像極了什麼，統統都是可以的！」

「比如說，我的教授，像一位可憐的紳士正在等待著向優雅和美麗致獻他的崇敬之情，」布蘭多論稱。

「再比如說，我的淘氣的模特兒，」高文回應說，並用畫筆觸碰著畫上的那張臉，把真人的臉已然扭開的那一部分塗抹了幾筆，「像是一個剛剛做完好事的殺人犯。把你的那隻小白手露出來，布蘭多。把它放到斗篷外面來。讓它保持在靜止狀態。」

可實際上，布蘭多的那隻手卻是很難穩定下來，不過，這也可能是因為，當他大笑的時候，理所當然地牽扯著它抖動了起來。

「他之前跟另外一個殺人犯，或者是一個受害人扭打過幾下，不信你們來看，」高文說，並用一種顯得有點煩躁而技巧生疏的筆觸，迅速把那隻手的那個動作添加了上去，「這些就是他做過這件事的標記。放到斗篷外面，夥計！ —— 我的聖馬可呀，你這是在想什麼呢？」

巴黎的布蘭多再次大笑到了渾身亂顫的地步，所以，那隻手也抖動得更為顯著了起來，只見他時而抬起它去，用它纏繞著顯得溼漉漉的髭鬚，

時而又重新站成了規定的姿勢，微微擺著高視闊步的架勢。

他的臉十分顯然地朝著畫架旁邊小杜麗站立的那個方向，所以，他從始至終都在不停地看著她。而一經被他那雙奇特的眼睛所吸引，她也就沒辦法挪開她自己的眼睛了，於是，他們從頭到尾一直都在注視著彼此。而現在，她的身體開始顫抖起來了，高文感覺到了這種變化，並私心裡猜測道，她是受到了他身邊那隻大狗的驚嚇，其時，她正在用手撫弄著他的腦袋，他則剛剛回應了一聲低沉的咆哮。於是，他先瞥了她一眼，然後說，「他是不會傷害妳的，杜麗小姐。」

「我倒不是怕他，」她一邊打抖，一邊回應說，「但你能過來看看他嗎？」

高文聞言馬上扔下畫筆，用雙手抓住了大狗的頸圈。

「布蘭多！你怎麼能傻到這種程度呢，竟敢去惹毛他？我敢拿天堂起誓，或者是另外一個地方也行，他會把你撕成碎片的！給我躺下！獅子！聽見我的話了嗎，還反了你了？」

大狗卻不顧被頸圈勒到了半是窒息的地步，十分執拗地拼死向後拖著他的身體，跟他的主人針鋒相對著，下定決心要跳到房間的另外一頭去。在他主人剛才抓住他的那一刻裡面，他正在伏低身體，準備來個一躍而起。

「獅子！獅子！」他用兩條後腿蹬著地面，跟主人進行著一場角力。「你退後點！給我臥下，獅子！別讓他看見你，布蘭多！你到底對這隻狗施了些什麼法術？」

「我可什麼都沒做。」

「別讓他看見你，不然的話，我是沒辦法拉住這頭發了瘋的野獸的！快點離開房間！我拿我的靈魂起誓，他會咬死你的！」

在布蘭多消失不見的時候，大狗伴隨著一聲凶猛的吠叫，又再猛烈掙扎了一回。接著，在大狗表現出服從姿態的那一刻裡面，他那位憤怒程度比他少不了多少的主人，在他的頭上猛地一擊，把他打倒在地，然後又站

到他的身上，用靴子後跟把他猛烈地跺了許許多多次，結果，他的嘴裡很快就鮮血淋漓了起來。

「好了，你給我進那個角落裡面躺著去，」高文說，「不然的話，我會把你拖出去，一槍崩了你。」

獅子自然是奉命行事，躺倒身體舔起了嘴和胸脯來。獅子的主人先是稍事喘息，待恢復了平時的沉著儀態之後，便扭過臉朝他飽受驚嚇的妻子，和她的兩位訪客說起了話來。至於這件事情的整個過程，可能總共都不到兩分鐘時間。

「過來啊，過來啊，蜜妮！妳應該知道，他一直都有一副好脾氣來的，而且很是馴順。布蘭多肯定是刺激他了 —— 或者說朝他做了怪相。這隻狗是有他自己的好惡的，恰巧布蘭多不是他非常喜歡的人，但我確信，你會是一個受他喜歡的人，蜜妮，這是因為，他以前從來沒像今天這樣過。」

蜜妮因為受到了太大的驚擾，所以沒能答出任何相關的話語來。小杜麗已經在忙著撫慰她了，還有范妮，她先是驚叫了兩或三聲，然後便抓住高文先生的胳膊以求庇護，至於獅子，則是深自慚愧於給他們帶來了這場驚嚇，現在耷頭拉腦地貼地行走在女主人的腳邊。

「你這頭凶暴的畜生，」高文說，說完又踹了他一腳。「你得吃點苦頭，來補贖這份罪孽。」說完，他又反覆再三地打起他來。

「啊，請不要再懲罰他了。」小杜麗大聲說。「不要傷害他。你看他現在是多麼溫順啊！」因了她的此番請求，高文饒恕了他，而他也是受得起她的求情的，這是因為，他現在那副順從、悔恨和可憐的模樣，真的已經達到了一條狗所能做到的極致程度。想要從這場震動中恢復過來，並且讓這場拜訪變得不事造作拘謹而自然本真起來，可謂殊非易事，實際上，就算在之前那種有利於這一目標的條件之下，范妮都未曾有過哪怕一星半點這種表現。接下來，在兩姐妹起身告別之前，眾人又再進行了一番交流溝通，而小杜麗私心認為，此番交流向她披露出這麼一條資訊，即在對待他

妻子的時候，甚至在他對她鍾愛非常的那些時刻裡面，他都過多地把她當成了一個漂亮的孩子。他似乎如此深信不疑於，她對他懷有非常深厚的感情，而小杜麗也知道，在她那副漂亮的外表下面，肯定是隱藏著這種感情的，但他的這份篤信無疑卻令小杜麗開始懷疑，他自己身上能否存有任何這種深厚的感情。她很想知道，他的身上之所以欠缺一份堅決，是否有可能是因為欠缺了這種特質，而順理成章地導致了這一後果，以及，人是否也像船隻那樣，在礁石過多的淺灘裡面，它們的錨會難於抓地，然後便會四處亂漂起來了。

（本能更強於訓導）

最後，他一邊陪伴著她們朝樓下走去，一邊用玩笑的語氣表達著歉意，聲稱像他這種可憐的傢伙，只能困於這種可憐的地方，實在是慚愧得緊，還說等到位高權重的巴家人，也就是他的那些親戚們因為極度以此為恥，所以向他贈送了更好的住所之後，他就可以住得好一些了，同時也算

是賞那些人一個面子。到了水邊之後，她們收到了布蘭多向她們致獻的一份敬意，後者在經歷了方才那場驚魂歷險之後，顯得非常蒼白，然而卻對此事抱著非常不屑一顧的態度──聽他們提到獅子時報之以輕蔑的大笑。

最後，他們被一起留在了堤道上的那株小不點葡萄樹下面，只見高文無所事事地向河水裡拋灑著它的葉片，布蘭多則是點著了一根香菸，至於杜麗家兩姐妹這邊，她們又像之前來時候那樣，挺起來一副隆重奢華的派頭，伴隨著漿聲逐漸划遠去了。接著，還沒等她們在河裡滑動上很多分鐘，小杜麗便發覺，范妮好像做出了一些眼下的情形所不需要的，專事炫耀賣弄的舉動，而當她透過窗戶和開著的艙門四下裡搜尋此事的致因時，她看到，有另外一條貢多拉顯然正在隨侍著她們。

因為這條貢多拉用各種技藝高超的方式一直伴隨著她們的前進之路，有時像箭矢一般射到她們的前面，然後停下來讓她們通過，有時跟她們並駕齊驅著飛掠向前，但這種情形只能出現在水面足夠寬的時候，有時又緊緊尾隨在她們的船尾後面，又因為漸漸地，范妮不再掩飾，她正在用欺騙性的方式向那條船裡的某個人賣弄她的風度，而與此同時，她又假裝根本不知道那人的存在。所以，小杜麗最後問道，那是誰呀？

對此，范妮簡短作答說，「那個小孩。」

「誰呀？」小杜麗說。

「我的親愛的孩子，」范妮回應說（她的語氣讓人覺得，若非她叔叔進行了那場抗議，她可能會用你這個小傻瓜取而代之），「妳怎麼這麼呆啊！是小秀才。」

說完，她拉低了她那邊的窗戶，又向後仰起身子，漫不經心地把一個胳膊肘子放到了窗戶上面，接著用一個做工綺麗的，由黑、金兩色構成的西班牙扇子給自己扇起涼來。這時，隨侍的那條貢多拉再次飛掠到了她們前頭，並有一隻眼睛在它的視窗那裡迅速一掠而過，范妮見狀報以賣弄風情的大笑，然後說，「妳可曾見過這樣一個傻瓜嗎，親愛的？」

「妳覺不覺得，他這是打算一整天都跟著妳啊？」小杜麗問。

「我的寶貝孩子，」范妮回應說，「我沒可能答得上來，當一個白痴到了不顧一切的時候，他會做出什麼事來，但我認為，那是極有可能的。可它還沒遠到他實際上會追出來的那麼遠，那將會是極其之遠的 [018]。據我自己想像，如果他非常想要看上我一眼，而且想到了奄奄一息那個地步的話，那麼，整個威尼斯差不多都趕不上那麼遠。」

「他會那樣嗎？」小杜麗用十足單純的語氣發問說。

「哎呀，親愛的，這個問題讓我回答起來可是有點尷尬呢。」她姐姐說。「我相信他會那樣做的。妳最好去問問愛德。他對愛德說他會那樣做，我相信是這樣。我還獲悉到，因為一門心思都在我的身上，他在賭場和類似的地方出盡了洋相。不過，要是妳想了解一下的話，最好還是去問愛德吧。」

「我很好奇，他竟然沒來登門拜訪。」小杜麗先思索了片刻功夫，然後說。

「我的親愛的愛米，如果我收到的通報沒什麼錯誤的話，那妳的好奇心很快就會終止了。要是他今天已經登門拜訪過了，我是一點都不會吃驚的。那個人只是在等著鼓起勇氣來，我懷疑是這樣。」

「你會見他嗎？」

「那還用說，心愛的，」范妮說，「只要他來了我就會見。他又過來了。妳看他。啊，妳這個笨蛋呀！」

不容否認的一點是，秀才先生的外表顯得很是虛弱，除了他那隻躲在窗戶後面的眼睛，像是玻璃裡面的一個氣泡那麼無神之外，他還像除了那個貨真價實的致因 [019] 之外，已經沒有了無論任何理智，冷不丁就把他的

---

[018]　范妮這句話的潛臺詞是，小杜麗說小秀才可能會把范妮追上一整天，但范妮覺得，他一整天追出來的距離都遠不過他實際上會追出來的距離。後文中的「整個威尼斯」亦有類似一比。

[019]　此句中的「理智」和「致因」在原文中均對應著 reason，該詞同時具有上述兩種含義，「貨真價實的致因」所指的是范妮。

小舟給停下來了。

「親愛的，妳剛才問我會不會見他的時候，」范妮說，並從她那副優雅美麗的淡漠姿態裡面，顯出了一股堪與莫德夫人比肩的冷靜氣度來，「妳是什麼意思啊？」

「我的意思是 ——」小杜麗說，「我認為，我的意思跟你的意思差不了多少，我這麼說可以嗎，親愛的范妮？」

范妮的舉止馬上變得屈尊、謔弄和和藹了起來，並再次大笑了一頓，只見她戲弄又不乏真情地，用一條胳膊摟住了她的妹妹，然後說：

「現在妳來跟我說說，親愛的寶貝，當我們在馬提尼見到那個女人的時候，妳認為她是怎麼把那件事糊弄過去的？你看到她在一瞬間裡面做出了什麼決定嗎？」

「沒有，范妮。」

「那就讓我來告訴妳吧，愛米。她當時暗自下定決心，我現在絕對不能再提以前那場情形迥異於當前的會面，我絕對要假裝出一點都不知道，這兩個女孩就是當時那兩人的樣子來。她就是這麼擺脫困境的。那回我們離開哈利街的時候，我跟妳說過什麼來著？她像隨便哪個世俗的女人那樣，都是那麼無恥和虛偽。但是親愛的，她卻擁有這麼一份第一流的才幹，能夠一眼就找出來，誰能配得上她。」

說完，范妮把她的西班牙扇子意味深長地轉動了一下，讓它指向了自己的胸脯，像是在暗示著這麼一句巨大的潛臺詞，即該去哪裡尋找這些人裡面的其中一位。

「不僅是這樣，」范妮接著說，「她還向小秀才發出了同樣的指令，而且，在她把下述觀念灌輸進他那個在所有荒唐可笑的笨腦瓜裡面，算得上最為荒唐可笑的那一個裡面之前（因為你真的沒辦法把他那個稱為人的腦袋），她是不允許他來追求我的，而這個觀念就是，他得假裝出來，他是在旅館院子裡面第一次被我打動到的。」

「為什麼呀？」小杜麗問。

「妳還問為什麼？我善良仁慈的老天爺呀，親愛的！（她的語氣又一次非常明顯地顯示出了，『妳這個愚蠢的小東西！』的潛臺詞）妳怎麼能有此一問呢？妳難道沒有看到嗎，我有可能成為一個傻瓜的一個相當可取的匹配對象？妳難道沒有看到嗎，她把那個謊言從她自己的肩膀上（我必須得說，它們也是非常不錯的肩膀呢）轉移下來，」范妮論稱，並沾沾自喜地瞥視著自己，「將其加之於我們肩上，又假裝出一副替我們考慮的樣子來？」

「但是不管什麼時候，我們總是可以回歸到簡單的事實上面的。」

「沒錯，但如果妳願意的話，我們是不會那樣的，」范妮反駁說。「不，我是不會讓那種局面出現的，愛米。現在裝腔作勢的不再是我，而是變成了她，她接下來可是有的裝了。」

在一份洋洋自得的狂喜之情的支配之下，范妮小姐一手搖動著她的西班牙扇子，同時用另外一隻手緊緊箍著她妹妹的腰，像是正在壓榨制服莫德夫人一樣。

「不，」范妮又說道。「她將會發現，我走到了她之前走過的路上。她首先開闢了它，而我會沿著它繼續走下去。而且，在天命和時運的恩賜之下，我會繼續改善跟那個女人的關係，直到我當著她的眼前，讓我的裁縫向她的女僕施捨一些東西，而且，它們要十倍慷慨昂貴於她的裁縫曾經施捨給我的那些！」

小杜麗聽了沒有做聲，她能感覺到，在將會影響到杜麗家尊嚴的無論任何問題上面，她的意見都是不會被聽取的，而且，她也不願意無謂地失去，她姐姐剛剛對她恢復過來的那份出乎她意料之外的好感。她沒辦法表示同意，但她是可以沉默的。范妮清楚地知道，她正在轉著什麼念頭，而且清楚到了洞若觀火的地步，所以很快就問了她這個問題。

而她的答覆是，「妳是打算鼓勵秀才先生嗎，范妮？」

「妳說我要鼓勵他嗎，親愛的？」她姐姐說，並在微笑中流露出一股鄙夷的意味來，「那要取決於妳嘴裡的鼓勵是什麼意思。不，我並不打算鼓勵他，但是我會奴役他。」

小杜麗嚴肅而狐疑地瞥視著她的臉，可范妮並沒因此停下話頭來。只見她把她的黑金兩色相間的扇子折攏了起來，用它輕輕拍打著她妹妹的鼻子，至於她臉上的那副神情，則屬於一位驕傲的美人和一個偉大的神靈，而此人眼下正在玩弄，或者說戲謔地教導著她的一個相貌平平的夥伴。

「我會讓他幫我跑腿，親愛的，我會讓他對我服服貼貼。還有，要是我沒能讓他母親也對我服服貼貼的，那可不是我的錯。」

「妳認為 —— 親愛的范妮，請不要覺得我在冒犯妳，我們現在在一起真是挺舒服的 —— 妳能非常清楚地看到，這條道路的終點在哪裡嗎？」

「我不能說我已經看到這種程度了，尚且還在尋找當中，親愛的。」范妮回答說，並顯出了極度漠然的神色來，「所有事情都還來得及。這些就是我的打算。還有說真的，研究它們花費了我如此之久的時間，結果我們現在都到家了。還有，小秀才也正在門口打聽誰在裡面呢。當然了，這是一場徹頭徹尾的意外相遇。」

實際上，那位求愛者正手拿名片盒站在他的貢多拉上面，裝模作樣地向一位僕人打聽著上述問題。而眼前的諸般情形迭加在一起，令他在須臾功夫之後，向這兩位年輕淑女展示了這樣一個姿勢出來，若是放在古代，它會被認為是眼前這場朝見的一個不利徵兆[020]。出現此般情形的致因在於，那兩位年輕淑女的船夫因為方才的追逐遭遇了一些不便，有些懷恨在心，現在非常靈巧地讓他們的船，跟秀才先生的小舟至為輕微地碰撞了一下，結果卻讓那位紳士像是九柱戲裡面的一根大號柱子似的，一下子傾翻了過去，把他的鞋底展示給了他那些至為熱切的願望的接受對象，與此同時，他的身體上更為高貴的那些部分，則被他的一位僕人抱在懷裡，在船

---

[020]　此處指涉了古時用茶葉占卜的習俗，茶葉反轉主凶兆。

底那裡奮力掙扎個不停。

　　然而，因為范妮小姐十分關切地喊叫著說，那位紳士傷著了嗎？所以，比起眾人的預期來，秀才先生更顯齊整地立起身來，然後紅著臉結結巴巴地說，「什麼事都沒有。」接下來，當他通報自己的姓名時，范妮小姐想不起來以前在什麼時候見過他，而且一邊繼續往前走去，一邊側歪著腦袋以示疏遠。甚至在那之後，她都難以想起這個名字來，直至他解釋說，他曾經有幸在馬提尼見過她。這一下，她終於記起他來了，並且希望，他的淑女母親一切安好。

　　「謝謝妳，」秀才先生結結巴巴地說，「她非常好 —— 至少可以說，還過得去。」

　　「她在威尼斯嗎？」范妮小姐說。

　　「在羅馬，」秀才先生回答說。「我是自己到這兒來的，就我自己。我今天過來是為了，親自拜訪一下杜麗愛德先生。更準確地說應該是，也想拜訪一下杜麗先生。實際上，還想拜訪一下他的家人。」

　　聞聽此言之後，范妮小姐親切仁厚地朝眾多扈從扭過頭去，然後詢問說，她爸爸或者她哥哥在家嗎？待眾人答覆說他們都在家裡之後，秀才先生謙遜地朝她伸出了胳膊。范妮小姐接受了它，然後便在秀才先生的殷勤陪護之下走上了房間的大樓梯，對於後者來說，倘若他仍然相信（實際上，他現在已經沒有任何理由可資懷疑這一點了），身邊的這個女子周身上下沒什麼不可理喻之處的話，那他就有點自欺欺人了。

　　他們首先抵達了一間處於腐爛衰敗進程當中的接待室，那裡懸掛著一些已經褪了色的窗幔，它們呈現為一種令人悲傷的海綠色，而且已經破舊枯萎得看上去像是，它們正在向那些在窗戶下方漂游著的，或者是那些附著在牆上，正在為它們身陷囹圄的親戚哭泣著的海草，追索著同宗關係。然後，范妮小姐便派遣使者前去召喚她的父親和哥哥了。在等待這二人現身之際，她在一張沙發上面憑藉幾句針對但丁的評論，展示了絕大的優勢地位，從而結

束了對秀才先生的征服工作。而這裡面的原因在於，這位紳士之前認為，但丁只是一個屬於老奸巨猾那一類的怪人，曾經把樹葉圍在頭上過，還出於某種不可言說的目的，坐過佛羅倫斯大教堂外面的一張凳子[021]。

（秀才先生身陷於本末倒置的情境當中）

在歡迎這位訪客的時候，杜麗先生表現出了至高的溫文氣質和至為典雅的儀態。他專門詢問了莫德夫人的狀況。他也專門詢問了莫德先生的狀況。對此，秀才先生說，更準確地說應該是，像是揪住自己的襯衫領子一點一點扯出來的。他說，莫德夫人已經徹底厭倦了她在鄉下的住宅，以及她那幢位於布萊頓的房子，理所當然的一點是（難道你們不知道嗎），她也不能繼續待在倫敦，因為那裡已經找不出哪怕一個擁有靈魂的人來了，她還覺得，她今年也不是非常適合四處遊覽那些屬於凡人的地方，於是，

---

[021]　相貌顯得老奸巨猾和頭上圍著樹葉是但丁在雕塑當中的慣有形象，而傳言又稱，他曾經坐在佛羅倫斯大教堂外面的一塊石頭（stone）上思索過。小秀才認為他曾經坐過佛羅倫斯大教堂外面的凳子（stool），是因為 stone 和 stool 形近而致的混淆。

她最終決定要接觸一下羅馬，在那裡，一個像她那樣擁有眾所周知的美麗外表，而且周身上下沒有什麼不可理喻之處的女人，是沒可能不去實現一番巨大的成就的。至於莫德先生，他為倫敦城和其他類似地方的那些人們所趨之若鶩，而且在買方市場和銀行業當中堪稱是一個如此非凡的奇才，所以，秀才先生有些懷疑，這個國家的貨幣體系是否能夠少得了他。然而，秀才先生也沒有隱瞞，他的工作偶爾會顯得過多了一些，以及，如果能在一個全新的情境和環境裡面做個暫時嘗試的話，將會對他的各個方面均大有裨益。至於他自己，秀才先生向杜麗家的人們傳達了下述資訊，說他因為一樁相當特別的事務，正在去往他們將會去往的無論任何地方。

這份堪稱巨大的談話成就是需要耗費大量時間的，但最終還是得以了實現。待它實現之後，杜麗先生表達了他的下述希望，即秀才先生可以在片刻功夫之後跟他們共進晚餐。而秀才先生如此欣然地接受了這個想法，所以杜麗先生又問，他那天可有什麼事情要做嗎，比如呢？又因為他那天要做的就是無所事事這件事情（這是他的慣常工作，也是他特別有資質去從事的一份工作），所以被不失任何時機地弄到了杜麗先生的手裡，換句話說就是，他被要求進一步具結保證道，會在那天傍晚陪伴兩位小姐前往歌劇院。

晚餐時間到來之後，秀才先生像維納斯之子追隨他母親那樣，從海裡冒出了頭來 [022]，並在走上大樓梯之際，做了一個非常光彩奪目的亮相。如果說晨間的范妮是迷人的，那她此時的迷人程度要三倍於彼時，只見她非常得體地穿著著至為適合她的花色，同時面帶一副對身邊那人不以為意的神色，這令秀才先生身上的那副腳鐐加倍沉重了起來，簡直像是被鉚釘釘在了地上一樣。

「秀才先生，我聽說你是，」晚餐的東道主說，「認識 —— 哈 —— 高文先生的。是那位高文恆瑞先生？」

---

[022]　維納斯為希臘神話中的愛情女神，相傳誕生於海洋的泡沫當中。

「完全正確，先生。」秀才先生回應說。「事實上，他媽媽和我媽媽都算是老朋友了。」

「如果我之前就想到了這一點，愛米。」杜麗先生說，而且，他語氣中的那份恩賜意味，其壯觀威嚴之態簡直能跟德西老爺的那一份等量齊觀，「妳就應該給他們寫上一封短箋，讓他們今天過來共進晚餐了。我們的一些下人能夠 ── 哈 ── 把他們接來，再把他們送回家去。我們也能為了這個目的 ── 嗯 ── 省出一條貢多拉來。很遺憾我竟然把這件事給忘了。請妳明天記得提醒我，要把他們請來。」

令小杜麗不無懷疑的一點是，高文恆瑞先生會如何接納他們的恩賜，不過，她還是答應說，她不會忘了提醒他。

「請問，高文恆瑞先生畫不畫 ── 哈 ── 肖像呀？」杜麗先生詢問說。

秀才先生認為，只要有工作可做，他是願意去畫任何東西的。

「他沒有什麼特定的領域嗎？」杜麗先生說。

在愛情的刺激之下，秀才先生的頭腦現在顯得格外靈醒，只聽他答覆說，對於一個特定的行走地點[023]而言，一個人是應該搭配一雙特定的鞋子的，比如射獵時要有獵鞋，打板球要有板球鞋。然而，他卻相信，高文恆瑞先生是沒有什麼特定種類的鞋子的。

「也沒有什麼專長嗎？」杜麗先生說。

對於秀才先生而言，這個詞語顯得太長了一些，況且，他的腦力差不多已經被方才的那場艱苦運作消耗得一乾二淨了，於是答覆說，「不，謝謝你。我是很少吃這種東西的[024]。」

「好吧！」杜麗先生說。「於我而言，非常令人愉悅的一件事情是，能

---

[023]　這處對話中的「領域」和「行走地點」在原文中均對應著 walk，此詞同時具有上述兩種含義，秀才之所以答非所問，是因為只對 walk 做了淺表層面上的錯誤理解。

[024]　此處的「這個詞語顯得太長了一些」，指的是杜麗先生問話中的 speciality；而秀才之所以回答說，「我是很少吃這種東西的」，是因為他把「no speciality?（也沒有什麼專長嗎？）」誤解成了，杜麗先生在問他，你不要來上一些 XX 食物了嗎？

為一位擁有這種人際關係的紳士提供一些 —— 哈 —— 證明，去證明我意欲促進他的興趣，並培育 —— 嗯 —— 他的天才幼芽的強烈願望。我認為，我是肯定會雇傭高文先生為我畫像的。要是事情的結果能令 —— 哈 —— 雙方都比較滿意，那麼，我隨後還可能雇傭他在我的家人們身上一試身手。」

這時，有一個經他精心謀劃而得，且大膽而富於原創性的設想進入了秀才先生的頭腦當中，他覺得眼下是一個千載難逢的大好機會，讓他可以說上這麼一句，即對於杜麗家的某位成員而言（要非常顯著地對「某位」這個詞加以強調），是沒有哪位畫家有能力把她畫得足夠相像的。但是，因為欠缺一套能夠表達這個想法的公式化語句，所以它最終還是飄散在空中了。

接著，當范妮小姐對繪製肖像這個想法大加讚賞，並催促她爸爸快點展開相關行動的時候，他為此事而生的遺憾之情變得更為強烈了起來。她說，據她推測，高文先生在娶到他這位嬌妻的同時，也喪失了一些更好和更高的機會，以及，在農舍裡面堅守愛情和為了糊口賣畫為生這些事情，它們都是如此予人以愉悅且充滿趣味，所以，不管他到底有沒有繪製肖像畫的能力，她都要乞求她爸爸給予他這份委任，不過說真的，她和愛米都知道他是有這個能力的，因為她們今天看到，他的畫架上面有一幅栩栩如生的肖像畫，而且，她們還有機會把它跟原型人物做了一番對比。這些評論差不多讓秀才先生激動得精神錯亂了起來（它們可能原本就包含著這樣的意圖），因為與此同時，從另一方面來講，它們也表達出來，范妮小姐的內心裡面也是容得下強烈的柔情的，但她本人卻顯得，非常無知地對他的這份熱烈仰慕不明就裡，結果讓他心懷著一份對一位不知名的敵手的猜忌之情，把兩隻眼睛在腦袋上面滴溜溜地轉個不停。

晚餐過後，他們再度沉入了海中，接著在歌劇院的樓梯那裡浮出了水面，為他們前導的是他們的一位貢多拉船夫，這名侍從看上去像是一條男

性人魚似的，手裡提著一盞巨大的亞麻布面燈籠。最後，他們進入了劇院的包廂裡面，至於秀才先生，則是展開了一個充斥著巨大痛苦的夜晚。劇院裡面是黑暗的，但包廂卻是明亮的，而且，在演出期間，還有幾位訪客懶洋洋地逛到了這裡面來，對於這些人們，范妮表現出了如此巨大的興趣，還在跟他們交談的時候，擺出了如此迷人的姿勢，結果讓可憐的秀才對整個人類都生出了仇恨之心，但與此同時，她也跟這些人少有推心置腹，在談到遠處包廂裡面的那些人們的身分時，也鮮見跟他發生爭論的時候，只是馬虎敷衍了事。不過，在演出結束之際，他也收穫了兩份莫大的慰藉。其一是，她在整理斗篷時把扇子遞給他拿著，其二是，下樓的時候，他再次幸運地獲得了那份用胳膊攙著她的特權。秀才先生還覺得，這些點點滴滴的鼓勵正好能夠起到促使他不斷前進的作用，而並非不可能的一件事情是，杜麗小姐可能也是作此想法。

現在，杜麗家那條拿著燈盞的人魚已經在包廂門口做好了離開的準備，與此同時，在許多其他包廂的門口，也有其他一些拿著燈盞的人魚做好了離開的準備。接著，杜麗家的人魚放低燈籠為臺階照起了亮來，而當她熠熠閃亮的雙足在他身邊輕快地沿著樓梯向下走去時，秀才先生一邊密切注視著它們的動靜，一邊往他身上之前就有的那條腳鐐上面，又再增加了更為沉重的一條。另外，在此地的眾多閒逛者當中，巴黎的布蘭多也是包含在內的。只見他一邊開口講話，一邊走到了范妮身邊。

小杜麗原本跟她哥哥和領袖夫人走在前面（杜麗先生留在家裡沒有出來），但是，到了碼頭邊上之後，他們就全都聚集在一處了。發現布蘭多離她很近之後，她很是吃了一驚，其時，她正在拉著范妮往船裡面走去。

「高文今天快樂地接待了兩位美麗女士的造訪，」他說，「但在那之後，他卻遭受了一項損失。」

「你說損失嗎？」范妮一邊重複說，一邊坐了下去，而秀才在被迫交出她之後，像是一條失去了親人的可憐蟲似的。

「是的損失了。」布蘭多說。「我指的是他的狗，也就是獅子。」

說出上面這話的時候，小杜麗的手正被他握在手裡。

「他死了。」布蘭多說。

「死了？」小杜麗應聲說。「你是說那條雄偉的大狗嗎？」

「沒錯，親愛的女士們！」布蘭多一邊說，一邊微笑著聳了聳肩膀，「有人毒死了那條雄偉的大狗。他現在已經硬挺得像是那些總督[025]們一樣了！」

---

[025]　總督係威尼斯舊時的最高行政長官，最後一任於 1797 年被拿破崙廢黜；總督的英文原形（doge）與狗（dog）相近。

第六章　有個地方沒什麼問題

第七章　多半都是裝腔作勢的東西

現在，除了一如既往端坐在她的馭者座上面，把她的禮儀之馬駕馭攏束得完美無缺之外，領袖夫人又煞費了一份巨大的苦心，想要幫她那位非常親密的年輕朋友塑造出一份優雅的外表來，而領袖夫人那位非常親密的年輕朋友，也在接受這種塑造的時候，耗費了十分艱難的努力。雖然在她過去那種勞碌的生活當中，她已經艱難地實現過許多目標，但是，它們卻絕對不會艱難過，她現在接受領袖夫人的粉飾時所耗費的這些。一個真確無疑的事實在，在被那隻欲要讓她變得高雅起來的手撥弄著的時候，她感到很是焦慮和不安，然而，她也是主動讓自己服從了她家對於冠冕堂皇的強烈需求，就像在此之前，她讓自己服從了她家對於戔戔細物的強烈需求那樣，而且，在面對她自己對於這個問題的傾向時，她對自我意願的放任程度，並不比之前對於飢餓感的放任大上多少，在那些日子裡面，她會省下自己的午餐來，好讓她父親有晚餐可吃。

在遭受這位領袖的這番神判 [026] 的同時，她也是擁有一份慰藉的，比起一個奉獻精神和深情程度均遜色於她，且未曾習慣於她這種充滿艱難掙扎和自我犧牲的生活的人來，它讓她感到了更大的支持和更為深切的感激，而要是換了後面那個人來看，這份慰藉會被認為是完全合乎情理的。更確切的說法是，我們經常可以在生活中看到，像是小杜麗這樣的天使們，在推敲得失這個方面，常常會顯得不及那些勝過他們的人們一半仔細認真。而小杜麗的這份慰藉便是，其姊持續對她表現出來的一份仁慈。雖然這份仁慈採取的是寬大為懷的恩賜這種形式，但她卻覺得，這是無關緊要的，因為她已經對此習以為常了。另外，它還讓她處在了附庸的位置上面，令她在范妮高踞於其上，且強索著她的崇敬之情的那輛日車上面扮演

---

[026]　神判（ordeal），一種原始的審判方式，它會將被告置於劇烈的痛苦當中，以其能否承受這種痛苦來作為有罪或者無辜的證據，並認為這是一種神諭式的裁斷。

了侍從的角色，但她仍然覺得這是無關緊要的，並且沒有去尋求更好的位置。她一直都對范妮的美麗、優雅和機敏懷有強烈的仰慕之情，而現在，她也沒有去問自己，她對范妮懷有的強烈眷愛有多少是緣於她自己的愛心，又有多少是緣於范妮的愛心，而是只管把她那份被她那顆偉大的心靈所包容著的姐妹深情全盤託付給了後者。

另外，一來是因為領袖夫人向他們的家庭生活當中，批量灌注著裝腔作勢這個東西，二來又因為，范妮對上流社會那股猛扎濫打的勁頭永遠不會有鬆懈的時候，所以，當這二者結合起來之後，便僅僅在這份混合物的底部，留下了非常之少的一份事關任何天性和自然之情的殘渣和沉澱。對於小杜麗來講，這種狀況使得她跟范妮的那份推心置腹顯得加倍寶貴了起來，並令它們帶給她的寬慰也隨之水漲船高。

「愛米。」有一天晚上，等到只剩下她們兩人之後，范妮對她說，在此之前，她們度過了一個非常累人的白天，然而，雖然小杜麗已經累到了非常疲倦的程度，但范妮卻願意懷著一份至大的人生樂趣，再讓自己浸入到上流社會裡面去一次，「我要往妳的小腦瓜裡面裝上一些東西。我懷疑，妳是猜不到它是什麼的。」

「我並不認為具有那種可能性，親愛的。」小杜麗說。

「猜猜看嘛，我來給妳提示一下，孩子，」范妮說。「領袖夫人。」

在此前的整整一個白天裡面，李子和稜鏡[027]這兩樣東西差不多被用不同的方式組合了一千來次，在日間事務中占據了絕對主導地位，令她感到非常厭倦 —— 每樣事物都流於外表和粉飾，以及空洞無物的炫耀 —— 小杜麗現在的樣子就像是，她強烈地希望，領袖夫人已經蜷起身子睡了好幾個小時了，對她來說這是一種安全的狀態。

「那個，妳能猜出來嗎，愛米？」范妮說。

---

[027] 「李子和稜鏡」係prunes and prism的字面含義，該片語後被引申出「裝腔作勢之物」這一含義，如本章的標題，便是照其引申含義而譯；而這一片語的發端肇始之處，即為《小杜麗》，亦即為狄更斯所首創。

「不能，親愛的。除非是我做了什麼錯事，」小杜麗說，她像是受了一些驚嚇，而她所說的「錯事」，其潛臺詞指的是，預計會破壞粉飾或弄皺外表的無論任何事情。

范妮被她的這份擔憂大大地逗樂了，於是拿起她心愛的扇子（其時，她正坐在她的梳粧檯旁邊，那上面擺放著她那個殘忍成性的軍火庫，因為它們當中的大多數東西都傷害過秀才的心，所以強烈地散發著屬於後者的那股味道），用它頻頻拍打起她妹妹的鼻子來，並且始終都在大笑個不停。

「啊，我們的愛米，我們的愛米呀！」范妮說。「我們的愛米是一隻多麼膽怯的小鵝呀！但是，這件事情是不該報以大笑的，而是恰恰相反，親愛的，我覺得非常憤怒。」

「因為妳的怒氣算不到我頭上來，范妮，所以我並不介意它，」她妹妹微笑著說。

「哎呀！但我卻介意得很呢。」范妮說，「而且，等到我提點了你之後，寶貝，妳也會像我這樣的。愛米，妳從來沒有感覺到嗎，有人可是對領袖夫人禮貌得嚇人呢？」

「每個人都對領袖夫人禮貌以待，」小杜麗說。「因為 ——」

「因為她把他們冷凍得只能這樣是嗎？」范妮打斷她說。「我的意思不是這個，跟這個簡直是風馬牛不相及。注意！妳從來沒有感覺到嗎，愛米，爸可是對領袖夫人禮貌得嚇人呢？」

愛米低聲呢喃說，「沒有。」並顯出一副相當困惑的樣子來。

「沒有，我敢說妳沒有。但他真的是這樣，」范妮說。「他真是這樣，愛米。記住我的話吧，領袖夫人對爸是有所圖謀的！」

「親愛的范妮，妳認為領袖夫人有可能對無論哪個人有所圖謀嗎？」

「我認為這件事有可能嗎？」范妮反駁說。「親愛的，我知道得跟明鏡似的。我告訴妳吧，她肯定對爸有所圖謀。而且我告訴妳吧，事情還不止

是這樣，爸認為她是一個莫大的奇蹟，一個擁有精深造詣的莫大完人，是我們家的一個莫大收穫，所以，他已經準備好在無論哪一刻裡面，跟她締結起一份完美無缺的黃昏熱戀來了。那將會為諸事展開一幅美麗的嶄新畫卷，我希望但願如此吧！想一想我有領袖夫人這樣一個媽會是什麼情形吧！」

小杜麗沒有答覆「想一想我有領袖夫人這樣一個媽會是什麼情形吧」這個問題，但她看上去有些焦急，然後又用嚴肅的語氣詢問說，是什麼原因致使范妮得出了這些結論。

「我的親愛的，上帝呀！」范妮尖刻地說。「妳這等於是在問我，我怎麼知道一個男人什麼時候愛上了我一樣！但我當然是知道的呀。這種事情的發生概率是相當頻繁的，但我總是知道它的。我對眼前這件事情的感覺也是這麼回事，我猜是這樣。無論如何，我就是知道。」

「妳從來沒聽爸爸說過什麼吧？」

「說過什麼？」范妮重複說。「我的最最親愛的好孩子，在事情尚且沒有挑明的時候，妳覺得他有必要去說上一些什麼嗎？」

「還有，妳也從來沒聽領袖夫人說過什麼吧？」

「我的仁慈的老天爺呀我，愛米。」范妮回應說，「她是那種會說什麼的女人嗎？這不是完完全全明擺著的，再清楚不過的事實嗎？她目前不會有任何行動，只會把她的腰杆挺得筆直，把她那副令人惱火的手套戴在手上，然後再趾高氣揚地四下裡遊走。說過什麼！要是她在打惠斯特的時候抓了一張王牌，她是什麼都不會說的，孩子。等到她要用它的時候，把它打出去就結了。」

「但妳至少也可能判斷失誤吧，范妮，不是嗎？」

「啊是的，是有這個可能，」范妮說，「但我不會錯的。不過，我很高興妳能思考出這麼一條退路來，親愛的，我也很高興妳眼下能冷靜又淡定地，用它來處理這件事情。它讓我產生了這樣一種希望，妳大概是能夠承

受得了這份關係的。但我卻沒辦法承受它，也不會去嘗試。我會先跟秀才結婚。」

「啊，妳是絕對不會嫁給他的，范妮，無論如何都不會！」

「我發誓，親愛的。」那位年輕淑女應對說，用的是一種有些過分淡漠的語氣，「就算妳已經那麼說了，我也不會對這個問題作出確切的回答。沒人知道將來可能發生什麼。尤其是因為，等到我嫁給他之後，我就可以有很多機會用她自己那一套，去對待那個女人，也就是他媽了。我極其堅決地認定，我是不會緩於利用這個機會的，愛米。」

接下來，兩姐妹沒再多說別的什麼，不過，光是方才說過的那些話，便已經讓領袖夫人和秀才先生這兩個主題，在小杜麗的頭腦裡面變得非常顯著了起來，於是，她隨後對它們進行了非常充分的思索。

對於領袖夫人而言，早在很久之前，她便已經為自己塑造了一套如此完美的外表出來，所以，它的下面無論隱藏了任何東西（如果真有什麼的話），小杜麗的那個頭腦都是沒有能力察覺到的。無可否認的一點是，杜麗先生對她是非常禮貌的，而且對她評價甚高。但是范妮，因為她在大多數時候都失於魯莽衝動，所以她的那些意見是很容易發生謬誤的。然而，秀才這個問題卻位於一個不同的立足點上面，也就是說，任何人都能看到那裡在發生什麼事情，小杜麗自然也看到了它們，然後認真思考了它們，並為此發了諸多疑問及納罕。

說起秀才先生所做的那些奉獻，堪與其匹配的唯有，他的奴役者的那份多變和殘忍。有時候，她會把他偏愛到這樣一種引人注目的程度，以致他都快活地大聲竊笑起來了，但是到了次日，或者僅僅是下一個小時，她又會如此徹底地無視他，把他丟進一個如此不見天日的黑暗深淵裡面去，令他在外表上假裝出一副咳嗽連連的虛弱樣子來，心裡面卻在痛苦地呻吟。而他那種永不離棄的追隨，也是絕對打動不到范妮的，儘管存在著下面這些事實，亦是於事無補：比如，他是如此難以割捨愛德的陪伴，每當

那位紳士表達出想要更換夥伴的願望時，他準會令人厭煩地偷偷溜將出去，像個陰謀者似的乘坐著經過了偽裝的小船，在一些隱蔽的門口，或者是偏僻的街道上跟蹤前者，但在他自己看來，這些卻是絕對的必要之舉；比如，他是如此擔心掛念杜麗先生，想要知道他的身體狀況若何，甚至隔天便會登門加以探問，就像杜麗先生正在遭受一場間歇性熱病的荼毒一般；比如，他會在她家那些巨大的窗戶前面，把他的小船如此接連不斷地划來划去，以致有人可能會認為，他正在跟人打賭，賭他自己能在一千個小時裡划上一千英里，並為此投下了一份巨大的賭注；又比如，無論他的女主人的貢多拉何時離開大門，秀才先生的貢多拉都會從水上的某個伏擊點射將出去，並加以追蹤，就好像她是一個美麗的走私客，而他自己是一位海關官員似的。另外，可能是因為他過多地接觸了空氣和海水，從而加強了他天然體質上的那份力量，所以從外表上看起來，秀才先生並沒顯得多麼憔悴，不過，無論出於任何原因，他都鮮有希望憑藉著一種日漸瘦弱的身體狀況，來打動他的女主人的芳心，所以，他每天都在變得更加鼓脹起來，而且，他那副有點像是一個腫脹的男孩，而非一個年輕男子的獨特外表，已經發展到了紅潤且膨脹這種非同凡響的程度。

當布蘭多登門致獻他的敬意時，杜麗先生因為他是高文先生的朋友，所以用隨和可親的態度接待了他，並向他提及說，他想把將其自身形象傳諸子孫後嗣這項任務，委託給高文先生。布蘭多對其予以了高度讚賞，杜麗先生見狀突然想到，要是讓布蘭多把這個留給他朋友的絕佳機會傳達給後者，可能會正中布蘭多的下懷。布蘭多用他自己那種不事拘謹的優雅姿態接受了這份委託，並且發誓說，他會不等自己再老上一個小時，便把它履行完畢。而他甫一把這則新聞透露給高文先生，那位藝術大師便十分慷慨地讓杜麗先生去下了大概十來次地獄（這是因為，他對於施捨恩賜的忿恨之情，差不多堪與他對急需施捨恩賜這種窘況的忿恨感相比肩），並且快要因為他朋友給他帶來了這條口信，而跟他吵起來了。

「這可能算是我思想視野上的一個缺陷，布蘭多。」他說，「不過，如果你真的跟這件事情有什麼牽扯的話，那我還是希望自己死了算了。」

「還是先要了我自己的命吧！」布蘭多答覆說，「我跟它沒有無論任何關係，除了我認為，我正在幫助我的朋友。」

「把一個暴發戶提供的工作塞進他的口袋裡面是嗎？」高文蹙著眉頭說。「你是那個意思嗎？你去告訴你另外的那個朋友，他的腦袋只配畫成酒館的招牌，而且這件事只能讓畫招牌的人來完成。我是誰啊，他又是誰啊？」

「你是教授啊。」那位使節回應說，「布蘭多又是誰呢？」

高文顯得對後面那個問題沒有丁點興趣，只是用憤怒的口哨聲把杜麗先生噓走完事兒。不過，到了第二天之後，他又重新提起了這個話頭，用他那種不拘禮節的儀態說，並伴之以輕蔑的大笑，「那個，布蘭多，我們什麼時候去見見你那位梅塞納斯[028]呢？我們這些旅行家只要有工作可做，就必須把它們給接下來。我們什麼時候去關照一下這份工作呢？」

「你想什麼時候都可以，」頗感受傷的布蘭多說，「如果你願意的話。它能跟我有什麼牽扯呢？它能對我有什麼好處呢？」

「我能告訴你的是，它能對我有什麼好處，」高文說。「那就是麵包和乳酪。人是必須得吃飯的！所以快點走吧，我的布蘭多。」

杜麗先生當著他的兩個女兒和秀才先生接待了他們，後面那位因為某個業已達到了驚人這種程度的意外事件，碰巧正在那裡做客。「你好嗎，秀才？」高文漫不經心地說。「等到你必須動用常識才能活下去的時候，老傢伙，我希望，你可以混得比我滋潤一些。」

接著，杜麗先生提及了他的計畫。「先生。」高文先是十足優雅地接受了它，然後大笑著說，「我是這個行當裡面的新人，並未精研於它的種種神祕之處。我相信，我應該先在各種不同的角度下把你觀察一頓，告訴你

---

[028]　梅塞納斯（Maecenas，西元前 70－8），羅馬貴族和巨富，著名义學贊助人。

你是一個一流的繪畫對象，然後再考慮，我何時才能有充分的餘暇，好讓我自己攜帶著一份必要的熱情，把自己投入進我意欲為你繪製的這幅傑出畫像裡面去。我向你保證，」說到這裡，他再次大笑了起來，「我覺得，在那個由那些可愛、善良、高貴又天賦異稟的傢伙們，也就是我的兄弟畫家們構成的陣營裡面，我算得上是一個大大的叛徒，因為我沒能把那些騙人的鬼花招做得更好一些。但我接受的不是那樣的教育，現在去學習它又太遲了一些。所以事實是，我是一個非常拙劣的畫家，不過並沒比普通水準差上許多。如果你打算隨便扔上百把幾尼，那我就像闊人常有的一個窮親戚那樣，窮得叮噹響，而如果你願意把它們扔到我的頭上，那我將會對你不勝感激之至。我將會為了這筆錢，竭盡我的一己所能，而如果我的盡瘁成果仍然是拙劣的，那麼，就算到了那個時候，你仍然有可能得到這樣的收穫，就是說，你得到的是一幅署著菲薄微名的，名副其實的劣畫，而不是一幅署著鼎鼎大名的，名不副實的劣畫。」

這種調調雖然並未如他所料，但從總體上來講，它還是非常完美地契合了杜麗先生的心意。因為它顯示出來，這位紳士擁有高貴的出身，並不是一個徹頭徹尾的勞苦大眾，而他現在卻願意聽候他的差遣。於是，他把自己的手放進高文先生的兩隻手裡面，借此表達了他的滿意之情，並且說他相信，在他們私下裡以紳士身分相互往來時，他將會樂於進一步改善發展與對方的關係。

「你真是太好了。」高文說。「我在加入畫家兄弟會之後並未發誓棄絕上流社會（他們是地球表面之上最討人喜歡的一幫夥計），並十足樂於時不時地聞到，那股古老美好的火藥味道，儘管它曾經確確實實把我轟到了半空當中，而且，我目前的職業也是拜它所賜。還有，杜麗先生，要是我提出一條有關時間和地點的規定的話，」說到這裡，他再一次極為灑脫自如地大笑了起來，「你應該不會認為，我正在逐漸陷進這個行當的共濟

會當中去吧？[029] 因為事實並非如此，我拿我的性命起誓，無論我去往哪裡，我都忍不住想要背叛它，儘管我也敢拿朱比特起誓，我是用我的全副力量熱愛和尊敬著這個行當的。」

哈！面對著高文先生的坦率胸襟，杜麗先生是沒辦法建立起──嗯──那種懷疑來的。

「我要再說一遍，你真是太好了。」高文說。「杜麗先生，我聽說你要前往羅馬。我也正要去羅馬呢，因為那裡有我的一些朋友。就讓我在那裡開始為你繪製，這幅我合謀參與要為你繪製的拙作吧──而不是在這裡。要是在剩下的這點時間裡面在這裡開始做這件事情的話，我們將會失之倉皇。而且，儘管在威尼斯那些胳膊肘子沒有磨穿的人裡面，是沒辦法找出一個比我更窮的人來的，但在目前，我還沒能完全擺脫掉我的業餘水準呢──你瞧，我又一次損害到我們的行業了！──而且，我也沒辦法在匆促之間，僅僅為了六個便士的緣故，就去照著命令衝鋒陷陣。」

比起前面的那些話來，杜麗先生對這些議論的讚賞和接受態度並未有所減少。另外，它們還充當了杜麗家首次設宴招待高文夫婦的前奏曲，非但如此，它們還十分巧妙地在這個新近結交的家庭裡面，把高文置於了他一向擁有的位置上面。

同樣地，它們也把他的妻子置於了她一向擁有的位置上面。透過它們，范妮小姐非常清楚地獲得了如下認知，即高文夫人的佼好容貌讓她丈夫花費了高昂的代價，而且，巴家內部已經因為她引發了巨大的騷亂擾動，還有那位孀居的貴婦，也就是高文老夫人，她痛苦到了幾至心碎的地步，沉下臉來堅決反對這椿婚事，直至被她的母性感情打敗為止。同樣地，領袖夫人也十分明確地認識到，在眼前的這個家庭裡面，這份愛慕已經引發了眾多痛苦和不睦。而對於誠實的米格先生，高文的話裡沒做其他

---

[029]　高文這句話的潛臺詞是，畫家向被畫對象規定時間和地點是繪畫行當裡面的一條不成文的潛規則。

提及，只是說，顯得十足自然的是，像他那種類型的一個人，肯定會想把他女兒抬升出他自己那種晦暗無光的生活，而且，沒人能夠因為他盡力如此而指摘於他。

對於高文這套極易受到認同的理論的那個美麗的主題人物，小杜麗對她投注了太過真誠的興趣，且予以了太過密切的關注，所以沒可能失卻於對她進行準確的觀察。她能夠看到，向高文夫人身上投下那抹籠罩著她的生活的陰影時，這套理論也是參與在其中的，而且，她甚至擁有這樣一份基於直覺的認知，覺得這套理論裡面是沒有哪怕一丁點真相的。另外，這套理論還影響到了她跟高文夫人的往來，在她們的交往道路上設置了一些障礙，因為它使領袖夫人那些旨在裝腔作勢的教條對高文夫人採取了過分禮貌的態度，同時不允許跟她變得非常親密起來，而小杜麗作為那所學院裡面的一名身不由己的特困生，只能無奈而謙卑地服從了它的各種規定。

然而，她們兩人之間已經建立起來了一種基於同感的共識，它能夠提攜著她們克服比眼前這些更大的困難，還讓她們就算在一份受限更甚的交往關係當中，也能開出友誼之花來。而且，各種外部條件也好像鐵了心要予以她們這份關係支持似的，比如，她們因為彼此都感覺到，對方也對巴黎的布蘭多懷有強烈的厭惡，而深信不疑地懷起了一份新的意氣相投的感覺來，而且，這種厭惡所達到的那種強烈反感和憎惡的程度，已然可以比肩於，對一隻令人作嘔的爬蟲類生物所懷有的與生俱來的強烈惡感。

除了這份積極的意氣相投關係之外，她們二人之間還存在著一種被動的意氣相投狀況。對於她們兩人，布蘭多表現出了完全相同的舉止，對於她們兩人，他的舉止中全都包含著這樣一種成分，而她們兩人全都知道，它便是他對她們跟別人所作的區別對待。又因為這種區別表露得太過細微，所以他人均無從領會，但是她們知道，它是肯定存在的。只要他用他那兩隻邪惡的眼睛稍稍耍上一個花招，只要他把他那隻光滑的小白手轉上一轉，只要他那個極為頻繁的面部動作，即鼻子向下位移髭鬚向上翹起的

動作多了一線之微，便可以向她們兩人一般無二地傳達出一份僅僅針對她們的趾高氣揚來。其情狀如同他正在這麼說，「我在這裡擁有一份隱祕的權力，我知道一些只有我知道的事情。」

有一天，他前往杜麗先生家進行離開威尼斯之前的話別，在此之前，她們從未把這種感覺體會到如此之大的一種程度，彼此之間也從未如此完美地心有靈犀過。高文夫人出於同樣的目的，正隻身在那裡做客，而且，因為杜麗家的其他人全都出去了，所以他湊巧碰到只有她們待在一起。當時，她們才一起待了不到五分鐘的時間，而來者獨特的舉止像是朝她們傳達著如下資訊，「你們這是正要談論我呢。哈！看我來阻止你們了吧！」

「高文要來這裡嗎？」布蘭多微笑著說。

高文夫人答覆說，他不會過來。

「不會過來呀！」布蘭多說。「那麼，當你離開這裡的時候，請允許你的忠誠的僕人，護送著你回家吧。」

「謝謝你，但我沒打算要回家。」

「沒打算回家呀！」布蘭多說。「那我可就淒慘了。」

他也確實可能這樣，但他並未淒慘到剩下她們兩個，獨自一人去四處遊蕩的地步，而是坐下來逗起了她們，向她們致獻了恭維最甚的讚美，和甄選至善的言談。不過，他從始至終都在向她們傳達著下述資訊，「別，別，別，親愛的女士們。瞧我專門來這裡阻止妳們了吧！」

向她們傳達這條資訊的時候，他還額外增加了如此之多的深意，並且表現出來一份如此類似於魔鬼的執拗勁頭來，以致高文夫人最終選擇了起身離開。他見狀向高文夫人伸出一隻手去，欲要引領她走下樓梯，但她卻把小杜麗的一隻手握在自己手裡，並且十分小心地捏了捏它，然後說，「不，謝謝妳了。不過，如果妳願意去看看，我的船夫在不在那裡的話，我會對你感激不盡的。」

這讓他沒了別的選擇，只能趕在她們前頭走下樓去。在他手裡拿著帽

子下樓的時候，高文夫人耳語著說：

「是他殺了那條大狗。」

「高文先生知道嗎？」小杜麗也耳語著說。

「沒人知道這件事。不要朝著我看，要朝著他看。他會突然扭過臉來的。沒人知道這件事，但我確信，肯定是他幹的。妳呢？」

「我啊 ── 我也這麼覺得。」小杜麗回答說。

「恆瑞很喜歡他，所以不會把他往壞裡想，而且，他本來的性格又是那麼慷慨和豁達。不過妳跟我可以確信，我們對他的這些想法，都是他罪有應得。他跟高文爭辯說，在大狗變了臉想要朝他撲過去的時候，他就已經被人下藥了。恆瑞相信了他的話，但我們不會。我知道他正在偷聽，但沒辦法聽得到。再見，親愛的！再見！」

最後那幾個字是用大聲說出來的，警惕的布蘭多聞聲停下腳步扭過頭來，從樓梯腳那裡朝上望著她們。雖然他當時看上去極盡禮貌之能事，但肯定也顯出了下面這副模樣來，即比起把一塊大石頭拴在他的脖子上面，把他從立身於其間的那個黑暗拱門裡面，拽進在他腳下流著的水裡去，無論哪位真正的慈善家，都好像是沒辦法去想望一份更好的差事的。然而，因為並沒有這樣的人類造福者身在彼處，所以，他攙著高文夫人走進她的船裡，站在那裡看它像箭一般射出了那塊狹窄的水面，然後，他走進自己的船裡跟了上去。

小杜麗有時候會想，而現在，當她折步重新走上樓梯時，她又一次這麼想道，他進他父親的房子進得太過容易了一些。不過，因為有數量如此繁多，種類又如此各異的人們因了杜麗先生對他大女兒的社交狂熱症的參與，而全都做了同樣的表現，所以，它就很難稱得上是一個特例情形了。總之，為了把他們富有顯赫的面目昭示於人，杜家公館已經被一股由呼朋引伴引發的，徹頭徹尾的狂暴熱潮攫取住了。

對於小杜麗本人而言，他們生活於其間的那個令范妮為之狂熱的社群

如果從總體上來講，是像極了一個高級一些的馬夏監獄的。在那裡面，好像有為數甚眾的人們都是因為債務，或者因為無所事事、親朋好友、好奇之心和在家一籌莫展而來到國外的，跟囚犯們的入獄原因幾無差別。被帶進這些外國城鎮裡面之後，他們也身受導遊和當地追隨者們的監管，跟那些被帶進監獄的債務人們一般無二。他們在教堂和畫廊裡面偷偷摸摸四處潛行的時候，言行舉止還是像過去在監獄防風場裡面那麼沉悶無趣。他們通常會在次日或者下周離開，甚少了解自己的心思，也絕少去做他們聲稱要做的事情，或者去往他們聲稱要去的地方，在所有這些方面，他們再一次非常相似於監獄裡面的那些債務人們。他們為惡劣的膳宿條件支付高價，一邊對一個地方嗤之以鼻，一邊又假裝很是喜歡它，而這正是馬夏曾經有過的慣例。他們會在離開之際，被那些沒辦法離開但又假裝不想離開的人們懷以嫉恨，這又是馬夏的固有習慣之一。還有一些獨屬於旅客們的詞彙和短語，像是「大學」和「雅間」屬於那所監獄一樣，也總是被他們掛在嘴邊。他們沒有能力定下心來去做任何事情，這完全就是囚犯們曾經有過的作為；他們有點彼此相幫著朝更深處墮落的跡象，這也是囚犯們曾經做過的事情；另外，他們還穿著邋遢不潔的衣衫，墮落進一種無精打采的生活方式裡面去，這仍然，而且永遠都像是馬夏人的做派。

最後，杜麗家在威尼斯的停留時期走向了尾聲，接著，他們偕同著他們的隨從，一起朝著羅馬遷徙了過去。在路上，他們再次經過了之前已經見過的那些義大利景致，隨著路程的推進，它們越來越變得更趨骯髒和蕭條，並最終把他們帶到了一個其空氣似乎染上了疫病的所在，即是說，他們已經抵達了終點。在他們尚未到來之前，便已經在濱海大道旁邊租下了一幢狀況極佳的大宅，而現在，他們在那裡面寓居了下來。在他們身處的這座城市裡面，每樣東西好像都想在其他某樣東西的廢墟上面凝滯於不動 —— 唯一的例外是水，它因循著那條永恆不變的定律，從它那些為數甚多的壯觀源頭處不斷跌落或者滾動了下來。

在這裡，小杜麗好像覺得，在她家那個社群的那種馬夏脾性上面，似乎發生了一種變化，被李子和稜鏡那些裝腔作勢的東西順勢占據了上風。在聖彼得教堂和梵蒂岡宮裡面四處蹓躂的時候，每個人都在使用其他某人的木頭假腿，同時用其他某人的篩子，過濾著每樣肉眼可以看到的東西。沒有人會說，某物如何如何，但每個人都會說，領袖夫人們、尤塔斯先生或者其他某人說它如何如何。全體旅客像是一堆主動獻祭的人類貢品似的，被綁住手腳送到了尤塔斯先生和他的侍從們嘴邊，還對其中那些智識者們的內臟進行了重新排列，令其能夠符合那位神聖的祭司的口味。另外，還有一批被結住了舌頭和蒙蔽了眼目的現代人們，他們在遠古時代的那些廟宇、墳墓、宮殿、元老院、劇院和圓形劇場的崎嶇不平的遺跡裡面，仔細摸索著他們的道路，連續不斷地重複誦讀著李子和稜鏡，欲要使他們的嘴唇符合那種受到認可的形態。因為沒有人擁有自己的觀點，所以領袖夫人如今是全然的如魚得水，還在她的周遭四處，進行著一場規模驚人的表面塑造工程，而且，其內裡並不包含勇氣或者誠實自由的言談這一類瑕疵。

他們到達之後才過了非常之短的一段時間，便有李子和稜鏡的另外一個變異體引起了小杜麗的注意。其時，他們接受了一場來自莫德夫人的早間訪問，該人在那年冬天裡面，在不朽之城領導著那個涵蓋範圍相當廣闊的社交部門。而她跟范妮在其時的那場刀光劍影當中，流露出來一種極富技巧的嫻熟儀態，它差不多都讓她安靜的妹妹像是眾多輕劍在閃閃發光那樣，眨巴起她的眼睛來了。

「重新開啟一場在馬提尼擁有如此不詳開端的交往關係。」莫德夫人說，「令人不勝欣喜之至。」

「是在馬提尼呀，那還用說。」范妮說。「我確信，我亦是欣喜若狂呢！」

「我於犬子愛頓處獲悉到，」莫德夫人說，「他已經開發利用了那個偶

然出現的場合。他在歸來之後，對威尼斯不勝激動和欣喜。」

「哦！」范妮漫不經心地說。「他在那裡待了很長時間嗎？」

「我可以把這個問題提交給杜麗先生去處理，」莫德夫人說，並把她的大胸脯扭向了那位紳士，「愛頓在他名下負有非常之大的虧欠，他在彼處的愉快停留是得益於他的。」

「喔，請不要再說這個了！」范妮回應說。「我相信，爸爸是樂於把秀才先生請上那麼兩三回的 —— 不過這是不足道哉的。我們家裡一向賓客如雲，還敞開門戶接納四方來客，倘若他真以那件事為樂的話，那它會小得連不足道哉都比不上。」

「但有一個例外，親愛的。」杜麗先生說，「除了 —— 哈 —— 下面這份非比尋常的滿足感 —— 嗯 —— 我指的是，我用無論任何方式，不管它是多麼微不足道和無足輕重，來顯示出 —— 哈，嗯 —— 我像是世界上的所有其他人那樣 —— 哈 —— 對於像是莫德先生這麼一位顯赫又豪奢的人物，是持有高度評價的。」

大胸脯以其至為迷人的舉止，接納了這則頌詞。

「莫德先生。」范妮評論說，欲要借此把秀才先生驅趕進背景位置裡面去 [030]，「是爸爸的一個非常主題呢，你必須得知道這一點，莫德夫人。」

「我曾經 —— 哈 —— 有些失望地，夫人。」杜麗先生說，「從秀才先生那裡獲悉到，讓莫德先生出國 —— 嗯 —— 是沒有太大可能性的。」

「哦，沒錯。」莫德夫人說，「他瑣事纏身，而且為眾人所趨之若鶩，所以我擔心是不可能的。他已經有好幾年不能出國來了。但我相信，你，我說的是杜麗小姐，在很長一段時間裡面，差不多應該是一直待在國外的。」

「哎呀，是的。」范妮拖著長腔說，並顯出一份至大的厚顏來。「那是非常巨大的很多個年頭呢。」

---

[030] 「驅趕進背景位置裡面去」換句話來說就是，要把話題從秀才先生身上轉移開，轉移到莫德先生身上去，讓秀才先生僅僅充當這場談話的一個背景式人物。

「我亦會作此推斷。」莫德夫人說。

「正是如此。」范妮說。

「但我相信,」杜麗先生重又開口說,「倘若我未能獲得 —— 嗯 —— 在阿爾卑斯山或者地中海的這一側,結識莫德先生這個巨大的優勢,我將會在返回英格蘭之後得到這份殊榮。這是一份我非常想要獲得,並將非常加以珍視的殊榮。」

「莫德先生。」莫德夫人說,同時一直透過她的單片眼鏡,拿仰慕的目光看著范妮,「也會珍視它的,我確信,且程度非輕。」

小杜麗仍然習慣性地扮演著沉思默想和孤僻畏避(但心裡已經有一個人在跟她作伴了)的角色,她一開始認為,這純乎是一場裝腔作勢之談。但是,等到他們去莫德夫人家出席了一場盛大招待會之後,她父親便開始在自家早餐桌的旁邊,喋喋不休地談起了他欲要結識莫德先生的願望,並心懷起一個欲要從那位神奇人士的理財建議中取利的,或然性很高的目標來,這時,她開始覺得,前面那場談話是擁有一些真實意圖的,並且自己也懷了一份好奇心起來,欲要一睹那道熠熠生輝的時代之光是何風采。

第八章　未亡人高文老夫人想起「它絕無可能」

　　為了取悅於杜麗一家人，威尼斯的水和羅馬的廢墟每天都讓自己沐浴在陽光裡面，還逐日讓難以計數的旅行畫家們，把它們畫成了各種俗氣的比例圖、輪廓圖或者肖像畫。與此同時，道義柯南公司還在瀝心庭裡面叮叮噹噹地敲打個不停，在每天的工作時段裡面，金屬撞擊的鏗鏘響聲始終清晰可聞。

　　此時，那位年輕合夥人已經把公司的業務帶入了一種健全齊整的狀態當中，那位年長一些的在脫離商業事物之後，自由自在地研究起了他那些巧妙的設備，也已經為提升工廠的名望做了不少工作。作為一個聰明人，他必然會遭遇到各種阻撓，長期以來，那些處於統治地位的權力階層們，始終有能力不擇手段地把它們擺到這種罪犯的前進道路之上，而這僅僅算是權力階層們的一種合乎情理的自我防禦手段罷了，因為顯而易見的是，有所作為絕對會被認為是無為而治的天生而致命的敵人。在這種狀況裡面，我們還可以發現那套為迂迴辦事處所竭力支持的智慧體系的基礎所在，而這套體系的具體表現是：它會警告每個聰明的英國人，讓他們對自己的危險處境放聰明一些，並且不斷地去滋擾他們，阻撓他們，邀請強盜去劫掠他們（透過讓他們惑於、難於或靡費於獲得補償），就算是最為仁慈的待遇，也會在短期提供工作之後去沒收他們的財產，就好像發明創造等同於犯下了重罪一般。這套體系始終頗得巴家人的歡心，而這也僅僅是他們的合理反應而已，因為一個人既然能發明出有價值的東西來，就肯定是一個誠實的人，而巴家人對任何事物的深惡痛絕和畏懼之感，都難以企及對它的一半。而巴家人的這種好惡傾向仍然是非常合理之至，因為在一個被大量誠實作為折磨著的，深受其害的國家裡面，可能只需要極其短暫的一段時間，便會不剩哪怕一個巴家人堅守在他的崗位上面。

　　道義丹尼便面臨著這種痛苦和處罰並存的處境，但仍然為了工廠的利益，嚴肅又清醒地堅持工作著。柯南除了在商業合作關係方面提供良好的服務之外，還以一位熱誠的合作夥伴這種身分，激勵振奮著他，給予他精神方面的支持。於是，他們的企業變得興旺了起來，而這對夥伴也隨之變成了關係緊密的朋友。

　　但是，丹尼卻沒辦法忘掉之前那個花費了多年心血的設計。照情理來講，他是不能被指望會忘掉它的，倘若他能滿不在乎地忘掉它的話，那他是絕對沒辦法構思出它來的，也絕對不會擁有那份把它設計出來的忍耐力和堅持精神。於是，當柯南有一次看到，丹尼在某天傍晚仔細端詳著那些模型和圖紙，接著一邊重新收好它們，一邊喟然長嘆著喃喃自語安慰自己的時候，他暗自思忖道，此人的那副赤膽忠心還是一如既往啊。

　　若在面對著如此之多的艱難努力，和如此之多的悵然失意的時候，而不去表現出任何同情之感來，將會有違於那些柯南自己覺得屬於合作夥伴的隱含義務的東西。因為他的這種想法，之前在迂迴辦事處的門口偶然被喚醒的那份對於此事的轉瞬即逝的興趣，再次得以了復蘇。於是，他請他的合作夥伴向他解釋一下那項發明，「道義，因為我並非是一名工匠，」他述稱，「所以請你對我寬厚以待，來充當對這種狀況的一種彌補。」

　　「並非是一名工匠！」道義說。「要是你肯讓自己專注於這方面的話，你將會變成一個十足徹底的工匠。你擁有一個理解這類事物的良好頭腦，能夠比得上我曾經見過的無論哪個人。」

　　「還是一個全然冥頑未鑿的頭腦呢，我要很抱歉地補充這麼一句，」柯南說。

　　「我不知道有那回事情，」道義回應說，「我也不會讓你那麼說的。無論哪個理智清明的人，只要他受過一般水準的教育，自己又肯主動去學習的話，那他就不能被稱為相當冥頑未鑿於無論任何事情。我並不是非常贊成雲山霧罩這種做法。在提供一份水準尚可又清楚明白的解釋這件事情上

面，我願意欣然樂從無論哪種人的評判，只要他擁有我之前所說的資質即可。」

「不管怎樣吧──」柯南說，「這話聽起來像是我們在互相吹捧，但我們知道不是這樣的──我希望有幸獲得一份你能夠給予的盡可能明白易懂的解釋。」

「好吧！」丹尼說，用的是他那種穩重又平和的語氣，「我會努力讓它變成這樣的。」

他擁有一種通常跟他這種性格共存著的力量，當他解釋他所領悟到的，或者意指的東西時，會使用一種清楚有力而不見拐彎抹角的表達方式，其情狀跟它們出現在他的頭腦當中時一般無二。總之，他的表露方式是非常條理分明、乾淨俐落和簡單未鑿的，所以不大容易被他人做出錯誤的解讀。另外，雖然人們普遍都模模糊糊地認為，他肯定是一個耽於空想的人，但實際上，他的眼睛和拇指會在設計平面圖上面精確而睿智地遊走，還會在某些特定的地方耐心地停頓下來，然後小心地返回另外一些有不大的解釋水道需要疏通的地方，而且，在他帶領著他的聽眾每向前移動哪怕一線之微之前，他都會穩重地把諸事安排妥當，還會在每個重要的階段裡面，令諸事都處於完善可靠的狀態。在他這種表面上的明顯務虛和實際上的精於務實之間，呈現出來了一種全然的抵牾，而且差不多已經不合情理到了讓人啞然失笑的地步。還有，他在進行該等描述時流露出來的那種忘我作風，差不多也像前述那方面那麼引人注目。他從來都不會說，是我發現了這個改造物，或者說是我發明了這個化合物，而是顯得像是，整個東西都是由創造之神製作出來的，他只是碰巧發現了它而已。總之，他對它持有如此謙遜的態度，並在對它懷有的那份安寧的仰慕之情裡面，混同了一抹如此令人愉悅的敬意，另外，他還如此平靜地確信，它之創建得自於一些無可辯駁的神聖律條。

不僅在那天傍晚裡面，還包括接下來的一連幾個傍晚，柯南一直都相

當著迷於這項調查活動。而他越多地進行這項調查，便越是頻繁地瞥向那顆俯伏在那項發明上面的灰色頭顱，以及那兩隻閃爍著因它產生的快樂之火和愛火的精明銳眼 —— 儘管這個東西已經被製造出來十二個年頭了，但它仍然可以被稱為，是一件可以用來探測他的心靈的儀器 —— 同時越是沒辦法讓他自己那份年輕的活力，去認同不再嘗試一次便對它不聞不問這種做法。於是，他最終說：

「道義，事情最終面臨著這麼一個局面 —— 我們這件業務是該跟著那些只有上帝才知道，它們到底有多少的殘骸一起沉下去呢，還是該重新再來一遍？」

「是的。」道義回應說，「這就是那些貴族和紳士們花費了十二年時間對它所做的處理。」

「而且還是些俊俏的傢伙呢！」柯南憤憤不平地說。

「這也算是司空見慣了！」道義論稱。「因為我只是一大群人裡面的其中一個，所以我絕對不能覺得，自己像個殉道者似的。」

「是要放棄它呢，還是重新把它來上一遍？」柯南沉吟著說。

「這正是事情的要點所在，」道義說。

「那好吧，我的朋友，」柯南大聲說，然後驚跳起來，抓住了對方那隻被工作磨得粗糙了起來的手，「我會重新把它來上一遍！」

道義看上去像是受到了驚嚇，然後急匆匆地答覆說 —— 他這麼說完全是在為對方考慮，「不行，不行。最好還是把它擱起來吧。把它擱起來要好上許多。它總有一天會被人提起來的。我是能夠把它擱起來的。你忘記了，善良的柯南，我已經把它擱起來了。它已經徹底畫上句號了。」

「沒錯，道義。」柯南回應說，「你的那些努力和冷遇自然是畫上句號了，我承認這一點，但我的那些卻沒有。我要比你年輕一些，我才在那個寶貝一樣的辦事處裡面涉足了一回，還是他們的一個新鮮獵物。聽著！我會再讓他們難受難受的。你只管像我們開始合作以來那樣，做你的那些事

情就行。我要在我正在做的那些事情上面，再增添這麼一項嘗試（這是我可以輕易做到的），目的是讓社會還你一個公道。還有，除非我有什麼好消息要報告給你，否則你不會再聽到有關它的事情了。」

　　道義丹尼仍然不情願給出同意意見，而是一遍又一遍地竭力勸說對方，他們最好還是把它擱起來吧。但照著他的天性來講，他會逐漸允許自己被柯南強行說服，然後表示屈服。而實際上，他也確實是屈服了。就這樣，亞瑟重新開始了那項漫長而希望寥寥的工作，即欲要透過努力在迂迴辦事處那裡求得進展。

　　那個部門的各個等候室很快就開始熟悉起他的存在來了。他通常是被門房們引進去的，像極了一個扒手被領進警察局裡面去，二者之間的主要區別在於，後面那種社會事務的目標是扣留扒手，而前者大兜其圈是為了擺脫柯南。然而，他還是下定決心要咬住這個偉大的部門不放，於是，填表、寫信、錄入、備忘、簽名、會簽和再會簽這些工作又再重新開始了，而且，它們或者前後往復，或者旁徵博引，或者縱橫交錯，或者曲折蛇行，其情狀之變化多端，不一而足。

　　在記錄柯南眼下的這場嘗試時，這裡將會出現迂迴辦事處的一個之前未被提及過的獨特掌故。當那個令人敬仰的部門身陷泥淖，遭到某個義憤填膺的，幾乎被巴家的那些小輩們懷疑為魔鬼附體的國會議員攻擊的時候，而此人所依據的，並非是它在某個個案上面的是非曲直，而是把它當成了一個徹頭徹尾都令人憎惡，且行徑錯亂的機構；每當這種時候，那位在國會裡面擔任該部門代表的，高貴或者說正義的巴閣下便會用一份由迂迴辦事處起草的陳述其業務（它的業務便是阻止有所作為）量的聲明檔，來猛烈重創那位議員，然後把他大卸八塊。其時，那位高貴或者說正義的巴閣下將會拿起一張寫著一些數字的紙來，先請求國會允許他這麼做，再請求它對此紙加以關注。然後，那些地位較低的巴家人便會照著命令大聲喊叫，「聽著，聽著，聽著！」和「讀出來吧！」然後，那位高貴或者說

正義的巴閣下便會從這份不大的檔案中領悟到下述事實，他還認為，它甚至會讓那個全世界最為悖逆乖僻的頭腦（巴家群落聞之發出了嘲諷的大笑和喝彩）都確信這一事實，先生，它指的是，在上半個財政年度這個短暫的時期當中，這個飽受誹謗中傷的部門（喝彩聲）一共寫出和接收了一萬五千封信函（巨大的喝彩聲），兩萬四千份議事錄（更大的喝彩聲），和三萬兩千五百一十七份備忘錄（激烈的喝彩聲）。而且，還有一位跟本部門存在關聯的，他本人也是一位寶貴的公務人員的聰明紳士，此人幫他進行了一項奇特的計算，算出了本部門在上述時期當中所消耗的文具數量。這項計算結果也構成了這份不大的檔案的一個組成部分，他隨之從中得出了下面這個引人注目的事實，就是說，本部門投入進公共服務事項當中的大裁紙[031]，是能夠把牛津街兩側的人行道從頭到尾都鋪滿的，還為附近的那個公園剩下了四分之一英里（巨大的喝彩聲和大笑聲），與此同時，本部門用過的那些帶子──綑紮公文的紅帶──是足夠從海德公園角伸展到郵政總局的，而且是掛成優雅美麗的垂花形狀。然後，在官員們爆發出來的一陣狂呼聲中，那位高貴或者說正義的巴閣下將會坐將下去，同時把那位議員的殘肢斷臂留在地下供人去觀瞻。對他進行完那一番示範性拆解之後，沒有人敢哪怕是暗示一聲下述事實，迂迴辦事處做的工作越多，所能實現的成果也就越少，以及，對於一個難稱快樂幸福的社會而言，它所能給予它的最大賜福也不過是，告訴你最好還是別做任何事情為妙。

　　因為手頭本來就有許多工作要忙，現在又有這件額外的工作要做──在他之前，曾經有許許多多吃苦耐勞的人們死在了這種工作上面──所以柯南過起了一種少有變化的生活。在許多個月裡面，定期去探訪他母親那間沉悶的病房，並不隨便多少地去探訪特威南姆的米格先生，構成了它僅有的兩個變化。

　　他還悲傷而痛苦地想念著小杜麗。雖然他事先就做好了非常想念她的

---

[031]　一種印刷裁剪規格，英制約為 34 公分 ×43 公分。

準備，但沒想到會嚴重到這種程度。只消用過往經驗，他便可以完全清楚地知道，她那個親切的小身板從他的生活中消失之後，將會給它留下一片多麼巨大的空白。他還覺得，他必須得放棄掉它是有望歸來的這一希望，因為他對她的家人們的性格擁有充分的了解，所以十分確定，他跟她現在已然相隔了一條寬闊的鴻溝。他以前對她懷有的那份關注，和她以前對他懷有的那份信任和依賴，在他想來已經沾染了一些淒涼的況味，這場劇變如此迅速地侵襲了它們，而它們又連同著其他一些祕密的溫柔情愫，如此迅速地落入了昨日黃花的境地當中。

他接到她的來信是大受其觸動的，但仍然理智地感覺到，她跟他之相隔萬里，已經不止是地理上面的距離了。它也助使他更為清楚和強烈地意識到，她的家人們為他分配了一個什麼樣的位置。他明白，她在充滿感激之情的記憶中祕密地珍視著他，而她的家人們卻像對待那所監獄和它的其他相關事物那樣，對他同樣怨恨以待。

在這些每天都在她身上堆得滿滿當當的想法當中，他又像過去那樣想起了她的其他身分來。她是他的天真的朋友，他的瘦弱的孩子，他的親愛的小杜麗。同時，二人關係的這種變化又十分奇特地契合了那個起始於玫瑰飄零之夜的習慣，從那天晚上起，他開始把自己當成一個比實際年齡所造就的老上許多的人來看待。而他卻甚少想到，他看待她時所持的那種雖然不乏柔情，但卻拒她於千里之外的角度，將會給她帶來無法言說的劇痛。還有，當他猜想她未來的命運，和她可能擁有的丈夫的時候，他對她懷有的那種感情也會讓她的心流乾最寶貴的那滴希望之血，然後告於破碎。

與此同時，他身邊的一應事物好像都在幫他確立，他那個把自己當成老人來看待的慣例，而且，那些他曾經在高文蜜妮這件事情上面與其做過艱苦鬥爭的野心，也已經徹底泯滅了，雖然不管按月還是按季來計算，那都不是非常久遠的事情。他跟她父母之間的那種關係，有些像是一個鰥夫

女婿與其岳父母所持的關係。如果那個早夭的雙胞姐妹活到了女人的盛年方才離世，而他又變成了她的丈夫，那麼，他跟米格夫婦的交往性質可能就是眼下的這個樣子。而這一情狀又不知不覺地助使他覺得，他已經過完，並且棄絕了他的那一段人生。

　　他不斷從他們那裡獲悉著蜜妮的消息，內容就像後者在信中對他們所講的那樣，無非是她有多麼幸福快樂，以及她有多麼熱愛她的丈夫云云。不過，跟那個話題密不可分的一個事實是，他也不斷看到，過去那片陰雲再次出現在了米格先生的臉上。自從蜜妮結婚之後，米格先生從來沒能完全像之前那麼容光煥發過。與此同時，對於跟寶兒分開這件事情，他也從來沒能完全從中恢復過來過。他還是之前那個快活又坦率的人兒，但是，他的臉好像因為頻頻扭向畫著他的兩個孩子的那些畫，而它們又只能向他展示唯一一副面貌，所以不知不覺地吸納了一個來自它們的特點，即是說，它現在在經歷各種表情變化的過程當中，始終都有一種惘然若失的神態包含於其間。

　　在一個冬日的星期六裡面，柯南在那幢鄉間別墅裡做客，未亡人高文老夫人也乘坐著漢普頓宮的那套車馬前往了那裡，也就是被其間的眾多業主們全都冒稱為屬其個人專有的那一套。只見她遮蔽，或者說埋伏在那把巨大的綠色扇子後面走下車來，向米格夫婦惠賜了一場拜訪。

　　「你們二位過得如何呀，米格爸爸和米格媽媽？」她說，像在鼓勵她那兩位謙卑的親戚開口講話似的。「你們最後一次從我那個可憐的小夥子那裡聽到消息，或者說聽到有關他的消息，是在什麼時候？」

　　我那個可憐的小夥子指的是她的兒子，而談及他的這種方式又不失禮貌且毫不冒犯地延續了下述口實的生命力，即他已經淪落成了米格家詭計的受害者。

　　「還有那個親愛又嬌美的小人兒呢？」高文老夫人說。「你們可有比我收到的那些更為新近的消息嗎？」

這話也是在巧妙地暗示，她的兒子已經完全為美貌所俘獲，並在其蠱惑之下棄絕了人世間的一應優勢地位。

「我確定，」高文老夫人說，並沒對她所收到的回答過多加以關注，「得知他們仍然幸福快樂是一種難以言說的安慰。我那個可憐的小夥子擁有一種如此難以安定的性情，又如此習慣於四處漫遊，反覆無定地結識魚龍混雜的各色人等，並在其間大受歡迎，所以，這可稱是人生當中的一份莫大的安慰。我猜，他們可能窮得像是老鼠一樣了吧，米格爸爸？」

聽到這個問題之後，米格先生有些坐立難安了起來，他答覆說，「我希望沒有，夫人。我希望，他們會妥善管理他們那筆不大的收入的。」

「啊呀！我最最親愛的米格呀！」那位淑女一邊回應說，一邊用那把綠扇拍打著對方的胳膊，然後又用靈巧的動作，把它插入了一個呵欠和那人中間，「作為一個世俗中人，和人類當中最大的務實主義者之一，你怎麼能 —— 因為你知道，你是一個務實主義者，並且務實到了對於我們來說非常過分的地步，因為我們可不是 —— 」

（透過把米格先生定性為一個諳熟此道的陰謀家，這話再次指向了之前那個目的。）

「—— 你怎麼能在這裡侃侃而談地說，他們在管理他們那筆可憐的小錢呢？我可憐又親愛的小夥子呀！想一想他在管理幾百英鎊這件事情吧！還有那個甜蜜嬌美的小人兒！想像一下她也在管理它吧！米格爸爸！千萬不能呀！」

「好吧，夫人。」米格先生莊重地說，「那我只好很抱歉地供認下述事實了，恆瑞肯定是提前動用了那筆錢。」

「我的親愛又善良的人呀 —— 我可不是在跟你玩虛禮和客套，因為我們算是某種親戚來的，斷然無疑是這樣，米格媽媽。」高文老夫人快活地驚叫說，好像這個荒唐的巧合其時是第一次閃現在她的頭腦當中似的，「算是某種親戚來的！我的親愛又善良的人呀，在這個世界上面，我們當

中沒有誰是能夠一切都順心遂願的。」

這話又一次指向了之前的那個要點，並向米格先生展示出（同時展示了各種良好的教養），他的深謀密慮業已取得了如此程度的輝煌勝果。而且，高文老夫人認為這一擊可稱是非常漂亮，所以抓住它不肯放鬆，又重複說，「不是一切都能的。不對，不對，應該是在這個世界上面，我們絕對不能期望得到一切，米格爸爸。」

「我可以問一下嗎，夫人。」米格先生反駁說，他的面色有些加重了起來，「是誰期望得到一切呀？」

「啊呀，沒誰，沒誰！」高文老夫人說。「我要說的是 —— 但你打斷我了。你這個愛打岔的爸爸，我要說什麼來著？」

說完，她把那把巨大的綠扇放了下去，用沉思冥想的目光看起了米格先生，同時苦苦思索著上述問題。然而，對於那位紳士的那份有些激動了起來的心境，這卻是一場不大易於令其冷卻下去的表演。

「啊！沒錯，肯定是這個！」高文老夫人說。「你也肯定記得，我那個可憐的小夥子一直都有滿懷期望的習慣。它們可能已經實現了，或者也可能沒有實現 ——」

「那還是讓我們說上這麼一句吧，可能並沒有實現，」米格先生說。

那位未亡人聞言給了他憤怒的一瞥，但馬上搖頭晃腦（同時搖了搖扇子）地把它丟了開去，然後以之前的那副做派，繼續走起了方才的路線。

「這是沒有什麼區別的。我那個可憐的小夥子已經習慣了那種事情，你當然是知道它的，而且早就準備好要實現那些成果了。我自己一直都對那些後果擁有清晰的預見，並不感到吃驚。你也肯定不會吃驚的。事實上，是沒辦法吃驚。肯定已經準備好了要那樣做了。」

米格先生看了看他的妻子，又看了看柯南，然後咬著嘴唇咳嗽了一聲。

「而現在，我那個可憐的小夥子，」高文老夫人繼續說，「又收到通知說，他必須得讓自己期望起一個寶寶來，還有這樣一個家庭增長物所附帶

的一應費用！可憐的恆瑞呀！但是，現在這是沒辦法制止的了，現在已經為時過晚，制止不了了。只要別把提前動用那筆錢當成一項重大發現來談論就行，米格爸爸，因為那會顯得有些太過分了。」

「怎麼個過分法，夫人？」米格先生說，欲要尋求一份解釋。

「好了，好了！」高文老夫人說，同時用手做了一個很具表意功能的動作，把他置入了一貫的低下位置當中。「在今時今日，我那個可憐的孩子的母親，她所承受的負擔有些過分之多了呀。他們的婚姻已經牢不可破，自然是沒辦法離婚的了。好了，好了！我知道那個！你沒必要告訴我那個，米格爸爸。我知道得非常清楚。我剛才說了些什麼呢？我說的是，他們能夠繼續幸福快樂，對我來說是一份莫大的安慰。我希望，他們將來能夠仍然繼續這樣的幸福快樂。我希望，那個嬌美的人兒將會竭盡一己所能，讓我那個可憐的小夥子幸福快樂，讓他保持在心滿意足的狀態。米格爸爸和米格媽媽，我們最好別再對它多說什麼了。我們從來沒從同一個側面看待過這個話題，將來也絕對不會。好了，好了！我現在已經沒事了。」

到了現在這個時候，高文老夫人已經把她能夠找到的話，統統說了一個乾淨，至於她的目的所在，一是為了維護她那個宛若神話的神奇地位，二是警告米格先生，他絕對不能指望，太過便宜地榮膺跟她聯姻這份殊榮。說實在的，對於這樣一個人來說，她自然是容易忽視掉他人的。如果米格先生聽從了米格夫人的那個飽含懇求意味的瞥視，和柯南的那個含義豐富的手勢，他會對她放任自流，令她不受打擾地去享受這份心境。但是，寶兒是他的心頭肉和掌上珠，還有，要是比起由她充當他家的陽光這一角色的那些日子來，他能夠在無論任何時候給予她更為忠誠的擁護，或者是更為真摯的愛意，那麼，這個時候便是現在，即她已然缺失於他家昔日那種優美和快樂情狀的時候。

「高文夫人，夫人呀。」米格先生說，「我一輩子都是一個簡單明白

的人。要是讓我去嘗試 —— 無論是用在我自己身上，還是用在其他人身上，或者是二者皆有 —— 無論任何上流溫文又雲山霧罩的騙人把戲，我可能是沒辦法取得成功的。」

「米格爸爸。」未亡人回應說，並親切又和藹地微笑著，但是，雖然她兩頰上面的笑屬之花開放得比平素更為鮮豔了一些，但周圍的那些表面卻有些失之於蒼白，「是有這個可能。」

「所以呢，善良的夫人。」米格先生說，他在竭力克制著自己，「我希望我可以並無冒犯之心地請求，請不要在我身上玩弄這種雲山霧罩的騙人把戲。」

「米格媽媽。」高文老夫人論稱，「你的善良的丈夫可是有些令人費解呢。」

她把矛頭轉向那位令人尊敬的夫人，可以說是一個狡猾的詭計，而它的目的在於，把她拖進這場討論當中，跟她爭吵起來，然後打敗她。米格先生見狀插進話來，阻止了那一後果的出現。

「孩子他媽。」他說，「你在這種事情上面可不是什麼內行人，親愛的，你們不是一對公平的對手。讓我來請求你保持安靜吧。來啊，高文夫人，來啊！讓我們試著合乎情理一些，讓我們試著厚道一些，讓我們試著公平一些。請你不要可憐恆瑞，我也不會可憐寶兒。也別偏袒哪一方，親愛的夫人，這是有失於關懷體貼，有失於仁慈的。讓我們不要說，我們希望寶兒將會讓恆瑞幸福快樂，甚至都不要說，我們希望恆瑞將會讓寶兒幸福快樂，」（說出這些話的時候，米格先生本人看上去也並不幸福快樂，）「但是讓我們希望，他們將會讓彼此感到幸福快樂。」

「沒錯，確實如此，就在那裡打住吧，孩子他爸。」宅心仁厚又頗感欣慰的米格夫人說。

「哎呀，孩子他媽，不行。」米格先生回應說，「不能在那裡徹底打住。我是沒辦法在那裡完全打住的，我必須得再多說上不多不少正好六個

字 [032]。高文夫人，我希望我並沒有過分敏感，我相信我看上去並不是那樣。」

「你倒真是那樣的。」高文老夫人說，同時搖動著腦袋和巨大的綠扇，以示強調。

「謝謝妳，夫人，那就好。儘管如此，我還是覺得有點 —— 我不想使用一個感情強烈的詞語 —— 那麼，我可以說覺得有點受傷嗎？」米格先生馬上坦率又不失節制地發問說，語調中又含了些和解和請求的味道。

「隨你怎麼說吧。」高文老夫人答曰。「對我來說，那是完全無關緊要的。」

「別，別，請不要那麼說，」米格先生力勸道，「因為那算不上什麼親切友善的回應。當我聽到你提及，你已經預見到了那些結果，如今事情已經為時過晚，還有其他等等，我是覺得有點受傷的。」

「是嗎，米格爸爸？」高文老夫人說。「我並不感到吃驚。」

「好吧，夫人。」米格先生在曉之以理，「但我還是希望，妳是多少有點吃驚的，因為蓄意在如此柔情迭湧的一個話題上面傷害我，肯定算不上慷慨之舉。」

「你的道德心 [033]，」高文老夫人說，「跟我沒什麼關係，你得知道這一點。」

可憐的米格先生在大驚之餘，又顯出一副極度駭怕的臉相來。

「要是我不大走運，必須得戴著一頂屬於你的，適合於你的帽子四處現眼的話，」高文老夫人繼續說，「請不要為了它的樣式來責怪我吧，米格爸爸，求你了！」

---

[032] 「我希望我並沒有過分敏感」和「我相信我看上去並不是那樣」，所對應的原文分別為「I hope I am not over-sensitive」和「I believe I don't look it」，此兩句均包含六個單字。

[033] 「道德心」在原文中對應著 conscience，該詞的英文釋義為 the part of your minds that tells you whether your actions are right or wrong，即「人類思想中對自身行為對錯做出評判的那一部分」，而高文老夫人說，你的道德心跟我沒什麼關係，即是在說，我壓根兒不在乎你覺得對不對，不在乎你覺得我慷慨不慷慨（因為米格先生在前句中說，在一個如此柔情迭湧的話題上傷害他不是慷慨之舉）。

「哎呀，仁慈的上帝呀，我的夫人！」米格先生喊了出來，「那等於是在說 ——」

「好了，米格爸爸，米格爸爸。」高文老夫人說，無論那位紳士在任何時候，因為任何原因發起怒來，她的舉止都會隨之變得極度從容和迷人起來，「為了避免困擾起見，我最好還是親自發言吧，而不是麻煩你大發善心代表我發言。那等於是在說，你剛才開了這個頭。如果你願意的話，我會為你說完這句話。那等於是在說 —— 並不是我想強調它，我甚至都不願意想起它來，因為現在說它是沒有任何用處的，我唯一的願望是，盡可能地去利用眼下的條件 —— 從一開始到最後，我始終都是反對這個兒媳婦，也就是你的女兒的，直到一個非常之晚的時候，才極不情願地給出了同意意見。」

「孩子他媽！」米格先生大聲說。「你聽到這話了嗎？亞瑟！你聽到這話了嗎？」

「這個房間的尺寸是便於進行談話的，」高文老夫人說，並一邊給自己扇著涼，一邊四下裡打量著，「而且在一應方面都相當迷人地適合於交談，反正我自己會這麼想像，我在它的無論哪個部分都是可以被聽到的。」

默不作聲地過了一陣子之後，米格先生方才足夠穩定地把自己固定在了椅子裡面，以防在他自己說出下個字的時候，會從它的裡面跳將出去。他最終說道，「夫人，我非常不願意重新想起它們來，但我必須得提醒你一下，在那件不幸的事情上面，我的想法和做法一直都是何等模樣。」

「啊呀，我的親愛的先生呀！」高文老夫人說，並在微笑和搖頭的動作裡面，流露出一些責難的智慧意味來，「我對它們再清楚明白不過了，我可以向你保證。」

「在那個時間之前，夫人。」米格先生說，「我從來都不知道不快樂是什麼滋味，在那個時間之前，我也從來不知道什麼是焦慮。那是一個讓我

感到非常痛苦的時間，以致於——」簡單說來就是，以致米格先生真的沒辦法再對它多說什麼，只能見到用手帕抹臉這一個動作了。

「我是明白整件事情的。」高文老夫人說，並沉著地越過扇子打量著他。「就像你剛才向柯南先生發出過呼籲一樣，我也可以向柯南先生呼籲一下。他知道我到底明白不明白。」

「我非常不願意，」柯南說，一干人全都朝他望了過去，「對這場討論有無論任何參與，這裡面更大的原因在於，或者說尤其是因為，我想跟高文恆瑞先生維持住一種最為融洽的狀態，和一份最為乾淨的關係。我真的有非常強有力的理由，來懷有那個願望。在那場婚事發生之前，高文老夫人跟我進行過一場談話，她認為我的這位朋友擁有一些想要促成那樁婚事的打算，而我則努力想要讓她明白真相。我當時述稱，我知道（過去和現在都是這樣）他是非常激烈地反對它的，無論在想法和行為上都是如此。」

「你們看到了吧？」高文老夫人說，並朝米格先生攤開兩隻手掌，好像她就是正義女神本人一般，現在正在向他陳述說，他最好還是認罪算了，因為他的觀點已經沒辦法立足了。「你看到了吧？非常好！接著，米格爸爸和米格媽媽！」說到這裡她站了起來，「請你們都允許我，冒昧為這場有些讓人嘆為觀止的爭論畫上一個句號吧。我不會再為這事說上哪怕一句好話了。我要說的只有，它為一個人能夠從各種經驗中得知的那條真理，又提供了另外一份證據，它就是，這種事情是絕對不會成功的——換了我那個可憐的小夥子，他會這麼說，它是絕對不會得利的——一言以蔽之，就是它是絕無可能的。」

米格先生問，哪種事情啊？

「要是有兩個人，」高文老夫人說，「他們擁有如此懸殊迥異的出身背景，結果在這種偶然繫之的婚姻道路上彼此磋磨在一起，而他們又沒辦法從同一個角度，去看待那個把他們顛搖到一起的不幸事件，那麼，如果他

們試著要和睦相處，是只能以徒勞作結的。它是絕無可能的。」

米格先生剛要開口說，「請允許我說上這麼一句，夫人——」

「不，不行！」高文老夫人回應說。「你為什麼還要多費口舌呢！它已經是明確無疑的事實了。它是絕無可能的。因此，如果你願意的話，我將會踏上我的歸途，留下你們去走你們自己的路。我會隨時樂於接納我那個可憐的小夥子的嬌妻，還會永遠都下定決心，要跟她締結一些至為深情款款的關係。但是，對於這些半是家人半是陌生人，半是傷人半是煩人的關係而言，它們只能是一些不具可行性的可笑事情而已。我可以向你保證，它是絕無可能的。」

說到這裡，未亡人微笑著敬了一個屈膝禮，而它更大程度上是對著那個房間而敬的，而非對它裡面的任何人，隨即跟米格爸爸和米格媽媽進行了最後的話別。接著，柯南舉步上前，把她攙到了那個為漢普頓宮裡面的一應藥丸們服役的藥丸盒子旁邊，再接著，她拿捏出一份顯貴的安詳氣度來，鑽進了那輛交通工具裡面，然後便開走了。

從那之後，未亡人屢屢懷著一份意在消遣而不以為意的心境，向她的那位老相識重述道，她是如何經過一場艱難的歷練方才最終發現，想要了解那些屬於恆瑞妻子那一邊的，且布下那個喪心病狂的陷進捉拿他的人們，是沒有什麼可能的。至於她是否事先就已經盤算好，等到解決掉他們之後，將會為她最愛的那項自吹自擂添加一個更美的神態，可以偶爾讓她免於遭受一些不便，還不用去冒任何損失方面的風險（那個小美人會牢牢抓住這場婚姻死不撒手，她父親則是忠實於她的），最為心知肚明的是她自己。不過，我的這份記錄也對那個問題有它自己的觀點，且斷然會給出肯定的答案。

第九章　出現和消失

「亞瑟，我的親愛的孩子，」米格先生在次日傍晚說，「孩子他媽和我一直在詳細探討這個問題，我們都覺得，維持在眼下這個狀態不怎麼讓人舒服。我們那位優雅的親戚 —— 也就是那位昨天來過這裡的親愛女士 ——」

「我明白。」亞瑟說。

「我們有些擔心，上流社會的那個和藹可親又降尊紆貴的裝飾品，」米格先生接著說，「她甚至可能會誹謗我們。為了她的利益，亞瑟，我們可以承受許多負擔，但我們認為，如果對她來講無論什麼反應都是一回事情的話，那我們還是不去承擔的好。」

「很好，」亞瑟說。「請繼續說。」

「你瞧，」米格先生接著說，「這可能會讓我們跟我們的女婿產生誤會，甚至可能會讓我們跟我們的女兒產生誤會，也可能導致大量家庭內部問題。你已經瞧見了，不是嗎？」

「是的，確實如此。」亞瑟回應說，「你說的很有道理。」在此之前，他瞥了米格夫人一眼，此人凡事都會做出善良且明智的反應。他看到，她那張誠實的臉上閃耀出一些請求的光亮來，像在求他支持一下米格先生眼下的意願似的。

「所以我們非常傾向於，我指的是孩子他媽和我，」米格先生說，「綑紮好包裹和行李，再次置身於那些唱著阿龍馬松的人們當中去。我的意思是，我們非常傾向於動身離開，徑直穿過法國進入義大利，去看看我們的寶兒。」

「那個我並不認為，」在米格夫人明亮的臉龐上面，湧現出一些母親式的期待來（她過去的樣子肯定跟她女兒非常相像），亞瑟有感於此，於是

答覆說，「你能做出比這更好的選擇。那個如果你要徵求我的意見的話，它就是你明天就動身出發吧。」

「不過這是真的嗎？」米格先生說。「孩子他媽，這個想法正在得到某人的支援嗎？」

孩子他媽先是感激地看了柯南一眼，那副樣子令他感到甚是愉悅，然後回答說，它是千真萬確的。

「另外，還有一個事實是，亞瑟，」米格先生說，只見過去那抹陰雲再次罩上了他的面龐，「我的女婿已經又一次債臺高築了，我想我必須得再給他清帳去。就算光是為了這個原因，我也應該移步前往那裡，給予他一場友好的拜望。然後就是老話重談了，孩子他媽在這裡傻兮兮地擔心著（不過也算是合乎情理的反應）寶兒的健康，還擔心她現在會被孤零零地丟在那裡。不可否認的一點是，那是一個相隔迢遙的地方，對於我那個可憐的寶貝來說，無論她身處何種條件之下，那都是一個陌生的地方。就算她受到了妥善的照料，且比得上那塊土地上面的無論哪位女士，它仍然還是一個相隔迢遙的所在。正像諺語裡面所說的那樣，家誠然是家，但絕對不是這個家，哎呀，你瞧，」米格先生說，又為這句俗諺增添了一個新的版本，「還有羅馬誠然還是羅馬，但絕對不會再是那個羅馬。」

「全都絕對正確，」亞瑟論稱，「而且全都是動身離開的充分理由。」

「我很高興你能這麼認為，它讓我下定了決心。孩子他媽，親愛的，你可以準備起來了。我們失去了我們那位討人喜歡的翻譯（她能把三種外語都講得非常漂亮，亞瑟，你已經聽過很多次了），所以你必須得竭盡你的所能，孩子他媽，拉我一把度過這個難關。我需要別人多朵拉我幾把，亞瑟，」米格先生搖著頭說，「多朵拉我幾把。除了實體名詞之外，我對外語裡面的所有東西都望而卻步 —— 要是他在不管什麼方面都是一個拮据的人，我也會對他望而卻步。」

「現在我琢磨著，」柯南回應說。「不是還有個賈瓦嗎？如果你願意的

話，他會跟你一道去的。我是承受不了失去他的，但你肯定能把他安全地帶回來。」

「好吧！我非常感激你的好意，我的孩子，」米格先生一邊說，一邊認真考慮著這個提議，「但我認為不妥。不妥，我覺得，我還是讓孩子他媽拉我幾把為妙。賈瓦 —— 洛羅（我剛一開始就讓這個名字給難住了，它聽起來像是一首滑稽歌謠的疊句似的）對你是如此的不可或缺，所以我不大喜歡把他帶走這個想法。除了那個原因之外，我還說不上來，我們什麼時候才能回來，而把他帶走不知道多長一段時間，那是絕對行不通的。這座別墅不再是過去那個樣子了。它現在雖然只比過去少容納了兩個小人兒，我指的是寶兒和她那個可憐又不幸的女僕，也就是塔珂，但卻顯得像是空了一樣。一旦離開它之後，就沒人知道我們什麼時候才能回來。不妥，亞瑟，我還是讓孩子他媽拉我幾把為妙。」

柯南心想，儘管存在上述種種情狀，但他們自己也可能做得很好，因此就沒再堅持他的提議。

「要是你願意過來在這裡待上一陣子，借此換個環境，當然是在不會麻煩到你的前提之下，」米格先生重又開口說，「我會十分欣喜地想起 —— 我知道，孩子他媽也會如此 —— 你正在用一些生命和活力，為這個老邁的地方增輝添彩，在它過去賓客盈門的時候，它也是見慣了這些東西的，還有掛在牆上的那兩個寶寶，她們偶爾也能得到一隻和善的眼睛駐留在她們身上。你太屬於這個地方了，太屬於她們了，亞瑟，要是事情能有那樣一個結果，我們所有人原本會是多麼快樂呀 —— 不過還是算了，讓我們來看看吧 —— 現在的天氣適合旅行嗎？」說到這裡，米格先生停下話頭清了清喉嚨，然後立起身來朝窗戶外面望了出去。

他們一致認定，眼前這個天氣是大有可為的，接著，柯南把持著他們的談話，讓它朝那個安全的方向進行了下去，直至它再次變得令人舒適自在了起來。接著，他溫和地把話頭轉移到了高文恆瑞身上，談起了他的敏

銳的反應，以及當他受到體貼對待的時候，會表現出怎樣令人愉悅的優秀品格來；同樣地，他還強調了此人對其妻懷有的那份無可置辯的深情厚意。就他對善良的米格先生所發揮的影響力而言，柯南是不能被稱為失敗了的，因為這些讚揚意見大大振奮了米格先生的精神，除此之外，他還因此讓孩子他媽親眼見證了，對於他們的女兒的丈夫，他那顆熱誠心靈的唯一一個願望是，要與其和諧相處，用友誼來交換他的友誼，用信賴來交換他的信賴。接著，沒過幾個小時，別墅裡面的傢俱便被包裹了起來，這是為了在他們離開期間，給予它們一些保護——或者像米格先生所表述的那樣，說房子的頭髮被裹上了紙卷——再接著，沒過幾天之後，孩子他爸和孩子他媽便告離開了，蒂琪夫人和巴肯醫生隨之像以前那樣，再次堅守起了客廳百葉窗後面的那個崗位，還有亞瑟孤零零的雙足，它們開始在花園小徑的乾燥落葉當中窸窣作響了起來。

因為對這個地點擁有一種特殊的偏愛，所以他甚少在一週過去之前，不對它進行一場拜訪。有時候，他會獨身一人前來，從星期六一直待到星期一，有時候，他的合夥人會陪伴他一起前往，還有些時候，他只是在別墅和花園周圍閒逛上一兩個小時，然後便返回倫敦。但不管何時何境，蒂琪夫人都一準會在烏黑發亮的鬈狀假髮和巴肯醫生的陪伴之下，端坐在客廳窗戶的後面，朝外眺望著等待主人的歸來。

某次拜訪其間，蒂琪夫人在接待他時說了下面這些話，「我有件事情要告訴你，柯南先生，它會讓你大吃一驚的。」而這件事情可稱是如此的驚人，因為它竟然讓讓蒂琪夫人確確實實地離開了那扇客廳窗戶，出現在了花園的小徑上面，其時，柯南正從為他打開的園門走了進來。

「是什麼事呀，蒂琪夫人？」他說。

「先生。」那位忠誠的女管家先把他帶進客廳，又關好了門，然後回應說，「如果我這輩子曾經見過那個被哄騙著拐走的孩子的話，那我就在昨天傍晚的暮色裡面，見到了一個一模一樣的她。」

「你不會是說塔──」

「珂，沒錯，我說的就是她！」蒂琪夫人說，並用這種跳躍的講話方式，廓清了她的這項披露。

「在哪兒看見的？」

「柯南先生。」蒂琪夫人回應說，「我那時候眼皮有些沉重，因為等我那杯茶等得比平時長久了一些，簡瑪麗當時正仕為我泡它。我不是仕睡覺，也並不處於，有人將會正確地稱其為，打盹那種狀態。我更多地處於，有人將會嚴格地稱其為，閉著眼睛看東西那種狀態。」

柯南沒對這種奇特反常的狀況進行深入的詢問，只是說，「一點沒錯。然後呢？」

「然後，先生。」蒂琪夫人接著說，「我正在東想一下西想一下，就像你自己可能會做的那樣，就像任何人可能會做的那樣。」

「正是如此。」柯南說。「然後呢？」

「那個當我在東想一下西想一下的時候，」蒂琪夫人繼續說，「我幾乎用不著告訴你，柯南先生，我也在想著這家人。這是因為，我的老天爺呀！說到一個人的思想，」說出這話的時候，蒂琪夫人面帶一副論證和哲思的神色，「不管它們會怎樣的偏離正軌，終究會或多或少地走到頭腦裡面最重要的那件事情上面去。它們會這樣做的，先生，人是沒辦法阻止它們的。」

亞瑟點頭贊同了這一發現。

「我敢說這麼一句，先生，你自己也會發現這種情況，」蒂琪夫人說，「我們所有人都會發現這種情況。我們所處的地位是改變不了我們的，柯南先生，思想是自由的！── 就像我正在說的那樣，雖然我正在東想一下西想一下，但我想的最多的還是這家人。不僅想眼下這些時候的這家人，還想過去那些時候的。因為在天色漸昏之際，當一個人真的開始東想一下西想一下的時候，他的那個思考方式，我要說的是，他會覺得所有時

間都像是眼下似的，然後這個人肯定會跳出這種狀態思考起來，哪個是過去，哪個是現在。」

他點頭表示同意，但莫敢輕置一詞，唯恐它會呈現出任何新的話頭來，讓蒂琪夫人的強健談鋒有機可乘。

「結果是，」蒂琪夫人說，「當我眨巴著眼睛看到，她的實實在在的體形和身影正在大門那裡往裡看的時候，我又讓它們閉了起來，並沒產生像是受到驚嚇這一類反應，因為當它屬於這座房子的時候，那個實實在在的體形和身影是非常恰當適合於那個時間的，跟我或者你的沒什麼兩樣，所以在那一刻裡面，我一點都沒有想到，它會消失不見。但是，先生，當我又眨巴著眼睛看到，它已經不在那裡的時候，就有一種受驚的感覺像是潮水一樣漫上了我的心頭，然後我跳了起來。」

「妳馬上跑出去了嗎？」柯南說。

「我跑出去了。」蒂琪夫人表示認同，「而且用了我的雙腳能夠帶動我的最快的速度。還有如果你能相信的話，柯南先生，在整個閃閃發亮的蒼穹裡面都沒有，真的沒有，連那個年輕女人的一根指頭這麼大的一點痕跡都沒有。」

對於那人對這個新奇的星象天空區域的缺席不見，亞瑟採取了不加理會的態度，他只是詢問蒂琪夫人道，她是否追出大門外面了呢？

「來來回回，高高低低地追了。」蒂琪夫人說，「但沒看到她的丁點蹤跡！」

接著，他又問蒂琪夫人，在她所經歷的那兩波眨眼動作之間，她覺得可能間隔了多麼長一段時間呢？蒂琪夫人雖然給出了詳盡細緻的答覆，卻沒辦法在五秒鐘和十分鐘之間給出一個確定的意見。對於此事的這部分情形，她心裡明顯是一片茫然，而且顯然是從小睡當中被驚醒過來的，所以柯南非常傾向於認為，那個身影只是一個夢而已。因為對她經歷的這番神跡得出了這個近似於異教徒式的結論，又因為不想用它去傷害蒂琪夫人的

感情，所以他最終帶著它一起離開了那幢別墅，而且，若非有一件事情很快就改變了他的想法，他原本可能會從今往後一直把它保留在心裡。

　　當時正值日暮時分，他正在沿著河濱大道走著，還有一個點燈人走在他的前面，在此人的手下，那些被霧濛濛的空氣遮蔽得模糊不清的街燈，一盞接一盞地劃破空氣亮了起來，像眾多璀璨的向日葵突然一起盛放了開來。正在他這麼走著的時候，人行走道上出現了一陣阻塞，而它的起因是，有一隊運煤馬車正在從河邊的碼頭那裡，艱難地朝大街上爬了上來，因為這個緣故，他被迫停住了腳步。他當時正在快步疾走，同時頭腦裡面奔騰著一股思想的激流，因為這兩項行為遭到了這個突然的阻滯，所以他像處於該等情形之下的人們通常會做的那樣，用新奇的目光打量起周遭的景致來了。

　　他隨即馬上便看到，塔珂和一個陌生男子走在他的前面 —— 雖然他跟他們之間還間隔了幾個人，但仍然離得如此之近，以致伸出胳膊就可以觸摸到他們 —— 那個男子擁有一副引人注目的外表，顯得很是神氣活現。他長著一個高鼻子，和一抹黑色的髭鬚，而它的顏色顯得有些虛假，就像他眼睛的表情有些虛偽似的，他的身上穿著一件沉重的斗篷，看樣子像是一個外國人。他的衣著和整體面貌都屬於一個旅行中人，像是非常新近才跟那個女孩走到一起來的。當他低下頭（他的個子要比她高上許多）傾聽她對他所說的無論任何話語時，會趁機越過肩膀朝後懷疑地瞥視，而那種目光只能屬於一個並非未曾習慣於總在懷疑，他的腳步可能被人追蹤了的人。柯南就是在那時看到他的臉的，其時，他的兩眼落在了位於他身後的全體人們的身上，並未特別停留在柯南，或者是任何其他人的臉上。

　　等到走道上面的阻塞得以疏浚，被阻礙的人流重新流動起來的時候，他尚未完全扭回頭去，仍然在低頭聽那個女孩講話。接著，他開始伴隨在那個女孩身邊走動了起來，但仍然在低頭聽她講話，柯南則跟隨著他們，決定要把這場不期而遇的戲觀看到最後，看看他們到底要去往何處。

　　但是，還沒等他完全下定上述決心（雖然他在此事上面花費的時間並不是很長），他便像之前被車流堵住那樣，又一次突然止住了腳步。原來他們出其不意地拐進艾德菲街裡面去了 —— 那個女孩顯然擔任著引路的職責 —— 然後徑直走了下去，像是要去往那座懸在河岸上面的高臺街似的。

　　在那個地方，那條通衢巨道的喧囂擾攘總會出現一個突然的停頓，直至今天都是如此。在那裡，眾多五花八門的聲音突然就變得一片死寂，那種變化像是在耳朵裡面塞了棉花，或者把腦袋厚實地蒙住了一般。而在彼時，這種對比比現在還要強烈上許多，這是因為，當時泰晤士河上尚無小型汽輪，岸邊除了一些滑溜溜的木頭樓梯和人行堤道之外，並沒有登陸碼頭，河流對岸尚未鋪設鐵路，手邊沒有吊橋和魚市，離它最近的那座石頭橋梁上沒有繁忙的交通，還有橋下的那道水流，除了船工的舢板和運煤駁船之外，不見有任何其他物事移動於其上。那些運煤駁船排列成了又長又寬的黑色層疊狀物，它們牢固地停泊在岸邊的泥漿裡面，好像永遠都不會再次動彈起來了一樣，到了天黑之後，它們會使得寂然無聲的河岸像是葬禮那麼莊嚴肅穆，還讓彼處那種死水微瀾的狀況，一直延展到中流區域。在日落之後的任何時間裡面，尤其是家裡有東西可吃的人們大多數都在回家吃飯，一無所有的人們大多數尚未偷偷摸摸出門乞討或者偷竊的時段，它算得上是一個荒僻的所在，同時在觀望著一處荒僻的景致。

　　就是在這個時間裡面，柯南在艾德菲街的拐角處停下了腳步，看著那個女孩和那個陌生人沿街走了下去。那個男人的腳步在街石上激起了陣陣回音，顯得十分嘈雜，這讓他不願意讓自己的腳步聲也加入其中。但是，等到他們拐過艾德菲街的街角，已經身在通往高臺街的那個黑暗拐角裡面時，他起步在他們身後跟了上去，並且盡可能裝出來一副一個偶然過路行人的淡漠表情來。

　　等到他自己也拐過了那個黑暗拐角後，他們正在沿著高臺街朝著一個

人影走去，同時那個人影也在朝著他們走上前來。如果他在眼前這種汽燈夾雜著迷霧，又離得很遠的情形下單獨看到了它，是沒可能一眼就知道它是誰的，但是，現在有那個女孩的身影予以他提示，所以他馬上就認出了韋德小姐。

他在那個拐角處停下腳步，做出一副滿懷期待地回望著艾德菲街的樣子，像是跟某人約好要在那裡見面似的，但與此同時，他也在仔細留心著那三個人。當他們走到一處之後，那個男人摘掉帽子，朝著韋德小姐鞠了一躬。那個女孩像是說了一些什麼，好像在介紹他，或者是解釋他為何會遲到或早到，或者是別的什麼，然後便自動向後退了一步左右。接著，韋德小姐和那個男人開始來來回回地走動了起來，那個男人的舉止顯得極度殷勤和巴結，韋德小姐則顯得極度倨傲。

當他們走到拐角那裡並開始折返的時候，她正在說，「要是我因為它弄疼了自己，那是我自己的事。你管好自己的事情就行，不要問我任何問題。」

「我敢拿上帝起誓，夫人！」他答覆說，並又朝她鞠了一躬。「那是我對您的堅強性格所懷的深切敬意，是我對您的花容月貌所懷的無上敬仰。」

「我不需要無論任何人給予我這種或者那種敬意，」她說，「自然也並不偏偏需要你的。你還是接著往下報告吧。」

「那我得到原諒了嗎？」他發問說，勇武的神色中有一半害臊的成分包含於其間。

「你會得到票子的，」她說，「那便是你的全部所需。」

至於那個女孩只是跟在他們身後而不走上前去，是因為她不想聽到這件事情，還是因為她已經知道得足夠清楚了，柯南是沒辦法予以確定的。只知道他們折返的時候，她也會跟著折返。只見她一邊眺望著河水，一邊把兩手疊放在身前走動著，那便是他在不使自己的臉得以暴露的前提之

下，所能獲悉的有關她的全部情況。而說來走運的是，那裡恰好有一個真的在等人的閒逛者；此人時而越過欄杆觀望著河水，時而回到那個黑暗的拐角裡面，朝上回望著艾德菲街，結果讓亞瑟變得不那麼顯眼了起來。

等到韋德小姐和那個男人又一次返回來之後，她正在說，「你必須等到明天才行。」

「我要致以一千份歉意！」他回應說。「千真萬確如此！那就是說，今晚不太方便了？」

「是的。我跟你說，我得先把它拿到手，然後才能把它給你。」

說完這話，她在車道上面立住了腳步，好像要給這場談話畫上句號似的。他自然也跟著停住了腳步。還有那個女孩，她也停了下來。

「這是有點不方便，」那個男人說。「有那麼一點。不過，聖潔的蒼穹啊！在提供這樣一項服務的時候，那是不足為道的。我今晚只是碰巧沒錢了而已。我在這座城市裡面存了一家很好的銀行，但我在支取一筆整額款項之前，是不想去動用那個機構的。」

「哈莉，」韋德小姐說，「跟他安排一下 ── 就是這裡這位紳士 ── 明天給他寄上一些錢。」說出這話的時候，她故意把「紳士」一詞的發音進行了模糊處理，而其間所包含的那份鄙夷意味，要比任何方式的重讀都更為顯著。接著，她邁著姍姍的步態繼續走了起來。

那個男人見狀又把頭彎了一下，那個女孩則一邊跟他說話，一邊跟他一起跟在了韋德小姐身後。在他們起步離開之際，柯南冒險看了那個女孩一眼。他能夠注意到的是，她意蘊深厚的黑色眼睛帶著一副仔細審視的表情，牢牢地盯在那個男人身上，還有就是，在他們肩並肩朝著高臺街較遠那一頭走去的時候，她刻意跟他拉開了一些距離。

接著，人行走道上面響起了一陣響亮而跟之前大不相同的叮鈴噹噹聲，在他還沒能分辨出來何物在那裡經過的時候，這個聲音便警告他，那個男人正在獨自一人往回折返。柯南隨即朝著河邊欄杆的方向，逛進了車

道裡面，那個男人則邁著迅速而搖擺的步伐，從他的身邊走了過去，只見他斗篷的下襬揚起在肩頭的上方，嘴裡還唱著一支法國歌曲的殘簡斷章。

現在，他所能看到的整片景象當中，除了他自己之外，已經不見任何其他人等了。那位閒逛者已經逛出了他的視野範圍之外，韋德小姐和塔珂也走掉了。而如今，他要比以往任何時候都更加關注她們的狀況，還想再獲取一些資訊，好把它們送給他的好朋友米格先生，所以，他從高臺街較遠的那一頭走了出去，小心仔細地觀察著周圍的情形。其時，他做出了這麼一個正確的判斷，即在剛開始的時候，她們無論如何都會跟方才那位夥伴背道而馳。結果，他很快就在附近的一條並非通衢大道的側街裡面看到了她們，而從她們的舉動來判斷，顯然正在留出時間，好讓那個男人完全走出她們的行動範圍。他看到，她們先胳膊挽著胳膊，在那條街道的一側悠閒地走了下去，接著又從另外一側返了回來。到了街角之後，她們便把步態轉變成了擁有前進目標和有路要走之人的那種步態，隨即步履穩健地離開了那裡。柯南則邁著穩健程度不亞於她們的步伐，始終把她們含納在自己的視線當中。

他看到，她們越過河濱大道，穿過考文特花園區（從他舊日寓所的窗下走了過去，也就是小杜麗那天晚上到過的那個地方），接著斜刺裡朝著東北方向一直走了下去，直至走過了為塔珂因其得名的那座巨大建築，最後拐進了格雷律師學院路。因為福蘿還有那位年高德劭者和潘可思的緣故，柯南在這個地方完全是一種如魚得水的感覺，所以十分輕鬆地就把她們掌控在了視野當中。接著，正在他開始好奇，她們接下來要去往何處的時候，這份好奇便消失在了另外一份更大的好奇裡面，因為他看到，她們竟然拐進了年高德劭者所在的那條街道。而這份好奇隨即又被另外一份比它還要更大的好奇吞噬掉了，他這次看到的是，她們竟然在年高德劭者的門口停了下來。接著，她們用那個鋥亮的黃銅門環低低地敲了兩下，隨即有一縷光線從打開的門裡射到了路上，接著是一陣因為詢問和回答產生的

短暫停頓，然後門被關上了，她們隨之被放進了門裡。

亞瑟先觀瞧了一下周遭的事物，以確定他並非身處一個奇異的夢中，接著又在賈宅前面走動了一小會兒功夫，然後便上前敲門去了。為他開門的還是平常那位女僕，此人帶著平常那份莫大的欣然，馬上領著他來到樓上，進了福蘿的起居室裡面。

在那裡，陪伴著福蘿的只有豐姑媽一人，其時，這位可敬的淑女正在茶和麵包片造就的溫暖氛圍當中，享受著那份莫大的舒適。她安坐在爐邊的一把安樂椅裡面，肘邊放著一張小桌子，大腿上面鋪著一張潔白的餐巾，餐巾上面擺著兩片正要被消耗掉的烤麵包。接著，豐姑媽朝著一杯冒著蒸汽的茶水俯下身去，並穿透蒸汽觀察著什麼，同時向外噴吐著蒸汽，其狀貌如同一個惡毒的中國女巫，正在進行一項有失於聖潔的儀式，然後，她突然就放下了巨大的茶杯，並喊叫著說，「要是他沒有回來的話，那就讓他見鬼去！」

從前述喊叫的內容來看，令人痛惜的豐先生的這位遇事決不妥協的親戚，是依靠她敏銳的感覺，而非依靠鐘錶來計量時間的，她好像認為，柯南才是剛剛離開不久。這麼說的原因在於，自從他前次失之於魯莽地讓自己出現在她面前之後，至少已經過去了四分之一個年頭。

「我仁慈的老天爺是亞瑟呀！」福蘿大聲說，並立起身給予了他熱誠的接待。「道義和柯南公司這是多麼巨大的一份驚嚇和驚喜呀因為雖然離你的機械鑄造廠不遠而且就算別的時間不行中午那時候也是肯定能受到接待的到時候一杯雪麗酒和一份用貯藏室裡面的無論任何冷肉做成的簡陋三明治就不算太差嘗起來也不會太壞因為朋友嘛又因為要是你從某個地方買它的話無論是從哪裡買的人家都是肯定要賺你錢的不然的話他們肯定沒辦法把那個地方維持下去這是在情在理的事情並沒有什麼絕對不能看到和得知的意圖唉我現在也不去盼它了，因為就像豐先生自己所說的那樣如果說眼見為實的話那也並不是說眼見就等於相信因為當你看不見的時候你倒是

完全相信沒人在記著你了這不是說我盼望你也就是亞瑟也就是道義柯南公司記著我我為何要這樣呢因為那些日子已經過去了不過馬上再給這裡送上一杯茶吧再告訴她來份新鮮的烤麵包不過先請坐在爐火跟前吧。」

亞瑟心懷著一份至大的焦急心情，想要解釋他此次拜訪的目標，但卻在一時之間，不由自主地噤住了口舌，這一來是因為，他自己覺得這些話裡包含著責備的意思，二是因為，她在見到他之後表達出來的那份絕不摻假的欣喜之情。

「那個現在請你告訴我一些你所了解的情況吧。」福蘿說，並把她的椅子拉到了他的跟前，「我說的是那個善良可愛又安靜的小東西還有她的命運所發生的各種變化現在肯定是香車美人了還有數不清的高頭大馬真是浪漫死人了，一個家族紋章也是不在話下的那些野獸都是立起後腿展示它的圖案的好像是照著它們的嘴巴被扯到耳根那裡做出來的複製品似的善良仁慈的老天爺呀，她身體還好嗎說一千道一萬這才是第一要考慮的事情因為要是沒有它財富是個什麼呢當他痛起來之後豐先生經常這麼說就算每天只有六便士的飯費還要自己去抓摸但只要沒有痛風那也要好上許許多多，這不是說他作為一個快要死掉的人能靠那麼一點東西活下去或者說那個可貴的小東西雖然她那副表情實在是太眼熟了說她現在還有那種傾向但實在是太過瘦弱和矮小了一些而且看上去還那麼纖細願上帝保佑她吧！」

這時，豐姑媽已經把一塊烤麵包吃到了只剩麵包皮的程度，只見她莊重地把那塊麵包皮遞給了福蘿，後者像在履行一項職責似的，馬上代她吃掉了它。然後，豐姑媽用緩慢的動作次第在嘴巴裡面濡溼了十根手指，又按照一模一樣的順序，在那塊白色餐巾上面擦乾了它們，接著，她拿過另外那塊烤麵包來，撲在它的上面埋頭苦幹了起來。進行這項程序的過程當中，她偶爾會用一種非常強烈的嚴肅表情看著柯南，這讓他覺得有義務回看她幾眼，儘管這有違他的個人意願。

「福蘿，她現在在義大利，還有她的所有家人。」等到那位可怕的女士

重新忙活起來之後，他說。

「她在義大利這是真的嗎？」福蘿說，「那個遍地生長著葡萄和無花果的地方還有熔岩項鍊和手鐲那片充滿詩意的土地啊它的那些火山美麗得讓人難以置信雖然彈風琴的孩子們從它們附近離開卻沒被烤焦的時候是沒人能驚奇什麼的因為他們是那麼年輕還對他們的小白鼠那麼仁慈，她真的在那片受到眷顧的土地上面嗎身邊沒有任何東西只有藍天和死去的角鬥士還有貝爾維德拉斯 [034] 雖然豐先生本人並不相信它們因為每當情緒不好的時候他都會反對說這些雕塑不可能是真實的它們有的穿著層層疊疊的價錢昂貴又裝飾繁複的亞麻細布有的卻除了一身皺褶之外寸縷不著而且這兩種形態之間沒有任何中間態存在，這看上去肯定是沒可能的不過也可能是極端富有和貧窮所導致的後果它是可以解釋這種情況的。」

亞瑟欲要插進一句話去，但福蘿再度急匆匆地說了下去。

「還有保存下來的威尼斯 [035]，」她說，「我認為你是去過那裡的它被保護得是好還是壞呢因為各人的看法是如此不同還有通心粉他們吃它的時候果真像是吞劍的魔法師那樣嗎為什麼不把它切短一些呢，你肯定認識亞瑟 —— 親愛的道義柯南公司至少要去掉親愛的而且肯定不能有道義因為我還沒能有幸結識他但請原諒我吧 —— 我認為你肯定認識曼圖亞這個地方它跟披風製作裡面的那個曼圖亞有什麼關聯嗎 [036] 我可是從來沒有想到過呢？」

「我相信它們兩者之間，福蘿，是沒有任何關聯的，」亞瑟剛要開始往下說去，但她又一次打斷了他。

「你既然保證說沒有那就是沒有了我也從來沒覺得有過不過這倒挺像

---

[034] 「死去的角鬥士」和「貝爾維德拉斯」均係羅馬的雕塑名稱，前者藏於卡皮托爾博物館，後者藏於梵蒂岡博物館。

[035] 「保存下來的威尼斯」是一部悲劇的名稱，作者為湯瑪斯·奧特維（Thomas Otway, 1652 ～ 1685）。

[036] 披風製作（mantua-making）中的 mantua 發端於 manno，該詞係西班牙語，表「斗篷，披風」之意，故跟上文中的曼圖亞（Mantua，義大利城市名）沒有關聯。

我自己的比如我丟掉一個念頭的時候不會剩下任何東西給自己保留起來，唉曾經有過一個時候親愛的亞瑟換句話說就是絕對不能是親愛的也不能是亞瑟不過你明白我是什麼意思當時有個十分光明的想法把屬於他的名字或者其他等等的那條地平線照耀得一派輝煌但現在它已經被陰雲籠罩住了一切都結束了。」

在亞瑟心裡，那個想要說上一些非常不同的東西的願望越來越水漲船高，而到了眼下這個時候，它被如此清楚地寫在了他的臉上，於是，福蘿在一眼溫柔的注視中停下了話頭，然後問他想說些什麼？

「我有這麼一個至大的願望，福蘿，想要跟現在正在這座房子裡面的某個人談談 —— 肯定跟賈思彼先生待在一起。那個人我看見她走了進來，她在受到誤導的前提之下，十足惡劣地拋棄了我的一個朋友。」

「爸爸見的那些人數量如此眾多，種類又是如此奇特，」福蘿站起身說，「所以我不會為任何人冒險下樓打聽但你要除外亞瑟但是為了你的話我願意像個潛水鐘那樣直接沉下樓去而不是走進一間餐廳[037]裡面然後很快就會回來但前提條件是在我離開的時候你願意照看同時不去介意豐姑媽。」

說完這些話並且給了他臨別一瞥之後，福蘿便急匆匆地離開了房間，留下柯南身處於他這位駭人的照管對象的令人恐懼的羈押之下。

等到她吃完第二片烤麵包之後，在豐姑媽的風姿當中，所顯現出來的第一個變化是，一陣嘹亮而悠長的擤鼻聲。因為它所包含的那份令人沮喪的深意是沒可能被誤解的，所以柯南發現，無可避免地要把這份感情流露理解為，對他本人所懷的一種蔑視。他隨之用一種飽含悲傷的目光看起了這位卓越但偏見深重的，同時係上述那份蔑視的發端之處的淑女，寄望於透過一種順從的屈服姿態，來解除她的武裝。

「不要看我。」豐姑媽說，並滿懷敵意地抖動著。「拿著這個。」

「這個」指的是方才那塊烤麵包的麵包皮。柯南接受了這份恩賜，並

---

[037]　潛水鐘（diving-bell）和餐廳（dining-room）的原文詞形相近。

作出一副感激涕零的樣子來。把它拿在手裡的時候，他覺得身處一種有些尷尬的壓力之下，而當豐姑媽把她的聲音抬高至一種相當有力量的嘶吼，並喊叫著說，「他的胃驕傲著呢，這個傢伙！他這個傢伙驕傲得不肯去吃它！」接著又從她的椅子裡面走出來，在距離他的鼻子非常之近的地方（近到了讓鼻子的表皮覺得癢癢的地步），揮舞著她的德高望重的拳頭時，這種壓力並未能得到什麼緩解。若非福蘿及時返回，並發現他身處這種艱難情狀當中，接下來還可能出現進一步的嚴重後果。福蘿見狀沒有表現出些微的不安或驚訝，只是讚許地祝賀那位老年淑女「今晚非常活躍」，然後把她攛回了椅子裡面。

「他的胃驕傲著呢，這個傢伙。」重新落座之後，豐先生的這位親戚說。「快給他來上一頓馬料！」

「啊！我可不覺得他會喜歡那個，姑姑。」福蘿回應說。

「我跟你說，快給他來上一頓馬料，」豐姑媽說，並把一雙怒眼繞過福蘿落在了她的敵人身上。「對於一個驕傲的胃來說，它是唯一適合它的東西。讓他把它吃得一點都不剩。真是見鬼，快給他來上一頓馬料！」

福蘿草草裝出一副要幫著他進補這份點心的樣子來，把他弄到了房間外面的樓梯上，而甚至直到那個時候，豐姑媽仍然挾裹著一股難以言表的憤恨之情，接連不斷地重申說，他是「一個傢伙」，長著一個「驕傲的胃」，並且一遍又一遍地堅持讓他服用那份她已經強烈醫囑過的，專門為他配製的馬料供給。

「這道樓梯是多麼不方便呀還有這麼多拐角亞瑟，」福蘿耳語著說，「你會反對把手藏在我的披肩下面攬著我嗎？」

就這樣，在按照上述規定姿勢下樓的過程當中，柯南始終都有這麼一種感覺，他是用一種非常滑稽可笑的方式走下樓梯去的，而且一直走到餐廳的門口，才放開了他那個美麗的負擔，更準確地說應該是，甚至到了那裡之後，她還是有點難以擺脫，仍然賴在他的懷裡呢喃著說，「亞瑟，看

在仁慈的上帝分上不要把這件事告訴爸爸！」

　　說完，她陪著柯南走進了房間裡面，在那裡，那位年高德劭者正仕獨自一人坐著，把他的百衲鞋放在了火爐圍欄上面，同時彼此環繞轉動著兩根大拇指，好像從來沒有停下過一樣。還有那位年方十歲的，處於少年階段的年高德劭者，他從他頭上的畫框裡面向外注視著什麼，臉上的那份平靜和安然跟他並沒什麼兩樣。還有，這兩顆光滑的腦袋都是同樣的光可鑑人和痴愚鄙陋，並且也都像壽星的腦門那樣膨大凸出。

　　「柯南先生，我見到你甚感欣喜。我希望你一切安好，先生，我希望你一切安好。請坐下吧，請坐下吧。」

（豐姑媽的嚴苛作為）

　　「我剛才希望，先生。」柯南一邊依請照辦，一邊四下裡打量著房間，臉上是一副惘然和失望兼而有之的神色，並且說，「發現你不是一個人待在這裡。」

「啊，真的嗎？」年高德劭者親切地說。「啊，真的嗎？」

「我已經告訴過你這些了你知道的爸爸。」福蘿大聲說。

「啊，那是當然！」年高德劭者回應說。「是的，正是如此。啊，那是當然！」

「請問您，先生。」柯南焦急地詢問道，「韋德小姐走了嗎？」

「什麼小姐？喔，原來你叫她韋德呀。」賈思彼先生回應說。「這是很有可能的。」

亞瑟迅速回應說，「那您怎麼稱呼她呢？」

「韋德，」賈思彼先生說。「喔，一直都是韋德。」

亞瑟先把那張慈善的面孔，和那些絲質的白色長髮一連看了好幾秒鐘，在此期間，賈思彼先生一邊環繞轉動著他的大拇指，一邊向爐火微笑著，好像正在心裡仁慈地謀劃著，希望它能燒到他的身上，因為這樣一來的話，他就可以藉故寬恕它了，然後，亞瑟開口說道：

「我要請求您的原諒，賈思彼先生 ──」

「別這麼說，別這麼說，」年高德劭者說，「別這麼說。」

「── 不過，韋德小姐帶著一個貼身扈從 ── 一個由我的幾位朋友撫養長大的年輕女子，韋德小姐對她產生了不能被認為非常有益健康的影響，而我將會樂於找到機會向她保證，她尚未失去那幾位保護者的關懷。」

「真的嗎，真的嗎？」年高德劭者回應說。

「因此，您願意大發慈悲把韋德小姐的地址給我嗎？」

「哎呀，哎呀，哎呀！」年高德劭者說，「這是多麼的非常不走運呀！要是你能在她們還在這裡的時候把這話說給我聽，那該多好，只有這樣才行！我觀察過那個年輕女子，柯南先生。一個長得挺好看的深色皮膚年輕女子，柯南先生，長著非常黑的頭髮和非常黑的眼睛。我是否沒有弄錯呢，我是否沒有弄錯呢？」

柯南認同了他的說法，接著又把剛才那話說了一遍，但換了一種新的表達方式，「要是您願意大發慈悲把她的位址給我，那就好了。」

「哎呀，哎呀，哎呀！」年高德劭者喊叫著說，語氣中包含著親切無比的遺憾之情。「嘖，嘖，嘖！多麼可惜呀，多麼可惜呀！我沒有她的地址，先生。韋德小姐多數是住在國外的，柯南先生。她這麼做已經有些年頭了，她會時不時地發作（如果我可以這樣議論一位同類和一位淑女的話）一下，讓人捉摸不透，柯南先生。我可能要有很長很長一段時間不能再見她了。我可能永遠都不能再見她了。多麼可惜呀，多麼可惜呀！」

柯南現在已經明白了，他從年高德劭者這裡獲得援助的希望，是跟從那幅畫像裡面一樣多的，儘管如此，他還是說：

「買思彼先生，您能不能出於我方才提及的那幾位朋友的滿足感考慮，把觸及到韋德小姐的無論什麼資訊給我透露一下呢？雖然它可能有違於那份，您認為有責任強加於己身的保密義務。我曾經在國外見過她，我也曾經在國內見過她，但我對她一無所知。您能給我講講有關她的無論任何事情嗎？」

「不能呀。」年高德劭者一邊回應說，一邊搖著他巨大的腦袋，並流露出一股至大的仁慈意味來。「一點都不能。哎呀，哎呀，哎哎！這可真的是多麼可惜呀，她只停留了那麼短一段時間，而你卻正好遲到了！為了保密性質的委託業務，委託業務，我偶爾會向這位女士付款，但是先生，知道這個會給你帶來什麼滿足呢？」

「沒錯，一點都沒有，」柯南說。

「沒錯。」年高德劭者表示認同，只見他的臉上流光溢彩，同時仍然朝爐火慈善地微笑著，「一點都沒有，先生。你正好命中了這個智慧的答案，柯南先生。沒錯，一點都沒有，先生。」

對於柯南來講，當他坐在那裡彼此環繞轉動著光滑的大拇指時，他顯然是在謀劃著什麼的，即是說，他會讓正在談論的主題，以相同的面目循

環往復地出現，絕對不會讓它顯出任何新的面目來，也不會允許它取得最為微小的進展，而結果就是，這將大大有助於令他確信，他的努力只能告於徒勞。他也可能會讓他耗費無論多久的時間去琢磨他的用意，因為賈思彼先生諳熟於把所有事情都交給他的凸腦門和他的白頭髮去處理，並借此來達成無論任何目的這項技巧，深知他的力量便蘊蓄在這種緘口不言當中。於是，賈思彼就坐在那裡把他的兩根大拇指轉啊轉的轉個不停，同時讓他光亮的腦袋和前額的每一個凸出部分，都顯出了大而仁慈的樣子來。

接著，面對著此番景象的亞瑟立起身來準備離開，這時，從斜泊著那艘名叫潘可思的好船（當它不去外出巡航的時候，都會作此表現）的內碼頭那裡，傳來了一陣嘈雜聲，聽起來像是那艘汽船正在費力地朝著他們開來。接著亞瑟又覺得，那陣嘈雜開始有意地顯出了遠離他們的樣子來，好像潘可思先生欲要讓無論哪個碰巧想著它的人都覺得，他正在努力讓他們的耳根子清淨一些。

待潘可思先生進來跟他握過手之後，前者又拿出一兩封信交給他的雇主去簽署。在握手的過程當中，潘可思先生只是用左手食指撓了撓眉毛，附帶著噴了一次響鼻，但是，柯南對他的了解已然是今非昔比了，所以馬上便領悟到，他差不多已經做完了傍晚的差事，想要跟他去外面說上一兩句話。因此，等到跟賈思彼先生和福蘿道過別（後面那個進程要比前面那個艱難上許多）之後，他便在毗連著潘可思先生的航線的那一片區域裡閒逛了起來。

他僅僅等了很短一段時間，潘可思先生便出現了。潘可思先生又跟他握了一遍手，又噴了一個表意功能豐富的響鼻，並且摘掉帽子攏起了頭髮，而亞瑟認為，他所收到的這項暗示是，等到他跟潘可思說話的時候，要把後者當成一個對方才發生的事情了解得相當清楚的人來看待。因此，他沒做任何鋪墊便說：

「我猜她們是真的走了吧，潘可思？」

「是的。」潘可思答覆說。「她們真的走了。」

「他知道夫哪裡能找到那位女士嗎？」

「說不上來，我認為是這樣。」

潘可思先生不知道嗎？是的，潘可思先生不知道。那潘可思先生了解有關她的任何情況嗎？

「我猜想，」那位傑出人士回答說，「我對於她的了解，跟她對自己的了解是一樣多的。她是某個人的孩子——或者說任何人的——或者說誰的也不是。要是把她放在這個倫敦的一個房間裡面，讓她跟六個老得足以當她父母的人待在一起，那麼，要是以她了解的那些身世資訊為依據，那六個人裡面就可能出現她的父母。他們可能會在她所看到的任何一座房子裡面，他們可能會在她所路過的任何一座墓園裡面，她可能會在任何一條街道上面遇到他們，她也可能在任何時間碰巧跟他們結識，卻對此不明就裡。她對他們是一無所知的。她對她的無論任何親戚也是一無所知的。過去從來沒有知道過，將來也絕對不會知道。」

「但賈思彼先生是有能力提點她的，有這個可能嗎？」

「可能可以吧。」潘可思說。「我猜想是這樣，但並不確切知曉。很長時間以來，他一直代人託管著一筆錢（據我了解並不是非常多），等到她沒了它活不下去的時候，他就會發放給她一些。她有時顯得很是驕傲，會很長一段時間不去碰它，有時卻是如此貧窮，以致必須得得到它。她的人生讓她感到非常痛苦。從來沒有哪個女人比她更加憤怒和激烈，更加不顧一切和報仇心切。她今晚是過來拿錢的。說她有個獨特的場合需要用它。」

「我認為，」柯南沉吟著說，「我碰巧知道那是個什麼場合——我指的是，那些錢進了誰的口袋。」

「真的嗎？」潘可思說。「如果那是一份合約的話，我建議另外那一方還是謹慎點為妙。像她這麼一個年輕又英氣勃勃的女人，要是我曾經辜負

過她的話，我是不會把自己交到她手裡的，不會，就算為了我老闆兩倍那麼多的錢也不會！除非，」說到這裡，潘可思補充了下述例外條款，「我得了一種慢性病，想要借此擺脫掉它。」

亞瑟急忙重審了他自己對於此女的評價，結果發現，它跟潘可思的觀點是相互吻合，或者說是相當接近的。

「讓我感到驚奇的是，」潘可思接著說，「作為唯一一個跟她的身世存在關聯，而且能夠讓她抓住的人，她竟然從來沒有殺害過我老闆。說起這個，我可以告訴你這麼一句，這是我們之間的私房話，我自己有時候會有殺害他的衝動。」

亞瑟很是嚇了一跳，然後說，「我的老天爺呀，潘可思，別那麼說！」

「你要弄明白我的意思，」潘可思一邊說，一邊把五隻被啃掉了頭部的嵌滿煤屑的指甲，攤在了亞瑟的胳膊上面，「我不是想割破他的喉嚨。但是，我敢拿一切寶貴的東西起誓，要是他太過分的話，我會割掉他的頭髮！」

清楚地闡明了這份巨大的威脅，並在這個新的角度之下做了自我展示之後，潘可思先生板起一張包含著莊重意味的面孔，先噴了幾聲響鼻，然後便噴著蒸汽開走了。

第十章　付老婆子入夢愈深

接下來的那三四天時間，在迂迴辦事處的那幾間陰暗的等候室裡面，柯南亞瑟跟各式各樣被判在那巨輪下面活活碾死的惱人罪犯們，一同共度了大量時光，同時，這也為他提供了足夠的餘暇，令他有時間把之前匆匆瞥了一眼韋德小姐和塔珂這件事情，巨細無遺地回味了一個底掉。結果，他既不能再把它想得更進一步，也不能少想它一點，在這種左右為難的情形當中，他倒是有些樂意丟開它不顧。

在這幾天時間裡面，他沒有前往他母親那座陰沉的老宅。而現在，時間已經來到了他慣例前往彼處的一個夜晚。於是，他在大約九點鐘的時候，離開了他的住所和他的合夥人，慢慢朝著他幼時那個面部猙獰的家那一邊走了過去。

在他的想像裡面，它永遠都是一副憤怒、神祕而令人悲傷的模樣，而他的想像又是非常易感的，所以，在它的眼睛裡面，附近的所有地方全都因為它在他心裡投下的那道暗影，而沾染了一些陰暗的色調。當他在那個沉悶的夜晚朝前走去的時候，他所走過的那些暗淡街道好像全都儲藏了沉重而壓迫人心的祕密。比如那些棄置不用的帳房，它們的祕密藏在被鎖在櫥櫃和保險箱當中的簿冊票據裡面；再比如那些銀行，它們的祕密藏在堅固的房間和樓梯井裡面，而這些東西的鑰匙又裝在為數非常之少的幾個祕密的口袋裡面，或者記在為數非常之少的幾個祕密的胸腔當中；再比如眼前這座巨大的磨坊，那些分散在各處的磨工全都擁有各自的祕密，在這些人當中，無疑會有五花八門的，可能會被熹微的晨光暴露出來的各色掠奪者、偽造者和背叛者。而他能夠想像得到，這些東西雖然隱而不彰，卻為那裡的空氣平添了一份沉重。他一邊朝著那個愈來愈見其濃重的陰影的源頭處接近，一邊想起了那些寂寥的教堂地下室所包藏的祕密，在那裡面，

那些祕密往鐵櫃子裡面儲藏錢帛的人們往往果報不爽，會在尚未停止為非作歹的時候，同樣被儲藏進某個櫃子裡面；接著，他又想到了那條河流所隱匿的祕密，它翻滾著汙濁的浪潮朝前流去，被兩塊眉頭緊鎖又祕而不宣的荒野夾在當中，它們一邊厚重而濃稠地向前延展了許多英里，一邊擋開了風和鳥翼掠過的自由空氣和自由田野。

待到他走近那座大宅之際，那道陰影仍然在繼續加深變重，這時，在他的頭腦裡面，浮現出了他的父親曾經占據過的那個淒涼的房間，他還看到，有一張滿含請求意味的臉縈繞於其間不肯離去，而且，他還曾經親眼看到過，那張臉跟他一起離開了人世，其時，在他父親的病榻之前，除了他之外別無任何探望者。它的閉塞的空氣流露著祕密的氣息。整座陰暗、黴臭而多塵的大宅，也流露著祕密的氣息。而在它的中心部位處執掌著大局的那個人，便是他的母親，她的一張臉巋然不動，她的鋼鐵意志百折不撓，她牢牢地掌管著有關她自己和他父親人生的所有祕密，同時用嚴厲的作風正面對抗著，所有生命終須面對的那個重大終極祕密。

當他拐進那條他家大宅的庭院或者說圍場向它開著門的，狹窄而陡峭的小街之後，又有另外一陣腳步跟在他的後面拐了進來，且如此之近地緊隨在他的身後，最後竟然把他擠到了牆上。其時，他的頭腦裡面滿滿當當地充斥著上面那些想法，所以對這場邂逅完全沒有任何準備，結果，等到另外那位路人吵吵鬧鬧地說完「請原諒！這不是我的錯！」又從他身邊走過去之後，令他回過神來發覺身邊這一系列事實的那陣子功夫，竟然還未流逝而過。

而等到那一瞬間一閃而過之後，他看到，在他前面大踏步走去的那個人，正是他在過去那幾天裡面朝思暮想的那一位。這並不是什麼偶然的相似，因為那人給他留下的強烈印象令他丟開了這個假設，這完完全全就是那個人，那個他曾經跟蹤過的，跟那個女孩相伴而行的人，那個他曾經偷聽過的，跟韋德小姐談過話的人。

那條街道是一條陡峭的下坡路，而且是逶迤蛇行的，再加上那人（此人雖然並未呈現出醉態，但酡紅的面色還是流露了強烈的酒精氣息）順著它往下走得非常之快，所以柯南雖然一眼不眨地看著他，卻突然就失去了他的蹤影。接著，柯南並沒有明確的想要跟蹤他的意圖，只是有這麼一種衝動，想要把那個身影在視野裡面保留得稍久一些，於是，他加快了腳步，走過了把那人藏到了他的視野之外的轉彎處。但是，等到拐過它之後，他卻再也看不到那個人了。

　　現在，他已經站在了他母親宅邸的門道跟前，隨即沿著那條街道望了下去，可它空蕩蕩的不見一個人影。那裡沒有什麼突出的陰影，大到可以遮蔽起那個人來，附近也沒有別的轉彎處，可以供他借此隱去身形，而且，他也沒有聽到任何開或關門的聲音。儘管如此，他還是得出了下面這個結論，那人的手裡肯定拿著一把鑰匙，肯定用它打開了眾多宅門的其中一扇，然後走了進去。

　　他一邊反覆回味著這場奇怪的偶遇和奇怪的所見，一邊拐進了院子裡面。當他完全出於習慣，朝著他母親房間的那幾扇燈光暗淡的窗戶望去的時候，他的兩眼卻碰到了方才丟掉的那個身形，它正背靠那條廢棄小圍籬的鐵欄杆站在那裡，一邊朝上仰望著那幾扇窗戶，一邊顧自大笑著。還有在黑夜裡面，慣於在那一帶潛行巡遊的眾多流浪貓們，它們很是吃他嚇了一跳，其中有幾隻好像在他停下笑聲的時候，也跟著停了下來，現在正在牆頭或閣廊，或者其他安全棲息處的頂部，拿無論如何都沒辦法說跟他那兩隻不相類似的眼睛看著他。他僅僅這樣停下來自娛了片刻功夫，然後馬上便向前走去，並且一邊走一邊把斗篷的下擺甩過了肩頭，等到登上那幾級塌陷得高低不平的臺階之後，隨即便在門上敲出了一陣響亮的叩門聲。

　　柯南並未表現出太過引人注目的驚訝反應，只是未做任何猶豫便下定了決心。他也跟著那人走到了門口，接著也步上了臺階。他的朋友擺出一副洋洋自得的神色看著他，嘴裡顧自唱道：

有誰會在大晚上走過這條路？

馬喬麗的夥伴！

有誰會在大晚上走過這條路？

永遠樂悠悠！

唱完之後，他又把門敲了一遍。

「你太沒耐心了，先生。」亞瑟說。

「沒錯，先生。真是要命啊，先生。」那位陌生人回應說，「缺乏耐心可是我的性格使然呀！」

這時，女管家阿麗在開門之前小心地給門掛上門鏈的聲音，讓他們都朝那邊望了過去。只見阿麗把它打開了非常之小的一個縫隙，兩手舉著一支燃得很旺的蠟燭，嘴裡發問說，是誰在三更半夜的那個時候那樣敲門呀？「喔，是亞瑟呀！」她首先看到了他，然後詫異地補充了這麼一句。「肯定不是你吧？啊呀，上帝來救救我們吧！不要啊。」這時，她看到了另外那個人，失聲喊叫了出來。「怎麼又是他！」

「沒錯！又是他，親愛的付老婆子，」陌生人叫嚷著說。「把門打開，讓我把我親愛的朋友劍利擁入懷中！把門打開，讓我快點去擁抱我的老付！」

「他沒在家裡。」阿麗說。

「把他找來呀！」陌生人叫嚷著說。「快點把我的老付找來！告訴他說，這是他的老布蘭多，剛一抵達英格蘭就來看望他了，告訴他說，站在這裡的是他的小男孩，他的小圓菜，他的小可愛！把門打開，漂亮的付老婆子，同時讓我走上樓去，把我的莫大敬意 —— 布蘭多的崇敬之情 ——致獻於我的夫人！我的夫人一直都活著吧？很好。那麼開門吧！」

令亞瑟更感驚異的是，女管家阿麗對著他把兩隻眼睛瞪得老大，像是在警告他說，這是一位他不能去衝突牴觸的紳士，然後取掉門鏈打開了房門。陌生人沒做任何客套便步入了大堂裡面，還有亞瑟也跟在了他的身後。

「快點派人啊！快點照辦啊！把我的老付找來！把我通報給夫人！」陌生人大聲說，並把兩腳在石頭地板上跺得叮噹亂響。

「請妳告訴我，阿麗，」亞瑟洪亮又嚴厲地說，同時用憤怒的目光從頭到腳仔細審視著那人，「這位紳士是誰？」

「請你告訴我，阿麗，」陌生人接腔學舌說，「這位紳士 —— 哈，哈，哈！ —— 是誰呀？」

這時，柯南老夫人的聲音適時從樓上的房間傳了下來，「阿麗，讓他們都上來吧。亞瑟，你直接上來找我！」

「原來是亞瑟！」布蘭多叫嚷著說，並摘掉帽子伸展胳膊揚了出去，又從一個大跨步的姿勢中併攏起兩隻腳跟來，手舞足蹈地朝他鞠了一躬。「應該是夫人的兒子吧？我是我的夫人的兒子的忠心備至的僕人！」

亞瑟用並不比之前更顯奉承的目光重又看了他一眼，然後沒有進行答禮，便掉轉腳跟步上了樓梯。那位訪客也跟在他後面上了樓。女管家阿麗先從門後面拔下鑰匙來，然後機靈地溜出門尋找她的夫主去了。

要是有一位旁觀者被告知了，布蘭多先生前次出現在那個房間裡面的景象，他便可能會觀察到，柯南老夫人此番接待他的樣子跟前次是有一些不同的。可是，她的臉並未流露出這種不同來，還有她的克制的舉止，她的一成不變的嗓音，也都處於她的掌控之下。即是說，這種不同完全包含在她的下述舉止當中：從他走進門來的那一刻起，她就從來沒從他的臉上移開過眼睛，以及，有那麼兩或三次，當他的聲音有些吵鬧起來的時候，她在聳身危坐於其間的那把椅子裡面非常微弱地朝前動了動身子，同時兩手仍然紋絲不動地擱在它的扶手上面，像是在向他保證道，無論他將會拉開多麼遠的距離，他說的話都是會立刻被聽到的。亞瑟並未有失於觀察到這一點，雖然此番和前次的那種差別，並未處於他的觀察能力的涵蓋範圍當中。

「夫人。」布蘭多說，「請您賞臉把我引薦給這位先生，也就是您的兒子吧。在我看來，夫人，那位先生，也就是您的兒子，他好像對我有些不

滿呢。他表現得不大禮貌。」

「先生。」亞瑟未失任何時機地插進了話來，「不管你是誰，也不管你是怎麼到這裡來的，如果我是這幢房子的主人的話，我會毫不猶豫把你攆到它的外面去。」

「但你不是，」他母親說，眼睛並沒在看著他。「不大走運的是，你那副不可理喻的脾氣沒辦法在我這裡得到滿足，也就是說，你並不是這裡的主人，亞瑟。」

「我沒說我是，母親。要是我反對此人在此地的行為舉止，並且反對到了下述程度的話，也就是說，要是我在這裡擁有任何權力的話，我肯定不會容忍他待上哪怕一分鐘時間，那麼，我的這種反對意見是代表您而發的。」

「要是有必要反對的話，」她回應說，「我自己是有能力進行反對的，而且肯定會這麼做。」

這時，他們的爭論主題已經顧自落座了，聽到這裡一邊響亮地大笑著，一邊用兩手不停拍打著大腿。

「你沒有權利，」柯南老夫人說，之前，她的注意力一直集中在布蘭多身上，可現在馬上就對她兒子講起話來了，「因為他沒能遵守你的標準，或者沒能按照你的規矩行事，就對無論哪位紳士惡言相向（尤其是一位來自他國的紳士）。很有可能的是，這位紳士可能也會照著類似的理由，對你提出異議呢。」

「我巴不得這樣呢。」亞瑟回應說。

「這位紳士，」柯南老夫人繼續說，「前一次從幾位極為可敬和察鑑炯明的通信人那裡，給我們帶來了一封表揚信。我全然不識這位紳士此番前來的目的何在。我對此是完全無知的，也不能被認為，可能有能力對它的性質形成哪怕最為不著邊際的猜測。」在她非常緩慢而沉重地強調這些字句的同時，她那個習慣性的蹙眉動作變得更加顯著了起來，「不過，等到

老付回來，這位紳士著手於解釋他的來意的時候，因為我將會懇求他，大發善心為我和老付解釋一下，而他的來意無疑將會被證明是，或多或少還是我們通常的那些生意，而予其以推動促進，同時係我們的職責和樂趣所在。它不可能是其他任何事情。」

「我們將會看到的，夫人！」這位事業型男人說。

「我們將會看到的，」她表示認同。「這位紳士是跟老付相識的，還有，當這位紳士上次來倫敦的時候，我記得聽人說過，他和老付一起找過一些樂子，或者說相得甚歡過。我現在身處的這個位置，並不有利於得知太多發生在這個房間外面的事情，而且，它外面的那些叮鈴噹噹的戔戔俗事也不能引起我太大的興趣，但我記得聽人那麼說過。」

「沒錯，夫人，確實如此。」說完，他再次大笑了起來，並用口哨吹著方才在門口唱過的那支小調的副歌部分。

「所以，亞瑟，」他母親說，「這位紳士是以一位相識者，而非陌生人的身分到這裡來的，令人深感遺憾的是，你那副不可理喻的脾氣竟然在他身上發現了冒犯僭越之處。我對此深感遺憾。我也要把這些話說與這位紳士。但我知道，你是不會這麼說的，因此，我是代表我自己和老付來說它的，因為跟這位紳士有生意往來的是我們倆人。」

現在，他們聽到樓下那扇門的鑰匙開始在鎖孔裡活動了起來，又聽到了門被打開和關上的聲音。接著，按照應當有的順序，先是付老爺子現出了他的身形，而他甫一進門，那位訪客便笑聲隆隆地從椅子上立起身來，接著把他緊緊地擁入了懷中。

「事情辦得怎樣啊，我的深受珍愛的朋友！」他說。「日子過得怎樣啊，我的老付？竟然粉嘟嘟的？好了很多嘛，好了很多嘛！哎呀，但你看上去迷人極了！哎呀，但你看上去嬌嫩新鮮得像是春天裡的花朵一樣！哎呀，善良的小傢伙！勇敢的孩子，勇敢的孩子！」

他一邊在付老爺子身上堆砌著這些恭維之詞，一邊用雙手扳著他的兩

隻肩膀，團團地轉動著他，直至那位紳士搖搖晃晃得像是一隻轉勢將盡的陀螺那樣，方才告於甘休，而且，身處於該等情境之下的老付，其冰冷和扭曲之狀要更甚於以往任何時候。

「我上次就有這麼一個預感，我們將會相識得更好和更加親密。你是不是正在感受它呢，老付？你是不是已經感受到它了呢？」

「喔，沒有啊，先生。」付老爺子反駁說。「沒有什麼不同尋常的東西。你是不是最好坐下來呢？我猜，先生，你還要用那個姿勢再提些別的要求吧？」

「哎呀，這個小丑！這個小豬！」訪客叫嚷著說。「哈，哈，哈，哈！」說完，他像是在對待一句講完的俏皮話似的，隨手把付老爺子丟到了一邊，然後重新坐了下去。

亞瑟懷著驚詫、懷疑、憤恨和羞恥兼而有之的心情，旁觀著這一切，並被打擊得啞口無言。付老爺子先在最後那一波推動力的作用之下，向後轉動了兩或三碼之遠，然後重新走上前來，並板著一張全然無動於衷而絲毫不見變化的臉，它的唯二的例外情形出現在，當它為急促的呼吸所影響，以及死盯著亞瑟的時候。比起平常來，付老爺子外表上的緘默和木然未見有絲毫減弱，在他身上，唯一能夠察覺到的不同之處是領巾打成的那個結，它通常是位於他的耳朵下方的，現在卻被轉動到了後腦勺部位處，在那裡，它構成了一個並非不相類似於絲囊假髮的裝飾性附屬物，為他賦予了某種具有宮廷氣派的威嚴外表。

因為柯南老夫人從來沒把她的兩隻眼睛從布蘭多身上移開過（它們在他身上是收到了一些成效的，其情狀類似於當你盯著一隻劣種狗那樣），所以劍利也從來沒把他的從亞瑟身上移開過。其時的情形就像是，他們已經心照不宣地一致同意，去占領他們各自的領地。就這樣，在接下來的那陣靜默當中，劍利站在那裡一邊刮著他的下巴，一邊看著亞瑟，就像他正在努力用某樣器械，把思想從他的腦袋裡面旋出來一樣。

須臾功夫之後，那位訪客像是覺得這陣靜默有些令人惱火似的，於是立起身來，不耐煩地扭動了一下脊背，讓它朝向了那堆已經燃燒了許許多多個年頭，而一直未曾熄滅過的神聖爐火。柯南老夫人隨即說，並且破天荒頭一回把其中一隻手動了一下，她把它動得非常輕微，用它做了一個逐客的動作。

「亞瑟，請你離開我們吧，我們要談生意了。」

Mr Flintwinch receives the embrace of friendship.

（付老爺子接受了友愛的擁抱）

「母親，我是有些不情願這麼做的。」

「別管你有些這個，」她回應說，「或者有些那個了。請你離開我們吧。然後在其他任何時候都可以回來，要是你覺得有責任悶聲不響在這裡埋掉半小時的話。晚安。」

說完，她舉起了裹得嚴嚴實實的手指，為的是他可以照著他們平常的慣例，用他自己的去碰觸它們，接著，他又朝輪椅俯下身去，用他的雙唇

碰了碰她的面頰。他當時覺得，她的面頰好像比平時繃得更緊了一些，而且比平時更為冰冷。在重新起身之際，他因循著她的兩眼的方向，朝著付老爺子的好朋友，也就是布蘭多先生那邊望了過去，這時，布蘭多先生用一根手指和大拇指，打了一個響亮而飽含鄙夷意味的響指。

「付老爺子，我把你 —— 你生意上的熟人留在我母親的房間裡面。」柯南說，「是懷了莫大的驚詫之情和莫大的勉強之心的。」

被提及的那人又用手指和大拇指打了一個響指。

「晚安，母親。」

「晚安。」

「我曾經有過一個朋友，我的善良的老付同志，」布蘭多說，他跨開大步立在爐火前面，顯然是為了止住柯南的撤退步伐才說出這話來的，結果讓後者在門口流連了起來，「我曾經有過一個朋友，他聽說了這座城市如此之多的陰暗面和它的各種行徑，結果讓他不會在晚上的這種時候，獨自一人跟兩個有意把他埋掉的人吐露這些見聞 —— 千真萬確如此！甚至在這樣一幢令人尊敬的大宅裡面也不會 —— 除非他的身體強壯得敵得過他們兩人。呸！這是怎樣的一個膽小鬼呀，我的老付！對吧？」

「應該是一條雜種狗，先生。」

「同意！是一條雜種狗。但他是不會這麼做的，我的老付，除非他知道他們想要讓他閉住自己的嘴，卻沒有那份力量。他也不會在該等情形之下從一個玻璃杯裡面喝水 —— 甚至在這樣一幢令人尊敬的大宅裡面也不會，我的老付 —— 除非他看見他們當中有一個先喝了，還咽了下去！」

因為不屑於開口講話，更準確地說應該是，因為他已經快要窒息而亡了，所以不是非常勝任於這麼做，結果，在他走出房間的時候，柯南只是朝那位訪客瞥了一眼。那位訪客則向他致以了另外一個旨在告別的響指，接著，在一個流露著噩兆的醜陋笑容裡面，他的鼻子開始向下挪去，他的髭鬚開始向上翹起。

「看在上帝分上，阿麗，」當她在黑暗的大堂裡面為他打開門，他自己摸索著朝夜空下面走去的時候，柯南耳語著說，「這裡出什麼事了？」

此時，她本人的外表便顯得足夠的鬼氣森然了，因為她立身在黑暗當中，把圍裙罩在了腦袋上面，待到開口在它的後面講話時，用的是一種低微而受到阻抑的聲音。

「什麼也不要問我，亞瑟。我一直都在做著一個夢，已經做了很長一段時間了。快點走吧！」

他走了出去，她在他身後關上了門。接著，他舉首朝他母親房間的那幾扇窗戶望了過去，只見它的燈光為黃色的百葉窗所阻遏，而顯得相當黯然，而且，它好像在學著阿麗說著下面這句答語，亦像在低聲嘟噥，「什麼也不要問我，快點走吧！」

第十章　付老婆子入夢愈深

第十一章　小杜麗寫來的一封信

　　親愛的柯南先生 —— 因為我在上封信裡說過，我希望最好沒有任何人寫信給我，所以，我再次給你寫去這封短信除了麻煩你要讀上它（可能你甚至會沒有餘暇來做這件事情，但我希望，你將會在某天找到它）一下之外，是不會給你帶來任何其他麻煩的，因此，我接下來要投入一小時的時間，再次致函於您。這次，我是從羅馬寫來此信的。

　　我們趕在高文夫婦之前離開了威尼斯，但是，他們在路上沒像我們耽擱那麼長的時間，而且跟我們走的不是同一條路，所以當我們到達的時候，我們發現，他們已經身在此地的一座寓所裡面了，這座寓所位於一個名叫維亞－格列高利亞那 [038] 的地方。我敢說你是知道它的。

　　現在，我要把我能告訴你的，有關他們的事情全部告於你知曉，因為我知道，那些是你最想聽到的東西。他們的寓所並不非常舒適，不過，可能當我第一次看到它的時候，我對它這方面的評價比你要低了一些，因為你曾經去過許多國家，曾經見識過許多不同的風俗。當然了，比起我在這之前習慣見到的那些地方，它是一個要好上許多許多的地方 —— 要好上大概幾百萬倍。還有，我私心裡猜想道，我可能不是用我自己的眼睛去看它的，而是用了她的。因為顯而易見的一點是，她一直成長在一個充滿柔情蜜意又幸福快樂的家庭裡面，儘管她並沒有滿懷深情地對我說過這些事情。

　　那個，它是一座相當簡陋的寓所，位於一條相當黑暗的公用樓梯的上方，還有，它差不多整個兒都是一個大而沉悶的房間，高文先生就是在這麼一個地方畫畫的。在它的那些窗戶上面，那些能夠望到外面的地方都被堵了起來，牆上也都被之前的其他住客用粉筆和碳條畫得滿滿當

---

[038]　維亞－格列高利亞那（Via Gregoriana），羅馬的一個藝術家社區，近西班牙臺階（Spanish Steps）。

當了 ── 啊，我會認為他們肯定住了很多個年頭！房間裡面掛著一條簾子，它的灰撲撲的顏色蓋過了紅色，這條簾子把房間分成了兩塊，它後面的那個部分製造了一個私人起居室出來。當我第一次在那裡看到她的時候，她正獨自一人待著，工作從手裡滑了下去，正在抬頭望著透過窗戶的頂頭部位處照射進來的那一線天空。當我告訴你這些事情的時候，請不要感到不安，不過，從總體上來講，它確實不像我所希望的那樣，不是那麼通風、那麼明亮、那麼振奮人心，也不是那麼令人快樂和富於朝氣。

因為高文先生在給我爸爸畫像（要是我沒有看到他在畫它，光從它的相像程度來判斷，我並不完全確信，我會知道它是我爸爸的畫像），所以從那之後，比起沒有這個幸運的意外事件來，我有了更多跟她待在一起的機會。她顯得非常孤獨，確確實實非常孤獨。

我應該告訴你第二次見到她的情形嗎？我在有一天的下午四五點鐘去了她那裡，當時我碰巧可以自作主張四處亂跑一下。她正在獨自一人吃著晚飯，她的孤零零的晚餐是從某個地方被送進來的，放在一種裡面生著火的火盆上面，就我的眼力所見，除了那個給她送飯的老頭之外，她是沒有任何其他同伴的，也沒有獲得同伴的可能性。為了逗她高興，他正在給她講著一個頗長的故事（有關牆外的一夥強盜被一尊聖人石雕抓獲的事蹟）── 而這裡面的原因在於，「因為他自己也有一個女兒，但沒有她這麼嬌美」，當我出去之後，他對我這麼說道。

在我不得不多講一些有關她的事情之前，我現在應該先提及一下高文先生。他肯定相當仰慕她的美貌，他肯定相當以她為傲，因為所有人都對她的這個方面讚賞有加，還有，他肯定非常鍾愛於她，我並不懷疑他是這樣的 ── 但用的是他的那一套。你是知道他的那一套的，要是它在你的眼睛裡面，也像在我的眼睛裡面那樣，顯得那麼漫不經心和不知饜足的話，那麼，我認為對於她而言，它尚有改進提升的空間便不能算是錯誤的了。倘若它在你的眼裡並非如此，我則可以相當確信，我是徹頭徹尾的錯

了，因為你的忠誠不渝的可憐的孩子，她對你的知識和優秀的信任之情，要勝似她在無論任何時候能夠告與你的那個程度，如果她曾經試圖這樣做的話。但你不必害怕，我是不會作此嘗試的。

因為高文先生那種有失安定和永不滿足的行事作風（我是這麼認為的，要是你也能這麼認為，那就好了），他投注在職業上面的精力可稱非常之少。他不會穩定或者耐心地去做任何事情，而是一邊把一些事情操持起來，一邊又把它們棄之不顧，無論從事它們的時候，還是中途丟開它們的時候，他都不會對它們認真以待。在我爸爸坐在那裡讓他畫像的過程當中，當我聽著他跟我爸爸談論的那些內容時，我自己坐在那裡暗自納罕道，他真的能夠對任何其他人都不具任何信念嗎？因為他對自己也不存任何信念。事實真是如此嗎？我很想知道，當你碰到這個問題時，你會說些什麼！我知道你會做出怎樣的樣子來，而且差不多能夠聽到你在鐵橋上面的那副嗓音，你將會用它來告訴我，你對此作何想法。

在這裡的那些被認為是最佳夥伴的人們當中，高文先生出現得非常頻繁 —— 儘管當他跟他們在一起的時候，他並不會顯出像是享受它，或者喜歡它的樣子來 —— 她有時會陪伴他一起前往，但最近出去得非常之少。我認為自己留意到了這麼一個現象，這些人講起她來有些前後矛盾的地方，他們一邊好像覺得，她在嫁給高文先生的時候獲取了巨大的利益和勝果，但與此同時，這些人又做夢都不願意把他據為己有，或者把他許配給他們自己的女兒。此外，他還會走進鄉下的那些地方，琢磨著想要繪製一些素描，還有，無論在什麼地方，只要那裡有很多訪客，他都是相識甚眾的，而且聲名相當煊赫。除了這些之外，他還有一個跟他過從甚密的朋友，不管家裡家外都是這樣，但他又對這個朋友非常冷淡，對他的態度非常捉摸不定。我相當確定的一點是（因為她親口對我這麼說過），她是不喜歡他的這位朋友的。對於我自己來講，他也是如此令人反感，所以他在目前離開了這裡，對於我的思想來說可稱是一個非常之大的解脫。對她來

說就更是如此了！

　　但我特別想要讓你知道的是，我之所以下定決心要告訴你這麼多，這裡面的原因也在於下面這一點，甚至當我有些擔心，它們會沒由來地讓你有些不舒服的時候，它也未曾動搖過。這個原因就是，她對他是如此的真誠和如此的忘我，而且如此完全徹底地知道，她的所有愛意和恭順永遠都會傾注於他的一身，所以你可以確信的是，她將會熱愛他、仰慕他、讚揚他，並隱瞞他的一應錯誤，直至她死去。我相信，她甚至會對自己隱瞞它們，而且還將一直隱瞞下去。她向他奉獻了一顆絕對沒辦法收將回去的真心，還有，無論他會怎樣千方百計地折磨它，他都永遠沒辦法耗盡它的如許深情。就像你知道所有事情一樣，你對這個真相的了解也要遠遠、遠遠勝似於我，但我卻控制不住地想要告訴你知道，她展現了一份多麼美好的天性，而且，無論你怎麼去想像她，都絕對不會有溢美之嫌。

　　在這封信裡，我尚未用她的名字稱呼過她，但是，我們如今的朋友關係已經親密到了下述程度，即是說，當我們安靜地待在一起的時候，我是會這麼做的，她也會用我的名字來跟我講話——我指的並不是我的洗禮名，而是那個由你賦予我的名字。當她開始稱我為愛米的時候，我簡單地給她講述了我的身世，還有你一直都叫我小杜麗。我告訴她說，對於我來講，那個名字要比任何其他名字都更顯親切，就這樣，她也開始稱我為小杜麗了。

　　你可能尚未收到她父親或者母親的來信，可能還不知道，她生了一個兒子。他剛剛出生兩天不久，恰好是在他們到達一週後降生的。這件事情給他們帶來了非常之大的快樂。然而，就像我要告訴你們所有人那樣，我也必須要告於你知道，我私心裡猜想道，他們在高文先生那裡有些拘束和緊張，他們還覺得，他對他們的嘲弄態度，有時候像是在輕視他們對她的愛心一樣。剛在昨天不久，當時我正好在那裡，我看到米格先生變了臉色，然後起身走了出去，好像他有些擔心，除非他用那種方法克制住自

己，否則可能會把那些話說出口去。但我確定，他們都是如此的體貼、和氣和明理，所以他是有可能饒過他們的。對於他來講，沒有多為他們考慮一點，也算是十分冷酷了。

我在上個句號那裡停下筆來，把上面那些內容重看了一遍。它們乍看上去好像是，我是在自說自話，是我自己在理解和解釋各種事情，這讓我都有點不想把它寄出去了。但是，當我把它們思索了一下之後，我覺得很有希望讓你馬上便知曉，我是為了你才關注起它們來的，還有，我留意到的那些東西只是自認為留意到了而已，因為我是因為你對它們的興趣，才擁有了關注它們的勁頭。說真的，你大可以確定，這就是事情的真相。

現在，我已經完成了眼下這封信的主題內容，還剩下少許內容尚待講述。

我們的狀況都是相當不錯的，范妮每天都在不斷進步著。你幾乎沒辦法想得出來，她對我有多麼的和善，並且為我耗費了怎樣的苦心。她現在有一位愛慕者，這個人一直跟隨著她，先是從瑞士一路跟了過來，然後又從威尼斯一路跟著，他還剛剛向我透露說，他打算一直把她跟到無論任何地方。他對我說的這些事情讓我相當不明就裡，但他肯定會這樣做的。我不知道該說些什麼，但我最後告訴他說，我認為他最好不要這麼做。因為范妮太過活潑和聰明了一些，跟他不太相配（但我沒把這話告訴他）。但他仍然說，他會那麼做的，所有方面都一無更改。至於我自己，當然是沒有愛慕者的。

要是你在無論任何時候，把這封長信一直讀到了這個位置，那你可能會說，小杜麗肯定不會不告訴我一些有關她的旅途的事情，就停下筆來，而現在肯定是她這麼做的時候了。我認為事實確實如此，但我不知道該對你講些什麼。自從我們離開威尼斯之後，我們到過一大批神奇而美妙的地方，它們當中包括熱那亞和佛羅倫斯，還曾目睹了如此眾多的神奇景致，以致當我想到，它們製造了怎樣一幅擠擠挨挨的畫面出來的時候，差不多

都有點頭暈目眩了起來。但是，既然有關於它們，你能告訴我的那些事情要遠遠多於我能告訴你的那些，那我為什麼還要用我的講解和描述來惹你厭倦呢？

　　親愛的柯南先生，就像在此之前，我是有勇氣告訴你知道，在我游移不定的頭腦裡面，存有哪些經常出現的難題那樣，我現在也不會是一個懦夫。我屢屢懷有的一個想法是下面這個 —— 對於我的思想而言，這些古老的城市的年齡本身，幾乎算不上有什麼奇特之處，更為奇特的在於，在我甚至還不知道，除了它們當中的兩三個地方之外，還有其他這樣的地方存在的那些日子裡面，以及，在我幾乎還不知道，在我們那幾堵古老的監獄高牆外面，還有任何其他東西存在的日子裡面，它們是一直存在於這裡的。這個事實裡面包含著一些淒涼的東西，但我不知道原因何在。在我們前去觀賞著名的比薩斜塔那天，恰逢一個陽光明媚的好天，它跟它附近的那些建築物看起來是如此古老，大地和天空看起來是如此年輕，還有它投射在土地上面的那些陰影，又是那麼的柔和和幽僻！一開始的時候，我沒能想到它有多麼漂亮，或者說多麼奇特，而是想到了，「啊，監獄高牆的陰影曾經有多少次落到了我們的房間上面，那些疲倦的足音曾經有多少次在放風場裡面上上下下地走過 —— 啊，這個地方曾經有多少次跟今天別無二致，也是這麼寧靜和可愛！」這種感覺完全壓倒了我。我的心變得滿滿當當了起來，眼淚奪眶而出，雖然我在竭盡所能地克制著它們。還有，我現在經常會有這樣的感受 —— 經常。

　　你知道嗎，自從我們的命運發生這場變化以來，雖然在我自己看來，我做夢的次數好像比以前更多了一些，但我卻一直都在做著同一個夢，夢到自己變回了非常非常年輕的時候！你可能會說，我本來就不是很老。沒錯，但我不是這個意思。我一直都在夢到，我變成了一個學習針線工作的小孩子。我經常夢到，我又回到了那裡，在放風場裡面看到了那些甚感陌生的面孔，還有那些我原本以為已經完全忘卻了的東西，另外，我多半還

會夢到，我來到了國外——在瑞士，或者法國，或者義大利——總之是我們曾經到過的某個地方——但身分永遠都是那個小孩子。我還夢到，我穿著剛能記事時的那身打著補丁的衣服，去了領袖夫人那裡。我一次又一次地夢到，我列席於威尼斯的一場賓客如雲的晚宴上面，身上卻穿著那身悼念我可憐的母親的喪服，它是我在八歲那年穿上身的，在穿得磨光露底，而且不能再修補之後，還又穿了很長一段時間。一想到賓客們都會覺得，它跟我父親的財富有多麼不相調和，以及，我這麼直白地暴露出他們欲要掩飾的東西，將會讓他和范妮還有愛德感到怎樣的不悅和丟臉，我就會感到錐心般的巨大痛苦。但是，在我想著這些事情的時候，我還是沒能脫離那個孩子的形象，還有，在全然無倆的同一個瞬間裡面，我還夢到了，我滿心疼痛地坐在餐桌旁邊，計算著這頓晚宴的花費有多少，並且因為一心琢磨著該如何彌補這個虧空，而讓自己相當心神渙散了起來。但我從來沒有夢到過，我們的命運發生的這場變化，我也從來沒有夢到過，你在那個令人難忘的早晨，跟我一道回去披露了它，還有，我甚至都從來沒有夢到過你。

親愛的柯南先生，我可能在白天把你——還有其他人——想得太多了一些，所以到了晚上之後，就沒剩下多少念頭可以繞著你胡思亂想了。因為我現在必須得向你坦白承認，我正在飽受思鄉之症的折磨——還有，我如此熱烈而真誠地渴望著家鄉，有時會在沒人看到我的時候，為它大放悲聲。我沒辦法承受得了，扭開我的臉背它而去。當我們面朝它走去的時候，我的心會稍微輕快上一些，哪怕只有短短數英里，而且心知肚明地知道，我們很快就會再次掉背而去。對於顯示著我的貧窮和你的仁慈的那幅情景，我是多麼滿懷深情地熱愛著它啊。啊，多麼深情，啊，多麼深情！

只有上帝才能知道，你的可憐的孩子何時才能再次見到英格蘭。我們都非常喜愛這裡的生活（除了我之外），所以尚無任何回歸方面的計畫。

我的親愛的父親談論過，要在最近這個春天的晚些時候回倫敦一趟，處理一些財產方面的事務，但我不敢奢望，他會帶著我跟他一道回去。

　　我努力想要在領袖夫人的教導之下，多少取得一點進步，還有我希望，我現在不是全然像過去那麼愚鈍了。我差不多已經可以輕鬆自如地講說和理解，我跟你說過的那兩門艱難的外語了。在我寫上一封信的時候，我沒能想起來，你是懂得它們的，但我隨後記起了這個事實，而它最終很是助益了我的學習。願上帝保佑你，親愛的柯南先生。請不要忘記

　　你永遠滿心感激而滿懷深情的

　　　　　　　　　　　　　　　　　　　　　　　　　小杜麗

附言 —— 請特別記得，高文蜜妮理應得到你最為深切的惦念，你是可以對她懷有這種感情的。無論你怎樣去想像她，都不會把她想得太過慷慨和太過高尚。我上次忘掉了潘可思先生。如果你會見到他的話，請向他致以你的小杜麗的親切的問候。他過去可是對小杜麗非常之好呢。

第十二章　本章舉行了一場偉大的愛國會談

　　在這片土地上面，莫德這個聲名顯赫的名字每天都在變得更加顯赫起來。但沒有哪怕一個人知道，這個擁有如此盛名的莫德曾經裨益過任何一個人，不管活著還是死去的都是如此，也未曾裨益於塵世間的任何其他事物；也沒有哪怕一個人知道，他身上有無論任何種類的能力或者言論，曾經為了任何一個生物，在亞當的子孫們踐踏著的這座迷宮的成千上萬條道路上面──不論是職責之路還是消遣之路，痛苦之路還是快樂之路，苦作之路還是休憩之路，事實之路還是幻想之路──投下過哪怕最為微弱的一絲燭光；也沒有哪怕一個人有過最為微小的理由，可以猜測這個崇拜對象的軀體，被塑造成了並非再平庸不過的肉體凡胎的其他東西，它擁有一個堵塞得嚴嚴實實的，鬱結著萬千憤懣的邪惡內裡，時刻努力維繫著一個人類的形象，防止它傾圮成一堆碎片。與此同時，所有人全都清楚地知道（或者說認為他們知道），他讓自己變得潑天豪富了起來，而且，他們單單為了這一個理由，便甘心讓自己俯身拜倒在他的前面，其情狀比那種先偷偷摸摸爬出他的地穴，然後裝成一根木頭或者爬蟲，去討好主宰著他的像黑夜一般漆黑的靈魂的神靈的，最為蒙昧無知的野獸，還要更為卑下和更加不可原諒。

　　不僅如此，這項崇拜活動的各位大祭司們還把這個人擺在他們前面，用他去抵擋遮掩他們的卑劣面目。雖然人民大眾的崇拜是源於對祭司的信賴──儘管他們也一直都清楚地知道，這裡面的原因到底何在──但是，站在聖壇旁邊的主持祭司活動的這些人們，卻按照習慣把這個人擺在了他們的視野當中。他們會去出席他的筵席，他也會去出席他們的。然而，他的身上卻永遠都跟著一個幽靈似的東西，它對這些大祭司們說道，「眼前這個人的這顆腦袋、這兩隻眼睛、這種講話方式、這副調門和儀態，這些東西便是

為你們所寄予厚望，並喜歡去推崇的神跡嗎？你們是迂迴辦事處的身體力行者，是世人的統治者。當你們當中的五六個人爭吵失和的時候，大地母親都好像生不出其他統治者來了。你們的治人資質便在於你們對人類高人一等的認知嗎，是它讓你們去接納、討好和吹捧眼前這個人嗎？或者說，當他出現在你們當中，而我從未有失於把他身上的那些神跡展示給你們的時候，要是你們勝任於對這些神跡加以正確判斷的話，那麼，你們這種高人一等的誠實作風便是你們的資質所在嗎？」這兩個有點難聽的問題，或者說這些話語，跟著莫德先生在倫敦城裡兜兜轉轉個沒完，然而，眾人已經達成了一份心照不宣的默契，即它們是絕對不能被表露出來的。[039]

在莫德夫人遠離故土身在國外期間，莫德先生仍然開放著他家的大宅，供眾多訪客川流不息地往來於其間。在這些訪客當中，有幾位很是和藹可親地把他的宅邸據為了己有。比如，有三四位聲名煊赫又生機勃發的女士們曾經彼此談論道，「到了下個星期四的時候，我們在我們親愛的莫德家裡吃上一頓飯吧。你說我們該請些誰呢？」接著，我們親愛的莫德便收到了指示，隨即沉重地端坐於餐桌旁邊，列席於眾多賓客當中，隨後又在客廳裡面笨拙地四處遊走了起來，而他身上唯一的引人注目之處是，看起來像是跟正在那邊進行著的那場招待活動不存在任何關聯。

而他家的那位總管，也就是這位偉大人物生活當中的那個復仇之神，也沒能對他的艱難情狀予以任何緩解。當大胸脯不在場的時候，他旁觀著這些晚宴的樣子，跟當大胸脯在場的時候，他旁觀著其他晚宴的樣子是別無二致的。對於莫德先生來說，他的眼睛像是蛇怪[040]那麼可怕。他是一個嚴厲的人，絕對不會讓菜肴少上一個盎司，或者讓葡萄酒少上一瓶。除

---

[039]　在這段話裡面，「大祭司們」暗指英國的高官顯貴們，而整段話的大體意思是，高官顯貴們在主導著民眾的價值取向，但他們卻為民眾設立了像莫德先生這麼一個舉止猥瑣而工於心計的崇拜偶像。至於所謂「對人類高人一等的認知」和「高人一等的誠實作風」，它們則是在暗指，高官顯貴們本著對人性的透徹了解而清楚地知道，莫德先生雖然舉止猥瑣，但憑藉他縝密的心思和巨大的財富，勢必會得到民眾的狂熱追捧。

[040]　蛇怪（basilisk），古代和中世紀傳說中的一種怪物，由蛇從公雞蛋中孵化而出，其狀如蜥蜴，雙眼發紅，人觸其目光氣息即死。

非已經符合了他的標準，他是不會允許一餐飯被擺上桌去的。他詳細闡述餐桌上面的種種規定，是為了維繫他自己的尊嚴。如果賓客們願意去享用端上桌子的肴饌，他是沒有什麼反對理由的，而它們被端上桌子的理由卻在於，去維護他自己的品級和地位。當他站在餐具櫃旁邊的時候，他像是在發表如下宣言，「我所接受的職務是，去看著擺在我眼前的這個東西，而不是去看比它少了些什麼的任何東西。」要是他有些想念慣於在筵席上擔任主席一職的大胸脯，那麼，為他所想念的只是，他那種固定狀態的一個組成部分而已，而他現在因為一些不可避免的環境因素，被暫時剝奪了這一部分，其情狀跟他想念一個被送到了那位銀行家那裡的餐桌中央擺件，或者做工精良的鎮酒冰壺別無任何二致。

眼下，莫德先生為一場巴家晚宴發出了許多邀請函。德西老爺將會出席它，巴蒂先生將會出席它，那位討人喜歡的小巴也會出席它，還有巴家的那個國會合唱團，他們在議院休會期間一邊周遊各省，一邊鶯聲宛轉地為他們的頭領大唱讚歌，而它屆時也會派遣代表出席它。據悉，它將會是一場偉大的盛會。莫德先生將會借此機會信奉起巴家這門宗教來。而且，在他跟高貴的德西之間，已經進行過一些不大但微妙的會談 —— 由那位擁有迷人儀態的小巴擔任洽談人 —— 而莫德先生也已經下定決心，要把他偉大的篤誠品格和巨大的財富這兩粒砝碼，全都拋擲進巴家的天平裡面。有存心不良者揣測道，這裡面可能存在著假公濟私之嫌，他們這麼說可能是因為，一個毋庸置辯的事實是，倘若去信奉不朽的敵視人類之神這一後果，可以透過假公濟私來達成，那麼，巴家人一定會透過假公濟私的手段，或者說運用職權來逼他就範 —— 都是為了國家的利益嘛，都是為了國家的利益嘛。

在此之前，莫德夫人給她這位堪稱壯美堂皇的配偶來了信，就此人而言，若是不把他當做自惠廷頓 [041] 時代以來，集英國所有商人的大成於

---

[041]　全名理查・惠廷頓爵士（Sir Richard Whittington, 1358～1423），英國商人，曾三度出任倫敦

一身者，而且通體被鍍上了厚達三英尺的金粉，便是徹頭徹尾的異端邪說──總之，莫德夫人從羅馬接連不斷地，給她的這位配偶寫來了幾封信，在信裡頗有些胡攪蠻纏地催促他說，現在正是為小秀才愛頓出力的大好時機，所謂機不可失失不再來。莫德夫人向他解釋說，愛頓的事情非常緊急，若是他能馬上得到一些好東西的話，將會因此收穫到無盡的益處。在這個事關重大的主題上面，莫德夫人的動詞語法只呈現出一種語氣，那就是祈使語氣，而這種語氣又只有一種時態，那就是現在時。總之，莫德夫人如此咄咄逼人地把她的那些動詞呈現到了莫德先生面前，並列舉了它們的各種形態變化，結果讓他滯澀的血液和過長的大衣袖口，都變得相當慌亂不安了起來。

在這種慌亂不安的狀態當中，莫德先生躲躲閃閃地繞著總管的鞋子轉動著他的兩隻眼睛，卻沒敢把它們抬高到，能夠索引出那位驚人人物的思想的那個部位，接著向他示意道，他打算舉辦一場特別的晚宴，不是一場非常巨大的晚宴，而是一場非常特別的晚宴。總管對此予以了回應，也像他那樣示意說，他並不反對用那種能夠做出來的樣子，去旁觀這場至為奢侈靡費的盛事。而現在，舉辦晚宴的那天已經到來了。

只見莫德先生站在他的一間客廳裡面，把脊背向著爐火，等待著他那些貴客們的到來。他甚少，或者說從來不會擅自採取背靠爐火的站姿，除非房間裡面獨獨只有他自己一人。在總管在場的時候，他是沒有能力做出這樣一件事情來的。也就是說，倘若在那個時刻裡面，他那位慣於予以他壓制的家臣出現在房間裡面的話，他會用他那種類似於治安警察的動作抓住自己的手腕，在爐前地毯上面來來回回地踱步，或者躡手躡腳地四處潛行於眾多富麗的傢俱中間。而他的那些每當爐火升騰起來的時候，便好像從藏身之地猛衝而出的，以及每當爐火回落下去的時候，便好像又衝回那裡的，看上去很是狡猾的身影，便足以充當他讓自己過得如此安逸自在的

市長。據傳此人原為貧苦孤兒，後因摩洛哥鼠害甚烈，國王高價購其貓致其暴富發跡。

目擊證人了。而且，如果他投向它們的那些令人不適的瞥視，被捕捉到了任何含義的話，甚至連這些影子證人都有了失之於過多的嫌疑。

現在，莫德先生的右手裡面塞著當天的晚報，而那份晚報上面又充滿了莫德先生的消息。他的神奇的事業，他的神奇的財富，還有他那間神奇的銀行，便是那天晚上的晚報為人們提供的一些肥得流油的食物。那間由他擔任著總規劃人、總建造人和總經理的神奇銀行，係眾多莫德奇蹟當中最為新近的一椿。而身處這些輝煌成就當中的莫德先生又是如此謙遜，以致於，在那些小船紛紛揚帆駛入前來赴宴之際，他看上去更像是一個眼前的這座房子已經被抵押了出去的房主，而非是一尊橫跨在屬他自己所有的爐前地毯上面的商人巨像 [042]。

快來看看那些駛進港口的船們吧！迷人的小巴是第一個到達的，但律師先生在樓梯上面撞上了他。律師先生還像平常那樣，用他的雙片眼鏡和面對陪審團的低眉順眼做派武裝加強了自己，而在看到迷人的小巴之後，他顯出了大喜過望的樣子，並且發表了如下觀點，他說，我們這是要坐個班科 [043]，我們律師都是這麼稱呼它的，然後來聽取一場特別的辯論嗎？

「真的嗎？」生機盎然的小巴說，他的名字是斐迪，「這話怎麼說呢？」

「不知道呀。」律師先生微笑著說，「要是您都不知道的話，我怎麼能知道呢？您住在那座廟宇最靠裡的那間聖殿裡面，我只是外面平地上對您滿懷仰慕之情的群眾之一。」

律師先生根據他必須得對付的客戶的不同，分量是可輕可重的。對付巴斐迪的時候，他像是蛛絲那麼輕飄飄的沒什麼分量。另外，律師先生還總是一副謙遜又自貶的做派 —— 用他自己的那一套來表現。律師先生是

---

[042]　此處的「巨像」（Colossus）語意雙關了位於希臘羅德島（Rhodes）港口的阿波羅巨像，該像高達 100 英尺，往來船隻穿其胯下而過。

[043]　「坐個班科」係 sit in Banco 的音譯，這是一個拉丁文法律用語，用英語解釋即為 sit on the bench，指「坐在法官席上」，暗指赴宴眾人都將充當聽眾，來聽取德西老爺和莫德先生的暗箱交易，具體內容可見下文。

一個擁有巨大變化的人，但有一根引線全部貫穿了他那些花樣各異的緯線。在他的眼睛裡面，跟他存在關聯的每一個人都是一位陪審團成員，而如果他有那個能力的話，他是必須要把那位陪審團成員給解決了的。

「我們這位聲名卓著的主人和朋友，」律師先生說，「我們這顆熠熠生輝的商業之星，是正在進入政界嗎？」

「正在？你得知道，他已經身在國會有一陣子了。」迷人的小巴回應說。

「沒錯。」律師先生說，並附帶了一串針對身分特別的陪審團成員的輕喜劇式大笑聲，相較於那種針對列席於普通陪審團的可笑商人們的低俗喜劇式大笑聲，它可稱是一個差別迥異的東西，「他已經身在國會有一陣子了。然而，我們的這顆明星從那之後一直是一顆猶豫不決和左搖右擺的星星吧？哼？」

若是換了一位水準平常的目擊證人，他可能會在這個「哼？」字的誘導之下給出肯定的答案。但是，斐迪卻一邊跟他往樓上徜徉而去，一邊用好像無所不知的目光看了看律師先生，最終沒有給予他無論任何答覆。

「正是如此，正是如此。」律師先生點著頭說，這是因為，他是不會僅僅這樣就告於氣餒的，「所以，我剛才說起我們要坐個班科進行一場特別的辯論時 —— 我的意思是，這會是一個高級又莊嚴的場合，因為梅西船長說過，『法官們碰面了，這將是一場多麼威嚴的演出！』你瞧，雖然這位船長對待我們有些苛刻，但我們律師還是相當開明的，還肯引用這位船長的話。話雖這麼說，我想我還可以提出這位船長的一份供詞充當呈堂證供，」說出這些話的時候，律師先生用略顯滑稽的樣子轉動著他的腦袋，這是因為，在他流淌出這些法律辭令之際，他始終具有這樣一種神態，好像要把全世界最為優雅的儀態召集到他的身上似的，「這位船長的供詞說的是，從總體上來講，法律至少具有不偏不倚的企圖。為什麼這麼說呢，因為這位船長這麼說過，但不知道引用得可對 —— 要是不對的話，」說到

這裡，他用雙片眼鏡在他同伴的肩膀上面，給予了一記輕喜劇式的觸碰。

「我的博學的朋友將會予我以指正：

第等各罪都有法，

你罪我罪均須罰，

納罕泰彭絞架上，

一無良伴慰餘暇！」

他們一邊說著這些話，一邊走進了那間客廳裡面，在那裡，莫德先生正在背朝爐火而立。而令莫德先生感到如此而絕大駭愕的是，律師先生竟然吟詠著這麼一套言辭走了進來，結果，律師先生只好解釋說，他剛才在引用蓋伊先生[044]的詞句。「肯定不是我們西敏宮[045]的權勢人物之一，」他說，「但是，對於一位像是莫德先生這樣，對我們這個世界擁有大量實用知識的人而言，他也並非是一位可供鄙薄之人。」

其時，莫德先生看上去就像是，他認為自己想要說上一些什麼，但接下來又顯得像是，他認為自己不再想說了。在這兩種狀態之間的那個間隙當中，門丁宣告了主教大人的到來。

主教大人走進來的時候，隨身帶著一種溫順的氣息，但同時邁著一種堅定而迅速的步伐，就好像他想穿上他的七里格神靴[046]去周遊世界，以確定所有人都處於心滿意足的狀態當中似的。主教大人不具任何概念的一件事情是，眼下這個場合裡面是包含著什麼意味深長的東西的。在他的行為舉止裡面，這是最為引人注目的一個特徵。他輕快而富於朝氣，快活而和藹可親，但又有些索然無味，而且無知到了令人驚訝的地步。

律師先生見狀悄悄走上前去，對主教夫人的身體健康進行了至為禮貌

---

[044]　前文所述之梅西船長（Captain Macheath），係約翰・蓋伊（John Gay, 1685 ～ 1732）所作之《乞丐的歌劇》（*The Beggar's Opera*）的主角。

[045]　西敏宮（Westminster Hall），英國議院的所在地。

[046]　典出歐洲神話故事《跳躍吧，我的大拇指》，該故事的主角原為身材微小之人，穿上該靴後一步可跨出七里格（league，舊時的一種長度單位，一里格約折合公制 5 公里）之遠。

的問詢。在於某次堅信禮期間偶染風寒這件事情上面，主教夫人是有點不大走運的，但在其他方面一切安好。小主教先生也挺好的。他正在跟他年輕的妻子和不多幾個家人一起，一道致力於療救靈魂的事業當中。

　　接著，巴家合唱團的幾位代表走了進來，再接著，莫德先生的私人醫生也走了進來。而無論他正在跟誰交談，或者正在談論些什麼，律師先生都有一小點眼角眉梢和一小片雙片眼鏡，是盯在走進門來的每一個人身上的，他會動用某種巧妙的方法置身於他們當中，卻不會被看到他是怎樣到了他們旁邊去的，然後照著他自己喜好的各人身上的某個部位，去一一觸碰身為陪審團成員的各位紳士們。在對付合唱團裡面的某人時，他大笑著談起了那位瞌睡蟲議員，此人在有一天晚上睡眼朦朧地走進了議院休息室裡面，陰差陽錯地在那裡進行了投票活動；在對付其他人等時，他會強烈譴責時下的那種革新思想，因為它竟然沒辦法被阻止，去對社會服務和公款國帑發出一種不正常的興趣來；在對付那位私人醫生時，他又對大眾的健康問題有一兩句話要說，除此之外，他還有一點意見要向他徵求一下，此事事關一位學識無疑非常淵博，儀態肯定非常優雅的專業人士 —— 但是這些擁有最高等級的操作評定言辭，他相信也是那些掌握著這門治癒藝術的教授們的囊中之物（又是陪審團面前的低眉順眼姿態） —— 他是前天碰巧在證人欄裡面碰到此人的，進行盤問的時候，他從此人身上得到了下述資訊，即此人宣稱說，他是這種新療法的宣導者之一，但在律師先生看來，它只是 —— 你說對吧？ —— 嗯，律師先生是這麼認為的，律師先生還認為並希望，私人醫生也會告訴他，事實就是這樣的。雖然他不敢擅自決定醫生們有何不同意見，但在律師先生看來，若是把它當做一個常識問題，而非一個所謂具有法律深度的問題來看待，那麼，這個新體系只是 —— 當著這麼了不起的一位權威人士，大概可以這麼說，比如說只是一個騙局，可以嗎？哈！有這樣的鼓勵意見給予他後援，他就可以大著膽子說這是一個騙局了。現在，律師先生的思想終於如釋重負了。

這時，巴蒂先生也現出了他的身形，此人像是詹森博士的那位鼎鼎大名的相識者那樣，頭腦裡面只有一個念頭，而且這個念頭還是錯誤的[047]。只見這位聲名卓著的紳士和莫德先生各自板著一張窮思竭慮的臉孔，姿勢各異地坐在一張被爐火的火光映照著的黃色箱櫃上面，他們彼此之間沒有任何口頭層面上的溝通，整體上強烈相似於，正對著他們的那張奎普[048]畫作中的那兩隻奶牛。

但是現在，德西老爺也告於到達了。截止此時，莫德的總管一直把自己局限在下述這項常規職責當中，即在賓客們走進來的時候從旁予以觀看（而且，當他進行此事的時候，態度當中的鄙視是要多於欣賞的），但在眼下，他卻如此之遠地偏離了這條道路，竟然跟著這位來賓一起上了樓，又宣告了他的到來。因為德西老爺是一位擁有壓倒性氣質的天潢貴冑，所以，當這位老爺大人走進來的時候，下院的一位羞怯的年輕議員竟然被嚇得閉上了眼睛，此人是巴家捕捉到的倒數第二條魚，而他獲邀出席這個場合的目的便在於，紀念他的此番被俘。

儘管如此，德西老爺還是樂於見到這位議員的。他也樂於見到莫德先生，樂於見到主教大人，樂於見到律師先生，樂於見到私人醫生，樂於見到巴蒂，樂於見到合唱團，樂於見到斐迪，也就是他的私人祕書。還有，德西老爺雖然身為地球上最偉大的人物之一，卻沒有表現出非常引人注目的逢迎姿態來，這麼說是因為，他是在斐迪的指導之下，方才留意到了他會在那裡看到的一干人等，然後說了他是樂於見到他們的。而等到他開朗活潑又降尊紆貴地大獻完這通殷勤之後，這位老爺大人便讓自己安靜地看起了排在奎普後面的那幅畫作，化身成了那個小組裡面的第三頭奶牛。

律師先生覺得，他已經拿下了陪審團裡面的所有其他成員，現在必須

---

[047] 「談到他碰巧遇到的一個愚鈍又惹人厭煩的傢伙時，他說，『在我看來，那個傢伙滿腦子只有一個念頭，而且還是一個錯誤的念頭。』」摘自詹姆斯‧博斯維爾（James Boswell, 1740～1795）所著之《詹森傳》（*Life of Johnson*）。

[048] 指亞伯特‧奎普（Albert Cuyp, 1620～1691），荷蘭畫家，擅作鄉村風景畫及動物畫。

得掌握住它的團長大人了，於是，他很快便手裡拿著雙片眼鏡悄悄走了上去。律師先生提出了天氣這個話題，供團長大人去考慮，並借此巧妙地規避了官家人慎之又慎的雷區。律師先生說，他聽別人說（不管什麼時候，每個人都會聽別人說上一些什麼，儘管是誰對他們說的，以及這裡面的原因何在，永遠都將是一個難解的謎團），今年的籬壁不會結出果實來了。德西老爺未曾聽聞他的桃子出了什麼差錯，但他頗有點相信，要是他的人民們說得沒錯的話，那他就是收穫不到蘋果的了。收穫不到蘋果嗎？律師先生在詫異和擔憂之餘，很是覺得失落了起來。但實際上呢，就算地球的表面之上未曾有過一顆蘋果的種子，對他來說也完全是一回事情，但是，他對這個蘋果問題表現出來的那份熱切興趣卻斷然已經達到了痛心疾首的程度。那個，這是為什麼呢，德西老爺──因為我們這些惹人厭煩的律師們都是喜歡收集資訊的，儘管絕對沒辦法說得出來，它們最終會對我們具有怎樣的用處──這是為什麼呢，德西老爺，這種局面可以歸因於何處呢？德西老爺沒辦法保證，他可以就此提出任何理論學說來。若是換了另外一個人，這話可能會讓他聞而卻步，但律師先生的興頭未見任何減弱，還是像剛才那樣纏著他，他說，「那就說說梨子吧。」

在律師先生當上檢察總長很久之後，人們還屢屢談起這件事情，說這是他的一個絕招來的。德西老爺有一個跟一棵梨樹有關的掌故，它生長在距離伊頓公學女舍監房後不遠處的一個花園裡面，其時他正在那裡求學，在這棵梨樹上面，他人生當中的唯一一個笑話經久不息地綻放著它的花容。它是一個短小精悍的笑話，主要著眼點在於伊頓的梨子和國會的對子 [049] 之間的區別上面，但是，這個笑話也曾經讓德西老爺有些覺得，要是跟那棵梨樹少了一份徹底而親密的相知關係，它便是沒可能具備一種精雕細琢的滋味的。所以，先生，這個故事一開始是根本沒想到要有這麼一

---

[049] 「伊頓的梨子」和「國會的對子」在原文中分別對應著 Eton pears 和 parliamentary pairs，其中 pairs 意指「國會中相約放棄投票的敵對兩黨中的兩位成員」；而德西老爺頗以這個笑話自得的原因有二，一是 pears 恰好和 pairs 音同，二是 pairs 影射了他本人輝煌的政治生涯。

棵樹的，然後慢慢地在冬天裡面發現了它的蹤影，又攜帶著它經歷了不斷變化的四季，看著它結出花蕾，看著它開花，看著它結出果實，而看著果實成熟起來，簡言之就是，先是勤奮而細緻地認真栽培了它一頓，然後它才從臥室的視窗探出頭來偷到了下面這枚果實，即後來的許多聽眾們因為前人在德西老爺求學之前便栽種和嫁接了這棵樹，不禁對他們千恩萬謝了起來。而律師先生在追尋這些梨子的變化的過程當中，即自打德西老爺莊嚴地開口說出「你提起這些梨子讓我想起了一棵樹」的那一刻起，到他得出下面這個意蘊豐富的結論 ——「就這樣，我們經歷了各種人生變化的洗禮，從伊頓的梨子發展到了國會的對子」—— 為止，他所懷的那份痴迷又掛慮不止的心情如此徹底地蓋過了他對蘋果的興趣，結果，為了能夠把這則軼事聽個完全，他竟然不由自主地一起跟德西老爺下了樓，甚至在那之後又緊挨著他坐在了餐桌旁邊。到了那個時候之後，律師先生方才覺得，他已經拿下了陪審團的團長，終於可以胃口大開地去享用晚宴了。

這是一場能夠激起胃口的宴會，儘管他在此前並沒有什麼胃口。只見那些至為罕見的，經過了貴價烹飪和奢華呈現的肴饌，和各種至為優選的水果，各種製作至為精良的葡萄酒，做工堪稱神奇的各色金器、銀器、陶器和玻璃器皿，以及無論對味覺、嗅覺和視覺而言，都可稱甘之如飴的不可盡數的其他物事，都逐一進入了它的鋪陳程序當中。啊，這位莫德先生是一個多麼神奇的人物呀，是一個多麼偉大的人物呀，是一個多麼諳熟此道的人物呀，還被上帝寵愛地賦予了怎樣令人嫉妒的異稟呀 —— 用一句話來說就是，他是一個多麼富有的人物呀！

他還是像往常那樣，用以往那副消化不良的做派，攝取了可憐巴巴的僅僅價值十八便士的食物，還像一位神奇人物一貫為之的那樣，言辭之間對自己提及甚少。算得上走運的是，德西老爺是那些絕對沒有機會被搭上話的崇高人物之一，這是因為，不管在什麼時候，他們都可以用仔細思索自己的偉大之處這件事情把頭腦占據得滿滿當當。這使得那位羞怯的年輕

議員每次都可以把兩眼睜開足夠長的時間，去觀看他的肴饌。但是，無論德西老爺何時開口講話，他都會再次閉起眼來。

　　在這群人裡面，稱得上談話者的只有討人喜歡的小巴和律師先生兩人。主教大人原本也會討人喜歡到甚至有些過分的程度，但是，他的無知阻住了他的前進之路。所以，他很快就被拋在了後面。每當談話中出現關於任何風吹草動的細微暗示時，他馬上就變得惘然失措了起來。塵世間的俗事對他來說有一種無法承受之重，他是根本沒辦法把它們理清弄明的。

　　這種狀況可見於律師先生偶然說出下面這些話的時候，他說，他很開心地聽聞到，我們很快就能獲益於一份明智而樸素的聰慧 —— 它不事外露或炫耀，而是徹頭徹尾的明智和實用 —— 也就是我們的朋友小秀才先生身上的那種優秀品格，他很快就會來支持我們了。

　　巴斐迪聞言大笑了起來，然後說，啊是的，他認為確實如此。投票還是要投上一投的，但結果總是可以接受的。

　　而律師先生則有些難過，因為他今天有些想念我們的好朋友小秀才先生，莫德先生。

　　「他跟莫德夫人一起出去了。」那位紳士回應說，並慢慢從一陣漫長的出神狀態中擺脫了出來，在處於那種狀態期間，他一直都在衣袖上面試驗著一隻大湯匙是否合用。「他也並不是非得到場不可。」

　　「只要有莫德這個像是擁有魔力的名字，」律師先生說，又是陪審團面前的低眉順眼姿態，「無疑就足以應對所有情況了。」

　　「喔 —— 沒錯 —— 我也是這麼認為的，」莫德先生表示認同，然後把那支湯匙放到了一邊，接著又笨拙地把兩隻手各自插進了另外一隻手的外套袖管裡面。「我相信，那裡那些屬於我勢力範圍裡面的人們，是不會製造任何障礙的。」

　　「真是些模範人民呀！」律師先生說。

　　「我很高興你能對他們表示認同，」莫德先生說。

「噯，還有其他那兩個地方[050]的那些人們呢。」律師先生接著說，並用他敏銳的眼睛做了一個明亮的眨眼動作，同時微微朝著他那位壯美堂皇的鄰座那邊瞥了過去，「我們這些律師總是擁有好奇心的，總是喜歡打聽的，總是愛用一些雞零狗碎來補綴我們的頭腦的，因為沒人能說得上來，它們可能會在何時何地合適地填補進某個角落裡面去，所以噯，還有其他那兩個地方的那些人們呢？他們會如此令人稱許地屈服於這樣一份宏圖偉業和這樣一份赫赫威名的這份經由日積月累而得的廣大影響力嗎，那些小河溝會如此安靜而順從地匯入，從某種程度上來說，這也是聽從自然法則的影響力，它是多麼的美麗呀，會匯入那條猛撲而來的，同時用它神奇的河道滋養著周遭那些土地的壯麗巨流嗎，而結果是，它們的路線會被完全測算出來嗎，會被清楚地預見到嗎？」

莫德先生被律師先生滔滔汩汩的口才弄得有點煩惱了起來，於是，他一陣接一陣地上下打量起了距離他最近的那個鹽碟，一直把它打量了好幾陣子，然後才猶猶豫豫地說：

「他們都完全清楚，先生，他們對上流社會負有什麼責任。為了那個目的，他們將會回報我派到他們那裡去的任何一個人。」

「聞之令人振奮吶，」律師先生說。「聞之令人振奮吶。」

他們方才討論的那三個地方，是這座島嶼上面的三個腐爛發臭的小洞，那裡面又包含著三個無知、爛醉、饕餮、骯髒而有失體面的選區，而現在，他們已經都被捲進了莫德先生的口袋裡面。巴斐迪聞言用他那種瀟灑自如的方式大笑了起來，並有些失之於輕浮地說道，他們可是一群非常優秀的傢伙呢。主教大人正在頭腦裡面漫步於眾多和平道路當中，於是在心不在焉之間，完全沉浸到他自己的世界裡面去了。

「請問，」德西老爺發問道，並用雙眼掃視著桌上的眾人，「我聽到的

---

[050] 此處指涉了英國歷史上的「腐敗選區 (rotten borough)」和「口袋選區 (pocket borough)」，前者指由少數選民占據多數席位的選區，後者指由當地地主操縱選舉的市鎮選區，後來，1832年的《改革法案》（*Reform Act*）肅清了這一弊端。

這個故事是怎麼回事呢，說是有一位紳士在一間債務人監獄裡面被關了很長時間，結果被證明屬於一個富有的家族，並且已經繼承了一大筆錢？我已經聽到有關它的各種說法了。你對它可有任何了解嗎，斐迪？」

「我了解的只有下面這一點，」斐迪說，「就是他已經給我有幸與其存在關聯的那個部門，」這位閃閃發亮的小巴用玩鬧的語氣丟開了那個片語，同時在話裡包含了下面這些潛臺詞，即我們清楚地知道這些約定俗成的慣例說法，但我們必須得撐住它的架子，我們必須得讓這個遊戲繼續進行下去，「帶來了無窮無盡的煩惱，還讓我們陷入了不可盡數的窘境當中。」

「窘境？」德西老爺重複說，他在這個詞語上面進行了一次壯觀的停頓和思索，這使得那位羞怯的議員非常之緊地閉起了兩眼。「窘境？」

「真的是一樁非常讓人摸不著頭腦的事務，」巴蒂先生評論說，並在神色之間流露出一股莊重的憤恨來。

「他的這樁事務，」德西老爺說，「是個什麼特點啊，這些 —— 這個 —— 窘境是個什麼性質啊，斐迪？」

「它是一個很好的故事，作為一個故事來講，」那位紳士回應說，「它具備了它這類事物所需要的優良素質。這位杜麗先生（他的名字叫杜麗）引發了一項位於我們名下的責任，那是在這位仙人從英格蘭銀行走出來，並把那筆財富交給他很多年之前了，起因是他為一份合約的履約簽署了一份保證書，結果這份合約完全沒能得到履行。他是一間商號的合夥人，從某種角度上來說規模還挺大的 —— 做的是烈酒生意，或者是扣子，或者是葡萄，或者是鞋油，或者是燕麥粉，或者是羊毛，或者是豬肉，或者是鉤眼扣，或者是鐵，或者是糖漿，或者是鞋子，或者是軍隊、海員和其他人等需要的這種或那種東西 —— 然後這家商號分崩離析了，我們隨之變成了債權人之一，那些扣押人又按照一種科學的方式，代表國王行使了各項權力，再然後就是這個故事剩下的那些事情了。而等到這位仙人出現，而且他還想還清我們的錢的時候，哎呀我的天哪，我們就進入了好一種懲

戒性的狀態當中，也就是核查又覆核，簽署又會簽那一套，結果直到六個月之前，我們才知道了該怎樣接收這筆錢，或者說該怎樣為它出具一張收條。這可是公共事務的一場偉大勝利呐，」這位英俊的小巴說，並伴之以熱烈的大笑聲。「你這輩子都絕難見到這麼多的表格。『哎呀，』那位律師有一天對我說，『要是我想讓這個辦事處給我兩三千英鎊，而不是接收它的話，我也不會有比這更多的麻煩的。』『你說的沒錯，老傢伙，』我告訴他說，『而且到了將來的時候，你就會知道，我們在這裡也是有一些事情要做的。』」說到這裡，這位叫人快活的小巴再次熱烈地大笑了起來，並借此結束了他的發言。他真的是一個非常瀟灑倜儻和叫人快活的小夥子，他的舉止甚至迷人到了有些過分的程度。

　　與其相比，巴蒂先生對這樁事務的態度少了些輕浮的味道。他對杜麗先生借欲要還錢之名，行麻煩本部門之實的做法感到憤怒不已，認為在這麼多年之後還要這麼做，是一件嚴重有違規定的事情。但巴蒂先生是一個金口難開的人，結果自然變成了一個舉足輕重的人物。因為所有金口難開的人們都是舉足輕重的，所有金口難開的人們都是會得到信賴的。不管那份得到保留和從未被行使過的表達權力是否把人類迷到了神魂顛倒的地步，也不管智慧在扣緊之後是否會濃縮和擴大，在解開之後是否會煙消雲散，可以確定的一點是，被授予了重要職位的人肯定會是一個扣緊的，或者說金口難開的人。若非他的大衣始終都被緊緊地扣到了白色領巾那裡，巴蒂先生是絕對不會被認為具有他當前一半的價值的。

　　「我可以問上一句嗎？」德西老爺說，「那個達利先生 ── 或者是杜麗 ── 可有任何家人嗎？」

　　其他人等全都沒有作答，只有主人說道，「老爺，他是有兩個女兒的。」

　　「喔！那你是認識他的了？」德西老爺發問說。

　　「莫德夫人認識，小秀才先生也認識。實際上，」莫德先生說，「我

有點認為，那兩位年輕女士當中的其中一位給小秀才愛頓留下了不淺的印象。他是個愛動感情的人，所以 —— 我 —— 認為 —— 這個愛情的俘虜 ——」說到這裡，莫德先生停下話頭，看起了眼前的桌布來，每當他發現別人正在看和聽著他的時候，他都是一貫如此的。

現在，律師先生收穫了一份非同尋常的欣喜之情，因為他發現，莫德一家人和上面這家人已經建立了一份連繫。他壓低嗓門對桌子另一端的主教大人提出了下面這個觀點，稱這事是對那些名曰物以類聚的物理定律，所作的一種類比式的例證說明。他認為，這種可以把財富吸到身邊的財富吸引力是某種引人注目的，有趣而奇特的東西 —— 是某種難以確切描述的，跟磁石和萬有引力存在關聯的東西。主教大人在當前這個話題被提出來之後，已經漫步回地球上來了，現在對律師先生的觀點表示了默許。接著，他又說道，對於上流社會而言，確鑿具有高度重要性的一件事情是，要是有人身受著下面這種考驗，即他在不期然之間發現，他在上流社會裡面被賦予了一份不論好歹的權力，那麼，他最終應該在某種程度上融合進那個比他更高一級的，生長得更為合乎法度和更為巨大的權力體系當中去，一般來說，這種後果所產生的影響力（我們的朋友便是一個例子，就是我們正坐在人家餐桌旁邊的這一位）總是符合上流社會的最大利益的。這樣一來的話，就不再有兩團相互對立和爭鬥的火焰，不再有一大一小的，各自燃燒著耀眼又閃爍不定的強光的兩團火焰，取而代之的是，我們會擁有一團融為一體的柔和燈光，它的宜人的光線將會向整個大地撒播下普天大同的溫暖。主教大人好像非常喜歡他提出上述建議的那套措辭方式，甚至有點為它沉迷不已，與此同時，律師先生做出了一副（抱定了不扔下任何一位陪審團成員的目標）願意坐在他的腳邊以他提出的戒律為食的樣子來。

晚宴再加上餐後甜點一共進行了三個小時之久。對於那位羞怯的議員而言，德西老爺投下的陰影讓他寒冷不已，而且，他變冷的速度要比食物

和飲品讓他變暖的速度快了許多，所以，在這段時間裡面，他僅僅感覺到了一股冷颼颼的寒意。德西老爺像是平坦曠野裡而的一座高塔似的，似乎讓他投下的陰影貫穿了整塊桌布，並且遮住了那位可敬議員的光亮，冷凍了那位可敬議員的骨髓，還給他帶來了一種悲哀至極的距離感。當他讓這位不幸的旅人喝上一點葡萄酒的時候，後者踉蹌的步履完全淹沒在了由他投下的那些至為黑暗的陰影裡面，而當他說出「為您的健康乾杯，先生！」的時候，他的四下裡全是不見回應的一派荒涼和死寂。

最後，德西老爺手裡拿著咖啡杯，開始在眾多畫作之間四處盤旋了起來，這也讓在場的一應頭腦興致盎然地猜測道，他有無可能會停下盤旋來，好讓他手下的那些小鳥們振翅飛到樓上去，而這一設想直到他驅策著高貴的翅尖朝著那個方向而去，方才告於了實現。在此之前，他先拖延了一陣子，又把兩隻翅膀白白地伸展了幾次，然後才高飛進了樓上的客廳裡面。

接著，有一個難題出現在了這個地方，實際上，每當有兩個人專門被召集到一場晚宴上面，好讓他們彼此商談一下的時候，這種難題是一準會出現的。每個人（主教大人除外，他並未對此產生任何疑心）都完全清楚地知道，這場晚宴的吃吃喝喝是明確朝著下述目的而來的，即欲要讓德西老爺和莫德先生聚到一處談上五分鐘。現在，這個得以如此精心創造的機會已經到來了，而自打這一刻起，便好像若是完全依靠人類的智謀，那是絕對沒辦法實現如此之大的一個成果的，即難以把這兩位首領弄到同一個房間裡面去。莫德先生還有他那位高貴的客人，他們堅持不懈地在一個透視構圖的兩端位置處，四下裡走動個不停。迷人的斐迪先是徒勞無功地帶著德西老爺去看莫德先生附近的那幾隻銅馬，但莫德先生隨即避開他們遊蕩到別處去了。接著，他又徒勞無功地把莫德先生帶到德西老爺那裡，想讓他給後者講一下，那幾隻獨一無二的德勒斯登 [051] 花瓶的歷史，但德西

---

[051]　現為德國東南部的一座城市，盛產陶瓷製品。

老爺也隨即避開了他們，然後也是遊蕩到別處去了，與此同時，這也是他正在讓此人符合他的標準的一個舉措。

「你可曾見過像是這樣的一件事情嗎？」當斐迪遭受了二十多次挫折之後，他對律師先生說。

「經常見到。」律師先生回應說。

「除非我用腦袋把他們當中的其中一個頂到一個指定的角落裡面去，然後由你去頂另一個，」斐迪說，「否則雖然花費了這麼多功夫，這事還是不會成功的。」

「很好。」律師先生說。「如果你願意的話，我會去頂莫德，但不能是老爺大人。」

斐迪在一陣煩心惱火當中大笑了起來。「這兩個該死的東西！」他一邊說，一邊看了看錶。「我想要離開了。他們到底為什麼就不能到一處來呢？他們都知道他們想要和意圖要做的事情。看看他們吧！」

他們仍然在那個透視構圖的兩端隱約閃現著，還都可笑地假裝出來一副沒把另外那人放在心上的樣子，而且，他們的這種荒唐意圖已經明顯到了不能再更加一望便知的地步，雖然說到他們的真實想法，那是像用粉筆赫然寫在了背上一樣的。還有主教大人，他剛才加入律師先生和斐迪這個二人組，充當了一下他們的協力廠商，但是，他的無知再一次讓他隔絕在了這個話題之外，同時像是用香油把自己給洗濯了一遍，然後，只見他朝著德西老爺靠攏了過去，接著逐漸跟他交談了起來。

「我想，我必須得讓莫德的私人醫生逮住然後穩住他，」斐迪說，「然後必須得控制住我那位聲名卓著的族人，行的話就引誘他 —— 不行的話就硬拉他 —— 來進行這場會談。」

「因為你賞臉，」律師先生說，並且至為狡猾地微笑著，「要求我提供我這份可憐的援助，所以，我將會心懷一份至大的欣喜之情，為您竭盡我的一己微勞。我並不認為，這事是可以由一個人做成的。但是，如果你願

意承擔起下面這份責任來，也就是把我的老爺大人圈在最遠的那間客廳裡面別讓他出來，他現在正在那裡面無比深沉地忙著些什麼呢，那麼，我就願意承擔起下面這一份來，也就是帶我們親愛的莫德前來謁見，而且絕不會有讓他溜走的可能。」

「成交！」斐迪說。「成交！」律師先生也說。

接著，律師先生一邊志得意滿地抓著雙片眼鏡的帶子揮舞著它，並志得意滿地朝著眼前這個由陪審團成員們構成的小宇宙，表現著低眉順眼的姿態，同時一邊又用一副有史以來曾經見過的最為意外的樣子，發現自己出現在了莫德先生的肩膀旁邊，隨即便欣然利用起那個機會來，說是想要跟他提及一件小事，關於這件事情，他特別想讓他的那種實用知識之光給照耀指點一下。（說到這裡之後，他抓住莫德先生的胳膊，輕輕拉著他朝另外一邊走了過去。）他說有一個銀行家，我們將會稱他為 A.B.，借貸了數額相當巨大的一筆欠款，我們將會說它是一萬五千英鎊，給他的一位客戶或者說顧客，我們將會稱此人為 P.Q.。（說到這裡時，因為他們正在朝著德西老爺移動過去，所以他把莫德先生抓得很緊。）作為這筆借貸給 P.Q.（我們將會稱此人是一位孀婦）的錢款的償還擔保，A.B. 的手裡持有一份終身保有地產的地契，關於這份地產，我們將會稱它為布林克特‧杜德斯。那個，我要說的那件事情是這樣的。現在有一份關於砍伐修剪布林克特‧杜德斯裡面的樹木的有限權利，它落在了 P.Q. 的兒子的手裡，他這時已經達到了法定年齡，我們接下來將會稱他為 X.Y.。——不過這真的是太糟了！當著德西老爺的面前，我竟然只顧大鍘我們這些法律乾草，結果耽擱住了這裡的主人，這真的是太糟了！還是換個時間再說吧！律師先生真的是後悔莫及，絕對不願意再說上哪怕一個字眼了。主教大人願意賞臉跟他說上五、六個字嗎？（現在，他已經把莫德先生按在了一張長沙發上面，跟德西老爺並排坐在了一起，所以，他們必須得現在就去談論那事，否則就再也沒有機會了。）

　　還有剩下的那些賓客們，他們都是一副興奮難捺興致高漲的樣子，但他們當中始終都要把主教大人排除在外，因為他沒有哪怕至為輕微的一丁點下述想法，即不知道有任何事情正在進行當中。現在，他們圍著隔壁那間客廳的爐火形成了一個小團體，並假裝出來一種輕鬆的樣子，交談著各式各樣不見窮盡的瑣碎話題，可與此同時，每個人的思想和眼睛卻都偷偷朝著被隔離起來的那對人兒偏離了過去。那個合唱團甚至表現出了過度緊張的樣子，這可能是因為，他們正在勞心於下面這個可怕的憂慮，怕有某件好事正在改道遠離他們而去。唯有主教大人還在穩定平和地交談著。他跟那位了不起的內科醫生談論著給喉嚨減壓的話題，因為那些年輕的堂區牧師們太過頻繁地遭受著它的折磨，還談論著該如何減少那種身體失調狀況在教堂裡面的大規模流行。內科醫生按照一條通用規則，說他認為避免它的最好辦法是，在你進入朗誦行業之前，先得知道該怎麼去朗誦。主教大人有些懷疑地說，他真的這樣認為嗎？內科醫生則是無比堅定地說，是的，他真的這樣認為。

　　在此過程當中，斐迪是那群人裡面唯一一個在那個人圈的周邊進行著偵察活動的人，他大約身處它和那兩人的半路地帶處，像是德西老爺正在莫德先生身上施展著某種外科手術，或者由莫德先生在德西老爺身上施展著，而他身為一名外科醫生助手，會隨時被需要提供他的服務。實際上，沒等過上一刻鐘的時間，德西老爺便朝他喊了一聲「斐迪！」他聞言走了進去，然後在那場會談裡面出任了大約五分多鐘的職務。然後，有一陣半被抑制著的倒抽冷氣聲從合唱團裡面爆發了出來，因為德西老爺起身準備要離開了。於是，他再一次在斐迪的指導之下，實現了甚得眾人歡心這一成果，只見他至為英明神武地跟全體賓客一一握手道了別，甚至還對律師先生說，「我希望，我的梨子沒有煩著你吧？」對此，律師先生迅速回嘴說，「老爺大人，是伊頓的那些呢，還是國會的那些？」並借此巧妙地顯示出，他已經掌握了這個笑話的精義，同時體貼而旁敲側擊地指出，在他

的有生之年裡面，他怕是絕對沒辦法忘掉它的了。

(愛國會談)

　　接著，被巴蒂先生緊扣起來的一應莊嚴而重要的物事全都告於了離開，再接著，斐迪也緊跟著它們，動身往歌劇院而去了。餘人當中的幾位又再逗留了一會兒，把金色的甜酒酒杯跟嵌花桌子上的那些發黏的金屬環圈緊密結合了起來，他們這麼做是抱著這麼一個孤注一擲的希望的，即想讓莫德先生說上一些什麼。但莫德還是像往常那樣，懶懶地在他的客廳裡面四處緩行著，像是涉足在了爛泥裡面一般，並且終究沒再說上哪怕一個字眼。

　　一兩天之後，便有人向全體市民宣布說，小秀才愛頓先生，也就是那位享有世界性聲譽的，卓越傑出的莫德先生的繼子，已經變成了迂迴辦事處裡面的老爺大人之一。接著，那些貨真價實的信眾們又不知怎麼聽到有人宣稱，說這項令人敬仰的任命是一個優雅而仁慈的標

誌，象徵著那位優雅而仁慈的德西，向那位無論任何時候都只能出現在一個偉大的商業國度裡面的熱門商業人物，以及此事裡面的一應其他事物，所致獻的一份崇敬之情，而且，這項任命將會得到熱烈的喝彩和頌揚，屆時將簫笙並奏鼓樂齊鳴。於是，在這個昭示著來自政府的崇敬之情的標誌物的支撐之下，那間神奇的銀行和一應其他神奇的事業，全都呈現出了一往無前和蒸蒸日上的勁頭，一些被它們驚得目瞪口呆的人們紛紛前往卡文迪什廣場的哈利街，為的只是要親眼目睹一下，這位金光熠熠的奇才生活於其間的那幢房子的真容。

而當他們看到那位站在大堂門口，降尊紆貴般地朝外眺望著的莫家總管時，這些目瞪口呆的人們都說，他看上去是多麼的富有呀，又十分好奇地想要知道，他那間神奇的銀行裡面到底會有多少錢。但是，如果他們對那位可敬的報應之神了解得更為深入一些的話，他們便不會對它懷有好奇之心了，而是可以至為確切地說出它的數額來 [052]。

---

[052]　這句話的言外之意是，報應之神經常用一些徒有其表的東西來迷惑那些應當受罰的人。

第十三章　一場流行病的發展進程

　　一個建立於經驗基礎之上的，像是我們人類都在呼吸著地球表層的大氣那麼牢固的事實是：要想把一份道德方面的感染保持住不致擴散開來，是至少要像保持住一份身體感染那麼困難的，對於這樣一場疾病而言，它會像鼠疫那麼惡性和迅速地得到擴散，而且，它的接觸傳染源一旦已經開始向前挺近，便不會饒過任何事體和事態，而是會緊緊抓住那些體魄至為健全的人們，還會在那些最不可能的體質裡面得到發展壯大。但是，倘若那些受到玷汙的，也就是這些致命的病毒已經在他們邪惡而虛弱的身體內部繁殖再生起來的人們，能夠在這種毒物傳播開來以前，被馬上抓住嚴密監禁（還沒到要把他們草草悶死了事那個程度）起來的話，那麼，一份並非出於賞識的庇佑還是會降臨到人類頭上來的。

　　就像一場大火會讓它的吼叫聲在空中傳播出非常之大的一段距離那樣，由強力的巴家扇起的這道神聖的火焰，也會讓莫德這個名字在空中迴響得愈來愈甚起來。它先是留駐在了每一片嘴唇上面，然後又被帶進了每一隻耳朵裡面。像是莫德這樣的一個人物，是現在絕對不會有第二個，過去從來沒有過，將來也不會再有了的。如同前文所述的那樣，沒有哪怕一個人知道他曾經做過些什麼，但每個人都知道，他是古往今來曾經出現過的最為偉大的人物。

　　在沒有哪怕半分錢沒有特定用途的瀝心庭裡面，眾人對這位人間的典範人物產生了一種非常熱烈的興趣，其情狀堪比對於股票交易所的那一種。布羅夫人現在做起了出售食雜百貨的小買賣，她那間溫暖舒適的小店位於大院較為整潔的那一頭，坐落在那些臺階的頂端部位處，另外，她還有她的小老頭父親和馬姬充當她的助手。她現在了養成了這麼一個習慣，會在越過櫃檯跟她的顧客們交談的時候，滔滔汩汩地不停講說有關那人的

見聞。布羅先生則在附近的一個小包工頭那裡占據了一小股生意，他常常
手裡拿著抹泥的鏝刀，站在腳手架的頂端或者房屋的瓦片上面說，有人真
的跟他這麼說過，說莫德先生是這樣一個人，你得記住，他會在我們所有
人全都巴望著的那個方面，叫我們所有人全都妥帖無憂起來，還會把我們
所有人全都安全地帶回家裡，我們需要多安全就有多安全，但你得記住，
這是對需（於）那些想要被帶的人而言的。還有身為布羅夫婦唯一一位租
客的巴普先生，他在眾人的竊竊私語中建立起來了這樣一份名聲，說是他
那種簡樸而富於節制的生活方式讓他攢了一筆錢出來，然後準備把它們投
資進莫德先生的某項事業裡面去。至於一干瀝血之心裡面的那些女性成員
們，當她們為了幾盎司[053] 的茶葉和幾英擔的閒話來到店裡時，往往會讓
布羅夫人了解到下面這些事情，比如：夫人，她們如何如何從她們那位在
他家當縫工的表親安瑪麗那裡聽說到，他夫人的衣服能夠裝滿三輛運貨馬
車；還有，她如何如何是現今在世的最為端莊的一位淑女，不管放在哪裡
都是這樣，夫人，那個胸脯像是大理石一樣；還有，她們如何如何根據被
告知的見聞得知，夫人，她跟一位前夫所生的兒子被弄進了政府裡面，那
人以前是一位將軍，曾經屢次帶兵打仗，還被加上過勝利的榮冠，要是你
聽到的這些話全都能被相信的話；還有，報導如何如何聲稱，莫德先生說
過這樣一些話，說是要是他們能夠讓收購整個政府這件事情，變得值得他
花費一些時間的話，那他就會不計收益地去收購它，但是，他實際上沒能
收購它，只好承受了這麼一份損失；還有，如何如何讓人沒有料到的是，
夫人，他竟然會遭到這場失敗，因為你可以言之鑿鑿而絕無半句虛言地
說，他的道路是用黃金鋪成的，但如何如何讓人甚感遺憾的是，某種數額
相當巨大的東西沒能多到，讓那事變得值得他花費一些時間那個地步，這
麼說是因為，像他這樣一個人，而且只有像他這樣一個人才能知道，麵包

---

[053]　盎司（ounce）和後文中的英擔（hundredweight）均為英制重量單位，1 盎司約折合公制 28 克，
　　　1 英擔約折合公制 51 千克。

和屠夫的豬肉會漲到多高一個程度，以及，像他這樣一個人且只有像他這樣一個人，才能同時做到有能力且願意讓那個高價降落下來。

在瀝心庭裡面，這場熱病發作得就是這麼普遍和強烈，而結果是，就連潘可思先生的收租日，都沒能讓病人們的病狀有所間隔和停頓。在那些場合裡面，這場疾病採取了這麼一種獨特的形式，即在提及那個像是擁有魔力的名字時，它會讓受到感染的那些人們得到一種高深莫測的藉口和安慰。

「噯，那就！」潘可思先生會這樣對一位違約租客說。「交錢吧！快點！」

「我還沒有拿到它，潘可思先生。」違約者會這麼回答。「當我說我尚未有幸從那裡面得到像是一個六便士硬幣這麼多的一點收益時，先生，我跟你說的是實話來的。」

「你得知道，這是沒用的，」潘可思先生會這麼反駁他。「你也沒指望它會有用，對吧？」

違約者會沮喪地說上一句「是的，先生。」以此承認他確實沒有那樣的指望。

「你得知道，我老闆是受不了這個的，」潘可思先生接著會這麼說。「他派我到這裡來不是為了這個。交錢啊！快！」

而違約者會這樣作答，「哎呀，潘可思先生！要是我是那位他的名字被掛在每個人嘴邊的富貴紳士的話 —— 要是我的名字是莫德的話，先生 —— 我馬上就會交錢的，而且很樂意這麼做。」

這些有關房租問題的對話通常是在門口或者門廳裡面進行的，還有幾顆興致盎然的瀝血之心在一旁觀看。在聽到這樣一個參照物之後，他們往往會回應上一陣交頭接耳的低語，好像它是相當令人信服的一般。至於那位違約者，不管他在之前有多麼的茫然和窘迫，得到這樣的回應之後，準會有些許的振奮。

「要是我是莫德先生的話，先生，那你就不會有理由來抱怨我了。不，請相信我！」違約者接著會這麼說道，還伴隨著一個搖頭的動作。「那樣一來的話，我會很快就交錢，潘可思先生，快得你都用不著開口問我要它。」

這時，他會再次聽到那種回應聲，它們像是在暗示說，沒人有可能說出比這更加公道的話來了，還有，這差不多就等於當場把鈔票掏了出來。

現在，潘可思先生會一邊把眼前的情況記錄在案，一邊態度有所緩和地說，「好吧！你這麼做會把中間人牽扯進來，然後被撐出去，那就是將要發生到你身上的事情。你跟我談論莫德先生是沒用的。你又不是莫德先生，比我也強不了多少。」

「不是，先生。」違約者會這麼答覆說。「我僅僅希望你是他而已，先生。」

這時，那種回應會迅速接起這個話頭來，並懷著莫大的感觸答覆說，「僅僅希望你是他而已，先生。」

「先生，要是你是莫德先生的話，你對我們就會溫和一些了。」違約者會這麼往下說去，並伴隨著愈來愈顯高漲的情緒，「這對所有方面都是一件好事來的。對於我們的利益來說是好事，對於你的來說也是好事。那樣一來的話，先生，你就用不著必須得擔心誰了。你就用不著必須得擔心我們了，你就用不著必須得擔心你自己了。要是你是莫德先生的話，先生，你自己的心情會安逸不少，你也會讓別人安逸不少，你肯定會的。」

接著，這些並非針對他的恭維會讓潘可思先生覺出一種難以招架的窘迫感，在經歷了這樣一輪衝鋒之後，他是絕對沒辦法再度振作起精神來了。所以，他能做到的只有，咬著指甲氣呼呼地朝著下一個違約者那裡開將過去。接著，那幾顆敏於響應的瀝血之心會圍繞著那位剛剛被他丟掉的違約者聚集起來，然後就會有一些至為誇張的謠言在他們當中流傳起來，它們會給這些人帶來莫大的快慰，至於它們所觸及的內容，無非是莫德先

生的現款有多少這一類事情。

　　在許許多多個收租日的某一天裡面，已經完成了日間收繳工作的潘可思先生，從許許多多場這樣的失敗的某一場裡面抽出身來，胳膊下面夾著筆記本朝著布羅夫人的那一角而去了。潘可思先生此番的目標不是職業方面的，而在於社交方面。他已經度過了飽受考驗的一天，急需活躍上一下心情。目前，他已經跟布羅一家人建立了友好往來關係，常常在類似的時間裡面前來探訪他們，並在回憶杜麗小姐的活動中擔任著屬於他的那個角色。

　　布羅夫人的那間前廳商店是照著她自己的眼光進行了一番裝飾的，並且在商店那一邊的前側面上，展示了一點小小的想像力，對此，布羅夫人是懷有一份難以言說的歡喜之情的。對前廳進行的這項飽含詩意的提高工作，其實就是對那面外牆進行了一些描畫，在那上面展現了一座茅舍的外觀，而且，畫家還於其間插入了真實的房門和窗戶（但它們的尺寸跟這座茅舍實在是太過不成比例，所以他只能盡量畫得配合了一些）。有不多幾朵向日葵和蜀葵花被畫在了這座鄉間住宅的上面，它們正在非常茂盛地開放著，與此同時，從它的煙囪裡面冒出來的大量濃煙指示出，那裡面正在進行一場盛大的歡宴，但也存在著下面這種可能性，就是它最近沒被好好打掃過。一條忠實的狗被描繪成了，正在從門檻那裡朝著這位友好訪客的兩條腿飛撲上來的形象，還有一座圓形的鴿舍，它被一個狀如雲團的鴿群覆蓋著，從花園的柵欄後面顯現了出來。當小屋的門被關起來的時候，那上面會出現一個似是而非的黃銅門牌，上面書寫著下列銘文，布羅 T 和布羅 M 的快樂小屋，這個看起來像是合夥企業的名稱，實際上表達的是一份夫妻情深。相較於他們在這幢假冒小屋裡面喜結連理這一幻象對布羅夫人的那種迷醉，沒有任何詩篇和畫作曾經令某人的想像力更為心醉神迷過。而布羅在放工後抽菸袋的時候，卻有一個背靠它而坐的習慣，其時，他的帽子會抹殺掉鴿舍和那上面的所有鴿子，他的脊背會吞沒這座住宅，

他插在口袋裡面的兩隻手會徹底根除掉花團錦簇的花園，同時毀掉與它毗鄰的那一片田野，但是，她卻覺得這只是一件微不足道的小事。對於布羅夫人而言，它仍然是一座至為美麗的小屋，仍然是一個至為神奇的幻象，至於布羅先生的眼睛要比這座茅屋的那間山牆臥室高上好幾英寸這個事實，那是無甚緊要的。緊要的是，她能在打烊之後從里間走出來來到店鋪裡面，聽她父親在小屋裡面高歌一曲，對於布羅夫人而言，這就是一種完美的田園生活，黃金時代可稱於此得到了復蘇。還有說實在的，要是那個時期真的被復蘇了，或者真的以無論任何方式曾經存在過的話，那麼，一件大可以懷疑的事情是，相較於這個可憐的女人，它是否會產出很多更具仰慕之情的女兒來。

現在，店鋪門口的鈴鐺叮鈴叮鈴地響了起來，提醒她有一位訪客到來了，於是，布羅夫人從快樂小屋走了出來，去看看那人是誰。「我一猜就是你，潘可思先生。」她說，「因為今晚正是你的固定來訪時間，不是嗎？你瞧，這是我父親聽到鈴鐺的聲音出來服務來了，像個生機勃勃的年輕店員似的。他看上去不是很好嗎？我父親看到你可要比你是一位顧客高興多了，因為他可是深深熱愛著一場閒談呢，尤其是當它轉到杜麗小姐頭上時，他就把它愛得越發屬害了。你絕對沒聽過我父親眼下的這副嗓門，」布羅夫人說，而且她自己的聲音也有些顫抖，因為她是那麼的驕傲和高興。「他昨晚給我們唱了司翠芬，而且唱到了那麼一種程度，竟然讓布羅從床上爬起來越過桌子跟他說了下面這些話。『南帝愛德莊，』布羅對我父親說，『我從來沒聽你把這些顫音唱得像是，我聽見你今晚把這些顫音唱成的這個樣子過。』可是，這難道不是真的很讓人心滿意足嗎，潘可思先生？」

潘可思先生先用他能做出來的最為友好的樣子，朝著那個老頭噴了噴鼻子，然後對上述問題給出了肯定的答覆，接著又漫不經心地問道，那個生氣勃勃的滿嘴奧特羅的傢伙已經回來了嗎？布羅夫人回答說沒有，還沒

有呢，但他拿著一些做好的東西去了院子的西頭，還說會在吃茶點的時候回來。然後，她十分熱情好客地把潘可思先生摳進了快樂小屋裡面，在那裡，後者邂逅了剛從學校回到家裡來的布羅大少爺。當他接下來懷著輕鬆愉快的心情，檢查這個小學生白天都在學校裡面做了些什麼的時候，他發現，那些進階較高的小學生們正在學寫大字，目前進行到了 M 字頭，而供他們臨摹的範本竟然是，「莫德，好幾百萬 [054]。」

「那個布羅夫人，因為我們正在談起好幾百萬這個話題，」潘可思說，「所以妳的生意怎麼樣啊？」

「它倒真的是非常穩定，先生。」布羅夫人回應說。「親愛的老爹，你願意去商店裡面把窗戶稍微擦一下嗎，一一會兒就要喝茶了，而你的胃口又是那麼的美麗，好嗎？」

南帝愛德莊非常心滿意足地聽從了女兒的要求，然後就小跑著離開了。對於在這位老紳士面前提及跟錢有關的事情這種行為，布羅夫人總是懷有一份莫大的恐懼，唯恐她所作出的什麼披露會激發起他的那份志氣來，然後誘使他跑回救濟院裡面去，所以，她才用這個辦法支開了他，讓她可以不受約束地跟潘可思先生推心置腹一番。

「店裡的生意真的非常穩定完全是實話來的，」布羅夫人壓低嗓門說，「而且業務往來可以說是非常的優秀。它的唯一一個障礙，先生，是賒帳問題。」

說起這個缺點來，跟瀝心庭裡面的居民們有過商業貿易關係的大多數人都會覺得，它已經達到了一種相當嚴重的程度，眼下在布羅夫人的買賣裡面，它也可稱是一塊巨大的絆腳石。當杜麗先生幫她做起這份生意之後，那些瀝血之心們全都表現得激動萬分，而且下定決心要支持的她的買賣，若是單就這份心意而論，它確實是為人性增色不少的。他們承認，布羅夫人長期以來都是他們這個社區的成員之一，自然是有權要求他們貢獻

---

[054]　這兩個詞的英語原文為 Merdle 和 Millions，均以 M 開頭。

一份慷慨之情的，於是，他們都豪情萬丈地承諾道，不管發生什麼事情，都攔不住他們跟布羅夫人做生意，而且，他們絕對不會把光顧權給予任何其他商店。在這些高尚情操的影響之下，他們甚至違反習慣購買了少量他們並不習慣使用的，奶油及副食這一類奢侈品，並且彼此交換著下面這種意見，說要是他們真的要越上一下軌的話，它不是正該越給一位鄰居或者朋友嗎，要是不去越給這種人的話，那你說這個軌該越給誰呢？在這樣的促進和幫助之下，店裡的生意變得極度興隆了起來，那些存貨紛紛以一種極快的速度被賣了出去。簡單說就是，只要這些瀝血之心們能夠付帳，這項事業絕對會是一個全勝的局面，然而，因為他們獨獨把自己局限在了賒欠這種行為模式當中，所以，實際實現的利潤還尚未開始出現在帳簿裡面。

　　正在潘可思先生一邊凝神傾聽著這番講述，一邊把滿腦袋的頭髮抓得根根倒豎起來，從而讓他自己變成了一隻活脫脫的箭豬的時候，南帝老先生面帶著一副神祕的神色，重新走進小屋裡面來了，接著請求他們過來看看巴普先生的奇怪行為，說那人好像看見什麼東西被嚇著了似的。於是，他們三人全都走進商店裡面，透過窗戶觀看了起來，然後他們看到，面色蒼白而激動不安的巴普先生，正在進行著下面這些異乎尋常的表演。首先，他們看到他藏在向下通往大院裡面的那條臺階的上端，躲在店鋪門口小心翼翼地把頭探出去，上上下下地窺視著街上的情形。待到非常焦急而徹底地考察了一番之後，他從藏身地點走出來，邁著輕快的步履沿著街道下方走了過去，就像他已經完全下定了離開的決心一樣，但是，他接著又突然轉過身來，用之前的那種步態，和之前的那副佯裝出來的神態，朝著街道上方走了回來。然後，還沒等他走出方才朝下走出的那麼遠時，他便穿過路面消失不見了。至於他要上述這番花招的目標所在，直到他再次回到臺階那裡，接著一個急轉身走進店裡來，並且做出下面這番解釋的時候，方才變得豁然開朗了起來。他說，他方才進行了一番範圍廣大但不為

人知的巡遊，兜了個大圈子去了大院的另外一頭，或者說道義柯南公司那一頭，然後穿過大院突然闖了進來。他這時是一副上氣不接下氣的模樣，倒是非常符合他的這套說辭，還有，他的心臟抽搐得好像比店裡的那個小鈴鐺還要更快一些，當他急匆匆地把門關上的時候，後者正在他的身後一邊顫動著，一邊發著叮叮噹噹的聲響。

「你好啊，老傢伙！」潘可思先生說。「奧特羅，老小子！出什麼事了？」

巴普先生或者說賈瓦先生，他現在的英語理解水準差不多已經跟潘可思先生本人一樣好了，也能把它講得非常之好。儘管如此，因為對她在這方面的成就懷有一份可以得到原諒的自負心理，而且她都差不多都快要因此變成義大利人了，所以布羅夫人還是搶前一步充任了口譯員一職。

「他問你想知道，」布羅夫人說，「出什麼岔子了？」

Mr. Baptist is supposed to have seen something.

（巴普先生應該是看到了什麼東西）

「你進快樂小小屋裡面來，老闆娘[055]。」巴普先生回應說，並在他激動萬分地反手搖動右手食指的動作當中，加入了一份巨大的鬼祟意味。「到那裡來！」

布羅夫人很為老闆娘的這個頭銜感到驕傲，在她看來，它所表達的那個一家之主的意思，是遠不及義大利語裡面的女教師這個意思這麼強烈的。她立馬聽從了巴普先生的要求，然後他們全都進了小屋裡面。

「他希望你不要害怕，」布羅夫人接著說，她用一種非常新穎的方式翻譯著潘可思先生的話，換言之就是，她還是像往常那樣，是相當富於急智和對策的。「出什麼事了？你說給老闆娘聽！」

「我看見了一個人，」巴普回應說。「我認識他。」

「他？他是誰？」布羅夫人發問說。

「一個壞人。一個壞透了的人。我原本希望，我今後再也不會見到他了。」

「你怎麼知道他是壞人？」布羅夫人發問說。

「這是無關緊要的，老闆娘。我知道得再清楚不過了。」

「他看見你了嗎？」布羅夫人發問說。

「沒有。我希望沒有。我認為沒有。」

「他說，」布羅夫人接著翻譯道，當她這樣對著她父親和潘可思講話時，語氣中帶著一股溫和的屈尊味道，「他碰見了一個壞人，但他希望，那個壞人沒有看見他。為什麼？」布羅夫人詢問說，這時，她重又說起義大利語來了，「為什麼希望壞人沒有看見？」

「最親愛的老闆娘，」那個她如此關懷備至加以保護的小個子外國人回應說，「我求妳別問了。我再說一遍，它是無關緊要的。我害怕這個人。我不希望看見他，我不希望讓他知道我的存在 —— 永遠不要再提起了！

---

[055]　此處的原文為義大利語 Padrona，該詞在英語中大致相當於 mistress，而 mistress 既可表「女主人」之意，又可表「女家庭教師」，下文中布羅夫人的驕傲感即由此而來。

夠了，最美麗的人！別說它了！」

　　這個話題是如此令他不悅，且讓他往常的那副活潑模樣告於了如此徹底的潰敗，所以布羅夫人克制著自己，沒再進一步逼迫他，而更重要的原因在於，壁爐擱板上面的茶已經泡開好一陣子了。不過，因為沒能再接著追問下去，她的驚訝和好奇之心並未有所減少，還有潘可思先生也是這樣，自打這個小個子男人走進來之後，他的富於表現力的呼吸就一直在辛苦地工作個不停，像是一個拉著巨大負荷的火車頭正在攀爬著一條陡峭的斜坡。至於如今的穿著比以往好了不少，但仍然鍾情於那頂大且醜陋的帽子的馬姬，她從一開始起就目瞪口呆地置身於背景位置當中，而如今，雖然這個話題遭到了不合時宜的阻抑，但她的乾瞪眼和大張嘴從寬度層面上來講，還是未見任何縮減。不管怎樣，對於這件事情，大家都沒再多說一個字眼，雖然所有人都好像想了很多似的，對於他們的這種表現而言，那是無論如何都不能把兩位小布羅排除在外的，在他們享用晚餐之際，就像他們吃掉奶油麵包這件事情差不多已經純屬多餘了一樣，說他們有此表現是因為，他們都在痛苦不已地揣測著下面這種可能性，那個全世界最壞的人馬上就會出於吃掉他們這個目的，而現出他的身形來了。接著漸漸地，巴普先生開始重新顯出了一些嘰嘰喳喳的跡象來，但未曾分毫挪開過他之前占據住的那個位於門後而靠近窗戶的座位，雖然那並非是他的慣例坐處。一旦門上的那個小鈴鐺響動起來，他就會驚嚇不已地偷偷向外窺視，並把那塊小窗簾的一頭捏在手裡，剩下的部分遮在臉前，顯而易見的一點是，除非為他所畏懼的那個人像頭可怕的尋血犬似的，篤定地在他每一次折回和每一次轉彎時，始終跟蹤著他不肯放鬆，那他是無論如何都不會感到心滿意足的。

　　在不同的時間裡面，三三兩兩的顧客或者布羅夫人會不時走進店裡來，這讓巴普先生一無暇晷地進行起了下面這項工作，即把眾人的注意力牢牢地鎖定在他的身上。待到吃完茶點孩子們也上床睡覺了之後，布羅夫

人小心謹慎而恭敬地提出了下述提議，她說，她父親可能會賞臉給他們唱上一首克洛伊，而這時，門鈴再次響了起來，接著柯南走了進來。

原來柯南一直把研讀帳簿和信函這件事情進行到了這麼晚的時候，這是因為，迂迴辦事處的接待室嚴重消耗了他的正常工作時間。除此之外，他還因為最近發生在他母親家的那件事情，而在精神上感到憂鬱且不安。他顯得疲憊而孤僻，而且，他自己也是這麼覺得的，但儘管如此，他還是在從帳房返回家裡時，取道了大院的這一頭，而他這麼做是為了向他們提供這麼一份情報，告訴他們他收到了杜麗小姐的又一封來信。

這則新聞在小屋裡面引起了一陣轟動，它讓眾人把注意力從巴普先生身上轉移了開來。馬姬馬上就推開別人擠到前景位置上面來了，而且顯得像是，要讓她的耳朵、鼻子、嘴巴和眼睛全都吸入有關她的小媽的這條音訊似的，但是，最後那條通道卻被淚水堵塞了起來。等到柯南向她保證說，羅馬那邊是有許多醫院的，而且是一些行事作風非常仁慈的醫院時，她才變得非常高興了起來。至於潘可思先生，則因為在這封信裡受到了專門的惦念，而擢升到新的卓越地位裡面去了。總之，每個人都顯得喜悅不已而且興致勃勃，柯南花費的這番精力算是得到了良好的回報。

「但你顯得很累，先生。如果你願意屈尊接受小屋裡面的這麼一點東西的話，」布羅夫人說，「就讓我給你泡上一杯茶吧，還有，因為你在心裡如此仁慈地記掛著我們，所以我還要向你致以許許多多個感謝，我對此是確定無疑的。」

布羅先生則認為，身為主人，再增添上一些他個人的謝意是他的職責所在，而當他講出它們的時候，他所採取的那種形式一如既往地表達出了，對他心目中的那種儀式感和真誠感情予以完美結合的最高典範。

「南帝愛德莊，」布羅先生說，他把話頭朝向了那位老年紳士。「我的先生。你並不能太過經常地看到，這些毫不假裝而且沒有一星傲慢在裡面的行為，因此，當你看到它們的時候，要把一些充滿感激之情的敬意給予

此人，因為如果你不這麼做，或者竟然活到了缺少這種感情這個地步的話，那它接下來肯定會給予你應得的懲罰。」

對此，南帝先生回應說：

「我衷心贊成你的意見，湯馬，你的意見跟我的是一般無二的，因此，我無需多說什麼同時肯定不會違逆那個意見，我的意見要說它是沒錯的，湯馬，在我的這個意見裡面你和我絕對且永遠都會步調一致地融合為一體，所有方面都是如此，我們的意見是不會存在分歧的，除了同一個意見之外，絕無任何其他可能，那是完完全全沒有的，湯馬，湯馬，那是沒有的！」

聽到這裡，亞瑟用少了些正式感的語言表達了他的下述感激之情，他說，對於他給予的如此而非常微小的一點關注，他們竟然給予了如此之高的賞識。接著，他又對有關那杯茶的問題做出了下面這些解釋，說他還尚未吃過晚飯，正要馬上趕回家去，讓自己在工作了這麼長的一個白天之後，多少補充一下體力，不然的話，他會非常樂於接受這個熱情好客的提議。又因為潘可思先生正在變得有點吵鬧起來，或者說正在燒開他的蒸汽準備要離開，所以，他最後向那位紳士發問說，他是否願意跟他一起出去走一走？潘可思先生則說，他是沒辦法想望一個比它更好的邀約的，於是，他們倆人便一起離開了快樂小屋。

「潘可思，如果你願意跟我一起回家去，」等到他們走到大街上之後，亞瑟這麼說道，「並且願意分享一下那裡的午餐或者晚餐的話，那你就近似於做了一樁善行義舉，因為我今晚非常疲倦，而且心情不怎麼好。」

「你大可以要求我做一件比那更大的事情，」潘可思說，「當你需要我去做它的時候，我是無不樂從的。」

自從在馬夏的放風場裡面，潘可思先生從魯格先生的背上飛掠過去那時候起，在這個怪人和柯南之間，便有一種默契的相互理解和同聲共氣在不斷地發展增長著。在杜麗一家人離開的那個令人難忘的日子裡面，當那

輛馬車開走之後，這兩個人曾經一起在後面目送過它，然後又一起慢慢地走了回去。在小杜麗寫來第一封信的時候，比起潘可思先生來，沒有任何人會更加興致勃勃地想要聽到她的消息。而在那一刻裡面揣在柯南胸袋裡面的第二封信，則特地指名道姓地惦念著他。雖然在此之前，他從來沒向柯南做過任何表白或者聲明，雖然如果從字數這個角度而論，他剛才說過的那些話實在可以算是足夠之少，但是長期以來，柯南一直懷有一個不斷生長著的信念，他認為，潘可思先生正在用他那種奇特的方式，逐漸變得越來越依戀起他來。待所有這些線條編織在一起之後，令潘可思在那天晚上變成了一條可以讓他去寄託感情的堅固纜繩。

「我現在是完完全全的一個人。」在他們往前走去的時候，柯南這樣說明著他的情況。「我的合夥人離開了，他在很遠的地方忙著由他負責的那部分業務，所以，你可以完全由著自己的性子來。」

「謝謝你。你剛才肯定沒有特別注意那個小奧特羅，對吧？」潘可思說。

「是的。怎麼了？」

「他是個開朗活潑的傢伙，我挺喜歡他的，」潘可思說。「他今天有些不對勁的地方。對於有什麼原因可以讓他翻了船，你可有什麼想法嗎？」

「你嚇到我了！一點都沒有。」

接著，潘可思先生給出了他作此詢問的那些原因。亞瑟對它們是全無準備的，也完全沒辦法對它們做出一個解釋來。

「要是他是個陌生人的話，」潘可思說，「你可能會願意去問問他吧？」

「問他什麼？」柯南回應說。

「他在想些什麼。」

「我認為，我首先應該讓我自己弄清楚，他真的在想著些什麼，」柯南說。「我發現，他在無論哪個方面都是那麼勤奮，那麼充滿感激（對於非常之小的一點東西都是這樣），而且是那麼值得信賴，所以我這麼做可能

會像是，我在懷疑他一樣。那將會是非常不公平的。」

「沒錯。」潘可思說。「但你聽著！你不應該是無論哪個人的老闆，柯南先生。你太過細膩了一些。」

「對於這件事情來說，」柯南大笑著回應說，「我並沒對賈瓦擁有很大的所有權。他是靠著雕刻技術賴以維生的。他保管著廠裡的鑰匙，還會隔夜給它值更，從總體上來說，是擔任著一種類似於它的管家的角色。不過，對於他的那份心靈手巧，我們卻少有工作給他，雖然我們已經給了他我們擁有的那些。不對！我更像是他的顧問，而非是他的老闆。把我稱為他的常任律師和他的銀行家，將會更加接近於事實。說起我是他的銀行家這件事情，這是不是有點奇怪呢，潘可思，眼下正在許許多多人腦袋裡面歡樂跑著的那些風險事業，甚至也在小賈瓦頭裡跑著呢？」

「風險事業？」潘可思迅速回嘴說，並噴了一個響鼻。「什麼風險事業？」

「莫德的那些事業。」

「喔！你說投資呀。」潘可思說。「沒錯，沒錯！我不知道你說的是投資這回事。」

他是不假任何思索就做出了這個回應的，這讓柯南朝他看了過去，而且心下生疑到，他的意思是否不止是說出來的那麼多呢。但是，因為他還隨之加快了腳步，而且，他那臺機器的運作量也出現了相應的增長，所以，亞瑟沒再接著深究這件事情，然後他們很快就抵達了他的房子。

他們的晚餐是湯和一張鴿肉餡餅，它們被擺在了爐火前面的一張小圓桌上面，還用一瓶優質葡萄酒進行了調味，結果，潘可思先生身上的那些活動機件因為它們而得到了卓有成效的潤滑。於是，當柯南拿出他的那杆東方菸袋，並且把另外一杆遞給潘可思先生的時候，後面那位紳士可以說是完全處於一種舒坦景況當中了。

他們先默聲不響地噴吐了一陣子雲霧，在此期間，潘可思先生像是一艘

汽船似的，而且無論是風向、潮汐和平靜的水況，還是其他各種航海條件，全都處於良好狀況當中。他是率先開口講話的那一個，說的是下面這些話：

「沒錯。投資才是最貼切的字眼。」

柯南臉上出現了之前那副表情，嘴裡說，「啊！」

「你瞧，我正在重新提起它呢。」潘可思說。

「是的。我知道你正在重新提起它，」柯南回應說，並暗自納罕這裡面的原因何在。

「這不是挺奇怪的一件事情嗎，它們竟然也在小奧特羅的腦袋裡面跑了起來？對嗎？」潘可思一邊抽菸一邊說。「你不正是這麼說它的嗎？」

「我是這麼說過。」

「對呀！但是請你想一想，整個大院裡面的人都在想著它呢。再請你想一想，在我收租的那些日子裡面，他們碰見我的時候說的全是它，不管這裡那裡還是其他任何地方，全是這樣。也不管他們是否交租，或者說是否不交租。莫德，莫德，莫德，永遠都是莫德。」

「這些對某種東西的強烈迷戀現象是怎麼流行起來的，真的是非常奇怪呀。」亞瑟說。

「可不是嗎？」潘可思回應說。他先不動聲色地把菸抽了一分鐘上下的光景，按理說他剛剛才受過潤滑，是不應該這麼漠然的，然後補充說，「這是因為你知道，這些人是不明白這個東西的。」

「一點都不。」柯南表示認同。

「一點都不！」潘可思大叫著說。「對數字一無所知，對各種金錢問題一無所知，從來不會去計算一下，也從來不會去研究它，先生！」

「要是他們──」柯南正待往下說去，但這時，只聽面容未見改變的潘可思先生發出了這麼一種聲音來，它要遠遠超過他平常努力發出來的那些聲音，不管是鼻腔裡面的，還是支氣管裡面的。於是，他只好停下了話頭。

「要是他們？」潘可思用詢問的語調學舌說。

「我認為你 —— 有話要講。」亞瑟說，他有些猶豫不決，該給剛才的那場打岔冠以怎樣的名目。

「完全沒有那個意思。」潘可思說。「還沒到那個時候。我可能會在一分鐘以後開口。要是他們？」

「要是他們，」柯南察言觀色地說，因為他有些茫然於，該怎麼去理解他朋友的話，「那個，我猜他們就會了解得更好一些了。」

「怎麼著才會這樣呢，柯南先生？」潘可思迅速發問道，並且在下面這番言辭裡面達成了這樣一種奇特的效果，即他從談話一開始起就負荷著的那副重擔，現在終於被他發射出去了。「你得知道，他們是對的。他們也不想這樣，但他們是對的。」

「像賈瓦那樣想在莫德先生那裡投機發財是對的？」

「絕 —— 對是對的，先生。」潘可思說。「我已經加入進去了。我做了很多計算。我研究過它。它們是安全和真實的。」待到因為把這些話說了出來而終於如釋重負之後，潘可思先生對著他的東方菸袋抽了他的肺部所允許的盡量長的一口，然後拿睿智而堅定的目光看起了柯南來，同時仍然還在菸袋上吞吞吐吐個不停。

在這些時刻裡面，潘可思先生已經開始向外釋放那些充滿他體內的危險感染源了。這就是這些疾病的傳播方式，這就是它們得以擴散的微妙途徑。

「我的善良的潘可思，你的意思是說，」柯南加重語氣發問說，「你會把你的那一千英鎊，我們姑且這麼說，打個比方而已，拿出去賺這種錢嗎？」

「那當然了。」潘可思說。「已經那麼做了，先生。」

說完，潘可思先生又再長長地吸了一口，又再長長地噴了一口，並又再長長地睿智地看起了柯南來。

「我跟你說吧，柯南先生，我已經加入它了。」潘可思說。「他是個擁

有廣大資源──巨大資本──還有政府勢力的人。它們是目前流通著的最佳計畫。它們是安全的。它們是篤定的。」

「好吧！」柯南回應說，並先莊重地看了他一眼，又莊重地看起了爐火來。「你驚著我了！」

「呸！」潘可思反駁說。「別那麼說，先生。這是你自己應該去做的事情！你為什麼不像我那樣去做呢？」

對於潘可思先生是從誰身上感染了這種流傳甚廣的疾病這個問題，他所能提供的答覆就像是，他是在不知不覺間感染了一份發熱感冒那樣。這些精神流行病像是許多身體上的疾病那樣，會首先進行繁殖養育，而它們最先選擇的培育對象是那些邪惡的人們，然後再散布到那些無知的人們身上，待經過一個時期之後，它們就會傳播到許多既不無知也不邪惡的受害者身上了。潘可思先生可能是，也可能不是，是從一個這種類型的病人身上感染到這種疾病的，但是在柯南面前，他像是屬於這一類裡面的，然而正是因為如此，他所拋擲出來的感染源的毒性才變得越發巨大了起來。

「那麼潘可思，你真的已經投資了。」這時，柯南也已經被感染得轉變了口吻，說起那個詞來了，「你的那一千英鎊嗎？」

「那肯定了，先生。」潘可思勇敢無畏地答覆說，並噴出一口煙來。「而且唯一希望它能是一萬！」

現在，柯南有兩件事情沉重地壓在那天晚上他那顆孤獨的心靈上面，其中一件是，他的合夥人的那個被拖延日久的希望，另外一件是，他在他母親家裡看和聽到的那些事情。於是，他在因為擁有眼前這個夥伴，而且覺得他是可以被信賴的而感到寬慰之餘，順勢把話題轉移到了這兩件事情上面，但是，這兩件事情卻用更大的馬力和速度，讓他重又掉轉船頭回到了最初的出發點上面。

他是用一種最為簡單的方式進行轉向的。他先停下了投資這個話題，然後透過他的菸袋冒出來的煙霧默不作聲地看了一陣子爐火，接著便對潘

可思說，他是如何以及為何會被那個巨大的國家部門占去那麼多時間的。「對於道義來講，它過去是一個殘酷的事實，現在還是一個殘酷的事實，」他結末這麼說道，並且加上了這個話題在他心裡激起的所有真誠感情。

「確實挺殘酷的，」潘可思勉強認可道。「但你在管著他的那一份嗎，柯南先生？」

「你是什麼意思[056]？」

「你在管著廠裡業務的金錢部分嗎？」

「是的，盡我所能而已。」

「那就管得更好一些，先生。」潘可思說。「從金錢上去補償他的那些勞苦和失望。把時代賜予的大好機會交到他手裡。作為一個吃苦耐勞又固執己見的工人，他自己是絕對不會用那種方式去賺錢的。他要指望你了，先生。」

「我盡力吧，潘可思，」柯南有些不安地回應說。「對於恰當地衡量和考慮這些我對它們一無經驗的新事業這件事情，我懷疑我是不是適合去進行它。我可是越來越老了。」

「越來越老？」潘可思大叫著說。「哈，哈！」

因為對柯南的這個想法懷有一份巨大的驚詫和全然的拒斥態度，致使潘可思發出了一陣堪稱神奇的大笑，並且噴吐了一連串響鼻，而且，它們的裡面還包含著某種如此不容置疑而無比真確的東西，而結果就是，他是個完全誠實的人這一事實是沒辦法被加以異議的。

「越來越老？」潘可思大叫著說。「快聽，快聽，快聽！越來越老？你聽，你聽！」

在連續不斷地噴吐響鼻之際，潘可思先生表達出一種斷然拒絕把這種觀點持有哪怕一個瞬間的傾向，而上面那些驚叫聲也是表達了這種傾向

---

[056]　柯南在此處對上句中的「但你在管著他的那一份嗎」做出了歧義理解，該句的原文為 but you manage for him，其中，manage 既可表「管理」之意，又可表「設法去做某事」之意，柯南在心裡把它理解成了後者，即以為潘可思在說，「但你在設法幫助他嗎」。

的，從這個方面而言，它們二者是不相伯仲的，這促使亞瑟只得丟開了它。更準確地說應該是，他有些擔心，當潘可思先生從身體裡面猛地抽氣和往身體裡面猛地抽菸的時候，這兩種舉動之間的那種猛烈的衝突，會讓他的身體出上一些狀況。結果，他對第二個話題的丟棄又把他拋到了第三個的上面。

「潘可思，至於我是年老年輕還是人到中年，」當他們之間出現了一陣於有益的暫停之後，他這麼說道，「我處於一種非常焦慮和不確定的狀態當中，這種狀態甚至讓我有些懷疑，現在看上去像是屬於我的無論什麼東西，是否可以真的歸我所有。我可以告訴你這是怎麼回事嗎？我可以把一份巨大的信任託付於你嗎？」

「要是你相信，先生，我能配得上它的話，」潘可思說，「你就可以。」

「我相信。」

「那就可以！」潘可思先生給出了這樣一個短促而激烈的答覆，並且突然伸出一隻嵌滿煤屑的手對它進行了鞏固加強，結果讓它變得極其真情流露而令人信服了起來。見此情狀，亞瑟握住那隻手熱烈地搖晃了一通。

接著，他在不影響對它們做出準確理解的前提之下，盡可能地淡化了他那些為時日久的憂懼的性質，而且一次也沒有指名道姓地提起過他的母親，只是含糊其辭地說，那是他的一個親戚。就這樣，他向潘可思先生透露了他所懷有的那些疑慮的一個寬泛的大致輪廓，以及他曾經目擊過的那場會面。潘可思先生則是如此興致盎然地傾聽著它們，結果竟然棄東方菸袋的巨大魅力於不顧，把它放到壁爐的格柵裡面，跟其他生火工具混同在了一起，轉而在整個講述過程當中，都讓他的兩隻手致力在了立起他滿腦袋的環環鉤鉤這件事情上面，最後，等到講到結尾的時候，他看上去像是一個扮演哈姆雷特的演員，眼下正在排練跟他父親的鬼魂交談 [057] 那場戲似的。

---

[057]　事見莎士比亞最高悲劇傑作《哈姆雷特》（*Hamlet*），該劇的主角哈姆雷特係丹麥王子，其父遭長兄毒殺並篡位奪妻，後哈父鬼魂向哈顯現，囑其報此殺身大仇。

「還是讓我回到，先生。」當時，他這麼驚叫了起來，並且十足嚇人地摸了摸柯南的膝蓋，「還是讓我回到，先生，投資話題上面去吧！我不會說什麼你要讓自己變得貧困起來，去彌補一樁你從未犯下過的錯誤這種事情。那是你。而一個男人必須要做他自己。我要說的是這個，你應該去擔心，你可能會因為缺錢，而沒辦法讓你自己的血統家世免於遭受揭發和羞辱——所以你要盡力多去賺錢！」

亞瑟聞言搖起了頭，但也在若有所思地看著他。

「你要盡力變得富貴起來，先生。」潘可思用一種十分有力的方式，把他的所有精力都集中到了這條建議上面，向亞瑟下達了這條命令。「你要盡力用誠實的手段變得富貴起來。這是你的職責所在。不是為了你自己的緣故，而是為了其他人的緣故。要立即抓住腦門上的那絡頭髮 [058]。可憐的道義先生（他才是真的越來越老了）依靠著你呢。你的親戚在依靠著你呢。你不知道的有些東西也在依靠著你呢。」

「好了，好了，好了！」亞瑟回應說。「今晚已經說夠了。」

「容我再說一句，柯南先生。」潘可思反駁說，「然後今晚就真的是說夠了。為何你們要把所有收益都留給那些貪得無厭之輩、那些奸詐小人和那些騙子們呢？為何你們要把將要獲得的所有收益，都留給我老闆和像他那種人呢？但你們一直都在這麼做。我剛才說的你們，指的是像你這樣的人。你應該知道，你正是這個樣子。哎呀，在我人生的每一天裡面，我都在目睹這種事情。我看不到任何其他事情。目睹它們就是我的工作。因此我要說，」潘可思這樣竭力勸說著他，「加入進去然後大賺一筆吧！」

「但要是加入進去然後大賠了一筆又該怎樣呢？」亞瑟說。

「那是不能夠的，先生。」潘可思回應說。「我仔細鑽研過它。隨處可見的名字——巨大的資源——龐大的資本——顯赫的地位——高貴的親戚——還有政府的勢力。那是不能夠的！」

---

[058]　即抓住眼前這一刻，似為古希臘俗諺。

　　進行完這番結末闡述之後，潘可思先生逐漸變得平靜了下來，讓他的頭髮垂落到了聽到最為有力的勸說時將會垂落的那個樣子，然後從生火工具裡面取回菸袋，重新把它裝滿，又把它吸了一個乾淨。他們沒再多說什麼，只是默不作聲地彼此陪伴著，在心裡繼續進行著剛才那些話題，最後直到半夜時分方告分別。離開的時候，潘可思先生先是抱著柯南的手猛搖了一頓，然後才徹底掉轉他的船頭，噴著蒸汽從門口開了出去。關於他的這個表現，亞瑟認為是潘可思在向他保證，要是他在將來的無論任何時候需要援助的話，他是可以完全去仰仗於潘可思的，不管是他們在那天晚上談過的無論任何事項，還是能夠以無論任何方式影響到他的任何其他事情。

　　在次日的所有空隙裡面，甚至在他的注意力集中在其他事情上面的時候，他都在想著潘可思先生投資了他的那一千英鎊，和他曾經「鑽研過它」這些事情。他還想到了，潘可思先生在這件事情上面顯得是那麼樂觀，而他通常並非是一個樂觀的人物。他還想到了那個巨大的國家部門，以及看到道義的情況向好轉變將會讓他有多麼高興。他還想到了那個陰森險惡的，在他的記憶裡面打著家這個名號朝他走來的地方，以及那些讓它變得比以前更加陰森險惡的，正在往起匯聚的陰影。他重新觀察到，無論他去往哪裡，都會看到、聽到或者接觸到莫德這個聞名遐邇的名字，他還發現，當他待在辦公桌旁邊的時候，他甚至都難於在兩個小時裡面，不讓它用那樣的媒介呈現給他的某種感官。他還開始認為，一件也能算得上奇怪的事情是，它竟然會達到無處不在這個地步，而且，除了他自己之外，好像沒有哪怕一個人對它懷有不信任似的。雖然更準確地說應該是，當他想到這一點的時候，他也開始想起來，就連他也並非是不信任它，只是碰巧離它遠了一些而已。

　　在一場這樣的疾病正在流行之際，這樣的症狀通常就是開始患病的象徵了。

第十四章　納諫

當旅居在黃色台伯河 [059] 沿岸的不列顛人得知，他們那位聰穎智慧的同胞，也就是那位名叫小秀才的先生被弄進了迂迴辦事處，變成了那裡面的一位老爺大人之後，相較於英語報紙上的不管什麼其他新聞，比如不管什麼種類的意外事故和違法犯罪行為，他們對這條新聞都不懷有更為切己的擔憂心思。有些人對其報之以大笑，有些人則說，但全然是一種藉口，目的是為了掩飾他們的嫉妒心理，說這個崗位差不多就是一個閒差，無論哪個能拼出自己名字的傻瓜都可以對它勝任有餘，還有些充任著更為莊重的政治神諭官角色的人說，德西相當英明地借此加強了自身的力量，還說對於德西當做禮物送出去的所有職位而言，它們在體質或者說體制方面的目的全都只有一個，就是德西欲要借此加強自己。也有那麼一些肝火旺盛脾氣暴躁的不列顛人，他們是不願意趨奉這條忠誠條款的，但是，他們的異見卻純乎是一種理論層面上的空談，若從實踐角度而論，他們都無精打采地丟開了此事，把它當成了那片價值寥寥甚至一無可取之地當中的，籍籍無名的別樣不列顛人的事情。同樣地，在老家這邊，也有眾多不列顛人堅稱，甚至一連堅持了有二十四個小時之久，他們說，那些匿起名來不見蹤影的不列顛人們，他們是「應該予此事以譴責的」，而如果他們安靜地默許了它的發生，那他們就活該收穫這個惡果。不過，在如此眾多的別樣不列顛人完全茫然於該如何去解釋，他們為何會罔顧自身利益的同時，對於上述那些懈怠職責的不列顛人是由何種階級構成，這些不幸的人們把自己藏身在了何處，他們為何會把自己藏將起來，以及他們是如何做到始終如一罔顧自身利益的這一系列問題，不管是在黃色的臺伯河沿岸，還是在黑色的泰晤士河沿岸，它們的答案都是未曾明示於人的。

---

[059]　台伯河（Tiber），位於義大利中部地區的一條河流，貫穿羅馬而過。

　　在接受那些因為這條新聞而來的道賀之聲的同時，莫德夫人也在用一副漫不經心的優雅姿態傳播著它，從予它以充分展示這個角度來講，這種姿態可以說是大有裨益的，其情形如同，珠寶托架在展示珠寶時發揮的那份作用。沒錯，她說，愛頓已經接受了這個職位。莫德先生希望他能接受它，所以他就接受它了。她自己則是希望，愛頓可能會喜歡它，但她真的不知道實際情形會是怎樣。它會讓他在倫敦待上很多時間，但他卻是更加中意鄉下的。但這並不是說，它是一個讓人討厭的位置，而是說，它終究只是一個位置而已。我們沒辦法否認，這個東西是對莫德先生的一種褒獎，可愛頓要是喜歡它的話，對他來說也不是什麼不好的東西來著。總之，他能有件事情去做也是無妨的，他能因此掙上幾個亦是不礙的。至於跟軍隊相比起來，它會否更討愛頓的歡心，那還是有待觀瞧的。

　　就這樣，大胸脯嫻習地使用了表面上好像對有些事情不以為意，而實際上呢，卻在這個過程當中大大地提升了它們的價值這門技藝。與此同時，那位已經被德西棄如敝履的高文恆瑞，他也在忙著輾轉周旋於，他那一大圈置身於庶民門和阿爾巴諾鎮[060]之間的相識者們中間，並信誓旦旦地宣稱說，還差不多讓兩眼盈滿了感動的熱淚（但尚未完全達到這一程度），說在社會大眾這片草地曾經牧養過的那些東西中間，小秀才算得上是性情最為溫柔，心地最為單純，同時完完全全最堪喜愛的那頭蠢驢，還說比起他（指那頭深受眷愛的蠢驢）得到這個崗位這件事情來，只有一件事情可以給予他（指高文自己）更大的快樂感受，那就是他（指高文本人）自己得到了這個崗位。他還說，它正好就是為小秀才準備著的那個東西。因為雖然那裡是沒有任何事情可做的，但他卻可以把它做得煞是迷人，同時，那裡是有一份相當可觀的薪水可以領取的，而他同樣可以把它領得煞是迷人，所以，它可稱是一次大快人心、恰如其分而無出其右的任命，而

---

[060]　庶民門是羅馬的北城門，阿爾巴諾（Albano）是位於羅馬東南部的一座城鎮，係古羅馬政治家龐貝（Pompey，西元前 106 ～ 48）的別苑所在地；此處用這兩個地名來暗喻，高文的相識從平民百姓到貴族名流，無不有之。

且，在他欣喜於這頭他對其懷有一份如許深情的愛驢被關進了一間如此令人仰慕的馬廄的同時，他差不多已經原諒捐贈人對他自己的那份忽視了。然而，他的仁慈並未止步於此。在一應社交場合當中，他還會不憚艱辛地把小秀才先生揪將出來，讓他在眾人面前去大肆炫耀自己，而且，雖然這樁體貼的行為總是作結於那位年輕紳士在智力方面出了一場乏味而淒涼的洋相，但是，他的這份友愛企圖卻是不會受到什麼懷疑的。

更準確的說法應該是，除非小秀才先生的愛慕對象碰巧對它表示了懷疑。現在，范妮小姐正陷身於下述困境當中，這一是因為她被眾人知曉了那個身分，二是因為，她並沒把小秀才先生從身邊趕走，儘管也在反覆無常地虐待他。因此，她已經有足夠的理由認為，她跟那位紳士是具有同一性關係的，從而在他蠢過頭的時候，覺得自己也受到了傷害，也因此，無論如何都不會欠缺機敏這份特質的她，會時而前去為他救駕，幫他對付高文，而且總能幫他取得一個非常圓滿的結果。不過，在如此行事的同時，她也深以他為恥，難以決斷到底是該擺脫他，還是該更加堅定地鼓勵他，從而令她心神渙散地憂懼於，她每天都在更深地糾纏進優柔寡斷這一羅網當中，同時飽受折磨地疑慮於，在她遭受這種巨大痛苦的時候，莫德夫人會趁機取得勝利。而既然她的腦袋裡面已經掀起了這場喧嘩騷動的風波，那出了下面這件事情也就不足為奇了，它就是：有一天晚上，范妮小姐非常激動不安地回到了家裡，之前她去莫德夫人那裡參加了一場音樂會和舞會，接著，當她十分憤怒地坐在梳粧檯旁邊想要哭上一場，她妹妹滿懷著一片愛心欲要給她一些安慰的時候，她一把把那位姐妹從梳粧檯旁邊推了出去，並起伏著胸脯宣稱道，她討厭死了所有人，她希望她還是死了乾淨。

「親愛的范妮，出什麼事了？跟我說說吧。」

「還什麼事，妳多管閒事！」范妮說。「如果妳不是所有瞎子裡面最瞎的那一個，妳是沒有理由這麼問我的。妳竟敢一邊妄自聲稱，妳的腦袋裡面是長著眼睛的，一邊又問我出了什麼事情，真是讓人不敢想呀！」

「是秀才先生嗎，親愛的？」

「秀——才還先——生，」范妮重複說，語氣中充斥著漫無邊際的鄙視意味，就像在整個太陽系裡面，此人接近她的思想的可能性是排在最末一位的。「不，醜蝙蝠小姐，不是。」

但須臾功夫之後，她就變得懊悔不迭起來了，覺得不該給她妹妹起那兩個名字，並啜泣著宣稱道，她知道她讓自己變得面目可憎了起來，但那是所有人把她逼到那個分上的。

「我認為，妳今天晚上的狀況不是很好，親愛的范妮。」

「胡說八道！」那位年輕淑女答覆說，並再度變得惱怒了起來，「我的狀況跟妳一樣好，或許還可以這麼說，比妳還要好上一些呢，只是還沒來得及自吹自擂而已。」

在可憐的小杜麗這邊，她眼見自己在提供不管什麼安慰言辭的時候，都難以逃脫遭遇批駁指摘的命運，所以她認為，最好的辦法大概是保持沉默。一開始的時候，范妮對她的這個反應也是惱火不已，對著她的鏡子抗議稱，在一個女孩能夠擁有的所有磨人姐妹當中，她真的認為那個悶葫蘆姐妹是最磨人的那一個。她還說，她知道她經常都是一副糟透了的脾氣，她知道她讓自己變得面目可憎了起來，還說當她讓自己變得面目可憎起來之後，比起被直接告知她變成了這樣來，沒有任何東西能給她帶來有它一半的好處，但是，她身受著一個悶葫蘆姐妹的殘酷折磨，從來沒被這樣告知過，從而導致了這麼一個後果，她最終被徹底引誘和刺激進了下述境地當中，也就是變得讓人討厭了起來。另外（她憤怒地對著鏡子說出了這番話），她也不想得到誰的原諒。因為她總是卑躬屈膝地去請求一個妹妹的原諒，這絕對算不上是一個正確的榜樣。這就是她這套把戲的訣竅所在，即她始終都把自己安放在可以獲得原諒的位置上面，還顯得她自己並不喜歡總是這樣。最後，她猛烈地大哭了起來，而當她妹妹走過來坐在她身邊安慰她的時候，她又說，「愛米，妳可真是個天使呀！」

「不過，還是讓我來告訴妳出了什麼事吧，小寶，」等到她溫和的妹妹讓她平靜下來之後，范妮說，「我現在走到了這麼一種地步，就是事情不能也不應該再像現在這樣進行下去了，必須得用各種辦法，對這種處境做個了結。」

因為這份公告雖然擁有一份非常不容置辯的氣概，但其面目卻是有些模糊的，所以，小杜麗回應說，「那就讓我們來談論談論它吧。」

「正是這樣，親愛的。」范妮一邊擦乾自己的眼睛，一邊表示了認同。「那就讓我們來談論談論它吧。我現在又恢復理智了，還有妳是可以給我提供建議的。妳願意給我提供建議嗎，親愛的？」

就連愛米都讓她的這個念頭給逗笑了[061]，但她嘴上卻說，「我願意，范妮，我會盡力去做的。」

「謝謝妳，最親愛的愛米。」范妮回應說，並且吻了吻她。「妳可真是我的定心錨啊。」

懷著一份莫大的深情擁抱了她的定心錨之後，范妮從梳粧檯上面取了一瓶氣味芬芳的花露水，又喊她的女僕給她拿一條細布手帕過來。隨後，她從身邊趕開了那個扈從，讓她一個晚上都不要進來，旋即展開了她的納諫之旅，而在此過程當中，她會時不時地用帕子輕拍自己的眼睛和額頭，目的是為了給它們降溫。

「心愛的，」范妮開口說道，「我們的性格和視角是大相徑庭的（請再吻我一下，親愛的），所以非常有可能出現的一種情形是，我接下來要說的那些話會讓妳大吃一驚。那我到底要說些什麼呢，親愛的，它就是，雖然我們是擁有財產的，可從上流社會的角度來講，我們卻是在苦苦支撐著的，是處於劣勢地位當中的。妳沒能完全明白我的意思吧，愛米？」

「我一點都不懷疑，」愛米溫和地說，「等妳再說上幾個字以後，我就會明白了。」

---

[061]　這句話的潛臺詞是，就連愛米都不相信范妮真會聽取她的建議，所以才笑了起來。

「好吧，親愛的，我的意思是，對於時尚生活來講，我們終究只是一些初來乍到者。」

「我確信，范妮。」小杜麗心懷著一股熱烈的仰慕之情，插了這麼一句，「在妳的身上，那個東西是一眼就能看到的，不需要誰去發現它。」

「那個，親愛的孩子，或許並不是這樣呢。」范妮說，「不過妳能這麼說，心愛的女孩，足見妳心裡那份至大的善意和至厚的深情。」說到這裡，她用帕子拍了拍她妹妹的額頭，並稍稍朝著它吹了一口氣。「但妳也是，」范妮重又開口說道，「這是任誰都知道的，古往今來最最親愛的那個小東西！現在我們來言歸正傳吧，我的孩子。爸是極具紳士風度和消息極為靈通的，但在有些微不足道的方面，他倒是跟擁有他那種財富的其他紳士們有一些不同之處的，這部分上是因為，他過去經歷的那些事情，另一部分是因為，我自己是這麼猜測的，在他跟別人談話的時候，他的腦子裡面經常跑著這麼一個想法，總覺得他們正在想著那些事情。至於叔叔，心愛的，他是完全擺不上檯面的。雖然也是一個親近的人，我也對他懷有一份溫柔的依戀之情，但從上流社會的角度來講，他是會驚掉別人下巴的。還有愛德，他鋪張揮霍到了嚇人的地步。我並不是說，那樣做本身有什麼悖逆於上流習氣的地方 —— 實際上是遠非如此的 —— 我的意思是，他沒能把這件事給做好，他沒能，如果我可以這樣表達我的觀點的話，沒能在那份跟著他的揮霍聲響裡面，真正獲取到那些錢的價值。」

「可憐的愛德呀！」小杜麗嘆息著說，並在這聲喟嘆裡面包含了整部家族的歷史。

「沒錯，還有可憐的妳和可憐的我，」范妮回應說，語氣有了些尖刻的味道。「一點沒錯！還有，親愛的，我們是沒有母親的，但我們有一個領袖夫人。然後我再告訴妳一遍，可愛的，那個領袖夫人，要是我可以倒轉一句俗諺的說法，或者說把它改寫得適合用在她身上的話，她就是一隻想

抓耗子但捨不得摘掉手套的貓[062]。那個女人，我對此非常確定和自信，她將會變成我們的繼母。」

「我幾乎沒辦法想像，范妮——」但范妮馬上止住了她的話頭。

「好了，不要跟我爭辯這件事情，愛米。」她說，「因為我要了解得更清楚一些。」說到這裡，她覺得自己又有些尖刻起來了，於是又用帕子拍了拍她妹妹的額頭，並又朝著它吹了口氣。「現在我們來再一次言歸正傳，親愛的。然後我就面對了這麼一個問題（我是驕傲而且堅決的，愛米，這妳是非常清楚的，而且有些過分如此了，我敢說是這樣的），我是否應該下定決心負擔起這件事情來，或者說，是否應該由我帶領著一家人渡過難關去[063]。」

「怎麼渡呢？」她妹妹焦急地問道。

「我不會，」范妮說，但沒有回答她妹妹的問題，「聽任領袖夫人變成我的繼母，我不會聽任，無論哪個方面都是這樣，莫德夫人來施捨或者折磨我。」

現在，在那隻抓著花露水瓶子的手上面，小杜麗把她自己的一隻手放了上去，臉上是一副更顯焦急的神色。同時，范妮開始用相當激烈的動作拍打起自己的腦門來了，很是對它施加了一番懲罰，並一陣接一陣地繼續說了下去。

「他已經透過各種方式，其實手段是無關緊要的，得到了一個非常不錯的職位，這是沒有人可以否認的。它還意味著一份非常不錯的人脈關係，這也是沒有人可以否認的。至於說他聰明還是不聰明這個問題，我則是非常懷疑，一個聰明的丈夫是否是適合我的。我是沒辦法服從的，我不能對他表現出足夠的順從。」

「啊呀我親愛的范妮！」小杜麗抗議並且忠告道，當她領悟到她姐姐

---

[062]　這句俗諺原本的說法是，戴著手套的貓是抓不到耗子的，范妮將其倒轉來講是在暗指，領袖夫人想當她的後媽但又放不下架子。

[063]　這句話的潛臺詞是，范妮認為自己嫁給小秀才是為了幫助家人。

意欲何為之後，有一種類似於驚駭的感覺正在偷偷爬上她的心頭。「要是妳愛上了不管哪個人的話，這些感覺是全部都會改變的。要是妳愛上了不管哪個人的話，妳會變得不再是妳自己，而是在甘心為他奉獻的同時，完全失去和忘掉妳自己。要是妳愛他的話，范妮 ── 」這時，范妮已經止住了拍打腦門的那隻手，正在目不轉珠地死盯著她。

「啊呀，不會吧！」范妮大叫著說。「這是真的嗎？願上帝保佑我吧，有些人對有些話題知道得可是何其之多呀。他們都說，每個人都有一個屬於他自己的話題，現在看來，我肯定是撞到妳的那個上面去了，愛米。好了，妳這個小東西，我只是跟妳開個玩笑，」並又用帕子拍起了她妹妹的額頭，「但妳可別像個傻妞似的，別對這些墮落的荒唐事情輕浮地想個沒完沒了了。好了！現在，我要說回我自己的事情了。」

「親愛的范妮，請妳先讓我說上這麼一句，比起看著妳變得富有起來，然後去嫁給小秀才先生，我更願意我們再像過去那樣，透過努力工作去過一種緊巴巴的生活，遠遠地更願意這樣。」

「我能先讓妳說上這麼一句嗎，親愛的？」范妮反駁道。「喔，當然能了，妳想說什麼我都會允許的。我並沒給妳加上什麼限制，我希望是這樣。我們在一起就是為了要好好討論它的。至於到底要不要嫁給小秀才先生，親愛的，我在今晚沒有哪怕一丁點這樣做的打算，明早也不會有。」

「但在某個時間會有吧？」

「就我目前了解的情況來看，在任何時候都不會有。」范妮回答說，語氣很是淡漠。然後，她的這種淡漠突然就變成了一種燒灼般的焦躁不安，只聽她補充道，「妳還跟我談論那些聰明的男人，妳這個小東西！談論那些聰明的男人絕對是一件非常美好和容易的事情，但他們在哪兒呢？在我身邊的不管什麼地方，我都看不到他們的存在！」

「親愛的范妮，在這麼短的一段時間裡面 ── 」

「無論時間是短還是長，」范妮打斷她說道，「我都有些不耐煩我們的

狀況了，我不喜歡我們現在的狀況，只要有非常之小的一點誘因，就會讓我去改變它。別的女孩們，我是指擁有完全不同的成長背景和生活環境的那些，對於我現在說的這些話，或者可能去做的事情，她們可能會覺得奇怪。就讓她們奇怪去吧。她們是被她們的生活和性格驅使著的，我是被我的那些驅使著的。」

「范妮呀，親愛的范妮呀，妳應該知道，妳的素質可以讓妳嫁給一個比小秀才先生優秀許多的人。」

「愛米呀，親愛的愛米呀。」范妮反駁道，並用譏諷的語調模仿著她的言詞，「我知道我想擁有一個更加明確的，跟現在有所不同的地位，讓我可以憑藉著它更有成效地主張自己的觀點，去對付那個傲慢的女人。」

「所以妳就要 —— 請原諒我這麼問，范妮 —— 妳就要嫁給她兒子嗎？」

「喔，可能會吧。」范妮說，臉上掛著一抹得意洋洋的微笑。「因為想要抵達那個目的地的話，還有很多勝算不及於它的道路，親愛的。現在，那個傲慢的東西可能在想，把她兒子從我身邊拉開，然後把我給晾起來，可能算得上是一場巨大的勝利。但她可能做夢都想不到，要是我嫁給她兒子的話，會怎樣對她展開反擊和報復。我會在每件事情上面去反對她，去跟她比賽。我會讓它變成我人生的全部使命。」

說到這裡之後，范妮把花露水瓶子放了下去，然後在房間裡面四處走動了起來。接下來，在講話的過程當中，她始終都在走走停停個不停。

「孩子，我肯定能做到的一件事情是，我能讓她變老一些。我會的！」

說完這話之後，她又走動了一陣子。

「我會把她當成一個老女人來談論。我會自稱知道 —— 雖然我以前不知道，但我可以從她兒子那裡打聽呀 —— 關於她年齡的所有事情。然後她會聽到我說，愛米，我會用一種深情款款的語調，非常恪盡孝道又深情

235

款款的，我會說，考慮到她已經活了那麼長時間，她的氣色看上去是何其之好呀。因為我要比她年輕上這麼多，所以能馬上就能讓她顯老起來。拿端莊大氣來論，我現在可能還比不上她，我猜我對這個問題評判得並不怎麼公正，但我知道，我會成為她身邊的一棵足夠端莊大氣的荊棘。我會的！」

「親愛的姐姐，妳想為了這個讓自己過上一種不快樂的生活嗎？」

「它不會是一種不快樂的生活，愛米。它會是一種我適合去過的快樂生活。比起任何其他種類的生活來，我差不多都更適合去過這樣一種生活，至於它是性情使然，還是環境所致，那已經無關緊要了。」

這些言詞裡面包含著一種荒涼的調性，但是，她卻伴隨著一陣短促而洋溢著驕傲氣息的大笑聲，又一次四處走動了起來，接著，在走過一面巨大的鏡子之後，她再一次停了下來。

「身材！還有身材，愛米！很好！那個女人是擁有一副好身材的。我會給她應得的讚美，而不是去否認它。但是，它真的已經遠遠超過所有其他女人，達到那種完全不可企及的地步了嗎？我敢發誓，我是不能非常確定這一點的。找幾個比她年輕上許多的女人來，然後把她那種已婚女人在穿衣服方面的選擇自由交給她們，然後我們就能看到那個問題的答案了，親愛的！」

在她的這個想法裡面，貌似包含了一些認可和奉承他人的成分，結果，當她重新回到座位裡面之後，好像覺得自己的脾性也隨之變得明朗快活了不少。接著，她抓過她妹妹的雙手，把兩人的四隻手緊緊握在一起舉到了頭頂上方，並一邊看著她妹妹的臉，一邊大笑著說：

「還有那個舞女，愛米，那個她已經完全忘掉了的舞女 —— 那個舞女跟我沒有任何種類的相似之處，我也絕對不會讓她想起她來，啊我的天呀絕對不會！但她會對著她跳上一輩子，專門在她的人生道路上面跳，還要跳出這麼一種調子來，讓它把她那份傲慢的氣質給稍微打擾上一小下下。

只是一小下下，親愛的愛米，只是一小下下！」

　　當她的目光碰到愛米臉上的一個誠實無偽的哀求神色時，她把兩人的四隻手放了下去，只把其中的一隻摀在了愛米的嘴唇上面。

　　「好了，不要再跟我爭論了，孩子。」她說，並在語調裡顯出了一些嚴厲來，「因為它們是全歸無用的。我對這些事情的理解要遠勝於妳。我才是剛剛有了這麼一個念頭，但它也是有可能發生的。好了，我們已經詳細談論過這件事情了，讓我的心情安慰了不少，現在可以睡覺去了，晚安！」說完這些話之後，范妮提起了她的那個定心之錨，然後便駛離了這片納諫水域，這是因為，她覺得自己已經採納了足夠之多的諫言。

　　從那以後，愛米便留心觀察起了小秀才在他的奴隸主那裡受到的各種待遇，因為她這邊有了一些新的理由，讓她對他們之間發生的所有事情都不敢等閒視之。有那麼很多次，范妮顯出了完全沒辦法忍受他那副弱智模樣的樣子來，並且對此表現了非常尖刻和不耐煩的態度，差一點就永遠把他趕走了。還有那麼很多次，她好像跟他相處得融洽了不少，但見他能博得佳人一笑，她則憑藉著一份高他一等的感覺，平衡了天平另一頭的那個東西。倘若小秀才先生不是所有求愛者當中最忠誠和最馴順的那一個，那麼，他早已被打壓得傷心難耐，然後從他的試驗場那裡逃開了，並且在他和他的女巫之間，拉開了一道至少像是從羅馬到倫敦全程那麼遠的距離。然而，若是論起他自己的那點個人意志來，它是比一條被汽輪拖著的小船大不了多少的，所以，他亦步亦趨地跟在那位殘忍女主人的身後，無論走過的是險路還是坦途，都在被一股同樣強大的強制力驅策著前進。

　　在這些事情進行期間，莫德夫人甚少直接對范妮講話，可對她的談論卻比以前增多了不少。從某種程度上來講，她是被迫透過單片眼鏡去看著她的，還被迫在公開場合的談話當中，被它們的那種難以抗拒的硬性要求，從她的嘴裡強逼了一些對其美貌的讚賞意見出來。然而，在聽到這些極力讚美之後，范妮卻是藐視待之的（這是她在多數情況下所作的反

應），換句話說就是，她的態度並未表現出來，她對公正無偏的大胸脯有了讓步和解的跡象，而大胸脯這邊呢，最為激烈的報復也不過是大聲說上一句，「一個被寵壞了的美人──但是，有了那張臉蛋和那副身段，又有誰能覺得這有什麼好奇怪的呢？」

　　當小杜麗開始認為，她在小秀才先生和范妮之間察覺到了某種新的約定的時候，那大概是在納諫之夜之後的一個月或者六周左右。小秀才先生像在遵守著某項協議似的，甚少會不事先看著范妮徵求她的許可，便開口講起話來，無論任何時候都是如此。那位年輕淑女則顯得太過謹慎了一些，從來都不會回看他一眼，不過，倘若小秀才先生得到了講話許可的話，她便會保持沉默，而如果他沒能獲得這種許可，那她自己便會開口發聲。此外，變得顯而易見起來的一個事實是，無論何時，每當高文恆瑞試圖履行他那項友愛的職責，或者說試圖把小秀才先生揪將出去的時候，他總是不會被他揪去的。而且，非但如此的是，范妮還很快就會碰巧說出一些不具任何明確意圖的，超凡脫俗的話來，但它們又暗含著這樣一種屬害的蜇刺，結果會讓高文馬上退縮回去，就像剛才把手伸進了蜂箱裡面一般。

　　除此之外，在助使小杜麗確認令她害怕的那件事情時，還有另外一個情形也發揮了很大的作用，儘管從它本身來講，它並不是一個多麼重大的情形。這個情形便是，小秀才先生對她本人的舉止也發生了變化，換句話說就是，它變得如兄若弟般熱絡了起來。有時候，當她身處於人群周邊的時候──在他們自己的寓所裡面，或者在莫德夫人那裡，或者是其他地方──她會發覺，小秀才先生的一條胳膊已經偷偷攬住了她的腰肢。對於他的這項關注之舉，小秀才先生從未提供過哪怕最為細微末節的一點解釋，僅僅是像個蠢笨、滿足又性情溫厚的老闆那樣，擺出了一張笑瞇瞇的笑臉來，然而，在一位如此遲鈍的紳士身上，這樣的表現絕對是一個不詳的徵兆。

有一天，小杜麗待在家裡，懷著一顆沉重的心想著跟范妮有關的事情。在他們那間套房的一頭，她們擁有一間特等臥室。這間臥室幾乎等大於一扇形狀不大規則的凸肚窗，突起在街道的上方，把濱海大道上上下下的那些宛在畫中的生活和各色物事悉數盡收在了眼底。在下午三四點鐘的時候（英格蘭時間），從這扇窗戶看到的景象是非常明媚和獨特的，小杜麗常常坐在這個地方沉思冥想著，像極了她之前坐在威尼斯的那個陽臺上面打發時間的樣子。這一天，她正這樣坐在那裡，突然覺得有人輕輕碰了碰她的肩膀，然後范妮開口說道，「好吧，親愛的愛米。」並隨即在她的身邊坐了下去。她們的這個座位是這扇窗戶的一個組成部分，每當街上有列隊行進這一類的不管什麼事情正在進行的時候，她們都會從那扇窗戶掛出幾塊色彩明豔的布匹去，然後或跪或坐在這個座位上面，俯身在那些絢麗的色彩上面朝外觀瞧。但是，那天街上是沒有佇列在行進著的，還有，讓小杜麗覺得有點驚訝的另外一件事情是，范妮竟然在那個時間待在家裡面，一般來說，她那時候總是騎在馬背上面的。

「好吧，愛米。」范妮說，「妳這是正在想什麼呢，小東西？」

「我正在想妳，范妮。」

「不對！哪有這麼巧的事！我宣布，這裡還有另外某個人呢。妳不會也在想著另外這個人吧，妳有嗎，愛米？」

愛米也在想著另外這個人，因為那人是小秀才先生。但是，在她把自己的手遞給他的時候，並沒把這話說出嘴去。小秀才先生過來坐在了她的另外一側，然後她感覺到，那道如兄若弟般的欄杆出現在了她的身後，而且顯然還在往長裡延伸著，欲要把范妮也包括進去。

「好吧，我的小妹妹，」范妮說，並伴之以一聲嘆息，「我猜，妳應該知道這是什麼意思吧？」

「她漂亮得就像任憑怎麼寵愛都愛不夠似的 —— 」小秀才磕磕巴巴地說，「而且她周身上下沒有任何不可理喻之處 —— 它被布置得 —— 」

「妳是沒必要解釋的，愛頓。」范妮說。

「好吧，我的愛人。」小秀才先生說。

「簡單說就是，小寶，」范妮接著說，「總體上來講，我們已經訂婚了。我們必須在今天晚上或者明天把這件事告訴爸爸，具體什麼時候視機會而定。然後就算完事兒了，幾乎沒必要再多說什麼。」

「親愛的范妮。」小秀才先生說，並顯出了一副很是聽話的樣子來，「我想跟愛米說上一句話。」

「好吧，好吧！看在上帝分上，你可快點說吧。」那位年輕淑女回應說。

「我深信不疑於，親愛的愛米。」小秀才先生說，「倘若曾經有過那麼一位女孩，她僅次於妳那位漂亮的姐姐，妳這個姐姐她恩蒙上天的厚愛，而且周身上下沒有任何不可理喻之處 ——」

「我們對那一點是無比清楚的，愛頓。」范妮小姐插嘴說。「別管那個了。除了我們周身上下沒有任何不可理喻之處之外，請你再說點別的什麼吧。」

「好的，我的愛人，」小秀才先生說。「而且我向妳保證，愛米，對於我本人而言，我本人而言，最大的樂事莫過於 —— 除了我無比快樂地恩蒙上天如此厚愛，竟然被賜予了一個出類拔萃的，可稱嘆為觀止的女孩，她渾身 ——」

「求你了，愛頓，求你了！」范妮打斷他說道，並且把她俏麗的嬌足在地板上面輕輕跺了一下。

「我的愛人，你是完全正確的，」小秀才先生說，「我知道我是有這個壞習慣的。我意欲宣稱的是，對於我本人而言，我本人而言，最大的樂事莫過於 —— 除了我竟然跟所有女孩裡面最為且無與倫比嘆為觀止的那一位結成了連理這件天大的喜事 —— 莫過於我可以十分快樂地跟愛米培育一份充滿深情的相知關係。初識乍見之下，」小秀才先生頗具男子氣概地

說，「我在其他某些事情上面可能是無權開口的，而且我深知，倘若你去上流社會裡面做個民意測驗的話，整體上的意見也會是我沒有這個權利，但在愛米這件事情上面，我卻是絕對有權開口的！」

接著，在在座眾人的親眼見證之下，小秀才先生親吻了她。

「一副刀叉和一個房間。」小秀才先生接著說了下去，跟他之前那套拚命堆砌辭藻的做派相比起來，他的文風又變得相當冗長了起來，「將會隨時聽候愛米的處置。還有我父親大人，我確定，他將會永遠以招待一位這個人她是為我所高度敬重的以此為榮。至於我母親，」小秀才先生說，「她是一位引人注目的傑出女性，全身 —— 」

「愛頓，愛頓！」范妮小姐又像之前那樣大叫了起來。

「我是樂於從命的，我的靈魂。」小秀才先生辯解道。「我知道我是有這個壞習慣的，而且因為妳能不憚煩勞予以它糾正，我的可堪崇拜的女孩，我要向你致以非常深切的謝意，但所有方面全都承認，我母親是一位引人注目的傑出女性，而且她真的遍身 —— 」

「可能是那樣，也可能不是，」范妮回應說，「但請你不要再提起那回事了。」

「我不會了，我的愛人，」小秀才先生說。

「那麼，實際上，你已經沒有什麼話要講了，愛頓，你還有嗎？」范妮詢問道。

「事實遠非如此，我的可堪崇拜的女孩，」小秀才先生回答說，「我要為我說了如此之多表示歉意。」

接著，小秀才先生憑藉某種靈感領悟到，那個問題實際上是在暗示他，他是不是馬上離開要好上一些？於是，他撤回了那道如兄若弟般的欄杆，並頗為機靈地說，他認為他想恭順地告於離開了。但他沒能馬上走掉，而是先接受了愛米的祝賀，後者在一種抖抖顫顫又深為痛苦的心緒當中，盡可能得體地履行了那項職責。

　　等到他離開之後，她說，「啊范妮呀，范妮呀！」接著，在那扇明亮的窗戶裡面，她把臉扭向她的姐姐，俯在她的胸脯上面哭了起來。范妮一開始應之以大笑，但很快就跟她妹妹臉貼著臉，也像後者那樣哭了起來 —— 但只是稍微一小下下。這是范妮最後一次表現出來，在那件事情上面，她的心裡無論如何也是有一些被隱藏起來的，受到抑制的，或者說被克服了的感情存在的。從那個時候起，她選定的那條道路便開始擺在了她的面前，接著，她開始把她那種跋扈而任性的步子往它身上踏了過去。

第十五章　沒有任何正當理由
或者障礙可以阻止這兩人結為一體

　　甫一被他的長女告知，她已經接受了小秀才先生的求婚，而且她也已經向此人承諾了一己之忠誠，杜麗先生馬上用一副巨大的尊嚴做派接受了這條通報，並表現了一份莫大的父輩式傲慢姿態出來，這其中的原因在於，一份有望得到拓展的人脈優勢地位膨脹擴大了他的尊嚴做派，還有范妮小姐對他人生在世的這個偉大目標迅速表現出來的認同，也發展壯大了他的父輩式傲慢姿態。他還讓她明白了這麼一個事實，說她這份高貴的志向在他心裡激起了和諧的回聲，接著把他的一份佑祝賜予了她這個內心裡面充滿著責任感和正確的原則，並且把一己之身奉獻給了克紹家聲這項大業中去的孩子。

　　在范妮小姐允許那人出現的時候，杜麗先生對小秀才先生這麼說道，說他不會去掩飾，小秀才先生賞臉向他提出的這場聯姻和他個人的感情呈現出了高度一致態勢，這一方面是因為，它跟他女兒范妮的自主感情是一致的，另一方面是因為，它會讓他家跟莫德先生，也就是那位時代的靈魂人物，建立起一份讓他感激不已的連繫來。他對莫德夫人的感受也是如此，稱她是一位富於傑出品格、優雅舉止、迷人風度和花容月貌，且擔任著領袖角色的女士，使用了一些褒揚意味非常強烈的詞語。但他也覺得，他是有責任評論上這麼一句的（他確定，一位像是小秀才先生這麼細膩敏感的紳士，他是肯定會巨細無遺地理解他的這些話的），也就是他現在還不能認為，這次求婚已經得到了徹底的認定，而是得等到，他有幸跟莫德先生通上幾封信，然後確定，那位傑出紳士對此事的展望跟他自己是高度一致的，然後他（杜麗先生）女兒才有可能在那個基礎之上恩蒙接納，因為她的社會地位，還有她的嫁妝和理想讓他有理由要求，她將會堅持住那

個他認為他可以不顯唯利是圖地稱之為上流社會之眼 [064] 的東西。雖然他身為一位擁有些微地位的紳士，同時還是一個父親，而說出了上面這些話來，但他也不會圓滑到隱瞞下述事實的地步，也就是說，這次求婚現在處於一種有望成功的暫時擱置狀態，是可以有條件得到接納的，另外，他要對小秀才先生向他自己和他的家人進行的那些讚揚表示感謝。最後，他又對一位 —— 哈 —— 獨立自主的紳士這個身分，還有一個 —— 嗯 —— 有可能太過偏袒愛慕子女的父親這個身分，進行了一些更趨和更具全面性的評述。而實際上，總括起來只用一句話就能說得清楚，就是他非常願意接受小秀才先生的求婚，就像在過去那些日子裡面，他從他手裡接過三或四個半克朗硬幣那樣。

待這些言辭如此這般堆積到他那顆與人秋毫無犯的腦袋上面之後，小秀才先生先是被驚了個目瞪口呆，然後做出了一個雖然簡短但也算得上切題的答覆，它不長不短正好是這麼兩句話，他說，他領悟到范妮小姐周身上下沒有任何不可理喻之處時日已久，他對他父親大人完全贊同此事不具任何懷疑。聽到這話之後，他的愛慕對象馬上像關上一個盒子的彈簧蓋子那樣讓他閉了嘴，然後把他打發走了事。

此後不久，杜麗先生便把此事進行到了向大胸脯致獻敬意這個地步，並且得到了深為體貼的接待。莫德夫人已經從愛頓那裡聽說了這場戀愛事件。她一開始是有些驚訝的，因為她沒有想到，愛頓已經是一個張羅著結婚的男人了。上流社會也沒有想到，愛頓已經是一個張羅著結婚的男人了。不過，身為一個女人，她自然也看見了（我們女人天生是會看到這些事情的，杜麗先生！），愛頓已經變成了范妮小姐的巨大魅力的俘虜，而且，她還在公開場合說過，對於他為何要把一個如此迷人的女孩帶到國外

---

[064]　「上流社會之眼」在原文中對應著 Eye of the Great World，此處的 eye 應做「中心事物」理解，所以，杜麗先生的本意是在說，范妮應該堅持住上流社會的核心原則。另外，若從整句話這個角度來講，它是杜麗先生為了戲弄小秀才的低下理解能力，故意放出的一團語言煙霧，它的主旨是，只有莫德先生對這場婚姻的目標跟他自己的目標是一致的，范妮才有可能會嫁給他。

引動他的國人們頻頻回首張望，杜麗先生肯定是有很多話要說的。

「我能有幸作此推斷嗎，夫人？」杜麗先生說，「秀才先生的感情取向，它是 —— 哈 —— 得到了您的允准的？」

「我向你保證，杜麗先生。」那位女士回應說，「從個人角度上來講，我感到極盡欣喜之能事。」

這讓杜麗先生非常地感銘於心。

「從個人角度上來講，」莫德夫人重複說，「極盡欣喜之能事。」

雖然莫德夫人對「個人角度」這個詞語的兩度重複只是隨意為之，但還是讓杜麗先生表達了這麼一個希望，莫德先生的允准意見應該也並非處於欠缺狀態吧？

「我無法，」莫德夫人說，「承擔起代表莫德先生做出確切答覆這項責任來，紳士們，尤其是那些上流社會稱其為資本家的紳士們，他們對這些事情是有自己的一套看法的。但我認為 —— 僅僅是一己之見，杜麗先生 —— 我認為從總體上來講，莫德先生將會是，」說到這裡之後，她先把自己的全身上下仔細檢查了一番，然後才抽空說出了下半句，「完全而極盡欣喜之能事的。」

在她剛才提及起上流社會稱其為資本家的那些紳士們的時候，杜麗先生突然咳嗽了起來，就像心裡的一些反對和異見正在從嘴裡噴發出來一般。莫德夫人也觀察到這一點了，於是在接下來的發言中論及了這個暗示。

「不過說真的，杜麗先生，我差不多是沒必要發表那條意見的，除非我在跟一個我深為敬重的，而且我還希望，我可以有幸跟他締結起一些更為稱心合意的關係的人，完全開誠布公地談論著一些至關重要的事情。因為任誰都不禁要看到，您自己就極有可能體會到莫德先生對這些事情的觀點，但的確有其可能的一種情況是，環境偶然造就了莫德先生的幸運或者說不幸，讓他從事了商業貿易這個行當，然後它們的範圍無論怎樣廣大，

都有可能對他的眼界稍微造成了一些鉗制。拿對商業的看法來講，我還是一個非常幼稚的孩子，」莫德夫人說，「但我擔心，杜麗先生，它是有可能具有那種傾向的。」

就這樣，杜麗先生和莫德夫人技巧嫻熟地進行了這麼一番蹺蹺板式的爭鬥，一會兒是這個把那個蹺了上去，一會兒是那個讓這個沉了下去，但哪邊都沒能占到上風，不過，它倒是對杜麗先生的咳嗽起到了一味鎮靜劑的作用。接著，他用至大的禮貌做派發表了這麼一條意見，說他必須請求對方允許他提出下述抗議，因為像是莫德先生的那些事業，它們跟其他人那些微不足道的小事情是截然不同的，是不應該被認為，就連嫻於禮儀和優雅迷人的莫德夫人也不應該（對於這句讚揚，她屈膝表示了謝意），不應該被認為除了對孕育了它們的那個天才頭腦予以增大和拓展之外，是具有任何其他更為低下的傾向的。「您簡直就是慷慨本人，」莫德夫人回應說，並笑了一個最美的微笑出來，「那就讓我們作此希冀吧。但我必須得坦白承認，我對商業的看法差不多達到了迷信那個程度。」

聽到這話之後，杜麗先生又拋了另外一句恭維話出來，它的大意是，商業像是對它來說顯得很是寶貴的時間那樣，實際上是為奴隸們創造出來的一種東西，對於享受著極致之快樂而且統馭著所有人心靈的莫德夫人而言，她是不會跟它產生任何關聯的。莫德夫人聞言大笑了起來，並且讓杜麗先生產生了這麼一個想法，也就是讓他覺得，大胸脯好像有點臉紅了 —— 這是她在人際互動中所能實現的最佳效果之一。

「我說了這麼許多，」她接著解釋稱，「只是因為莫德先生一直對愛頓懷有一份至大的關心，而且一直都在表達這樣一個至為強烈的願望，就是想把他的前途更加拓寬一下。愛頓的社會地位我想你是知道的，至於他在私下裡的位置，那是完全取決於莫德先生的。因為我對商業可以說是愚不可及到了一無所知的地步，所以我向你保證，我真的不知道別的什麼了。」

而杜麗先生再次用他自己那套方式表達了這麼一個觀點，說商業並不包含在奴隸主和女巫的知識範圍之內，而是要低於它的。接著，他又說身為一位紳士和一個父輩，他打算給莫德先生寫上一封信。莫德夫人動用全副身心表示了同意──或者說動用了她的全套技藝，因為它完全就是一碼事來的──又親自用下一趟郵車，給那個世界第八奇觀寄送了一封預備函過去。

　　在進行此番書信通訊時，像在之前的對話中闡述它所提及的那個重大問題時那樣，杜麗先生也用一些花裡胡哨的東西 [065] 把那個主題事項包圍了起來，其情狀如同書法大師美化裝飾他的習字簿和算術簿那樣。在這封信裡，那些算術基本法則 [066] 的標題都被枝枝枒枒地畫成了天鵝、老鷹和獅身鷹首獸的樣子，或者是其他像是卡列班 [067] 的消遣物事，還有信裡的那些大寫字母們，它們像是得了失心瘋和多動症似的，全都變成了一場鋼筆和墨水的狂歡。儘管如此，他也確實讓這封信的主旨足夠清晰地突顯了出來，好讓莫德先生可以還算體面地吹噓一下，他確實是從這個源頭處獲悉此情的。莫德先生用該有的樣子回復了此信，杜麗先生隨之回復了莫德先生，接著莫德先生又回復了杜麗先生一次，然後很快就有消息宣稱說，這兩個書信往來的權勢人物已經達成了一項令雙方都感到滿意的共識。

　　現在而不是此前，范妮小姐突然就出現在了下面這個場景當中，並且為她的新角色進行了全套裝扮。現在而不是此前，她把小秀才先生完全吸引進了她的光環裡面，然後為他們和其他二十個人光芒四射了起來。她現在已經不再覺得，還欠缺一個明確的地位和身分了，也不再像過去那樣，心裡還有那麼多因此所致的煩惱了，於是，這艘美麗的船開始沿著一條劃定的航線，穩穩當當地航行了起來，而且，在破浪前行的過程當中，還有

[065]　「花裡胡哨的東西」在原文中對應著 flourishes，該詞既可指「華麗的辭藻」，又可指「書寫字體中的花飾」，分別對應著杜麗先生跟莫德夫人對話時使用的辭藻，和他跟莫德先生通信時使用的花體字。
[066]　暗喻婚嫁活動中那些約定俗成的與金錢有關的事項。
[067]　卡列班是莎士比亞劇作《暴風雨》（*The Tempest*）中的一個凶殘醜陋的奴僕。

一個鎮重物和平衡物在改善著她的航行品質。

「籌備工作已經安排得相當讓人滿意了，我認為我現在要，親愛的。」杜麗先生說，「正式 —— 哈 —— 通報一聲，讓領袖夫人 ——」

「爸爸。」聽到那個名字之後，范妮突然打斷了他的話，並且回應說，「我並沒發覺領袖夫人跟它有什麼關係。」

「親愛的。」杜麗先生說，「這是一種表達敬意的行為，是理應給予 —— 嗯 —— 一位淑女的，因為她擁有良好的教養和優雅的儀態 ——」

「喔！我膩死領袖夫人的那份良好教養和優雅儀態了，爸爸。」范妮說。「我厭倦了領袖夫人。」

「厭倦，」杜麗先生把她的話重複了一遍，用的是帶有譴責意味的詫異語氣，「了 —— 哈 —— 領袖夫人。」

「她都快讓我吐出來了，爸爸。」范妮說。「我真的沒有發覺，她跟我的婚事有什麼關係。就讓她去忙活她自己的婚姻計畫吧 —— 要是她真有什麼計畫的話。」

「范妮。」杜麗先生回應說，用的是一種莊重而嚴肅的緩慢語調，跟她女兒的調笑做派形成了一種強烈的對比，「我要請妳賞臉解釋一下 —— 哈 —— 妳這是什麼意思。」

「我的意思是，爸爸。」范妮說，「要是領袖夫人碰巧有什麼她自己的婚姻計畫的話，那我敢說，它們已經足夠把她的空餘時間全都占滿了。還有要是她沒有的話，那就更要好上許多了，但我仍然並不希望，有幸向她發出這種通報。」

「請允許我問問妳，范妮。」杜麗先生說，「為什麼不呢？」

「因為她自己就能發現我訂婚這件事情，爸爸。」范妮回嘴說。「她的那份關注可是足夠密切的，我敢說是這樣。我認為我看見她這麼做了。就讓她自己去發現它吧。要是她沒能親自發現它的話，那也會在我結婚的時

候知道它的。還有我希望，要是我說我突然想到，那可足夠讓領袖夫人等上一陣子了 [068]，你不會認為我對你缺少關愛。」

「范妮。」杜麗先生回應說，「妳這種 —— 嗯 —— 這種針對 —— 哈 —— 領袖夫人表現出來的反覆無常又令人費解的強烈敵意，它讓我感到驚奇，讓我感到不快。」

「如果你願意的話，爸爸，請不要。」范妮極力主張道，「把它稱為強烈的敵意，因為我可以向你保證，我並不認為領袖夫人配得上我的強烈敵意。」

聽到這話之後，杜麗先生從椅子上立起身來，臉上凝固著一副嚴厲的譴責表情，就那麼尊貴威嚴地站在他女兒面前一動不動了起來。與此同時，他女兒一邊轉動著胳膊上面的手鐲，一邊時而看著他，時而順著他的視線望將出去，並且說，「做得非常好，爸爸。要是你不喜歡我這麼說的話，我真的感到非常抱歉，但我沒辦法忍得住。我不是小孩子，我不是愛米，我必須得說出來。」

「范妮。」可稱壯觀地沉默了一陣子之後，杜麗先生喘著氣說道，「如果我要求，在我正式向領袖夫人，這位堪稱模範的淑女她是 —— 嗯 —— 這個家庭的一位頗受倚重的成員，向她通報那項 —— 哈 —— 那項我們正在仔細盤算著的變化的時候，妳得待在這裡，要是我 —— 哈 —— 不僅是要求它，而且 —— 嗯 —— 是強烈堅持它 —— 」

「喔，爸爸。」范妮突然插進了話來，而且這些話裡都是帶著刺的，「要是你要這麼小題大做的話，那我為了孝道除了服從之外是別無選擇的。但我還是希望，我可以在這個問題上面擁有自己的想法，因為在這種情況之下，我實在是忍不住要這麼想。」說完之後，范妮溫順地坐了下去，但是，當它跟一種極端的唯我獨尊結合起來之後，這種溫順竟然變成

---

[068]　范妮這句話的潛臺詞是，領袖夫人在密切注視著她的婚姻動向，好在等她（范妮）結婚之後，她自己能跟杜麗先生結婚。

了蔑視。至於她父親，則是既不願意屈尊去作答，也不知道該回答些什麼，於是只好把補鍋匠先生[069]叫到了跟前。

「領袖夫人。」

在接受有關那位美麗粉飾家的命令時，補鍋匠先生從未聽到過這麼簡短的一個，所以他稍稍躊躇了一下。然而，在他這個短短的躊躇裡面，杜麗先生卻看到了整個馬夏監獄和他在那裡收受的所有證明，於是，他馬上朝那人飛奔了過去，並且說，「你怎麼敢這樣，先生？你是什麼意思？」

「我要請求您的原諒，先生。」補鍋匠先生辯解道，「我是想要知道——」

「你什麼都不想知道，先生！」杜麗先生喊叫著說，並且把臉漲了個通紅。「不要跟我說你想。哈。你是不會想的。你犯下了嘲弄的罪過，先生。」

「我向你保證，先生——」補鍋匠先生剛一開腔便遭到了打斷。

「不要向我保證！」杜麗先生說。「我不願意接受一個家僕的保證。你犯下了嘲弄的罪過。你會離開我——嗯——全家人都會離開我。你還在等什麼呢？」

「只是在等你的命令，先生。」

「這是不對的，」杜麗先生說，「你已經收到了我的命令。哈——嗯。代我向領袖夫人獻上一份敬意，再說要是她完全方便的話，我要請她賞臉過來待上幾分鐘。這些就是我的命令。」

然而，在履行他的這項使命時，補鍋匠先生可能進行了這麼一些表達，說杜麗先生正處於一股狂暴猛烈的怒氣當中。不管真實情形到底如何，總之他們非常迅速便聽到，領袖夫人身上的那些裙子正在外面一路挺進著向前而來——你差不多都可以這麼說，正在蹦蹦跳跳著向前而

---

[069]　此人在原文中的名字是 Tinkler，該詞除了「補鍋匠」這一含義之外，還可表「新手、生手或技巧生疏之人」，暗中契合了一位不大熟練的僕人這一形象定位。

來 —— 而且帶著一股不大常見的俐落。然而，它們最終還是在門口安靜了下來，然後帶著慣常的那股冷靜氣度掃拂進了房間裡面。

「領袖夫人。」杜麗先生說，「請坐。」

領袖夫人先是優雅迷人地屈膝表達了謝意，然後降落進了杜麗先生為她提供的那把椅子裡面。

「夫人。」那位紳士接著說，「因為您不吝善意承擔著 —— 嗯 —— 塑造我的兩個女兒這副重擔，也因為我相信，對妳來說，差不多沒有任何將會影響到她們的事情可以是 —— 哈 —— 事不關己的 —— 」

「完全無此可能。」領袖夫人說，用的是一種至為平靜的語氣。

「 —— 因此我想向您通報一聲，夫人，告訴妳我女兒現在提出 —— 」

領袖夫人聞言朝范妮那邊微微點了點頭，後者先是朝著領袖夫人把頭非常之低地彎了下去，接著又讓它巍峨地聳立了起來。

「 —— 告訴你我的女兒范妮 —— 哈 —— 跟小秀才先生締結了婚姻方面的協議，那人妳也是認識的。因此，夫人，您將會卸掉一半妳那副艱難的重擔 —— 哈 —— 艱難的重擔。」杜麗先生把他的話重複了一遍，同時拿怒眼掃射著范妮。「但我希望，它不會 —— 嗯 —— 縮小，不管是直接還是間接地，您目前不吝善意在我家裡占據的那個地位的任何其他部分。」

「杜麗先生。」領袖夫人回應說，並用一種堪稱典範的安詳從容氣度，把兩隻戴著手套的手相互交疊了起來，「永遠都是體貼入微的，而且對於我所提供的友善服務，永遠不吝給予過分的揄揚。」

（范妮聞言咳嗽了起來，那裡面的潛臺詞等於在說，「你說的沒錯。」）

「杜麗小姐無疑已經進行了環境所容許的至為明智的審慎考量，而且我相信，她將會允許我向她獻上真誠的祝賀。在進行此事的時候，倘若能擺脫激烈情欲的束縛，」說到「激烈情欲」那個詞的時候，領袖夫人把眼睛

閉了起來，就像她受不了把它說出口似的，還像是受不了看到其他人身上的那個東西一樣，「倘若能事先得到嫡親長輩的許可，倘若能透過它鞏固家族大廈的榮譽框架，這些行為通常是可以結出善果來的。我相信，杜麗小姐將會允許我向她獻上最為忠忱的祝賀。」

　　說到這裡之後，領袖夫人停下了話頭，並且出於重塑面部布景這一目的，在心裡面暗自補充了這麼一句，「爸爸，馬鈴薯，家禽，李子和稜鏡。」

　　「杜麗先生。」她又朗聲補充道，「永遠都是最為令人感激的那一個，還有，為了眼下的這份關注，我還要加上一個禮遇，也就是說在如此之早的時候，他自己和杜麗小姐便不吝把這份信賴給予了我，為了這些，請讓我獻上一句頌詞以表我的謝忱。我的這些感謝，還有我的祝賀，它們都是杜麗先生和杜麗小姐應該得到的酬報。」

　　「對我來說，」范妮小姐評述道，「它們是有些過分讓人感激不盡了——已經達到了無以言表的程度。領袖夫人，我確定，妳沒提出什麼反對意見來可是讓我鬆了口氣，還從我的心頭卸去了相當大的一份負擔。要是妳冷不丁插進來什麼反對意見的話，」范妮說，「我幾乎都不知道該怎麼辦了，領袖夫人。」

　　領袖夫人聞言面帶著一個李子稜鏡式的微笑，改變了一下她的手套的狀況，這個改變指的是，把左手的那隻放到了右手那隻上面。

　　「想辦法保持住您的認可意見，領袖夫人。」范妮說，並用一個上述兩種成分於其間不見哪怕一點蛛絲馬跡的微笑，回應了前者的那一個，「當然會是我婚後生活的最高目標，要是失去了它，當然是完完全全地糟糕到了透頂的地步。不過，我也確定，您那份巨大的善意將不會反對，我希望爸爸也不會反對，由我來糾正您所犯下的一個小小的錯誤。就算是我們當中最優秀的那些，他們也是如此容易犯下錯誤，所以就連您領袖夫人，也落進了一個小錯的窠臼。您剛才讓人過耳難忘地提及的那份關注和禮遇，

領袖夫人，也就是跟這份信賴有關的那一份，它們的確屬於最具讚揚意味和最為令人感激的那一類，我對此毫不置疑，但是，它們卻絕非發端於我。於我而言，在這件事情上面徵求您的意見算得上是一個如此巨大的優點，所以我覺得，要是它並非真的屬我所有的話，那我是絕對不能將其據為己有的。它完全是爸爸的意思。對於您的勉勵和恩賜，我是深深感銘於心的，但它們都是爸爸求來的。我必須得感謝您，領袖夫人，因為您如此大方地同意了我訂婚這件事情，卸去了我心頭的一大重擔，但您真的無需為任何事情來感謝我。我希望，在我離開家裡以後，您將會永遠認可我的一言一行，我還希望，我妹妹也可以長久邀蒙您屈尊俯就的教導，領袖夫人。」

用她那副至為謙恭有禮的姿態發表完這則演講之後，范妮面帶著一副優雅又快活的神色離開了那個房間 —— 但是，甫一走出他們的聽覺範圍之後，她便馬上紅漲著臉拔足朝樓上飛奔了起來，接著猛地飛撲到她妹妹身上，稱她為一隻小睡鼠，又為了讓她睜開惺忪的睡眼把她一通好搖，接著告訴了她樓下發生的事情，最後向她發問道，她現在對爸作何看法呀？

在莫德夫人那裡，這位年輕淑女表現得極有主見和沉著泰然，不過，截至目前尚未有任何更加明確的開戰行為。偶爾地，她們之間會爆發一場輕微的小規模衝突，那是在范妮認為那位女士在拍拍打打地稱讚她，或者是莫德夫人看上去非常年輕和安樂的時候，不過，莫德夫人總能很快就結束這種交鋒，她的具體舉措是，先用一種至為優雅迷人的淡漠姿態沉入她的那些座墊當中，然後發現她的注意力轉移到了別的事情上面。上流社會（因為那個神祕人物也端坐於那七座山丘 [070] 之上）則發現，范妮小姐的面貌在訂婚之後出現了巨大的改觀。她變得更易相處，更加灑脫迷人，同時少了些苛刻起來，結果至於，她現在竟然擁有了一大群追隨仰慕於她的擁躉，惹得那些膝下有女兒待嫁的淑女們把義憤和仇恨填滿了她們的胸膛，

---

[070]　指羅馬城，因古羅馬城建於七座山丘之上，故有「七山之城」這一稱謂。

她們認為，在杜麗小姐的這段公案上面，她的那些擁躉們犯下了反叛上流社會的罪行，創建了一種新的叛亂標準出來。於是，在享受著由她一手引發的這場騷動的同時，杜麗小姐不僅倨傲不恭地親身穿行於上流社會其間，還倨傲不恭地帶領著小秀才先生也穿行於其間，甚至都有了點誇耀於人的味道，好像在對他們所有人說道，「要是我認為應該讓這個被綁起來的軟弱俘虜扈從著我得意洋洋地在你們中間列隊行進，而不是讓一個強壯一些的人扈從我的話，那是我自己的事情。只要我自己喜歡就夠了！」對於他所擔任的角色，小秀才先生從未有過任何質疑，只是去往他被帶到的無論任何地方，去做他被命令的無論任何事情，覺得讓他的准新娘出名起來，就是讓他自己出名的再容易不過的辦法，而且打心眼兒裡感激她用如此公開的方式予他以認可。

在此般事態頻頻發生的冬殘春近之際，小秀才先生卻必須得回到英格蘭，然後照著他被指派的職位，去對英格蘭的天才、學問、交流、精神和感覺這些東西進行表現或者指引去了。也就是說，那片既誕生過莎士比亞、彌爾頓、貝肯、牛頓和瓦特，也擁有一大群古往今來的空想哲學家、自然哲學家和用他們包羅萬象的方式征服了自然和藝術的人們的土地，它在呼喚小秀才先生快來照顧它，唯恐自己會一命嗚呼。小秀才先生沒辦法抗拒來自他祖國靈魂深處的這種痛苦萬分的呼號，宣稱他必須得走了。

緊接著，下面這個問題被提了出來，也就是有人開始追問，小秀才先生將在何時何地以何種方式迎娶那位拿周身上下沒有任何不可理喻之處這一點而論，算得上是全世界排在最前面的那位女孩。進行了一些不大的故作神祕和遮遮掩掩之後，范妮小姐親自向她妹妹通報了它的解決方案。

「現在，我的孩子，」有一天，她把她搜尋了出來，然後說道，「我要告訴妳一件事情。它是在眼前這一刻才鑽孔打開的，然後我自然就急著找妳來了，就在它鑽孔打開的這一刻裡面。」

「是妳的婚事嗎，范妮？」

「我的寶貝孩子，」范妮說，「不要搶在我前面說話。讓我把我的一份信賴交托給妳，妳這個慌張的小東西，用我自己的一套辦法。至於妳的猜測，要是刻板點回答的話，那我會說不是。因為現在討論的問題真的不是我的婚事，多半倒像是愛頓的婚事。」

小杜麗看上去有點茫然於，該如何去理解這個細微的差別，而且，她作此表現可能並非是全無理由的。

「我沒有碰到什麼難題，」范妮叫嚷著說，「也沒什麼好著急的。我不用急著去上任什麼公職，或者去別的什麼地方投什麼票。但愛頓卻是要去的。而且一想起他要一個人回去，愛頓就覺得沮喪不已，還有說真的，我並不喜歡把他交給自己去照顧這個主意。這是因為，只要有可能 —— 而且通常都是有這種可能的 —— 去做一件蠢事，他是肯定會去做的。」

對她未來丈夫的可靠性進行完這一番公正無偏的，可以確鑿加諸他身上的概述的同時，她面帶著一副責無旁貸的神色，把戴在頭上的軟帽摘了下去，然後抓著帽帶在地上蕩悠著它。

「所以，它遠遠更加是愛頓的問題，而不是我的。不過，我們沒必要再對這事多說什麼了。這是明擺著的不言自明的事實。好了，我最親愛的愛米！一個突顯了出來的關鍵問題是，他是該自己一個人回去呢，還是不該讓他一個人回去，這裡是另外一個關鍵問題，它也突顯出來了，就是我們是該馬上在這裡結婚呢，還是該過上幾個月回家結婚？」

「我覺得我要失去妳了，范妮。」

「妳這個小東西怎麼這樣啊。」范妮大叫著說，語氣半是容忍，半是顯得不耐煩，「淨是搶在別人前面說話。親愛的，請妳聽我把話說完。那個女人，」她說的是莫德夫人，這是理所當然的，「要一直待在這裡，等過完復活節才回去，這樣一來，要是我在這裡結婚然後跟愛頓一起回倫敦的話，我就能比她快上一步了。這可是有些意義的事情。另外，愛米。要是沒那個女人礙眼的話，我沒覺得我會強烈反對莫德先生給爸提的那個

建議，他說愛頓和我可以把那幢房子當成我們的住處 —— 妳是知道那裡的 —— 就是妳曾經跟一個舞女去過的那個地方，親愛的 —— 直到選中並且布置好我們自己的房子。再另外了，愛米，爸爸一直都在打算，要在春天一個人回趟倫敦 —— 妳瞧，要是愛頓和我在這裡結婚的話，我們就可以一起去佛羅倫斯，爸爸就可以在那裡跟我們會合，然後我們三個人就可以一起踏上歸家的旅途了。莫德先生已經求過爸了，要他跟他一起住在我剛才提過的那座大宅裡面，而且，據我猜測他是會這樣做的。不過，他自己的行為要由他自己做主，所以對於這一點（但它根本就不是什麼重要問題）我是沒辦法下定斷言的。」

對於爸爸的行為可以由他自己做主，和小秀才卻在這方面一無是處這二者之間的差別，在陳述案情期間，范妮透過語氣神態進行了相當有力的表露。然而，她妹妹卻沒有注意到它，因為她正在被下面兩種感情撕扯著，一是傷懷於即將到來的離別，二是揮之不去地寄望於，她也被包含進了造訪英格蘭的一系列計畫當中。

「這些都已經安排好了嗎，親愛的范妮？」

「安排！」范妮重複道。「說真的，孩子，妳現在可是有點煩人了。妳得知道，我一直都在防範著自己，不讓自己擱下什麼言詞來，會讓人有機會做出這種理解。我剛才說的是什麼呢，是有些問題自己跑了出來，這些就是那些問題。」

只見小杜麗那對苦苦思索著的眼睛溫柔又安靜地注視著她的那一對。

「好了，我的溫柔的女孩，」范妮說，同時抓著帽帶掂量著她的軟帽，並顯出了一股相當巨大的不耐煩神氣來，「妳瞪著我是沒用的。一隻小夜貓子也是會瞪人的。我看著妳是為了向妳要些建議，愛米。妳要建議我怎麼做呢？」

「妳有沒有想過，」短短地躊躇了一陣子之後，愛米用勸說的語氣發問道，「妳有沒有想過，范妮，要是妳把它往後推遲那麼幾個月的話，它有

可能才是，讓我們把所有事情都考慮在內，才是最好的辦法？」

「沒想過，小烏龜子。」范妮詰駁道，用的是一種極度尖刻的語氣。「我一點都沒那麼想過。」

說到這裡，她把軟帽從手裡完全丟了出去，然後飛身坐進了一把椅子裡面。但是，差不多像是馬上那麼快之後，她又變得深情款款起來了，只見她又飛身衝出了那把椅子，然後跪在地板上面，把她妹妹、她的椅子和所有東西全都摟進了她的兩條胳膊裡面。

「不要覺得我急得不得了或者說我是不善良的，親愛的，因為我真的不是那樣。但妳卻是這樣一個小怪胎！妳讓人直想把妳的腦袋都咬掉，但那個人原本是懷著一份勝過一切的好心的，她是想要讓妳舒服上一些。難道我沒有告訴妳嗎，最親愛的寶寶，愛頓是沒能力照顧自己的？難道妳不知道嗎，他是沒有那種能力的？」

「是的，是的，范妮。我知道，妳是這樣說過的。」

「我也知道，妳是知道它的，」范妮回嘴說。「好了，我的寶貝孩子！要是他不能照顧自己的話，那接下來的事情，我猜就是，我應該跟他一起回去了吧？」

「看 —— 看起來是這樣的，親愛的。」小杜麗說。

「所以，當我聽到妳說，對於那個目標而言這些安排是可行的之後，那我是不是可以這麼理解，最親愛的愛米，就是說從總體上而言，妳是建議我去做出這些安排的？」

「看 —— 看起來是這樣的，親愛的。」小杜麗又把剛才那句話說了一遍。

「很好！」范妮大叫著說，臉上是一副忍辱負重般的順從神色。「那我接下來就可以認為，它是必須得去做的了！在我一發現這份懷疑，一發現必須做出決定的那一刻，我的甜心，我就過來找妳了。我現在已經做出決定了。就讓它這樣吧！」

用這套樣板模式放棄了她自己的立場，並順從了妹妹的建議和環境的不可抗力之後，范妮變得相當溫厚仁慈了起來，那副樣子就像是，她剛才把自己的喜好擲在了最親密的朋友的足下，然後因為做出了這場犧牲，而感受到了一股熾熱的良心之光。「不管怎樣，我的愛米。」她對她妹妹說，「妳終究都是所有小人兒裡面最好的那一個，而且滿心裡都是良好的判斷力，所以不管任何時候，我都不知道沒了妳我該怎麼辦！」

說完這些話之後，她又給了愛米一個比方才更為緊密的擁抱，而且確實是一個愛意頗深的擁抱。

「我這麼說並不是在盤算著，要丟下妳去做什麼事情，愛米，無論如何都不會，因為我希望，我們永遠都能像是不可分離那麼親密。但是現在，我的小寶，我要給妳一句建議。等到這裡只剩下妳和領袖夫人的時候——」

「這裡要只剩下我和領袖夫人嗎？」小杜麗安靜地說。

「喔，那是當然，我的寶貝，直到爸爸回來為止！除非妳能把愛德當成一個夥伴，但他肯定不是，就算他在這裡的時候也不是，等到他遠在那不勒斯和西西里 [071] 的時候，那就更加的肯定不是了。我接下來要說的是 —— 但妳卻是這樣一個專門跟人搗亂的小馬普特 [072]，雖然也是這麼討人喜愛 —— 等到這裡只剩下妳和領袖夫人的時候，愛米，妳不能讓她悄悄地跟妳耍什麼手段，然後跟妳達成不管什麼類型的共識，也就是她正在照顧爸，爸正在照顧她這一套說辭。她一有機會就會這樣做。我非常了解她那套狡猾的把戲，知道她會戴著那些手套悄悄探她的路。但是，妳卻是無論如何也看不透她的。還有要是等到他回來之後，爸告訴妳說，他盤算著要讓領袖夫人當妳的媽媽（因為我正在離開這個家，所以這種可能性仍

---

[071]　西西里（Sicily），位於義大利南部的一個地區，由西西里島和附近的眾多小島構成。

[072]　馬普特（Marplot），蘇珊娜・山提里弗（Susannah Centilivre, 1669 ～ 1723）所著戲劇《大忙人》（*The Busie Body*）裡面的主要角色，性喜多管閒事，在 1840 年代，該劇曾在倫敦數度重演，另外，marplot 一詞即指「亂加干涉破壞他人計畫的人」。

然是存在的），那我給妳的建議是，妳要馬上這麼說，『爸爸，請允許我提出最為強烈的反對意見。范妮警告我要小心這件事情，既然她是反對的，那我也反對。』我的意思不是說，妳的什麼反對意見，愛米，是有可能產生哪怕最為微小的效果的，或者說，我認為妳的反對有可能具有任何程度的堅定立場。但這裡面是涉及了一條原則的 —— 一條跟孝道有關的原則 —— 所以我要乞求妳，千萬不要在不堅定表明上述態度的前提下，去服從讓領袖夫人當妳後媽這件事，不然的話，妳會叫妳身邊的每個人都過得不舒服到極點。我並沒指望妳能堅守住它 —— 更確切地說，我知道妳做不到，爸是妳的心頭肉 —— 但我還是希望，它能激起妳的一份責任感來。至於來自我的不管什麼幫助，或者說我能在這樣一局比賽裡面提供的任何對抗力量，妳是絕對不會被棄於危地而不顧的，親愛的。還有我身為一個並非全無吸引力 —— 它是我用來對付那個女人的武器，這是我那個身分的永恆使命 —— 的已婚女孩，無論我可以從這個身分獲取到什麼有分量的東西，我都會把它們拿來堆到，妳大可放心這一點，堆到領袖夫人的腦袋和她那些虛假的頭髮（因為我自信它們並非完全都是真實的，看看它們那個醜樣，不管哪個還有點判斷力的人都不會掏錢去買它們）上面！」

小杜麗聽話地接受了這一通專家級建議，沒敢冒險去提出什麼反對意見，不過，她也沒讓范妮有理由相信，她是打算依此而行的。從某種程度上來說，范妮現在已經正式結束了她的單身生活，而且安排好了各種凡塵俗事，於是，她挾裹著她那股獨特的激情，馬不停蹄地為她的社會地位所發生的這場重大變化做起了準備工作。

而這些準備工作的重頭戲在於，她要派遣她的女僕在導遊的保護下前往巴黎，去那裡購置一位新娘所需的全套行頭，在目前進行的這場講述當中，若是為它們賦予了一個英國名字的話，將會是一種極顯文才低下的做法，可它又不肯給它們一個法國名字（它這是在遵守著一條有些庸俗的原

則，說是要固守住它自稱正在用其寫作的那門語言）。在幾個星期的時間
裡面，由這幾位代理人購置的那批綺麗華美的服裝穿越了介於法國和義大
利之間的那個國家，林立於各地的海關當中，還有相當巨大的一隊衣衫襤
褸的制服托缽僧 [073] 們擔當著它們的衛戍任務，這些人接連不斷地對著它
們重複著那首《乞丐的祈禱》[074]，就像他們當中的每個戰士都是那位遠
古時代的貝利薩留 [075] 似的，而且，這些人裡面還有如此之多的汙穢不潔
者，以至於，除非那位導遊願意花上僅僅一個半蒲式耳 [076] 的銀幣去緩解
他們的巨大痛苦，否則他們就會把這些衣服翻來覆去地看個不停，讓它們
沒等到達羅馬就被磨出破洞來。不過，它們總算還是經受住了各種這樣的
險情，被成功地一英寸又一英寸地運送了下去，直至最終完好無損地抵達
了這趟旅途的終點。

在那裡，它們被展示給了幾夥經遴選而得的女性觀眾，然而，在這些
人的那些柔和的心胸當中，它們卻激起了一些難以安撫平息下去的強烈感
情來。同時，另外一些準備工作也在緊鑼密鼓地進行著，為的是改天對
它們當中的一些珍品進行公開展覽。在這座由羅穆盧斯 [077] 建立的城市當
中，有一半英格蘭人收到了這場婚禮的早餐請柬，另外那一半也經由其他
安排被武裝了起來，在這場莊重儀式的各個周邊地點充當了一些挑剔的志
願者。還有那位地位至高無上聲名至為顯赫的杜麗・愛德加多紳士，他也
搭乘郵車淌過深厚的泥漿和車轍而來了（他之前正在忙著塑造表面這件事
情，與此同時，他那份那不勒斯 [078] 式的高貴氣質也在不斷完善當中），為

---

[073]　托缽僧是一種雲遊四方的修道士，靠別人施捨度日，此處喻指向過往客商索賄的海關工作
　　　　人員。
[074]　由教士湯瑪斯・莫斯（The Rev. Thomas Moss）作於 1796 年的一首詩歌。
[075]　貝利薩留（Belisarius, 505 ～ 565），東羅馬帝國將領，出身低微，因在鎮壓起義和各方征戰中
　　　　屢立戰功而受拔擢，後受到查士丁尼一世皇帝疑忌而遭貶黜，最終淪為乞丐。
[076]　蒲式耳（bushel），一種容量單位，一英制蒲式耳約等於 36 公升，此處喻海關工作人員索賄數
　　　　額之巨大。
[077]　羅穆盧斯（Romulus），戰神馬斯之子，羅馬城的創建者。
[078]　那不勒斯（Naples），今義大利西南地區的一座港口城市，狄更斯曾經遊覽過該地，極度不
　　　　喜於當地生活環境之髒汙，以及人口素質之低下。

的是給這個場合帶來一些榮耀和恩典。當地最好的飯店，和它的那些從事烹飪工作的密爾彌多涅人[079]們，全都投入工作為那場盛大的筵席做起了準備。還有拿著杜麗先生的匯票的那些人們，他們幾乎在托洛尼亞銀行的門口排起了一個像是擠提存款那麼長的佇列。總之，在英國駐羅馬領事的整個任期當中，是從未有過一場如此規模的婚禮的。

　　最後，那一天終於到來了。而且，在這天裡面，就算是朱比特神廟裡面的那隻母狼[080]，當她看到昔日那座野蠻島上的人們時至今日竟然有了這樣一番作為之後，可能都會嫉妒得露齒咆哮起來；還有那幾尊富於殺人頭腦的邪惡戰神雕像，雕塑家們是沒能力把他們美化得掩飾住原本的醜陋惡棍面目的，他們很可能會在新娘的美色誘動之下，從雕像基座上溜下來擄走她跑掉；還有那眼已經被堵死的古老噴泉，也就是很久以前角鬥士們在那裡洗濯過的那一眼，它可能會重新躍動出生命來，以表對這場儀式的一份敬意；還有那座維斯塔[081]神廟，它也可能會專誠為了向這個場合提供一份支援和認同，而從它的廢墟當中重新跳將起來。但都是可能會這樣做，卻沒有真的去做。這就像那些有知有覺的東西們那樣——甚至可以像是某些時候的造化男神和女神們——它們原本可能去做很多事情，結果卻什麼都沒做。總之，這場慶典舉辦得盛況空前，引得眾多觀者仰慕不已：身穿黑袍、白袍和褐袍的僧侶們駐足目送著馬車隊伍，身穿羊皮襖的閒散農民要麼在范妮家的窗戶下面乞討著，要麼抽著菸袋，還有那些英格蘭的志願者們，他們排成一列縱隊魚貫著穿梭個不停。就這樣，白晝逐漸推移到了晚禱時分，這個節日也慢慢地告於了結束，接著，成千上百的教堂敲響了它們的鐘聲，卻未對它做任何提及，聖彼得也否認跟它存有任何關聯。

---

[079]　密爾彌多涅人（myrmidon），指特洛伊戰爭中追隨阿喀琉斯（Achilles）作戰的傭兵，喻無原則的盲從者。

[080]　指朱比特神廟中的母狼雕像，相傳羅馬城創建者羅穆盧斯（Romulus）和瑞穆斯（Remus）由此狼哺育長大。

[081]　維斯塔（Vesta），羅馬神話中的女灶神，即希臘神話中的赫斯提（Hestia）。

　　不過，到了那個時候，新娘已經在前往佛羅倫斯的旅途中接近了頭一日的終點。這種類型的婚禮都有這樣一個共通的獨特之處，就是它們的重心是完全集中在新娘身上的。沒有人會注意到新郎，也沒有人會注意到第一女儐相，而且，因為新娘那道太過耀眼的光彩，就算假使很多人都在努力尋找小杜麗（她擔任著第一女儐相一職），能看到她的也是寥寥無幾。就這樣，新娘捎帶著在新郎的陪伴之下，爬進了她那輛氣派堂皇的四輪禮車，接著，轆轆地在一條暢通無阻的走道上面順滑平穩地行駛了幾分鐘之後，它便開始顛簸著穿越起一片沮喪失望的泥潭，和一條長而又長的布滿前驅者殘骸和遺跡的大路來了。據說，其他婚車也都走過同一條路，古往今來都是這個樣子。

　　如果小杜麗發現，她在那天晚上有點被遺棄的孤單落寞感的話，那麼，比起能像往日那樣坐在她父親身邊做工作，然後幫著他張羅晚餐和安排被臥來，是沒有任何其他事情可以如此卓有成效地對抗她的那份憂鬱感的。然而，時至今日那種待遇是想都不能想的了，因為他們現在是在那輛莊嚴的禮儀馬車上面，跟領袖夫人並排坐在馭者座上面的。還有晚餐這回事情！如果杜麗先生需要晚餐的話，他有一位義大利大廚和一位瑞士甜點師傅可供差遣，他們絕對會戴起像教皇教冠那麼高的廚師帽子，在樓下的那個黃銅燉鍋實驗室裡面忙活起他們那套煉金術士的神祕把戲來，然後他就會有的吃了。

　　那天晚上，他是有點指手畫腳和急欲說教一番的。如果他肯簡簡單單去愛他的女兒的話，他原本可以多給小杜麗帶去一些益處，然而，她卻只能去接受他的實際面目——她何時沒在接受他的實際面目呢——然後盡量從他身上發掘一些優點出來。現在，領袖夫人終於要告退了。她每天晚上的告退程序都是她最為凜若寒霜的一項儀式，就像她覺得，為了防止人類的想像力會追隨在她的左右，這個東西是必須要被冷凍成石頭的。她先是走了一套嚴苛死板的預備程序，而且，這些東西已經達到了這麼一種程

度，像是一場上流社會式的排槍射擊演練似的，等到它們走完走後，她終於算是撤退下去了。然後，小杜麗用一條胳膊箍住了她爸爸的脖子，準備向他道上一聲晚安。

「愛米，親愛的。」杜麗先生抓住了她的手，並且說道，「這一天就這麼過去了，它 —— 哈 —— 讓我大大地刻骨銘心和愜意膺胸。」

「但你也有點累了，對吧，親愛的？」

「沒有。」杜麗先生說，「沒有，當疲倦感從這樣一個 —— 嗯 —— 充滿著最為純粹的愜意感的場合當中發出來時，我是無從感知它的存在的。」

小杜麗很高興發現他處於這樣一副心緒當中，並且發自衷心地微笑了起來。

「親愛的。」他繼續往下說去，「這個場合 —— 哈 —— 它是滿滿地充斥著一個良好的範例的。這個良好的範例，我的最為喜愛和為我所眷戀的孩子 —— 嗯 —— 是對妳而言的。」

他的這些話讓小杜麗有些不安了起來，不知道該說些什麼才好，儘管看他停下話頭的那副樣子，像是期待著她說上一些什麼似的。

「愛米。」他又開口說道，「妳親愛的姐姐，也就是我們的范妮，已經締結了 —— 哈，嗯 —— 一門顯赫的婚事，據估計，它是可以拓展我們的 —— 哈 —— 人脈基礎的，還可以 —— 嗯 —— 鞏固我們的社會關係。心愛的，我相信那個時間也不會太過迢遙了，就是 —— 哈 —— 妳也可以找到一個合意的伴侶。」

「喔還是不要吧！就讓我陪著你吧。我乞求並且請求你，讓我可以陪在你的身邊！我沒有任何其他願望，只想陪伴並且照顧你！」

說出這些話的時候，她的樣子像是一個突然受驚的人。

「不對，愛米呀，愛米呀。」杜麗先生說。「這種想法是懦弱而愚蠢的，是懦弱而愚蠢的。妳是擁有一份 —— 哈 —— 妳的地位加諸妳身上的

責任的。它就是，妳得推動那個地位向前進展，還得 —— 嗯 —— 讓妳自己配得上那個地位。至於照顧我這回事情，我是可以 —— 哈 —— 照顧我自己的。或者說，」他在這裡停頓了片刻功夫，然後接著說了下去，「如果我需要有人照顧我的話，我是 —— 嗯 —— 可以，借助著 —— 哈 —— 上天的佑護，得到照顧的。我 —— 哈，嗯 —— 我是不能有，親愛的孩子，獨占和 —— 哈 —— 也可以這麼說，犧牲你的想法的。」

啊，他這是挑選了怎樣一個時間和日子呀，竟然在這種時候展開了這場克己的宣言，竟然在這種時候面帶著高尚的表情進行了它，還竟然在這種時候相信他真的會這麼做，要是你（指小杜麗）能做出這種事情來的話！

「不要說話，愛米！我要斷然宣稱，我是不能那樣做的。我 —— 哈 —— 是絕對不能那樣做的。我的 —— 嗯 —— 良心將不會允許它的發生。因此，心愛的，在這個讓我愜意膺胸和刻骨銘心的場合為我提供了這個機會之後，我要利用它 —— 哈 —— 莊嚴地說上這麼一句，我現在珍藏著這樣一個希望和目標，就是想要看見你 —— 哈 —— 得到一場合意（我要把合意這兩個字重複一遍）的婚配。」

「喔還是不要吧，親愛的！求你了！」

「愛米。」杜麗先生說，「我充分相信，要是這個話題被講給不管哪個擁有較為高等的社會常識，和較為高等的細膩感情還有判斷力的人來聽的話 —— 讓我們打個比方來說，比方說講給 —— 哈 —— 領袖夫人 —— 那麼對於 —— 嗯 —— 我的觀點的深情屬性和得體合宜，將會是不會有什麼二話的。不過，因為我照著 —— 嗯 —— 照著經驗知道，你是擁有一種充滿愛心和恪盡職守的天性的，所以讓我感到相當滿意的一點是，我是必需要在此打住口舌的。我現在 —— 嗯 —— 是沒有一位丈夫可供提議的，甚至放眼將來也沒有。我僅僅希望，我們可以 —— 哈 —— 理解彼此的心意。嗯。晚安，我的親愛的，並且是唯一留在我身邊的女兒。晚安，願上

帝保佑妳！」

　　如果在那天晚上，下面這個想法曾經進入過小杜麗的頭腦的話，或者說如果她曾經想過：他現在已經腰纏萬貫，已經可以滿不在乎地丟掉她了，況且他的心裡已經有了第二任妻子的人選，可以用她來代替她的位置；那麼，她肯定是把它趕跑掉了。現在，她仍然是忠誠於他的，跟她獨力扶持著他捱過最艱難的那些日子時一般無二，所以，她最終還是把那個想法趕跑掉了，而且，在她哭得淚水漣漣且難以成眠之際，所懷有的最冷酷的想法也不過是，當他現在去看不管什麼東西的時候，都是透過他們家的財富，都是透過一直壓在他心上的那份憂慮去看的，就是說他不僅想讓他們繼續富有下去，還想讓他們變得更加富有起來。

　　接著，在那輛莊嚴的禮儀馬車的馭者座上面，他們又跟領袖夫人一道坐了有三周左右，然後他就動身往佛羅倫斯會合范妮去了。小杜麗原本是樂於陪伴他前往那裡的（這完全是出於對他的那份關愛），然後一邊思想著她親愛的英格蘭，一邊獨自一人折返回來。然而，雖然導遊已經跟著新娘一道上路了，但還有貼身男僕排在候選人佇列的下一位上面，而只要有花錢買來的哪個人可以被利用起來的話，繼任者的資格就不會落到她頭上來。

　　當羅馬的大宅只剩下她和領袖夫人占據著的時候，後者很是從容地對待著那裡的生活，一如她從容地對待任何事物那樣。小杜麗經常會坐著一輛留給她們的租來的馬車出去走走，她會在古羅馬的那些廢墟當中獨自下車，然後在它們中間閒逛起來。於她而言，不管是龐大古老的圓形劇場，還是那些古廟、那些古老的紀念拱門、那些古老的飽受踐踏的公路和那些古墓，它們的遺跡除了是它們本身遺留下來的廢墟之外，還是古老的馬夏所遺留下來的廢墟，是她的過往生活的廢墟，是其間的那些舊日面孔和舊日身形的廢墟，是其間的所有愛意、希望、憂思和喜悅的廢墟。另外，當這個孑然一身的女孩坐在某個殘破的建築碎塊上面時，還有行動和受難這

兩個差不多已經淪為了廢墟的領域，它們也會頻頻出現在她的眼前，於是，在那些遺世獨立的所在，在那片碧藍的天空下面，她就那樣一起看著它們兩個。

　　接著，領袖夫人便會粉墨登場。她會把所有東西的一應鮮活色彩全都攫奪乾淨，狀如自然和藝術從她自己身上奪走它們那般；會在她能夠插上一手的不管什麼地方，用尤塔斯[082]先生的字體大書特書李子和稜鏡；會在每個地方尋找尤塔斯先生和他的夥伴們的蹤跡，而看不到任何其他東西；還會用手刨出遠古時代的那些冰冷得沒有一絲人氣的小骨頭來，然後不見任何人性氣息地把它們囫圇吞咽下去 —— 其形狀如同一隻戴著手套的食屍鬼似的。

---

[082]　　尤塔斯是一位著名旅行家，著有《穿越義大利的古典之旅》一書（詳見前文中的注解 9），此處用來隱喻領袖夫人的刻板教條，教學時缺乏自己的觀點和主張。

第十六章　出人頭地

甫一抵達倫敦卡文迪什廣場的哈利街，總管先生便接待了這對新婚夫婦。那位偉人對他們沒什麼太大的興趣，但從總體上來講還是能受得了他們的。因為人們必須得繼續進行他們的婚嫁活動，不然他們這些總管就會沒有用武之地了。他覺得，就像上帝造出天下萬族是為了批評指責他們那樣，他之所以造出這些名門望族來，就是為了讓他們管家去管束它們[083]。毫無疑問的一點是，總管先生肯定在心裡這麼琢磨道，自然進程之所以規定這些闊人們要不斷繁衍生息下去，完全是為了他的緣故。

因此，當他屈尊從大堂門那裡觀瞧他們的馬車時，破例沒朝它顰蹙起自己的眉頭，還非常慷慨地對他的一個手下說，「湯馬，去幫著拎一下行李」。而且，他甚至還護送著那位新娘上了樓，把她帶到了莫德先生面前，不過，此舉絕對應該被視為他對那個性別（因為他算得上是它的一位仰慕者來的，以前曾被某位公爵夫人的魅力俘虜過，並因此獲得了昭彰的惡名）表現出來的一份莫大敬意，而非是他對莫德家的一份殷勤奉獻。

莫德先生正一邊在爐前地毯上面偷偷摸摸地走動著，一邊等待著迎接秀才夫人。而當他趨前進行此事時，他的手好像朝袖子裡面縮了上去，結果把相當長的一截袖口遞給了她，從而讓她覺得，她好像正在受到大眾心目當中的古伊‧方克斯[084]的接待一般。接著，當他把自己的兩片嘴唇伸出去吻她那兩片的時候，除了讓兩隻手腕把自己羈押起來[085]之外，他還把身子竭力向後縮去，讓它位於了眾多軟墊凳子、椅子和桌子當中，就像他又變成了剛才那位囚犯的警察局長，正在對他自己說，「好了，別扯那些

---

[083] 在英國的大富之家當中，所聘用的管家一般都精通貴族禮儀，有權批評指正主人行為中的失當之處，莫德先生對他的總管敬畏有加即緣於此，下文中杜麗先生的導遊按照自己的喜好帶他入住酒店，亦屬此例。

[084] 古伊‧方克斯（Guy Fawkes, 1570～1606），1605 年國會爆炸案的主謀，在點燃火藥前一刻被捕，據傳此人的穿衣風格相當怪異。

[085] 莫德先生有一個筒起手來的習慣性動作，即把兩隻手各自伸進另外一隻袖管裡面。

淡了！走吧！你得知道，我已經逮到你了，還是悄悄跟我走吧！」

　　現在，秀才夫人已經在那些氣度莊嚴的房間裡面安頓了下來，占據了那個充斥著羽絨、絲綢、花布和細麻布的至聖所 [086]，她心下覺得，到目前為止，她已經取得了一些還算不錯的勝利，正在成功的道路上面一步接一步地前進著。在她結婚的前一天，她向莫德夫人的女僕贈與了一些微不足道的小紀念品（一個鐲子、一頂軟帽和兩條裙子，而且全是新的，價值大約四倍於莫德夫人以前贈送她的那件禮物），當時，她的臉上掛著一副仁厚的淡漠神情，而且莫德夫人也是在場的。而現在，她已經在莫德夫人本人的房間裡面紮下了根基，還對它們進行了一些額外的裝飾，使它們跟她的此番占領變得更加相配了起來。當她懶洋洋地倚坐於其間，並有或靠金錢購置而得，或由巧思創造而來的各種奢華飾品圍繞著她的時候，她的心靈之眼會看到這麼一幅畫面，那個美麗的胸脯正在氣鼓鼓地上下跳動個不停，讓她覺得頗為歡欣鼓舞，還看到她跟那個長久以來聲名一直如雷貫耳的大胸脯不停爭競著，讓她變得黯然失色了起來，並且最終廢黜了她的地位。很快樂嗎？范妮鐵定是快樂的。現在，她已經不再感覺到還是死了乾淨那回事情了。

　　杜麗先生原本想住在一個朋友家裡，但他的導遊不肯俯允依從，而是出於一己之偏愛，帶他入住了位於格羅夫納廣場布魯克街的一家酒店，所以，莫德先生諭令他的馬車一大早就要做好準備，好讓他可以在早餐過後立即謁見杜麗先生。

　　那馬車看起來是耀眼奪目的，那些馬看起來是油光閃亮的，那韉具看起來是微光閃爍的，還有車夫們的號衣，看起來也是質地厚實而經久耐穿的。一套富貴而擔負著重大職責的車馬。一套屬於莫德家的一名成員所有的裝備。當它沿街咯嗒咯嗒跑遠的時候，早起的人們在後面目送著它，並

---

[086]　至聖所是《聖經》裡面的一個稱謂，指古代以色列人祭司帳篷裡面放置約櫃（存放上帝和以色列子民所立契約的金匣）的一個所在，位於該帳篷的最裡面，為至為聖潔的所在，除祭司本人之外無人可以進入，此處喻指范妮的房間具有極度莊嚴堂皇的氣派。

在低語中透出了一股敬畏來，他們說，「他這是往那邊去了！」

他的確是往那邊去了，直至布魯克街阻住了他的去路。接著，那顆珠寶從它那個宏偉華美的殼子裡面走出來了，不過，它本身並不灼灼其華，反而倒是恰恰相反的。

酒店的員工裡面突然掀起了一場巨大的騷動。莫德來了！還有酒店的老闆，雖然拿精神世界而論，他算得上是一位倨傲不恭的紳士，而且剛剛才駕著兩匹純種馬去了一趟市區，但還是出來把他領到了樓上。眾多接待人員和僕從們在後廊旁邊阻住了他的去路，還不時被突然發現，他們正在各個門道和屋角處躍躍欲試著，想要瞻仰他的容顏。莫德來了！啊偉大的人物，你是太陽、月亮和星辰！還是一位以某種方式修訂了《新約》的教義，已然進入了天國的富翁。還是一個可以跟他喜歡的不管什麼人一起進餐，並且能夠造錢的人！在他上樓的時候，眾人已經立在了樓梯的下端部位處，好在等他下樓的時候，他的身影可以降落到他們身上去。那個被人們抬出來放在使徒腳蹤上面的病人也是如此 [087]，然而，那位使徒卻沒能進入美好的上流社會，也不擁有造錢的能力。

杜麗先生正在一邊穿著睡袍享用他的早餐，一邊讀著報紙。只聽導遊先生用激動不安的聲音通報了一聲，「麥黛爾小姐 [088]！」於是，杜麗先生那顆勞累過度的心臟馬上歡騰地蹦躂開了，同時身子也朝上竄了出去。

「莫德先生，這是 —— 哈 —— 一份確確實實的殊榮。請允許我表達一下我所懷有的那份 —— 嗯 —— 評價，那份高度評價，它是對此番 —— 哈，嗯 —— 高度令人感激的關注行為而發的。我非常清楚先生，人們對你的時間有著眾多的需求，也知道它的 —— 哈 —— 無比巨大的價值。」在這裡，杜麗先生沒能把「無比巨大」這個詞說到一種足夠豐滿圓潤

---

[087]　指耶穌的使徒保羅，事見《新約一使徒行傳》第 5 章 15 節。
[088]　這是導遊因為過度激動出現的發音失誤，麥黛爾（Mairdale）是莫德（Merdle）的語誤，小姐（Miss）是先生（Mr.）的語誤。

的程度[089]，心裡對自己的表現有些不大滿意。「你會 —— 哈 —— 在如此之早的時候，把你那些堪稱無價的不管什麼時間投注於我的身上，它算得上是 —— 哈 —— 一份褒揚，我要心懷一份至大的敬意對它進行答謝。」對著這位偉人發表這段演講時，杜麗先生扎扎實實地打起了抖來。

莫德先生先用他那種克制、內向又猶猶豫豫的嗓音，發出了幾個不具無論任何意義的聲音，然後終於說道，「我是很高興見到你的，先生。」

「你真的是非常仁慈，」杜麗先生說。「一種真正的仁慈。」這時，那位訪客已經落了座，正在用一隻巨大的手抹著他那個精疲力竭的額頭。「你還好吧，莫德先生，我希望是這樣？」

「我挺好的就像我 —— 沒錯，我挺好的，跟平常沒什麼兩樣，」莫德先生說。

「你的事情肯定多到了日理萬機的程度。」

「還好吧。不過 —— 喔天呀不對，我的身體並沒有太大的毛病！」莫德先生說，同時環顧起了房間各處。

「有點消化不良是嗎？」杜麗先生提示道。

「非常有可能。但我 —— 喔，我是很好的！」莫德先生說。

在他兩片嘴唇的交匯處，能夠看到一些黑色的痕跡，像是有一根小小的火藥導火索在那裡被點燃過，還有，他看上去就像是，要是他天生的性子能夠敏感上一些，遇事時的反應能夠快上一些的話，那他那天早上肯定過得非常激動難捺。他的這副尊榮，還有拿手用力抹著額頭的樣子，促使杜麗先生進行了下面這一番牽腸掛肚的打聽。

「我離開的時候，」杜麗先生接著說，但話裡有些旁敲側擊的意思，「莫德夫人她，她是你準備要聽到的那個樣子，是 —— 哈 —— 萬眾矚目的焦點，是 —— 嗯 —— 萬人敬仰的明星，而且拿迷人的魅力這一點是論，還是羅馬上流社會首屈一指的人物。當我離那裡而去時，她看上去好

---

[089]　「無比巨大」在原文中對應著 enormous，該詞的發音較為圓潤婉轉。

到了讓人嘖嘖稱奇的地步。」

「莫德夫人。」莫德先生說，「被眾人公認為是一個非常吸引人的女人。而且毫無疑問的一點是，她真的是這樣。我也能感覺到她確實如此。」

「誰又能作他想呢？」杜麗先生積極回應道。

這時，莫德先生開始轉動起了他那條含在緊閉著的嘴巴裡面的舌頭 —— 它好像是一條有點僵硬和難於操縱的舌頭 —— 用它濡溼了兩片嘴唇，接著又一次拿手抹起了額頭，又一次環顧起了房間各處，但目光主要集中在椅子下面。

「不過，」他說，並第一次直視起了杜麗先生的面孔，但旋即又低下眼睛看起了杜麗先生的馬甲扣子，「要是我們來說一下吸引力這個話題的話，你的女兒才應該是談話的主題人物。她可以說是極其漂亮的。在臉蛋和身材這兩個方面，她都完全達到了非同凡響的程度。當那對年輕人昨晚到達時，目睹到該等美貌真的讓我吃驚匪淺。」

這些話給杜麗先生帶來了如此巨大的一份滿足感，結果他說，哈 —— 他忍不住想要口頭上再告訴莫德先生一遍，其實他已經在信裡這麼做過了，他們倆家的這場聯姻讓他感到了怎樣一種榮耀和欣然呀。他還把自己的一隻手遞了出去，莫德先生先把那隻手看了一下，然後用自己的一隻手把它承接了，刹那，就像對方的那隻手是一個黃色的淺碟或者一把黃色的分魚刀似的，於是把它退還給了杜麗先生。

「我之前認為，我首先應該駕車繞道過來，」莫德先生說，「盡上我的一點綿力，要是我能為你做些什麼的話，還想說上這麼一句，我希望，你至少願意賞我一面，今天能跟我吃上一頓飯，還有當你在倫敦停留期間，要是你沒什麼更好的消遣的話，每天都能這樣。」

杜麗先生對這些關注之舉感到狂喜不已。

「你要待很久嗎，先生？」

「我目前尚無打算，」杜麗先生說，「要 —— 哈 —— 超過兩個星期。」

「在進行了如此漫長的一場旅行之後，那算是停留得非常短暫了。」莫德先生回應說。

「嗯，是的。」杜麗先生說。「但事實是 —— 哈 —— 親愛的莫德先生，事實是我發現，一份僑居異國的生活非常適合我的健康和口味，所以我 —— 嗯 —— 此番造訪倫敦只有以下兩個目標。第一個是，那份 —— 哈 —— 那份堪稱卓越的欣然和 —— 哈 —— 優待，也就是我現在正在享受、欣賞並且對它滿懷感激的那一份，第二個是，想安排一下 —— 嗯 —— 我的金錢 —— 哈，嗯 —— 的投資事宜，也就是說，對它們做出最好的，安排。」

「好的，先生。」莫德又把他的舌頭轉動了一番，然後說，「如果在那個方面我能對你有什麼用處的話，我是可以聽命於你的。」

進行上面那段演說的過程當中，當杜麗先生接近那個像是怕癢而需要小心對待的話題時，他的言詞比平素更顯了一份猶豫和躊躇出來，因為他還不是完全清楚地知道，這位地位如此崇高的君主可能會怎樣接受它。他還有些懷疑，對於一位經手資金都是如此大宗的經紀人而言，要是他提到了什麼個人資本或者說財富的話，會不會顯得像是一樁拙劣透頂的零售小買賣似的。然而，莫德先生卻親切地提出了提供援助的意向，這讓他大大地鬆了一口氣，接著，他馬上就把上述意向抓到了手裡，並往那人頭上堆積了諸多謝辭。

「我簡直 —— 哈 —— 不敢，」杜麗先生說，「我向你保證是這樣，去奢望如此 —— 嗯 —— 巨大的一份優勢，也就是你的直接建議和援助。不過，理所當然的一點是，我會在不管什麼情況之下，都像是 —— 哈，嗯 —— 文明世界裡面的其他人那樣，追隨在莫德先生的隊伍裡面。」

「你得知道，我們差不多可以說是有著一份親戚關係的，先生。」莫德先生說，這時，他又對地毯的花樣發了一份好奇心出來，「然後，所以，

你可以認為我是任你差遣的。」

「哈。這可真的是非常慷慨呀！」杜麗先生大叫著說。「哈。簡直慷慨到了極點！」

「對於一個我可以把他稱為徹頭徹尾的門外漢的人而言，」莫德先生說，「想要在眼前這一刻得到不管什麼好玩意兒都還是不大容易的 —— 當然了，我說的是我自己的那些好玩意兒 —— 」

「那是當然，那是當然！」杜麗先生大叫著說，並在語氣裡面透露出這麼一個意思來，那是沒可能有什麼別的好玩意兒的。

「 —— 除非肯花高價購得。花上一個長串兒就行，我們習慣用這個術語來稱呼它。」

杜麗先生聞言大笑了起來，這是得益了他精神世界中的那種樂天傾向。哈哈哈！長串兒。很好，哈，確實是非常具有表意能力呀！

「不過，」莫德先生說，「我一般都會在自己手裡保留上一份權力，用它去行使某種優先權 —— 人們一般喜歡把它叫做優惠待遇 —— 算是一種對我的勞心費力的褒獎吧。」

「還有你那份濟世為懷的天才頭腦，」杜麗先生提議道。

這時，莫德先生用一個不見任何感情色彩的吞咽動作，像是吞掉一顆大丸藥那樣，把杜麗先生話裡提及的那些優秀品格處理了個一乾二淨，然後補充說，「算是一種對它們的回饋吧。如果你願意的話，我將會看到，我是可以有所限制地行使這份權力（因為人性都是善妒的，而它又是有限的），然後給你帶來一些好處的。」

「你真是太好了。」杜麗先生答覆道，「你真是太好了。」

「那是當然，」莫德先生說，「因為在這些交易裡面，是必須要恪守住最為嚴格的誠實正直操守的，人和人之間必須有最為純潔的信任，還必須有不被指摘且無可指摘的信賴，不然業務是沒辦法得以開展的。」

對於這些慷慨見教的觀點，杜麗先生予以了非常熱烈的喝彩。

「所以，」莫德先生說，「我只能給你一份某種程度上的優先權。」

「我能領會你的意思，是一種具有明確界限的程度，」杜麗先生評論道。

「具有明確界限的程度，還是完全光明磊落的，不過，說到我的建議，」莫德先生說，「那就是另外一回事情了。那個，雖然也就是這麼回事兒 ──」

啊！也就是這麼回事兒！（杜麗先生沒辦法承受它受到哪怕最為輕微的一點貶低，就連莫德先生本人也不行。）

「── 那個，在我和我的同人之間締結的純潔無暇的光榮契約裡面，沒有任何東西可以阻止我去賤賣它，如果我選擇這麼做的話。還有，」莫德先生說，現在，他的注意力又深切地集中到了一輛正在窗戶外面通過的垃圾車上面，「不管什麼時候，只要你認為合適的話，你都可以隨時吩咐進行此事。」

杜麗先生又進行了新一輪的答謝。莫德先生的手又在他的腦門上面展開了新一輪的航程。接著是安然的靜默，那是莫德先生在注視著杜麗先生的馬甲扣子。

「我的時間算得上是相當寶貴的，」莫德先生說，並且突然站起了身來，就像在剛才的那個間隙裡面，他一直在等待著他的兩條腿前來就位，而它們是剛剛才到達的，「我必須得朝著倫敦城[090]那邊動彈了。我可以把你捎到什麼地方去嗎，先生？我是樂於在某個地方放下你的，或者把你送到別的某個地方。總之，我的馬車是任你差遣的。」

這時，杜麗先生想起來，他在他存錢的銀行那裡有些事情要辦，而他存錢的銀行正好就在倫敦城。那可真是挺走運的，莫德先生願意把他捎到倫敦城。不過，他穿著大衣的工夫想必不會對莫德先生有所耽擱吧？會的，他會那樣而且是絕對會的，莫德先生對此的態度相當堅決。於是，杜

---

[090]　倫敦城（City of London），位於倫敦的中心地帶，是全國的商業金融中心。

麗先生便告退到隔壁的房間裡面，由他的貼身男僕為他穿上了大衣，然後不到五分鐘就返了回來，且氣派可稱相當壯觀。

然後莫德先生說，「請俯允我的請求，先生，挽住我的胳膊！」然後，杜麗先生便倚靠著莫德先生的一條胳膊，開始朝樓下走了起來，在途中，他看到了一些站在臺階上面的崇拜者，還感覺到，經由了一些折射之後，莫德先生身上的光彩也讓他自己跟著沾了一些光。然後便是那輛馬車、駛往倫敦城的旅途和圍觀他們的人群了，還有那些從灰色的腦袋上面飛出來的帽子，和眾人在這個神奇造物前面鞠躬如也和屈膝致敬的樣子，像是如此這般的精神膜拜，那可是沒有人見識過的 —— 沒有，就連高踞天庭的上帝都沒有！關於這一點，可能是值得基督教各宗派下面的那些諂媚者們好好想一想的，也就是在眼前這一年的不管哪個星期天裡面，能從西敏寺和聖保羅大教堂召集起來的所有人。此時，杜麗先生像是墮入了一個令他狂喜不已的夢境當中，因為他發現，他竟然被抬舉進了這輛眾人皆知的凱旋戰車裡面，正在朝著那個像是為他量身打造的目的地，也就是黃金遍地的倫巴底街[091]，進行著一場堪稱宏偉壯麗的擢升之旅。

到了那裡之後，莫德先生堅持要下車步行，結果把他那套可憐的車馬留給了杜麗先生隨意處置。於是，當杜麗先生獨自一人從銀行出來，然後發現在沒有莫德先生作陪的前提下，眾人也來圍觀他的時候，還有，當他一邊暢通無阻地轆轆朝前駛去，一邊用他的心靈之耳頻頻聽到，人們在那裡喊叫著說，「能跟莫德先生交上朋友的一個奇人！」的時候，他那場夢境的狂喜之情便更顯了一份增長出來。

那天，莫德先生還帶著他出席了一場晚宴，而且，雖然這個變數讓席間眾人有些始料未及和疏於準備，但那卓越不凡的一大群並非由塵土所造，而是由某種目前尚未得知的高級材料製成的賓客們，還是向杜麗先生

---

[091] 倫巴底街（Street of the Lombards），倫敦城中的一條銀行街，因為在中世紀時，曾有大量義大利倫巴底族銀行家居住於此，故得此名。

的女兒的婚姻揮灑了他們光彩熠熠的賜福祈禱。也是在那一天，杜麗先生的女兒堅定地展開了她跟那個不在場女人的競賽活動，還把它開展得如此之有聲有色，結果讓杜麗先生如果有人要求他那麼做的話，差點就能起草一份宣誓口供書[092]出來，聲稱秀才夫人一輩子都平躺在優渥生活的大腿上面，而從來沒有聽說過，在英語這門語言裡面，還有像是馬夏這麼一個粗俗的詞彙。

在接下來的次日、再次日和每一天，它們全都因為更多的晚宴和社交聚會而變得燁耀生輝了起來，各種邀約卡片像是劇場裡面的人造雪花似的，紛紛降落到了杜麗先生的頭上。身為顯赫的莫德家族的朋友和姻親，杜麗先生讓法官大人、主教大人、財政部長、巴家合唱團還有其他每一個人，都想要跟他結識一下，或者更加增進跟他的關係。在倫敦城那邊，莫德先生的各種辦事處多到了堆積如山的地步，如果杜麗先生因為業務向東而來[093]（這在其時是頻頻發生的，因為他的那些業務突然就欣欣向榮到了一種令人驚詫的地步），然後攪擾到了它們當中的哪一間的話，那麼，杜麗這個名字總會像是一道通行口令似的，讓他可以得見莫德的尊顏。於是，他這場夢境中的那份狂喜每小時都在不斷增長當中，同時，杜麗先生也愈來愈覺得，這份關係確實是把他帶到高處去了。

在杜麗先生的所思所想裡面，只有一件事情不是以即將日進斗金這副喜人的面目，而是有些沉重地壓在他心頭的，同時還帶了點輕視他的味道。它就是莫家的總管先生。在他出於職責監督那些宴席的過程當中，那個令人嘆為觀止的人物也會看著他，但用的是一種杜麗先生認為值得商榷的眼光。在他穿過大堂走上樓梯，然後入席落座的過程當中，他也會看著他，但用的是一種讓杜麗先生不大喜歡的，篤定到了有點呆滯的眼神。當他坐在餐桌旁邊飲酒的時候，杜麗先生仍然會透過他的酒杯看到，那人正

---

[092]　宣示口供書（affidavit），證人陳述某項事實的書面材料，經由宣誓程序來佐證其真實性，可被法庭採納為有效證據。

[093]　如前文所述，杜麗先生入住的酒店位於布魯克街，而該街位於倫敦市中心以西。

在拿一隻冰冷而可怕的眼睛仔細打量著他。這讓他發了這樣一份疑慮出來，覺得總管先生肯定是認識哪個大學生的，肯定在他們那所大學裡面見過他，可能還被引薦給他認識過。於是，他也開始回看起了總管先生，用的是一種像他那種身分的人能夠受得起的最為仔細的眼神，然而，他卻沒辦法回想起來，他曾經在別的什麼地方見過他。最終，他開始傾向於這麼認為，那人身上是沒什麼虔敬之情的，那個大塊頭心裡是沒什麼喜惡存在的。但是，這麼想並沒能讓他得到解脫，這是因為，任憑他照著自己的意願怎麼去想，總管先生都會把他圈在他那隻盛氣凌人的眼睛裡面，甚至當那隻眼睛看著盤子或者其他桌面擺設的時候，都是如此，即是說，他是絕對不會讓他逃到它外面去的。而他又斷然不敢大膽到冒險向他暗示，像他這樣把別人拘禁在自己的眼睛裡面是不大討人喜歡的，也不敢冒險去問他，他到底是什麼意思，因為無論是對於他的雇主們，還是他們的那些訪客，他的那副嚴厲做派都是一個大到了嚇人的存在，也就是說，他絕對不會允許有誰懷著哪怕最為輕微的一點唐突和冒犯，而向他靠近上哪怕一步。

第十六章　出人頭地

第十七章　出師未捷

再有不到兩天的時間，杜麗先生造訪倫敦的期限就要結束了，現在，他正準備要穿扮一番，好去接受莫家總管的又一番檢查（他的那些受害者們總在忙乎著專門為他穿扮這件事情），但這時，酒店裡面的一位僕人出現在了他的面前，手裡還拿著一張名片。杜麗先生隨即把它接了過去，然後讀道：

「豐夫人。」

那位僕人默聲不響地等候著下文，顯得很是恭順。

「老兄呀，老兄呀。」杜麗先生說，並突然挾裹著一股激烈的怒氣，把臉扭向了他，「解釋一下你的動機，為什麼要把這個荒唐可笑的名字帶到我眼前來。我是完全不認識它的。姓豐的，先生？」杜麗先生說，看他那副樣子，可能是把他對總管先生的仇恨之情，報復在了這個替罪羊身上。「哈！你跟我說這個姓豐的是什麼意思？」

那位老兄呀老兄呀的意思像是，這個姓豐的沒有任何特別的意思，因為他一邊退避著杜麗先生嚴屬的逼視，一邊答覆說，「一位女士，先生。」

「我不認識這樣一位女士，先生。」杜麗先生說。「把這張名片給我拿走，我不認識什麼姓豐的，不管是男是女。」

「請您原諒，先生。那位女士剛才說，她明白您可能不知道她的名字。但她請我跟您說上這麼一句，先生，說她之前有幸認識過杜麗小姐。那位女士說的是，先生，杜麗家最小的那位小姐。」

杜麗先生聞言蹙起了他的眉毛，接著先躊躇了有一兩個片刻那麼久的工夫，然後重新拾起話頭說，「請知會豐夫人一聲，先生。」還特意加重語氣把那個名字強調了一下，就像那位無辜的老兄應該為它負上全責一般，「告訴她可以上來。」

在方才那個短暫的躊躇裡面，他在心裡轉了這麼一番念頭，覺得除非

讓她上來留下幾句口信，不然的話，她可能會在下面說上一些什麼，提及到他家之前那種丟臉的生存狀況。因此，他才做出了那個讓步，也因此，被那位老兄呀老兄呀帶領進來的福蘿最終出現在了他的面前。

「我尚未能欣幸地，」杜麗先生說，其時，他手裡拿著名片站在地上，臉上的神色似乎包含著這麼一層意思，像是在說，就算他是擁有這份欣幸的，它也幾乎沒可能具有上佳的特質，「或者認識這個名字，或者認識您本人，夫人。拿把椅子過來，先生。」

那位事故責任人有些被嚇了一跳，但隨即服從了命令，然後踮著腳尖走了出去。福蘿則伴隨著一陣忸怩的戰慄，撩開了臉上的面紗，然後趨前做起了自我介紹。與此同時，有一股頗為獨特的混合型香氣彌漫到了房間各處，就像有人誤把一些白蘭地酒倒進了一個薰衣草香水瓶子裡面，或者誤把一些薰衣草香水倒進了一個白蘭地酒瓶子裡面。

「我要請求杜麗先生允許我呈上一千份歉意而且說真的它們可能還是遠遠不夠的因為我帶來了這樣一場侵擾我知道對於一位女士而且還是單身一人它肯定顯得是極其大膽的但我認為從總體上來講它算是最佳選擇不管它是怎樣的艱難甚至具有顯著的失當之處儘管豐姑媽是願意陪伴我過來的而且作為一個擁有巨大力量和銳氣的人物很可能會打動一個擁有如此廣大的人生經驗的人不用懷疑的是它們肯定是經歷了許許多多變故方才取得的，因為豐先生本人就屢屢說過雖然在布蘭克希斯那邊受過良好的教育它的學費是高達八十幾尼的對於父母們來說是一個巨大的負擔而且臨走的時候還把銀盤子給扣下了但那裡讓人感覺更多的是它的卑鄙而不是它的價值還有他第一年當旅行商人就學到了很多當時他接了一個大單出售一種沒人聽說過的新鮮玩意兒更何況還便宜得要命那是在他進入葡萄酒行業很長一段時間以前當時學到的要比在那間學院裡面整整六年學到的更多它是由一個大學學士管理著的，儘管為什麼一個單身漢 [094] 要比一個結了婚的男人

---

[094]　「學士」和「單身漢」在原文中均為 bachelor，該詞同時具有上述兩個含義，所以福蘿是從它的

聰明上一些我是弄不明白的而且從來沒有明白過但還是請你原諒我的多嘴吧因為那不是事情的關鍵。」

杜麗先生定定地站在地毯上，像是在那上面生了根一般，又像是一尊對眼前的狀況一頭霧水，但又強裝出一副神祕樣子來的雕塑似的 [095]。

「我必須得坦白承認我是沒有什麼非分的想法的，」福蘿說，「但在時過境遷之後說我認識那個親愛的小東西有點像是一種冒昧放肆的舉動但我是沒有那種意圖的還有老天知道拿她那種針線工作來講我一天給她半個克朗是談不上給過她什麼恩惠的而是恰恰相反至於說比這份工錢還要微不足道上很多的其他東西這位勞動者是絕對配得上他的報酬的而且我確信我唯一的希望是他能更經常地從我那裡多拿一些狗食還有背上和腿上少害些風溼可憐人兒呀。」

「夫人。」杜麗先生說，他費了很大力氣才把一口氣喘了回來，與此同時，那位已故豐先生的遺孀也在停下話頭喘著她自己的那一口，「夫人。」杜麗先生說，臉上已經漲得一片緋紅，「倘若照我的理解，您是在提及 —— 哈 —— 我的一個女兒的 —— 嗯 —— 履歷當中的不管什麼事情，而且它們牽涉到了 —— 哈，嗯 —— 每日的補償問題的話，那麼，夫人，我要請您允許我評論上這麼一句就是這個 —— 哈 —— 事實，姑且假設它是 —— 哈 —— 是事實吧，它絕對是為我所不得而知的。嗯。不然我是不會允准它的。哈。絕對不會！絕對不會！」

「深究這個話題是沒有必要的，」福蘿回應說，「我剛才提起它沒有任何其他原因只是覺得它算是一個有利因素只是把它當成了一封雇主介紹信那樣但是說到事實這個問題毫無疑問無論它是什麼樣子的您都大可以安下心來因為我現在穿著的這條眼前這一條裙子就可以證明它而且製作得非常

前一個含義跳到了它的後一個含義上面。

[095] 這句話的原文只有三個單詞，「statue of mystification」，但 mystification 既有「使某物神祕化」之意，又可表「使某人困惑不解」，極其生動巧妙地形容出了杜麗先生的裝模作樣姿態，作者用詞之精練老到，可見一斑。

可愛儘管沒辦法否認的一點是它在一個好些的身材上面會表現得更好一些因為我自己的有些太過肥胖但怎樣才能把它減下來我卻是不知道的，請原諒我的多嘴吧我又在胡扯個沒完呢。」

這時，杜麗先生倒退到了他的椅子那裡，樣子像是驚呆了似的，一屁股在那上面坐了下去，福蘿先是溫柔地看了他一眼，然後把玩起了手裡的陽傘。

「那個親愛的小東西，」福蘿說，「那天早上人事不省地完全軟掉了而且小臉煞白而且全身冰冷那是在我自己的房子裡面至少是爸爸的因為儘管不是終身保有的地產但仍然是花了一個胡椒粒長租來的 [096] 當時亞瑟 —— 我們年輕時候養成的愚蠢習慣柯南先生要遠遠更加適合眼下的狀況尤其是我在對著一個陌生人講話而且這個陌生人還是一位擁有高貴地位的紳士 —— 通報了那條喜人的消息它是一個名叫潘可思的人透露給他的我當時一下就鼓起勇氣來了。」

聽她提到那兩個名字之後，杜麗先生蹙起了眉頭，瞪大了眼睛，接著又把眉頭蹙了一通，並猶猶豫豫地把幾根手指放到了嘴唇旁邊，一如他在很久之前的猶豫情狀，最後，他這麼說道，「請賞臉向我 —— 哈 —— 陳述一下您的意願，夫人。」

「杜麗先生。」福蘿說，「您能允許我這樣做真的是非常仁慈而且對我來說相當自然的一點是您肯定會是仁慈的因為雖然太過莊嚴了一些我的看法是像是一副比真人大了許多的畫像但理所當然的是它仍然還是很像的，我此番侵擾完全是我自己的意思未曾向哪個人類徵詢過最為細微末節的一點意見而且最為堅決地不會牽扯到亞瑟 —— 請原諒我的失言應該是道義柯南公司我不知道我正在說些什麼應該是柯南先生一個人 —— 因為對我來說把那個人用一根金鏈子跟那段沒有任何憂慮而且其中的一切像是非凡間所屬的燦爛時光連接起來是值得上一個國王的贖金那麼大的價錢的這並

---

[096] 舊時，若出租方願意免費把某物供承租方使用時，會用胡椒粒象徵性地收取該物的租金。

不是說我對那筆錢到底有多少有著最為輕微的概念而是用它來比喻我在這個世界上擁有的一切和其他更多東西的總和。」

杜麗先生未對後面那些話當中的真情流露做太大關注，只是把剛才的話又重複了一遍，「陳述一下您的意願，夫人。」

「我很清楚它是沒什麼可能的，」福蘿說，「但它又是有可能的而且這種可能正在實現當中我說的是我很高興地在報紙上讀到了您已經從義大利回來現在正準備返回去這條消息所以我下定決心來試它一下因為您有可能會碰到他或者聽說到有關他的一些事情要是真能這樣的話那對所有人來說都將是一份多麼巨大的恩賜和撫慰呀！」

「請俯允我打問一下，夫人。」杜麗先生說，其時，他頭腦裡面的各種想法處於一種激烈的混亂狀態當中，「您現在提到的那個人，」他說，「他到底是誰 —— 哈 —— 到底是誰呀？」他抬高嗓門把後面那半句話重複了一遍，情緒已然處於了完全的歇斯底里當中。

「他是從義大利前來然後在倫敦城消失了的那個外國人毫無疑問的是您也像我一樣在報紙上讀到它了。」福蘿說，「不要去參考那些名叫潘可思的私人消息從那些地方您只能搜集到一些讓人背心兒發涼的惡毒玩意兒那些惡人們會交頭接耳地傳播這些東西極有可能是憑他們自己在論斷別人也是一些讓亞瑟 —— 完全沒辦法克服這一點應該是道義柯南公司 —— 沒辦法不覺得不安和憤慨的東西。」

而杜麗先生碰巧未曾聽說或者讀到過有關這件事情的任何消息，對於明確闡釋不管什麼原本很容易理解的事情這個目標而言，這實在可稱是一椿莫大的幸事。因為它讓豐夫人先是在裙子的各色條紋當中尋找通往口袋的路徑這件事情上面，遭遇到了巨大的阻滯，並因此致獻了許多份歉意，然後最終掏了一份警察局的傳單出來，那上面陳列著一位名叫布蘭多的外國紳士，最近從威尼斯而來，最後在這樣一個夜晚，在倫敦城的這樣一個部位當中莫名其妙地失去了蹤跡。傳單上還說，有人獲悉到，他曾經在這

樣一個時間，進入過這樣一間商號，據居住在那間商號裡面的人們述稱，他在午夜之前大約多少分鐘的時候離開了那裡，然後就再也沒被看到過。上述種種，再加上有關時間和地點的確切詳細資訊，和對這位神祕失蹤的外國紳士所作的完備細緻的描述，全都被杜麗先生詳盡地閱讀了一遍。

「布蘭多！」杜麗先生說。「威尼斯！還有這份描述！我是認識這位紳士的。他是去過我家的。他是一位出身名門望族的紳士（但眼下的處境不過爾爾）的親密知交，而我正好是那位紳士的一位 —— 嗯 —— 贊助人。」

「那我就更要提出我謙恭而迫切的請求了。」福蘿說，「它就是在您回去的路上請您行行好沿著所有公路尋找一下那位外國紳士也要把所有拐角的上上下下全都找遍還要在所有旅館和橘子樹和葡萄園和火山和各種地方打聽他因為他肯定是躲在某個地方的那麼他為什麼不走出來說上一聲他在那裡然後消除各方人士的疑問呢？」

「請問，夫人。」杜麗先生說，並且又把那份傳單看了一下，「這個柯南公司是誰呢？哈。我看見這裡提到了這個名字，它是跟有人看見布蘭多先生進去的那幢房子所從事的工作有關的，這個柯南公司是誰呢？它會是那個我在以前跟他 —— 嗯 —— 有過一些 —— 輕微而曇花一現般的結識，會是那個我相信你也提到了的人嗎？它會是 —— 哈 —— 那個人嗎？」

「說真的它可是一個跟他截然不同的人呢。」福蘿答覆說，「這人沒了兩條腿然後用輪子代替了它們還是所有女人裡面面目最為猙獰可怕的儘管算是他的媽。」

「柯南公司 —— 嗯 —— 是一個媽！」杜麗先生驚叫道。

「另外還有一個老頭子。」福蘿說。

聽完這一番講述之後，杜麗先生的樣子就像是，他肯定馬上就要頭腦混亂地瘋掉了。接著，福蘿又急急忙忙地馬上分析起了付老爺子的領巾，把他描述成了一個穿著綁腿的脾氣死硬的守財奴，並且在他的身分和柯南老夫人的身分之間，未曾設置上哪怕最為輕微的一條分界線。然而，這番

補充也沒能讓杜麗先生的頭腦朝著恢復神志的利好方向轉變過去，反而是，這個由男人和女人、沒了兩條腿的輪子、脾氣執拗的守財奴、面目猙獰和綁腿構成的複合物，它完全讓杜麗先生變得神思恍惚了起來，令他出了一場讓人心生憐憫的洋相。

「但我不會再耽擱您哪怕一秒鐘了。」福蘿說，因為杜麗先生的悲慘情狀已經讓她有所察覺了，儘管她完全沒有意識到，造成這種狀況的正是她自己，「只要您願意行行好以一位紳士這個身分向我做出您的承諾保證您不管在返回義大利的路上還是在回到義大利之後都會想法設法在各個地方尋找這位布蘭多先生還有要是您找到了他或者聽到了他的消息的話您會讓他站出來消除各方人士的疑問。」

到了這個時候，杜麗先生從昏頭轉向的狀況中多少恢復過來了一些，已經能夠用一種尚堪忍受的連貫語調說出下面這句話來了，說他會把這件事情當作他的責任來看待。福蘿則相當喜悅於她所取得的勝利，然後立起身來發表了告別感言。

「我要獻上一百萬個感謝，」她說，「還有我的位址就寫在名片上面以防有什麼事情需要親口傳達一下，我就不向那個親愛的小東西獻上我的問候了因為它可能是不會被接受的而且說真的經過了這番轉變之後已經沒有什麼親愛的小東西了所以為什麼要這樣做呢但我自己和豐姑媽都會永遠祝她安好同時不會要求她給予我們任何恩惠您是大可以放心這個的但事實卻是恰恰相反的因為她承諾要做的那些事情她都做到了而且那是要強過我們許多人的，更別提她不管去做什麼事情都盡力做到了最好還有我自己就是他們裡面的一個因為自打開始從豐先生去世的打擊中恢復起來的時候我就一直在說我要學習那個叫我愛死了的手搖風琴但實際上我只能慚愧地說我還連它的一個音符都沒有學會呢，晚安！」

接著，杜麗先生陪著她走到了房間的門口那裡，當他有了這點時間去收拾一下思路的時候，他方才發現，這場會面把他記憶當中的那些已經被

丟掉的舊事重新召喚了回來，而它們是跟莫家的宴會餐桌不相協調的。於是，他寫好並且寄出去一封短箋，為那天晚上的宴會告了個假，然後馬上在酒店的房間裡面為自己叫了晚餐。而且，他這麼做是有另外一個原因的。他在倫敦的停留時間已經非常接近於完結了，而且都已經提前被各種約會占滿了，還有，他返程的時間也已經計畫安排好了，可他又覺得，出於他的重要社會地位計，他是有必要對布蘭多失蹤一事親自進行一些打聽的，還有必要讓自己做出下述表現來，就是給高文恆瑞先生帶回去一些他親自進行調查的成果。又因為，照著傳單上所陳列的地址，柯南公司是很容易就能被找得到的，所以，他決定利用起那天傍晚的那段自由時間，去把它走訪上一下，去看看那個地方，然後親自在那裡問上一兩個問題。

他先在能夠得到眼前這家商業機構和他的導遊許可的前提之下，盡可能簡樸地用過了晚餐，又出於更好地從豐夫人帶來的打擊中復元一下這個目的，在爐火旁邊小睡了一會兒，然後便獨自一人乘坐一輛單馬雙輪出租馬車出發了。當聖保羅教堂低沉的鐘鳴敲出九點鐘的時候，他正在從聖殿門 [097] 下面的陰影中經過，在這些墮落的時日裡面，這個地方因為沒了那些展示於其上的人頭，而顯得有些荒涼了起來。

在他經由一些輔街和河濱小道接近了他的目的地之際，在他看來，在這樣一個時間裡面，倫敦的這個部分變成了一個比他以往任何時候所想像的都更為醜陋的地方。從他上次看到它以來，已經有許許多多個年頭的漫長時光荏苒而逝了，實際上，他是從來沒有熟悉過它的，而現在，它在他眼裡所穿扮的是一套神祕但淒涼的衣服。而且，它還給他的心靈帶來了如此強力的震撼，以致於，當他的車夫停下車來，先問了好幾遍路該怎麼走，然後又說他真的相信，這裡就是他們要找的那個門洞之後，杜麗先生

---

[097]　聖殿位於倫敦河濱大道和艦隊街的交叉口處，之前是聖殿騎士團（1118 年左右在耶路撒冷建立的保護聖墓和朝聖者的組織）倫敦分部成員的住處，聖殿騎士團被取締後，又由大律師們進駐了這個地方，成立了內殿和中殿兩個律師公會；在 1772 年之前，會有叛國者的人頭被懸掛在它之前的影壁（即所謂聖殿門）上。

竟然用手抓著車門，站在那裡躊躇不決了起來，心裡有些害怕起了這個地方的那副陰暗模樣。

說真的，在那天晚上，它甚至要比以往任何時候都更顯得暗無天日。在入口處的那面牆上，門的兩側各自黏貼著一張警察局的傳單，而且，當車燈在夜氣裡面忽明忽暗地搖曳閃動時，它的陰影隨之在那兩張傳單上面遊走了起來，那種樣子並非不像是手指的暗影在沿著字行移動。顯而易見的是，有人正在監視著這個地方。在杜麗先生一時呆立之際，有一個人從路對面走進了它的裡面，又有另外一個人從它裡面的某個陰暗角落裡走了出來，而且，在經過他身邊的時候，那兩人都在拿眼看他，接著又都站定在了左近的地方。

因為圍牆裡面只有一座房子，是沒有什麼餘地可供他難下決斷的，所以，他走上那座房子的臺階敲響了門。在二樓的兩扇窗戶裡面，可以看到有一點微弱的燈光。房門向他回饋過來一種沉悶空洞的聲音，就像這座房子空空如也一般，但事實並非如此，因為差不多像是馬上那麼快地，他很快就看到了一盞燈，又聽到了一陣腳步聲。接著，它倆都移動到了房門跟前，隨即響起了門鏈的摩擦聲，然後便有一個把圍裙蒙在頭和臉上的女人站在了門縫裡面。

「這是誰呀？」那個女人說。

杜麗先生對她的這副樣貌大感詫異，但還是答覆說，他打義大利而來，想問上一個跟那個失蹤的人有關的問題，因為他是認識那人的。

「嗨！」那個女人抬高她粗啞的嗓音，喊叫了這麼一聲。「劍利！」

在她說完這話之後，馬上就有一個臭臉老頭子出現了，而杜麗先生認為，他已經從他的綁腿上認出來了，此人就是那個脾氣死硬的守財奴。那個女人好像有些害怕這個臭臉老頭子會做出什麼來，在他走近的時候，馬上就把頭上的圍裙撩了下去，然後露了一張蒼白而飽受驚嚇的面孔出來。「把門打開，你這個傻瓜，」那個老頭子說，「讓這位紳士進來。」

而當杜麗先生步入那間昏暗的大堂時，他並非未曾朝後扭回頭去，朝他的車夫和馬車張望了一眼。「現在，先生。」付老爺子說，「在這個地方，你可以打問你認為合適的任何事情，這個地方是沒有祕密的，先生。」

還沒等他能做出一句答覆來，就有一個高亢而嚴厲的，但竟然是一個女人的聲音從樓上呼號了下來，「這是誰呀？」

「這是誰呀？」劍利回應道。「還得再打聽打聽。一位來自義大利的紳士。」

「把他帶上這裡來！」

付老爺子低聲嘟噥了幾聲，就像他認為，那樣做是沒有必要的，但最終還是把臉扭向了杜麗先生，然後說道，「柯南老夫人。她這個人喜歡做什麼就做什麼。我來帶路吧。」說完，他領著杜麗先生走上了那條黑乎乎的樓梯，那位紳士則並非不合情理地回頭看了看後面的路，結果他看到，那個女人也跟了上來，而且又像之前那副嚇死人的樣子似的，把她的圍裙罩在了腦袋上面。

柯南老夫人正坐在她的小桌子旁邊，有她的那些書攤開在它的上面。「呵！」定定地看著這位訪客的時候，她突然這麼說道。「先生，你是打義大利來的，對嗎？嗯？」

在那一刻裡面，杜麗先生有些惘然不知所措，結果沒能給出什麼更加明確的答覆來，只是說了一句「哈 —— 嗯？」

「那個失蹤的人在哪？你過來是為了給我們提供資訊告訴我們他在哪裡嗎？我希望你是這樣。」

「事實遠非如此，我 —— 嗯 —— 是為了搜尋資訊而來的。」

「那我們就都不大走運了，你在這裡是什麼都得不到的。老付，把傳單拿給這位紳士看一下。給他幾張讓他帶走。掌著燈讓他把它讀上一下。」

付老爺子自然是奉命行事，於是杜麗先生把它通讀了一遍，就像他在之前未曾見過它一般，這是因為，他是相當樂於借此機會收拾一下情緒

的，因為不管是這幢房子，還是它裡面的那些人，他們的氣氛和神色都對給它帶來了一些攪擾。還有，當他的眼睛落在那張紙上時，他覺得，付老爺子和柯南老夫人的眼睛是落在他身上的。而且，當他抬起眼睛之後，發現這種感覺並非是一種幻想。

「現在，你知道的已經，」柯南老夫人說，「跟我們一樣多了，先生。布蘭多先生是你的朋友嗎？」

「不是 —— 是一過 —— 嗯 —— 一個相識，」杜麗先生回答說。

「你應該沒受到他的什麼委託吧，有這個可能嗎？」

「我嗎？哈。那肯定沒有的。」

這時，在途中盯低了付老爺子的臉之後，那道尋根究底的敏銳目光逐漸轉到地板上面去了。在杜麗先生這一邊，當他發現，他竟然變成了被審問的那一個，而非是審問者之後，心裡有了些被挫敗的感覺，於是開始奮鬥了起來，意欲扭轉這種始料未及的本末倒置狀況。

「我是 —— 哈 —— 一位有些資產的紳士，目前跟我的家人，我的僕人，還有 —— 嗯 —— 我那個相當龐大的家庭一起住在義大利。此番短暫造訪倫敦是為了處理一些跟 —— 哈 —— 我的財產有關的事務，聽說了這樁離奇的失蹤案之後，我意欲親自對此案的情況做些第一手的了解，因為在義大利那邊 —— 嗯 —— 有一位等我回去之後肯定會見到的英國紳士，他以前經常跟布蘭多先生過從甚密，而且逐日都是如此。那是高文恆瑞先生。您可能是知道這個名字的。」

「從未聽說過它。」

柯南老夫人說了這麼一句出來，付老爺子又像回音似的把它唱和了一遍。

「因為意欲要 —— 哈 —— 對他做個條理分明又前後連貫的講述，」杜麗先生說，「我可以問上 —— 比如說，三個問題嗎？」

「三十個都行只要您願意。」

「您認識這位布蘭多先生很久了嗎？」

「還不到一年。這位付老爺子會查閱一下帳簿，然後告訴你他是在什麼時候，由巴黎的什麼人介紹給我們的。要是這些情況，」柯南老夫人補充道，「能讓你有什麼收穫的話，那就再好不過了，但我們可覺得收穫寥寥。」

「您經常跟他見面嗎？」

「不是，只見過兩次。以前一次，還有 ── 」

「那一次，」付老爺子提示道。

「還有那一次。」

「請問，夫人。」杜麗先生說，在重拾了他的重要地位之後，有一個幻想越來越大地占據了他的心頭，就是他覺得，在眼前的這個治安委員會裡面，他的地位是以某種方式高過了其他那兩人的，「請問，夫人，為了讓那位我有幸 ── 哈 ── 把他記在心頭，或者說有幸保護，或者讓我這麼說吧 ── 嗯 ── 有幸認識 ── 有幸認識的紳士多上一些收穫，我可以打聽一下嗎 ── 在這張印刷品上面指示的那個晚上，布蘭多先生是來這裡辦理公事的嗎？」

「為了他所謂的一些公事，」柯南老夫人回應說。

「它的 ── 哈 ── 請原諒 ── 性質可以告知一下嗎？」

「不可以。」

顯而易見的是，想要跨越上述答覆樹立起來的那道障礙，是不具有任何可行性的。

「這個問題之前就有人問過，」柯南老夫人說，「我那時的答案就是，不可以。我們不願意向全體市民公開我們的交易，不管它們是多麼的微不足道。所以我們說，不可以。」

「我的意思是，打個比方說，他沒有卷走錢之類的東西嗎？」杜麗先生說。

「他沒有卷走我們一分錢，先生，也沒從這裡拿到一分錢。」

「據我猜測，」杜麗先生論稱，並把他的眼睛從柯南老夫人身上瞟到了付老爺子身上，又從付老爺子身上瞟回了柯南老夫人身上，「您是沒辦法向您自己解釋這樁失蹤迷案的吧？」

「你為何會作此猜想呢？」柯南老夫人拾起話頭說。

這句冰冷又嚴厲的詰問讓杜麗先生有些倉皇失措了起來，結果，他沒能為他作此猜測安排上一個不管什麼理由去。

「我是這麼解釋它的，先生。」待杜麗先生那邊尷尬地沉默了一陣子之後，她繼續說了下去，「他毫無疑問是到某個地方旅行去了，或者正藏在某個地方。」

「那您知道 —— 哈 —— 他為何會藏在不管什麼地方嗎？」

「不知道。」

這是一個跟之前別無二致的否定答覆，並且又樹了另外一道障礙起來。「你剛才問我的是，我能否向我自己解釋這場失蹤，」柯南老夫人用嚴厲的語氣提醒著他，「而不是我能否向你解釋它。我不敢妄稱可以向你解釋它，先生。照我自己的理解來看，那樣做並不是我的職責所在，就像你提出那個要求也不是你的職責所在一樣。」

杜麗先生做出的回答是，有些抱歉地把頭低了一低。接著，當他舉步向後，準備要說他沒有別的要問了的時候，他沒辦法看不到的一個畫面是，她坐在那裡緊盯著地面的目光是多麼的悲涼和堅定，她臉上的那副神色又是多麼的篤定，像是在堅定地等待著什麼似的，還有，有多麼別無二致的一副完全一模一樣的表情被反射在了付老爺子臉上，其時，後面那人正站在距離她的椅子不遠的地方，兩眼也在看在地面，同時拿右手輕柔地按摩著下巴。

就在那一刻裡面，女管家阿麗（當然就是圍著圍裙的那個女人了）突然扔掉了拿在手裡的燭臺，然後失聲喊叫了出來，「那邊！哎呀，仁慈的上帝呀！它又在那邊響起來了！快聽，劍利！正響著呢！」

　　如果那邊真有不管什麼聲音的話，它也是一種如此輕微的存在，以致於，她絕對已經落入一個隨時諦聽各種響動的堅固窠臼裡面去了。不過，杜麗先生也相信，他確實是聽到了一種響動，有些像是乾樹葉落地的聲音。在非常短暫的一段時間裡面，那個女人的驚恐情狀好像讓那三個人有所觸動似的，因為他們也都聆聽了起來。

　　付老爺子是頭一個重新動彈起來的。「阿麗，我的老婆子，」他說，同時捏緊兩隻拳頭側身向她挨近著，還有他的兩隻胳膊肘子，也因為忍不住想要把她搖晃上一通，而微微地打著抖，「妳又在玩妳那套老把戲了。妳接下來要做的就是，現在就有可能正在這麼做，就是在夢裡到處亂走了，我的老婆子，就是玩妳那套精神錯亂的古怪把戲了。妳絕對得吃上一些藥了。等我把這位紳士送出去之後，我會給妳配上一劑能讓妳舒坦死的，我的老婆子，一劑能讓妳舒坦死的！」

　　然而，女管家阿麗卻好像預計到，它是完全不具備能讓她舒坦死這種可能性的，不過，劍利也沒再更多提及他的那劑回春妙藥，而是從柯南老夫人的桌子上面拿了一支蠟燭過來，然後說，「現在，先生，我可以照著你下樓了嗎？」

　　於是，杜麗先生先表白了一頓他的感激之情，然後就下樓去了。接著，付老爺子先用門把他關在了外面，又用門鏈把他擋在了外面，未曾損失或者說耽擱上哪怕一秒鐘的時間。待一出一進的那兩個人再次從他身邊經過之後，他鑽進了那輛留在外面等候著他的交通工具，然後便坐著車走開了。

　　但是，還沒等他走出多遠，車夫便停下車讓他知曉了下述情形，說他把他的名字、門牌號和地址告訴了那兩個人，因為他們一致要求徵用這些資訊，除了這些之外，被透露的資訊還包括，他是在什麼地點把杜麗先生接上車的，他是在什麼鐘點被從停車點叫走的，以及他是從哪條路過來的。當杜麗先生隨後回想這個晚上的冒險之旅時，上面這個情況並沒能讓他心裡的那份躁動有所減輕，不管是當他回家重新坐在爐火旁邊的時候，

還是接下來上床睡覺的時候，都是如此。整整一個晚上，他的思緒一直縈繞在那幢淒涼的房子上面，看見那兩個人正在堅定地等待著什麼，聽見那個臉上蒙著圍裙的女人喊叫著說，她聽到了那個響動，並且發現，那個失蹤不見的布蘭多的身體，一會兒被埋進了一個地窖裡面，一會兒又被砌在了一堵牆上面。

（出師不利和夢想聯翩）

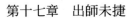

第十七章　出師未捷

第十八章　一座空中城堡

對財富和地位的各種思慮可真是層次繁多呀。整整一個晚上，每當杜麗先生心滿意足地想起來，在之前的拜訪期間，他是沒必要向柯南公司公告或者說提及，他跟那個有著相同名字的不速之客有過任何結識的時候，心裡都會掀起一場爭論來，在這份滿足感尚且新鮮出爐仍然還熱乎乎的時候，給它兜頭潑上一瓢冷水，而這場爭論的具體內容就是，他有些不確定，他是否應該在返程途中路過一下馬夏，去把那個熟悉的大門看上一眼。其實，他之前就已經決定不這麼做了，還在馬車馭者提議說可以先走一次倫敦橋，然後再從滑鐵盧橋過一次河的時候，用他那副可稱非常凶神惡煞的反應讓那人十足吃了一驚，因為這條路線差不多會把他的老住處帶進他的視野範圍當中。然而，出於那方面的種種原因，這個問題仍然在他心裡激起了一番衝突，並且因為某個古怪的原因，或者說根本沒有原因，而讓他隱隱地不大愜懷了起來。甚至到了第二天，在莫德家的宴會桌上面，他對此事都是如此的難以釋懷而心緒不佳了起來，結果是，在宴會的各個間隙裡面，他接連不斷而翻來覆去地琢磨著它，表現出了一種跟圍繞著他的眾多社會賢達們不大協調的姿態，並且達到了有些嚇人的程度。還有，只要他一想起來，要是莫家總管那位傑出的大人物能夠用他那隻陰沉的眼睛，對他的那條思緒之流進行一番鉛錘式測深，然後得出了一些什麼看法的話，他就會變得十分焦躁難捺起來。

告別晚宴具有一種絢麗多彩的調性，極為光鮮耀眼地為他的這場倫敦之旅畫上了句號。范妮把一種篤定而分量不輕的自給能力，跟她那份引人注目的年輕和美貌結合了起來，宛然是一個已經有了二十年婚齡的個中老手似的。這讓他覺得，他可以放心地讓她自己去踏上那些榮耀之路了，還讓他希望 —— 但並未對他作為其女幕後金主的恩人身分有所削弱，也未

對他最為鍾愛的孩子的那些趨於內向的優秀品格懷有偏見 —— 他的另外一個女兒也能這樣該有多好。

「親愛的。」臨近告別之際，他這麼對她說道，「我們家要指著妳去 —— 哈 —— 主張它的尊嚴並且 —— 嗯 —— 維護它的地位了。我知道，妳是絕對不會讓它失望的。」

「不會的，爸爸。」范妮說，「你大可以放心這一點，我認為是這樣。請把我最美好的問候帶給最親愛的愛米，再告訴她我很快就會給她寫信。」

「我可以傳達什麼口訊給 —— 哈 —— 別的什麼人嗎？」杜麗先生問，用的是一種旁敲側擊的語氣。

「爸爸。」范妮說，她的眼前馬上就隱隱出現了領袖夫人的身影，「沒有了，但我要謝謝你。你真的非常仁慈，爸，但我必須要請求你的原諒。我是沒有任何其他口訊需要轉達的，但我要謝謝你，親愛的爸爸，因為無論我怎麼說你都是樂於接受的。」

他們是在一個外客廳裡面進行告別的，在那個地方，只有小秀才先生在侍候著他的夫人，並且盡職地等待著屬於他的握手時間。在小秀才先生獲准進行這場臨別謁見之際，莫德先生也悄悄走進來了，不過，若拿他那副把兩條胳膊縮在袖子裡面的樣子而論，那倒是並沒比如果他是畢芬小姐[098]的孿生兄弟的話，而顯得有更多胳膊的，接著，他堅持要護送著杜麗先生一道下樓去。杜麗先生的所有抗議全歸無用，於是，他最終盡享了被這位顯貴陪伴著走到大堂門口這份殊榮，而且（這話是杜麗先生在臺階上跟他握手時說的），此人還在這場令人難以忘懷的造訪期間，真的用他種種的關注禮遇和殷勤招待，而讓他惶然地不知所措了起來。就這樣，他們最終告於了分別，杜麗先生隨之挺著一個氣鼓鼓的胸脯，鑽進了他的馬車裡面，一點都沒為下述情況感到遺憾，也就是對於他的導遊原本有機會親眼

---

[098]　指薩拉・畢芬（Sarah Biffin, 1784～1850），身高僅 3 英尺 1 英寸（約合 0.99 公尺）的女性侏儒，且生來沒有上肢，但能用嘴巴作畫。

目睹他的告別場面的那副壯觀排場，實際上卻因為此人忙著去跟那些低下階層們告別去了，結果沒能看到它，他是一點都不覺得有什麼大不了的。

接著，當杜麗先生在酒店跟前下車時，前述那副壯觀的排場尚且滿滿當當地駐留在他的身上。被他的導遊和大約半打酒店侍者攙扶出馬車之後，他正在板著一派安謐的恢弘氣度穿越大堂，但這時我天！有這樣一個場景呈現在了他的眼前，把他打擊到了啞口無言且動彈不得的地步。只見齊莊穿著他最好的衣服，把他的高帽子夾在腋下，一隻手用他的象牙柄手杖窘迫地展現著他的上流禮儀，但另一隻手裡面竟然拿了一捆雪茄！

「喏，年輕人，」酒店的門房說。「這就是那位紳士。這位年輕人堅持要等您，先生，說您會樂意見他一面。」

杜麗先生怒目瞪視著那位年輕人，一時有些噎得說不出話來，但接下來又用至為溫和的語氣說，「啊呀！是小莊呀！這是小莊吧，我想，對不對呢？」

「是的，先生。」小莊回應說。

「我就 —— 哈 —— 覺得這是小莊嘛！」杜麗先生說。「這位年輕人可以上來，」他一邊繼續往前走去，一邊扭臉對眾多扈從們說，「哎呀沒錯，他是可以上來的。讓小莊跟上來吧。我要在樓上跟他說話。」

於是小莊跟了上去，一路上笑瞇瞇的倍感滿足似的。然後便抵達了杜麗先生的房間，把蠟燭點亮之後，扈從們全都退了下去。

「噯，先生。」待到房間裡面只剩了他們兩人，情況變得安全了之後，杜麗先生轉身朝向了他，然後伸手抓住了他的衣領，同時說道，「你這是什麼意思啊？」

在觸了霉頭的小莊的臉上，馬上就描畫出了一份莫大的驚詫和駭愕 —— 因為他之前頗有點期待著，接下來會被擁入懷中 —— 而且屬於具有強烈感情流露的那一種，結果，他的這種反應讓杜麗先生縮回了他的手去，只拿眼睛怒目瞪視著他。

「你怎麼敢這麼做呢？」杜麗先生說。「你怎麼擅自到這裡來了？你怎麼敢侮辱我呢？」

「我哪有侮辱你，先生！」小莊大叫著說。「哎呀！」

「沒錯，先生。」杜麗先生回應說，「你侮辱我了。你到這裡來就是一種公然的侮辱，是一種對尊長的不敬，是一種放肆的胡為。你在這裡是不受歡迎的。是誰派你到這裡來的？你 —— 哈 —— 究竟到這裡做什麼來了？」

「我認為，先生。」小莊說，若拿他當時的那張臉來說，在杜麗先生的一生 —— 甚至可以把他的大學生活都包括在內 —— 當中，可以算是曾經扭向過他的最為蒼白和震驚的一張臉了，「我認為，先生，您大概不會反對不吝善意接受一捆 —— 」

「讓你的一捆見鬼去吧，先生！」杜麗先生大叫著說，語氣中包含著一股難以克制的盛怒。「我是 —— 嗯 —— 不抽菸的。」

「我要謙卑地請求您的原諒，先生。但您以前是抽的。」

「你敢再把那話給我說上一遍，」杜麗先生大叫著說，顯然已經激動到了完全不能自已的程度，「看我不拿你這根燒火棍子戳死你！」

齊莊聞言後退到了門口。

「站住，先生！」杜麗先生大叫著說。「站住！給我坐下。你這個見鬼的東西，給我坐下！」

於是，齊莊坐進了離門最近的一把椅子裡面，杜麗先生則在房間裡面上上下下地走動了起來，起初走得很快，然後逐漸放慢了一些。曾經有那麼一度，他走到了窗戶跟前，站在那裡把額頭抵在了玻璃上面。最後，他突然轉身說道：

「你過來還有其他事情嗎，先生？」

「沒有任何其他凡塵俗事，先生。哎呀我的天哪！只是想說上一聲，先生，我希望您是安好的，只是想問上一句，愛米小姐是否安好呢？」

「那跟你有什麼關係，先生？」杜麗先生反駁道。

Reception of an old friend.

（接待一位老友）

「按理來說，先生，它是跟我沒有任何關係的。我從未想過要縮短我們之間的距離，我確定這一點。我知道這是一種冒昧之舉，先生，但我從未想過您會對它大動肝火。我敢拿我的名譽起誓，先生。」小莊頗為動情地說，「倘若我之前就想到了這種情形的話，出於我那份雖然可憐但也並不太小的自尊，我是不會過來的，我可以向您保證。」

這番話讓杜麗先生有了些羞愧的感覺。他重新回到了窗戶跟前，又把額頭在玻璃上面倚靠了一陣子功夫。等到他扭過臉來的時候，他的手裡多了一條手帕，正在用它揩著眼睛，看上去一臉疲憊和病容。

「小莊，我非常抱歉剛才對你有些急躁，但是 —— 哈 —— 有些記憶是不那麼快樂的記憶，還有 —— 嗯 —— 你是不應該過來的。」

「我現在感覺到這一點了，先生。」齊莊回應說，「但我之前沒有，而且上帝知道，我是無意帶給您任何傷害的，先生。」

「那不會。不會的，」杜麗先生說。「我是 —— 嗯 —— 可以確定這一點的。哈。把你的手給我，小莊，把你的手給我！」

小莊把它遞給了他，但是，杜麗先生剛才已經把他嚇得心從手心兒裡飛出去了，而現在，對於他的那張臉而言，已經沒有任何東西能夠把它從那副煞白又震驚的表情中改變過來了。

「好了！」杜麗先生一邊說，一邊慢慢地搖著他的手。「你再坐下來吧，小莊。」

「謝謝您，先生 —— 但我更想站著。」

於是，杜麗先生替他坐了下去。接著，他先很是痛苦地把他的頭捧了有一小會兒功夫，然後把它扭向了他的訪客，盡量用隨和的口氣說道：

「那個你父親怎麼樣啊，小莊？他們 —— 哈 —— 他們都怎麼樣啊，小莊？」

「謝謝您，先生，他們都挺好的，先生。他們現在是無論什麼牢騷都沒有的。」

「嗯。你現在是在做你的 —— 哈 —— 老本行對嗎，我想是這樣吧，莊？」杜麗先生說，並把那捆他方才予以了強烈譴責的，給他帶來了絕大冒犯的東西瞥了一眼。

「部分上是，先生。我也在做我 ——」莊在這裡稍微躊躇了一下「—— 父親的工作。」

「哎呀真的嗎！」杜麗先生說。「那你是 —— 哈，嗯 —— 上到那 —— 哈 ——」

「您說大閘嗎，先生？是的，先生。」

「事兒多嗎，莊？」

「是的，先生，我們眼下還是挺忙的。我不清楚這是怎麼回事，但我們一般來說總是挺忙的。」

「是一年當中的這個時候嗎，小莊？」

「是一年當中的絕大多數時候，先生。我不清楚什麼時候能讓我們的狀況出現太大的不同。我要祝您晚安了，先生。」

「稍等一下，莊 —— 哈 —— 稍等一下。嗯。把那些雪茄留給我吧，莊，我 —— 哈 —— 請求你。」

「沒問題，先生。」說完，莊用一隻打著抖的手，把它們放在了桌子上面。

「稍等一下，小莊，再稍微等上一下。對我來說 —— 哈 —— 這樣做會有一份滿足在裡面就是寄送一份小小的 —— 嗯 —— 證明，經由這樣一位可堪託付的信差之手，把它分送給 —— 哈，嗯 —— 他們 —— 他們 —— 按照他們各人的所需。你不會反對接受它吧，莊？」

「那是無論如何都不會的，先生。他們裡面有很多人，我確定是這樣，將會因為得到它而好過上一些。」

「謝謝你，莊，我 —— 哈 —— 我來把它寫下來，莊。」

但他的手抖動得如此嚴重，結果花了很長一段時間來寫它，而且最

終把它寫成了一副顫顫巍巍的潦草模樣。它是一張一百英鎊的支票。接著，他把它折了起來，把它放進了小莊手裡，又把那隻手按進了他自己的手裡。

「我希望，你會 —— 哈 —— 忽視掉 —— 嗯 —— 剛才發生的事情，莊。」

「無論出於任何緣故，先生，都是不用說出這話來的。我是無論如何都不會懷有惡意的，我確定是這樣。」

但是，在莊待在那裡期間，是沒有任何東西能夠把莊臉上的顏色和表情變回自然狀態，或者把莊的舉止恢復至自然狀態的。

「還有，莊，」杜麗先生說，同時把他的手最後按了一下，然後鬆開了它，「我希望我們 —— 哈 —— 能夠一致認定，我們剛才一起談論的是一些私房話，還有你將會杜絕，這是說等你出去之後，杜絕向無論任何人說起任何可能會 —— 嗯 —— 讓人聯想到 —— 哈 —— 我過去的 —— 」

「哎呀！我向你保證，先生。」齊莊回應說，「出於我那份雖然可憐而卑微，先生，但也並不太小的自尊和榮譽感，我是不會這麼做的，先生。」

然而，杜麗先生的自尊和榮譽感卻沒能夠大到，讓他不去門口偷聽這個地步，而他這樣做的目的在於，可以親自確認一下，莊到底是真的直接走掉了，還是逗留下來跟任何人進行了任何交談。無可置疑的是，他確實是直接走出了門外，然後便沿著街道離開了，而且步子走得很是迅疾。接著，杜麗先生先獨自待了一個小時，然後拉鈴叫來了他的導遊，後者在進來之後發現，他正坐在爐前地毯上面的一把椅子裡，拿他的脊背朝著他，同時把臉朝著爐火。「你可以把那捆雪茄拿走到路上去吸，如果你願意的話，」杜麗先生說，並且漫不經心地揮了揮手。「哈 —— 那是別人拿來的 —— 嗯 —— 算是一點小小的供奉 —— 哈 —— 我的老房客的兒子送來的。」

次日早上的太陽看到，杜麗先生的車馬走上了通往多佛 [099] 的公路，在那條路上面，每一位穿著紅上衣的馬車馭者都是一家殘忍成性的驛站的活招牌，這麼說是因為，它們的建立初衷便是毫不留情地搶劫過往旅客。對於倫敦和多佛之間的全體人類而言，他們的全部職責所繫便是劫掠，於是，杜麗先生在達特福德被攔截了下來，在格雷夫森德被掠奪了一番，在羅徹斯特遭遇了搜身，在西丁伯恩被敲詐了一頓，又在坎特伯雷被洗劫一空。不過，把他從這些剪徑強盜的手裡弄出來是導遊的職責所在，所以，導遊先生在每一家驛站都花錢為他買通了關節，接著，當杜麗先生窩在他那個溫暖舒適的角落裡面，朝著那條塵土蔽日的公路上面的下一個白堊色突起物進發時，那些紅上衣們又會在沿路的春季景色當中歡快地閃現或隱沒起來，按照一套固定的計費標準升沉起伏個不停 [100]。

　　又一天的太陽則看到，他已經到達了加萊。現在，他已經有那條海峽隔在了他和齊莊之間，所以開始感到了一些安全感，並且發覺，比起英格蘭的空氣來，異國的空氣呼吸起來可是輕快多了。

　　接著，他沿著法國泥濘難行的公路再度朝著巴黎啟程了。現在，杜麗先生已經完全恢復了之前的那份安寧和泰然，所以，在乘坐馬車朝前駛去的途中，他開始窩在那個溫暖舒適的角落裡面，著手進行起了城堡建設工作。顯而易見的一點是，他正在建設著一座非常巨大的城堡。在整整一個白天裡面，他時而為它匆匆搭建起幾座塔樓來，時而又拆掉了它們，時而在這裡添上一條翼廊，時而又在那裡放上去一列雉堞，時而對城牆進行一番維護，時而又去加強它的防禦工事，或者對它的內部進行一些裝點和修飾，總之，他讓它在所有方面都變成了一座狀況絕佳的城堡。他的全神貫注的臉龐如此清楚地顯示出了，他正在投身於其間的那項事業，以致於，

---

[099]　多佛（Dover），位於英吉利海峽英國一側的一座城鎮，與對岸的加萊（Calais）隔海相望，係舊時英法之間的交通樞紐。

[100]　這句話暗指驛馬車馭者在途中的索賄行為，若旅客拒絕行賄，馭者便藉故下車，使旅程陷於停頓，待收取賄賂後方重新上車開車，此即所謂「閃現或隱沒」及「升沉起伏」；另外，本句中的「白堊色突起物」指下一間驛站，因驛站外表均被塗以白堊色泥土，故有此說。

當那些在驛站旁邊乞討的，眼睛一點都不瞎的跛子們把他們的小錫罐猛推進馬車窗戶，然後奉上帝之名求他大發善心，奉聖母瑪利亞之名求他大發善心，奉所有聖徒之名求他大發善心的時候，他們也能知道他在進行著什麼工作，還有他們的國人勒布朗 [101]，他肯定也能憑自己的眼睛瞧出這裡面的端倪來，但還是讓另外那位英國旅客充當了一部瞧著頗不尋常的面相學專著的主題人物。

抵達巴黎之後，他們在那裡停留了三天時間，在此期間，杜麗先生獨自一人在街道上面閒逛了很久，朝裡觀看了很多家商店的櫥窗，尤其是那些珠寶店的窗戶。最後，他走進了全巴黎最著名的那家珠寶店，說他想給一位女士買上一件小禮物。

他這話是對著一位相當迷人的小個子女人說的，這是一位生機盎然的小女人，穿衣品味可稱完美，她從一個用綠色天鵝絨箍成的涼亭狀物中走出來服侍起他來，在此之前，她正坐在一張小巧精緻又閃閃發亮的，看上去像是一塊蜜餞似的小桌子旁邊，往一些製作得小巧精緻的帳簿裡面記著帳，它們讓人很難想像得到，它們之所以會被畫上格子去，竟然是為了安放一些商品化的條目，而非是親吻這個東西。

那麼，打比方說，只聽小女人說道，先生您想買些什麼種類的禮物呢？一件情人禮物嗎？

杜麗先生聞言微笑了起來，然後說，呃，好吧！有這個可能。但他哪裡能知道呢？這種可能性總是存在的，因為那個性別是如此的迷人。她願意為他展示上一些嗎？

樂意之至，小女人說。接著受寵若驚又狂喜不以地為他展示了很多。但是不好意思！在開始介紹之前，他可能願意大發善心留意一下，這裡有

---

[101]　指查理斯・勒・布朗（Charles Le Brun，1619～1690），法國畫家和設計師，似曾經發表過一部面相學方面的專著。而這句話的潛在含義可能是，勒布朗無需借助面相學的知識，便可以窺測到杜麗先生的內心所想，至於「另外那位英國旅客」，則可能是上述面相學著作中援引的一個例證，具體情形待考。

些是情人禮物，還有一些是結婚禮物。打比方說，這些令人迷醉的耳環和這條堪稱絕配的項鍊，它們是被稱為一件情人禮物的。而這些手鐲和這些戒指，它們具有一種如此雅致而脫俗的美麗，是被稱為，如果先生您允許的話，被稱為一些結婚禮物的。

可能這麼做算是一個不錯的安排，杜麗先生微笑著提點說，把兩樣都買上，然後先獻上那件情人禮物，最後以那份結婚供品作結如何？

啊上帝呀！小女人說，同時把兩隻小手的指尖彼此相抵了起來，那可真的是太慷慨了，那可會是一種很獨特的豪俠風度呢！還有不用懷疑的是，那位被這些禮物徹底征服的女士將會發現它們是難以抗拒的。

但杜麗先生有些不大確定那一點。不過，打比方說，她自己可是非常確定它的，那個生機盎然的小女人說。於是，杜麗先生把兩種禮物各買了一樣，然後很是大方地付了款。在他隨後閒逛著返回酒店的途中，他把頭高高地昂了起來，現在，他明顯已經登上他的那座城堡去了，站在了一個比巴黎聖母院的那兩座方形塔樓都高峻上許多的所在。

在乘坐驛馬車離開巴黎前往馬賽的途中，杜麗先生先是用盡力氣拆了一通，但還是在心裡留下了城堡的平面圖，然後又是蓋呀蓋呀忙呀忙呀，從早到晚一刻也未曾停歇。蓋得睡著之後，就把一塊又一塊的巨大建築材料剩在半空中蕩悠著，待到醒過來之後，便重新展開工作把它們安放進應有的位置去。還有那個在尾座上面吸著小莊家最好的雪茄的導遊，當他在車後面留下一道細瘦的輕煙的時候，心裡頭在想些什麼呢 —— 大概他也正在把杜麗先生那些零碎的錙銖利用起來，修建著一兩座城堡吧。

在他們的整個旅途當中，在他們路過的那些銅牆鐵壁的城鎮裡面，沒有一座像是杜麗先生的城堡那麼堅固，也沒有一座大教堂的尖頂像它那麼高拔。不管是索恩河，還是羅納河 [102]，它們快速流動的那股迅疾勁頭都比不上那座若是論起施工進展來，絕對可稱並世無儔的建築，地中海都不

---

[102]　羅納河（Rhone），發源於瑞士南部，流經法國東南部，最後注入地中海。

及它的地基那麼深厚，還有，不管是柯尼斯公路上那些遼遠的風景，還是絕美的熱那亞的山丘和海灣，都不及它那麼美麗。接著，杜麗先生和他的無可匹敵的城堡在奇維塔韋基亞的那些骯髒的白色房子，和更為骯髒的惡棍們中間上了岸，然後又從那裡手腳並用地，經過很多正在化膿潰爛的汙穢不潔之物，使盡力氣朝羅馬攀爬了過去。

第十九章　前述空中城堡遇襲

當杜麗先生的馬車咯嗒咯嗒走上人跡罕至的坎帕尼亞平原[103] 時，它仍然處於最後一段乏味的驛站行程當中，其時，太陽已經落山整整四個小時了，而且晚過了大多旅客願意出現在羅馬城牆外面的時候。在之前天光尚亮的時候，那些野蠻的牧人和面相凶惡的農民們把道路踐踏得斑斑駁駁了起來，而現在，他們全都跟隨著太陽一起沉落下去了，讓眼前的這片荒野變得空空蕩蕩了起來。在公路的某些轉彎處，地平線上會出現一抹蒼白而閃爍不定的光亮，像是這片被撒播了滅亡這顆種子的土地呼吸出來的氣息一般，而它顯示出來的是，那座城市尚有很遠一段路程要走，但是，就連這種可憐的慰藉也是稀有而短暫的，因為馬車很快就再次浸入了一片空洞、黑暗而乾燥的海中，在接下來的很長一段時間裡面，除了它的那些像是石化了一般的浪湧狀輪廓和黑暗的天空之外，視野裡面沒有任何其他可見之物。

對杜麗先生而言，雖然有城堡建設工作占據著他的注意力，但在這個荒涼的地方，他還是沒辦法完全安下心來。馬車的每一個急轉，或者是馭者的每一聲喊叫，都會讓他非常地想要一探究竟，其急切情狀超過了自打走出倫敦以來的任何時候。而且，車夫座上面的貼身男僕顯然在打著哆嗦，還有尾座上面的導遊，若拿心情這一點而論，他也難稱是完全舒適的。在杜麗先生頻頻拉低車窗玻璃朝後望向他之際（這種情形是非常頻繁的），他總會看到，他正在做著把齊莊熏出杜麗先生的頭腦這件事情[104]，這誠然是確鑿的事實不假，但是，他通常仍然會站起身四下裡張望一番，像是心裡仍然對齊莊有所懷疑，正在戒備著此人一般。然後，杜麗先生便會一邊重新把車窗玻璃拉上去，一邊在心裡琢磨道，這些馭者們可真是一

---

[103]　坎帕尼亞平原（Campagna），位於羅馬城郊的一處曠野。
[104]　這句話的隱含意思是，待導遊把齊莊贈送的雪茄抽光之後，杜麗先生就可以忘掉此人了。

些挨刀相的傢伙們呀，他原本可以在奇維塔韋基亞睡上一晚，然後在明天一大早起身，要是真能這樣豈不是好上很多。不過，在這些煩惱的間隙當中，他也可以借城堡建設工作來排遣愁懷。

　　而現在，他的視野當中出現了斷壁殘垣的一些片段，像在打呵欠一般的窗縫和行將傾圮的牆壁，還有廢棄的房舍、洩露的水井、殘破的水罐、形同鬼魅的柏樹、糾結成團的葡萄藤，和正在從踐踏而出的小道轉變而來的一條漫長但有失平坦齊整的車道，在這個地方，每一樣東西都處於崩潰瓦解的進程當中，從那些難以悅人眼目的建築物，到眼前這條顛簸不平的公路，莫不如是──現在，有這些事物顯示出來，他們正在不斷接近羅馬當中。而在眼下的這一刻裡面，馬車突然一個急轉停了下來，它讓杜麗先生的心裡產生了這麼一份懷疑，就是他覺得，這些驛站匪幫們的搶劫時刻可能已經到來了，他們這是要把他轉進一條溝裡搶他呀。接著，在他再次拉低車窗玻璃望出去之後，他方才領悟到，原來攻擊他的並沒有什麼更加惡劣的東西，只是一條送葬隊伍而已，它正在機械地重複頌禱著經文從旁經過，還模糊不清地向他展示了一些髒汙的祭服、耀眼的火把、擺動的香爐，以及一個巨大的，被扛在一位牧師身前的十字架。火把的光亮顯示出來，他是一位面貌醜陋的牧師，長著一副有失他的身分的尊榮，有一條眉毛高高地上挑著，接著，當他的眼睛跟正在光著腦袋探出頭來，朝馬車外面張望著的杜麗先生的眼睛相遇的時候，他的嘴唇一邊重複頌禱著經文，一邊好像在威脅那位地位不凡的旅客，還有他的手部動作，也好像在對那份威脅施以援手似的，而實際上，那只是他在回應那位旅客的致意而已。在那位牧師從他身邊飄忽而過，送葬隊伍也挾裹著死者散亂地離去之際，被沉悶乏味的建設工作和漫長旅途折磨得浮想聯翩的杜麗先生，他就在心裡轉起了上面那種念頭。接著，杜麗先生一行人也繼續踏上了他們迥異有別的行程，然後很快地，他們以及那輛載著從歐洲兩大都城購置而得的各色奢侈品的運貨馬車，便在羅馬的各個城門外面敲打起他們的節拍來

了，其情狀恰恰相反於之前的那些哥特人[105]。

在那天晚上，杜麗先生自己家裡的人是沒在盼望著他的，他們之前是盼望過的，但後來以為，他在明天以前是回不來了，因為他們毫不懷疑地相信，考慮到他要途經的那些地方，他是不會願意在那麼晚的時候外出上路的。就這樣，當他的車馬停在他自家的大門口之後，除了門房之外，竟然沒有一個人出來迎接他。杜麗小姐出去了嗎？他問。沒有，她在家裡呢。很好，杜麗先生隨即對聚集起來的眾多僕從們說，他們留在原地，然後幫著卸一下車就好，他想自己去找杜麗小姐。

於是，他緩慢地走上了他家那條宏偉的樓梯，覺得有些疲累，沿途把那些空空蕩蕩的，各式各樣的房間全都窺探了一遍，最後看到，有一間小前廳裡面是亮著燈光的。那是一個用簾子隔出來的僻靜角落處，有些像是一個帳篷，位於另外兩個房間的裡面。當他穿過由那兩個房間夾峙著的那條黑暗通道，朝它接近過去的時候，它看上去顯得很是溫暖似的，並顯出了一種明亮的色調來。

它的門道裡面掛著之前說過的那條簾子，但它是沒有門的。接著，當他在那裡停下腳步，偷偷朝裡看進去的時候，覺得心裡砰地猛跳了一聲。它肯定不像是嫉妒吧？因為它有何道理會像是嫉妒呢？那裡可是只有他女兒和他弟弟兩個人呀，只見他把椅子拉到了爐前的地面上，正在享受著一堆於晚間燃起的，暖融融的木頭爐火，她則坐在一張小桌子旁邊，忙著一些刺繡的工作。考慮到這幅畫面裡面的那種寧靜生活跟過去是有著天壤之別的，所以只能說，它裡面的那兩個人形差不多跟過去一模一樣，在轉瞬即逝的一刹那裡面，他覺得他弟弟像極了他自己，正在這幅畫作裡面扮演著他。在過去的很多個夜晚裡面，他也這樣坐在遙遠時光的一堆炭火前面過，她也這樣坐在那裡為他全心操持過。然而，以前那種悲慘的貧窮生活肯定是沒有任何值得嫉妒之處的，那麼，他心裡那砰的一響是從何而來的呢？

---

[105]　指在西元 410 年洗劫羅馬城的哥特人。

「你知道嗎，叔叔，我想你又重新變得年輕起來了！」

她叔叔先搖了搖頭，然後說，「從何時而起的呢，親愛的，從何時而起的呢？」

「我想，」小杜麗一邊回應說，一邊輕快地舞動著她的針線，「你在過去幾周裡面越長越顯得年輕了起來。你是那麼的快活，叔叔，反應還那麼靈敏，興致還那麼高昂！」

「親愛的孩子 —— 全都是妳。」

「全都是我，叔叔！」

「是的，是的。妳給我帶來了天大一堆好處。妳一直都那麼體貼我，對我那麼溫柔，還那麼小心地想要對我藏起妳對我的關注，所以我 —— 好吧，好吧，好吧！我都記在心裡了，達令，都記在心裡了。」

「除了你自己那份鮮活的想像力以外，這些話裡面是沒有任何道理的，叔叔。」小杜麗快活地說。

「好吧，好吧，好吧！」老人嘟囔著說。「感謝上帝！」

這時，她把手裡的工作停下了片刻功夫，轉而看起了他來，然而，她的目光卻在她父親的胸懷裡面，重新激起了之前的那份痛感。在他的那個可悲又虛弱的胸懷裡面，滿滿當當地充斥著各種相互抵牾、搖擺不定和難相一致的想法，現在又對這個無辜的小人兒生出來一些氣量狹隘又乖戾易怒的，難以說清道明的東西來，而對於這團迷霧而言，是唯有那個沒有夜晚的清晨方才可以廓清的。

「自打只剩了我們兩人以來，你瞧，我的小鴿子。」老人說，「我在妳這裡就變得自在多了。我之所以說只剩了，是因為我沒把領袖夫人算在裡面。我是不大在乎她的，她跟我沒有任何關係。但我也知道，范妮是有些不耐煩我的，而且我對它毫不感到奇怪，或者說不會去抱怨它，因為我能感覺到，我肯定是擋了她的路了，不過我也在試著給它騰出地方來，而且盡了我最大的能力。我知道，我不是我們交往的那些人的合適的夥伴。我

的哥哥威廉。」老人頗為仰慕地說，「就算在眾多君王們那裡，都是一個合適的夥伴。但妳的叔叔不是這樣，親愛的。杜麗福德沒能給杜麗威廉長面子，我是完全清楚這一點的。啊呀！嗳，妳父親在這裡呢，愛米！親愛的威廉，歡迎你回來！為我所鍾愛的兄長呀，見到你讓我感到不勝欣然！」

（他是在講話過程當中扭過頭去的時候，用目光捕捉到了站在門道裡面的他的兄長的。）

小杜麗先是高興得大喊了一聲，旋即用兩條胳膊摟住了她父親的脖子，然後一遍又一遍地吻起了他來。他父親顯得有點不耐煩，還有點像是一個愛發牢騷的人似的，嘀嘀咕咕地抱怨了起來。「我很高興最終還是找到妳了，愛米。」他說。「哈。說真的我很高興最終還是 —— 嗯 —— 找到不管什麼人出來接待我了。我顯得像是 —— 哈 —— 這麼不招人待見似的，以至於我敢保證我真的開始 —— 哈，嗯 —— 有點認為我可能應該獻上一份歉意因為 —— 哈 —— 我竟然給不揣冒昧千方百計趕回來了。」

「時間實在是太晚了，親愛的威廉。」他弟弟說，「所以我們都以為你今晚不會回來了。」

「我是要比你強壯上一些的，親愛的福德，」他哥哥回應說，用的是一種精心調劑出來的語氣，它在一種如兄若弟般的熱絡感覺裡面，又摻了一份嚴厲進去，「還有我希望，我是有能力不受損傷地在 —— 哈 —— 我所選擇的任何時間踏上旅途的。」

「當然，當然，」另外那人回應說，他開始有些疑慮起來，他之前可能造成了什麼冒犯，「那是當然，威廉。」

「謝謝妳，愛米。」杜麗先生接著說，當時，她正在幫他脫掉包裹在身上的那些東西，「我是有能力不受協助地進行此事的。我 —— 哈 —— 無需勞動妳的大駕，愛米。我可以來上一點麵包和一杯葡萄酒嗎，或者說 —— 嗯 —— 它會否造成太大不便呢？」

「親愛的父親，你不消幾分鐘就可以吃上晚餐了。」

「謝謝妳，心愛的，」杜麗先生說，但臉上卻籠罩著一副包含著譴責意味的冷淡態度，「我 —— 哈 —— 有些擔心，我正在給妳造成不便。嗯。領袖夫人挺好吧？」

「領袖夫人之前抱怨說有點頭疼，還說給累著了，所以，當我們認為你不會回來了之後，她就去睡覺了，親愛的。」

可能杜麗先生認為，領袖夫人因為他未能到達這一狀況，而不勝失望之情的打擊隨之病倒，算得上是表現得相當不錯。不管怎樣，他的臉色開始鬆弛了下來，然後說，語氣裡面包含著一股明顯的滿足感，「極度抱憾於聽到妳說領袖夫人不大舒服。」

在這場短暫的談話期間，他女兒一直都在觀察著他，而且帶了某種更甚於平素的興趣。它看上去就像是，在她眼裡，他的面貌發生了一種變化，或者說變得憔悴疲憊了起來，而他自己是察覺到了這一點的，然後對它深為忿恨了起來，這麼說的原因在於，當他脫掉旅行斗篷，然後來到爐火跟前的時候，他重拾了之前那副乖戾易怒的腔調，說道：

「愛米，妳這是正在看什麼呢？妳到底在我臉上看到了什麼，竟然讓妳 —— 哈 —— 用那種 —— 嗯 —— 非常獨特的樣子 —— 對我憂心不已了起來？」

「我不知道自己有過那種感覺，父親，我要請求你的原諒。重新見到你簡直讓我的兩眼不勝雀躍了起來，那就是事實的全部。」

「不要說那就是事實的全部，因為 —— 哈 —— 那並不是事實的全部。妳 —— 嗯 —— 妳認為，」杜麗先生說，用的是一種帶有譴責意味的強調語氣，「我現在看上去是不大好的。」

「我剛才只是認為，你看上去有點勞累，心愛的。」

「那你就大錯特錯了。」杜麗先生說，「哈。我並不覺得勞累。哈，嗯。比起離開那時候，我現在要精神抖擻上許許多多。」

因為他實在是太容易動氣了，所以她沒再說上哪怕一句為自己辯解的

話，只是安靜地待在他的身邊，並摟著他的胳膊。然而，在他就那樣站在那裡，還有他弟弟位於另外一側的時候，他竟然打起了一場難堪重負的瞌睡來，它總共持續了不到一分鐘時間，然後便伴隨著一個激靈醒了過來。

「福德，」他一邊說，一邊把臉扭向了他弟弟，「我建議你還是馬上睡覺去吧。」

「不用，威廉，我要等著看你吃過晚飯。」

「福德，」他反駁道，「我要請求你還是睡覺去吧。對於你要去睡覺這件事情，我 —— 哈 —— 是把它當成一個專門針對你的要求來提出的。你老早以前就該待在床上了，因為你是非常虛弱的。」

「哈哈！」那位老人說，他這麼說沒有任何其他意願，只是想討他歡心而已。「好吧，好吧，好吧！我敢說我正是那樣。」

「親愛的福德，」杜麗先生回應說，並且對著他弟弟不斷敗落下去的氣勢，表現出了一種令人訝異的居高臨下感，「它是沒辦法置以任何懷疑的事實。看到你這麼虛弱讓我感到很是痛苦。哈。它讓我深感痛心。嗯。我沒能發覺，從你身上的不管什麼地方能看出一點好來。你是不適合進行這種事情的。你應該更加小心一點，你應該非常小心才是。」

「我現在去睡覺好嗎？」福德問。

「親愛的福德，」杜麗先生說，「行動起來吧，我鄭重地要求你！晚安，兄弟。我希望，你明天會強壯上一些，因為你的樣子無論如何都沒辦法讓我高興起來。晚安，親愛的夥計。」用這種親切的方式把他弟弟趕走之後，他馬上就打起了另外一場瞌睡，其時，那位老人還沒能完全走出房間去，而且，若不是他女兒緊緊抓著他，限制住了他的行動，他原本會一個趔趄絆倒在前面的燒火柴上。

「妳叔叔走神走得非常嚴重，愛米。」被這樣喚醒之後，他說。「比起我以前 —— 哈，嗯 —— 曾經了解的樣子來，他今天要更加 —— 哈 —— 條理不清一些，他的談話要更加 —— 嗯 —— 支離破碎一些。在我離開之

後，他可曾生過什麼病嗎？」

「沒有，父親。」

「妳 —— 哈 —— 在他身上看到那種巨大的變化了嗎，愛米？」

「我沒能觀察到它，親愛的。」

「殘破不堪呀。」杜麗先生說。「殘破不堪呀。我的親愛的，滿懷深情的，但正在日漸凋零的福德！就算把他以前的樣子考慮進來，他現在都 —— 嗯 —— 殘破得讓人傷心！」

接著，他的晚餐被送到了那間前廳裡面，並鋪在了他方才見她工作的那張小桌子上面，這讓他把注意力轉移到了吃飯上面。她坐在他的身邊，一如在那些已經逝去的日子裡面所做的那樣，自打那些日子結束以來，這是破天荒的頭一次。其時只有他們兩人獨處，她還幫他料理肉食或者幫他倒酒，也像過去在監獄裡面慣以為之的那樣。這一切在如今的再度重現，全都是自打他們富貴加身以來的頭一遭。因為他之前受到了那場冒犯，所以她有些不大敢看他，但她還是注意到，在他的用餐過程當中，有那麼兩回，他突然就看起了她，接著又四下裡打量了起來，就像舊日的那份記憶實在是太過強大，讓他需要從視覺裡面獲取一些證據，以確證他們並非身處於過去的那間囚室裡面。而且，在這兩次發作期間，他都把一隻手伸向了頭那裡，就像他有些想念過去那頂黑色的小帽似的 —— 雖然它已經作為一種恥辱的標記，在馬夏被贈送於人了，絕對沒能在他頭上待到眼前這一刻，但它仍然被戴在他的繼任者的頭上，在馬夏的放風場裡面陰魂不散著。

在這頓晚飯裡面，他只吃了非常之少的一點東西，卻在它的上面花費了很長一段時間，期間屢屢重提了他弟弟那種每況愈下的狀況。雖然他也對他表達了莫大的憐憫，但也差不多可以說是對他充滿仇恨的。他說，可憐的福德呀 —— 哈，嗯 —— 那個口水鼻涕蟲。他是沒有任何其他詞語可以表達內心的感受的，只能是這個口水鼻涕蟲。可憐的傢伙呀！一想起愛米在他那種乏味得要命的陪伴 —— 既神思恍惚又喋喋不休，這個可憐但

也可愛又值得敬重的人呀，既神思恍惚又喋喋不休 —— 之下，肯定要經受的那些東西的時候，他就覺得傷懷不已，好在還可以拿它當作藉口，在領袖夫人那裡得到一些慰藉，要不是這樣那就糟了。極度抱憾於，然後，他又帶著之前的那份滿足感，把之前那話給重複了一遍，極度抱憾於那位 —— 哈 —— 比他體面上許多的女士健康有些欠佳。

對於小杜麗而言，因為她懷有的那份密切關注的愛意，她原本會記得，他在那天晚上說過或做過的最細微的一點事情，但實際上，因為接下來發生的那些事情，她是沒什麼理由該記住那個晚上的。她始終記得，當他在舊日那份記憶的強勢作用之下，四下裡張望起來的時候，他努力想要把它們趕出她的頭腦之外，可能也想趕出他自己的頭腦之外，而他所訴諸的措施是，馬上詳細講述起了在他離開的時候，被各色榮華富貴和社會名流眾星捧月般環繞的情形，還有他和他的家庭必須要加以維護的那個崇高的地位。她也不會想不起來，在他的所有論述和所有舉止裡面，全都並排流淌著這麼兩條暗流，第一條是，他始終都在向她表示，他在沒有她的時候發達得是如何神速，以及他是如何的無需依賴於她，另外一條是，他差不多算是在用一種斷斷續續又讓人莫名其妙的方式，不停數落著她的不是，就像在他離開的時候，她也有可能忽視冷落了他似的。

在對她講述莫德先生保有的那個榮耀的地位，以及那些在他面前卑躬屈節的朝臣們的時候，他自然而然地說到了莫德夫人。更確切地說應該是，雖然在他眼下絕大部分的評論裡面，語序之顛三倒四都達到了不大自然的程度，但他還是非常自然地馬上把話題轉移到了她的身上，進而詢問她的狀況如何。

「她是非常安好的。她下週就要離開了。」

「回家麼？」杜麗先生問。

「先要在路上停留幾周時間。」

「她將會給此地帶來一份巨大的損失，」杜麗先生說。「給家鄉那邊帶

來一份巨大的 —— 哈 —— 收穫。對於范妮，還有對於 —— 嗯 —— 上流社會的 —— 哈 —— 其他人等而言。」

小杜麗卻想到了即將展開的那場競爭，但她還是非常溫和地表示了認可。

「莫德夫人將要舉辦一場盛大的告別聚會，親愛的，還要在它之前舉辦一場晚宴。她之前一直在很焦急地說，不知道你會不會及時返回。她已經邀請你跟我去赴宴了。」

「她是 —— 哈 —— 非常仁慈的。日子在什麼時候呢？」

「後天。」

「明早隨便找個時間寫封回函，說我已經返回，將會 —— 嗯 —— 欣然赴約。」

「我可以陪你上樓回你的房間去嗎，親愛的？」

「不可以！」他憤怒地扭過頭回答說，因為他當時正在動身離開，但好像忘記跟他女兒告別了。「妳不可以這樣，愛米。我不想要任何幫助。我是妳的父親，不是妳那個不結實的叔叔！」說到這裡，他突然就止住了自己的話頭，其情狀跟方才突然迸出上述答覆一般無二，然後又說，「妳還沒有吻我呢，愛米。晚安，親愛的！現在我們得把妳給 —— 哈 —— 我們得把妳給嫁掉了。」說完這話之後，他比之前更為緩慢且更顯疲憊地，朝樓上他自己的房間走了過去，接著，差不多在剛一到達那裡之後，便趕走了他的貼身男僕。他的下一個擔憂對象是他在巴黎買來的那些東西，他先四下裡把它們尋找了一番，待打開盒子把它們小心仔細地查看了一遍之後，又把它們給重新放好，並且給它們上了鎖方才了事。做完這件事之後，他要麼打著瞌睡，要麼進行著城堡建設工作，在這兩件事情裡面沉湎了相當長一段時間，就這樣，等他手腳並用爬進床鋪的時候，在荒涼的坎帕尼亞平原的東緣處，已經有一抹晨曦展露出了它的頭角。

次日，領袖夫人適時把她的問候和致意送到了樓上，並且希望，他在

旅途勞頓之後得到了良好的休息。他隨即把他的問候和致意送下了樓去，並請求信差向領袖夫人透露一聲，說他真的得到了非常良好的休息，而且狀態相當高昂。然而，等到他從自己的房間裡面走出來的時候，時間已經被捱到下午時分了，還有，雖然他為了跟領袖夫人和他女兒一起乘馬車出遊，隨後讓自己被穿扮出了一副堪稱宏偉壯觀的派頭來，但是，他的外表還是不很能配得上他對自己所做的描述。

因為杜家當天沒有其他訪客，所以只有家裡的四位成員一起進行了晚餐。他先是帶著一套非常巨大的儀式感，把領袖夫人領到位於他右手處的座位上落了座，接著，當小杜麗和他叔叔緊隨其後入席的時候，她是沒辦法注意不到下面這兩點的，一是他又讓自己被精心穿扮了一番，二是他對領袖夫人的態度可稱非常特別。還有，雖然那位嫻於禮儀的女士為自己塑造的那個表面擁有一套臻於完美的結構，使得它上面的那些高雅上流的釉料絕難有哪怕一個分子偏離自己的位置，但小杜麗卻認為，她看到，在她那隻冰封冷凍的眼睛的一個角落處，還是出現了一些輕微的流露著勝利意味的融化跡象。

對於杜家的這場宴會而言，儘管它擁有一種在這些頁面裡面可以被稱為李子稜鏡式的屬性，但是，在它的進行過程當中，杜麗先生還是睡著了好幾回。他這些不時發作的打瞌睡現象還是像前一天晚上那麼突如其來，也還是那麼短促但深酣。當這些睡眠當中的第一波攫住他的時候，領袖夫人差不多像是大驚失色了起來，但是，在這種病症於隨後每次復發之際，她都會喃喃地念出下面這套禮貌的禱文來，爸爸，馬鈴薯，家禽，李子和稜鏡，而且，憑藉著非常緩慢地進行這套萬無一失的表演，她好像總能在杜麗先生從他的睡眠中驚醒的同時，差不多也正好念完了她的那套玫瑰經。

此外，他還再度相當痛苦地在福德身上察覺到了一種嗜睡傾向（他本人卻妄想它是不存在的），待到福德在飯後告退下去之後，他私下為那個可憐的人向領袖夫人表示了歉意。「所有兄弟裡面最值得敬重和最滿懷深情的那一個，」他說，「但是 —— 哈，嗯 —— 已經完全碎掉了。很不幸

地，正在迅速走著下坡路。」

「先生，福德先生。」領袖夫人曰，「確實有一種習慣性的心不在焉和消沉頹唐，但還是讓我們希望，事情還沒有糟到那個地步吧。」

然而，杜麗先生卻是鐵了心不想放過他的。「正在迅速走著下坡路，夫人。一具遺骸。一堆廢墟。正在我們眼前腐爛糟朽著。嗯。善良的福德呀！」

「你離開秀才夫人的時候，她肯定是相當安好和幸福的，我相信是這樣吧？」領袖夫人先起伏著胸脯為福德吐出了一聲冷淡的嘆息，然後說。

「圍繞著她的，」杜麗先生答覆道，「那些人 —— 哈 —— 全都能讓品味變得迷人起來，還能 —— 嗯 —— 提升思想境界。幸福是當然的，親愛的夫人，有了 —— 嗯 —— 丈夫的人嘛。」

領袖夫人聞言有點激動不安了起來，像是小心地用手套把那個詞給收拾起來了一樣，就像不知道它可能會導致什麼後果似的。

「范妮。」杜麗先生繼續說，「范妮，領袖夫人，她是擁有一些優秀品格的。哈。雄心壯志 —— 嗯 —— 目標遠大，對地位的 —— 哈 —— 明確意識，維護那種地位的堅定決心 —— 哈，嗯 —— 優雅，美麗，還有天生的貴族氣質。」

「這是毋庸置疑的，」領袖夫人說（但態度卻多了一點額外的生硬）。

「跟這些品格結合在一起的是，夫人。」杜麗先生說，「范妮以前 —— 哈 —— 展現出來過一個瑕疵它讓我 —— 嗯 —— 讓我有些不安，而且 —— 哈 —— 我必須得加上憤怒，但我相信，這個東西現在可以被認為已經完結掉了，就連在她自己那裡也是這樣，至於在 —— 哈 —— 其他人那裡，它無疑是已經完結掉了。」

「它是什麼呢，杜麗先生。」領袖夫人回應說，並把她的手套動作了一下，它們好像又有些興奮起來了，「您能提及一下嗎？我無從 ——」

「請不要那麼說，親愛的夫人。」杜麗先生打斷了她。

然而，在漸趨消亡的進程當中，領袖夫人的聲音還是把那個詞的音節給發了出來，「無從想像。」

　　在她說出它之後，杜麗先生被一陣瞌睡攫取了大約有一分鐘左右的時間，接著用一股帶著些痙攣氣息的機靈勁兒從其間跳脫了出來。

　　「我指的，領袖夫人，是范妮身上那種 —— 哈 —— 強烈的敵對感，或者說 —— 嗯 —— 我也可以這麼說 —— 哈 —— 嫉妒感，它偶爾會翻騰起來針對 —— 哈 —— 我對那個人懷有的那種感覺 —— 嗯 —— 還有那個人的某些權利 —— 哈 —— 我指的是那位我正在有幸與其溝通的女士。」

　　「杜麗先生。」領袖夫人回應說，「永遠都是太過讓人感戴的，永遠都是太過賞識於人的。如果曾經有過那麼一些時刻，讓我出於一己之想像認為，杜麗先生對我的服務形成了一種讚賞意見，而杜麗小姐確實對它懷有怨恨的話，那麼，在那種只能說太過抬愛的意見裡面，我也已經找到了我的慰藉和補償。」

　　「對您的服務所形成的意見嗎，夫人？」杜麗先生說。

　　「對，」領袖夫人把他的話重複了一遍，並做出了一副優雅得讓人過目難忘的樣子來，「我的服務所形成的意見。」

　　「只是對您的服務嗎，親愛的夫人？」杜麗先生說。

　　「我擅自認為，」領袖夫人反駁道，並且再次做出了之前那副讓人過目難忘的樣子，「只是我自己的服務。因為，我還能把它歸於，」領袖夫人說，並用她的手套做了一個帶有輕微疑問意味的動作，「別的什麼 —— ？」

　　「歸於 —— 哈 —— 您自己，領袖夫人。哈，嗯。歸於您自己和您的諸般懿德，」杜麗先生接起話頭說。

　　「如果我想評論說，這不是一個進行眼下這場談話的時間和地點，」領袖夫人說，「杜麗先生肯定會原諒我的。如果我想提醒他說，杜麗小姐就在隔壁的房間裡面，我說出她的名字時就能看得到她，杜麗先生肯定會諒

解我的。如果我想陳述說，我現在有些緊張和激動，而且我發現，在很多個時刻裡面，我原本以為已經克服了那種虛弱，但它們卻用雙倍的力量回到了我的身上，杜麗先生肯定會寬恕我的。還有，杜麗先生肯定會允許我暫時告退下去。」

「嗯。可能我們可以在另外一個時間，」杜麗先生說，「重續這場 —— 哈 —— 有趣的交談，除非它會，但這並不是我所希望的 —— 嗯 —— 以任何方式讓領袖夫人您 —— 哈 —— 感到不快。」

「杜麗先生。」領袖夫人低著頭立起身說，同時拿眼看著地面，「絕對可以永遠主張說，他是有權擁有我的崇敬和服從的。」

然後，領袖夫人便莊重地匆匆離開了，而且，對於在一個不及她這麼卓越非凡的女人身上可以有所期待的，那種分量的一份驚懼和不安，那可是未曾見諸於她的身上的 [106]。至於杜麗先生這邊，他在進行他的那部分談話時，表現出來了某種堪稱壯觀和令人敬仰的屈尊姿態 —— 當有些人在教堂裡面表現自己，或者在禮拜儀式裡面表演他的角色時，也是可以見到與此相當類似的情形的 —— 這讓他從總體上來講，顯得像是對自己非常滿意似的，同時也對領袖夫人的表現非常滿意。當那位女士返回來喝茶時，她用一點化妝粉和頭油對自己進行了一番裝飾，同時也並非未在道德層面上同樣做上一些提升，而後面那一點主要表現在，她對杜麗小姐表現出來的那種非常親切的恩賜態度，還有對杜麗先生展現出來的那種把溫柔的關注和刻板的得體共冶於一爐，且顯得很是協調的神色。當她在傍晚鄰近結束之際起身告退時，杜麗先生抓住了她的手，像是要把她領到人民廣場，然後在那裡頂著月色散上一分鐘步似的，接著又極其莊嚴地把她帶領到了房間的門口，在那裡，他把她手背上的關節抬到了自己的唇邊。待到跟她告於分別之後，他又很是親切地對他的女兒進行了一番祝福，而他這

---

[106] 這句話的潛在含義是，若是換了普通的女人，會非常擔心自己剛才對杜麗先生的態度太過冷淡，而嚇退了這位顯貴人物的求愛熱情，但領袖夫人的這種擔心卻不會像普通女人這麼強烈。

種體恤下情的親切態度據推測可能根源於，他在門口那裡收受了一個質地相當瘠薄，但也散發著一些化妝品香味的親吻。總之，如此這般暗示過那件即將發生的重大事件之後，他就再次上床睡覺去了。

次日上午，他一直把自己關在他自己的房間裡面，但是，在下午很早的時候，就派遣補鍋匠先生把他最為衷心的問候和致意送給了樓下的領袖夫人，並請求她陪著杜麗小姐出去兜個風，還說他自己就不跟她們一起去了。隨後，在他還沒有出現之前，他女兒便穿扮好了前往莫德夫人家赴宴的衣服，他則用盛裝華服讓自己展示出了一副燁耀生輝的派頭來，但看上去卻有一種莫可名狀的枯槁和老邁。不過，因為他顯然已經下定了決心，要是她敢多嘴到問他他這是怎麼了的話，一準會對她憤怒相向，所以，她只是斗膽吻了吻他的面頰，然後便揣起一顆焦急不已的心，陪伴著他往莫德夫人家那邊去了。

他們要走的那段路程是非常短的，但是，還沒等他們的馬車走完它的一半，他就再度投入進他的建設工作裡面去了。隨後，莫德夫人用優厚的禮遇接待了他。大胸脯本人看上去把自己保養到了一種令人景仰的程度，而且跟那個身體部位互襯到了一種極致相得益彰的地步。宴會上的各色菜肴都是非常精挑細選的珍品，與會的眾人也都是非常精甄細別的人傑。

它主要是英國風味的，但也包含著常規性質的法國伯爵和常規性質的義大利侯爵，也就是那些裝飾性質的，對社會階層劃分有著里程碑式意義的人物，他們總是處於固定的位置上面，面貌的變化也是非常微小。宴會的桌子是很長的，宴會的持續時間也是很長的，而席間的小杜麗呢，她苦於被她父親那對巨大的黑色八字須和那條巨大的白色領巾遮住了視線，而完全沒辦法看到他的臉，直至有一位僕人把一個小紙片交到了她的手裡，然後用耳語聲向她傳達了來自莫德夫人的一個要求，要她馬上把它讀上一下。莫德夫人用鉛筆在那上面寫著，「請過來跟杜麗先生說說話，我懷疑他的情況不是很好。」

　　接著，正在她避開眾人眼目匆匆往他那邊走去的時候，他也正好起身離開了椅子，然後俯身在餐桌上面呼喚起了她，顯然以為她還待在她的位置上面：

　　「愛米，愛米，我的孩子！」

　　他的這個舉動是如此的異常，更別提他那副奇怪又急切的樣子和奇怪又急切的聲音了，結果，它馬上就造成了一片深邃的靜默。

　　「愛米，親愛的。」他又說道。「妳願意去看看嗎，看鮑勃在不在閘上？」

　　這時，她已經站在了他的身邊，而且正在觸摸著他，但他仍然違情背理又執迷不悟地認定，她還坐在她的座位上面，接著重新呼喊了起來，身體仍然俯在餐桌上面，「愛米，愛米。我覺得我的情況不大對勁。哈。我不知道我這是怎麼了。我特別希望見一下鮑勃。哈。在所有牢頭裡面，只有他既是我的朋友也是你的。看看鮑勃在不在門房裡面，然後請求他過來找我。」

　　現在，所有賓客全都處於了莫大的驚悸和愕然當中，大家全都站了起來。

　　「親愛的父親，我不在那邊，我在這裡呢，在你旁邊。」

　　「啊呀！妳在這兒呢，愛米！很好。嗯。很好。哈。喊一下鮑勃。要是他被替班了，然後不在閘上的話，告訴班姆夫人去把他請來。」

　　她用溫和的態度試著想要把他帶走，但他抗拒著不肯聽從。

　　「我跟妳說吧，孩子，」他自己也用孩子氣的語氣任性地說道，「要是沒有鮑勃的話，我是沒辦法走上這條狹窄的樓梯去的。哈。派人去叫鮑勃。嗯。派人去叫鮑勃 —— 所有牢頭裡面最好的那一個 —— 派人去叫鮑勃！」

　　說完，他困惑地看起了身邊的人來，然後，他開始意識到了，他的身邊是圍繞著許多面孔的，於是向他們演說了起來：

　　「女士們先生們，下面這項責任 —— 哈 —— 已經移交到了我的身上 —— 嗯 —— 它就是我要歡迎你們來到馬夏！歡迎來到馬夏！此地的

空間是 —— 哈 —— 有限的 —— 有限的 —— 散步廣場可能會寬敞上一些，但在過上一段時間 —— 過上一段時間之後，你們將會發現它顯然變大了不少，女士們先生們 —— 還有此地的環境是，要是把所有因素全都考慮在內的話，是非常良好的。它的空氣是越過 —— 哈 —— 薩里郡的群山吹過來的。越過薩里郡的群山吹過來的。這裡是雅間。由一批大學生們 —— 哈 —— 認捐的一小筆款項維持運營著。而對此所做的回饋是 —— 熱水 —— 公用廚房 —— 還有其他不大的家庭便利措施。那些長住在 —— 哈 —— 馬夏的人們，是樂於稱我為它的父親的。我自己也慣於被陌生人讚稱為 —— 哈 —— 馬夏之父。當然，如果經年累月的久居可以為這樣一個讓人無上光榮的稱號 —— 哈 —— 建立起一份所有權的話，那我是可以接受這份 —— 嗯 —— 被授予的殊榮的。這是我的孩子，女士們先生們。我的女兒。她出生於此地！」

她並不以此為恥，或者說以他為恥。她被驚嚇得面色蒼白，但心中一無其他掛慮，只是想予他以安慰和帶他離開，而且完全是為了那個親愛的他本人的緣故。她插身在他和那些驚奇的面孔們之間，轉身俯在了他的胸脯上面，又抬起自己的臉看著他的。他用左臂緊緊地摟著她，在他發言的間隙裡面，可以聽到她用很低的聲音，溫柔地請求他跟她離開。

「出生於此地，」他又說道，並潸然為之淚下。「也養育於此地。女士們先生們，我的女兒。這個孩子有一位不幸的父親，但是 —— 哈 —— 始終都是一位紳士。可憐，那是無疑的，但也 —— 嗯 —— 頗覺自豪。始終都是自豪的。有一件事情已經成為了一種 —— 嗯 —— 並非不會頻繁發生的慣例，我的 —— 哈 —— 那些個人崇拜者們 —— 僅僅是個人崇拜者們 —— 都是樂於表達一下心中的熱望的，極想對我的這一半官方職位予以承認，透過供奉 —— 哈 —— 一些小小的禮物，它們通常採取的形式是 —— 哈 —— 一些證明 —— 一些金錢方面的證明。在悅納那些 —— 哈 —— 因為我為了維護此地的一種格調 —— 一種格調 —— 嗯 —— 是

做過一些卑微的努力的，在悅納那些對我的此種努力所作的自願認可時 —— 我要請求你們明白下面這一點，我並不認為如此行事是放棄了原則的。哈。並未放棄原則。哈。並非是一個乞丐。不，我拒絕接受這個稱號！與此同時，我還遠遠不會在面對 —— 嗯 —— 在面對這種美好感情，我那些偏愛的朋友們都是被它驅使著的，不會在面對這種感情的時候，稍有勉強地承認那些供奉是 —— 嗯 —— 高度可供悅納的。恰恰相反，它們都是至為可供悅納的。我是用我孩子的名義，如果不是我自己的話，用最為徹底的方式承認這一點的，與此同時也要保留 —— 哈 —— 我個人的自尊我可以這樣說嗎？女士們先生們，願上帝保佑你們所有人！」

　　到了這個時候，因為大胸脯所經受的那份極大的窘迫感，已經讓絕大多數賓客都撤退到其他房間裡面去了。少數幾個逗留到了眼下的，也都步其他人的後塵而去了，所以，房間裡面只剩了小杜麗和她父親他們自己，另外還有幾位僕人。她那個最親愛又最寶貴的人呀，他現在可願意跟她離開了嗎，他還不願意嗎？對於她這些熱烈的請求，他的答覆是，要是沒有鮑勃的話，他是絕對沒辦法走上那條狹窄的樓梯去的，鮑勃在哪裡？沒有任何人願意去把鮑勃給請來嗎？憑藉著去尋找鮑勃這個偽裝的藉口，她迎著一股湧進來進行夜間集會的歡快人流，把他給帶了出去，又把他帶進了一輛剛好卸下了載荷的出租馬車，最後把他帶回了家裡。

　　在他逐漸衰弱下去的視覺裡面，他的羅馬宮殿的寬敞樓梯縮小成了他的倫敦囚牢的狹窄樓梯，還有，除了她之外，他受不了任何其他人觸摸他，不過他弟弟是個例外。結果，他們兩人獨力把他帶回了他的房間，又把他安放到了床上。從那一刻起，他那個可憐殘缺的頭腦便只記得讓它折翼的那個地方了，而完全放棄了從那之後一直都在努力探索著的那個虛無夢想，除了馬夏之外再無任何其他認知。當他聽到大街上面的腳步聲時，他會把它們當成是放風場裡面那種熟悉又疲倦的足音。當關閘的時間到來時，他想像所有陌生人都因為夜間不得留宿的規定，而被驅逐了出去。當

開閘的時間又到來時，他如此焦急地想要見到鮑勃，結果他們不得不拼湊出這麼一套說辭來，說是那個鮑勃 —— 那時他已經去世很多個年頭了，這個溫和的牢頭呀 —— 怎樣得了一場傷風感冒，但有望在明天出勤，或者是後天，最遲不會超過大後天。

他迅速衰退到了一種如此極端的虛弱狀態，以致聯手都沒辦法抬得起來。但他仍然按照長久以來的慣例保護著他的弟弟，只要看見他站在他的床邊，他就會有些自滿地說道，差不多會在一天裡面說上五十遍，「我的好福德，還是坐下來吧，因為你真的是非常虛弱。」

他們試著讓領袖夫人來寬慰她，但他對她沒了哪怕最輕微的一點認知。一份具有傷害效應的懷疑不知怎樣就駐紮在了他的腦子裡面，說是她想篡奪班姆夫人的職位，還說她是有酗酒習慣的。他用毫無節制的言辭指責她的這個缺陷，還非常急切地催促他女兒去造訪典獄長，請求他把她趕出去，結果，在第一次嘗試告於失敗之後，她就再也沒有出現過。

An unexpected After Dinner Speech.

（一場出人意料的餐後演說）

　　除了僅有一回問起「提普是不是出去了？」之外，他對那兩個不在身邊的孩子的記憶好像都離他遠去了。但是，那個為他貢獻了如此之多，但得到的回報卻如此之少的孩子，是從未淡出過他的頭腦的。這不是說他從心裡寬恕了她，或者擔心她會因為操心和疲勞而累倒，因為對於這一點而言，他的掛慮並未比平素有所增加。不，他還在用過去那種老套路愛著她。他們又待在監獄裡面了，她在照顧他，他無時不刻地需要她，沒了她便沒辦法運轉下去，有時候，他甚至會告訴她，為她經受了如此之多的磨難讓他頗感滿足。至於她那方面，則是俯身在他的病榻上面，用她安靜的面龐緊貼著他的，甚至願意獻出自己的生命來換取他的康復。

　　在接下來的兩三天裡面，他就這樣無甚痛苦地不斷衰退著，她觀察到，他的懷錶的滴答聲好像讓他有些煩惱，那是一隻顯得浮華而炫耀的金表，當它走動的時候，它所發出的那種喧鬧聲就像是，除了它和時間之外，是沒有任何其他東西在動作著的。於是，她任憑它走完了發條，但他仍然還是顯得不安，並且示意他的所願並非如此。最後，他努力振作起來解釋稱，他想用這塊錶去籌集一些錢來。當她假裝拿走它去做這件事的時候，他顯得很是快樂了起來，隨後還用之前未曾有過的胃口，小口嘗起了葡萄酒和肉凍來。

　　他很快就讓事態變得明白了起來，表明這就是他想要的東西，因為在接下來的一兩天裡面，他又打發掉了他的幾個袖扣和幾個戒指。在委託她去做這些差事的時候，他從中獲取到了一種令人驚詫的巨大滿足感，還好像覺得，如此行事等於是做出了最為井然和最具遠見的安排。等到他的廉價飾品，還有他能在身邊看到的這類東西全都消失了之後，又有他的衣服引起了他的注意，而不無可能的一點是，他之所以又在世上勾留存活了幾天時間，正是因為把它們一件又一件地送到一個想像出來的當鋪老闆那裡時，讓他獲取到了這麼一份滿足感。

　　就這樣，小杜麗俯身在他的枕頭上面，臉貼著臉地一連陪伴了他十天

時間。有時候，她會在累到力竭之後，跟他一起睡上幾分鐘時間。等到醒來之後，她會伴隨著靜默無聲地快速流淌的眼淚，努力回想淌在臉上的是什麼東西，還會看到，在枕頭上面的那張為她所鍾愛的臉上，一種比馬夏的高牆所投下的更為深重的陰影，正在偷偷爬將上去。

悄悄地，悄悄地，在那座宏偉城堡的平面圖裡面，它的所有線條全都一條接一條地消融掉了。悄悄地，悄悄地，讓它們勾畫於其上的那張畫著橫格分隔號的面孔，開始變得白皙和空茫起來了。悄悄地，悄悄地，由牢房柵欄和牆頭上的之字形尖鐵投射在它上面的那些疤痕，開始逐漸褪色了。悄悄地，悄悄地，那張臉逐漸消退成了一張比她曾經在那頭灰髮下面看到過的年輕上許多，同時跟她自己頗為相像的面孔，然後沉入了永久的安息。

一開始的時候，她叔叔全沒掩飾自己精神上的狂亂。「啊呀我的哥哥呀！啊呀威廉呀，威廉呀！你走在我的前面了，你一個人就走了，你走了，倒把我給剩下了！你，比我要強上這麼許多，還這麼傑出，這麼高貴，我，一個百無一用的可憐又沒用的人，還是一個沒有誰會想念的人！」

在當時那個時候，這反倒是給她帶來了一些好處的，因為讓她可以去想著他和救助他，而轉移一下注意力。「叔叔，親愛的叔叔，不要傷害你自己吧，也不要傷害我吧！」

老人還沒有聾到聽不見最後那幾個字的地步。當他真的開始克制自己的時候，就是為了不去傷害她。他對自己是全不在乎的，但是，在他那顆昏憒了如此之久，現在又醒過來瀕於了破碎的誠實的心裡，他是用它所剩下的全部力量在尊敬和祝佑著她的。

「啊上帝呀！」在他們離開那個房間之前，他喊叫著說，並把兩隻皺巴巴的手緊握在一起舉到了她的上方。「這是我那個已經死去的好哥哥的女兒，您看到她了吧！在她的身上，我這兩隻半瞎和充滿罪惡的眼睛曾經看顧過的所有東西，您肯定已經炯鑑無遺了。請不要讓她頭上的一根頭髮

在您眼前受到損害吧。請您把她維護在現在這個樣子，直到她的最後一刻吧。而且我知道，從今以後您一定會酬報她！」

在臨近的一個昏暗的房間裡面，他們一起安靜而悲傷地待到了將近午夜時分。他的悲痛屢屢在一陣陣發作當中尋求著解脫，其情狀如同讓它最初得到了流露的那一陣，不過，雖然他的微小的力量很快就會不支於這樣的重負，但他絕對不會想不起她的話來，然後便會責備自己，讓自己平靜下來。他讓他的悲傷沉溺於其間的這種唯一的語言流露是，他屢屢喊叫著說，他哥哥就這麼一個人走了，可他們從人生剛開始的時候就待在一起了，還一起落入了不幸的命運當中，還一起捱過了很多個年頭的貧窮生活，並且一直一起待到了眼前這一天，但他哥哥現在卻一個人走了，一個人啊！

最後，他們沉痛而悲傷地分開了。除了他自己的房間之外，她不同意把他留在任何其他地方，於是，她親眼看他和衣躺到了自己床上，又親手給他蓋上了被子。然後，她就一頭倒到自己的床上去了，進入了一場深睡當中，這是一場精疲力竭的安息之睡，但仍然沒辦法完全擺脫一種無時不在的痛苦感受。睡吧，善良的小杜麗！一覺睡到天明吧！

那是一個月光朗照的夜晚，但月亮出得很遲，因為距離滿月已經很久了。當它高懸在寧靜的天宇當中後，它透過半閉著的百葉窗格照進了一個莊嚴的房間，在那裡面，一個顛躓於泥途然後漫遊彷徨不止的生命新近才告於了終結。但是，那個房間裡面卻是有著兩具人體的，兩具同樣安靜而漠無所感的人體，同樣被帶離了熙熙攘攘的地球和它所含納著的一切，同樣被帶離了它凡人無法跨越的一段距離，雖然很快又會躺進它的裡面去。

其中一人憩息在床上。另外那人跪倒在地板上，然後俯到了他的身上，兩條胳膊鬆弛而安靜地止息在被子上面，他的臉也朝下俯著，讓兩片嘴唇觸到了那人的一隻手上，他是用盡最後一口氣息，讓自己的臉俯到它上面去的。杜家的兩個兄弟就這樣去往了天父面前，遠遠地超脫了這個世界的那種模糊莫名的評判，高高地超越了它的迷霧和晦澀。

(那個夜晚)

第十九章　前述空中城堡遇襲

第二十章　下一章的楔子

　　乘客們正在從一艘班輪上面朝著加萊的那條突碼頭登陸。眼前的加萊是一個不僅地勢低窪，精神也顯得有些低落的地方，因為它的潮水正在不斷朝著低水位線退落著。就算在此之前，那片沙洲上面的海水也只夠讓那艘班輪漂浮進來，而現在，這片沙洲已經淺淺地在海面上露了一個頭出來，看上去像是一頭剛剛浮出水面的懶洋洋的海洋怪物似的，在熟睡當中把它的身形不大清楚地展現了出來。瘦長的燈塔通體都是白色，狀如一座有過豔麗色彩和圓胖身形的宏偉建築化成了眼前的這個鬼魂，糾纏著海岸地帶不肯離去，正在因為遭受了方才那陣海浪的沉重打擊，而憂傷不已地墮落著眼淚。還有那好幾長溜瘦骨伶仃的黑色椿子，它們一副黏糊糊、溼答答而飽受風雨侵凌的模樣，因為被方才的那陣潮水纏上了一些狀如花圈的海草，所以大可以去扮演一座不甚美觀的海洋墓地。總之，在眼前的這片廣闊的灰色天空下面，在眼前的這陣混雜著風聲和海水聲的嘈雜當中，在一道道曲折而凶猛地朝著它們撲去的碎浪之前，每一樣受到海浪衝擊和風暴吹打的東西都顯得那麼低矮和那麼微小，以至於令人頗覺奇怪的是，世界上竟然還有什麼加萊留存了下來，還有，它的那些低矮的大門、低矮的圍牆、低矮的屋頂、低窪的溝渠、低矮的沙丘、低矮的堤壘和扁平的街道，竟然沒有在很久之前便像孩子們在海灘上築起的堡壘那樣，屈服於侵蝕圍攻它們的大海之下。

　　這些乘客先在沾著溼泥的椿子和板子中間滑溜了一頓，又在溼漉漉的臺階上面絆跌了一番，並且碰到了很多受到海水澆灌的難題，然後才開始在那條漫長的突碼頭上面，進行起了他們那段不甚愜意的長途漫步旅行。在那裡，這座城鎮裡面的所有法國無賴和英國不法者們 [107]（大約占到了

---

[107]　在小說故事發生的這個時期，英國的負債者們習慣到加萊躲債。

全部人口的一半），全都致力到了阻止他們從昏亂狀態中得以恢復這項大業當中。接著，他們又先在一陣長達四分之三英里的聯手扭打混戰當中，被到場的全體英國人仔細檢視了一頓，又被到場的所有法國人當成戰利品爭奪、再爭奪和反爭奪了一番，然後才最終得以自由地進入街道，各自朝著不同的方向逃竄而去了，而且身後還有人在窮追不捨著。

　　而正在被不止一件焦心事情煩擾著的柯南，他也是這群頗具奉獻精神的乘客當中的一員。把他所有同胞當中最疏於防範的那一位解救出極度險惡的巨大困境之後，他現在終於能獨自一人走他的路了，或者說盡他所能差不多獨自一人走起了他的路來，因為有一位穿著油脂質地的套裝，頭戴一頂用同種材料製成的便帽的本地紳士，正在他身後大約五十碼的距離處追捕著他，並且接連不斷地呼喊著，「嗨！我書——說！你！先生！我書——說！非常好的旅館！」

　　然而，就連這個熱情好客的人，最終也被他拋在了身後，然後，柯南便徹底不受騷擾地繼續走起了他的路。在經歷過海峽和海岸地帶的那種騷亂之後，城鎮裡面好像洋溢著一種靜謐的氛圍，在這種對比之下，就連它的那股沉悶都變得有些符合他的心意了。在這裡，他又新遇到幾群他的本國人民們，這些人都有一種四散飄零的神色，就像曾經像是某些不大令人舒適的花種那樣，自己吹散了自己，現在完全變成了一堆野草。他們還都有一種在一個受到限制的圈子裡面閒混日子的神氣，這種情景讓他非常強烈地回想起了馬夏。不過，在充分引發了他的上述思考之後，他並未對他們做進一步的關注，而是去尋訪出了記在心裡面的某街某號。

　　「潘可思是這麼說的，」在一座呼應著上述位址的色彩黯淡的房子前面停住腳步之後，他暗自嘟噥著說。「我猜他的資訊應該是正確的，還有他的這項發現，因為是在賈思彼先生那些零散的檔案裡面得到的，所以應該是無可置疑的，不過，要是沒有它的話，我真的很難認為這裡有可能是那個地方。」

這是一幢位於道路對面的了無生氣的房子，並有一堵了無生氣的圍牆，在這堵牆上面，它還有一個了無生氣的門洞，在那裡，柯南在一個垂著的門鈴把手上面拉出了兩個了無生氣的丁零聲，又用一個門環叩出來一個了無生氣、不甚清楚且僅僅停留於表面的叩門聲，若拿它所包含的那份深度來論，好像連穿透眼前這扇開裂的門板都不足以達到。不過，那扇門卻在一根了無生氣的彈簧上面，咯吱咯吱地自己搖晃著打開了，待在身後關上它之後，他走進了一個黯淡的院落裡面，而且很快就被位於背面的另外一堵了無生氣的圍牆阻住了去路，柯南看到，它的主人試圖修整過一些匍匐在地上的灌木，但它們現在已經死掉了，還試圖在一個岩洞裡面製造出一眼小噴泉來，但它現在已經乾涸了，還試圖為它裝飾上一座小雕塑，但它現在已經不見了蹤影。

房子的入口是位於左側的，它也像外面的門洞那樣，被修飾了兩張用法語和英語寫成的印刷布告，宣稱有配備著傢俱的套房出租，而且馬上便可入住。接著，有一位用長筒襪裹住了整個小腿、身穿襯裙、頭戴白色便帽並且戴著耳環的，強壯而快活的農婦站在了此地的一條陰暗門道裡面，並在嘴裡說道，「我書 —— 說！先真（生）！找誰？」還在說話的同時頗令人快意地展露了她的牙齒。

柯南是用法語作答的，他說出了一位英國女士的名字，接著又說，他希望見一下那位英國女士。「那麼進來上樓吧，如果您願意的話，」那位農婦應道道，而且也是用的法語。他照做了她所提議的那兩件事情，跟著她走上了一條黑暗而光禿禿的樓梯，然後走進了一個位於二樓上面的背陰房間。這個地方給人提供了一份陰暗的視野，可以看到下面那個黯淡的院落，那些已經死去的灌木，那眼已經乾涸的噴泉，和那座不見了蹤影的雕塑的基座。

「布蘭多先生。」柯南說。

「樂意為您效勞，先生。」

　　說完這話之後，那個女人馬上便退了下去，留下他一個人看起了眼前的房間。它能夠算得上是，在這樣一幢房子裡面總能找到的那種房間的一個樣板間。涼爽、黯淡而陰沉。打蠟地板很是滑溜，但尺寸還不足以在它裡面進行溜冰運動，也不適於進行任何其他輕鬆的消遣活動。幾扇掛著紅白兩色窗簾的窗戶，一個小草墊子，一張下面混亂地聚集著一大堆桌腿的小圓桌子，幾把用燈心草莖編成座面的粗笨椅子，兩把巨大的紅色天鵝絨布面扶手椅，能夠提供相當巨大的空間，但坐進去卻不甚舒適，一張書桌，一個用幾塊碎玻璃拼湊而成但又想假裝是一整塊的玻璃燈罩，一對裡面插放著人工製作痕跡非常明顯的假花的俗豔花瓶，它倆的中間又擺放了一個摘掉頭盔的希臘武士，他正在向那位法國的守護神獻祭著一臺鐘錶。

　　待稍微停頓了一陣子之後，一扇連接著另外一個房間的門被打開了，然後有一位女士走了進來。看到柯南之後，她顯著地流露出了相當巨大的驚訝情緒，接著便繞著房間四下裡瞥視了起來，顯然是在搜尋另外一個人。

　　「請原諒，韋德小姐，我是一個人過來的。」

　　「剛才通報給我的不是你的名字。」

　　「不是，我知道不是。請原諒。因為我已經有了經驗，知道我的名字不會讓妳願意出來會上一面，所以，我大著膽子提及了一個我正在尋找的人的名字。」

　　「請問，」她回應說，並用非常冰冷的態度示意他在一把椅子上面就坐，結果讓他站在那裡沒動地方，「你剛才說的那個名字叫什麼來著？」

　　「我提及的那個名字是布蘭多。」

　　「布蘭多嗎？」

　　「這個名字妳應該是認識的。」

　　「這真是太奇怪了。」她說，並且皺起了眉頭，「你仍然還會在我和我的相識者身上，或者是我和我的事情上面，強加上一份我們不想去接受的興趣，柯南先生。我不知道你是什麼意思。」

「請原諒，妳是知道這個名字的吧？」

「這個名字跟你能有什麼關係呢？這個名字跟我能有什麼關係呢？我知道或者不知道什麼名字又能跟你有什麼關係呢？我是知道很多名字的，我也忘記過很多名字。這個可能在前一類裡面，也可能在另一類裡面，或者我可能從來沒有聽說過它。我不知道有什麼原因要為了它去審查我自己，或者說被你審查。」

「如果妳能允許我的話，」柯南說，「我會告訴妳我為什麼要把這件事情強加在妳的身上。我承認我確實是有些強人所難，而且，如果我已經下定了決心，要非常認真地去做這件事情的話，我必須要請求妳諒解我。這裡面的原因全在我的身上，我並沒在含沙射影地暗示說，它透過任何方式牽涉到了妳的身上。」

「好吧，先生。」她回應說，並用比此前少了些倨傲的態度，把之前那個請他落座的邀請重複了一遍，對此，他現在做出了遵從的反應，而她自己也坐了下去。「我至少很是高興地得知，這次不是為了另外一個在你某位朋友手下賣命的，失去了自由選擇的權利，然後被我拐帶跑了的女奴。我願意聽聽你的原因，如果你願意的話。」

「首先，是為了確定我們談論的這個人的身分，」柯南說，「讓我先來說上這麼一句，他是妳前一陣子在倫敦見過的一個人。妳應該記得在河邊見過他吧 —— 在艾德菲街那裡？」

「你極其莫名其妙地把你自己跟我的事情摻和到了一起，」她答覆說，並用一種嚴厲而不快的神色直勾勾地盯著他。「你是怎麼知道那件事的？」

「我要懇求妳不要為它動氣，完全是意外來的。」

「什麼樣的意外？」

「完完全全的意外，碰巧在那條街上碰到了妳，又碰巧目睹了那場會面。」

「你說的是你自己，還是其他某個人？」

「是我自己，我看到了它。」

「它誠然是在一條開闊的大街上面發生的，」她先帶著越來越小的怒氣思索了幾刻功夫，然後發表了這麼一條意見，「而且可能有五十個人看到了它，但就算他們真的看到了，那也說明不了任何問題。」

「我並沒覺得看到它具有任何重要性，也沒把它跟我的這場拜訪（除了拿它來解釋我為何會來到這裡），或者是我必須得請求你給予的那份恩惠連繫起來。」

「啊呀！您必須得請求我給予一份恩惠！它讓我覺得，」那張英氣勃勃的面孔正在十分憤怒地看著他，「您的態度可是軟化了不少呢，柯南先生。」

他心甘情願地只用一個輕描淡寫的動作對此表示了抗議，而沒對它作任何語言上的辯駁。然後，他提起了布蘭多的失蹤事件，對此，她可能已經有所耳聞了吧？沒有。不管對他來說這是多麼或者怎樣的可能，但她是沒有聽說過任何這種事情的。讓他來看看他身邊的這些東西吧（她這麼說道），然後讓他自己判斷一下，有什麼樣的眾所周知的消息會傳到這樣一個女人的耳朵裡面呢，她被關在這樣一個地方，而它又在無時不刻地吞噬著她的心。等她進行完這番否認之後，而他也相信它們是真話來的，接著她又問他，他說的失蹤事件是什麼意思？這讓他詳細講述起了此事的來龍去脈，並且表達了一些個人感受，說他非常焦急地想要得知，這個人現在的實際情況如何，還急著想要驅除掉，籠罩在她母親那間商號周圍的那些沉重的疑雲。聽他說話的時候，她做出了明顯的驚訝反應，而且，比起他此前在她身上看到的那些，她這次流露了更多的顯著痕跡，表明她對他人是懷有一些被壓抑著的興趣和熱情的，然而，它們仍然沒能戰勝她那套疏離、傲慢而自我封閉的做派。於是，等到他說完之後，她只說了下面這幾個字出來：

「你還沒有告訴我，先生，我跟它有什麼關係呢，或者你要求的那份恩惠是什麼。你願意行行好趕快說一下那個嗎？」

「我來假設一下，」亞瑟說，他仍然在堅持不懈地努力著，想要軟化她身上那種嘲弄一切的風度，「因為妳跟這個人 —— 做過一些交流 —— 或者我可以這麼說嗎，是祕密的交流？ —— 」

「你可以，當然可以，你無論想說什麼都可以，」她論述道，「但我不會去認可你的那些假設，柯南先生，或者是任何人的。」

「—— 那麼我，至少可以假設，因為妳跟他做過一些私人交流，」柯南說，這時，他改變了他的立場的外在形態，想讓它變得不那麼容易招致對方的反對，「所以妳可以告訴我一些關於他的前事、職業、習慣和常住地點的事情。可以給我提供一些小線索，讓我可以憑藉著它，用最有把握的方式把他給找出來，既可以是找出他本人來，也可以是確立他目前的狀況。這就是我請求妳給予的那份恩惠，而且，我是在一種非常痛苦的心情下來請求它的，對此，我希望妳能給予我一些體諒和照顧。如果妳會有什麼原因要在我身上加上一些條件的話，我會在不問它是什麼的前提下就去遵守它的。」

「你碰巧在那條街上看到我跟那個人在一起，」她先是頗為令他感到窘迫地，明顯對此事做了更多她個人角度上的思考，而沒有去想該怎麼回應他的請求，然後拋了這麼一條意見出來。「那你自己以前認識這人嗎？」

「那以前不認識，那以後才認識的。我以前從來沒有見過他，但我正好在他失蹤的那個晚上又見了他一次。事實上，是在我母親的房間裡面，我離開時他還在那裡。妳會在這張紙上面讀到，他的已經被人知悉的所有情況。」

說完，他遞了一張警察局的那些印刷傳單給她，她隨即板著一張篤定而專注的臉龐讀了起來。

「這要多過我了解他的那些情況，」她說，並把它還了回去，與此同時，柯南的表情表達出了他的深重失望情緒，可能還有一些不相信的成分在裡面，這麼說是因為，她用之前那種毫無惻隱之心的語調補充了這麼一

句，「你肯定是不相信的。不過，事情就是這樣。至於私人交流這碼事，好像他跟你母親也是有過私人交流的，但你卻說你相信她對你宣揚的那套說法，相信她對他沒有更多的了解！」

這些言詞裡面傳達了一份暗示出來，充分表達出了她內心裡面的一份懷疑，同樣的東西還包含在伴隨著它們的那個微笑裡面，結果，它讓柯南的兩頰上面馬上就湧起了血色。

「說呀，先生。」她說，在她說出下面這番話的時候，她是把之前那一刀給重新捅了一遍的，並且從中獲取到了一種殘忍的快意，「我會像你所能期望的那樣，盡力對你開誠布公的。我會坦白向你承認，要是我在乎自己的名譽（我是沒有這個東西的），或者有一個好名聲需要去保護的話（這個我也是沒有的，因為我完全漠然於別人認為它是好還是壞），我會因為跟這個傢伙產生了不管什麼樣的關係，而覺得自己的名譽或名聲受到了嚴重的損害。但他可是絕對沒有進過我的家門的 —— 也絕對沒有坐在我的家裡跟我談論到三更半夜。」

在她如此這般把他的矛頭對準他自己的時候，她終於為舊有的那些嫌疑和宿怨報了一箭之仇。因為她的性格不是能饒恕他的性格，她也沒有什麼良心上的罪疚感可言。

「還有他是一個卑劣的，唯利是圖的惡棍，還有我第一次見到他的時候，他正在義大利各地到處偷偷摸摸地覓食（我在很久以前去過那裡），還有我在那裡雇傭了他，在我當時碰巧要辦的一件事情裡面，用他充當了一件合適的工具，這些事情我都是不反對告訴你的。簡單說就是，為了我自己的那份快感 —— 就是讓一種強烈的感情得到滿足 —— 是值得我花點時間去雇傭一個暗探的，只要他願意為了錢去為我跑腿辦事。就是說我雇傭過這個人。還有我敢說上這麼一句，要是我那時候想要進行這樣一樁交易，要是我有能力付給他足夠多的錢，要是他可以在暗中行事，可以避開所有風險，那他肯定會願意取走不管什麼人的性命，而且甚少有道德方面

的顧慮，就像他拿我錢的時候那麼無所顧忌。這個嘛，它至少算是我對他的看法，而且我明白，它跟你自己那些是不會相去太遠的。至於你母親對他的看法，讓我來假設一下吧（我這是照著你的樣子來的，因為你總喜歡假設這個那個的），那可是大相徑庭的。」

「我的母親，讓我來提醒妳一下，」柯南說，「她是在進行那樁不大走運的交易的過程當中，才頭一回跟他有了交流的。」

「說起那樁讓她在上一回 [108] 跟他交流了一頓的交易來，它好像確實是挺不走運的，」韋德小姐回應說，「因為那回的交易時間可是挺晚的呀。」

「妳是在暗示，」亞瑟說，這時，他開始在這些辣手刺戳之下感到劇痛了起來，或者說，他已經深刻感受到了它們那股強烈的力量，「那裡面有些 ── 」

「柯南先生。」她鎮定地打斷了他的話，「你應該回想一下，在我說起這個人的時候，可是沒有使用過暗示手法的。他是一個，我要不加掩飾地再說一遍，一個卑劣的唯利是圖的惡棍。據我猜測，像他這樣的一個人，哪裡有機會給他就會到哪裡去。要是我那時候沒有機會給他的話，你是不會看到他跟我待在一起的。」

對於那件事情而言，柯南自己心裡也是有一片半被遮掩起來的陰影的，而她又堅持不懈地要把它那個陰暗面擺到他面前來，所以，他最終被逼迫得緘口不言了起來。

「我剛才說起的那個他仍然是一個活人，」她補充道，「但他現在說不定已經被一腳踢開了，不過這也跟我沒什麼相干，因為我現在再沒有別的機會給他了。」

柯南亞瑟沉重地嘆息了一聲，面帶一副沮喪的表情緩慢地站了起來。

---

[108] 韋德小姐此處所說的「上一回（last）」，意在跟柯南上一句當中的「頭一回（first）」形成一種對仗（last 和 first 含義相反，即「最後」和「最先」），同時含沙射影地暗示，柯南老夫人跟布蘭多並不是只見過一面，也就是說，作者利用 last 這一詞語的多義性（既可表「最後的」，也可表「上一次的」），巧妙地實現了這種一語雙關的效果，同時突顯了韋德小姐談話中的機鋒。

但她沒有跟著起身，而是在他起身的過程當中，先是憤怒地緊抿著雙唇，用一種定定的懷疑目光看了他一陣子功夫，然後說道：

「他是你那位親愛的朋友，也就是高文先生選定的搭檔吧，不是嗎？你為什麼不求你那位親愛的朋友幫幫你呢？」

亞瑟原本想否認他是什麼親愛的朋友，而且話已經上升到了唇邊，但他卻把它壓制了下去，因為他想起了以前的那些內心鬥爭和下定的決心，然後說：

「自打布蘭多離開那裡奔英格蘭來了以後，他就再也沒有見過布蘭多，除了這個之外，高文先生不知道有關他的不管什麼更多的情況。他是在國外偶然認識他的。」

「在國外偶然認識他的！」她把他的話重複了一遍。「沒錯。你那位親愛的朋友需要利用他能結識的那些人們，來轉移一下他的注意力，瞧瞧他有一個怎樣的妻子吧。我恨他的妻子，先生。」

當她說出這些話的時候，話裡面是挾裹著一股怒氣的，而且，它還因為受到了如此之大的一種壓抑，而變得更加引人注目了起來，結果，它讓柯南把注意力集中到了它的上面，還把他固定在原地沒能挪窩兒。在她拿她那兩隻陰沉的眼睛注視他之際，這股怒氣從它們的裡面閃現了出來，此外，它還震顫著她的鼻翼，燃燒著她於其時呼出來的那一股氣息，不過，她臉上的其他部分卻被強行鎮定到了一種鄙夷的安詳狀態當中，而且，她還擺出了一副平靜但倨傲的優雅姿態，就像她方才是處於一種全然的淡漠心境當中的。

「我想說的只有，韋德小姐，」他論述道，「對於妳的那份我相信沒有任何分享者的感情而言，妳是不能也並沒有受到任何刺激的。」

「你可以去問你那位親愛的朋友，如果你想的話，」她回應說，「問他對這個問題有什麼看法。」

「我跟我那位親愛的朋友還沒能好到那個分上去，」亞瑟說，這時，他

已經顧不上以前下定的那些決心了，「也就是說，還沒能好到會讓我非常有可能接近那個話題的程度，韋德小姐。」

「我恨他。」她回應說。「程度要更甚於他的妻子，因為我曾經相當地輕信於人過，還相當地不忠於自己過，幾乎就給愛上他了。你僅僅見過我，先生，在平常場合當中的樣子，在那些時候，我敢說你肯定認為我是一個平常的女人，只不過比普通女人稍微任性上一些罷了。要是你對我沒有更甚於此的了解，你是不會知道我說的仇恨是什麼意思的，要是你不知道我曾經花費過怎樣的心思，去研究我自己，和我身邊的那些人們的話，你是沒辦法知道的。出於這個原因，我已經有好一陣子想要告訴你，我過去的生活是什麼樣子的 —— 這不是為了得到你的認可，因為我認為它沒有任何價值，而是因為這樣一來的話，當你想起你那位親愛的朋友和他的親愛的妻子的時候，你就可以完全理解，我說的仇恨是什麼意思了[109]。我可以給你一些我寫下來的東西嗎，我把它們收了起來，就是為了讓你好好把它們讀上一下，或者，我是不是應該就此罷手呢？」

亞瑟請求她趕快把它給他。於是，她走到書桌那裡，給它開了鎖，從裡面的一個抽屜裡面取出來幾張折疊著的紙。接著，她一邊把它們遞給他一邊說 —— 但是，這些話裡面是沒有任何討好他的成分的，簡直都不像在對他說話，而是更像在對著鏡子裡面的她自己說話，為的是給她自己的那份執拗披上一件合理的外衣 ——

「現在，你可以知道我說的仇恨是什麼意思了！不再多說那個了。先生，不管你發現我暫時而廉價地寓居在倫敦的一幢空房了裡面，還是在加萊的一間套房裡面，你都會發現，哈莉是跟我待在一起的。你可能想在離開之前見她一面。哈莉，進來一下！」說完，她又把這個哈莉給喊了一遍。第二遍的呼喊終於把這個哈莉給喚了出來，也就是曾經的那個塔珂。

---

[109]　韋德小姐這句話的潛臺詞是，柯南在知道了高文夫婦的真面目之後，只要一想起他們來，就會像她自己那樣，對他們生出強烈的仇恨感來。

「柯南先生在這裡呢。」韋德小姐說，「但不是為你而來的，他已經放棄你了。據我猜測，你現在確實已經這樣了吧？」

「因為沒有什麼管轄權和影響力 —— 所以是的。」柯南表示了認可。

「不是為了搜查你而來的，你瞧，但仍然是為了尋找某個人。他想找那個叫布蘭多的男人。」

「我曾經看見，妳在倫敦的濱河大道上跟他待在一起，」亞瑟提示道。

「要是你知道有關他的不管什麼事情的話，哈莉，但他來自威尼斯這一點除外 —— 這個我們都是知道的 —— 就坦率地把它告訴柯南先生吧。」

「我對他沒有任何更多的了解。」那位女孩說。

「這下你滿意了嗎？」韋德小姐向亞瑟詢問道。

他是沒有理由不去相信她們的，因為那位女孩的舉止是那麼的自然，幾乎就讓他深信不疑起來了，要是他之前有過什麼懷疑的話。於是，他答覆說，「看來我得到其他地方搜尋資訊去了。」

在說話的那一刻裡面，他是並沒打算要離開的，但是，因為在那位女孩進來以前，他就已經站了起來，所以，她顯然認為他要走了。於是，她很快地看了他一眼，然後說：

「他們好嗎，先生？」

「誰們？」

她原本想說「他們全家」，但她最終還是止住了這個話頭，接著先是瞥了韋德小姐一眼，然後才說，「米格夫婦。」

「我上次收到他們消息的時候，他們都挺好的。他們不在家裡。捎帶說一句，請允許我問問妳，有人說在他們那裡看見了妳，這是真的嗎？」

「哪裡？有誰說在哪裡看見了我嗎？」那位女孩回應說，並且有些慍怒地拿眼看著地下。

「看見妳在他家別墅的花園門口往裡看呢。」

「不會，」韋德小姐說。「她從來沒有去過那附近。」

「那妳就錯了。」那位女孩說。「上次我們在倫敦的時候，我確實去了那裡。有一天下午，妳把我一個人留在了家裡，所以我去了那裡，而且我確實往裡看了。」

「妳這個意志薄弱的女孩呀。」韋德小姐回應說，語氣裡面夾帶著無盡的鄙視，「難道我們的所有相伴，難道我們的所有談話，難道妳以前的所有抱怨，它們起到的作用全都是這麼微小嗎？」

「在大門口往裡看上一下是不會有什麼害處的。」那位女孩說。「而且我在窗戶旁邊觀察過，那家人當時不在那裡。」

「妳為何會走近那個地方呢？」

「因為我想看看它，因為我覺得，我想再看它一眼。」

當這兩張英氣勃勃的臉龐對望著彼此的時候，柯南心想，這兩個人這是在進行著怎樣一場交戰呀，她們肯定正在一刻不停地把對方撕成碎片。

「啊呀！」韋德小姐說，並且冷酷地止住和移開了她的瞥視，「要是妳有什麼願望，想去看看那個因為妳發現了它的真實面目，所以我把妳從妳在那裡所過的那種生活當中解救了出來的地方的話，那是另外一回事情。但是，這就是妳對我的那份誠實嗎？這就是妳對我的那份忠誠嗎？這就是我和妳共同維繫著的那份事業嗎？妳是配不上我給予妳的那份信任的，妳是配不上我向妳顯示的那份喜愛的。妳比一隻搖尾乞憐的小狗強不了多少，最好還是回到那些比用鞭子抽打你更壞的人們身邊去吧。」

「要是妳在有別人旁聽的時候這麼說他們的話，妳會激得我站到他們那邊去的。」那位女孩說。

「回他們那裡去吧。」韋德小姐反駁道。「回他們那裡去吧。」

「妳非常清楚，」現在輪到哈莉來反戈一擊了，「我是不會回他們那裡去的。妳非常清楚，我已經丟掉了他們，而且絕對不能、絕對不會也絕對不願意回到他們那裡去。所以，韋德小姐，我們還是不要提起他們了。」

「比起你在這裡過的這種沒什麼油水的生活，妳更喜歡他們那種富足的生活，」但她還是重拾了這個話頭。「妳在頌揚他們的同時，也在輕賤著我。我還應該做什麼別的期待嗎？我是早應該知道這一點的。」

「不是這樣的，」那位女孩說，並且把臉漲了個通紅，「妳說的並不是妳的真實用意所在。我知道妳的真實用意是什麼。妳正在譴責我這個沒有人需要的人，我這個除了妳之外沒有任何人會看上一眼的人。而且，因為我是除了妳之外沒有任何人會看上一眼的，所以妳認為，妳可以讓我去做這個，或者不做那個，隨便妳怎麼喜歡都可以，還可以把不管什麼樣的公然侮辱加在我的身上。妳現在是跟他們以前一樣壞的，每一小點都一模一樣。但我是不會被妳完全馴服的，也不會完全順從妳。我現在要再說一遍，我確實去看了那幢房子，因為我經常覺得，我想再去把它看上一遍。我還要再問一遍他們過得可好，因為我曾經喜歡過他們，而且時不時覺得他們待我很好。」

聽到這裡之後，柯南馬上說道，他很確定，無論她什麼時候想要回去的話，他們仍然是願意仁慈地接受她的。

「絕不！」那位女孩激烈地說。「我絕對不會那麼做。對於這一點，沒有誰比韋德小姐知道得更為清楚，雖然她正在譏刺奚落我，因為她把我當成了她的附庸。而且我知道，我正是這樣，而且我還知道，她正在因為能把這個想法灌輸進我的頭腦裡面，而感到大喜過望呢。」

「一個漂亮的藉口！」韋德小姐說，語氣裡面的憤怒、倨傲和痛恨未見有任何減弱，「但是太過破爛了一些，根本沒辦法遮蓋住我清清楚楚在這裡面看到的那些東西。我的貧窮是沒辦法跟他們的金錢進行比賽的。還是馬上回去為妙，還是馬上回去為妙，而且已經這麼做了！」

柯南亞瑟看到，在那個黯淡逼仄的房間裡面，她們彼此站開了不遠一點距離，各自傲慢地心懷著自己的一份憤怒，還各自懷有一份堅定的決心，要把她自己的那顆心，還有另外那人的那顆心折磨到底。於是，他說

出了一兩句道別的話來，但是，韋德小姐僅僅若有若無地歪了歪她的頭，而哈莉呢，因為頂著一份假想出來的屈辱感，覺得自己是一個卑躬屈節的附庸和農奴（但也並非沒對這些身分表現出一份抗拒和蔑視來），所以表現得就像是，因為她的身分太過卑賤，所以是根本不會去注意別人，或者被別人注意的。

　　走下那條陰暗而逶迤的樓梯之後，他又一次走進了那個院子裡面，並在心裡新增了一些悲觀沮喪的感覺出來，不管對那堵了無生氣的圍牆，還是對那些已經死去的灌木，或者對那眼已經乾涸的噴泉，或者對那座不見了蹤影的雕塑，莫不如是。最後，他乘坐著那條把他載過海峽來的班輪，重新返回了倫敦和英格蘭，途中對他在那幢房子裡面耳聞目睹的一切，還有他在追蹤那個失蹤的可疑人物時遭遇的所有失敗苦思了良久。在回家的途中，他還展開了韋德小姐給他的那幾張紙，在裡面讀到了被原樣謄錄在下一章裡面的這些內容。

第二十章　下一章的楔子

第二十一章　一位自找麻煩者的個人史

　　我很不幸地沒能成為一個傻瓜。自從非常年幼的時候起，我就已經發現了我身邊的人在怎麼想我，雖然他們是對我藏起了這些想法的。如果我能對別人強加給我的那些東西變得習慣起來，而不是慣於去辨識出真相，我可能會像大多數傻瓜那樣，把日子順順當當地過下去。

　　我的童年生活是跟一位奶奶度過的，換句話說就是，跟一位對我扮演著那種親戚關係，在她自己身上加上了那個頭銜的女士。而她實際是無權擁有它的，但我 —— 竟然是一個傻到了那種程度的小傻瓜 —— 當時並沒有懷疑她。在她的那幢房子裡面，住著她自己家的幾個孩子，還有別人的幾個孩子。這些人全部都是女孩，一共有十個人，我自己也包括在內。我們全都住在一起，也在一起上學念書。

　　當我開始明白，這些女孩們是怎樣下定決心要施捨我的時候，我肯定已經有大約十二歲年紀了。我被人告知自己是一個孤兒，而我們當中是沒有其他孤兒存在的，然後我開始領悟到（這是沒能成為一個傻瓜的首個失利之處），她們都在用一種傲慢無禮的可憐，和一種高人一等的感覺來跟我和平共處。但我並沒有輕率地就把它定論為一項發現，而是經常去試驗她們。我發現，我很難讓她們跟我爭吵起來，當我勝過了她們當中的不管哪一個之後，她們肯定會在一兩個小時之後過來找我，然後開始跟我和解。我一遍又一遍地試驗她們，但我從來沒能碰到過，她們在等著我去開吵這種情形。她們總是在寬恕我，用她們那副自高自大和降尊紆貴的姿態。真是些成年人的小畫像呀！

　　但我還是在她們當中選擇了一個朋友。雖然我自己當時也還只是一個孩子，但我卻用一種激烈的方式熱愛著那個可憐的小蠢貨，至於她跟這份待遇的相配程度，那是絕對不會超過我能在想起它的時候還不至於覺得羞

愧這個限度的。她有一種被她們稱之為親切的性格，一種喜歡去愛人的性格。她有能力把她那些嬌俏的表情和笑容分配給她們當中的每一個人，而且確確實實進行了這種分配。但我現在相信，在那個地方，除了我自己之外，當時沒有一個人能夠知道，她這樣做是在蓄意傷害和刺痛我！

儘管如此，我還是如此強烈地熱愛著那個不配我去喜愛的女孩，結果讓我自己的生活因了我對她的這份熱烈鍾情，而變得風雨激盪了起來。我接連不斷地被訓導和羞辱，理由是被稱之為「折磨她」的這麼一項罪名，換言之就是，說我對她那些微不足道的不忠之處橫加指摘，還讓她知道我能看穿她的心，結果把她給丟進了淚罐子裡面。然而，我還是忠誠地熱愛著她，而且有一次，我還跟她去她家度了幾天假日。

她在家裡要比在學校裡更加壞上一些。她有一大群的堂表親和其他相識者們，我們一起在她家跳了舞，還出去到別人家跳了舞，然而，不管在家還是外出，她都讓我無法忍受地折磨著我的那份愛心。她的計畫是，先讓他們所有人全都強烈地喜歡上她，然後讓我因為嫉妒而發狂，或者是，先讓她自己喜愛上他們所有人並跟他們變得親密起來，然後讓我因為妒忌他們而發瘋。等到晚上臥室裡面只剩了我們兩人之後，我會憑藉著我對她的卑劣居心的透徹了解，而譴責於她，然後她會哭呀哭地哭個沒完，並且說我是個殘忍的人，然後我會把她摟在懷裡直到天明，在那個過程裡面，我對她的愛意一如往常，並不覺得這樣做是在受苦，而是常常覺得，我可以就這樣把她摟在懷裡然後一頭埋進一條河底去 —— 在那裡，等到我們全都死了之後，我還是會仍然摟著她不放。

但它還是走向了結束，我隨之得到了解脫。在她家裡，她的一位姑母並不是特別喜歡我，而且我懷疑，她家是不是有什麼人是很喜歡我的，我也從來沒想讓他們喜歡我，因為我把全部心思都維繫在了一個女孩身上。那位姑母是一個年輕女人，當她拿兩眼注視著我的時候，會顯出一副嚴肅的樣子來。她還是一個膽大妄為的女人，竟然敢公然用同情的眼神來看著

我。有一天晚上過後，就是我剛才說起的那種夜晚，我在早飯之前走進了一間溫室裡面。而夏綠蒂（這是我那個虛偽的兒時朋友的名字）在我之前就進去了，結果我在往裡走的時候聽到，這位姑母正在跟她說話。於是我在原地停住腳步，躲進了一堆葉子裡面，然後偷聽了起來。

那位姑母說，「夏綠蒂，韋德小姐正在慢慢磨死妳，這種情況絕對不能再繼續下去了。」我這是在原原本本重複我聽到的那些話。

那麼，她是怎麼回答的呢？她是說了下面這些話嗎，「磨死她的那個人是我，把她綁在一個肢刑架[110]上面，充當了行刑人的也是我，但她卻每天晚上都會告訴我，說她是全心全意愛著我的，雖然她也知道我在讓她經受著什麼？」不是，我在人生當中所遭受的這第一場難忘的經歷，它是合乎於我對她的了解的，也合乎於我以往的全部經歷。她開始抽抽搭搭地哭了起來（為了獲取她姑母對她的同情），然後說，「親愛的姑媽，她有一種不快樂的脾氣，除了我自己之外，學校裡面的其他女孩們也在努力嘗試著，想要讓它變好一些，我們都在努力嘗試。」

聽完那些話之後，那位姑母用手輕柔地愛撫起了她，就像她剛才說了一些具有高尚道德品格的話似的，而不是一些可鄙虛偽的東西，並且認可了那個眾人皆知的虛偽藉口，因為她答覆說，「但在每一件事情裡面，親愛的寶貝疙瘩，它都是有一個合理的限度存在的，而且我看到，這個可憐的悲慘的女孩正在讓妳接連不斷地遭受一些沒用的巨大痛苦，它們超出了妳的努力理應得到的那些，甚至還是如此美好善良的一份努力。」

就像你可能已經準備要聽到的那樣，那個可憐的悲慘的女孩從她藏身的地方走了出來，然後說，「送我回家。」除了「送我回家，不然我會不分日夜地一個人走回家去！」這句話之外，我沒再對她們當中的無論哪一個，或者是她家裡面的不管什麼人，再多說上哪怕一個字眼。等到回到家裡以後，我對我那位自認為的奶奶說，除非她能在那個女孩回來之前，或

---

[110]　舊時的一種靠轉輪牽拉四肢，使關節脫離的刑具。

者是她們當中的不管什麼人回來之前，就把我送到其他某個地方完成我的
學業，不然我會把自己扔進火堆裡面去，燒瞎自己的眼睛，而不願意再去
忍受或者看到，她們那些滿臉都是陰謀詭計的面孔。

　　接著，我來到了年輕女人們中間，但我發現她們並沒能好上多少。她
們有的是美麗的言詞和美麗的謊話，但我卻在那些對她們自己的維護和對
我的貶低底下，看穿了事情的真相，那就是她們是並沒能好上多少的。在
離開她們之前，我獲悉了下面這個事實，得知我是沒有什麼奶奶的，也沒
有其他受人認可的親戚關係。於是，我舉著那盞資訊之燈走進了我過去和
未來的生活當中。它向我展示了許多個眾人戰勝於我的新場面，在那些時
候，他們都假稱在體貼地善待我，或者說在給予我一份幫助。

　　一個商人託管著一小筆由我充當著受惠人的財產。然後我要成為一位
家庭女教師了。我真的變成一位家庭女教師了，進入了一個貧窮貴族的家
庭裡面，他家有兩個女兒，全都還是小孩子，但是她們的父母希望，如果
有可能的話，可以讓她們在一位女教員的督導下得以成長。她們的母親年
輕且嬌美。自打一開始起，她就對我演出了一套體貼入微的戲碼。我讓自
己對此的忿恨隱忍著不去發作，但我非常清楚，這是她在撫愛把玩著那份
身為我的女主人的身分意識，要是她突發了什麼奇想出來的話，很可能會
用大相徑庭的方式去對待她的這位僕人。

　　我說我並沒有對它忿恨以待，我確實沒有，但我對她顯示出來了，我
是明白她的用意的，透過凡事都不讓她順心遂願這種手段。當她堅持讓我
喝葡萄酒的時候，我會去喝水。要是餐桌上面碰巧有什麼精緻肴饌的話，
她總會把它遞給我，但我總會拒絕它，然後去吃那些受人冷落的菜。讓她
的這些施捨企圖大失所望可稱是一份尖銳的回擊，而且讓我覺得自己並不
是她的附庸。

　　我喜歡那兩個孩子。她們都有些害羞，但從總體上來講，還是願意來
親近我的。然而，那座房子裡面還有一位保姆，這是一個長著玫瑰色臉蛋

的女人，總是礙眼地假裝出一副快活和好脾氣的模樣來，她一直都在照料哺育她們，在我出現之前便已經俘獲了她們的感情。要是沒有這個女人的話，我差不多就可以在這家人裡面安身立命了。她擁有很多技巧嫻熟的手段，在接連不斷跟我競爭的過程當中，可以借此保持住她在孩子們面前的地位，要是我的位置上面換了別人，十有八九會被這些東西蒙蔽住眼目，但我從一開始就看穿了它們。她會打著整理我的房間和服侍我，還有料理我的衣櫥這個幌子（她把這些事情做出了一副非常忙碌的樣子來），讓她自己一刻都不離開我的左右。在她的眾多讓人難以捉摸的微妙手段當中，最狡猾的一個莫過於，她會假裝出一副努力讓孩子們更加喜歡我的樣子來。她會把她們領到我那裡，然後哄她們過來找我。「去找善良的韋德小姐吧，去找親愛的韋德小姐吧，去找美麗的韋德小姐吧。她是非常疼愛你們的。韋德小姐是一位聰明的女士，讀過一堆又一堆的書，能給你們講比我知道的那些好上許多和更加有趣的故事。去聽韋德小姐講故事吧！」當我心裡對這些無知的伎倆燃燒著熊熊怒火的時候，我還怎麼能夠得到她們的青睞呢？當我看到她們天真的臉龐遠遠躲開我，轉而用她們的胳膊纏繞著她的，而不是我的脖子的時候，我還怎麼能夠覺得奇怪呢？然後她會抬起臉看著我，一邊從她臉上抖開她們的卷髮，一邊說道，「她們很快就會去找妳了，韋德小姐，她們是非常單純和有愛心的，女士，千萬不要因為這個覺得沮喪，女士。」——因為戰勝了我而覺得歡欣鼓舞！

這個女人還會做另外一件事情。時不時地，當她看到，她已經透過這些辦法大可放心地讓我一頭埋進了一種憂愁沮喪的沉思狀態當中之後，她一準會讓孩子們注意我的樣子，還會向她們展示出她自己和我之間的不同。「噓！可憐的韋德小姐有些不舒服。不要吵鬧，我的小可愛們，她有些頭疼。過去安慰安慰她。過去問她好了一些沒有，過去讓她躺上一會兒。我希望妳心裡沒什麼煩惱的事情，女士。不要想得太多，女士，也不要難過！」

　　它最終變得讓人沒辦法再忍受下去了。有一天，那位夫人，也就是我的女主人過來看我來了，當時我正一個人待著，而且正非常強烈地覺得，我實在沒辦法繼續支撐下去了。

　　於是我告訴她，我必須得離開。我沒辦法承受那個名叫達維絲的女人出現在我的面前。「韋德小姐！可憐的達維絲是全心全意對妳的，願意為妳做任何事情！」

　　我事先就知道她會這麼說，我已經完全為它做好了準備，於是，我僅僅回答道，我的身分是不該違逆我的女主人的，但我必須得離開。

　　「我希望，韋德小姐，」她回應說，並馬上操起了一種高人一等的腔調，一直以來，她對這個東西的掩飾都是如此之少，「自從我們在一起以來，不管我曾經說或做過什麼事情，它們都沒有給妳使用那個讓人不快的詞語，也就是女主人，提供一個合理的理由。說起這裡面的原因來，它肯定完全是我這邊的粗心大意。請告訴我它是什麼吧。」

　　我答覆說，我沒有什麼好抱怨的，不管是關於我的女主人的，還是要對我的女主人講說的，全都沒有，但我必須得離開。

　　她先猶豫了片刻功夫，然後在我身邊坐了下來，把她的一隻手放到了我的手上。就像那份榮耀將會抹掉不管什麼記憶似的！

　　「韋德小姐，我擔心，因為一些我對它們無能為力的原因，妳心裡有些不大快樂。」

　　我微笑了起來，心裡想著被那個詞語喚醒過來的那段往事，然後說，「我有一種不快樂的脾氣，我猜是這樣。」

　　「我並沒那麼說。」

　　「用它可以很容易地解釋不管什麼事情，」我說。

　　「可能是吧，但我並沒這麼說。我想探討的是一些大相徑庭的東西。當我們很是痛心地觀察到，你跟我們在一起不大自在的時候，我丈夫和我是對這個話題交換過一些意見的。」

「自在？啊呀！你們是這麼了不起的大人物，我的夫人。」我說。

「我很不幸地使用了這麼一個詞語，它所傳達出來的那份意思有可能 —— 而且顯然確實是這樣子的 —— 完全相悖了我的意圖。（她這是沒能預料到我的答覆，從而有了些蒙羞的感覺。）我的意思僅僅是，跟我們在一起時你有些不大快樂。它是一個很難去展開的話題，不過，要是換成一個年輕女人對另外一個，有可能會 —— 總之，我們都有些擔憂，你可能讓一些家庭環境，對於這一點而言，沒有誰能比你自己更加缺乏認識，讓它們侵害了你的精神世界。如果真是這樣的話，請允許我們請求你，不要讓它們成為一個悲哀的源頭吧。大家都知道的是，我丈夫他自己以前有過一個非常親密的妹妹，她從法律角度上來講並不是他的妹妹，但是很受大家的喜愛和尊敬 —— 」

我馬上就明白了，他們是為了那個死女人才接納了我，無論她是什麼人都好，這都是讓人無法接受的，他們在心裡向我誇耀她，讓我矮她一頭；我還明白了，那個保姆也是知道這一點的，並且是因為這個女人才去刺激我的；我還明白了，孩子們之所以會遠遠地躲開我，是因為她們有這樣一種模模糊糊的印象，覺得我不太像另外那個人。於是，我當晚就離開了那座房子。

又有過一兩場短暫且非常類似的經歷之後，但它們跟我眼下的這個目的 [111] 是沒什麼關係的，這之後，我進入了另外一個家庭，我在那裡只有一個學生，這是一個十五歲的女孩，是她家的獨生女。這對父母已經是老年人了，但同時也是有身分的人，而且相當富有。由他們撫養長大的一個姪子是她家的常客，除了他之外，這家人還有許多其他訪客。接著，他開始對我留意了起來，但我卻是堅決拒絕接受他的，因為在我剛去了那裡的時候，我就已經下定了決心，不允許任何人來可憐我或者高人一等地對待我。但他卻給我寫來了一封信，結果，這讓我們兩個人訂了婚，而且很快就會完婚。

---

[111]　指前一章中所述的，向柯南先生解釋她為何會仇恨高文夫婦這一目的。

　　他要比我小上一歲，而且，就算把那一點考慮上，他都顯得過於年輕了一些。他當時是從印度休假回來的，他在那裡有一份公職，而且很快就會升遷至一個非常不錯的職位。再有不到六個月的時間，我們就要結婚了，然後就要去印度生活了。我會繼續留在那幢房子裡面，然後從那幢房子裡面嫁出去。對於這個計畫，沒有任何人對它的任何部分予以異議。

　　我沒辦法免於提及的一點是，他確實是相當仰慕我的，不過，如果我能免於提及它的話，我是很願意這樣做的。我的這份宣言跟虛榮是沒有任何關係的，因為我做出它的原因在於，他對我的仰慕讓我有些擔心了起來。他沒有花費任何努力去隱藏它，結果讓我在一群有錢人們中間覺得，他好像是為了我的外貌把我給買了下來，現在正在展覽他買來的這件東西，好證明他的眼光的正確性。他們都在自己的心裡面評估著我的價值，我清楚地看到了這一點，還都相當好奇地想要認定，我的完整價值究竟若何。但我下定決心不讓他們知道。於是，我在他們面前變得歸然不動和沉默寡言了起來，而且，如果我在什麼時候攤開了自己去請求他們的認可，那我肯定會馬上容許他們當中的不管哪個人立即殺掉我。

　　他對我說我有些不大像我自己。我對他說我很像我自己呀，而且正是因為我很像自己，還打算如此行事一直到底，所以我才不願意卑躬屈膝地博取他們當中不管哪個人的好感。接著，我又補充說，我希望他不要在他們面前炫耀他的愛慕之情，他聽了之後有些擔心，甚至可以說大為震驚，但他說為了我的內心安寧起見，他甚至願意去犧牲這份誠實的感情衝動。

　　接著，他開始頂著那句謊話對我回擊了起來。他會整整長達一個小時之久地跟我拉開距離，跟除了我之外的不管什麼人去談話。我曾經有半個晚上獨自一人坐著沒人搭理，而在此期間，他卻跟他年輕的表妹，也就是我的那位學生談論個沒完。在此事發生的整個過程當中，我從始至終都在人們的眼睛裡面看到了下面這個東西，也就是他們認為，那兩個條件對等的人看上去要比他跟我更加親近一些。我就那樣坐在那裡揣測著他們的想

法，直至我感覺到，是他的年輕外表讓我變得滑稽可笑了起來，然後，我開始因為曾經愛過他而對自己盛怒不已了起來。

這是因為，我有一度確實是愛過他的。雖然他不配得到它，雖然他甚少想到這份愛情讓我花費的所有這些巨大的內心痛苦 —— 一些理應讓他全心全意且充滿感激地一直屬我所有直到他生命盡頭處的巨大內心痛苦 —— 但我仍然是愛著他的。我忍受著他的表妹當著我的面稱讚他，忍受著他假裝認為那些話很得我的歡心，實際上卻完全清楚地知道，因為他的緣故，它們在我心裡激起了怎樣的惱怒和怨恨。當我坐在他的面前回想著自己遭受的種種冷落和冤屈，仔細考慮著是否應該馬上從那幢房子裡面飛奔出去，然後絕對不再見他一面的時候 —— 我那時候確實是愛著他的。

他的姑母（也就是我的女主人，你會很願意想起她來的）蓄意而存心地，又在我的這些磨難和惱怒上面雪上加霜了一番。她的一大樂事便是，詳細論述當他得到升遷之後，我們將會在印度過上多麼有格調的生活，我們將會建立起一個怎樣的家庭，還有我們將會招待怎樣的一些賓朋。她就這樣向我明確指出了，我的婚後生活將會跟我當時那種寄人籬下且低人一等的地位形成怎樣一種對比，對於她這種厚顏無恥的行徑，我的那份自尊自然是要反抗一番了。但我壓抑著自己的憤慨沒有發作，不過，我也向她顯示出來了，她的意圖並沒能逃過我的眼睛，還透過假裝出一種謙虛姿態回敬了她一些惱怒。對於我來說，她所描述的種種肯定會是太過巨大上許許多多的一份榮耀，我會這麼告訴她。但我擔心，我可能沒能力承受得住如此巨大的一種改變。想一想吧，一個區區的家庭教師，她女兒的一個家庭教師，竟然走到了一個那樣高高在上的顯赫位置上面！當我用這種方式作答之後，她變得有些不安了起來，他們所有人也都有些不安了起來，不過他們也知道了，我是完全明白她的心思的。

就在我的各種煩惱已經達到了它們的頂峰階段，而且，因為我為我那位愛人經受了難以計數的強烈痛苦和恥辱窘迫，但他卻忘恩負義地甚少對

此加以關懷，所以我對他的強烈憤慨也已經臻於了極致程度，就在這個時候，你那位親愛的朋友，也就是高文先生出現在了那幢房子裡面。他身為那裡的親密知交為時已經日久，不過前一段時間出國去了。他在一瞥之間就理解了眼前的事態，也理解了我的心思。

　　他是我一生當中曾經見過的第一個能夠理解我的人。還沒等他在那幢房子裡面出現上三次，我便已經知道，他能跟得上我頭腦裡面的每一次轉念。在他冷淡而灑脫自如地應對他們所有人，應對我，還有應對整件事情的時候，我清楚地看到了這一點。在他輕描淡寫地抗議我那位未來丈夫對我的仰慕之情的時候，在他熱情關注著我們的訂婚和我們的前景的時候，在他充滿希望地祝賀我們未來的富有生活又沮喪地提起他自己的貧困狀況的時候 —— 所有這一切都是同樣的空洞，同樣的俏皮打趣，且同樣的充滿了嘲弄 —— 我清楚地看到了這一點。他還用一種新奇但令人憎惡的角度向我呈現了圍繞在我身邊的每一樣事物，用這種手段讓我越來越充滿了忿恨，越來越覺得自己可鄙了起來，而與此同時，他又假裝是把它們最好的面貌展示了出來，好讓我和他自己去仰慕它們。他像是那套德國版畫裡面的那位盛裝加身的死神 [112]，無論他的胳膊上面挽著一個什麼樣的東西，不管它是年輕還是年老的，美麗還是醜陋的，也不管他是在跟它跳舞，還是在跟它唱歌，還是在跟它玩耍，或者是在跟它一起祈禱，他都會讓它變得恐怖駭人起來。

　　然後，你就會明白過來，當你那位親愛的朋友恭維我的時候，他實際上是在弔唁慰問我，當他見我惱怒而安慰我的時候，實際上是把我身上每一個劇痛的傷口都袒露了出來，當他宣稱說，我「那位忠誠的情郎」是「全世界最有愛心的小傢伙，擁有一顆曾經搏動過的最為溫柔的心臟」的時候，實際上是觸及了我那份舊有的疑慮，讓我覺得自己被弄得滑稽可笑

---

[112]　　指德國版畫家漢斯・霍爾貝恩（Hans Holbein, 1494 ～ 1543）所作的一套木刻版畫，名為《死神之舞》（*The Dance of the Death*）。

了起來。這些算不上是什麼大恩大德，你可能會這麼說。但它們是合我心意的，因為它們跟我自己的心思如出一轍，還加強鞏固了我自己的某些認知。我很快就開始喜歡上了讓你那位親愛的朋友來陪伴我，其程度要勝過任何其他人。

當我開始領悟到（我幾乎跟上述進程同樣迅速地領悟到了這一點），有一種嫉妒感正在從這裡面生長出來的時候，我對他這份陪伴的喜愛非但是一如既往，而且變得更甚了起來。難道我未曾被嫉妒感攫取過嗎，其間的種種忍耐不都是我自己的事情嗎？好吧。就讓他也了解一下它的滋味吧！我欣然於他會了解到它的滋味，我欣然於他會敏銳強烈地感覺到它，並且希望他真的能感覺到。事情還不止是這樣。還有，跟高文先生相比起來，他顯得乏味得要命，因為前者知道該怎樣在對等的條件下跟我講話，知道該怎樣去剖析我們身邊的那些讓人無法容忍的可憐蟲們。

事態就這樣一路發展了下去，直至那位姑母，也就是我的女主人把找我談話這項任務扛到了肩上。它幾乎是不值一提的。她說她知道我什麼用意都沒有，但她想從她個人的角度上提示我一下，而且知道僅僅是有必要提示一下，讓我知道如果我可以對高文先生稍微少上些友善態度的話，那樣可能會好上許多。

我轉而問她，她是如何做到代我回答我的用意何在這一點的呢？她總是能夠回答它的，她答覆說，因為她知道我沒有任何錯誤的用意。我向她表示了感謝，但我又說，我更喜歡自己去回答，也更喜歡向自己作答。她的其他僕人們可能會對有個好性格這項評價感恩戴德，但我不想要任何這種東西。

其他談話也接踵而至了，我順勢問她，她是怎麼知道僅僅有必要向我提示一下，又知道我肯定會服從這種提示？她這是在照著我的出身，或者是我的受雇地位妄加揣測嗎？我並沒有連身體帶靈魂一起賣給他們。因為她看上去像是覺得，她那位身分顯赫的姪子走進了一個奴隸市場裡面，然後為自己買來了一個妻子。

　　它可能或早或晚都會有那樣一個結局，而且確實有了那樣一個結局，但是，她卻馬上讓它走向了終結。她告訴我說，語氣裡面帶著一份想當然的同情，說我有一種不快樂的脾氣。在她向我重施了這份熟悉的邪惡傷害之後，我也就不再有所保留了，而是向她揭露了我在她身上了解和看到的一切，還有自從我身處了那個跟她姪子訂婚的可鄙位置以來，我在內心裡面所經受的一切。我告訴她說，在我的這段墮落之旅裡面，高文先生是我有過的唯一一份慰藉，還說我把它承受得太久了一些，把它抖落得太晚了一些，不過，我已經再也不用去見他們當中的任何一個人了。而且，我真的再也沒有見過。

　　你那位親愛的朋友跟著我回到了我的退隱處，對被我斷絕的這份關係開了一些非常離奇有趣的玩笑，雖然他也很為那家優秀的人們感到難過（稱他們擁有他曾經碰到過的最好的行事方式），還對必需碾碎那隻輪子上面的那幾隻徹頭徹尾的家蠅[113]悲悼了一通。不久之後，他又向我申明說，現在想起來，他那時候的態度要比我當時認為的真誠上許多，但他是不配被一個擁有如此稟賦和如此強大的性格的女人接受的，不過——算了，還是不說了！——

　　你那位親愛的朋友先為我和他自己提供了他所願意的盡量長的一段消遣，然後提醒我說，我們倆都是凡塵俗世中人，我們倆都明白人類是怎麼回事，我們倆都知道世上是沒有浪漫愛情這種東西的，而且我們倆都準備像那些理智清明的人們那樣，走上不同的人生道路去追尋各自的命運，另外，我們倆都已經事先看到，無論我們在什麼時候再度彼此相遇，我們都會用地球上面最好的一對朋友這個身分相見。聽他說出這些話的時候，我也並沒有反駁他。

---

[113]　此處指涉了《教皇致阿巴思諾特博士（Arbuthnot，1667～1735）的使徒書信》中的兩句詩，「斯波拉斯碾碎了輪子上面的一隻蝴蝶／他能感覺到的，唉，是一種諷刺呢，亦或是某種意義呢？」另，引文中的蝴蝶（butterfly）和本書中的家蠅（housefly）在詞形上也頗為相近，進一步佐證了二者之間的關聯

又過了不是很久之後，我發現，他正在向他目前的這位妻子大獻殷勤，還發現她被家人帶到了他所接觸不到的地方。我從那時候就開始恨她了，程度完全跟我現在對她的仇恨一般無二，而且自然而然地，我也因此強烈地期望起來，希望她最終會嫁給他，而且，那種強烈的程度已經達到了無事能夠出其右的地步。不過，我也因此生出了一份坐立難安的好奇心來，想要看看她是什麼樣子 —— 而且好奇得讓我覺得，它算得上是我所剩不多的幾個娛樂源頭之一。於是，我稍稍進行了一些旅行，旅行得直到我發現，我自己跟她還有你變成了旅伴。我想，你那位親愛的朋友當時還不認識你，也還沒把他現在已經授予你的那些友誼標誌當中的無論哪一個交給你。

然後，我在那些旅伴當中發現了一個女孩，她身處的各種環境跟我自己有一種顯著的相似，我也對她的性格很感興趣，另外，我還很是高興地看到，對於那些自稱為善良、保護、仁慈和其他美好名目的誇大其詞的施捨和自私行徑，她進行了很多反抗，對於這一點而言，我方才已經描述過，它算是我天性當中的一個固有成分。我還經常聽到有人說，說她有「一種不快樂的脾氣。」因為很清楚那個張口就來的短語包含著什麼意思，也因為想有一個對我知道的那些事情有所了解的夥伴，所以我琢磨著，我會試著把那個女孩從她遭受的那些束縛和不公平感當中解放出來。而現在，我已經沒有必要再去講述，我最終在此事當中取得了成功。

從那以後，我們一直待在一起，一起分享著我那點不多的財產。

第二十一章　一位自找麻煩者的個人史

第二十二章　有誰會在大晚上走過這條路？

　　柯南亞瑟是從相當巨大的工作壓力當中脫出身來，前往加萊進行那趟無甚收益的旅行的。因為在此之前，有某個在世界版圖上面占據著一些寶貴財富的蠻夷大國，它為一兩名敏於發明創造，同時堅定於行動和執行的工程師提供了一個工作機會，而有人領悟到，它需要的是一些務實的人們，他們不僅要能在身邊找出最好的材料來，還要能從這些材料裡面獲取到所需的人力、物力和巧思，不僅要能運用大膽而豐富的創造力，去構想出他們的計畫來，還要能讓這些材料適用於他們的計畫。這個大國身為一個蠻夷之國，它不會像有人把高度葡萄酒藏在一個酒窖裡面不見天日，直至它的火力 [114] 和幼齡全都消失掉，還有那些耕耘過葡萄園和踩過酒榨的工人們也都變成塵土為止那樣，而去把一項國家大計貯藏在一個像是迂迴辦事處那樣的機構裡面去，它是沒有任何這種想法的。反之，它是憑藉著一種堪稱獨特的無知和蒙昧，照著一套至為堅定有力的有所作為理念去行事的，而且從未對那套偉大的政治科學，也就是無為而治原則表現過哪怕一丁點的敬意，也未給過它任何容身之所。更確切地說應該是，它反而用一種極度殘暴的方式，把後面那門神乎其技的技藝揍了個半死，而不去管實踐它的那位臣民的身分是無論哪位受到某種神祕啟示的偉大人物。

　　相應地，它需要的這幾個人被尋找然後找了出來，而對於這個過程本身而言，它的行事方式也是極不文明和極不正規的。等到被找出來之後，他們均被待之以巨大的信任和尊敬（這又一次在政治方面表現出了濃重的無知和愚蠢），又被邀請馬上前往那裡，去做他們要做的那件事情。簡單說就是，他們被認為是一些想要去做那件事情的人們，然後跟另外一些想要讓那件事情得以完成的人們緊密聯合了起來。

---

[114]　指葡萄酒入喉之後的熱辣感。

　　道義丹尼便是這些被選中者的其中之一。可是在那個時候，他還沒能預料出來，他是要離開幾個月，還是要離開好幾年。因為要為他的離開進行一些準備工作，還要盡心勤懇地為他整理合資公司的各種經營細目和結果，所以柯南必須在很短一段時間裡面付出大量的勞動，結果，這讓他夜以繼日地忙碌了起來。此前，他是趁了極少的餘暇迅速溜到了海峽對面去，然後又同樣迅速地溜了回來，準備跟道義在臨別前見上一面。

　　現在，亞瑟勤勤謹謹地向他展示出了他們的盈利和虧損情況，以及各種負擔和前景。丹尼用他那種耐心的辦事作風把它們全都通覽了一遍，並向它們全都付諸了不吝溢美之情。他仔細審計著那些帳目，就像它們是一臺遠比他曾經建造過的那些更為精妙的機器，然後又站在那裡打量起了它們，同時拿手捏著帽子的邊沿掂著它的分量，好像正在全神貫注地注視著某臺神奇的引擎。

　　「它們都做得挺漂亮的，柯南，我指的是它們的那份整齊和有序。沒有什麼東西能比它們更加清楚明白，也沒有什麼東西能比它們更好。」

　　「我很高興能得到你的認可，道義。接下來，關於在你離開期間我們的資金管理問題，還有出於業務方面的原因，可能需要時不時挪用的款額——」但他的合夥人止住了他的話頭。

　　「關於那個問題，還有關於那一類的一應其他事項，它們全都是靠你來裁奪的。在所有這種事情裡面，你將會像你迄今為止所做的那樣，繼續代表我們行事，繼續為我的頭腦減去一份不小的負擔。」

　　「不過，就像我經常對你說的那樣，」柯南回應說，「你有些不合情理地貶低了你的商業素質。」

　　「可能是這樣吧。」道義微笑著說。「也可能不是。不管怎麼樣，我都有一份讓我樂於去鑽研它的職業，我在它的上面花費了比這些事情更多的精力，也更加適合去從事它。我對我的合夥人擁有完全的信賴，對他將會把工作做到最好甚感滿意。如果說我對金錢和金錢數目存有一種偏見的

話，」道義繼續說，並把他那隻工人特有的靈活大拇指放到了他的合夥人的大衣翻領上面，「它只是針對投機這種行為的。我並不認為我還有任何其他偏見。我敢說，我懷有那個偏見僅僅是因為，我從來沒把全部心思都放到那件事情上面過。」

「但你是不應該把它稱為一種偏見的，」柯南說。「我的親愛的道義，它是一種再合理正確不過的感覺。」

「我很高興你能這麼想，」道義回應說，與此同時，他的灰眼睛看上去顯得和善且明亮。

「非常湊巧的是，」柯南說，「就在剛才，在你過來之前不到半小時的時候，我跟順道來這裡拜訪的潘可思說了同一件事情。我們全都同意，在那些常常應該被冠以惡行之名的愚蠢行徑當中，走出安全投資的範圍之外算是它們當中最危險的一種，同時也是最常見的一種。」

「潘可思啊！」道義一邊說，一邊把他的帽子從後面掀得翹了起來，並且面帶著信任的神色點了點頭。「對，對，對！那可是一個謹慎的夥計呢。」

「他確實是一個非常謹慎的夥計，」亞瑟回應說。「算是謹慎的一個相當不錯的樣本。」

從他們的談話表面來判斷，他們都像從潘可思的這種謹慎性格當中，獲取到了一份相當巨大的滿足感，大得超過了能讓人完全說清道明的程度。

「現在，」丹尼看著他的表說道，「因為時間和潮水是不會等待任何人的，我的可堪託付的合夥人，也因為我準備要起行了，包裹已經放在了下面的大門旁邊，所以請允許我說上最後一句。我想讓你同意我的一個要求。」

「隨便你能提出的什麼要求都可以，除了。」柯南很快便提出了他的例外情形，這是因為，他的合夥人的臉也很快就暗示出了它的內容，「除了讓我丟開你的發明。」

「那就是我的要求，你知道我要說的就是它，」道義說。

「那麼，我要說的是，不行。我要堅決斷然地說，不行。因為我現在已經做開這件事情了，從那些人的嘴裡，我將會得到某個確切的理由，某項很有些責任感的陳述，或者是某個像是真正的回答的東西。」

「你不會的，」道義搖著頭回應說。「記住我的話吧，你絕對不會的。」

「但我至少要試一下，」柯南說。「試一下是不會給我帶來什麼傷害的。」

「但我不敢確定那一點，」道義拾起他的話頭說，並把一隻手放到了他的肩膀上面，裡面包含著一些勸說的味道。「它是給我帶來過傷害的，我的朋友。它讓我變得衰老了起來，讓我疲憊不堪，讓我惱火莫名，讓我大失所望。任憑是哪個人，先讓他的耐心消耗罄盡，然後覺得自己受到了殘酷的對待，對他都是不會有任何好處的。我猜測，因為你對那些拖延和迴避進行了那些無甚益處的遷就，比起你以前的舉止來，它們甚至已經讓你有了些不那麼靈活的樣子。」

「在眼前的這一刻裡面，私人生活裡面的一些焦心事情可能造成了那種效果，」柯南說，「但不是官方的打擊造成的。還沒有那樣呢。我還沒有受傷呢。」

「那你是不會同意我的要求了？」

「堅決地，不會，」柯南說。「要是我很聽話地如此之快便被驅出了那片戰場，我會為自己感到羞愧的，因為在那個地方，曾經有過一個比我年長上許多，同時敏感專注上許多的人，他勇敢而剛毅地鬥爭了如此之久。」

眼見沒能說動他，所以道義丹尼先回應了一下他那隻緊緊抓著自己的手，又四下裡環顧著對帳房做了臨別的一瞥，然後便跟他一起下樓去了。接下來，道義要前往南安普頓[115]，在那裡跟他為數不多的幾個同行旅伴，也就是此番應徵的全體雇員匯合，而現在，已經有一輛配備齊全且裝載完畢的四輪大馬車停在了大門旁邊，準備要把他拉到那裡去。廠裡的

---

[115]　南安普頓（Southampton），或稱騷桑普頓，是英格蘭南部地區的一座港口城市。

工人們也都到大門口給他送行來了，而且對他懷有一份相當強有力的自豪感。「祝你好運，道義先生！」這夥人裡面的其中一個說道。「不管你要到哪裡去，他們都將會發現，他們為自己找到了一個男人，一個熟悉他的工具的男人同時他的工具也熟悉他，一個肯做的男人和一個有能耐的男人，要是這還不算一個男人的話那該到哪去找一個男人呢？」這則演講來自於站在後面的一個嗓音粗啞的自告奮勇之人，在此之前，沒人認為此人擁有任何這方面的能力，而在眼下，他的演講卻激起了三陣響亮的喝彩聲，而且，自打這以後，這位演講者便永遠變成了一個赫赫有名的人物。至於丹尼，他在這三陣響亮的喝彩聲中對他們所有人朗聲說了一句，「再見了，男人們！」然後便隨著那輛大馬車一起消失在了人們的視野之外，那種情形就像是，空氣中方才掀起的那場震盪把它刮出了瀍心庭似的。

　　還有在廠裡擔任著一個職位的頗受信賴的巴普先生，他身為一個知恩圖報的小傢伙，也出現在了工人們中間，而且從一個徹頭徹尾的外國人這個身分出發，盡他的最大能力為那些喝彩出了一份力。而事實上，在這個地球上面，沒有什麼人是可以像英格蘭人那樣去喝彩的，因為後者在進行他們那些堅決認真的喝彩時，會如此強力地召喚起彼此的血氣和精神來，結果讓他們攪起的這陣子動靜就像是，他們自從薩克遜阿爾弗雷德以來的所有歷史像一陣湍急的河水那樣疾速奔騰了起來，而且馬上讓他們的全部標準和規範隨之波動了起來。就眼下的這場動靜而言，在它開始之前，巴普先生便以某種方式被擠得團團旋轉了起來，而當柯南招呼示意他跟上樓去，把帳簿和票據歸一下位的時候，他正處於一種相當巨大的受驚狀態當中，正在拚命往身體裡面吸氣呢。

　　接著，在這場告別造成的那陣暫時平靜當中 —— 也就是緊接著每一場離別的那種最初的茫然狀態，同時，它也預兆出了那場無時不刻威脅著全人類的重大離別是何面目 —— 亞瑟站在他的辦公桌旁邊，如夢似幻地看起了窗外的一片閃爍的陽光。不過，他的得到解放的注意力馬上便轉移

了方向，重新回到了在他的思想裡面占據著最重要位置的那個主題上面，然後便開始差不多第一百遍地重新琢磨起了，那個神祕之夜在他的記憶裡面留下的每一個印象，也就是他在他母親家裡見到那人的那個晚上。只見那人又一次在那條曲曲折折的街道上面撞了他一肘子，他又一次尾隨起了那人然後跟丟了他，他又一次在他母親家的院子裡面碰到了那人，而後者正在仰頭看著那幢房子，接著，他又一次跟著那人走了上去，然後站在了他和門階的旁邊。

「有誰會在大晚上走過這條路？

馬喬麗的夥伴！

有誰會在大晚上走過這條路？

永遠樂悠悠！」

對他而言，這已經不是頭一回了，而是接近於很多回想起這首孩子們在遊戲時所唱的歌謠來了，那天晚上，當他們並肩站在那裡的時候，那個傢伙哼過它的上面這一節，而現在，他還非常不知不覺地把它給出聲地唱了出來，結果，當他聽到接下來這一節的時候，顯得很是吃了一驚：

「他是國王衛士中的佼佼者，

馬喬麗的夥伴！

他是國王衛士中的佼佼者，

永遠樂悠悠！」

原來是賈瓦相當恭敬地向他提示了接下來的歌詞和曲調，他顯然是認為，他剛才之所以會突然停下來，是因為忘掉了下面的內容。

「啊！你知道這首歌嗎，賈瓦？」

「我敢拿酒神巴克斯起誓，是的，先生！在法國他們全都是知道它的。我曾經聽那些小孩子們把它唱過很多遍。它讓我最後一次聽到是在，」巴普先生說，也就是之前的那位賈瓦，當他的記憶接近家鄉時，通

常會重拾起母國的造句法來，「是從一個溫柔的小聲音那裡聽來的。一個幼小的聲音，非常的嬌美，非常的天真。奧特羅！」

「而我最後一次聽到它，」亞瑟回應說，「是在一個跟嬌美完全相反，跟天真完全相反的聲音裡面。」他更多的是在自說自話，而不是跟他的同伴說話，接著，他又向自己補充了這麼一句，也就是把那人的下述言語給重複了一遍。「真是要命啊，先生，缺乏耐心可是我的性格使然呀！」

「什麼！」賈瓦大叫著說，他顯得吃驚匪淺，並在一瞬間裡面便血色全無了起來。

「怎麼了？」

「先生！這麼說你是知道，我最後一次聽到那首歌是在什麼地方了？」

接著，他的兩手用他母國的那種疾速的動作，勾畫出了一個很高的鷹鉤鼻子的輪廓，把兩眼推得擠在了一處，把頭髮弄亂了起來，叶出上嘴唇用它去代表一抹濃重的髭鬚，並且把一件想像當中的斗篷的沉重下擺甩過了肩頭。要是換了一個未曾仔細觀察過一位義大利農民的人的話，是很難相信他做出這套動作時的那股俐落的，而且，在如此動作的同時，他還在臉上顯了一副引人注目的陰險微笑出來。所有這些變化像是一道閃光似的，迅速掠過了他的全身，幾乎在同一刻裡面，他便再次蒼白而驚詫地站在了他的這位施主面前。

「我用命運女神和所有奇事的名義來問你，」柯南說，「你這是什麼意思？你認識一個名叫布蘭多的人嗎？」

「不！」巴普先生搖著頭說。

「你剛才描述的那個人，當你聽到那首歌的時候他是在你跟前的，是不是？」

「是的！」巴普先生說，並把頭點了有五十來遍。

「那他不是叫布蘭多嗎？」

「不是！」巴普先生說。「奧特羅，奧特羅，奧特羅，奧特羅！」他像是沒辦法對那個名字表現出足夠充分的拒斥態度似的，馬上又動用起了他的頭和右手食指。

「等等！」柯南先生一邊大叫著說，一邊把警察局的那張傳單攤在了他的辦公桌上面。「這是你說的那個人嗎？我在大聲讀出它的時候，你能明白我的話嗎？」

「完全可以，絕對可以。」

「不過你也看著它吧。到這邊來，在我讀它的時候，從我的後面看著。」

於是巴普先生湊近了過去，並用他那雙敏銳的眼睛追隨起了傳單上面的每一個字，就那樣極不耐煩地看和聽完了它的所有內容，然後把兩隻手猛地平拍在了那張傳單上面，像是凶猛地逮住了某隻害蟲似的，並且一邊急切地看著柯南，一邊大叫著說，「這就是那個人！瞧他！」

「對我來說，這是一個比你能想像到的，」柯南說，語氣中包含著一股巨大的激動和不安，「要重大上很多的時刻。告訴我你是在哪裡認識這個人的。」

聞聽此言之後，巴普先生非常緩慢且相當窘迫地從紙上抬起了他的手，又朝後倒退了兩到三步，做了一套像是去那裡給手上揮灰的動作，然後極不情願地回應道：

「在馬三 ── 馬賽。」

「他是什麼人？」

「一個囚犯，還是 ── 奧特羅！我相信是的！ ── 一個，」說到這裡，巴普先生重新悄悄湊近了柯南，用耳語聲說出了下面這個詞，「刺客！」

柯南聞言朝後跌了出去，就像這個詞語給了他猛然一擊似的，這是因為，它讓他母親跟那人的那番溝通顯得如此可怕了起來。賈瓦單膝跪於地

上，乞求他聽他解釋一下，是什麼原因讓他有了這樣一位臭不可聞的夥伴，同時還打著很多不必要的多餘的手勢。

接著，他原原本本地告訴柯南，這份關係怎樣誕生於一場不大的走私貿易，他怎樣適時地被從監獄裡面釋放了出去，以及怎樣跟這些事情撇清了干係。接著，他又怎樣在索恩河畔的夏龍，在那間名叫破曉的留人住宿的酒館裡面，在夜裡被這位刺客從床上給弄醒了過來，此人當時擁有雷哥這樣一個名字，雖然他之前是被稱為李高的；這位刺客又怎樣提議說，他們應該把他們的命運結合在一起，他怎樣對這個刺客懷有非常巨大的恐懼和厭惡感，最後在天剛亮的時候逃離了他的身邊，自從那以後，他又怎樣始終被這樣一種恐懼感糾纏著，很怕再次見到這個刺客，也怕被他稱為是他的一個相識。在進行此番講述的過程當中，他對刺客這個詞語進行了一種獨屬於他自己那種語言的平靜的重讀，然而，這種處理並沒讓柯南對它的恐懼感有所減輕，等到做完這番講述之後，他突然就從地上跳了起來，猛地重新撲到了那張傳單上面，然後用一種若是換了任何一個來自北方地區的人的話，絕對算得上是全然瘋狂的熱烈語氣大叫著說，「快來瞧這個刺客！他就在這裡呢！」

在這種熱烈的狂喜情緒當中，他一開始給忘掉了下面這個事實，就是他最近是在倫敦見過這個刺客的。等到想起它之後，它讓柯南心裡萌生出了這麼一個希望，覺得這場重逢的日期可能要晚於那人拜訪他母親家的那個夜晚。不過，賈瓦卻對此事發生的時間和地點擁有太過確切和清晰的記憶，結果絲毫沒讓人有機會懷疑，它是發生在那天晚上之前的。

「聽著，」亞瑟非常嚴肅地說。「就像我們在這裡讀到的那樣，這個人現在完全失蹤了。」

「對於這一點我可是非常滿意呢！」賈瓦說，並虔敬地抬起了他的兩眼。「向上帝致以一千個感謝！該死的刺客！」

「不是這樣的，」柯南回應說，「因為在聽到他的更多消息之前，我是

絕對沒辦法擁有哪怕一小時安寧的。」

「別再說了，恩人，那就完全是另外一回事了。一百萬份抱歉！」

「那個，賈瓦，」柯南說，並用溫和的動作扳過了他的身子，這樣一來，他們就彼此看起對方的眼睛來了。「我很確定的一點是，你是所有人當中最真誠和最知恩圖報的那一個，這麼說是因為，我之前有能力為你盡過的那點綿薄之力是微不足道的。」

「我發誓我會這樣！」另外那人喊叫著說。

「我知道。要是你能找到這個人，或者能發現他現在的情況，或者能獲取到有關他的任何更近一些的消息不管什麼都可以的話，你會幫上我一個大忙，它要大過我能在這個世界上面接受的任何其他幫助，還會讓我對你懷起一份像你對我的那種感激（這裡面包含著一些遠比此事本身更為重大的原因）。」

「我不知道該去哪裡尋找，」那個小個子大叫著說，並在一陣有些不知所措的激烈感情當中，吻起了柯南的手來。「我不知道該從哪裡開始，我不知道該往哪裡去。但是，勇敢起來吧！別再說了！它是沒什麼關係的！我在眼下這一刻就去行動起來！」

「除了我之外，別對任何人說上哪怕一個字，賈瓦。」

「奧──特羅！」賈瓦大叫著說，然後便非常迅速地走掉了。

第二十三章　女管家阿麗就其夢境
做出了一項有條件承諾

剩了孤身一人之後，柯南在接下來展開眼前這疲於應付的一天時，還有巴普先生，也就是另稱為喬瓦尼‧巴蒂斯塔‧賈瓦列多的那人的那些富於表現力的表情和手勢，仍然鮮活地呈現於他的眼前。他試著要把注意力引向無論什麼工作事務，或者是接連有續的思考上面去，想要借此控制住它，結果卻只能告於徒勞，因為它牢牢地錨泊在了那個糾纏著他不肯離去的主題事項旁邊，而不願意去抓住任何其他想法。這就像是，當一位罪犯被綁縛在一條深而清澈的河流上的一艘船上時，他會被判處這樣一種刑罰，就是不管有多少里格數不清的河水從他身邊流過，他始終都將看到，那個被他溺畢的同類的屍體一直躺在水底，而且，它還是不可移動和無法予以改變的，除非是河裡的漩渦偶爾會讓它變寬或變長一些，即時而對它那個可怕的面部輪廓予以擴展，時而又會予它以收縮。眼下，亞瑟也在遭受著這樣一種境遇，他眼前也有一條透明而不見行跡的思緒和幻想之流在不停移動著，其間的某個想法甫一到來，便馬上被其他想法取而代之了，而且，他也在它的下面看到了，那個他使盡平生力氣想要擺脫掉，但卻沒辦法逃離的恐懼對象，只見他穩當而陰沉地待在那裡，在他的位置上面絲毫不見任何微動。

他現在有了這樣一份確信，就是無論他真實的名字是什麼，這個布蘭多都是所有壞人裡面最壞的那一個，而這份確信又極大地增加了重壓在他心頭的那些焦慮。雖然這場失蹤事件將會在某個明天得到解釋，但是，他母親曾經跟這樣一個人有過溝通交流這一事實，卻將是永遠都無法改變的。另外，對於這場溝通交流擁有一種祕密的屬性，以及她對他表現得很是服從和畏懼這兩個事實而言，他希望，它們可以不被除了他自己之外的任何一個人知曉，然而，在他自己知曉了它們之後，他如何能夠讓它們跟

他以前那些模糊的擔憂撇清干係呢，他又如何能夠相信，這種關係裡面未曾包含有任何邪惡的成分呢？

還有，她對跟他探討這個問題表現出來的那種堅決拒斥態度，以及他對她那種絕不認輸的性格的了解，都很是提升了他心裡的那種無助感。這就像是，他做夢似的相信，有一種恥辱和揭露正在不斷逼近她和他父親的名聲，但她卻對這個夢境予以了壓制，還像一堵銅牆[116]似的，把他隔離在了予他們以援手這種可能性之外。他曾在回家時帶回母國來一個目標，而且從那之後一直沒有離棄過它，然而，他母親卻憑藉著她那份至大的決心，在他擔心這個目標有些強人所難這種疑慮頻頻出現得最為強烈之際，親手粉碎擊潰了它。於是，他向她提出的那些建議，還有他的精力、活動、金錢和體面，以及他的一應無論任何資源，全都在這種打擊之下變成了一堆沒用的東西。如果她擁有古老傳說當中的那種能力，能讓凡是看到她的人全都變成石頭[117]的話，她也沒辦法比在她那個陰暗的房間裡面，當她把她那張絕不屈服的臉扭向他時所做的那樣，而讓他的能力喪失得更為徹底一些（在一種非常痛苦的心情當中，他眼裡的事態就是這麼一副模樣）。

不過，他卻在眼前這一天裡面發現，有一縷新的曙光照耀在這些思慮上面，而它又在他的心裡喚起這樣一份決心來，讓他決定去進行一場比起之前來更為堅決的行動。因為自信於他的目標之正大純良，又因為被這樣一種感覺驅使著，就是他覺得，有一種潛在的危險正在從四面八方不斷逼近著，所以他決定，要是他母親仍然不允許他探討那個問題的話，他會拼死向阿麗發出籲請。要是他能讓她變得肯跟他溝通起來，並且讓她願意行動起來，去破除層層包裹著那幢房子的那個祕密魔咒的話，他便可能會抖落掉籠罩在他身上的那種癱瘓無力感，而在從他頭頂上方飛逝而過的每一個小時裡面，這種

---

[116]　典出《聖經舊約—耶利米書》第 15 章 20 節：我必使你向這百姓成為堅固的銅牆，他們必攻擊你，卻不能戰勝你，因為我與你同在，要拯救你，搭救你。這是耶和華說的。

[117]　指希臘神話戈爾貢女怪（Gorgon）中的美杜莎（Medusa），此人髮如毒蛇，面貌醜陋，凡睹起面目者皆變為石頭。

感覺都在變得更為顯著強烈起來。這便是他在這一天裡面的焦慮心情所取得的成果，這便是當他在這一天結束之際，去付諸實施的那個決定。

　　抵達他母親家的房子之後，他所遭遇的第一份失望是，他發現它的大堂門洞開著，付老爺子正在臺階上面抽著菸袋。要是他遭遇的是通常那種有利情形的話，女管家阿麗會在聽到他敲門之後把門打開。而現在，那扇洞開著的門，還有在臺階上面抽著菸袋的付老爺子，都算得上是一種不大尋常的不利情形。

　　「晚上好，」亞瑟說。

　　「晚上好，」付老爺子說。

　　只見有一縷青煙彎彎曲曲地從付老爺子的嘴裡冒了出來，好像它先在他那具扭曲的軀體裡面完整地環遊了一周，又從他那條扭曲的喉嚨裡面折返了回來，然後才從他的嘴裡冒了出來，跟那些彎彎曲曲的煙囪裡面冒出來的濃煙，還有那條彎彎曲曲的河流裡面蒸騰上來的霧氣，混同到了一起去。

　　「你們有什麼新聞嗎？」亞瑟說。

　　「我們沒有任何新聞，」劍利說。

　　「我指的是那個外國人，」亞瑟解釋稱。

　　「我指的也是那個外國人，」劍利說。

　　當他歪歪斜斜地站在那裡，還有頸巾打成的那個結擺在一隻耳朵下面的時候，他看上去顯得非常面目猙獰，結果讓下面這個想法進入了柯南的頭腦當中，而且，它已經不是頭一回出現了，而是接近於很多次，它就是，老付能不能出於他自己的一個目的，把布蘭多給解決掉了呢？上面所說的那個目的能不能是他的一個祕密，或者是為了他的安全計呢？他誠然是矮小而歪歪扭扭的，可能還算不上靈活和強壯，可他是像一株老紫杉那麼結實的，還像一隻老鷚哥那麼狡猾。像是這樣的一個人，讓他跟在一個比他年輕上許多，同時也活躍上許多的人身後，再讓他揣起把他結果掉並且絕不給予任何憐憫這麼一份意願，他是大可以在那個與世隔絕的地方，

揀一個晚些的時間把這件事給相當穩妥地辦成的。

　　就這樣，當柯南在他那種有些病態的思想狀態當中，讓這些想法浮游在那個始終在他的頭腦裡面不肯離去的主要想法上面時，一旁的付老爺子一邊撐著脖子同時閉著一隻眼睛，用這副模樣注視著大門對過的那幢房子，一邊站在那裡抽著菸袋，臉上還掛著一副很是邪惡的表情，那情形更像是，他正在努力把他的菸袋杆子給咬掉，而不像是正在享受它。但實際上，他是在用他自己的一套辦法享受著它呢。

　　「等你下次來拜訪的時候，你就能畫出我的畫像來了，亞瑟，我是會這麼認為的，」付老爺子一邊停下來往外磕著菸灰，一邊不動聲色地說。

　　亞瑟對此是有點知覺的，但也有點頭腦混亂，於是趕緊請求他的原諒，說如果他不大禮貌地盯了他的話。「但我的思想正在這件事情上面歡騰地跑著呢。」他說，「所以有點不能自已了。」

　　「哈哈！可我卻不明白，」付老爺子回應說，完全是一副優哉遊哉的模樣，「它為何會煩著你呢，亞瑟。」

　　「不明白嗎？」

　　「不明白，」付老爺子非常簡潔而堅定地說道，很像他是屬於犬類這一種族當中的，剛剛朝著亞瑟的手猛地咬了一口。

　　「看見這些俯首即是的海報，我能無動於衷嗎？看見我母親的名字和住處在這樣一份關係裡面被到處兜售，我能無動於衷嗎？」

　　「我也不明白，」付老爺子一邊回應說，一邊刮著他角質化的面頰，「它有必要對你意味著太多事情。但我接下來會告訴你，我確確實實地看到 [118] 了什麼，亞瑟，」同時朝著樓上的那些窗戶瞥了一眼，「我看到，在你母親的房間裡面，有爐火和蠟燭的光線在閃耀著！」

　　「可那跟這事有什麼關係呢？」

---

[118]　在原文中，此處的「看到」和句首的「明白」對應著同一個詞 see，作者利用該詞的多義性，達成了一種前後呼應的效果。

「哎呀，先生，我從這裡面讀到了。」付老爺子一邊說，一邊像擰螺絲似的朝他走了過來，「要是讓一隻睡著的狗躺在那裡不去管它算是一種可取之法的話（那條諺語就是這麼說的），那麼，讓一隻失蹤的狗躺著不去管它可能也同樣算是可取的。就讓它們那麼著吧。它們一般很快就會起來的。」

當他發表完這則評論之後，付老爺子突然就扭過了身去，然後走進了那間陰暗的大堂裡面。柯南站在那裡，用目光追隨起了他，只見他走進大堂一側的那個小房間裡面，把手伸進磷盒裡面擦起了火來，待擦了三到四次之後，終於擦了一朵火苗出來，然後點著了靠牆放著的那個昏暗的燈盞。在這個過程當中，柯南始終都在探究著下面這種可能性 —— 它們更像是被一隻看不見的手展現到了他的眼前來，而不像是它們自己在他的頭腦裡面浮現了出來 —— 就是付老爺子有無可能用某種辦法或手段，做下了那件比眼前這間大堂更為陰暗的勾當，然後憑藉著圍繞在他們周圍的那些黑暗的陰影，利用它們當中的任何一個消除了它的痕跡呢？

「現在，先生。」劍利有些不耐煩地說，「你願意上樓去了嗎？」

「我母親應該是一個人待著，我猜是這樣吧？」

「不是一個人，」付老爺子說。「還有賈思彼先生和他女兒跟她待著呢。他們在我抽菸的時候過來拜訪來了，我留在後面是為了把菸抽完。」

這是他所遭遇的第二份失望。亞瑟沒有對此置以任何評論，而是拔腳走向了他母親的房間，在那裡，賈思彼先生和福蘿正在喝著茶，吃著鰮魚醬，還有熱奶油烤麵包。那些美味佳餚的一些遺跡既未從桌子上面，也未從阿麗被烤焦的臉上移走，後者的手裡仍然捏著廚房的烤叉，看上去像是某種寓言人物似的，但是，從具有一種意義深遠的象徵目的這個角度而言，她卻比通常那種寓言人物多了一份大上許多的優勢[119]。

---

[119] 這句話裡面的寓言人物指的是，寓言故事裡面僅作為符號存在，不包含複雜性格塑造的平面化人物（比如用人物甲來代表邪惡，用人物乙來代表善良），而所謂「具有意義深遠的象徵目的」，它的所指照譯者的理解應該是，柯南老夫人刻意擺了阿麗這樣一個人在她家裡，向外界顯示她在過著一種純樸的居家生活，以此種方式去遮掩她內心裡面那些陰暗的祕密。

　　福蘿已經仔細地把軟帽和披巾鋪在了床上，以此指示出了欲要停留一段時間這樣一份意圖來。賈思彼先生也正在壁爐的烤架旁邊笑容可掬著，只見他那個仁慈的圓腦門發著閃閃的光亮，就像烤麵包裡面的那些溫熱的奶油正在滲遍那顆年高德劭的腦袋，還有他那張紅潤的臉龐，像是鰻魚醬的顏色正在他年高德劭的五官上面鋪展開來。見此情狀之後，柯南一邊像平常那樣跟他們彼此招呼致意著，一邊暗自決定，要不作任何耽擱地跟他母親講話。

　　長期以來，因為她是絕對不肯離開她的房間的，所以，對於那些有什麼事情要單獨講給她聽的人們來說，把她推到辦公桌旁邊已經變成了一項慣例。在那裡，她通常會把輪椅的椅背朝向房間裡面的其他人，跟她談話的那人則待在一個角落裡面，坐在一張永遠擺在那個位置上面，專為那個目的而設的凳子上面。所以，在柯南老夫人的這兩位訪客的經驗範圍當中，除了這對母子已經有很長時間未在沒有第三人介入的前提下在一起說說話了這件事情之外，她先被詢問（先要為打斷她呈上一句歉語）能否跟她談上幾句公事，再在她做出肯定的答覆之後，被推進前述那個位置裡面去，都算是一些理所當然而再正常不過的事情。

　　因此，當亞瑟眼下獻上這樣一份歉意，做出這樣一個請求，又把她移動到辦公桌跟前，然後自己也坐了下去之後，另一邊的豐夫人才是剛剛開始用更大的聲音和更快的語速高談闊論了起來，以此體貼地向他暗示道，她是沒辦法偷聽到什麼的，賈思彼先生則用一種睡眠般的平靜姿態，輕輕捋著幾綹白色的長髮。

　　「母親，我今天聽說了一些事情，它們是關於我在這裡見到的那個人的，是他之前的一些事情，我相信妳還不知道它們，但我認為，妳是應該知道它們的。」

　　「關於你在這裡見到的那個人，我對他之前的事情是一無所知的，亞瑟。」

她大聲說出了這話來，而他卻是壓低了嗓門的，但她像拒絕接受任何其他東西那樣，也拒絕接受朝保密這個方向邁上一步，於是，她在說話時使用了通常的音量，還有通常那種嚴厲的音調。

　　「我收到的不是什麼二手資訊，它們是被直接告訴我知道的。」

　　她用跟之前一模一樣的聲音發問說，那他到這裡來，是否是為了告訴她它們是什麼呢？

　　「我之前認為，讓你知道它們是一種正確的做法。」

　　「那它們是什麼呢？」

　　「他曾經進過一座法國監獄，是那裡面的一個囚犯。」

　　她沉著鎮靜地回答說，「我會認為那是非常有可能的。」

　　「但那是一座關押刑事犯的監獄，母親，被指控的是謀殺罪名。」

　　那個詞語讓她大吃了一驚，她的表情也表達出了一些合乎情理的驚駭心情。可她仍然大聲地，像是審訊似的向他發問道：

　　「是誰告訴你這些的？」

　　「一個曾經是他獄友的人。」

　　「那據我猜測，在他告訴你之前，那人自己的一些前事也是沒被你了解到的吧？」

　　「沒有。」

　　「雖然你是了解那個人本人的？」

　　「是的。」

　　「關於剛才談論的另外一個人，這也是我自己的情況，老付也是這樣！不過我敢說，這種相似還沒有一模一樣到這種地步吧，向你提供消息的那個人也是透過某人的一封書信跟你認識的嗎，他也在寫信的人那裡存了錢嗎？在這段類似的公案裡面，那個部分到底是怎麼一個樣子呢？」

　　亞瑟沒了別的選擇，只得說道，向他提供消息的那人不是透過什麼證明函之類的東西跟他認識的，或者更準確地說應該是，根本就沒有無論任

何證明性質的函件存在。漸漸地，柯南老夫人專注的蹙眉動作擴展到了整張臉上，變成了一副嚴屬而洋洋得意的表情，接著，她用強調的語氣反駁道，「那麼，你就要小心該怎麼判斷別人了。我跟你說，亞瑟，這是為了你好，你要小心該怎麼判斷別人！」

她話裡的強調分量除了來自於加在言詞上面的重讀之外，得自於她的兩眼的那部分也是完全跟得自前者的一樣多的。她繼續看著他不肯放鬆，而她這樣做的結果是，如果當他走進這幢房子的時候，他還懷有什麼潛在的希望，想要把她說服上哪怕最為輕微的一小點的話，那她現在也把它看得飛出他的心外了。

「母親，我不可以做些什麼協助妳一下嗎？」

「不可以。」

「妳不願意向我託付任何信賴、任何責任或者任何傾述嗎？妳不願意向我詢問些什麼嗎？妳不願意讓我走近你嗎？」

「怎麼能輪到你來問我這個呢？是你自己跟我的事情撇清了干係。這不是我做的，是你做的。你怎麼能堅持不懈地問我這樣一個問題呢？你得知道，是你把我丟給了老付，然後他才占據了你的位置。」

把目光瞥向劍利之後，柯南在他的那對綁腿上面看到，他的注意力正在密切指向他們母子兩人，雖然他是靠牆站在那裡做著刮下巴的動作的，還假裝出了一副認真聽福蘿講話的樣子來，其時，後者正在用一種至為東拉西扯的方式滔滔不絕地講述著一大堆混亂不堪的主題，在那裡面，鯖魚和盜鞦韆的豐姑媽，不知道怎麼就跟金龜子和葡萄酒行業糾纏到一起去了。

「進過一座法國監獄，是那裡的一個囚犯，被控以謀殺罪名，」柯南老夫人學舌道，穩當地重溫著她兒子說過的那些話。「那就是你從他那個獄友那裡了解到的全部情況嗎？」

「照實質性內容來講，是全部。」

「還有，那個獄友是不是他的共犯呢，是不是也是一個殺人犯呢？不

過，理所當然的是，他肯定把他自己講得比他朋友好聽多了，這是用不著去問的。這會給這裡的其他人提供一些新鮮的談資。賈思彼，亞瑟告訴我說 ——」

「等等，母親！等等，等等！」他急忙打斷了她，因為他從來沒有想到過，她會把他告訴她的事情公開宣揚出去。

「現在怎麼樣呢？」她有些不快地說。「還有些什麼呢？」

「我要請求你的原諒，賈思彼先生 —— 還有妳也是，豐夫人 —— 請再給我一點時間，讓我跟我母親 ——」

在此之前，他把一隻手放到了她的輪椅上面，不然的話，她就用腳蹭著地面把它給轉開去了。現在，他們仍然是臉對著臉的。她仍然在看著他，他則在心裡飛速思索著一些事情，就是如果賈瓦披露的這件事情變成了一樁醜聞的話，可能會導致哪些他不想要，也沒辦法預料得到的後果，然後，他急匆匆地得出了下面這個結論，就是它最好還是不要被人談論為妙，不過，他之所以得出這個結論來，可能並沒有什麼更加明確的原因在指引他，而是僅僅覺得，理所當然的一點是，他母親是願意讓它保留在她自己和她的合夥人這個小範圍裡面的。

「現在怎麼樣呢？」她再次說道，用的是有些不耐煩的語氣。「你還要再說什麼嗎？」

「我並沒打算，母親，妳會向別人重複我跟妳交流的這些內容。我認為，妳最好不要向別人重複它們。」

「你這是對我提出了那樣一個條件嗎？」

「好吧！是的。」

「那我們來看看吧！把它當成一個祕密的是你，」她一邊說，一邊把一隻手舉了起來，「而不是我。把疑問、懷疑和答疑請求帶到這裡來的，亞瑟，是你，把祕密帶到這裡來的，亞瑟，也是你。那個人以前在哪裡，或者說他以前是什麼人，在你想來，它會跟我有什麼關係嗎？它能跟我有什

麼關係嗎？整個世界都有可能知道它，如果他們想要知道的話，但它跟我是沒有任何關係的。好了，讓我走吧。」

他在她專橫但狂喜的神色面前敗下了陣來，把她的輪椅推回了剛才推出來的那個地方。這麼做的時候，他也在付老爺子的臉上看到了一些狂喜的神色，而且，它們肯定不是被福蘿激發出來的。對於他的情報搜集工作，還有他的整個企圖和計畫所發生的這場不利於他的轉變而言，它甚至要比他母親臉上的堅定不移神色和她的那份決絕更讓他確信，他在她那裡的努力是全歸無用的。於是，除了向他的老朋友阿麗發起呼籲之外，已經沒有任何其他辦法剩給他了。

不過，在進行那場呼籲時，就連進入它的起始階段這一目標，看起來都像是人類的一樁最無成功前景可言的事業，或者說非常讓人懷疑它有無成功的可能。她如此徹底地被那兩個聰明人奴役了起來，而且如此系統化地被他們當中的這個或那個鎖定在了視線範圍當中，此外，還如此畏懼於在那幢房子裡面四處走動，所以，跟她單獨講話的每一個機會都像是被提前扼殺掉了。除了和遠比那一點更重要的是，女管家阿麗經由某種方式（不是非常難於猜到的一點是，是透過她那位甘為人臣的夫主的那些尖刻的言論）獲取到了一份如此富於生機的確信，覺得在任何情況下去講任何話都存在著莫大的危險，而結果是，在這個過程當中，她始終待在一個角落裡面，用她那件富於象徵性的工具保護著自己不讓別人靠近，還有，每當福蘿想要跟她說上一兩句話的時候，她都會像個啞女人似的，用那柄烤叉擋開跟她交談這種可能性，而且，就連深綠色的年高德劭者本人也受到了這樣的待遇。

亞瑟先進行了幾次嘗試，想在阿麗清理桌子和洗茶具的時候讓她朝他這邊看過來，但都告於了失敗，然後，他想到了一個可以由福蘿創造出來的應急之策。於是，他向那人耳語道，「你能說上這麼一句嗎，說你想在這幢房子裡面四處走動一下？」

對於可憐的福蘿而言，她始終都在心潮起伏地期待著，柯南重演他的

少年時光，然後再度瘋狂地愛上她的那個時候能快點到來，所以現在，她心懷著一份至大的欣喜之情領受了這份耳語，從她的角度來講，它不僅因為它那種神祕的性質而變得寶貴了起來，還為一場飽含著柔情的晤面鋪平了道路，屆時，他將會向她宣布他內心裡面的鍾愛之忱。於是，她馬上就開始謀劃起了柯南暗示的那件事情。

「啊呀我親愛的上帝呀這個可憐的古老的房間，」福蘿一邊說，一邊四下裡瞥視著，「看上去還跟以前一個模樣柯南夫人看到它這樣我可是很有感觸呢除了被煙熏得更黑了一些這個時間長了是意料中事我們都得對它有所準備而且得讓我們自己去適應它不管我們是否喜歡這樣我確定的一點是我自己也是必須要過上這一關的如果說被煙熏黑了不是非常確切的話就是粗壯到了嚇人的地步這完全是一回事來的或者更糟，想一想過去的那些日子吧當時爸爸經常把我帶到這裡來那是所有女孩裡面最小的那一個完全就是一團凍瘡被戳在了一張椅子上面我的兩隻腳搭在火爐的圍欄上就那麼盯著亞瑟 —— 請原諒 —— 應該是柯南先生 —— 他是所有男孩裡面最小的那一個穿著最最嚇人的荷葉邊小夾克然而在那以後豐先生就像一團迷霧狀的陰影似的在天邊虎視眈眈著了像是德國某地的那個眾人皆知的用一個B打頭的幽靈[120]似的它可以說是一堂富有道德教育意義的課程諄諄教誨著這麼一個道理人生的所有道路全都類似於英格蘭北部的那種小路他們先從那裡把煤給挖出來用它來煉鐵和其他東西然後把煤灰給鋪到路上去！」

對人類存在狀況的無常屬性付諸了這樣一份嘆息式的頌詞之後，福蘿急匆匆地繼續忙活起了她的那個目標。

「不管在任何時候，」她繼續說道，「就連它最壞的那個敵人都沒辦法說它是一座能讓人快活起來的房子[121]因為它從來就沒被做過那個打算不

---

[120]　指布羅肯幽靈（Brocken），在德國中部哈茨山脈（Harz Mountains）的最高點布羅肯山上，每當日出或日落之際，山頂登山者的巨大身影會投射到下方的雲靄之上，人稱此種現象為「布羅肯幽靈」或「布羅肯寶光」。

[121]　這句話的潛在含義應該是，就算是最能顛倒是非汙衊它的那個仇人，都沒辦法把事實顛倒到說它能讓人快活起來這種程度去，以此強調柯南家這座房子的陰鬱面貌。

過始終都是非常過目難忘的，記憶裡面的一個幼稚小人兒讓我回憶起了兒時的一個場景然而我的判斷力是在那以後才變成熟的當時亞瑟 —— 積習難改啊 —— 應該是柯南先生 —— 把我帶到了樓下的一個廢棄不用的廚房裡面有一股相當顯著的黴臭味道而且計畫把我在那裡藏上一輩子用他外出度假不在家時他能藏下來的那些好吃的供養我當他受罰時就給我吃乾麵包這種情況在那段富於田園味道的美好時期當中出現得可是非常頻繁呢，現在要是我請求被允許重溫一下那些場面在這幢房子裡面四處走動一下的話會不會有些不大方便或者說要求得太過分了一些呢？」

對豐夫人前往那裡的不管什麼良好居心做出回應時，柯南老夫人是強逼著自己才給予了她一份恩典的，儘管她的這場造訪無疑是一樁包含著純粹的良好居心且不夾雜任何私心的行為（這是指在柯南出人意料地到達這裡之前），於是，她宣稱道，整幢房子都是對她敞開著的。福蘿聞言起身望向了亞瑟，欲要求得他的護送。「沒問題，」他大聲說，「而且我敢說，阿麗是願意給我們掌燈的。」

正當阿麗嘴裡說著「不要讓我做任何事情，亞瑟！」想要為自己推脫掉這項差事的時候，付老爺子用下面這番話阻止了她，他說，「為什麼不呢？阿麗，妳這是怎麼了，老婆子？為什麼不呢，臭娘們兒？」得到了這麼一番勸誡之後，她很不情願地從她那個角落裡面走了出來，把烤叉交到了她丈夫的一隻手裡，又從他的另一隻手裡接過了那個遞給她的燭臺。

「到前面去，妳這個傻瓜！」劍利說。「您是要上去呢，還是下去，豐夫人？」

福蘿回答說，「下去。」

「那就到前面去，然後往下走，妳這個阿麗！」劍利說。「而且要把它做得得體一些，不然的話，我會從樓梯的扶手上面滾下去，然後跌到妳的身上！」

於是，阿麗打頭帶領起了這支勘探小隊，為它收尾的則是劍利。他是

沒有什麼想要丟下他們不管的打算的。柯南回頭朝後看去，看到他正在用一種至為冷靜和有條不紊的方式跟在後面，距離他們有三級臺階，於是，他壓低嗓門喊了這麼一句，「這是還沒有甩掉他嗎？」福蘿為了讓他放下心來，迅速做出了這麼一番答覆，「啊呀雖然並不是完全徹底的得體亞瑟而且換了在一個年輕一些的人或者一個陌生人前面我都沒辦法去想它不過要是你如此而非常想要那麼做的話我是不會介意他的但有一個條件是你會行行好不要把我摟得太緊。」

亞瑟沒有心情去解釋，他根本就不是這個意思，只是伸長那條攙扶著福蘿的胳膊，箍住了她的身體。「哎呀我的仁慈的上帝呀。」她說。「你可確確實實真的是非常聽話呢而且你是極可讓人尊敬和富於紳士風度的我確定是這樣但與此同時我仍然要說上這麼一句要是你想摟得比那再緊上一點的話我是不會認為它造成了什麼侵犯的。」

結果，柯南就用這個荒唐而且跟他焦急的心情有一種說不上來的不協調的姿勢，一路下到了眼前這幢房子的地下室裡面，他還發現，不管在什麼地方，只要它比其他地方陰暗上一些，福蘿就會隨之變得沉重上一些，同時，在這幢房子最亮的那些地方，她又會變得身輕如燕起來。從廚房的那些讓人心生淒涼的，並且都有一副竭盡全力讓人變得沮喪壓抑起來的乏味模樣的地帶折返回來之後，女管家阿麗舉著燈盞走進了他父親的那個破舊的房間，然後又走進了那間破舊的餐廳。她始終像個沒辦法被趕上的幽靈似的一路走在前面，當柯南用耳語聲向她說道「阿麗！我想跟妳說句話！」的時候，她是既不會回頭，也不會作答的。

在前面說過的那間餐廳裡面，有這樣一份感情氾濫的欲望攫住了福蘿的身心，說她想要看看在亞瑟的童年時代裡面，經常把他吞掉的那個惡魔櫥櫃的裡面是什麼樣子 —— 她這麼做並沒有什麼不成體統的地方，因為它作為一個非常陰暗的櫥櫃，算得上是一個讓她變得沉重起來的再合適不過的地方。亞瑟聞言迅速跌落進了絕望的心境當中，但當他把它打開之

後，聽見外面的那扇門上響起了一陣敲門聲。

女管家阿麗伴隨著一聲被抑制住的喊叫，把她的圍裙蒙在了頭上。

「什麼！妳這是又想吃上一劑了吧！」付老爺子說。「妳會吃到它的，我的老婆子，妳會好好吃上一劑的！哎呀！我會讓妳好好打上一些噴嚏，我會好好撩撥撩撥妳！」

「與此同時有誰會去開一下門嗎？」亞瑟說。

「與此同時我會去開一下門，先生。」那個老頭子回應說，因為他的態度是如此凶惡，所以清楚地呈現出了這麼一個事實，他是在一陣艱難的選擇當中，覺得自己必須得去開門的，雖然他原本更喜歡的是不去。「在這裡待上一會兒，你們所有人！阿麗，我的老婆子，妳敢動上一寸，或者犯傻說上一個字，我就會把妳的劑量給加上兩倍！」

在他離去的那一刻裡面，亞瑟馬上就鬆開了豐夫人，但他這麼做是頗費了一些周章的，因為那位女士誤會了他的意圖，在她那邊做了一些旨在摟得更緊，而非鬆開的準備工作。

「阿麗，現在跟我講話吧！」

「不要碰我，亞瑟！」她一邊喊叫著說，一邊畏縮著躲開了他。「不要靠近我！他會看到的，劍利會的。不要！」

「他是沒辦法看到我的，」亞瑟回應說，並讓他的動作和臺詞同步了起來，「要是我把蠟燭吹熄的話。」

「他會聽到你的。」阿麗喊叫著說。

「他是沒辦法聽到我的。」亞瑟回應說，並且再一次讓他的動作和臺詞同步了起來，「要是我把妳拉進這個黑暗的櫥櫃裡面，然後在這裡跟妳說話的話。妳為什麼要藏起妳的臉呢？」

「因為我害怕看見一些東西。」

「在這個黑暗的地方，妳是沒辦法看到任何東西的，也就用不著害怕了，阿麗。」

Flora's tour of inspection.

（福蘿的考察之旅）

「是的，我是沒辦法看到，但要比亮堂的時候更加害怕上許多。」

「妳為什麼要害怕呢？」

「因為這座房子滿是各種神祕的東西和祕密，因為它滿是各種耳語聲和打聽的聲音，因為它滿是各種噪音。拿噪音這方面來說，世界上是從來沒有過這樣一座房子的。我會死在它們手裡的，要是劍利沒有先把我掐死的話，但我預料他會那麼做的。」

「我從來沒在這裡聽到過任何值得一提的噪音。」

「啊呀！雖然是這樣，但你肯定會的，要是你也住在這座房子裡面，也像我一樣被迫在它的裡面四處走動的話，」阿麗說，「而且你會覺得，它們是如此顯著地值得一提，以至於你會覺得，因為不被允許談論它們，所以你差不多已經快要炸掉了。劍利來了！你會害得我被他殺掉的。」

「我的好阿麗，我可以莊重地向妳宣布，我能在通到大堂的走道上面，看到從開著的大堂門裡透出去的燈光，要是妳願意露出妳的臉看上一下的話，妳也是可以看到的。」

「我可不敢這麼做，」阿麗說，「我是絕對不敢的，亞瑟。當劍利沒在看著我的時候，我一般總是蒙著眼睛的，而且有些時候，就連在他看著我的時候都是這樣。」

「他關上那扇門的時候，是沒辦法不被我看到的。」亞瑟說。「妳跟我在一起是非常安全的，就像他離妳有五十英里遠那樣。」

「我希望他真是那樣！」阿麗叫嚷著說。

「阿麗，我想知道這個地方出了什麼差錯，我想得到一些提示，了解一下這座房子裡面的那些祕密。」

「我告訴你吧，亞瑟，」她打斷他說道，「那些噪音就是它的祕密，還有各種窸窸窣窣的聲音和偷偷摸摸的聲音，各種顫抖聲，各種頭頂上面的腳步聲和腳底下的腳步聲。」

「但是那些還不是它的全部祕密。」

「我不知道。」阿麗說。「不要再問我別的什麼了。你的老情人離得不遠，她可是一個大嘴巴呢。」

而實際上，他的老情人是近在手邊的，她那時候正顫顫巍巍地靠在他的身上，跟他形成了一個非常牢固的四十五度角，聽到這裡，她插話向女管家阿麗保證說，而且，她的話裡還包含著一股巨大的堅決味道，不止是一份單純的嚴正聲明，說她聽到的那些話是不會被傳揚開的，而會被保護在一種不受侵害的狀態當中，「就算不考慮別的也要考慮亞瑟 —— 我知道太過親密了有冒犯之嫌應該是道義柯南公司。」

「我要向你發起一份滿含著懇求之情的呼籲，阿麗，向妳，我早年記憶當中為數不多的幾個合得來的人之一，我這麼做是為了我母親的緣故，為了妳丈夫的緣故，為了我自己的緣故，為了我們所有人的緣故。我確定，如果妳願意的話，關於這個人到這裡來這件事情，妳是可以告訴我一些跟它有關的東西的。」

「哦，那我告訴你吧，亞瑟 ——」阿麗回應說，「但劍利過來了！」

「沒有，真的，他沒過來。那扇門還是開著的，他正站在門外說話呢。」

「那我告訴你吧。」阿麗先是聽了一陣子，然後說道，「他第一次到這個地方來他就親耳聽到了那種噪音。『那是什麼？』他對我說。『我不知道它是什麼，』我對他說，並且害怕地抓住了他，『但我已經反反覆覆聽過它很多遍了。』在我這麼說的時候，他站在那裡看著我，完全抖成了一堆，他真抖了。」

「他經常到這裡來嗎？」

「只有那個晚上，還有上次那個晚上。」

「上次那個晚上在我離開以後，妳看到他做了些什麼嗎？」

「他們那兩個聰明人完全把他給獨占去了。在我把你送出去之後，劍利蹦蹦跳跳地斜著身子朝我走過來了（每當他想傷害我的時候，他總是會

蹦蹦跳跳地斜著身子朝我走過來的），然後他對我說，『那個，阿麗，』他說，『我現在要跟在妳的後面，我的老婆子，然後把妳給攆到樓上去。』於是他就用一隻手抓住了我的後脖頸子然後捏緊了它，一直把我捏得都張大嘴喘起了粗氣，然後他就跟在我後面把我推到了床上，一路上一直捏著我。那就是他所謂的把我攆上樓去，他確實那麼做了。哎呀，他可是個惡人呢！」

「妳還聽或看到別的什麼了嗎，阿麗？」

「我不是告訴你我被送到床上了嗎，亞瑟？他來了！」

「我向妳保證，他還在門口那裡呢。那些耳語聲和打聽的聲音，阿麗，就是妳剛才說起的那些。它們是什麼？」

「我怎麼能知道？不要問我有關它們的任何事情了，亞瑟。走吧！」

「但是我親愛的阿麗，除非我能不去管你的丈夫，也不去管我的母親，然後對這些隱藏起來的東西獲取到一些深入的了解，否則會有毀滅的禍端從這裡面生長出來。」

「不要問我任何事情了。」阿麗把剛才的話重複了一遍。「我一直都在做著一個夢，做了已經很長一陣子了。快走，快走！」

「妳以前就說過那話，」亞瑟回應說。「那天晚上，當我問妳這裡出了什麼事情的時候，妳在門口做過同樣的表達。妳說妳在做一個夢是什麼意思？」

「我不會告訴你的。走吧！就算你是自己一個人過來的，我都不會告訴你，更何況還有你的老情人在這裡，那就更加不會了。」

接著，任憑亞瑟怎樣百般乞求，也任憑福蘿怎樣信誓旦旦地嚴正聲明，結果都是同樣的徒勞無功。在上述整個過程當中，阿麗一直在顫抖和掙扎個不停，但她對這些請求全都充耳不聞，只是一門心思要擠出櫥櫃去。

「要是我再多說上哪怕一個字的話，我馬上就會朝劍利尖叫起來的！

我會朝他喊起來的，亞瑟，要是你不停下跟我講話的話。現在，這是在我朝他喊起來之前，我會對你說上的最後一個字——要是你什麼時候開始由你自己本人占了他們那兩個聰明人的上風的話（你是應該這麼做的，你第一次回家的時候我就這麼說過，因為你已經沒住在這裡有很多個年頭了，不像我這樣生怕把自己的命送掉），然後你又確實是當著我的面前占了他們的上風，然後你又確實對我這麼說道，『阿麗，把妳的那些夢說出來吧！』那麼，我就有可能會把它們給說出來！」

那扇門被關上這一狀況止住了亞瑟的答覆。他們偷偷挪動回了劍利離開他們時的位置，接著，在那位老年紳士返回來的時候，柯南舉步上前向他公告說，他剛才不小心弄熄了蠟燭。當他去大堂的燈盞上面重新點亮它的時候，付老爺子一直從旁觀看著，而且，對於留住他跟他談話的那個人，始終保持著一種高深莫測的緘默。因為他那種暴躁易怒的性情，他可能需要為那位訪客加諸他身上的某些無聊言談尋求一些補償，而不管事實究竟如何，總之，當他看見他妻子把圍裙蒙在頭上的時候，他覺得受到了如此之大的一種冒犯，結果他猛地朝她衝了過去，把她蒙在圍裙後面的鼻子捏在了大拇指跟另外一根手指之間，像是要把他身上的那股力氣全都投入進眼前的這個擰鼻子動作裡面似的。

至於福蘿這邊，她現在已經變得無時不刻都顯得沉重起來了，而且一直不肯讓亞瑟脫身於這場房產審查活動，結果讓它甚至都一路延展到了他過去的那間閣樓臥室裡面。可他的心思卻是放在其他事情上面的，並沒在想著眼前的考察之旅，然而，他當時卻特別留意到了，而且後來也會不時地想起來，這幢房子的那種密不透風的閉塞狀況，還留意到了在較高處的那些樓梯上面，他們把自己的足跡留在了它們的積塵裡面，還有，他們在打開某扇房門時遇到了一些阻力，這個狀況讓阿麗失聲喊叫了出來，說是有某個人藏在裡面，而且堅持認為是這樣，雖然她說的某個人被興師動眾地尋找了一番，結果卻什麼都沒能找到。當他們最終返回他母親的房間之

後，他們發現，她正在用一隻戴著手套的手遮著臉，用很低的聲音跟站在爐火前面的年高德劭者談論著什麼。在他們走進去的同時，後者的那兩隻藍色的眼睛，鋥光瓦亮的禿腦袋，和一絡一絡的絲狀長髮，全都一起朝他們扭了過來，並且為他的下面這句評語增添了一份無可估量的巨大價值，和獨屬於他那個族類的一種耗之不竭的綿長愛意：

「所以你一直都在觀看這裡的經營場所是嗎，觀看這裡的經營場所 —— 經營場所 —— 觀看這裡的經營場所是嗎？」

從這句話本身來講，它並非是什麼仁慈和智慧的寶貴典範，但他卻讓它變成了一份能夠突顯出它們二者的，人們願意去爭相仿效的完美樣本。

第二十四章　一個漫長白晝的黃昏

那位為整個國家裝點增色的卓越傑出的偉大人物，也就是莫德先生，仍然在繼續著他的燁耀生輝的人生歷程。一個已經開始廣泛達成的共識是，一個為上流社會立下了那份令人景仰的汗馬功勞，從它的裡面製造了如此之多金錢出來的人，是不能被容許仍然保持著一介草民這個身分的。於是，有人開始機密地談論起了一個准男爵爵位[122]，還有人開始頻頻提起了一個正式貴族爵位。據傳言稱，莫德先生沉下他那張宛如黃金鑄成的臉堅決拒絕接受一個准男爵爵位，同時清楚明白地向德西老爺公告道，一個准男爵爵位是不夠他去消受的，還說「不行，必須是一個正式貴族爵位，不然就是直呼其名的莫德。」另有人報稱，他的這種表現馬上就讓德西老爺懷疑是不是聽錯了什麼，狀如被扔進了一個泥塘裡面，而且差不多已經淹到了他高貴的下巴那裡，其程度已然達到了一個如此高大偉岸的人物能夠沉下去的最大極限。這是因為，作為一個由他們自己創造出來的群體，巴氏家族是擁有這樣一個看法的，覺得該等殊榮是屬於他們所有的，當一位戰士、水手或者律師被授予正式貴族爵位時，差不多就是由他們在巴家的大門旁邊，擺出一副屈尊俯就的架勢把他們給放了進去，然後馬上又把那門給關了起來。（據傳言稱）煩惱的德西不僅為這份見解貢獻了他自己的一份世代相傳的鼎力支援，還認識幾個跟那位時代靈魂人物的上述主張發生了衝突的巴家人，因為他們的授爵請求已經處於了備案存檔階段。不管對錯與否，傳言都算得上是非常忙碌的，至於德西老爺這邊，他在（或者被認為是這樣）莊嚴地設計出上述艱難局面的同時，還為傳言貢獻了一些支持和認同，也就是在幾個公開場合當中，讓他那些大象式的小快步穿越了一片枝節蔓生的語言叢林，在他的象鼻上面使勁搖動著莫德先

---

[122]　在英國的貴族爵位體系當中，男爵是等級最低的一種爵位，而准男爵又比男爵低了一級，所以可稱是一種非正式或者說不入流的爵位。

生，稱他擁有巨大的進取之心，是英格蘭的一筆寶貴財富，懂得順應時勢，還是信譽、資本、事業亨通和各色神之恩賜的代表人物。

　　那把古老的大鐮刀的收割工作進行得是如此悄無聲息，以至於，在那兩位英格蘭兄弟躺到羅馬那座異鄉人墓園的一個墳墓裡面之後，已經有整整三個月的時間在不經意之間流逝而過了。小秀才夫婦已經在他們自己的房子裡面安頓了下來，它是一幢小樓，相當接近於巴蒂宅邸的那個級別，算得上是在有失便利方面取得的一顆輝煌勝果，還於其間永遠充斥著一股隔了兩夜的剩湯和拉長途馬車的馬匹身上的那股味道，但它卻是極度昂貴的，因為它精確地位於這個宜居星球的中心部位處。在這座惹人嫉妒的居所裡面（而且它確鑿受到了許多人的嫉妒），小秀才夫人剛打算要朝著廢黜大胸脯這項大業馬上進軍，她這份躍躍欲試的敵意便被帶著死亡消息而來的導遊先生給擱置了起來。而小秀才夫人並非是漠無所感的鐵石心腸，在接受這條消息時猛烈地爆發了一場強烈的悲痛之情，它一連持續了有十二個小時之久，但在過了這段時間之後，她便立起身來料理起了她的喪服，而且把能夠保證讓它適宜於莫德夫人這一身分的一應措施，統統全都訴諸了使用。接著，據那些最有教養的情報源頭處訴稱，當他把一團憂愁沮喪的陰雲籠罩在不止一個顯赫的家庭上面之後，導遊先生便朝義大利折返而去了。

　　現在，被他們自己那團憂愁沮喪的陰雲籠罩著的小秀才夫婦剛剛獨自吃過晚飯，小秀才夫人正斜倚在客廳的一張沙發上面。這是炎夏季節裡面的一個周日黃昏時分。對於眼前這座位於這顆宜居星球中心部位處的居所而言，它無時不刻都像被什麼東西塞填到了密不透風的地步，其情形像是一顆患上了難以治癒的重感冒的腦袋似的，而在眼下的這個黃昏裡面，它要比平素更讓人覺得窒悶欲死。各家教堂的大鐘已經聲嘶力竭地發完了它們那些鏗鏗鏘鏘的敲擊聲，跟街道上面的那些不甚悅耳的回聲混同到了一起，還有這些教堂的那些被燈光照亮的窗戶，它們已經不復是灰色暮氣當

中的那種黃色色調，而是死滅成了一團團濃重的黑色。現在，小秀才夫人正躺靠在她的沙發上面，透過一扇開著的窗戶望著眼前那條街道的對過，她的目光落在了木犀草和各色鮮花的花箱上面，但她卻是厭倦了這道景觀的。接著，小秀才夫人又望向了另外一扇窗戶，看見她的丈夫正站在它的陽臺裡面，但她也是厭倦了那道景觀的。於是，小秀才夫人又望向了她自己身上的喪服，可她甚至也厭倦了這道景觀，不過，自然而然的一點是，對它的厭倦是不像對其他二者那麼嚴重的。

「這就像躺在一口井裡似的，」小秀才夫人一邊說，一邊很是煩躁地挪了一個坐處。「我的親愛的上帝呀，愛頓，要是你有什麼話要講的話，那你為什麼不把它說出來呢？」

小秀才先生原本可能會天真坦率地答覆說，「我的命根子，我沒有什麼話要說。」但是，因為他沒能靈機一動想到這句機智的妙語，所以只是從陽臺那裡走進了房間裡面，然後站在了他妻子的長沙發旁邊，並頗為此感到心滿意足。

「善良仁慈的上帝呀，愛頓！」小秀才夫人甚至比之前更顯煩躁地說，「你肯定正在把木犀草往鼻子上面放呢！請不要那樣！」

在此之前，沒有思想和頭腦傍身 —— 他的實際狀況可能更加接近這個短語 [123] 的字面含義，而非是它通常被解讀的那個含義 —— 的小秀才先生確實在非常使勁地嗅著手裡的一個小枝，以致處於了其妻論及的那種違法行為的邊緣地帶。他聞言微笑了起來，然後說，「我要請求妳的原諒，我的親愛的。」然後把它丟到了窗戶外面。

「你一直待在那個位置不動，讓我的腦瓜都疼起來了，愛頓。」過了一分鐘之後，小秀才夫人一邊抬起眼睛看著他，一邊說，「你從這個角度看起來大到了叫人惱火的地步。快點坐下。」

---

[123]　這裡指的是「absence of mind」這一短語，它從字面含義上來講，指的是「缺乏頭腦」，而它約定俗成的含義是「心不在焉」。

「當然可以，我的親愛的。」小秀才先生說，然後坐在了同一位置處的一把椅子上面。

「要是我不知道今年最長的那一天已經過去了的話，」范妮一邊說，一邊很顯沉悶地打著哈欠，「我肯定會覺得，今天就是最長的那一天。我從來沒有經歷過這樣的一天。」

「這是妳的扇子嗎，我的心愛的？」小秀才先生發問道，同時撿了一把扇子起來，然後把它呈送了上去。

「愛頓。」他的妻子甚至比之前更覺乏味地回應說，「不要問這些弱智的問題，我請求你不要。除了是我的之外，它還能是誰的呢？」

「是的，我也認為它是妳的。」小秀才先生說。

「那你就不應該問。」范妮反駁道。過了一小會兒之後，她在沙發上面扭過身子喊叫著說，「我的親愛的上帝呀，我的親愛的上帝呀，我可從來沒見過像今天這麼長的一天！」又過了一小會兒之後，她從沙發上緩慢地立起身來，在房間裡面四處走動了起來，然後又重新坐了回去。

「我的親愛的。」小秀才先生說，並在腦子裡面突然閃現了一個頗具原創性的構想出來，「我認為你肯定是患上了焦躁症。」

「啊呀！焦躁症！」小秀才夫人學舌說。「沒有！」

「我的可堪崇拜的女孩，」小秀才先生竭力勸說道，「試試妳的那些香醋吧。我經常看見我媽用它們，它們好像讓她給恢復過來了。還有我相信妳應該知道，她是一位引人注目的傑出女士，還沒有什麼不可 ──」

「善良仁慈的上帝呀！」范妮喊叫了起來，並且再度從沙發上驚跳了起來。「這真是任憑怎樣都忍不下去了！今天是這個世界曾經知道過的最為枯燥無聊的一天，我敢肯定是這樣！」

她在房間裡面懶洋洋地四處閒蕩的時候，小秀才先生溫順地跟在她的身後，而且好像受到了一點驚嚇似的。接著，當她四處亂丟了幾樣瑣碎的小東西，又從全部三扇窗戶裡面朝下面的黑暗街道張望了一番之後，她重

新返回沙發那裡，把自己丟到了一堆枕頭中間。

「噯愛頓，到這邊來！靠得再近一點，因為我想能用我的扇子碰到你，這樣一來的話，我就可以讓你對我要講的話產生非常深刻的印象了。那會是有些用的。已經相當近了夠了。啊呀，你看上去真的是太大了！」

小秀才先生為這一狀況表達了歉意，辯稱他是沒辦法控制得了它的，又說「我們的那些夥計們」（但是沒有更加明確地指出，到底是誰們的夥計們）過去常常用小奎恩巴斯・弗萊崔恩或者小泰山[124]這個名字來稱呼他。

「你應該之前就把這些告訴我的。」范妮抱怨道。

「我的親愛的。」小秀才先生回應說，還顯得有點很覺滿足似的，「我不知道妳會對它感興趣，不然的話，我會把它當成一件大事告訴妳的。」

「好了！你可行行好吧，別再說了。」范妮說，「我是想要讓我自己來說上一些話的愛頓，我們絕對不能再離群索居下去了。我必須得採取一些措施，防止不管在什麼時候再度淪落進今晚這種可怕的憂鬱狀態當中去。」

「我的親愛的。」小秀才先生回答說，「就像妳自己一清二楚的那樣，作為一位引人注目的傑出女士，還沒有 ──」

「啊呀，善良仁慈的上帝呀！」范妮喊叫著說。

這讓小秀才先生變得相當驚惶不安了起來，因為這聲喊叫裡面不僅包含著一股巨大的能量，還伴隨著一個突然怒衝衝地從沙發上面一躍而起，又突然怒衝衝地重新坐了下去的動作，結果，等過了一兩分鐘之後，他才覺得自己有能力開口解釋一下了：

「我的意思是，我的親愛的，所有人都知道，妳是打算要在上流社會大放異彩呢。」

「打算在上流社會大放異彩！」范妮帶著一股巨大的怒氣回嘴說，「是

---

[124] 在喬納森・斯威夫特（Jonathan Swift, 1667 ～ 1745）所著的小說《格列佛遊記》（*Gulliver's Travel*）中，小人國居民們曾用小奎恩巴斯・弗萊崔恩（Quinbus Flestrin, Junior）和小泰山（Young Man Mountain）稱呼過格列佛，此處喻指身材高大之人。

的，沒錯！可是然後發生了什麼呢？我剛一恢復過來，這是從暫時這個角度來講的，我指的是從我可憐的親愛的爸爸的死訊當中，還有我可憐的叔叔的──但我不想對自己掩飾，對於後面那位來說它算是一個快樂的解脫，因為要是你上不了檯面的話，你最好還是死──」

「妳這不是在說我吧，我的心愛的，我希望是這樣？」小秀才先生謙遜地打斷了她的話。

「愛頓呀，愛頓呀，你簡直會把一個聖人都惹火。我不是在很明確地談論我可憐的叔叔嗎？」

「妳看著我的時候臉上帶了太多的表情，我的親愛的女孩，」小秀才先生說，「那讓我覺得有點不適。謝謝妳，我的心愛的。」

「喏，你都讓我不知道該怎麼辦好了。」范妮發表了這麼一句意見，並且用丟棄的動作扔掉了她的扇子，「看來我最好還是上床睡覺為妙。」

「不要那麼做，我的心愛的，」小秀才先生竭力勸說道。「耐心點。」

接著，范妮花費了相當巨大的一份耐心：她緊閉著兩眼躺了下去，兩道高挑的眉毛上面掛著一副絕望的表情，就像她已經完全拋棄了所有凡塵俗事似的。最後，她未做哪怕最為輕微的丁點通知，便重新睜開了眼睛，然後用一些短促激烈的句子重新說了起來。

「我想問問，然後發生了什麼呢？發生了什麼呢？唷，我竟然發現，在這個我有可能在上流社會散發出最為耀眼的光彩，而且出於一些意義非常重大的原因，我非常想要在上流社會發發光彩的時期當中──我竟然發現，我自己處在了這樣一種狀況當中，它已經在一定程度上剝奪了我進入上流社會的資格。這實在是太糟了，千真萬確！」

「我的親愛的。」小秀才先生說。「我並不認為，妳有必要因為它待在家裡閉門不出。」

「愛頓，你這個荒唐透頂的人吶！」范妮極為憤慨地回應說，「你是不是認為，一個處於青春的盛年當中，而且並非完全沒有個人魅力的女人，

她能在這樣一個時期裡面，讓自己去跟一個在所有其他方面都是她的手下敗將的人競爭，繼而跟她共舞起來？[125] 要是你真的在想著這樣一件事情的話，那你的愚蠢可就是大得沒邊了。」

小秀才先生提議說，他認為「這種情況是可以被克服一下的。」

「去克服它！」范妮重複道，話裡包含著一股大得無可計量的鄙夷味道。

「只是暫時的。」小秀才先生又提議道。

小秀才夫人算是尊重認可了他的後一個屢弱無力的建議，但未做任何公告或者表露，只是痛苦且憤怒地宣稱道，這真的是太糟了，而且斷然決然的一個事實是，這已經足以讓一個人去希望，她還是死了比較乾淨！

「不過，」當她從她個人角度上的那種受虐感當中得到了一定程度的恢復之後，她又說道，「雖然它是這麼的惹人惱火，還顯得這麼殘忍，但我認為，它還是必須要被服從的。」

「尤其是理應如此的時候，」小秀才先生說。

「愛頓。」他的妻子回應說，「要是你沒有別的什麼更加合適的事情去做，只知道一個勁兒地在她發現自己正處於逆境當中的時候，想去侮辱那個曾經親手尊重認可過你的女人的話，那我認為，你最好還是上床睡覺去吧！」

這份指責給小秀才先生帶來了一份相當巨大的痛苦感受，他轉而獻上了一份柔情迭湧且發自肺腑的歉意。他的道歉是被接受了的，但小秀才夫人仍然要求，要他轉到沙發的另外一頭去，去坐到窗戶的窗簾裡面去，好讓他自己顯得矮上一些。

「嗳，愛頓。」她說，並伸出扇子碰了碰他，此時，他們之間是隔了一臂之距的，「在這個你開始像平常一樣說些無聊的話惹人心煩的時候，我

---

[125]　范妮這段話的潛臺詞是，跟莫德夫人同臺競爭是一件丟臉的事情，讓她沒有顏面去進入上流社會的交際圈。

要對你說的是，我會防止我們繼續再離群索居下去，還有就是，要是各種條件都不允許我照著自己的心意外出露面的話，我必須得安排一下，讓這個或者那個人一直待在這裡，這是因為，我真的沒辦法，也不願意，再有另外一天像是今天這樣了。」

對於她的這項計畫，小秀才先生的觀點往短裡說就是，它的周身上下不見任何不可理喻之處。他還補充說，「另外還有，妳得知道，妳可能很快就會有妳妹妹 ——」

「最最親愛的愛米，沒錯！」小秀才夫人喊叫著說，還伴隨了一聲飽含深情的嘆息。「親愛的小東西！不過，光有愛米一個人在這裡是沒用的。」

小秀才先生正要用疑問的語氣說出一個「沒用？」來，但他看到了自己所面臨的危險，所以轉而用認同的語氣把它說了出來。「沒用，啊呀一點用都沒有，光有她一個人在這裡是不會有什麼用處的！」

「沒用的，愛頓。因為那個寶貴的孩子擁有一種安靜的性格，她身上的那些優點不僅是需要一種對照的 —— 需要有生機和活力圍繞在它們的旁邊，讓它們煥發出應有的光彩來，然後有人竟然就真的喜愛起它們來了[126]，而且，她還是需要被喚醒的，因為不止是一個的很多原因。」

「正是這樣，」小秀才先生說。「需要被喚醒。」

「請別這樣，愛頓！你這個雖然沒有哪怕一丁點事情要講，但總喜歡打斷別人的習慣實在是太讓人分神了。你必須得丟掉它才行。現在來說回愛米，我的可憐的小寶貝是全心全意眷戀著可憐的爸爸的，而且無疑是極度悲悼於他的去世的，而且肯定是非常非常悲慟的。我自己也是這樣。我對它的感受可謂是極度深刻的。但毫無疑問的是，愛米對它的感受甚至會比我更加深刻，因為她從始至終都是待在現場的，跟可憐的親愛的爸爸待到了最後一刻，但我卻很不幸地沒能那樣。」

說到這裡，范妮停下來哭了起來，然後又說，「親愛的，親愛的，令

---

[126]　這是范妮在變相自誇她對其妹的深厚感情。

人敬愛的爸爸！他的那份紳士品格是怎樣的純正呀！跟可憐的叔叔形成了一種多麼巨大的對照呀！」

「因為那段折磨人的時間造成的種種影響，」她繼續說了下去，「還有一個原因是，她眼下已經陪護生病的愛德有很長一段時間了，這也給她造成了很多影響，這是一段尚未結束的陪護，甚至可能會繼續上更長的一段時間，與此同時，它還讓我們所有人都有些不安了起來，因為它讓可憐的親愛的爸爸的那些事情沒辦法被馬上了結掉。不過，說來走運的是，他上次像是天意似的回到英格蘭的時候，把放在此地代理人處的那些票據和檔案全都封存和鎖了起來，所以，他的那些事情是處於這種有序狀態當中，可以一直等到我哥哥愛德在西西里恢復了身體健康，健康得足夠讓他從那邊回到這裡來，然後去管理它們，或者是執行它們，或者是必須要被進行的無論任何操作。」

「在讓他病體回春這件事情上面，他沒辦法再有一個更好的護士了。」小秀才先生斗膽表達了自己的看法。

「說來奇怪的事，我竟然能同意你的說法，」他的妻子回應說，並慵懶倦怠地朝他那邊稍稍撩了撩她的眼皮子（從總體上來講，她像是在對著客廳裡面的傢俱滔滔不絕似的），「然後還能採納你剛才使用的那些詞語。在讓他病體回春這件事情上面，他沒辦法再有一個更好的護士了。對於一個活躍的頭腦來講，我的親愛的孩子經常會讓人有些厭倦，但是，作為一個護士，她卻是完美的人選。所有愛米裡面最好的那一個！」

剛才的那場勝利讓小秀才先生變得有些輕率了起來，接著又發表了這麼一個觀點，說愛德像是天意似的，罹患這場疾病可是有很長一段時間了，我的親愛的女孩。

「要是罹患這個詞，愛頓。」小秀才夫人回應說，「是微羔的俚俗說法的話，那他確實是這樣。但如果不是，那我就沒辦法對你向愛德的妹妹所講的鄙俗語言置以評論了。他在某個地方感染了瘴癘——既有可能是因

為夜以繼日地朝羅馬趕路，但他終究還是到得太晚了一些，沒能在可憐的親愛的爸爸死之前見他一面 —— 也有可能是在其他某些不利健康的環境當中感染到的 —— 這是無可置疑的事實，希望你也是這個意思吧。同樣地，他是因為他那種極度馬虎的生活方式，才讓自己變成了此症的一個實在算是非常糟糕的宿主的。」

小秀才先生在認真考慮了一番之後認為，這個情況有些類似於，我們的有些夥計在西印度得了黃傑克[127]這件事情。小秀才夫人聞言再度閉起了眼睛，拒絕對我們的夥計，對西印度，或者對黃傑克做出任何感知或了解。

「所以愛米。」她在重新撩開眼皮子之後繼續往下說去，「是需要被喚醒的，因為她過了許多周沉悶單調又焦心費神的日子。最後，她還是需要被從一種低俗傾向當中喚醒的，我非常清楚地知道，她的內心深處是存在著這個東西的。不要問我它是什麼，愛頓，因為我必須謝絕告訴你知道。」

「我並沒打算要問，親愛的。」小秀才先生說。

「我會用這種方式在我的溫柔的孩子身上造成巨大的改進和提升，」小秀才夫人繼續說道，「但還沒辦法太快地讓她到我身邊來。親切又親愛的小鞋子[128]呀！至於可憐的爸爸的那些事情的安置問題，我在那裡面的興趣並不是非常自私的。在我結婚的時候，爸爸已經對我表現得非常慷慨了，所以我對那些東西的期待是很小或者說根本沒有的。只要他未曾立下什麼可以生效的，會給領袖夫人留下一筆遺贈的遺囑，我就心滿意足了。親愛的爸爸呀，親愛的爸爸呀。」

她再度哭了起來，但領袖夫人算是最好的一味復元劑。那個名字很快就激勵得她擦乾眼睛說道：

「在愛德生的這場病裡面，他的下述表現算是一個相當讓人振奮的情

---

[127]　黃傑克（Yellow Jack），舊時對黃熱病（Yellow Fever）的口語說法。

[128]　此處指涉了一部名為《真好兩隻鞋》（Goody Twoshoes, 1765）的幼兒故事。

況，我滿懷感激之情地想起了它來，它還給人帶來了一份至大的信心，讓人覺得他的理智並沒有受到損害，他那份正當的勇氣也並未被削弱 —— 反正不管怎麼著，他都給她算到了可憐的親愛的爸爸去世那時候 —— 這個情況指的是，他馬上給領袖夫人付清了工資，然後把她攆出了那座房子。我要為他的這個舉動鼓掌喝彩。因為他如此迅速，又如此準確地做了一件我自己也會去做的事情，所以我可以因此原諒他的許多過失！」

正當小秀才夫人熱乎乎紅通通地沉浸在她的心滿意足當中之際，只聽他們的家門上響起了一陣按兩下的叩門聲。這陣叩門聲是非常古怪的，因為它很低，像是為了避免造成噪音或者引起注意似的，但它又很長，就像敲門的那個人心裡在想著什麼事情，而忘了停下手頭的動作。

「你好！」小秀才先生說。「是誰呀？」

「不是愛米和愛德，因為沒有預先通知，也沒有馬車，」小秀才夫人說。「出去看看。」

他們的房間是黑暗的，但街上要亮上一些，因為已經點起了路燈。小秀才先生走到陽臺上面探出頭去窺視了起來，他的頭看上去非常巨大而沉重，好像馬上就要讓他失去平衡，然後把樓下那位未知人物砸扁似的。

「這夥計是一個人。」小秀才先生說。「但我沒辦法看清是誰。不過還是停下來了！」

做完此番二輪推理之後，他再次走進了陽臺裡面，然後再次往下看了起來。他在家門被打開的同時返了回來，接著向其妻公告說，他相信他認出了「他父親大人的高頂硬帽。」他是沒有認錯的，因為他的手裡拿著高頂硬帽的父親大人，馬上就於其後被引了進來。

「掌燈！」小秀才夫人說，並為房間裡面的黑暗道了一句歉語。

「對我來說這已經夠亮了。」莫德先生說。

當蠟燭被拿進來的時候，莫德先生被發現，他正站在房間的門後面揪著自己的兩片嘴唇。「我認為我是應該過來拜訪你們一下的，」他說。「我

現在可是有點無暇分身得非常厲害呢，然後因為我碰巧要出來閒逛一下，所以我認為，我是應該過來拜訪你們一下的。」

因為他穿著宴會的禮服，所以范妮問他，他剛才去哪裡赴宴來著？

「這個，」莫德先生說，「我並沒有專門到任何地方去赴宴。」

「那你想必是吃過晚飯了？」范妮說。

「喔——沒有，確切地說我並沒有吃過晚飯，」莫德先生說。

他是先把一隻手掠過自己黃色的額頭，又很是認真地思考了一頓之後，才做出了這個回答的，就像他不很確定它似的。於是范妮提議讓他吃上一些東西。「不，謝謝你。」莫德先生說，「我並不覺得有用餐的意向。我剛才是跟莫德夫人一起出來去赴宴的。但是，在我們正要進到馬車裡面去的時候，我並沒覺得自己有什麼赴宴的意向，所以就讓莫德夫人自己過去了，然後我覺得，我反而是應該閒逛上一下的。」

那他想喝上一些茶或咖啡嗎？「不，謝謝你。」莫德先生說。「我剛才順道去我們的俱樂部拜訪了一下，在那裡喝了有一瓶葡萄酒。」

把他的這場拜訪進行到這個階段之後，莫德先生接過了小秀才愛頓遞給他的那把椅子，而且自從那一刻起，他就開始不停在他面前慢慢地四處推起它來了，那副樣子像是一個頭回穿上溜冰鞋的笨人，沒辦法下定決心要不要開始溜起來一樣。在此之前，他已經把他的帽子放在了身邊的另外一把椅子上面，現在，他開始朝那裡面看了起來，就像它有大約二十英尺深似的，然後又把剛才的話說了一遍，「你瞧，我認為我是應該過來拜訪你們一下的。」

「那真是抬舉我們了。」范妮說，「因為你可不是一個有空串門子的閒人。」

「對——對的，」莫德先生回應說，此時，他正在把自己置於兩隻大衣袖子的羈押之下。「對的，我不是一個有空串門子的閒人。」

「那方面的原因會讓你有太多的事情要做，」范妮說。「你會有如此之

多的事情要做，莫德先生，失去胃口對你來說算是一件嚴重的事情，你必須得把它重視起來才行。你是絕對不能病倒的。」

「啊呀！我是非常健康的，」莫德先生先把這個問題仔細考慮了一番，然後答覆說。「我是像平常那麼健康的。我是足夠健康的。我是像我想要的那麼健康的。」

而這位時代的精神領袖又是相當忠實於他的下述特點的，即無論何時都有一種盡可能少去說他自己，萬一沒辦法說起來了，也會顯得困難重重的精神，於是，他再度變得啞口無言了起來。這讓小秀才夫人覺得有些好奇，這位精神領袖打算要待上多長時間。

「在你進來的時候，先生，我正在談論我可憐的爸爸。」

「是嗎？那可真是個顯著的巧合呀。」莫德先生說。

范妮卻沒能發覺這一點，但她覺得，繼續把這場談話進行下去算是她的一項義不容辭的責任。「我正在說，」她繼續說道，「對於核查和安排我爸爸的資產這件事情來講，愛德生的這場病給它造成了一些延誤。」

「是的。」莫德先生說，「是的。那方面是有一些延誤。」

「但它並沒有什麼大不了的，」范妮說。

「沒有，」莫德先生先把眼前這個房間位於他視線範圍當中的那部分牆楣全都仔細檢查了一遍，然後表示認可道，「它是沒有任何大不了的地方的。」

「唯一讓我有些焦心的是，」范妮說，「領袖夫人是不應該得到任何東西的。」

「她不會得到任何東西，」莫德先生說。

范妮很是欣喜於聽到他表達了這個觀點。莫德先生則先朝著他的帽子的深處又再凝視了一番，就像他在它的底部看到了一些東西似的，然後開始搓揉起了他的頭髮，又遲緩地為方才的那句評論增補了下面這些確認性的詞語，「啊呀絕對不會！不會的。她不會。不可能的。」

因為這個話題看上起已經消耗殆盡了，而且莫德先生也是如此，所以范妮轉而詢問道，在回家的路上，他是否打算要把莫德夫人和馬車給接上呢？

「不，」他回答說，「我會走最近的那條路，讓莫德夫人去 ── 」說到這裡，他仔細端詳起了他的兩隻手掌的角角落落來，就像正在給自己算命一樣 ──「去自己照顧自己吧。我敢說，她是會設法這麼做的。」

「可能吧。」范妮說。

然後出現了一陣長時間的靜默，在此期間，小秀才夫人再度躺在了沙發上面，閉起了她的兩眼，並用之前那副退避凡塵俗事的模樣，把兩條眉毛給高挑了起來。

「不過，不管怎麼樣，」莫德先生說，「我都是在既耽誤妳也耽誤我自己。但妳得知道，我認為我是應該過來拜訪你們一下的。」

「不勝欣喜之至，我確定是這樣，」范妮說。

「那我走了。」莫德先生站起身來，然後又補充了這麼一句，「妳能借給我一把削筆刀[129]嗎？」

范妮聞言笑瞇瞇地評論道，她甚至都很少能說服自己去寫上一封信，所以對於她這樣的一個人而言，這算是一樣少見的東西，而借東西給像是莫德先生這樣的一位生意大亨，也是一件少見的事情。「可不是嗎？」莫德先生算是默許了她的看法，「但我想要一把這個東西，而且我知道，你在結婚的時候，從眾人那裡收到了一些小紀念品，它們的裡面有剪刀、拔毛鉗和這一類的其他小東西。你明天就會把它給拿回來了。」

「愛頓。」小秀才夫人說，「打開（嗳，我要請求並乞求你千萬小心一些，因為你實在是非常的笨手笨腳）那邊我那個小桌子上面的那個珍珠母盒子，把那把珍珠母削筆刀交給莫德先生。」「龜殼的嗎？」

「謝謝你。」莫德先生說，「是的。我認為我會更喜歡龜殼的。」

---

[129]　舊時的一種用來削製鵝毛蘸水筆的折疊小刀。

（莫德先生告借於人）

愛頓隨之收到了去打開龜殼盒子的指令，然後把那把龜殼刀交給了莫德先生。在他這麼做的時候，他聽到他妻子對那位靈魂人物親切地說道：

「要是你讓它沾上墨水了，我是會原諒你的。」

「我保證不會讓它沾上墨水。」莫德先生說。

說完，那位傑出卓越的訪客伸出了他的大衣袖鈕，並在接下來的一瞬間裡面，把小秀才夫人的手部完全給掩埋了進去，包括手腕、手鐲和其上的一應其他物事。至於他自己的手縮到了什麼地方，那是不甚明確的，但能夠知曉的一點是，它距離小秀才夫人的觸覺之遠就好像，它的主人曾經是一位相當值得稱讚的切爾西老兵，或者是格林威治的一位啃養老金者 [130] 似的。

在他走出那個房間的時候，范妮也走進了陽臺裡面去，打算要透上一

---

[130]　切爾西（Chelsea）和格林威治（Greenwich）均為倫敦近郊的地區，這兩處均設立過傷殘軍人養老醫院。

口氣，在她的心裡面，她是徹底確信了下面這兩個事實的：第一個是，這是她曾經終於熬到頭的最為漫長的一個白晝，第二個是，從來沒有過一個並非完全沒有個人魅力的女人，被這些白痴一樣的愚人們惹火到這種程度過。隨之有一些惱怒的分泌物充溢了她的兩眼，而且，它們還產生了這樣一個視覺方面的效果出來，讓那位著名的莫德先生在沿著街道走下去的時候，看上去像是在蹦高跳著華爾滋，或者是其他某種瘋狂的舞步，活像被好幾個惡鬼給攫住了一般。

第二十五章　莫家總管掛印

那場晚宴聚會是在那位了不得的醫生家舉辦的。律師先生出現在了那裡，而且揮灑出了他的全副力量。巴斐迪也出現在了那裡，而且處於他最為迷人的狀態當中。鮮有什麼生活方式是對這位醫生大人隱藏了起來的，所以，他甚至比主教大人更加經常地置身在了那些最為黑暗的所在。在倫敦的周遭各處，是有一些冰雪聰明的淑女們在毫無保留地寵溺著他的，她們會說，我的親愛的上帝呀，他堪稱是所有生物當中最有魅力的那一個，還是所有人當中最討人喜歡的那一個，而且，要是她們能夠知道，在之前的一兩個小時裡面，他那雙沉思的眼睛落在了何種景致之卜，還有他冷靜克制的身形佇立於何人的床榻之前，以及何種屋頂之下的話，那麼，她們還會震驚地發現，原來她們自己跟他的距離是如此之近。但是，醫生是一個冷靜克制的人，他既不會自吹自擂地去表演什麼，也不會去迎合他人的吹擂。他確鑿目睹耳聞過許多神奇之事，還在眾多不可調和的道德矛盾之間消度過他的人生，然而，若是論起他的那顆一視同仁的同情憐憫之心來，卻並沒比我們擁有治癒一切的大能的神聖的主的那一顆，受到過更多的擾動。他像是一陣雨似的而來，既降給義人，也降給不義之人，還盡力去行了一應善舉，但既不會在會堂裡面，也不會在大街的拐角處去宣揚它們。

只要對人性這個東西擁有了大量的經驗，而且不管它是怎樣被靜悄悄地攜帶在身上的，沒有哪個人是有能力不被賦予一份因為擁有這種知識而致的獨特趣味的，所以，醫生也是一個頗具吸引力的人。就連那些比他玲瓏雅致上許多的紳士和淑女們，他們雖然對他擁有的這個祕密一無所知，而且要是他嚇人而極不得體地向他們提議說「過來看看我看到的這些東西吧！」的話，還會被驚嚇得讓比他們擁有的那些更多的神智飛出他們的心

竅之外去，但他們也是承認他的這份吸引力的。總之，他身在何處，就會有一些真實的東西在何處。而且就算是一星半點的真實，也會像最為微小的一份其他某種少見的自然產物似的，給一份數量龐大的稀釋劑調出一些味道來。

因此而致的結果是，在醫生家的那些不大的宴會上面，與會者們的那些最不符合社會規範的角度總會被呈現出來。不管那些賓客們是否意識到了自己的這種行為，他們都曾對自己說過，「這裡有這麼一個人，他是確鑿對我們的真實面目擁有一些了解的，他被允許每天見到我們當中某些人摘掉假髮或者擦掉胭脂之後的模樣，而且當我們控制不住它們的時候，還會聽到我們的思想開的那些小差，看到我們臉上那些卸掉偽裝的表情，所以，我們不妨就跟他一起開闢出一條探索真實之路吧，因為這個人他是勝過了我們的，對我們來說他是一個太過強大的存在。」結果，醫生的賓客們會在他家的圓桌旁邊做出非常驚人的舉止來，而且差不多讓他們全都恢復了本真自然的面目。

若是論起律師先生對那一大堆被稱之為人類的陪審團成員們的認知來，那是像一把剃刀那麼鋒利的，然而，剃刀卻並非是一種具有普適性的便利工具，而醫生大人的那把質樸無華的明亮的解剖刀，它雖然遠遠不及它那麼鋒利，卻是適用於遠比它更加寬泛的各種目的的。律師先生對人的輕信上當傾向和無賴作風擁有洞悉無遺的了解，而醫生大人卻能在他為期一週的巡診時間裡面，對他們的柔情和愛慕之忱獲得一種深入準確的認知，而且其程度是要勝過，西敏大廳[131]和所有巡迴法院在為期四十六年裡面所獲成果的總和的。律師先生總是對此抱有一份懷疑，但他也可能是樂於去鼓勵它一下的（這是因為，要是這個世界真的是一個巨大的法庭的話，那麼，有人便會認為，它的開庭期的最後一天是沒辦法太過迅速地到

---

[131] 西敏大廳是西敏宮（英國國會大廈）中的一個大廳，英國皇家法院 1884 年在斯特蘭開庭之前，英國的普通法法院一直設立在此地，此處曾經進行過眾多著名審判，如華萊士案、湯瑪斯莫爾爵士案、理查二世案、黑色火藥陰謀案及理查一世案等。

來的 [132]），所以，就他對醫生的喜愛和尊敬程度而言，那完全是跟任何其他種類的人們一樣深厚的。

莫德先生的缺席讓醫生家的餐桌旁邊留下了一張班柯 [133] 式的椅子，不過，就算他出現在了那裡，也只會讓一個面目有些不同的班柯坐在那裡而已，結果是，他的缺席是算不上什麼損失的。在最近的一段時間裡面，慣於拾取西敏大廳的各種瑣碎殘留之物的律師先生拾到了數量眾多的一捆稻草，而且多得像是，如果有一隻渡鴉在那個地方度過了像他那麼多的時間，它所能拾到的那些東西似；接著，他又把它四處拋撒了開來，想要試試莫德那股風是往哪邊刮的。現在，他正在跟莫德夫人輕描淡寫地談論著那個話題，理所當然的一點是，他是戴著他的雙片眼鏡，還有他那副在陪審團面前的低眉順眼做派，悄悄溜到了那位淑女跟前的。

「有那麼一隻鳥，」律師先生說，而且，他的樣子看上去就好像，除了是一隻喜鵲之外，它是沒辦法身為任何其他鳥類的，「最近一直在我們這些律師中間祕密談論說，這個王國的那些有頭銜的大人物們是要增加上一位的。」

「真的嗎？」莫德夫人說。

「是的。」律師先生說。「難道那隻鳥沒在一些跟我們那些非常不同的耳朵跟前密談過它嗎 —— 比如說一些可愛的耳朵？」說完，他用表意功能豐富的目光看起了莫德夫人距離他最近的那個耳環。

「你指的是我的耳朵嗎？」莫德夫人問。

「當我說出可愛這個詞的時候，」律師先生說，「我總是在指妳來著。」

「但我認為，你實際上沒在指無論任何東西，」莫德夫人回應說（但並沒顯出什麼不快的樣子來）。

---

[132]　這句話的潛臺詞可能是，靠法律的審判手段來獲取對人性的認知，是一件非常艱難的工作，所以律師先生是樂於去鼓勵和認可醫生在這方面所做的工作的；另，前一句中的「柔情」和「愛慕之忱」係反語用法，實指醫生可以透過心理分析這種手段，來深入認識到人性的冷酷和醜惡。

[133]　班柯是莎士比亞劇作《馬克白》（*Macbeth*）裡面的一個人物，在赴宴之際遇刺身亡。

「啊呀，太殘忍和不公正了！」律師先生說。「但還是說回那隻鳥吧。」

「在這個世界上面，我是最後一個聽到新聞的人，」莫德夫人論稱，同時漫不經心地擺布整理著她的大本營。「那個人是誰呢？」

「你將會成為一位多麼讓人仰慕的目擊證人呀！」律師先生說。「要是在過去的不管什麼時候，你曾經充當過像現在這麼壞的一位目擊證人的話，是沒有任何陪審團（除非我們能把一位盲人列入陪審團名單裡面）能夠抵擋你的，但你肯定會像現在這麼棒的！」[134]

「為什麼呀，你這個荒唐可笑的男人？」莫德夫人大笑著問。

律師先生把他的雙片眼鏡在他自己和那位大胸脯之間搖晃了有三到四次，以此充當了一個善意打趣的回答，然後用他最為旁敲側擊的腔調詢問道：

「在從今天起的幾周以後，或者也有可能是幾天以後，我該怎麼稱呼所有女人裡面最雅致迷人和嫻於社交的那一位呢？」

「難道你的那隻鳥沒有告訴你該怎麼稱呼她嗎？」莫德夫人回答說。「明天千萬要問問它，然後在你下次見到我的時候，告訴我它都說了些什麼。」

這讓他們兩人之間又再消度了一段類似的快樂時光，但是，律師先生雖然動用起了他的全副機敏才情，卻沒能從中得到任何收穫。而在另外那個方面，莫德夫人正準備要被醫生送到樓下的馬車那裡，在她往身上穿斗篷的時候，後者在一旁侍候著她，同時打聽起了方才談論的那些徵兆，用的是他慣常那種平靜直接的語氣。

「我可以問問嗎？」他說，「這個消息真是關於莫德先生的嗎？」

「我的親愛的醫生，」她回應說，「你問我的這個問題，剛好就是我也

---

[134]　律師這段話的潛臺詞是，莫德夫人原本知道那個增設的貴族頭銜是屬於莫德先生的，但卻假裝不知，就像一位原本知情，但卻矢口否認的目擊證人似的，所以才有「這麼壞的一位目擊證人」之說。

有有點想要問你的那一個。」

「問我！為什麼是我呢？」

「我敢拿我的名譽起誓，我認為，莫德先生在你身上託付的那份信任，是要超過了任何其他人的。」

「恰恰相反，就算在我的工作那方面，他也絕對不會告訴我無論任何事情。妳想必聽到剛才那些話了吧？」

「當然聽到了。但是，你知道莫德先生是什麼人，你知道他是怎樣的不愛說話和內向寡言。我向你保證，我一點都不知道那些話存在什麼根據。我也希望它是真的，我有什麼理由向你否認那一點呢？要是我知道的話，你會知道得更加清楚！」

「正是如此。」醫生說。

「但是，它究竟是全部真實的，還是部分上真實，又或者是全然虛假的，我是完全沒能力說得上來的。這是一個讓人惱火到極點的情形，一個荒謬到極點的情形，但是，你是了解莫德先生的，所以你不會覺得驚訝。」

醫生並沒覺得驚訝，而是先把她扶進了馬車裡面，然後又跟她道了晚安。接著，他又在自己的大堂門旁邊站了有片刻功夫，在那套雅致美麗的車馬呀嗤呀嗤跑遠的時候，用一種矜持平靜的目光目送著它。等他返回樓上之後，剩下的那些賓客們很快也便四下裡散去了，結果只剩了他孤身一人。而他身為所有文學門類書籍的一位了不起的讀者（而且絕對沒對這個缺點懷有無論任何抱憾的心情），隨之舒舒服服地坐下去閱讀了起來。

當他的注意力被召喚至門鈴的一陣響動上面時，他的書桌上面的鐘錶所指示的時間是，再有幾分鐘就要半夜十二點了。作為一個生活習慣比較樸素的人，他已經打發他的僕人們上床睡覺去了，所以必須得親自下樓去開門。來到樓下之後，他在那裡發現了一個沒戴帽子或者沒穿大衣的男人，該人的襯衫袖子被緊緊地卷到了肩膀那裡。在接下來的一瞬間裡面，

他覺得這個男人是剛剛跟人打完架的，還有他那副非常焦躁和上氣不接下氣的模樣，更其加強了他的這種印象。然後，他望向此人的第二眼卻向他展示了這樣一個觀察結果出來，這個人是非常整潔的，就他的衣著這方面來說，除了符合這一描述之外，並沒讓他顯出什麼激動不安的跡象來。

「我是從那家熱水浴池過來的，先生，隔壁那條街那家。」

「那麼那家熱水浴池出什麼事了嗎？」

「你願意馬上過去一趟嗎，先生？我們發現，這個東西被擺在了它的桌子上面。」

說完，他朝醫生的一隻手裡遞了一塊小紙片進去。醫生隨之看起了它，讀到了用鉛筆寫成的他自己的名字和地址，但旁的就沒有什麼了。他又更加仔細地看了看那些筆跡，看了看那個男人，接著從帽釘上面取下了他的帽子，把家門鑰匙裝進了衣袋裡面，然後他們就一起急匆匆地離開了。

當他們來到熱水浴池的時候，屬於那家商業機構的一應其他人等有的在門口翹首張望著他們，有的在走廊裡面來回跑動著。「要是你願意的話，讓所有其他人都退後一下，」醫生大聲對浴池的老闆說，「你得馬上帶我到那個地方去，我的朋友。」這話是對送信人說的。

於是，送信人急匆匆地在他前頭走了起來，他們的身邊是一小片樹叢狀的小房間，接著，在那片樹叢的盡頭處，那人拐進了一個房間裡面，在它的門口四下裡打量了起來。醫生緊緊地跟在他的身後，也在它的門口四下裡打量了起來。

那個角落裡面安放著一個浴缸，裡面的水已經被匆促地排乾了。在它的裡面，就像在一座墳墓或者一具石棺裡面似的，躺著一個身形沉重的男人的屍體，有人往它的上面扔了一張床單和毯子上去，就像急匆匆地掛了一道簾幕似的，此人長著一顆愚鈍的腦袋，和粗俗、難看且平庸的五官。房間的天窗已經被打開了，目的在於釋放充斥在它裡面的水蒸氣，但它們

卻凝結成了一個個的小水珠，沉重地懸掛在各堵牆壁，和浴缸裡面的臉和身體上面。房間裡面仍然很熱，浴缸的大理石也仍然是溫熱的，但是那人的臉和身體，碰上去卻讓人覺得溼冷黏膩。在浴缸底部的白色大理石上面，出現了一些可怕的紅色脈絡狀物。在浴缸一側的壁架上，放著一個空的鴉片酊瓶子，和一把龜殼削筆刀——它已經被弄髒了，但不是被墨水。

「頸靜脈破裂——迅速致死——至少已死亡半小時。」當醫生從彎腰碰觸浴缸底部的動作中直起身來，同時把兩隻手浸在水裡來回漂洗著，而且讓那些水在混合成同一種色調之前，也出現了紅色的，跟大理石上面的那些有些相似的脈絡之際，他上面那些話的回音仍然在各條走廊和各個小房間裡面，還有整幢房子裡面穿梭跑動個不停。

接著，他把目光轉到了沙發上面的衣服，又轉到了桌子上面的懷錶、錢和便攜筆記本上面去。有一張折疊起來的便簽半被壓合在了那個筆記本裡面，半從它的裡面伸了出來，而且一下就吸引住了他仔細觀察的目光。他隨之看起了它，碰了碰它，把它從筆記本的頁面之間稍微往外拉了一點，又安靜地說道，「這是寫給我的，」接著便打開它讀了起來。

那裡面並沒有什麼需要透過他去傳達的指示。那家浴池的人們知道該怎麼去做，相關管轄部門很快便被帶了進來，而他們不管對於那位死者，還是對於他的那些資產，都同樣予以了有條不紊的高效接收，在此過程當中，在他們的舉止或者臉龐上面，所出現的擾動並不比人們在給一臺鐘上發條的時候，一般所伴隨的那些要多上多少。而醫生是樂於走到夜空下面去透透氣的，甚至樂於不去管他那些偉大的經驗，而在一條門階上面坐上一小會兒功夫，因為他覺得有些噁心和頭暈。

律師先生是他的一位近鄰，所以，當他走到律師家的房子那裡時，看到那人的房間是亮著一盞燈的，他知道，他的朋友通常會在那裡坐到很晚的時候，忙著不斷改進他的工作。因為當律師先生不在的時候，那盞燈是

絕對不會亮在那裡的，所以，它讓他確信，律師先生是尚未上床就了寢的。事實上，那隻勤勞的蜜蜂明天需要推翻對方的證據，讓陪審團得出一個有利於他的裁決來，正在忙著給陪審團的那些紳士們挖坑下套，不斷打磨改善著他那些閃耀的時刻 [135]。

醫生的敲門聲讓律師先生很是吃了一驚，不過，因為他馬上就猜測道，大概是某個人過來告訴他說，另外有個人正在搶劫他，或者想用其他方式占他的便宜，所以，他還是滿腹狐疑地很快就下樓開門去了。在此之前，他正在用一種名叫冷水的洗液清醒著自己的腦袋，以此作為一種巧妙的預備措施，好讓他可以朝陪審團的那些腦袋上面大澆其熱水，此外，他還一直在大敞著襯衫的領口閱讀著卷宗，而他這樣做的目的在於，可以更加不受約束地悶死對方的那些目擊證人們。結果，當他走下樓去的時候，看上去顯得相當激動而狂亂。待看見醫生這個他最沒能料到的人之後，便顯得愈發激動了起來，然後說，「什麼事呀？」

「你有一回問我，莫德的病因是什麼。」

「非同凡響的回答！我知道我問過。」

「我當時告訴你，我還沒能找出答案來。」

「是的。我知道你說過。」

「我現在找到它了。」

「我的上帝呀！」律師先生說，並且吃驚得朝後跌了出去，然後又用一隻手拍打起了對方的胸脯。「那麼我也找到了！我在你的臉上看到它了。」

他們走進了最近的一個房間，在那裡面，醫生把那封信拿給了他，讓他把它讀上一下。他把它一連通讀有五到六遍之多。就它的體量這方面而言，它是沒有很多內容的，但是，它卻讓他耗費了巨大的心神，讓他密切

---

[135] 此處指涉了以撒・華茲（Isaac Watts, 1674～1748）的一首名為《不要懶惰散漫和調皮搗蛋》（*Against Idleness and Mischief*）的兒歌詩作，「這隻忙碌的小蜜蜂／它讓閃閃發光的每一個小時都變得更為閃耀了起來（How doth the little busy bee/Improve each shining hour）。」

而持久地關注了它很長時間。而且，他簡直沒辦法充分地表達出來，他有多麼懊悔沒能親自發現此案的一條線索出來。就算是最為微小的一條線索，他說，都會讓他變成這樁案件的主宰，而要是讓他探到了它的底部去，它將會是多麼驚人的一樁案件呀！

此前，醫生向浴池的人們許諾說，要把這條消息透露給哈利街的那些人，而律師先生也沒辦法馬上回到剛才的工作當中去，繼續去哄騙他曾經在那個圍欄裡面見到過的最有見識和最引人注目的一個陪審團，對於那幾個人而言，他能講給他博學的朋友聽的是，沒有什麼淺薄的詭辯會讓他們欣然去接受，也沒有什麼不幸被濫用的職業手腕和技巧（他打算，一開始要對他們採用這些手段）會為他們所接納。所以他說，他也想過去一趟，當他的朋友進了莫家的房子之後，他會在附近來回閒逛一下。於是，他們步行著往那邊走了過去，為的是能在空氣裡面恢復平靜一下心情，對於他們而言，這算得上是一個更好的選擇。接著，當醫生敲響莫家的家門時，白晝的翅膀正在呼扇拍打著夜色，已經讓後者開始微微顫動起來了。

此時，莫家有一位在大眾眼裡風光出了彩虹那種色調的制服男僕，他正在為他的主人正襟危坐著——那就是說，他正在廚房裡面就著一對蠟燭和一張報紙酣然而眠著，並且生動地論證出了，一幢房子是如何累積出並非因為偶然而是必然要失火這一巨大的數學概率來的。當這位服務人員被喚醒之後，醫生還需要等待總管大人被喚醒。最後，那位高尚且可稱壯觀的人物穿著法蘭絨睡衣和碎步便鞋走進了餐廳裡面，但與此同時，他也是圍著領巾的，且通體上下都是一副總管的派頭。這時已經是早上了。在等候期間，為了能看到外面的光明，醫生打開了其中一扇窗戶的百葉窗。

「你必須把莫德夫人的女僕叫過來，告訴她快點讓莫德夫人起床，還要讓她做好準備，讓她能盡可能心平氣和地來見我。我有可怕的消息要透露給她。」

醫生這麼對總管大人說道。而手裡拿著一支蠟燭的後者聞聽此言之

後，招呼他的手下過來拿走了它。然後，他挺著一副尊嚴的架勢靠近了那扇窗戶，欲要旁觀一下醫生的那條消息，其情態跟他過去在眼前的這個房間裡面，旁觀其間的那些宴會別無任何二致。

「莫德先生死了。」

「這會讓我希望，」總管大人說，「能提前一個月通知他們。」

「莫德先生殺掉了自己。」

「先生。」總管大人說，「對於一個處於我這個位置上面的人的感受來說，這是一條非常讓人不悅的消息，雖然它可能會喚起他人的偏見，還有，這會讓我希望能馬上離職。」

「就算你不覺得震驚，難道你就不覺得吃驚嗎，老兄？」醫生熱烈地質問道。

這時，挺拔而立且平靜泰然的總管大人用下面這些難忘的言辭答覆道，「先生，莫德先生從來都不是表面上的那位紳士，所以，不管莫德先生身上出現了什麼非紳士的行為，都不會讓我感到吃驚。在我離開之前，我還能為你指派別的什麼人，或者發出別的什麼指令，以助你想做的事情一臂之力嗎？」

當醫生上樓履行了他被託付的那項使命，又回到街上跟律師先生重新匯合之後，他沒有更多地談起他跟莫德夫人的晤面情形，只說他尚未把所有事情都告訴她，但是，就他已經告訴她的那些事情而言，她算是承受得相當不錯的。在此之前，律師先生充分利用了他在街上的閒暇時間，把它投入進了建造一個至為巧妙的捕人陷阱這件事情裡面去，目的在於一擊之下便把他要面對的陪審團一網打盡。在腦袋裡面把那事給想妥之後，對於最近發生的那場巨大災難而言，它就算得上是相當理智清明了，所以，他們慢慢地朝家那邊走了回去，一路上討論了它的各方面。在醫生的家門口分別之前，他們都抬頭望向了早晨的那片布滿陽光的天空，只見有一些早起的炊煙，還有一些早起的造謠生事者們的低語和噪音，正在平靜安然地

升入它的裡面去，然後，他們又四下打量起了眼前這座龐大的城市，並且說，要是在他們談話的同時，那些尚在睡夢當中而即將一貧如洗的成百上千的人們全都得知了那場正在不斷逼近他們的毀滅性災難，他們對那個境遇悲慘的人發出的那聲嘶吼，將會多麼可怕地上達天聽呀！

有關這位偉人去世的傳聞以一種驚人的速度朝四處傳布了開來。一開始的時候，他是死於曾經聽聞過的所有各種病狀之手，以及其他幾種為了滿足眼前這個場合的需求，被用光速發明了出來的全新疾病手中的。他從嬰兒時候起就隱藏著一份水腫病，他從他的祖父那裡，為自己的胸部繼承到了一筆名叫積水的產業，他在一連十八個年頭裡面，在活著的每個早上都需要動上一場手術，還有他身體裡面的那些重要血管，它們都在用煙火那種方式燦爛地爆裂著，此外，他的兩個肺都是有一些毛病的，他的心臟是有一些毛病的，他的腦子也是有一些毛病的。有那麼五百個人，雖然他們在坐下來吃早飯的時候，是完全未被告知過有關這件事情的無論任何資訊的，但他們卻在尚未吃罷早飯之前便堅定地相信，他們都已經從私人和個人途徑得知，醫生曾經對莫德先生說過，「你必須等待著在某一天突然死掉，就像一支蠟燭被剪掉燭花那樣，」他們還知道，莫德先生也對醫生說，「一個人是只能死上一回的 [136]。」到了大約上午十一點鐘的時候，腦子有一些毛病變成了這個底色上面最受人喜愛的一種學說，而等到了十二點鐘的時候，那些毛病已經被清楚查明為「壓力」所致。

壓力說讓大眾的頭腦得到了如此徹底的滿足，好像還讓每一個人都如此的甘之如飴，以致於，若非律師先生在九點半把此案的真實狀況帶到了法庭裡面，它是很有可能會持續上整整一天的。結果，他的這一披露導致，到了大約一點鐘的時候，莫德先生係自殺身亡這一消息開始在整個倫敦被竊竊私語地流傳了起來。然而，這一發現卻遠遠未能把壓力說給推翻

---

[136]　典出莎士比亞劇作《亨利四世下篇》第三幕第一場：「每個人都只能死上一回，我們都欠上帝一個死亡。」

顛覆，而是讓它比以往任何時候都受到了更大的喜愛。隨之，在倫敦的每一條街道上面，都普遍出現了有關壓力的說教布道。那些試著想要去掙錢，但沒有能力掙到的人們都在說，那就是你的下場！你剛一開始讓自己投身進追求財富這件事情裡面去，你就把壓力給惹上身了！同樣地，那些無所事事的懶人們也用一種類似的方式，將這一學說予以了發揚光大。瞧瞧吧，他們會說，你就知道工作、工作、工作，結果把你自己給搞到了什麼地步！你持續不斷地工作，你把它們做到了過量的地步，壓力溜到了你的身上，然後你就因為它給完蛋了！在許多人群裡面，這一體貼的考量都在發揮著非常巨大的影響力，但是，比起那些從未置身於哪怕最為輕微的一丁點過量工作這種危險性當中的年輕文員和合夥人們來，沒有任何人群受到過比他們更大的影響。這些人全都虔誠地宣揚說，他們希望，只要他們還活著，他們就永遠不會忘記這個警告，他們還希望，他們的行為可以得到一些約束規範，好讓他們跟壓力隔絕開來，讓他們可以把自己留存上許多個年頭，以慰他們眾多朋友的關切之心。

　　但是，在證券交易高峰時段的左近，壓力說就開始變得衰微了起來，同時有一些令人驚駭恐慌的低語聲，開始朝東西南北各方傳播了起來。一開始的時候，它們只是一種微弱的存在，無非只是懷疑，莫德先生的財富會否被發現真像人們所猜測的那麼巨大，在兌現它們的時候，有無可能會出現一種暫時的困難，甚至有無可能會在他那家神奇的銀行身上，出現上一陣交易暫停期（比如說一個月或類似的時間）。在這些低語變得更加響亮，而且從開始傳播的那時候起，每一分鐘都在朝著這個方向不斷加強的同時，它們也變得更具威脅性了起來。他是從一無所有白手起家的，走的是一條沒有任何人能夠說清道明的有失正常的成長和發展之路；他終究只是一個低俗無知的傢伙；他從來都是低著眼睛看著地下的，沒有任何人曾經能夠捕捉到他的目光；他是用一種相當不可思議的方式，讓形形色色的各色人等認購了他的股份的；他從未有過屬於他自己的哪怕一毛錢，他的

風險事業是完全不計後果的，而他的支出又是至為高昂巨大的。在白天日漸式微的同時，這種論調無論在聲音還是在堅定方面，都在穩定地向上發展竄升著。他在浴池留了一封信給他的醫生，醫生已經拿到了那封信，此信將會在翌日的死因調查訊問中被示之於人，屆時，它會像一個晴天霹靂似的，降落在被他欺騙的那些人身上。為數眾多的各行各業中人將會因為他的破產而告於枯萎，一輩子都在安逸度日的老人們將會除了濟貧院之外，沒有任何其他地方去悔悟對他投注的這份信任，成群結隊的女人和孩子們將會在這個強大無賴的巨手之下斷送掉前程，在未來的所有日子裡面都將淒涼孤苦度日。曾經分享過他那些恢弘盛宴的每一位食客都將被發現，原來他們也參與了對無數家庭進行的這場浩大洗劫，還有每一位曾經出力把他扶上過雕像基座的奴顏婢膝的財富崇拜者們，他們原本可以直截了當地去崇拜魔鬼本人，那樣可以落得一個更好一些的下場。就這樣，在一份接一份的認定，以及一版接一版的晚報的推動之下，上述那種論調變得越發響亮和高亢了起來，並在夜晚降臨之際，最終膨脹成了這樣一聲巨大的咆哮，結果可能會讓有些人相信，要是在聖保羅大教堂穹頂上方的那個露臺上面，站了一位形單影隻的守夜人的話，此人將會感覺到，夜空中充滿了一種沉重的低語聲，它在不斷重複著莫德這個名字，同時伴隨著各種形式的詛咒和怒罵。

　　這是因為，到了那個時候，人們都已經知道，已故莫德先生的病因往簡單裡說就是，偽造和搶劫。他這個該等鋪天蓋地的巨大讚譽的笨拙承受者，這位大人物家宴會的座上賓，這顆名媛淑女們聚會中的大鵬之蛋 [137]，這個孤傲之人的制服者，這臺傲慢品性的整平機，這個所有慷慨解囊者當中的最慷慨者，這個為了謀取迂迴辦事處的職位敢跟一位部長級大臣討價還價的人，這個在最多大約十或十五年的時間裡面，收受了比在

---

[137]　大鵬是寓言故事中的一種想像出來的巨鳥，大鵬之蛋喻指並不真實存在的奇特之物，典出阿拉伯民間故事集《天方夜譚》（*Arabian Nights*）。

至少兩個世紀期間，英格蘭的那些有工作成果來為他們作證的，所有愛好和平的社會慈善家們，以及一應藝術和科學門類當中的所有領袖們曾經收到過的那些更多認可的人 —— 他這位燁耀生輝的奇才，這顆在它停在一個浴缸底部的某具腐肉之上然後消失掉之前，一直被帶著禮物而來的智者們追隨著的新星 [138] —— 往簡單裡說就是，曾經騙過了絞刑架的那個最了不得的偽造者和最了不得的竊賊。

---

[138]　此處指涉了《聖經新約》馬太福音及路加福音中有關耶穌誕生的記載，據經文稱，耶穌降生後，東方三博士在天上星座的指引之下，帶著各種禮物來到耶穌降生的地方進行朝拜，而耶穌又是降生於馬槽當中的，對應了文中莫德自殺身亡的浴缸。

第二十六章　收割暴風 [139]

　　在一陣急促的呼吸聲和急促的腳步聲的前導之下，潘可思先生衝進了柯南亞瑟的帳房裡面。死因調查訊問業已結束，那封信已被公之於眾，那間銀行已經告於瓦解，其他一些用稻草紮成的建築模型也都已經被付之一炬，然後化為了青煙。在那支由各種等級的大艦和各種尺寸的小船構成的龐大艦隊當中，那艘受人仰慕的海盜大船已經轟然爆炸掉了，結果，在大海的深處，除了被毀船隻的殘骸之外不見任何他物，放眼望去只有正在燃燒著的船殼，正在炸開的彈藥庫，正在自爆開來然後把一干親友和近鄰都撕扯成了碎片的大炮，還有緊緊抓著經受不了風浪的桅桁然後每一分鐘都在不斷下沉的溺水者們，已經用光了力氣的凫水者們，隨水漂流著的死屍們，以及鯊魚們。

　　在那間帳房裡面，平素對於工作的那種勤勉有序狀態已經被顛覆掉了。有一些未曾打開的信件和未曾分類的票據，被散亂地撒落在了辦公桌上面的各處。在這些充當著已告衰竭的精力和已被驅散的希望的標誌物的中間，帳房的主人無所事事地站在他平素的位置上面，把兩條胳膊交疊在了辦公桌的上面，又把頭向下抵在了它們的上面。

　　潘可思先生先猛衝進來看見了他，然後便定定地站住了腳。過了一分鐘之後，潘可思先生的兩條胳膊也出現在了辦公桌上面，潘可思先生的頭也向下抵在了它們的上面，在接下來的一段時間裡面，他們就那樣無所事事而靜默無聲地保持著這個姿勢，並分別身處於那個小房間的兩頭位置處。

　　接下來，是潘可思先生先抬起頭來提起了話頭的。

　　「是我勸說你那麼做的，柯南先生。我知道這一點。你想說什麼就說吧。不管你想對我說上多少，都沒辦法比我對自己說的那些更多，也沒辦法說得比我應該得到的那些更多。」

---

[139]　語出《聖經舊約—何西阿書》第 8 章 7 節，「他們所種的是風，所收的是暴風。」

「啊呀，潘可思呀，潘可思呀！」柯南回應說，「不要說起應該得到這回事，我自己又應該得到些什麼呢？」

「更好的運氣，」潘可思說。

「我，」柯南接著往下說去，但並未留意他的回答，「是毀掉了我的合夥人的那個人！潘可思呀，潘可思呀，我毀掉了道義！那個品性誠篤、自給自足、堅持不懈的老人，他一輩子都在走著自己的路；那個跟如此之多的失望氣餒做過鬥爭的人，那個從這裡面發掘出了這樣一種善良樂觀性格的人；那個我對他抱有如此之多的關懷，而且想要對他如此忠誠有益的人，但我毀掉了他──把他帶到了恥辱和不名譽的境地當中──毀掉了他，毀掉了他！」

這些想法讓他的精神遭受了一份巨大的創痛，令那位觀者一睹之下覺得如此心痛不已，結果，潘可思先生一把揪住了自己腦袋上面的頭髮，然後在眼前這個場面所引發的歇斯底里情緒當中，死命地撕扯起了它們來。

「責備我吧！」潘可思喊叫著說。「責備我吧，先生，不然的話，我是會自己傷害自己的。快說，你這個傻瓜，你這個惡棍。快說，笨蛋，你怎麼能這樣做呢？畜生，你這麼做究竟打著什麼算盤？揪住我身上的什麼地方吧，說上一些罵我的話吧！」而且，在說出這些話的整個過程當中，潘可思先生一直用一種至為不加憐憫和殘忍的方式，不斷撕扯著他那些結實的頭髮。

「要是你從未屈服於這場致命的狂躁症的話，潘可思，」柯南說，但在他的話裡，憐憫的成分要更甚於報復，「對你來說將會好上多少呀，對我來說也會好上多少呀！」

「再來點，先生！」潘可思喊叫著說，並在懊悔之中把牙齒咬得嘎吱嘎吱作響。「再來點！」

「要是你從未進行過那些該死的計算，從來沒讓你的那些計算結果擁有了如此可惡的清楚面目的話，」柯南用痛苦的聲音呻吟著說，「那對你來說將會好上多少呀，潘可思，對我來說也會好上多少呀！」

「再來點，先生！」潘可思叫嚷著說，同時放鬆了抓著頭髮的手，「再來點，再來！」

然而，柯南見他開始變得平靜了下來，便覺得自己已經說完了想說的所有話，而且比那還多說了一些。於是，他絞著自己的一隻手，僅僅補充了這麼一句，「給瞎子領路的瞎子，潘可思！給瞎子領路的瞎子[140]！但是，道義呀，道義呀，道義呀，我的被我傷害了的合夥人呀！」而且，這聲哀嘆還讓他的頭再一次抵在了辦公桌上面。

而他們之前的那些姿勢和他們之前的那種靜默，也是再一次首先被潘可思給進占了的。

「自從消息開始流傳起來之後，先生，從來沒有到過床上。情緒時高時低的，想要尋找機會發現一些希望，看能不能從火裡救出一些不管什麼樣的炭渣子來，但全是徒勞，全都沒有了，全都消失掉了。」

「我知道，」柯南回應說，「而且知道得太清楚了。」

接著，潘可思先生用一聲發自靈魂最深處的呻吟聲，填補了接下來出現的一陣談話中斷期。

「就在昨天，潘可思，」亞瑟說，「就在昨天，星期一，我還抱著這麼一個篤定的打算，想要出售、變現和結果掉它。」

「我不能說我自己也是這樣，先生。」潘可思回應說。「但可稱神奇的一點是，我聽說到，那是有多少人呀，他們都打算在一年三百六十五天的所有日子裡面，偏偏選擇昨天進行變現，要是它沒有變得太遲了那該多好！」

對於他的那些蒸汽狀的鼻息而言，它們通常是會產生一種離奇有趣的效果出來的，而在眼下，它們要比如此之多的痛苦呻吟聲更具悲劇效應。與此同時，他從頭到腳都處於那種髒汙到了毛孔眼裡面、被塗抹得油漬麻花且馬虎隨意的狀態當中，結果讓他大可以去給命運不濟充當一幅貨真價

---

[140] 此處指涉了《聖經新約—馬太福音》第 15 章 14 節，「任憑他們吧，他們是瞎眼領路的，要是瞎子領瞎子，兩個人都要掉在坑裡。」以及《聖經新約—路加福音》第 6 章 39 節，「瞎子豈能領瞎子，兩個人不是都要掉在坑裡嗎？」

值的肖像畫，然而，因為它的疏於清潔，它是絕對沒辦法被認出來的。

「柯南先生，你是拿出來了 —— 所有東西嗎？」他好不容易才把最後那個詞之前的破折號給熬了過去，而且，在說出最後一個詞本身的時候，也是頗費了一番巨大的周章。

「所有東西。」

潘可思先生再次一把抓住了他那些結實的頭髮，而且如此之猛地揪了它們一把，結果，他竟然把他頭上的那些叉齒給拉了幾根出來。接著，他先用一隻飽含著狂熱恨意的眼睛看了看這些東西，然後把它們裝進了衣袋裡面。

「我必須得，」柯南說，同時揮去了一些正在順著他的面頰靜默地流淌而下的眼淚，「馬上行動起來。我能採取的那些拙劣的補救措施是必須要被採取的。我必須得還我不幸的合夥人的聲譽一個清白，我絕對不能為自己保留任何東西。我必須向我們的債權人交出被我如此嚴重地濫用了的管理權，必須得在剩下的日子裡面，盡可能多地解決我犯下的那些錯誤 —— 或者說罪行 —— 只要是能夠被解決的就行。」

「難道沒有可能，先生，去挺過眼下的這個階段嗎？」

「這個問題就不該去問。現在已經沒有任何東西可以被挺過去了，潘可思。這裡的業務能越快地從我手裡轉移出去，對它們來說就是越好。本周有一些約定的債款需要被償付，它們用不了幾天也會帶來這麼一場大禍的，儘管我可以悄悄揣著我知道的那些事情，再撐上那麼一兩天，讓這個結果也推遲上那麼一段時間。昨天晚上，我整晚都在琢磨我要做的那些事情，我剩下的任務就是去完成它們。」

「不是全靠你自己吧？」潘可思說，而且他的一張臉溼得就好像是，他甫一狀甚淒涼地噴出那些蒸汽，它們馬上就轉變成了液態。「找上一些法律援助吧。」

「可能那樣會更好一些。」

「找找魯格。」

「那方面是沒有太多事情要做的，他會跟別人做得一樣好。」

「我可以去把魯格找來嗎，柯南先生？」

「如果你能抽出這個時間的話，我會對你深為感激。」

潘可思先生旋即便戴上了他的帽子，然後噴吐著蒸汽駛向了本頓維爾。在他離開以後，亞瑟從未把他的頭從辦公桌上面抬起來過，而是一直保持那個唯一的姿勢。

最後，潘可思先生把他的朋友和專業諮商師，也就是魯格先生給帶了回來。因為魯格先生已經在路上獲取到了如此充分而大量的經驗，知道潘可思先生目前正處於一種有失理性的情緒當中，所以，在展開他的專業調解之際，他先要求那位紳士不要讓他自己摻和到這裡面來。對此，已經被徹底擊潰而唯命是從的潘可思先生欣然表示了服從。

「他現在跟我女兒那時候的樣子不無相似之處呢，先生，當時我們展開了魯格和鮑金斯的違背承諾訟案，在那樁案件裡面，我女兒是原告來的，」魯格先生說。「他在這樁案件裡面投注了一份太過強烈和直接的興趣。他的感情被用到了案件裡面。但在我們的行業裡面，先生，感情用事是沒有好果子吃的。」

在他摘掉手套然後把它們放進帽子裡面的過程當中，他在一兩眼斜瞥之間看到，有一種巨大的變化出現在了他的客戶身上。

「我很遺憾地感覺到，先生。」魯格先生說，「你正在允許自己的感情被用到案件裡面來。噯，請不要這樣，請不要這樣。這些損失確實是非常值得痛惜的，先生，但我們必須得直面它們。」

「要是我奉獻出去的這些錢全都是我自己的，魯格先生。」柯南嘆息著說，「我的掛慮是會少上許多的。」

「真的嗎，先生！」魯格先生說，並且面帶一種快活的神色搓揉著兩手。「你驚到我了。這可是很特別呢，先生。在我的經驗裡面，我通常都是發現，讓人們最斤斤計較的都是他們自己的錢。我曾經見過，有人弄丟

了旁人的大量金錢，然後非常的處之泰然，真的是非常泰然呢。」

魯格先生一面說著這些安慰性的意見，一面在辦公桌旁邊的一張凳子上坐了下去，然後朝著業務奔了過去。

「喏，柯南先生，要是您允許的話，就讓我們來進入主題吧。讓我們來看看這樁案件是個什麼情況。它的問題是簡單的。它的問題就是常見的那種明白易懂的常識性問題。就是我們能為我們自雞（己）做些什麼呢？我們能為我們自雞（己）做些什麼呢？」

「這並不是我要解決的問題，魯格先生。」亞瑟說，「你從一開始就誤會它了。它應該是，我能為我的合夥人做些什麼呢，對於我給他帶來的那些傷害，我怎樣才能做出最佳的補償呢？」

「我有些擔心，先生，你知道嗎？」魯格先生循循善誘地爭辯道，「你仍然在允許你的感情被用到案件裡面來。我不喜歡『對傷害做出補償』這個提法，先生，除非是在法律顧問手裡把它當作一種手段來使用。你能原諒我說上這麼一句嗎，我覺得有責任警告你一下，你真的絕對不能允許你的感情被用到案件裡面來？」

「魯格先生。」柯南說，並且振奮起了自己的精神，要把他下定決心去做的事情進行到底，還因為在他的沮喪情狀當中，顯出了一份篤定而矢志不移的堅強決心來，而讓那位紳士很是吃了一驚，「你給我的印象是，你不是很願意採納我下定決心要走的那條路線。要是你真的不能認可它，然後又讓你不願意去履行因為它而必須要進行的那些業務的話，我對此很感抱歉，然後就必須去尋求其他援助了。還有，我馬上就要向你申明，跟我爭論這一點是沒有用處的。」

「很好，先生。」魯格先生聳著肩膀回答說。「很好，先生。因為這份業務總要經由某些人的手來完成它，就讓我的手來完成它吧。這是我在魯格和鮑金斯一案當中的原則，這也是我在大多數案件當中的原則。」

然後，柯南繼續向魯格先生陳述了他的無可更改的決定。他告訴魯格

先生說，他的合夥人是一個非常誠實和正直的人，在他打算要做的一應事情裡面，指導著他的最最重要的兩個因素便是，對他的合夥人的性格的一種了解，和對他的感情的一份尊重。他解釋稱，他的合夥人當時外出去開展一項非常重要的事業去了，而此事又非常緊迫地讓他承擔起了這麼一份責任來，要他公開去接受他的輕率所為而招致的那些指責，並公開去撇清他的合夥人在相關責任裡面的一應干係，唯恐在另外一個國家裡面，因為他的合夥人的名聲和聲譽上面冤枉地附著上了哪怕最輕微的一點懷疑，而危及到他那項事業的順利進行。他又告訴魯格先生說，去在道德方面還他的合夥人一個徹底的清白，再去公開而毫無保留地宣稱，他，也就是他們那間公司的柯南亞瑟，當他把公司的各種資源投入進於最近徹底毀滅掉的那場騙局當中時，此事係他本人的獨力所為，而且甚至可以說，他是有意違背了他的合夥人的警告而去這麼做的，這是他能在自己的權力範圍當中真正做出的唯一的贖罪措施，而且，比起很多其他人來，眼前所說的這個人要更加配得上這種贖罪，因此，它也是他首先會採取的贖罪措施。在這個目標的指引之下，他打算去印刷一份能夠產生出前述效果的，而且已經草擬好內容的公告，而且，除了在跟他的商號有過生意往來的一應人等中間擴散流通它之外，還要在公開報紙上面把它廣而告之。在採取這項措施的同時（在描述它們的時候，它令魯格先生那邊做出了難以計數的扭曲臉相，還給他的四肢帶來了不可盡數的不安躁動），他還會給各位債權人們寫上一封信，鄭重其事地免除他的合夥人的責任，並公告他們說，他家的商號將會停止運營，直至能夠聽聞到他們的滿意喜樂聲息並跟他的合夥人取得溝通聯繫，還說他自己會謙遜地服從於他們的各種指示之下。還有，倘若他們在考慮過他的合夥人的無辜情狀之後，覺得他家商號的各項事務能夠在不管什麼時候進入到這樣一種狀態當中，即它的業務可以被重新啟動並有利可圖，而且它目前的衰頹情狀可以被戰勝掉的話，那麼，他自己於其間的股份將會複歸於他的合夥人，以此作為他能在金錢方面對他做出的唯一補償，去彌補他很不幸地給他帶去的那些巨大痛苦

和損失，而且，他自己還會請求被允許為它的業務盡上一份綿薄之力，充當它的一名忠誠的文員，只要有一份能夠維持生計的微薄薪水即可。

　　雖然魯格先生清楚地知道，這件事裡面是沒有什麼會阻止此事成行的因素存在的，然而，他的扭曲的臉部和不安的四肢仍然如此急迫地要求，他得用一份抗議來平息一下心裡的怒氣，於是，他便提了一份出來。「我不會提出任何反對意見，先生。」他說，「我不會跟你爭辯任何問題，我會執行你的目標，先生，但是，是在抱有抗議的前提之下。」然後，魯格先生不無冗長囉嗦地陳述了他的抗議的幾個要點。而這些東西從實質上來講就是：因為整個倫敦，或者他也可以說是整個國家，都處於最近那場發現所導致的最初瘋狂狀態當中，所以針對受害者們的怨恨情緒將會是非常強烈的，那些沒有被騙的人們肯定會因為他們未曾表現得像他們自己那麼睿智，而對他們的愚蠢行徑變得極感憤慨起來，至於那些受了騙的人們，則肯定會為他們自己找到各種理由和藉口，對於這方面而言，他們又肯定會一致發現，其他遭難者們是全然缺乏這些情有可原之處的，更別提還存在著下面這種巨大的可能性，即每位遭難者都會為了滿足自己猛烈的義憤之情，而去說服自己相信，若非其他一干遭難者們為他樹立起了一個榜樣，他是絕對不會讓自己蹈入遭難這條泥途當中的。因為像是柯南這樣的一份在這樣一個時間發布的公告，肯定會為他引來一場像是暴風雨那麼強烈的敵意，使得再無可能去指望債權人們對他寬容以待，或者跟他取得一致的立場，而是會讓他像是一個孤零零的活靶子似的，把他自己暴露在來自四面八方的交叉火力之下，結果，這會讓他馬上像是從一英尺多那麼高的地方跌落下來。

　　對於所有這些意見，柯南僅僅答覆說，他能同意他的全部抗議，但其中的任何東西都不會削弱，或者說沒辦法削弱，他那份強烈的決心，即他一定要自願而公開地免除他的合夥人的責任。因此，他要頭一回也是最後一次要求魯格先生，請他馬上施以援手辦妥這樁業務。聽聞此言之後，魯格先生馬上投入了工作當中，亞瑟則除了他的衣服和書，還有一點零錢之

外，沒為自己保留任何資產，把他那份為數甚少的私人存款帳目跟公司的其他票據歸置到了一起。

待到進行完這場披露之後，那場暴風雨果然非常嚇人地肆虐了起來。因為有數以千計的人們正在狂亂地瞪大眼睛四處搜尋著某個活人，要把他們的各種指摘堆積到該人的頭上去，所以，這個引起了大眾注意的顯著案例，像是把這個被趨之若鶩的活人放到了一個斷頭臺上面似的。在那些跟此事沒有任何關係的人們都如此敏感於它的昭彰罪惡之際，那些因為它喪失了金錢的人們就絕對不能被指望能對它溫和以待了。於是，從債權人們那裡，包含著各種指責和咒罵的信件像是雨水那樣傾瀉了下來，結果，每天都坐在那張高腳凳上面飽覽它們的魯格先生，在不到一個星期的時候便公告他的客戶說，他擔心有幾份法院的令狀被簽發了出來。

「我必須承擔起我做過的那些事情所帶來的後果，」柯南說。「讓這些令狀到這裡找我來吧。」

次日早上，他正在從布羅夫人家的那個拐角處往瀝心庭裡面拐去，卻發現布羅夫人正站在她家門口等著他，並神神祕祕地懇求他借一步到快樂小屋裡面去敘話。結果，他在那裡發現了魯格先生。

「我認為，我應該在這裡等你。要是我是你的話，先生，我今天早上是不會繼續到帳房裡面去的。」

「為什麼不呢，魯格先生？」

「據我所知，有五份之多被簽發了出來。」

「我巴不得這件事能結束得再快點呢。」柯南說。「就讓他們馬上把我逮走吧。」

「是的，不過，」魯格先生說，並且插身在了他和門的之間，「請聽一下理由，請聽一下理由。他們會很快就逮走你的，柯南先生，我並不懷疑這一點，但是，請聽一下理由。在這種案件裡面，差不多總會出現的一種情況是，有某件不太重要的小事會擠到前面來，然後把它自己搞出一大堆

事情來。唔，我發現有一份小的被簽發了出來 —— 僅僅是宮廷法院[141]這個沒什麼權力的地方 —— 而且我有理由相信，一次依法逮捕將會據此應運而生。但我是不願意被這個名頭逮走的。」

「為什麼不呢？」柯南問。

「我願意被一個長足了的名頭逮走，先生。」魯格先生說。「能撐撐面子也是好事來的。作為你的專業顧問，我更喜歡你被一份來自一家高級一點的法院的令狀給逮走，要是你並不反對給予我這份殊榮的話。它看起來會更好一些。」

「魯格先生。」亞瑟頗為沮喪地說，「我唯一的希望是，它會快點結束掉。我會繼續過去碰碰運氣。」

「請再聽一個理由，先生！」魯格先生大叫著說。「唔，這個是理由，另外那個可能只是口味問題，但這個是理由來的。要是你被一個小名頭逮走的話，你將會去往馬夏。唔，你知道馬夏是個什麼地方。非常的封閉，極度的狹窄。鑑於在國王的法院裡面 —— 」說到這裡，魯格先生無拘無束地揮舞起了他的右手來，借此表達出了一個充裕而廣大的空間。

「我寧肯，」柯南說，「被逮進馬夏，而不是任何其他監獄。」

「你是這麼說嗎，真的嗎，先生？」魯格先生回應說。「那麼這也是口味問題了，我們可以開步走了。」

他起先覺得受到了一點冒犯，但很快就把它拋諸腦後了。他們先穿過大院走到了它的另外一頭。自從他遭此厄難以來，那些瀝血之心們對亞瑟的興趣比之前更顯濃厚了起來，現在，他們把他當成了此地的一個合格居民，認為他已經領受了一份榮譽居民權。他們當中有很多人都出來觀望著他，並用一種極顯奉承而又油滑的語調彼此發表著如下意見，說他「這是被那件事給拉下馬了。」布羅夫人和他父親站在他們自己那一頭的臺階頂頭部位處，甚顯鬱鬱地搖著他們的頭。

---

[141]　宮廷法院（Palace Court），由詹姆斯一世特許建立的一座法院，僅管轄王宮周圍 12 英里以內的對人訟案。

當亞瑟和魯格先生抵達帳房之後，並沒見有什麼人在那裡等待著，但是，有一位把自己醃在了蘭姆酒裡面的猶太教派老年成員，卻在他們身後緊緊跟隨著，並在魯格先生打開當天的一封信之前，從玻璃窗上面往裡張望了起來。「啊呀！」魯格先生抬起頭說道。「你好嗎？請進。柯南先生，我認為這位就是我正在提起的那位紳士。」

這位紳士則解釋稱，他此番拜訪的目標是「一件無足輕重的小事情。」然後便行使了他的法律職責。

「我可以陪你過去嗎，柯南先生？」魯格先生搓著他的兩手，嘴裡禮貌地問道。

「我更想自己過去，謝謝你。請行個方便把我的衣服送來。」魯格先生用一副鬆快而漫不經心的樣子做出了肯定的答覆，又跟他握了握手。然後，他和他的那位僕從便走下樓梯，進入了他們找到的第一輛交通工具裡面，最後駛到了那兩扇破舊的大門前面。

「我以前甚少想到，求上帝寬恕我吧。」柯南自言自語地說，「我會在不管什麼時候，用這種方式進入這裡面來！」

老齊正在閘上值守著，小齊則待在門房裡面，既有可能是剛從那上面退班下來，也有可能是正在等著上他自己的那段任期。見到這位新囚犯是何人之後，兩人的驚詫之情都超過了一個人能夠想像到的，那些獄卒們能夠做出的該等反應來。那位年長一些的齊先生用一副羞於見人的樣子跟他握著手，嘴裡說道，「我想不起來，先生，我在過去的不管什麼時候見到你的時候，那種高興的心情是比現在少了一些的。」那位年輕一些的齊先生比其父顯得疏遠了一些，根本就沒有上來跟他握手，而是用一副如此顯而易見的猶豫模樣站在那裡打量著他，結果，就連耷拉著眼皮子並且懷著一顆沉重的心的柯南，也留意到了他的這個情狀。接著，小莊旋即便消失在了監獄裡面。

因為柯南是十足了解這個地方的，他清楚地知道，他得先在門房裡面待上一定的時間，於是，他在一個角落裡面揀了一個座位坐了下去，然後

假裝認真地讀起了從口袋裡面掏出來的幾封信件。然而，它們卻沒能完全占去他的注意力，而是讓他滿懷感激之情地看到，那位年長一些的齊先生如何把門房裡面的囚犯們清理了出去，如何用他的那些鑰匙對某個人打著手勢，要他不要進來，又如何用胳膊肘子把其他一些人推了出去，簡言之就是，如何讓他眼下的悲慘境遇盡可能變得容易承受了一些。

正在亞瑟坐在那裡拿兩眼看著地面，心裡回顧著過去沉思著眼下，同時對它們二者都並未真的加以留意的時候，他卻感覺到，有人碰了碰他的肩膀。碰他的那人是小莊，然後又聽他說道，「你現在可以進來了。」

於是，他便立起身跟在了小莊身後。等到他們進了裡面的那扇鐵門，接著又走了一兩步路之後，小莊扭過身來對他說道：

「你需要一個房間，我已經為你找了一個。」

「我要竭誠地感謝你。」

小莊又扭過了身去，然後帶著他走進了那條熟悉的門道，走上了那條熟悉的樓梯，最後進入了那個熟悉的房間裡面。亞瑟見狀伸出了他的一隻手去。小莊先看了看那隻手，又看起了柯南整個人 —— 用的是一副嚴厲而毫不動搖的做派 —— 然後鼓著胸脯哽著嗓子說道：

「我不知道能不能這麼做。不對，我發現我是不能這麼做的。但我認為，你會喜歡這個房間，現在它是你的了。」

柯南對小莊這種前後不相一致的行為頗感詫異，但是，等到他離開之後（他很快便走掉了），這種感覺卻屈服在了這個空蕩蕩的房間在他那片受傷的心胸裡面喚起來的那些感情，以及跟那個讓它變得神聖了起來的，善良而柔和的人兒有關的紛至遝來的聯想之下。在他的命運遭受眼下的變故之際，她沒能陪伴在他的身邊，這使得不管是這個房間，還是身處於其間的他，都顯得如此而非常的荒涼冷落了起來，並如此需要那樣一張飽含著愛意和真誠的臉龐，結果，這讓他扭過身去向著牆壁哭了起來，然後心裡覺得如釋重負般的，抽噎著說出了這麼一句話來，「啊呀，我的小杜麗呀！」

第二十七章　馬夏的學生

　　那天的陽光很是明媚，而馬夏則在炎熱正午的威逼之下，顯出了一份不大常見的寧靜來。柯南亞瑟跌落進一把形單影隻，並且也像這所牢獄裡面的任何一位債務人那麼敗落黯然的扶手椅裡面，任憑自己陷入了各種思緒當中。

　　在熬過那場可怕的逮捕，然後來到這裡之後，他進入了一種有些不怎麼正常的平靜狀態當中 —— 這是眼前這所監獄所誘發的第一種感覺變化，對於它來講，這是一個再常見不過的情形，然後，會有如此眾多的人們，經由如此眾多的各種方式，從這個危險重重的安息地滑落進墮落和恥辱的深淵當中 —— 這讓他可以去回想一下過往人生當中的一些片段，而那種感覺幾乎就像是，他被從它們那裡移動到了另外一種生存狀況當中。考慮到他現在身處的所在，還有當他可以自由地對它退避三舍的時候，讓他頭一回來到了此地的那份興趣，還有那個既跟他身邊的這些高牆和柵欄，也跟他後來生活裡面的一些觸摸不到的，沒辦法被高牆和柵欄監禁住的記憶密不可分的溫和的人兒，下面這個事實便不顯得有什麼不同尋常的引人注目之處了，它就是，他的記憶所轉向的每一件事情，都把他重新帶回到了小杜麗那裡。然而，他自己卻覺得它是有些引人注目的地方的，這並不是因為上述事實本身，而是因為讓他頻頻想起此人的那個原因，即這個親愛的小人兒曾經對他那些明智的決定發揮過多麼巨大的影響。

　　在生活的轉輪出現某個顯著的停頓，然後把這種正確的領悟帶給我們之前，我們當中沒有誰能清楚地知道，在這個方面，我們是在何人或者何事名下落有虧欠的。這種領悟是伴隨著疾病而來的，是伴隨著悲痛而來的，是伴隨著失去至親愛人而來的，它算得上是逆境最為頻繁的功用之一。眼下，在柯南身處逆境之時，它也強烈而溫柔地襲上了他的心頭。「當我剛開始振作

起來，」他心裡想道，「並且在我精疲力竭的兩眼之前樹立起了某個像是目標的東西時，那個出現在我眼前的，為了一個善良的目標而艱難前行，同時沒有鼓勵、沒有關注並且還要克服各種卑鄙可恥的，會讓一大隊公認的男女英雄們知難而退的障礙物的人，他是誰呢？是一個軟弱的女孩！當我試著去戰勝我那份用錯了地方的愛情，並去慷慨對待那個比我更加走運的人，但他絕對不會知道我的這份心思，也不會回報我哪怕一個親切的字眼時，我是在何人身上觀察到了忍耐、克己、自製、仁慈的作工，和最為高貴的慷慨愛心這些優秀品格呢？還是在這個可憐的女孩身上！倘若我，一個擁有男人的各種優勢、手段和精力的男人，曾經出於疏忽大意，而沒去留心我的心在低聲說道，要是我的父親曾經犯下過什麼錯誤，那麼，我的首要責任便是，去把這個過錯隱藏起來，然後去補救它的話，那麼，是一個什麼樣的幾乎讓它柔弱的雙足赤腳踩在潮溼的地面之上，讓它瘦削的兩手永遠都在不停地工作，還讓它纖弱的身子半受著風刀霜劍的凌虐的年幼身形，會矗立在我的面前讓我感到羞愧呢？是小杜麗的。」當他孤身坐在那把色澤黯然的椅子裡面時，他就這樣一刻不停地想著。永遠都是小杜麗。直至他有些覺得，他好像已經因為偏離了她所劃定的正確道路，同時讓什麼事情入侵了他對她的諸般美德的殷切紀念，而遭遇了應得的回報，方才甘休。

然後他的門被打開了，只見老齊的頭探進來了非常微小的一點，而且並沒把臉扭向他。

「我從閘上下班了，柯南先生，現在正要出去呢。我能為你做些什麼嗎？」

「多謝，不用。」

「你會原諒我把門打開了吧。」老齊說，「但我是因為沒辦法讓你聽到才這麼做的。」

「你敲門了嗎？」

「敲了有五六遍呢。」

把他自己喚醒之後，柯南觀察到，眼前的這所監獄已經從它的午間小睡中醒了過來，被它收容的那些人們正在布滿陰影的放風場的各處消磨著時間，其時已經是午後的較晚時分了。原來他一連想了有好幾個小時了。

「你的東西被送來了。」老齊說，「我兒子會把它們搬運上來的。要不是他想親自搬運它們的話，我自己就會把它們送上來的。更確切地說應該是，他想親自處理它們，所以我就沒辦法把它們送上來了。柯南先生，我可以跟你說句話嗎？」

「請進，」亞瑟說，因為老齊的頭仍然處於探了非常微小的一點進來那個位置處，而且，老齊並沒拿兩隻眼睛看著他，而是只有一隻耳朵在對著他。這是老齊身上的一種與生俱來的細緻作風，一種真正的禮貌和教養，儘管就他的外部形象而論，它的周遭各處都遍布著非常明顯的獄卒氣質，而沒有哪怕一丁點的紳士風度。

「謝謝你，先生。」老齊說，但未見有前進的舉動，「我進來也是沒什麼分別的，柯南先生，要是你發現，我兒子不管怎樣胡鬧得讓你有些難堪的話，請你不要別去把他放在心上（要是你肯發發這個善心的話）。我兒子有一種本領，而且我兒子的本領被用在了正確的地方。我和他媽都知道該去哪裡尋找它，而且我們發現，它的那個外字（位置）是沒錯的。」

發表完這則神祕的演講之後，老齊收回了他的耳朵，然後關上了門。他離開之後可能有十分鐘左右，他兒子前來接替了他的位置。

「這是你的手提箱，」他對亞瑟說，並很是小心地把它放了下去。

「你真是太好心了，我很慚愧讓你遭受這份麻煩。」

但是，還沒等他說完上面那句話，他就離開了，不過很快又返了回來，接著說道，用的是跟之前一模一樣的語氣，「這是你的密碼箱，」並把話裡提及的那個東西同樣很是小心地放了下去。

「我對你的這份關注非常感銘於心，我希望，我們現在可以握握手了吧，莊先生。」

　　然而，小莊卻朝後退縮了起來，同時把他的右手腕子，在一個用左手拇指和中指構成的活塞裡面擰著轉動了起來，然後又像一開始那樣說道，「我不知道能不能這樣做，不，我發現我不能！」然後，他便站在那裡嚴屬地打量起了眼前的這名囚犯來，不過，他的兩眼裡面也有一份氣鼓鼓的看起來像是憐憫的情緒存在著。

　　「你為什麼要跟我生氣，」柯南說，「但又這麼樂意為我提供這些熱心的幫助呢？我們之間肯定出現了一些誤會。要是我做過的什麼事情引起了它的話，那我很覺抱歉。」

　　「沒有誤會，先生。」小莊回應說，同時在那個活塞裡面前前後後地轉動著他的手腕，但它好像顯得過緊了一些。「沒有誤會，先生，在眼前這一刻裡面，當我拿兩眼注視著你的時候，我懷有的那些感覺是不存在什麼誤會的！要是我不管怎樣能在體重方面跟你擁有一種公正的對等性的話 —— 但我是沒有的，要是你不是被一片陰雲籠罩著的話 —— 但你是的，要是這麼做不會違反馬夏的所有規定的話 —— 但它肯定會的，那麼，那些感覺將會是這麼一回事情，它們會刺激著我，讓我在眼前的這個位置上跟你來上一個回合，好把它們給釋放出來，而且，我心裡的這種傾向是超過了我能說出來的任何其他可能性的。」

　　有那麼一瞬間，亞瑟用一種包含著一些驚奇，也有一些小小的憤怒的眼神看著他。「好了，好了！」他說。「一個誤會，一個誤會！」說完便扭過了臉去，並伴隨著一聲沉重的嘆息，重新坐進了那把色澤黯然的椅子裡面。

　　小莊先用兩隻眼睛追隨著他，接著，在停頓了片刻功夫之後，他大聲喊叫著說，「我要請求你的原諒！」

　　「想要多少都可以，」亞瑟擺著一隻手說道，但並沒抬起他下沉的頭顱來。「別再說了，我不值得你這樣。」

　　「這件傢俱，先生。」小莊說，用的是一種溫和而柔軟的解釋語調，「它是屬於我的。我習慣把它租給那些使用這個房間，但又沒有傢俱的租

客們使用。它不是什麼大東西，但你是可以隨便使用它的。免費的，我的意思是說。我沒辦法去想，讓你用任何其他條件去使用它。你是被歡迎不付任何代價去使用它的。」

亞瑟重新抬起頭來向他表示了謝意，然後又說，他不能接受這份恩惠。而這時，小莊仍然在轉動著他的手腕，仍然用之前那副分裂的樣子跟自己爭競搏鬥著。

「我們之間有什麼問題嗎？」亞瑟說。

「我要謝絕說出它來，先生。」小莊用突然就變得響亮和尖利了起來的聲音回應說。「沒有任何問題。」

亞瑟又看起了他來，想要為他的行為尋求一些不管什麼解釋，但最終以徒勞作結。過了一會之後，亞瑟再次扭開了他的臉。而小莊旋即說道，用的是一種至為溫和的語調：

「這張小圓桌，先生，就是靠近你的手肘的那一張，你知道它是誰的 —— 我沒必要提起他的名字 —— 他去世了，是一位了不起的紳士。他把它送給了一個人，那人在他以後在這裡住過，我從那人手裡買到了它。不過，那人無論如何都是沒辦法跟他比肩的，而且，大多數人都會發現，他們是很難達到他那個水準的。」

亞瑟把那張小桌子拉近了一些，把他的一條胳膊放在了它的上面，而且就那麼保持在那裡沒再動彈。

「可能你還不知道，先生。」小莊說，「當他回到這裡身在倫敦的時候，我是去侵犯過他一次的。從總體上來講，他所持有的意見便是，那是一次侵犯，雖然他也非常好心地請我坐下，還打聽了父親和所有其他老朋友們。至少是一些非常卑微的貧賤之交吧。他看起來，在我看來是這樣，發生了非常巨大的變化，而且我回來之後也是這麼說的。我還問他杜麗小姐好不好 ——」

「她好嗎？」

「我原本以為，你是用不著對像我這樣的人提起這個問題，就能知道它的答案的，」小莊先是顯得像是吞下了一顆巨大的看不見的藥丸似的，然後回應說。「因為你千真萬確提出了這個問題，所以我要很抱歉地說，我沒辦法回答它。而事實是，他把這種詢問看成了一種放肆和無禮，然後說，『那跟我有什麼關係呢？』從那時候起，我就開始完全清楚地知道了，我確實是在進行一場侵犯，而在此之前，我只是有些擔心會這樣而已。不過，他之後又說了一些非常慷慨的話，真的是非常慷慨。」

接著，他們都沉默了有數分鐘時間，唯一的一次例外情形是，在這陣停頓的中間時分左右，小莊評論了這麼一句，「他不管說話還是行動，都是非常慷慨的。」

而接下來打破了眼前這陣沉默的，仍然還是這個小莊，只聽他詢問說：

「要是這麼問不是一種放肆和無禮的話，那麼，你打算要這麼不吃也不喝的，先生，一直維持上多久呢？」

「我尚未產生想要吃喝任何東西的感覺，」柯南回應說。「我現在沒有胃口。」

「要是你發現，你接連不斷地一個小時又一個小時地坐在這裡不去吃喝任何茶點，是因為你沒有胃口的話，先生。」小莊竭力勸說道，「那麼，你就有更多的原因，讓你應該去攝取上一些補給，讓你應該而且必須雖然沒有胃口，也得吃喝上一些茶點。我要去我自己的房間裡面喝茶去了。要是這麼說不是一種放肆和無禮的話，請你也來喝上一杯吧，不然的話，我可以在兩分鐘之內就端一個茶盤過來。」

亞瑟覺得，要是他拒絕的話，小莊肯定會把那份麻煩強加到自己身上去，此外，他還十分焦急地想要表示一下，在他的心裡，是既裝著老齊先生的懇求，也裝著小齊先生的歉意的，於是，他立起身來，說他是願意去莊先生的房間裡面喝上一杯茶的。在他們往外走的時候，小莊幫他鎖上了

房門，並用一副巨大的嫻熟派頭把鑰匙滑進了他的口袋裡面，然後便帶路往他自己的住處而去了。

它位於距離門洞最近的那幢房子的頂部。它是在富貴加身的那家人永遠離開這座監獄的那一天裡面，柯南曾經匆忙地進去過的那個房間，在那裡，他把人事不省的她從地板上抱了起來。他們的足部甫一碰觸到那條樓梯，他便預料到了，他們這是正在往何處去。那個房間發生了非常顯著的變化，它現在被貼上了牆紙，還重新進行了油漆，被裝飾得比過去舒適了許多。不過，他還是能夠回想起來，在他把她從地上抬起來，然後搬到樓下的馬車裡面去的那個時候，他在匆匆一瞥之間所見到的它的那副模樣。

小莊死死地盯著他，並咬著他的幾根手指頭。

「我看你是記起這個房間來了吧，柯南先生？」

「記得非常清楚，願上帝保佑她！」

接著，他的這位訪客繼續四下裡掃視起了眼前的這個房間，小莊則忘卻了泡茶這回事情，繼續咬著他的手指頭，並繼續盯著他的訪客。最後，他猛地驚跳起來衝向了茶壺，像一陣風似的叮叮噹噹地把大量茶葉從一個小罐子裡面倒進了它的裡面，然後便離開那裡到公用廚房沖水去了。

在他自己竟然回歸了悲慘的馬夏這個跟之前迥異有別的情境當中，這個房間如此滔滔汩汩地對柯南說起話來，它用如此悲悼的語氣對他講說著她，也講說他失去她這一事實，結果讓他變得悲傷難抑了起來，雖然他其時並非孤身一人。而等到孤身一人之後，他也並未試著去抑制它。他把一隻手放在了漠無所感的牆壁上面，其溫柔情狀就像他所觸摸的是她本人一般，又用一陣很低的聲音道出她的名字。接著，他站在窗戶旁邊眺望起牢牆上面的低矮護牆，還有它那些猙獰陰森的牆頭釘，最後輕聲對著夏日的煙靄說一句賜福祈禱，讓它飄向了遠方的那片她正於其間過著萬事亨通的富貴生活的土地。

小莊離開了有一陣子功夫，接著，等到他回來之後，還一併在一片洋白菜葉子裡面帶回來一些新鮮奶油，以及一些包在另一片洋白菜葉子裡面

的水煮火腿薄切片，和一小籃子水田芥葉子及沙拉香草，此種情狀表明，他剛才是到監獄外面去了。當他照著自己的喜好把這些東西擺上桌之後，他們便坐下來喝起了茶。

柯南努力想要對這一餐表達出一些敬意來，但卻未能奏效。火腿讓他有些噁心，麵包好像在他的嘴裡變成了沙子。除了一杯茶之外，他沒辦法強迫自己吃下任何東西去。

「試著吃上一點青菜，」小莊說，並把那個籃子遞給了他。

於是他取了水田芥葉子的一兩個小枝，又再做了一番嘗試，但是，那些沙子似的麵包比之前更顯沉重了起來，火腿（儘管它本身的品質是足夠好的）則好像在整個馬夏裡面都刮起了一股微弱的火腿乾熱風[142]。

「試著再吃上一點青菜，先生。」小莊說，並又把那個籃子遞給了他。

這種情形非常像是，把一些綠色的肉遞給一隻被囚禁在籠子裡面的呆鈍的鳥似的，而且，非常顯而易見的一個事實是，把那個籃子帶進來的時候，小莊是把它當成了一把清新的調劑物，想讓他從牢裡的那些陳舊灼熱的鋪路石和磚頭裡面得到一些緩解，結果，柯南只能微笑著說，「你能想到從柵欄之間把這些東西拿給我，真的是非常好心，但我今天就連這個都吃不下去。」

就像他的進食困難具有傳染效應似的，小莊馬上也推開了他自己的盤子，然後俯下身子疊起了那片剛才包過火腿的洋白菜葉子。等到他一層又一層地把它疊出很多層來，最終讓它變成了他手掌心裡面的一個小東西之後，他又開始在兩隻手之間往平壓它，並開始專注地盯著柯南看了起來。

「我覺得有些奇怪的是，」他最終說道，同時使了一些力氣壓縮著他的綠色小包，「要是為了你自己的緣故去照顧你自己不值得你勞神費力的話，你竟然會覺得為了其他某個人的緣故也不值得這樣做。」

「說真的，」亞瑟伴隨著一聲嘆息和一個微笑回應說，「我不知道該為誰去做。」

---

[142]　指在非洲、阿拉伯的沙漠地帶，一種挾裹著黃沙的乾燥熱風。

「柯南先生。」小莊用熱烈的語氣說道,「讓我感到驚訝的是,一位能夠坦蕩行事的紳士就像你能夠那樣做那樣,竟然能夠向我做出這樣一個回答做出該等卑下的行徑來。柯南先生,讓我感到驚訝的是,一位能夠保有他自己的心靈的紳士,竟然能夠喪心病狂地用這種方式來對待我的心靈。我對此很感詫異,先生。確確實實很感詫異!」

站起腳強調完最後的那些詞句之後,小莊再次坐了下去,然後又再俯下身去,在他的右腿上面滾搓起了他的綠色小包來,但從未把他的兩眼從柯南身上移開過,而是始終用一副飽含著義憤的譴責之情的,堅定不移的目光仔細審視著他。

「我已經勝過了它,」莊說,「我已經戰勝了它,明知道它是必須要被戰勝掉的,已經下定決心不再去想它。我原本是不會讓自己的頭腦再去想它的,我希望能這樣,要不是在眼前的這一天,在一個對我來說很是不幸的時刻裡面,你被帶到了這座監獄裡面來的話!(在他的焦躁情緒當中,小莊採用了他母親那種強有力的造句方式。)當你在眼前這一天,先生,在門房裡面第一次碰到我的時候,那更像是一棵見血封喉樹 [143] 被逮了起來,而不是一個做個體戶的被告,當時在我的身體裡面,那些五味雜陳的感情溪流又一次決堤似的流淌了起來,在僅僅幾分鐘的時間裡面,它們面前的每一樣東西便被沖刷了個一乾二淨,我自己開始在一個漩渦裡面轉啊轉的轉個不停。但我從它的裡面出來了,我掙扎了一頓,然後從它的裡面出來了。要是這是我必須要說的最後一句話的話,那我會說,在對抗那個漩渦的時候我努力使盡了平生的最大力氣,然後從它的裡面出來了我就。我要聲明,要是我之前有些粗魯然後應該道歉的話,那這些絕無有辱身分可能性的歉意我真的已經表達過了。而現在,當我如此急切地想要表示一下,對我來講有一個想法是接近於一個神聖的存在的,而且是排在所有其他想法前面的 —— 唔,雖然我說了那麼多,你竟然會在我一直都在這麼溫和地暗示它的時候避開我,還

[143] 　見血封喉樹(upas),產於爪哇的一種桑科毒樹,其汁液具有致命毒性。

把我推回了自己身上。因為，請不要，先生。」小莊說，「請不要卑劣得竟然去否認，那個閃避你是做過的，把我推回我自己身上你也是做過的！」

亞瑟差不多被完全驚掉了下巴，他像個茫然不知所措的人那樣凝視著他，僅僅說了這麼一句出來，「這是怎麼回事？你是什麼意思啊，莊？」但莊當時處於這樣一種情緒當中，覺得對於某種類型的人來講，好像沒有任何事情會比給他們一個回答更加不具發生的可能性，於是像個沒頭蒼蠅似的繼續說了下去。

「我沒有過，」莊宣稱道，「不，我沒有過，而且是從來沒有過，膽大包天地去想像，我能確定這一點，想像除了失去之外，還會有任何其他可能性。我也沒有過 —— 不對，如果我曾經有過的話，為什麼要說沒有過呢？ —— 任何這種希望，覺得在這件事情上可能會受到上天的祝福，在那些話被說過之後它就沒有了，甚至在那些不可跨越的障礙物被樹立起來之前就沒有了！但是，我就應該因為這個沒有任何記憶，因為這個沒有任何想法，因為這個沒有任何神聖的點滴，或者是別的什麼嗎？」

「你到底是什麼意思啊？」亞瑟大叫著說。

「要是一個人能夠下定決心去做出這種行為犯下這種罪過的話，先生。」小莊接著往下說去，並在一片生長著激烈言辭的非常巨大的草原[144]上面仔細搜索了一番，「那去踐踏它將會是完全而且非常之好的。去踐踏它將會是完全而且非常之好的，但它仍然在那裡。要是它不在那裡的話，它就有可能沒辦法被踐踏了。但你剛才還把一個像是蝴蝶那樣努力掙扎出來的人推回了他自己身上，這並不會讓這種行為變得具有紳士風度起來，也不會讓它變得令人尊敬起來，也不會讓它變得正確合理起來。全世界都可以去嗤笑一個獄卒，但他也是一個男人 —— 當他不是一個女人的時候，雖然那些女犯們很是期待他變成這樣。」

---

[144]　「一片生長著激烈言辭的非常巨大的草原」在原文中對應著 a very prairie of wild words，其中 wild 被解釋為「激烈狂暴的」，但它亦可表「野生的」一意，暗含了「野草」這一意指，與句中的「草原」相呼應。

At Mr. John Chivery's tea-table.

（在齊莊的茶桌邊）

雖然他這些欠缺條理的言談是相當荒謬可笑的，但是，在小莊這種單純而感情用事的性格裡面，也是存在著一種誠實而敢講真話的成分的，以及一種在某個非常柔軟的部位受到了傷害的感覺，它們都表達在了他灼熱的臉上，以及焦躁的聲音和舉止裡面，對於這些方面而言，亞瑟剛才肯定是非常殘忍地沒去對它們加以理會的。現在，他把思路回轉到了這份未知傷害的起點部位處，與此同時，小莊把他那個已經滾搓得相當圓潤的綠色小包切成了三份，然後把它們擺在了一個盤子上面，就像它們是某種特別的珍饈美味似的。

「我只是大概覺得，」當他把他們的談話回溯至水田芥葉子然後又返回來之後，亞瑟說道，「你的話裡可能對杜麗小姐有一些所指。」

「大概有這個可能，先生。」齊莊回應說。

「我不明白這是怎麼回事。我希望，當我說不明白這是怎麼回事的時候，我不會倒楣得讓你覺得，我是在有意再次冒犯你，因為我從來都沒有有意冒犯過你。」

「先生。」小莊說，「你會不會背信棄義地去否認，你清楚地知道，而且長期以來一直知道，我對杜麗小姐是懷有某種感覺的，但不要叫它放肆無禮的愛情，而是把它稱為崇拜和犧牲吧，你會否認這一點嗎？」

「說真的，莊，要是我知道這回事的話，我是不會有任何這種背信棄義的想法的，你為什麼會懷疑我會這麼想呢，我真是百思不得其解。你可曾聽齊夫人，也就是你母親說過，我以前去見過她一次？」

「沒有，先生。」小莊簡潔地回應說。「從未聽說過這樣一件事情。」

「但我是去過的，你能想像出來那是為什麼嗎？」

「不能，先生。」小莊簡潔地回應說。「我不能想像出來那是為了什麼。」

「我會告訴你的。我當時急著想要為杜麗小姐的幸福快樂做些事情，要是我當時能夠猜到，杜麗小姐對你的愛慕之情回應 ——」

可憐的齊莊直到耳垂那裡都漲成了緋紅色。「杜麗小姐從未這麼做過，先生。我希望能自尊和誠實一些，起碼會用我那種卑微的方式盡力去這麼做，而且，我會鄙夷自己去假裝上哪怕一瞬間的工夫，說她曾經是這麼做過的，或者說她曾經引導過我，想讓我相信她是這麼做過的，不會，我甚至都沒在不管任何時候懷著無論任何冷靜的理由期待過，她會這麼做或者說能夠這麼做。她在所有方面在所有時間裡面都是遠遠高過我的。同樣地，」莊補充說，「她的文雅 —— 上流的家人們也跟她類似。」

　　雖然他的身材很是矮小，兩條腿也相當細弱，而且頭髮又非常稀疏，還有性情也過分理想化了一些，但他卻對屬於她的所有東西都表現出了一種充滿騎士風度的感情，這讓他變得如此而且非常令人尊敬了起來，結果，就算有一個歌利亞[145]坐在了他的位置上面，也沒可能要求亞瑟對他產生出一份更大的敬意來。

　　「你說起話來，莊，」他說，話裡帶著一股由衷的仰慕之情，「像是一個男人。」

　　「好吧，先生。」莊回應說，並用一隻手抹了他的兩眼一把，「那我希望你也會這麼做。」

　　他不假思索就說出了這句讓亞瑟始料未及的反駁，這讓後者滿臉都是驚奇表情地再度注視起了他。

　　「至少應該是，」莊說，同時把一隻手伸過了茶盤，「要是這話過重了一些，我會收回它！但是，為什麼不能呢，為什麼不能呢？當我對你說，柯南先生，要為了其他某個人的緣故照顧你自己的時候，為什麼就不能坦率一點呢，雖然只是一個獄卒？我為什麼要讓你得到我知道你會非常喜歡的房間？我為什麼要把那些東西搬上來？並不是我發現它們很重，我提起它們不是因為那個原因，遠遠不是。我為什麼要讓你學習我從早晨開始就在努力表現的行事方式呢？是因為你自己身上的那些優點嗎？不是。它們

---

[145]　歌利亞（Goliath），《聖經舊約－撒母耳記》中所記載的非利士族巨人，最後被大衛王擊殺。

是非常了不起的，我對此不抱無論任何疑問，但不是因為它們。另外一個人的優點對我具有巨大的分量，具有遠比你那些更大的分量。那麼為什麼不能說得坦白點呢？」

「我也不跟你假裝，莊，」柯南說，「你是這麼好的一個夥計，而且我對你的性格懷有這麼真摯的一份敬意，所以，要是對於下面這個事實，就是你在今天為我提供的這些熱心服務，可以歸因於杜麗小姐曾經對我信任有加把我當成了她的朋友，要是我對它顯得比我實際上的情況少了點知覺的話——那我承認它是一個錯誤，然後我要請求你的諒解。」

「啊呀！為什麼不能，」莊重複說著之前的那話，而且之前的那種鄙夷也得以了回歸，「為什麼不能說得坦白點呢？」

「我要向你宣布，」亞瑟回應說，「我不明白你是怎麼回事。看看我吧，再想想我正在身處其中的這些麻煩吧。難道我還有可能在我的其他自責上面，再有意增添上忘恩和不忠於你這一份嗎？我不明白你是怎麼回事。」

莊那張不肯輕信的臉慢慢軟化成了一張懷疑的臉。接著，他立起身來，後退到了眼前這個閣樓房間的窗戶那裡，並招呼亞瑟也到那邊去，然後便站在那裡心事重重地看起了他來。

「柯南先生，你是真的想說你不知道嗎？」

「知道什麼啊，莊？」

「上帝呀！」小莊說，在發出這聲呼籲的時候，他還對著牆頭上的那些尖鐵倒抽了一口冷氣。「他竟然會說知道什麼！」

柯南看著那些尖鐵，又看著莊，看著那些尖鐵，又看著莊。

「他竟然說知道什麼！更有甚者的是，」小莊喊叫著說，同時在一陣悲痛的昏茫情緒當中，仔細地審視著他，「他像是在說真的一樣！你看見這扇窗戶了嗎，先生？」

「那是當然，我看見這扇窗戶了。」

「看見這個房間了嗎？」

「哎呀，我當然看見這個房間了。」

「還有對面的那堵牆，還有下面的那個放風場呢？它們全都充當過它的目擊證人，日復一日地，夜復一夜地，週復一週地，月復一月地。這麼說是因為，我曾經多麼頻繁地看見杜麗小姐待在這個地方，雖然她沒有看見我！」

「什麼事情的目擊證人呢？」柯南說。

「杜麗小姐的愛情。」

「愛的是誰呢？」

「你。」莊說。說完用一隻手的手背碰了碰他的胸脯，然後便後退到他的椅子那裡，滿臉煞白地坐了進去，同時交抱著兩條胳膊，對著他搖起了頭來。

要是他方才給予了柯南沉重的一擊，而不是輕輕地碰了那一下的話，它所產生的效果也沒辦法讓他比現在抖動得更加嚴重。他驚詫地站在那裡，他的兩眼看著莊，他的兩片嘴唇張了開來，像在時不時地做出「我！」這個詞的形狀，但沒有發出它的聲音來，他的兩隻手垂落在身體兩側，他的整副模樣就像是，一個人先被從睡夢中叫了起來，然後被一些他完全沒辦法理解的消息給弄呆掉了。

「我！」他最終大聲地說了出來。

「啊呀！」小莊痛苦地呻吟道，「就是你！」

他先盡力擠了一個微笑出來，然後回應說，「這是你的想像，你完全弄錯了。」

「我會弄錯，先生！」小莊說。「我會在這件事情上面完全弄錯！不，柯南先生，不要這麼說我。換了任何其他事情都行，要是你喜歡的話，因為我並沒被塑造成一個能夠炯鑑無遺的人物，清楚地知道我自己有很多缺點。但是，你竟然說我會在這個問題上面弄錯，它可是曾經讓我胸中的那

種劇痛遠遠地超過了，野蠻人們箭雨齊發所能造成的那一種！竟然說我會在這個問題上面弄錯，它可是差不多把我送進了墳墓裡面去，雖然我有時候也會希望，它真的會這樣，只要那座墳墓能夠跟我家的菸草生意還有我父母的感情和平共處就行！竟然說我會在這個問題上面弄錯，它可是讓我像人們所說的那樣，會像個大女孩似的掏出手帕來，甚至在眼下這一刻都是如此，雖然我很確定，我弄不明白一個大女孩怎麼會變成一個具有譴責意味的詞條，因為每一個被正確塑造的男性頭腦都是熱愛著她們的，無論大小都愛。不要這麼說我，不要這麼說我！」

說完，這個在靈魂深處仍然相當令人尊敬，雖然從表面上看起來顯得十足荒謬可笑的小莊，真的把手帕給掏了出來，但是，這一舉止當中卻是真正地既無示之於人也無遮遮掩掩的成分的，它僅可見之於一個在內心裡面保有大量善良成分的人身上，當這樣一個人掏出手帕來擦眼睛的時候，便會有這樣的表現。等到擦乾它們，又在他那種於人無害同時顯得極為舒適的啜泣和吸鼻聲中沉溺了一會兒之後，他重新把它收了起來。

那一碰所發出來的宛如一記重擊的餘威仍然尚在，這讓亞瑟沒辦法組織起很多詞語來為眼前的這個話題作結。他只是等齊莊把手帕裝回口袋之後，向他保證說，他真的對他的無私心胸，還對他對杜麗小姐的忠誠懷念充滿了敬意。至於他心頭的那個印象，就是他剛剛釋放了一下的那個 —— 聽到這裡莊插話說，「不是印象！是確鑿的事實！」 —— 他們可能可以換個時間再來說它，但現在還是不要再多說了。又說因為他覺得情緒有點低落而且非常疲倦，所以他想回他自己的房間去了，如果莊能允許的話，而且那天晚上不會再出來了。莊表示了同意，於是，他便置身於監獄高牆投下的陰影當中，輕手輕腳地回到了他自己的那間寓所。

身受了沉重一擊的感覺仍然如此強烈地停留在他的身上，結果，當他發現那個邋遢的老婆子正坐在他門外的樓梯上面，在等著給他鋪床，又在進行此事的過程當中，從此人處知曉道，她是從齊先生那裡收到指令的，

「不是那個老的，是那個小的，」及至最終等此人離開之後，他一下就坐進了那把色澤黯然的扶手椅裡面，用兩手緊緊地按住了自己的頭，就像他剛才被打昏過一樣。小杜麗竟然愛著他！這要比他的悲慘處境更讓他感到糊塗昏亂，遠遠地更加。

接著便細想起了此事的不可能性。他過去是慣於稱她為他的孩子的，或者是他的親愛的孩子，還慣於強調他們年齡之間的巨大差異，借此來邀蒙她的信賴，還慣於說他自己是一個正在變老的人。然而，她可能並不認為他有多老。而且，有些事情讓他回想起來，在那些玫瑰在那條河面上漂走之前，他也是沒有這麼想過自己的。

他在密碼箱裡面放著她的兩封信，跟其他檔案混同在一起，於是，他取出它們讀了起來。它們的裡面似乎有一個聲音，跟她那種溫柔甜美的嗓音有些相像。它帶著許多種不同的溫柔聲調敲擊在了他的耳鼓上面，而且，這些聲調並非是不相相容於他新近才獲悉的那種意思的。而現在，又有另外一些聲音猛衝進了他的頭腦裡面，它們是那天晚上，她在眼前這個房間裡面向他做出的那句寧靜但也很是淒涼的回答，「不，不，不！」—— 在那天晚上，他窺見了她即將改變的命運的第一縷曙光，此外，他還跟她說了另外一些話，對於這些話而言，他注定要在一種卑微的處境當中，以一名囚犯的身分記起它們來。

仍然在細想此事的不可能性。

但是，當他做了細想之後，它卻出現了一種漸趨式微的傾向，而且，這一傾向在他的頭腦裡面愈來愈占據了優勢的地位。與此同時，又有另外一個急欲一探究竟的捫心自問的聲音，正在越來越變得有力了起來。只聽它問道，當他不情願去相信她會愛上任何人的時候，當他想要讓那個問題歸於止息的時候，當他半是意識到，在他幫助她去愛上任何人的這種行為裡面，是包含著某種像是高尚的成分的時候，在這些事情裡面，他這邊難道沒有某種被壓抑下去的，甫一露頭便被他捂住了的東西嗎？難道他未曾

對自己低聲說過，他是絕對不能去想像是她會愛上他這樣一件事情的，他是絕對不能借著她的感激之情而去占她的便宜的，他是絕對要把記憶裡面的那段經歷當作一份警告和自我譴責的，他是絕對要認為，他自己這種年輕的希望已經消失掉了，就像他朋友的那個死去的女兒已經消失掉了那樣，還有，他是絕對要堅定不移地告訴自己，那種時候已經從他的身邊流逝而過了，他是有些太過傷感和年老了的，難道他未曾對自己說過這些話嗎？

　　在那個她被一貫而明顯遺忘掉了的白天裡面，當他把她從地上抱起來的時候，他是吻了她的。這應該完全就像是，要是她當時意識尚在的話，他可能也會吻她一樣吧？應該沒有什麼區別吧？

　　夜色發現他仍然沉浸在這些思緒當中。夜色還發現，布羅夫婦正在敲著他的門。他們還隨身帶來了一個籃子，裡面裝著一些經過精甄細選的東西，都是從他家那些遭遇了如此之快的一種銷售速度，但卻產出了如此之慢的一份收益的貿易存貨裡面挑出來的。布羅夫人被感動得流起了眼淚。布羅先生和藹可親地咆哮道，用的是他那種充滿哲思意味但卻表達得不甚明晰易懂的講話方式，說那裡有一些高潮，你瞧，但那裡也是有一些低潮的。你去問為什麼會有高潮，為什麼會有低潮那是沒用的，它們就是在那裡，你得知道。他曾經聽人說過這麼一個真理，就像這個世界在團團運轉著那樣，它確實是在團團轉動著的毫無疑問，相應地，就連最優秀的那些紳士也必須得接受屬於他的那份轉運，到時候他的身分會頭朝下站著，他的所有自信的神色都會胡亂飛進你可以叫它是空間的那個地方去。但然後就會非常好了。布羅先生要說的就是，但然後就會非常好了。等他的轉運期來了後那位紳士的身分會變得頭朝上起來，那位紳士的自信神色會讓人看得相當舒坦會任哪兒都重新油光水滑起來，所以然後就會非常好了！

　　前文已經陳述過的一點是，並不擅長哲思的布羅夫人哭了起來。接著事情進展到了這麼一個地步，不怎麼擅長哲思的布羅夫人竟然表現了一些

超感能力 [146] 出來。它可能是從她那種溫柔的心境當中發出來的，也可能來自於她那個性別的智慧，來自於一個女人的敏銳聯想能力，或者是一個女人的發散思維能力，但不管怎樣，總之事情透過某種方式進展到了這麼一種地步，在亞瑟正在苦思冥想的那個主題上面，布羅夫人的超感能力好好地把它自己給展示了一番。

「父親一直在談論你的那個樣子，柯南先生。」布羅夫人說，「你幾乎都沒辦法相信。它讓他變得相當不舒服了起來。至於他的聲音，這場厄運也把它給帶走了。你知道父親是一個多麼甜美的歌手，但他現在卻沒辦法給喝茶的孩子們唱出一個音符來，要是你願意相信我告訴你的這些話的話。」

在說話的同時，布羅夫人還搖著她的頭，擦著她的眼睛，並用一種回溯的目光四下打量著眼前這個房間。

「至於巴普先生。」布羅夫人接著說道，「當他得知此事以後他無論會做些什麼，我都是沒辦法去構想出來也尚未去想像過的。他原本在這之前就會到這裡來了，你大可以放心這一點，要不是他正在外面忙著你那件機密業務的話。他在進行那件業務的時候，還有他讓自己不眠不休的那股堅持不懈的勁頭 —— 它是真正地，」布羅夫人說，並用義大利語的方式給這個句子收了梢，「就像我跟他說的那樣，最大地讓老闆娘吃了一驚。」

雖然並不是太過自負，但布羅夫人仍然覺得，她剛才相當獨特而優雅地造出了那個美麗的托斯卡納式句子。布羅先生則沒辦法掩飾住他的狂喜情緒，因的是她身為一名語言學家的那份精深造詣。

「但我要說的是，柯南先生。」這個善良的女人繼續說道，「我們總是有某件事情需要感謝一下的，我確定你自己也會承認這一點。在這個房間裡面講話時，是不難想出來眼前的這個某件事情是什麼的。這件事情是需要去感謝一下的，確實是這樣，它就是杜麗小姐沒在這裡知曉它的發生。」

---

[146]　指不憑藉聽覺、視覺、嗅覺、觸覺、味覺這五種有形感官，僅憑藉無形的感覺去感知事物的能力。

　　亞瑟認為，她在看著他的時候，是帶了某種可稱獨特的表情的。

　　「這件事情，」布羅夫人又重申道，「是需要去感謝一下的，確實是這樣，它就是杜麗小姐正遠在他鄉。我們還希望，她是沒可能聽說它的發生的。要是她在這裡看見了它，先生，用不著懷疑的一點是你的這副模樣，」接著布羅夫人把前面的那些字句又再重複了一遍——「用不著懷疑的一點是你的這副模樣——身處厄運和麻煩當中的模樣，它差不多會沉重得讓她那顆滿懷深情的心承受不來。我沒辦法想像出來能有無論任何事情，會對杜麗小姐造成像它那麼嚴重的觸動。」

　　現在，布羅夫人在看著他的時候，在她那種友好的感情裡面，是確鑿夾雜了一種顫顫巍巍的藐視成分的。

　　「沒錯！」她說。「而且父親也留意到了一些什麼，雖然他已經活到了那個歲數，它從下面這件事情裡面顯示了出來，他在今天下午對我說，有關這一點快樂小屋知道我既沒有捏造也沒有進行無論任何誇大，『瑪麗，這是非常值得高興的，杜麗小姐沒有在場看見它。』這些就是父親說過的話。父親的原話是，『非常值得高興的一點是，杜麗小姐沒有在場看見它。』然後我對父親說，我對他說，『父親，你說的沒錯！』那個，」布羅夫人面帶著一副一位精確的法律目擊證人的神色，結束了她的這場發言，「就是父親和我之間說過的話。而且我沒有告訴你任何其他事情，全部都是確確實實在我和父親之間說過的話。」

　　而布羅先生是擁有一種更為言簡意賅的性情的，於是他抓住眼下這個機會插進了這麼一個建議來，說她現在應該讓柯南先生自己待著了。「因為妳瞧，」布羅先生莊重地說，「我知道妳說的那個東西是什麼，老女孩，」並把他這條寶貴的評論一連重複了數次，就像於他而言，它好像包含著某個重大的道德祕密似的。到了最後，這對令人尊敬的夫婦胳膊挽著胳膊走掉了。

　　小杜麗，小杜麗。再度一連想了好幾個小時。永遠都是小杜麗！

　　令人高興的是，要是真的有過這回事的話，那它也已經結束掉了，而

且結束得再好不過了。假設她曾經是愛過他的，他也知道她的這份愛心，而且容許自己去愛她，那他會把她拐帶上一條什麼樣的人生道路呢 —— 一條會把她帶回這個悲慘的地方的道路！所以，他是應該非常舒心地去想下面這些事情的，她已經永遠丟開了那份愛情，而且她已經結婚了，或者很快就會如此（在范妮的婚訊傳來時，也有另外一些傳言抵達了瀝心庭，說的是他父親有關她那個方面的計畫），而且，對於在過去那段已經逝去的時光當中，種種顯得複雜棘手的事情，也已經被馬夏的大門永遠關起來了[147]！

　　親愛的小杜麗。

　　當他回望他自己可憐的人生故事時，她變成了他這幅人生透視圖裡面的消失點[148]。這幅畫裡面的每一樣東西都通向了她那個天真的身形。他曾經跋涉了成千上萬裡的路程，始終都是以它為目標的，還有他那些不安的希望和懷疑，最終也在它的前面消失得不見了蹤影。它是他的人生趣味的中心，它是它裡面的一應美好快樂事物的結局，越過它之後，便除了荒涼黑暗的天空之外不見任何他物了。

　　那天晚上，他還是像頭一晚在那些悶人的高牆裡面睡覺時那麼難以安寢，但最終還是靠著這些思緒把它打發了過去。而其時，小莊卻在裹著被子享受著安眠，在此之前，他在枕頭上面撰寫並排列了下面這則新的碑文：

陌生人！

請尊重

小齊莊的墳墓。

該人於耄耋高齡辭別人世

具體年紀無需提及，

曾於其情敵遭逢大難之際

---

[147]　這句話的潛臺詞可能是，在面對他對小杜麗的感情問題時，柯南過去是一種舉棋不定的態度，而現在，這個問題已經隨著他的入獄一勞永逸地畫上了句號。

[148]　消失點（vanishing-point）是一個美術術語，指透視圖中各放射狀線條的最終交匯點。

與其相遇，
雖欲與其一較高低，
然念及心中所愛，
終戰勝種種痛苦憤怒，
轉而變成了
寬宏大量之輩。

第二十八章　在馬夏的一場露面

　　光陰荏苒而逝，牢門之外那個社群所形成的輿論在柯南身上發揮了它強烈的影響力，讓他在牢門之內的這個社群當中，竟然連哪怕一個朋友都沒能結識到。因為情緒太過沮喪，讓他不能去跟放風場裡面的那個靠聚在一處來忘記憂愁的人群發生連繫，又因為太過孤僻和太過不快樂，讓他不能加入到酒館裡面的那些可憐的社交活動當中去，結果，他只能據守著自己的房間，同時被眾人置於了一種難堪信任的境地當中。有人說他是個傲慢的人，也有人對此表示異議，說他只是一個鬱鬱寡歡和內向寡言的人而已，還有人對他表示了鄙夷，這是因為，他顯得像是一隻被債務壓垮了的怯懦的狗似的。基於上述這些五花八門的控訴和罪狀，監獄裡面的整個人群都是不喜於他的，這其中又以最後一條為甚，因為它牽涉到了一種對馬夏這個大家庭的背叛。總之，他很快便如此堅定地確立了自己的孤絕地位，只會在唯一一個時間裡面在放風場裡面來回走上一走，那是在晚間俱樂部的成員們聚在一處唱歌、祝酒和大發感慨，以及放風場裡面幾乎只剩了女人和孩子們的時候。

　　監禁生活開始對他發出了影響來。他知道，他是無所事事和百無聊賴的。因為他早就知道，在他占據的那個小房間裡面，那四堵小牆壁所構成的監禁生活曾經對之前的那位住客產生過什麼樣的影響，所以，現在產生的這份認知讓他有些擔心起了自己來。又因為既畏避於其他人的目光，也畏避於他自己的，令他開始發生了非常顯著的變化。結果，不管是什麼人，都可以看到監獄高牆的那道陰影陰沉地籠罩在他的身上。

　　有一天，當時他可能已經在牢裡待了有大約十或十二周左右的時間，而且他已經開始嘗試閱讀了，但是，就連書裡面的那些想像出來的人物，他都尚未能把他們解放出馬夏外面去，在這一天裡面，有一陣腳步聲停在

了他的門口，然後有一隻手輕叩起了它。他起身打開了它，隨即有一個討人喜歡的聲音有些唐突地向他招呼道，「你好嗎，柯南先生？我希望，我前來見你沒有什麼不受歡迎的地方吧？」

這是那位生機勃勃的小巴，也就是名曰斐迪的那一位。他看上去非常的溫和和迷人，但是，在跟邋邊的監獄兩下裡相形之下，又顯出了一份壓倒性的快活和灑脫來。

「你看見我有些吃驚似的，柯南先生。」他說，同時在柯南為他提供的座位上落了座。

「我必須坦白承認大大地吃了一驚。」

「我希望，不會是讓人不快那一種吧？」

「絕對不會。」

「謝謝你。坦白說，」迷人的小巴說，「聽說你必須暫時退居於此地，讓我感到極度的難過，而且我希望（當然了，這話只限於兩位私人身分的紳士之間），我們那個地方跟它應該沒有什麼關係吧？」

「你們的辦事處嗎？」

「我們的迂迴辦事處。」

「我不能把我的逆境的任何部分歸咎於那個卓越出眾的機構。」

「我敢拿我的生命來起誓，」活潑的小巴說，「獲悉此情讓我感到由衷的高興。對於我來說，聽到你這麼說可稱是一份相當巨大的解脫。要是我們那個地方跟你的困境存在無論任何關聯的話，我會極度地抱憾於此。」

柯南再次向他保證道，他會免除它的該項責任。

「那就好了。」斐迪說。「聞聽此言讓我感到非常快樂。在此之前，我在自己心裡相當地擔心，在把你打倒在地這件事情裡面，我們有可能助了一臂之力，因為毫無疑問的一點是，我們很不走運地要時不時地做上一件那種事情。我們是不想做它的，但是，要是有人終歸要擱淺的話，哎呀──我們可是控制不了的。」

「在不對你之所言發表一份不具資質的同意意見的前提之下，」亞瑟沮喪地回應說，「我非常感激你對我的這份關注。」

「不對，不過說真的！我們那個地方是，」隨和的小巴說，「你能想到的最與人秋毫無犯的一個地方。你可能會說我們是一個騙局。我不會說我們不是，但是，所有那類東西都是有這個企圖的，而且肯定會這樣。你不明白嗎？」

「不明白，」柯南說。

「你沒能從正確的角度去看待它。這個角度它是一個必需的東西。要是你能從下面這個角度去看待我們的話，就是我們僅僅要求你別去打擾我們這個角度，那麼，我們將會像你能在無論任何地方發現的一個一流部門那樣，跟它具有同樣的水準。」

「你們那個地方它待在那裡，是為了不被別人打擾的嗎？」柯南發問道。

「被你說了個正著，」斐迪回應說。「它待在那裡有這麼一個明顯的企圖，就是每樣東西都應該是不受打擾而維持現狀的。那就是它想要的東西。那就是它的目的所在。毫無疑問的是，那裡是有某種形式要被維持一下的，就是讓人覺得它是為了其他某種東西而存在的，但那只是一種形式。啊，仁慈的上帝呀，我們除了各種形式之外什麼都不是！想想你在我們那裡經歷了多麼大量的各種形式吧，然後你從來沒有更加接近過某個終點吧？」

「從來沒有，」柯南說。

「所以要從正確的角度去觀察它，然後你就知道我們是怎麼回事了 —— 一個官方的和奏效的地方。它像是一場受到限制的板球遊戲似的。有一大堆場外人都衝進來對著我們這個政府部門投球，我們的責任就是攔住這些球。」

柯南問他那些投球手們最後怎麼樣了？輕巧的小巴答覆說，他們慢慢

457

變累了，被完全打敗了，變成瘸子了，被折斷脊背了，一個接一個死掉了，宣告放棄了，最後去玩其他遊戲了。

「然後這讓我要再次祝賀自己一番，」他接著往下說去，「因為現在的情況是，我們那個地方跟你暫時退避於此沒有任何關係。它是非常容易在這裡面插上一手的，因為拿我們對那些不肯讓我們清靜待著的人們所產生的影響而言，無可否認的一點是，我們那裡有時候可稱是一個會讓他們倒楣到極點的地方。柯南先生，我跟你完全是知無不言的。因為這些談話僅限於你自己和我自己之間，所以我知道我是可以這樣的。當我第一次看到，你犯下了不肯讓我們清靜待著這個錯誤的時候，我就這麼做過，因為我當時意識到，你是一個缺乏經驗和樂天的人，而且——我希望，你不會對我的這個說法表示異議——頭腦有些簡單。」

「一點都不會。」

「有些。因此我覺得，這是多麼可惜呀，然後我就超越本分向你暗示了一些東西（說真的，我這麼做可不是官方性質的，不過，只要我有能力去控制它，我是絕對不會那麼官氣的），它們的大意是，要是我是你的話，我是不會自找麻煩的。然後，你最終還是自找麻煩了，而且從那以後一直在自找麻煩。那個，以後別再這麼做了。」

「我現在已經沒可能有這種機會了。」柯南說。

「啊呀是的，確實是這樣！但你會離開這裡的。每個人都會離開這裡。人們是有無數種辦法離開這裡的。那個，不要再返回來找我們。這個請求算是我這趟拜訪的第二個目標。請不要再返回來找我們。我拿我的名譽來起誓，」斐迪用一種非常友好和推心置腹的語氣說，「要是你不吸取過去的教訓，而且不願意離我們遠一點的話，我是會大大地惱怒於你的。」

「然後那項發明呢？」柯南說。

「我的好夥計，」斐迪回應說，「要是你願意放棄使用你那套辭令的自由權的話，是沒有什麼人會想知道那項發明的，也沒有什麼人會對它有兩

毛半錢那麼多的一點在乎。」

「你這麼說的意思是，你們的辦事處裡面沒人會這樣吧？」

「出了它的外面也沒有。每個人都是樂意去厭惡和嘲弄任何一項發明的。你根本就不知道有多少人想要清靜待著。你根本就不知道這個國家的天才（請忽略這個詞語在國會方面的含義[149]，並且不要因為它覺得厭煩）怎樣傾向於清靜待著。相信我，柯南先生。」生機勃勃的小巴用他那種至為討人喜歡的語氣說道，「我們那個地方並不是一個等你騎著馬拿著矛向它全速衝鋒的邪惡巨人，而僅僅只是一座風磨而已，當它磨碎大量穀殼這一類廢物的時候，會向你展示出這個國家的風是朝哪一邊刮的。」

「要是我能相信這一點的話，」柯南說，「它對我們所有人來講都算是一個淒涼的前景。」

「啊呀，不要這麼說！」斐迪回應說。「它是完全沒有問題的。我們是必須要耍些花招的，我們都是喜歡花招的，我們沒有花招便是不能前進的。一個小花招，一堆陳芝麻爛穀子，還有其他每一樣東西，只要你能讓它們清靜待著，它們都會取得令人景仰的進展。」

身為雖然也是由婦人所生的[150]，正在不斷高升的，並且打著一些他們完全拒絕接受而不會去相信的各色口號且被人們追隨著的巴氏家族的首腦人物，對他的忠誠信仰進行完這一番滿懷希望的表白之後，斐迪立起了身來。沒有任何東西能比他那份坦率而殷勤的風度更加討人喜歡，也沒有任何東西在面對著眼下的拜訪場合時，能比他擁有一份更為渾然天成的紳士氣度。

「不知道這個問題是否恰當，」他說，當時柯南正在把自己的一隻手遞給他，那裡面包含了一份貨真價實的感激之情，因的是他之前表現出來的那份坦誠和友好脾性，「我們那位溘然長逝而為人所痛惜的莫德，他是否

---

[149] 「天才」在原文中對應著 Genius，該詞兼具「守護神」一含義，可引申為一個國家的保護者，即文中所言的國會。

[150] 此處指涉了《聖經舊約─約伯記》第 14 章 1 節的內容，「人為婦人所生，日子短少，多有患難。」暗指巴氏家族世代長存這一事實。

真的是你這份暫時不便處境的致因？」

「我是被他毀掉的許多人之一，是的。」

「他絕對是一個極度聰明的傢伙，」巴斐迪說。

因為沒有心情去頌揚那位死者的名聲，所以亞瑟沉默著沒有作聲。

「肯定是一條技藝登峰造極的惡棍，」斐迪說，「但卻有一份非凡的聰明！一個人是沒辦法忍得住去仰慕這個傢伙的。絕對是如此這般的一位騙局大師。對人們了解得如此清楚 —— 把他們凌駕得如此徹底 —— 又在他們身上榨到了如此之多！」

在他那份灑脫自如的舉止的映襯之下，他確鑿被激發進了一種真正的仰慕情緒當中。

「我希望，」亞瑟說，「他和被他騙了的那些人可以給人們帶來一份警告，讓他們不要再跟他發生這麼多的連繫。」

「我的親愛的柯南先生。」斐迪大笑著回應說，「你是真的有這樣一份稚嫩的希望嗎？要是再有一個人，在騙術方面能有像他這麼大的一份能耐，和像他這麼一份真正的愛好，那他同樣還是會成功的。請原諒我這麼說，但我認為，你真的根本就不知道，那些像蜜蜂一樣的人類們，會怎樣蜂擁著飛向任何一口被敲打著的破舊的錫鍋，在這個事實裡面，存在著統馭他們的那份完整的操作手冊。當他們能被鼓動著去相信，那口鍋是用貴重金屬製成的時候，在這個事實裡面，又存在著跟我們那位溘然長逝而為人所痛惜的人物相類似的人們的全部力量。毫無疑問在這裡或者那裡也會有，」斐迪禮貌地說，「有一些例外情形，在這些情形裡面，人們會被一些讓他們覺得更好的理由吸引進來，我無需花費太多功夫就能發現這樣一個案例，但是，它們是不會讓這條規則失效的。日安！我希望，當我下次有幸見到你的時候，這片暫時的陰雲已經讓位給了明媚的陽光。不要朝你的門外走上哪怕一步，我完全清楚該怎麼離開。日安！」

說完這些話之後，這位最優秀和最光明磊落的巴家人便下樓去了，一

路上哼著小曲穿過了門房，待在前院裡面上馬之後，便離開此地趕赴一個約會去了，對方是他的一位貴族親戚，該人急需他的一點訓練和指導，為的是隨後在回應某些信奉異端的賤民時，可以穩操勝券，而這裡面的原因又在於，這些人欲要對他們這些上流人的治國才能提出質疑。

在出去的路上，他肯定是跟魯格先生擦肩而過了的，這麼說是因為，在一兩分鐘之後，那位滿腦袋紅髮的紳士便燁耀生輝地站在了他的門口，像是一位老年福波斯[151]似的。

「你今天怎麼樣呀，先生？」魯格先生說。「我今天能為你效上點什麼微勞嗎，先生？」

「不用，謝謝你。」

在面對著複雜的事態時，魯格先生是懷有一種享受之情的，其情形就像是，一位家庭主婦享受醃菜和保存其他食物那樣，或者是一位洗衣女工享受一份繁重的洗衣任務，一位清潔工人享受一個滿得溢了出來的簸箕，或者是任何其他專業人士享受業務方面的混亂狀態那樣。

「我仍然在時不時地到處打探著，先生。」魯格先生快活地說，「想要看看那些繼續拘捕令狀[152]是不是還在大門口往起聚集著，待在那裡不肯離開。它們已經落下了相當之厚的一層，先生，厚得像是我們能夠預料到的那樣。」

評論這一事態的時候，他像是在評論一件值得慶賀的事情似的，因為他一邊說話，一邊生氣勃勃地搓著他的兩隻手，還稍稍轉動著腦袋。

「厚得，」魯格先生重複道，「像是我們能夠合理預料到的那樣。他們像是灑了一股相當稠密的淋浴似的。現在，當我在四處打探的時候，我是不會經常來侵擾你的，因為我知道，你不喜歡有人來找你，我還知道，要是你想見我的話，你是會在門房裡面留話的。但我每天來這裡還是來得相

---

[151] 福波斯（Phoebus），羅馬神話中的太陽神，據傳發色火紅。
[152] 指在民事訴訟當中，被拘捕者在行將釋放之前，再另簽一份令狀繼續對其進行拘押。

當勤的，先生。要是我現在想要提出一個意見，先生。」魯格先生用勸誘的語氣發問說，「這會是一個不太應景的時間嗎？」

「它像是任何其他時間那麼應景。」

「嗯！大眾輿論，先生。」魯格先生說，「在你身上可是忙亂得很呐。」

「我並不懷疑這一點。」

「那我這個意見可能會是不可取的嗎，先生。」魯格先生說，但話裡的勸誘成分比之前更重了一些，「就是現在，你最終而且終究應該，向大眾輿論做出一些微小的讓步？我們都在用這樣或者那樣的方式做這件事情。事實是，我們必須得這麼做。」

「就算這麼做了，我也不能讓自己恢復正常，魯格先生，而且我無權去期待，我會在以後的任何時候得到這個結果。」

「不要這麼說，先生，不要這麼說。轉移到法院去的成本幾乎是微不足道的，要是大眾的意見強烈傾向於，你應該去那裡的話，為什麼 —— 真的 —— 」

「我認為你應該已經認定了，魯格先生。」亞瑟說，「我決定留在這裡屬於一個個人的趣味問題。」

「好吧，先生，好吧！但它是一種好的趣味嗎，是一種好的趣味嗎？這就是問題所在。」在進行這場勸說的時候，魯格先生還兼具了一種如此顯著的撫慰姿態，以致都顯出了一副相當程度的可憐相來。「而且我幾乎就想說，它是一種好的感覺嗎？你這件事情它的牽涉是相當廣泛的，現在你堅持要留在這裡，而這個地方是因為一兩鎊錢就可以進來的，所以外界評論說，你在這裡跟你的身分是不相配的。它是跟你的身分不相配的。我沒辦法告訴你，先生，我在多少地方聽到有人提及了這一點。比如昨天晚上，我就聽見有人對這事進行了評論，地點是一個有一群水準極佳的法律從業人員常去的接待室，要是我並沒有時不時地親自去瞧上一眼的話，我是應該這麼稱呼他們的 —— 而我在那裡聽到的那些評論，讓我有些遺憾於聽到了它們。它們

傷害了我，因為你的緣故。還有一次，就是在今天上午的早飯期間。我女兒（但已經是一個女人了，你可能會這麼說，然而，她對這些事情仍然是擁有一些感覺的，甚至還有一些小小的個人經驗，因為她是魯格訴鮑金斯一案的原告）表達了她巨大的驚訝之情，她巨大的驚訝之情。那麼，在這些事態之下，再考慮上下面這個事實，就是在我們當中，沒有誰是能把我們自己完全凌駕於大眾輿論之上的，那麼，對那種輿論做出一點小小的讓步不會是 —— 說呀，先生。」魯格說，「我會把這個問題置於最不具引發爭論這一可能性的基礎之上，然後說，不會是一種友善的表現嗎？」

但亞瑟的思想再一次游離到了小杜麗身上，所以這個問題沒能被作答。

「至於我自己，先生。」魯格先生說，並且寄望於，他的雄辯已經把對方削弱至了一種猶豫不決的狀態，「我有這麼一個原則，就是當客戶的喜好顯得至關重要的時候，我是不會去考慮自己的。但是，因為了解你那種體貼的性格，知道你總有一種樂善好施的願望，所以我要再說一遍，我是更想讓你待在法院裡面的。你的案子已經引起了一些響動，對於專業人士來講，能夠介入此案是一件與有榮焉的事情，我還覺得，要是你之前就去了法院的話，我會在我的圈子裡面得到一個更好的名聲。但不要讓這些話影響到你，先生，我只是在陳述這個事實而已。」

在他身處的這種孤獨和沮喪的情境當中，這位囚犯的注意力已經生長成了這樣一種游離無定的樣子，而且已經變得如此習慣於，僅僅跟那幾堵永遠都在蹙著眉頭的牢牆裡面的唯一一個沉默的身形親密談心，以致於，柯南不得不先抖落掉了一種類似於精神恍惚的東西，然後才有能力把眼望向了魯格先生，並回想起了他的談話的前前後後，然後急匆匆地說，「我的決定是沒有改變的，也是沒法改變的。請讓它就那麼著吧，讓它就那麼著吧。」在魯格先生這邊，他並沒有掩飾自己的惱怒和受辱情緒，轉而做出了以下答覆：

「啊呀！我一點都不懷疑，先生。我在向你提出這一點的時候，先生，我是有些離了題的，我是知道的。但說真的，當我聽到有好幾群人和一群非常優秀的人談論下面這些話的時候，他們說，當他島國母親的那份榮耀自由容許他轉移到法院裡面的時候，他卻要留在馬夏，這種做法雖然是配得上一個外國人的，但卻配不上一個英格蘭人的偉大精神，當我聽到這些話時，我認為我是願意離開為我標明劃定的那條狹窄的職業界線，而把它提及上一下的。從個人角度上來講，」魯格先生說，「我對這個問題沒有任何看法。」

「那就好了。」亞瑟回應說。

「啊呀！一點都不好，先生！」魯格先生說。「要是我有什麼看法的話，在幾分鐘以前，我會不情願看到，我的一位客戶在這個地方接受一位騎著高頭大馬的，來自高貴家庭的紳士的拜訪。但它是不關我事的。要是我有什麼看法的話，我現在可能會想要得到授權，向另外一位紳士提及一下，一位有著軍人外表的目前正在門房裡面等待著的紳士，告訴他我的客戶絕對不打算留在這裡，而是很快就會轉移到一個高級一些的住所去了。但我作為一臺職業機器的路線是非常明晰的，我跟它是沒有任何關係的。可你願意行個好見見那位紳士嗎，先生？」

「有誰在等著見我嗎，你是這麼說過嗎？」

「我確實不大專業地越了那個小軌，先生。聽說我是你的專業顧問之後，他謝絕在我這些非常有限的功能被履行完畢之前，而介入到我們中間來。讓人高興的是，」魯格先生用反話自嘲著[153]說，「我並沒有離題太遠，所以沒去問那位紳士他的名字叫什麼。」

「我猜，我除了見他之外是沒有任何其他對策了。」柯南非常疲憊地嘆息著說。

---

[153]　魯格先生雖然說「讓人高興的是」，但結合分析前文內容可以輕易得知，他實際上很為這種無事可做的狀態感到不快。

「那你是願意行個好了，先生？」魯格回嘴說。「那我是可以很光榮地按照你的指示，在我出去的時候把這些話告訴那位紳士了？是嗎？謝謝你，先生。我告辭了。」於是，他便氣恨難平地走掉了。

在柯南目前的心境當中，那位有著軍人外表的紳士在他心裡喚醒的好奇心是如此難稱完全，結果，當樓梯上響起的一陣沉重腳步聲把他驚醒的時候，他已經半忘了剛才有人向他提及過這樣一位紳士，即允許這種遺忘悄悄爬到了他的思想上面，換言之就是，他的思想現在差不多時刻都被一張色彩暗淡的面紗遮蔽得失卻了光彩，而這種巨大的忘性，便是這張面紗的組成部分之一。那陣腳步聲聽起來像是在登上樓梯，但並不非常迅速和自然，而是在故意賣弄它巨大的步幅和響亮的聲音，意欲向聽者傳達出一份不敬和輕蔑。當它在他門外的樓梯半臺上面稍作停頓時，他沒能回憶起來，在他的頭腦裡面，有什麼主體是跟這個獨特的聲音連繫在一起的，雖然他認為，他是記著這麼一個東西的。而留給他進行思考的，僅僅是轉瞬即逝的片刻功夫。因為他的門旋即便伴隨著一記重擊，被旋轉著打開了，而站立在門道裡面的，便是那位失蹤的布蘭多，也就是那個眾多焦心掛慮的致因。

「向你致意，我的獄鳥同伴！」他說。「你大概想找我，好像是這樣。我在這裡呢！」

還沒等亞瑟能收拾起憤慨的驚奇心情開口對他講話，賈瓦便跟著他走進了房間裡面。接著又有潘可思先生跟在賈瓦後面走了進來。自從此房間目前的占據者擁有它以來，這二人當中的任何一位都是未曾來過這裡的。只見潘可思先生沉重地呼吸著，側身走到了窗戶跟前，把他的帽子放到了地板上面，用兩手把頭髮攪動得朝上豎了起來，最後交抱起了兩條胳膊，他的那副樣子就像是，一個人在繁重的工作日期間稍作停頓似的。至於巴普先生，則是從未把他的兩眼從他素日那位深為他所畏懼的室友身上挪開過，他輕輕地坐到了地板上面，用脊背抵住了房門，又用兩手分別握住了兩隻腳踝，以此重新恢復了之前有過的一個姿勢（二者之間唯一的不同

是，現在的這個明確表現出了一副一眼不霎的嚴密監視姿態），就是在馬夏的一個炎熱早晨之際，在另外一座監獄的比現在更加深重的陰影裡面，他曾經坐在同一個人面前的那個姿勢。

「我在這兩個瘋子的見證之下得到了這麼一個消息，」布蘭多先生，也就是另稱為雷哥，另稱為李高的那人說，「說是你想要見我，鳥兄。我在這裡呢！」

在用鄙夷的目光四下裡瞥視之際，他把眼睛停在了那個白天會被折起來的床架上面，隨即把他的脊背靠上去，用它充當了一個休息的所在，同時並沒把帽子從頭上摘下來，就那麼把兩手插在口袋裡面，懶洋洋地挑釁似的站在那裡。

「你這個掃把星一樣的惡棍！」亞瑟說。「你故意向我母親家裡投下了一份可怕的嫌疑。你為什麼要這麼做呢？是什麼讓你進行那種惡毒的捏造呢？」

李高先生先對著他把眉頭蹙了有片刻功夫，但隨即便大笑了起來。「聽聽這位高貴的紳士吧！快聽，全世界都來聽，聽這個道德高尚的人在說些什麼！但請注意，請注意。你的這份熱忱，我的朋友，它是有一點危及他人名譽的可能性的。聖潔的蒼穹啊！它是有可能的。」

「先生！」賈瓦插進了話來，他的話是對著亞瑟而講的，「我要開始說了，聽好了！我是受到你的指示去尋找他，也就是李高的，對不對？」

「這是事實。」

「結果地那個地，我就去了。」—— 倘若布羅夫人能夠被說服相信，他偶爾用這種方式人為延長一個副詞，是他在使用英語時所犯的首要錯誤的話，那會讓她有一件天大的樂事去做，「首先去了我的國人們中間。我問他們新到倫堆（敦）的外國人們有什麼新聞沒有。然後我去了法國人中間。然後我去了德國人中間。他們全都告訴我了。我們當中的大部分人都是很了解別人的，所以他們都告訴我了。但是！—— 沒有任何人能夠告

訴我有關他的任何事情，也就是李高。有那麼十五回，」賈瓦一邊說，一邊把伸開五指的左手往外甩了三次，而且把這個動作做得如此迅速，結果讓人的視覺絕難能跟得上它，「我在外國人會去的每一個地方都詢問了他，可這十五回，」又把方才那套迅速的表演重複了一遍，「他們全都一無所知。但是！──」

　　伴隨著他在「但是」這個詞上所作的他那種意味深長的義大利式停頓，他開始進行起了那套反手擺動右手食指的動作，但把它做得非常微小，又非常小心翼翼。

（在那個熟悉的房間裡）

　　「但是！── 過了很長一段時間之後，當時我還沒能發現，他是待在倫堆（敦）這裡的，有個人跟我講了一個長著白頭髮的士兵── 嘿？── 那個頭髮不像他現在頂著的這些── 是白色的── 這個人過著離群索居的祕密地那個地的生活，住在某個地方。但是！」又在那個詞

上做了一次停頓，「他有時候，在晚飯之後，會出來散步抽菸。耐心，義大利的人們都是這麼說的（而且他們也清楚地知道，可憐的人們），是一個必需的東西。我是有耐心的。我問這個某個地方在哪裡。有人認為它在這裡，有人認為它在那裡。嗯好吧！實際上它既不在這裡，也不在那裡。我耐心地那個地等待著。最後我找到了它。然後我監視了起來，然後我藏了起來，直到他出來散步抽菸。他是一個長著灰頭髮的士兵 —— 但是！ ——」這確鑿是一個非常堅決的停頓，同時還非常強健有力地來回反手擺動著食指 ——「他也是你眼前的這個人。」

能夠注意到的一點是，當他按照他素日的習慣，對一個煞費苦心堅稱要高他一等的人表現出順服的時候，他甚至在如此這般指出李高之後，又向他做了一個含義模稜兩可的點頭動作。

「嗯好吧，先生！」他在作結之際大叫了這麼一聲，但說話的對象仍然是亞瑟。「我等待著一個適當的機會。我寫了幾句話給潘科先生。」聽到這個稱謂之後，有一種煥然一新的神色出現在了潘可思先生身上，「讓他過來幫忙。我在他家的窗戶旁邊向潘科先生，把李高指給他看，然後他就經常在白天擔任起了密探工作。到了晚上我會在那座房子的門口睡覺。最後我們進去了，就是在今天這一天，然後你現在就看到他了！因為他不願意在那位傑出的律師在場的時候上這裡來，」這是巴普先生在充滿敬意地提及魯格先生，「我們就一起在下面那裡等著，同時讓潘科先生把守著街道。」

在這場講述結束之際，亞瑟把他的兩眼轉到了那張放肆無禮的邪惡面孔上面。當它跟他自己的面孔相遇之後，那上面的鼻子開始向下面的髭鬚挪去，同時那道髭鬚開始朝著鼻子往上翹去。當鼻子和髭鬚都重新回落到原本的位置之後，李高先生又響亮地打出了五六個響指，他是彎下腰向著亞瑟打出這些響指的，就像它們是一些有形的炮彈似的，而他正在把它們扔到他的臉上去。

「那個，我的哲人！」李高說。「你找我是想得到些什麼呢？」

「我想知道，」亞瑟回應說，而且並沒去掩飾他強烈的厭惡情緒，「你怎麼敢朝著我母親家丟出一份謀殺嫌疑呢？」

「怎麼敢！」李高大叫著說。「呵呵！聽聽他吧！怎麼敢？這是敢不敢的問題嗎？天哪，我的小男孩，但你真的是有點太過魯莽了！」

「我想把那份嫌疑給廓清一下，」亞瑟說。「你會被帶到那裡去，會被眾人全都看到。另外，我還想知道，當我在那天燃燒著一份強烈的欲望，想要把你丟到樓下去的時候，你到底在那裡辦著什麼公事。不要衝著我皺眉頭，夥計！我已經把你看得足夠清楚了，知道你是一個恃強凌弱的懦夫。我不需要從這個糟糕透頂的地方給我帶來的影響中振作起精神，就可以告訴你如此明白的一個事實，一個你自己也知道得非常清楚的事實。」

李高連兩片嘴唇都變成了煞白，只見他捋著他的髭鬚，嘴裡嘟噥著說，「天哪，我的小男孩，但你這麼做有點危及到了我的那位女士，也就是你的令人尊敬的母親的名譽」 —— 接著，在大約一分鐘左右的時間裡面，他好像有點難以決斷該怎麼去做。但是，他的這種猶疑很快便消失不見了，旋即用一副帶著威脅意味的趾高氣揚的架勢坐了下去，並且說：

「給我拿一瓶葡萄酒來。你在這裡是可以買到葡萄酒的。派你的瘋子給我弄一瓶葡萄酒來。沒有葡萄酒我是不會跟你談話的。快點啊！行還是不行？」

「給他拿他想要的東西來，賈瓦，」亞瑟鄙夷地說，同時掏出了錢來。

「倒騰走私貨的畜生，」李高補充說，「帶波爾圖葡萄酒回來！除了波圖波圖這個牌子我不喝任何其他東西。」

然而，那個倒騰走私貨的畜生卻動用他那根含義豐富的手指，向眾人保證道，他已經不容置疑地決定，要謝絕離開他那個位於門口的崗位，於是，只好由潘科先生提供了這份服務。他很快便帶著一瓶李高規定的葡萄酒回來了，而這瓶酒按照此地的一個慣例（這一慣例發端於，此地的大學

生們是缺少瓶塞鑽這個東西的，就像他們缺少很多其他東西一樣），已經被開瓶以供飲用了。

「瘋子！拿個大玻璃杯來，」李高說。

於是，潘科先生把一個平底玻璃杯擺在了他的面前，而且，在是否要把它扔到他的頭上去這個問題上面，他並非沒有表現出一份明顯的內心衝突來。

「哈哈！」李高吹擂著說。「曾經是一位紳士，永遠都是一位紳士。從開始就是一位紳士，到最後還是一位紳士。這是怎樣一個魔王呀！我希望，一位紳士是必須要被別人服侍的吧？被人服侍也是我性格裡面的一部分呢！」

說出這些話的同時，他把那個平底杯倒了個半滿，而等他說完這些話之後，他已經喝乾了那裡面的內容物。

「哈！」同時還咂摸著他的嘴唇。「還不是一個非常老道的囚犯呢！我從你的外表來判斷，勇敢的先生，監禁生活很快就會制服你的那份血性，要比它柔化這瓶辛辣的葡萄酒快上許多。你正在變得芳醇起來 —— 正在失去醇度 [154] 和色度而且已經失去了一些。我要向你致敬！」

說完，他又把另外半杯一飲而盡，在喝之前和喝完它之後，他都把杯子舉了起來，為的是展示他那隻白嫩的小手。

「來說說正事吧。」然後他繼續往下說去。「來交談交談吧。你剛才顯得，你說起話來的那份放肆可是比你的身體自由多了 [155]，先生。」

「我已經利用這份放肆告訴過你，你知道你自己是個什麼樣子。你知道你自己，就像我們全都知道一樣，比那個還要壞上許多。」

「永遠都要作此補充，還是一位紳士，不過這麼說是沒有關係的。因為除了在那個方面之外，我們所有人都是一樣的。例如，你自己拼了性命

---

[154]　「醇度」在原文中對應著 body 一詞，該詞亦可表「人的身體」，為一語雙關用法，同時暗指監獄生活對柯南身體的損耗。

[155]　原文中的「放肆」和「自由」對應著同一個詞 free，所以才有了二者之間的這個比較。

都沒辦法變成一位紳士，而我拼了性命都沒辦法是別的什麼。這種差異是何其之大呀！我們來接著往下說。言詞，先生，是絕對不會影響到牌戲的進程的，也不會影響到骰子的進程。你明白這回事情嗎？你是明白的吧？因為我也在玩著一局牌戲，而言詞對它是發揮不了任何力量的。」

由於他現在跟買瓦打著照面，而且已經知道，他的那些往事已經被透露出去了，所以，無論他之前掛著一副怎樣難以令人信服的偽裝，他現在都把它給扯了下去，然後挺著一張光禿禿的臉對它滿不在乎了起來，正好契合了他那個惡名昭著的無恥之徒的身分。

「不，我的孩子，」他重新拾起了話頭，並且打了一個響指。「我會不管別人的言詞把這局牌戲玩到最後，讓我的身體和我的靈魂都見鬼去吧！我會玩贏它的。你現在想知道，我為什麼要耍那個被你打斷了的把戲是嗎？那就讓你知道一下吧，我以前有，而且現在也有 —— 你明白我的意思嗎？我說我有 —— 有一件貨物要出售給我的那位女士，也就是你的令人尊敬的母親。我向她描述了我那件寶貴的貨物，又為它定出了價格。關於這樁交易，你那位令人景仰的母親表現得有點太過平靜，太過不動聲色和太過不為所動，像是一尊雕塑似的。總而言之，你那位令人景仰的母親是惹毛我了。為了讓我的地位顯出一些不同來，也為了給我自己找點樂子 —— 什麼！一位紳士在找樂子的時候，竟然必須要由其他某個人來付出代價！ —— 我構思出了失蹤這個討喜的主意。這個主意，你瞧，你那位堪稱特別的母親和我的付老爺子都是十分樂意去讓它成真的。啊哈！呸，呸，呸，不要這麼居高臨下地看著我！我要再重複一遍。他們十分樂意這麼著，極度著迷於這麼著，心裡簡直都因此高興得狂喜了起來。你自己又是多麼強烈地想要這麼著呢？」

說完，他把酒杯裡面的餘瀝甩在了地上，結果讓它們幾乎都濺到了買瓦身上。而這一情狀好像把他的注意力給重新吸引到了後者的身上，只見他放下酒杯，然後說道：

「我是不會去倒它的！什麼！我竟然生來就是要人服侍的。那就快點啊，你個賈瓦，倒酒！」

那個小個子拿眼看了看柯南，而後者的兩眼完全都被李高占據著，待沒在它們的裡面看到禁止的意思後，他就從地上立起身來，從瓶裡往那個杯子裡倒了一些酒進去。在他這麼做的時候，他那份素有的順服姿態還夾雜了某種類似於幽默感的東西，而他在努力做出該種姿態的同時，又像在心裡悶燃著某種凶殘的情緒似的，而且好像在一瞬間裡面就會迸出火花來（那位天生的紳士拿一隻謹慎的眼睛看著他，心裡好像在作此想法），到了最後，他隨和地讓所有這些東西都服從了一種在他身上占據著主導地位的，溫和而粗枝大葉的性情，隨即重新在地上坐了下去。而所有這一切在混同起來之後，又構成了一幅非常引人注目的複雜性格畫卷。

「這個討喜的主意，勇敢的先生。」喝了一口酒之後，李高重新拾起了話頭，「它之所以是一個討喜的主意，是有著好幾個原因的。它給我帶來了樂子，它讓你親愛的媽媽和我的付老爺子提心吊膽了起來，它給你造成了巨大的痛苦（我在給你上一堂課，教你怎樣對一位紳士以禮相待，它們是我這堂課裡的一些專門術語[156]），它還讓所有相關的親切友善的人們覺得，你這位鞠躬盡瘁奉獻自己的朋友是一個令人畏懼的人。天哪，他是一個令人畏懼的人！除了這個之外，它可能還讓我的那位女士也就是你的母親的神志恢復了正常 —— 可能會，在目前這種已經被你的智慧識破的不大但緊迫的嫌疑氛圍之下，可能會最終把她給說服，讓她偷偷摸摸地在報紙上面公布一下，說某份合約所面臨的一些障礙將會因為它的某個重要當事方的出現而得以解除。可能是這樣，也可能不是。除了被你打斷的那件事之外，那個，你現在還有什麼話說？你還想知道些什麼？」

比起他現在看著眼前的這個人，卻不能陪著他一起前往他母親家這個

---

[156]　此處所說的「專門術語」指的是前文中的「提心吊膽」和「巨大的痛苦」，而李高此話的潛臺詞是，若有人不對一位紳士以禮相待，便會引發這些後果。

時候來，柯南從未更加強烈地覺得過，他確實是一個被捆綁束縛著的囚犯。即是說，在他的手腳難以動彈之際，他曾經恐懼過的那些難以看清的困境和危險正在對他造成合圍之勢。

「有沒有這種可能呢，我的朋友、哲人、道德家、蠢蛋，或者是你想叫的別的什麼名字，有沒有這種可能呢。」李高說，同時停下了正在喝著的一口酒，把目光從酒杯裡面移到了外面，臉上是他那副可怕的笑容，「你讓我清靜待著會更好一些呢？」

「不會！你至少應該，」柯南說，「被人知道你是活著和沒有受到傷害的。你至少是不能逃脫這兩位目擊證人的手心的，他們至少是能把你交到不管哪個公共管理機構前面的，或者是成千上百人面前！」

「但我是不會被交到哪怕一個人面前的，」李高說，並又再打了一個響指，臉上是一副洋洋自得的威脅神情。「讓你的目擊證人們見鬼去吧！讓你的那個被交出去的人見鬼去吧！也讓你自己見鬼去吧！什麼！我竟然知道一些讓我敢這麼說的東西，我真的知道它們嗎？我手上有可以出售的貨物也是因為它們嗎？呸，可憐的欠債鬼！你打斷了我那個小小的計畫，但就讓它過去吧。然後怎麼樣呢？剩下會有些什麼事呢？對你來說，什麼都沒有，但對我來說，啊！把我交出去！那就是你想要的嗎？我自己就會把自己交出去，而且只會更快一些。走私犯！把鋼筆、墨水和紙拿給我。」

買瓦又像之前那樣立起了身來，並且又用之前那副樣子把它們擺在了他的面前。李高先進行了一些邪惡的思索和微笑，然後寫出了下面這封信，並把它大聲讀了出來：

致柯南老夫人
並恭候回音
於馬夏監獄
貴公子的房間之內
親愛的夫人 —— 我於今天懷著一份絕望的心情，被我們這位住在此

地的犯人（他之前曾經大發善心，雇傭了幾位探子去搜尋我，當時我正因為一些明智的原因，過著一種離群索居的生活）透露得知，妳有些擔心我的安全問題。

請您放心，親愛的夫人。我很好，我身強體健得一如既往。

我原本會懷著一份至大的不耐煩之情，飛身撲到妳的家裡去，但我預見到，在目前的這種情況之下，妳可能尚未完全確切地安排好，我之前有幸向妳提出的那個小小的主張。我從今天開始，再給妳一週的時間，屆時我會進行最後一場決定性的拜訪，而妳到時候要無條件地接受或者拒絕它，連帶著妳的選擇所引發的一連串後果。

我於此抑制著我的巨大熱情，強忍著沒去擁抱妳，然後完成這樁有趣的業務，為的是妳可以有一些餘暇，把它的各項細節調整至讓我們彼此都完全滿意的程度。

同時，我還要再提一個不算過分的提議（因為我們的犯人擾亂了我的家務管理工作），即我在某家酒店的寄宿和營養費用應該由您來支付。

請接受，親愛的夫人，接受我的如下保證，相信我會為妳奉上至大而至為尊貴的體貼考量。

李高‧布蘭多

向那位親愛的付老爺子致以一千個友愛的問候，並吻付夫人的手。

等到寫完這封信之後，李高先把它折了起來，然後揮舞著把它扔到了柯南的腳邊。「喂你！關於交出去這件事情，你還是讓某個人把這封信交到它的位址去吧，然後再把回信交到這裡來。」

「賈瓦，」亞瑟說。「你願意送一下這個傢伙的信嗎？」

但是，賈瓦那根含義豐富的手指又再進行了一番表達，說他的崗位就是坐在門口監視李高，還說他發現，他現在已經有如此之多的麻煩要應付了，因為他的崗位的職責讓他必須得坐在地板上面，拿脊背靠著那扇門，拿眼看著李高，還要拿兩手抱著腳脖子。見此情狀，潘科先生再次主動上

前請纓。待他的服務得到接納之後，賈瓦只容許那扇門打開了不寬的一點，剛夠他把身子擠出外面去，然後馬上在他身後關上了它。

「試試動上我一個指頭，試試給我起上一個不敬的稱呼，再試試當我高高興興地坐在這裡喝我的葡萄酒的時候，質疑一下我這種高人一等的地位，」李高說，「那就別怪我緊跟在那封信的後面過去，取消一週的寬限期了。你想找我是嗎？你已經找到我了！那你現在想把我怎麼著呢？」

「你得知道，」柯南回應說，而且因為他這種無助的處境，在話裡帶上了一種痛苦憤懣的感覺，「當我之前搜尋你的時候，我還沒進監獄裡面來。」

「讓你和你的監獄都見鬼去吧。」李高悠哉地反駁說，同時從口袋裡面拿了一個盒子出來，那裡面裝著製作菸捲要用的各種材料，接著用他熟練敏捷的雙手卷了幾根出來，以供他眼下吸食使用。「我才不在乎你們當中的不管哪個呢。走私犯！拿火來。」

賈瓦再次立起身來，把他想要的東西拿給了他。而在此之前，在他那雙冰冷而白嫩的小手的那套悄無聲息的熟練動作當中，是包含著某種可怕的東西的，因為它們的那些手指輕巧自如地到處扭動著，並彼此搓撚著，像是一些蛇似的。柯南沒辦法止住他內心裡面發出的戰慄，好像剛才在觀看著一窩那種生物一樣。

「喂，豬玀！」李高大叫著說，用的是一種吵鬧而帶有刺激意味的喊叫聲，好像賈瓦是一匹義大利馬或者騾子似的。「什麼！跟這裡比起來，那座地獄一樣的古老監獄竟然變成了一個讓人尊敬的地方。那個地方的那些柵欄和石頭裡面是包含著一種尊嚴的。它是一座關人的監獄。但是這裡！呸！只是一所收容蠢蛋的醫院！」

當他吸食菸捲的時候，他那副醜陋的微笑是如此牢固地固定在他的臉上，結果讓他看上去就像是，他正在用他那個鷹鉤鼻子的下垂的鼻尖吸它，而不是用嘴巴，還讓他像是身在一幅鬼怪圖畫裡面，像是那裡面的一

個想像出來的怪物。而等到他在第一支菸捲的仍然燃燒著的菸屁股上面點燃第二支時，他又對柯南說：

「那個瘋子還沒回來的這段時間，有人是必須要把它捱過去的。有人是必須得講話的。有人是不能整天都喝烈酒的，不然我會再來一瓶。她是個端莊的女人，先生。雖然並不是完全符合我的口味，但仍然，我敢拿雷聲和閃電來起誓！仍然不失端莊。我要為了你的那份仰慕之情，而向你表示祝賀。」

「我既不知道也不想去問，」柯南說，「你說的是誰。」

「黛拉貝拉高文娜，先生，義大利的那些人們是這麼叫她的。屬那位高文所有的人，那位彬彬有禮的高文。」

「我認為，在她的丈夫名下，你應該是一位 —— 跟班吧？」

「先生！怎麼能是跟班呢！你太無禮了。是朋友來的。」

「那你是會出賣你的所有朋友了？」

李高聞言從嘴裡取下菸捲，緊盯著他看了起來，並轉瞬即逝地流露了一絲驚訝之情出來。但他很快又把它放回了雙唇之間，然後冷靜作答道：

「我會出賣能夠開出一個價碼來的任何東西。你們那些律師是怎麼生存的呢，還有你們那些政治家，你們那些陰謀家，你們那些證券家？你自己又是怎麼生存的呢？你是怎麼到這裡來的？你沒有出賣過任何一位朋友嗎？我的命運女神呀！我有點認為，肯定出賣過呢！」

柯南聞言把臉背離了他，朝向了窗戶那個方向，然後坐在那裡看起了外面的監獄高牆。

「實際上，先生。」李高說，「是上流社會出賣了它自己和出賣了我，然後我又出賣了上流社會。而且我意識到，你可能還認識另外一位女士。也是個端莊的女人。一個強人。讓我們來瞧瞧。他們是怎麼稱呼她的呢？是韋德嗎？」

他沒能收到任何回答，但能輕易地看出來，他是猜了個正著。

「沒錯。」他接著往下說去，「那位端莊的女士和強人在大街上面跟我搭了話，而我也不是一個缺乏熱情的人。我進行了回應。那位端莊的女士和強人賞臉跟我說了這麼一句，是完全信任我的那種，『我是有一些好奇心的，我也有一些惱恨。你應該跟通常那種尊貴的人們沒什麼兩樣吧，有可能是這樣嗎？』於是我把自己這麼宣揚了一番，『夫人，生來就是一位紳士，至死還是一位紳士，但絕不是跟通常那種尊貴的人們沒什麼兩樣的人，我鄙棄這種軟弱無力的被人想像出來的東西[157]。』於是她很痛快地讚揚了我一頓，『你和其他人的區別在於，』她回答說，『你會說出這種話來。』因為她是了解上流社會的。我英勇豪邁而不失禮貌地接受了她的賀詞。禮貌待人和一點英勇豪邁的騎士風度是跟我的性格密不可分的。然後她提出了這麼 一個論點，它實際上就是，她之前看到我們經常在 一起，她覺得我在過去那段時間裡面像是那個家裡的一隻貓，或者是那家人的朋友，而她的好奇心和惱恨又讓她產生了這麼一個想法，想去了解一下他們的各種活動，知道一下他們的生活方式，比如美麗的高文娜是怎樣被寵愛著的，美麗的高文娜是怎樣被珍視著的，以及其他等等。她並不富裕，但提供了這樣那樣一些不多的酬勞，用來補償我在提供這些服務的時候，所遇到的那些不大的麻煩事和各種精神上的困擾，然後我親切地 —— 親切地去做每件事情是我性格裡面的一部分 —— 同意了接受它們。啊呀是的！這個世界就是這樣運轉著的，這是它的模式來著。」

雖然在他說話的時候，柯南一直是背朝著他的，而且從那時候起一直到這場晤面的結束，一直都是這個姿勢，但是，他卻把他那兩隻靠得有些過近的閃閃發亮的眼睛一直盯在他的身上，而且，在他就這樣自吹自擂而毫無顧忌地一句接一句說下去的同時，還顯然在柯南頭部的動作舉止中看到了這麼一個事實，那就是，他說的那些東西沒有一樣不是柯南已經知道了的。

---

[157]　李高此話的潛臺詞是，他鄙視所謂的尊貴品格，認為這是一種假想出來的並不真實存在的東西。

「呼哧！那個美麗的高文娜呀！」他說，同時點燃了第三根菸捲，而且，他發出的那個呼哧聲就像是，他最輕的呼吸都可以把她吹跑似的。「迷人，但卻不大謹慎！因為這個美麗的高文娜做了這麼一件不大好的事情，就是在山上她的臥房裡面，神神祕祕地藏起了她老情人寫來的一些信件，以防她的丈夫會看到它們。不，不。那麼做是不大好的。呼哧！那個高文娜在這件事上犯了錯誤。」

「我堅決希望，」亞瑟朗聲說道，「潘可思可以離開得不是太久，因為這個人的存在汙染了這個房間。」

「沒錯！但他會在這裡大獲成功，而且在每個地方都會如此。」李高說，並顯出了一副歡欣鼓舞的臉相來，接著又打了一個歡欣鼓舞的響指。「他之前一直都是這樣的，將來也一直會這樣！」說完，他把身體伸展開來，躺在了眼前這個房間除了柯南坐著的那把之外，而僅有的三把椅子上面，然後重擊著自己的胸脯唱了起來，顯然是在扮演著歌裡那個英勇豪邁的大人物：

「有誰會在大晚上走過這條路？
馬喬麗的夥伴！
有誰會在大晚上走過這條路？
永遠樂悠悠！」

把它的疊句唱一下，豬玀！你在另外一個監獄裡面是把它唱過一遍的。唱一下！不然的話，我拿每一個已經變成石頭然後死掉的聖徒起誓，我會覺得受到了公然侮辱，然後就會傷害一下別人了，再然後，某個尚未死掉的人就會覺得，要是他能跟上面那些人們一起變成石頭的話，那會是一件天大的好事！

「那是國王衛士中的佼佼者，
馬喬麗的夥伴！

那是國王衛士中的佼佼者，

永遠樂悠悠！」

部分上是出於他素有的順服習慣，部分上是因為，他不這麼做可能會傷及他的恩人，還有部分上是因為，他願意像面對任何其他事情時那樣，馬上就去把它辦好，總之，賈瓦在這個時候接起了它的疊句來。李高聞之大笑了起來，然後便閉起兩眼吸起了他的菸來。

可能過了有一刻鐘左右的時間，潘可思先生的腳步聲出現在了樓梯上面，但在柯南看來，這段時間卻長到了讓他難以支撐的程度。他的腳步還伴隨著另一個人的腳步，接著，當賈瓦打開房門之後，他放進來了潘可思先生和付老爺子兩個人。後者剛一出現在眾人的視線當中，李高便猛衝向他，然後吵吵鬧鬧地把他抱進了懷裡。

「你覺得自己怎麼樣啊，先生？」付老爺子先把自己掙脫了出來，然後馬上說道，而他在進行這番奮力掙扎時，是甚少顧及什麼禮儀的。「謝謝你，不要了，我不想再要這些東西了。」他這話指的是，他那位平復了情緒的朋友作勢要再對他進行一番親熱的表示。「啊呀，亞瑟！你應該記得，我以前跟你說過一些話，有關睡覺的狗和消失了的那些。它們現在變成真的了，你瞧。」

從外表上能夠觀察到的跡象來看，他還是像以往那麼波瀾不驚，還在四下裡環顧眼前這個房間的時候，用一副道德評判的架勢點著他的頭。

「那麼這就是馬夏的債務監獄了！」付老爺子說。「哈！你把你的那些豬帶進了一個非常差勁的市場，亞瑟。」

要是亞瑟表現得還算忍耐的話，那李高可沒有，只見他用一副凶惡的玩鬧姿態，一把抓住了身材矮小的老付的兩片大衣翻領，然後喊叫著說：

「讓那個市場見鬼去吧，讓那些豬見鬼去吧，讓那個趕豬的也見鬼去吧！那個！告訴我我的去信有什麼回音。」

「要是你方便鬆一下手的話，先生。」付老爺子回應說，「我會先交給

亞瑟一封短箋，那是我帶給他的。」

於是他便這麼做了。它是他母親寫來的，是她那種流露著傷殘氣息的字跡，被寫在了一塊小紙片上面，僅僅包含著下面這些字句：

「我希望你毀掉自己就已經夠了。滿足現狀吧，不要再進行更多的毀滅了。付劍利擔任著我的信差和代表。你的滿懷深情的付夫人。」

柯南默不作聲把它讀了兩遍，然後把它撕成了碎片。而在此過程當中，李高先步入進一把椅子裡，然後坐在了它的靠背上面，用兩腳踏住了它的座面。

「那個，時髦人老付，」他先密切注視著那封短箋告於了毀滅，然後說，「我的信有什麼回音呢？」

「柯南老夫人沒有寫它，布蘭多先生，她的兩手正發作著痛性痙攣，而且她認為，讓我口頭上把它捎過來也是一樣的。」付老爺子極不情願而且像是生了鏽那樣嘶嘶拉拉的，把這些話從自己的嘴裡強逼了出來。「她向你致以問候，還說從總體上來講，她不願意說你是一個不講理的人，並且說她表示同意。但不能破壞下周今天的那個約定。」

李高先生先是盡情大笑了一陣子，然後走下了他的王座，嘴裡說道，「很好！我去找家旅館去！」但是，說到那裡之後，他的兩眼碰到了仍然堅守著崗位的賈瓦。

「來啊，豬玀！」他補充道，「我之前違背自己的意願讓你當了我的跟班，現在我要違背你的意願帶著你了。我告訴你吧，我的小爬蟲，我生來就是要被人服侍的。我強烈要求，讓這個走私犯為我提供服務，充當我的家僕，直到下周的今天。」

在回應賈瓦的詢問目光時，柯南示意讓他跟著他去，但還大聲補充了這麼一句，「除非你是怕他的。」而賈瓦答覆說，並用手指做了一個強調意味非常顯著的否認動作，「當我不再守著以前和他一起坐過牢這個祕密地那個地之後，我就不再怕他了，主人。」李高根本沒去注意他們在說些什

麼，而是只顧點他的最後一根菸，然後便完全做好了開步走的架勢。

「怕他，」他隨即說，同時把他們一干人等全都環視了一遍。「呼哧！我的孩子們，我的寶寶們，我的小玩具們，你們全部都是怕他的。你們在這個地方給他買來一瓶葡萄酒，又在那個地方為他提供酒肉和住宿，你們不敢用一根手指或者一個不敬的稱呼去撩撥他。不敢。他生性就是要勝利的！呼哧！

「他是國王衛士中的佼佼者，

他永遠都樂悠悠！」

對此歌的疊句進行完這一番針對他自己的改頭換面之後，他昂首闊步地走出了柯南的房間，還有賈瓦緊緊跟在他的身後，而他強逼著後者為他提供服務可能是因為，他相當清楚地知道，想要擺脫他不是一件容易的事情。付老爺子先一邊刮著下巴，一邊用刻薄的貶低目光四下裡打量一會兒那個豬市，然後朝亞瑟點了點頭，也跟著走掉了。仍然處於悔罪和沮喪情緒當中的潘可思先生也跟著走了出去，但先高度認真地從亞瑟那裡接受了一兩句祕密指示，並且耳語著回應說，他會辦完這件事情，會一直把它堅持到底。至於那名因犯，他心懷著一種比之前更受鄙夷，更遭蔑視，更被棄絕，更為無助，整體來說就是更加悲慘和更加落拓的感受，再次被了然一身地留在了那裡。

第二十八章　在馬夏的一場露面

第二十九章　在馬夏提出的一個請求

　　當一個人被關起來之後，幾欲發狂般的焦慮和不迭的懊悔可不是什麼良伴益友。一整個白天都在悶悶不樂地苦思個不停，到了晚上又著實休息得非常之少，這是不能把一個人武裝起來去對抗他的悲慘處境的。次日上午，柯南覺得他的身體狀況正在不斷低落當中，至於他的精神狀況，那是已經低落到了谷底的，他還覺得，把他壓彎的那份重擔正處於壓倒他的過程當中。

　　夜復一夜地，他都會在半夜十二點或者一點左右的時候，從他那張拙劣不堪的床上爬起身來，然後坐到他的窗戶旁邊，去注視起放風場裡面的那些像是生了病一樣的、毫無生氣的燈盞來，或者抬頭去尋找，第一抹事關白晝的微弱蹤跡，而此等情狀發生的時間往往是，天空有可能將其示之於他的好幾個小時以前。接著，等到夜晚降臨之際，他又甚至都沒辦法說服自己，去脫掉衣服上到床上去。

　　這是因為，有一份宛如燒灼般的焦躁不安進入了他的身體當中，還有對這座監獄的一種令他痛不欲生的不耐煩情緒，而且他還確信，他正處於揉碎自己的心死在此地的過程當中，而凡此種種，又都給他帶來了一份無法描述的折磨。與此同時，他對此地的那份畏懼和仇恨變得如此強烈了起來，結果讓他覺得，連在這個地方吸氣都是一份艱苦的工作。有些時候，這種窒息感會如此顯著地壓倒他，會讓他站到窗戶旁邊去，捏住自己的喉嚨大口喘個不停。同時，他又強烈嚮往著別樣的空氣，切慕能越過那堵不見門窗而空茫一片的高牆去，而這種渴望又讓他恍然覺得，他肯定會因為這種強烈的欲望而瘋掉。

　　在他之前，有很多囚犯也是經歷過這種情形的，在他們的那些案例裡面，他們最終都被那份猛烈且持久的欲望耗盡了最後一份力氣，一如它們

在他身上所做的那樣。在他這裡，它們是花了兩個夜晚和一個白晝而消耗乾淨的。隨後，它們又一陣一陣地復發過，但那些症狀已經變得微弱了不少，而且重現的時間間隔也變得越來越長。接著，有一份孤獨而淒涼的平靜模樣接替了它們的位置。等到了眼前這一週的中間時段時，他已經變得安定了下來，雖然情緒相當沮喪，還發著不大激烈的低燒。

當賈瓦和潘可思離開之後，除了布羅夫婦之外，他就沒有其他訪客好擔心了。對於那對令人尊敬的夫妻，他的那份焦慮感在於，他不想讓他們靠近他，這是因為，在他的神經所處的那種病態情形當中，他追求的是這樣一種狀態，想要獨自一人不受打擾，同時不想讓人看到，他竟然變得如此馴順和虛弱了起來。於是，他給布羅夫人寫了一封短箋，說他正在忙著他自己的事情，還說因為必須得讓自己專心致志於它們，所以不得不單獨待上一段時間，甚至都無法得見她那張和善的面孔，無法承受它所帶來的那種令人愉快的打擾。至於小莊，該人會於每天的某個固定時間，也就是獄卒們下班那時候進來拜訪一下，問他是否能為他做點什麼，其時，他總會裝出一副正在寫東西的樣子來，然後滿臉快活地做出否定的回答。至於他們進行過的唯一一場談話的那個主題事項，他們後來從未重新提起過它。然而，在經歷上述這些難稱快樂的轉變時，它是從未放鬆過對柯南思想的掌控的。

約定那一週的第六天是一個潮溼多霧的大熱天。其時的情形看起來就像是，眼前這座監獄的那種貧乏、破爛和邋遢，正在這種溼熱的環境裡面不斷生長著。在此之前，柯南挺著一顆頭疼欲裂的腦袋，懷著一顆疲憊不堪的心，望穿了此前那個淒慘的長夜，把它一直看到了天明，同時聆聽了一夜雨聲，聽它們怎樣降落到放風場的走道上面，而他心裡想的卻是，它們在更加柔和地降落到鄉間的田野上。現在，在太陽應有的位置上面，已經有一團模糊不清的狀如圓盤的黃色薄霧出現在了天空上，還在他的房間牆壁上投下了一個補丁似的光斑，他長久注視著這塊補丁，像在看著這座

監獄的破衣爛衫上的一塊破布。他還聽到，監獄的大門被打開了，那些候在外面的穿著破鞋的腳拖拖拉拉地走了進來，然後是清掃、抽水和四處走動這一系列開啟監獄晨間生活的動作。而他自己病的是如此嚴重，而且感到如此的虛弱，結果，他不得不在途中休息了很多次，方才完成了洗漱活動，最後，他慢慢地挪到了那把擺在開著的窗戶旁邊的椅子跟前。接著，他坐在那裡面打起了瞌睡，在此過程當中，那個負責整理他房間的老婦人完成了她的晨間工作。

因為缺覺和少食，他的頭有些眩暈（他的胃口，甚至連帶著他的味覺，都已經一起拋棄了他），在此前的夜裡，他曾有兩三回意識到，自己進入了神志不清的狀態當中。其時，他覺得在一陣和煦的風中，聽到了一些曲調和歌聲的片段，而他如今知道，它們都是不存在的。現在，他開始虛脫似的打起了盹來，並且再次聽到了它們，還覺得好像有聲音在對他說話似的，於是他進行了回答，然後驚醒了過來。

在打盹和做夢的時候，他是沒有力量去數算時間的，所以在他這裡，一分鐘可能會有一小時那麼長，或者一小時像是一分鐘那麼短，而在這個過程裡面，有某個關於一座花園的揮之不去的印象，偷偷襲上了他的意識 —— 那是一座開滿了鮮花的花園，有一陣潮溼的暖風輕柔地播弄著它們的香氣。而他需要耗費上如此之大的一份痛苦的努力，方才能抬起他的頭來，去詢問此事是否屬實，或者是詢問任何其他事情，結果，當他最終四下裡觀瞧起來的時候，這個印象已經變得如此陳舊了起來，甚至都有了一副胡攪蠻纏的面目。然後他看到，在他的桌子上面，除了一個茶杯之外，還有一個正在開放著的花束，那是一把經過了精甄細選的、顯得極為可愛的鮮花，很是神奇地擺在了那裡。

在他的視覺裡面，未曾有任何其他東西顯得如此漂亮可愛過。他把它們拿了起來，吸了吸它們的香氣，又把它們舉到了他灼熱的腦袋那裡，然後重新把它們放了下去，對著它們張開了被烤乾了的兩手，像是張開一雙

冰冷的手，去接受一團火的撫慰似的。他就這樣在它們身上樂而忘返了很有一陣子功夫，然後才開始心下納罕道，是誰把它們送了過來。於是，他打開他的房門，想要問問那個老婦，它們是怎麼進入到她的手裡去的，因為他覺得，肯定是她把它們擺在了那裡。但她已經走了，而且像是走了很長時間了，因為她在桌子上面給他放了一杯茶，而那杯茶已經變冷了。他試著想要喝上一些，卻沒辦法忍受它的味道，於是，他慢慢挪回了那把擺在開著的窗戶旁邊的椅子裡面，把那些鮮花放在了那張古老的小圓桌上面。

　　因為方才的四處走動，他一開始覺得有些眩暈，待這陣眩暈離開他之後，他又回落到了之前的狀態當中。於是，又有一支夜曲在那陣風中被演奏了起來，而這時，他的房門好像在輕輕一觸之下被打開了，接著，在停頓了片刻功夫之後，有一個安靜的身形好像站在了那裡，它的身上披著一件斗篷。它好像摘掉了那件斗篷，任它落到了地上，然後，它顯得像是他的小杜麗似的，身上穿著她以前的那身舊衣服。接著，它像是抖動了起來，像是在緊握著它的兩手，像是在微笑著，並且最終迸出了眼淚來。

　　他把自己喚醒了過來，隨即大喊了一聲。然後，他在那張飽含著愛意，充滿著憐憫，流露著悲傷的親愛的臉上，像是在一面鏡子裡面似的看到，他自己發生了多麼大的變化。她朝著他走了過來，把她的兩手按在他的胸脯上面，讓他待在椅子裡面不要動身，又把她的雙膝跪倒在了他腳邊的地板上面，把她的雙唇抬起來吻起了他，還把她的眼淚滴落在了他的臉上，像是從天而降的一陣甘霖滴落在那些鮮花上面一般，就這樣，他的小杜麗，一個活生生的就在他眼前的人，呼喚起了他的名字來。

　　「啊呀，我的最好的朋友！親愛的柯南先生，不要讓我看見你掉下眼淚！除非你是因為看到我，然後高興地掉下了眼淚。我希望你是這樣的。你的可憐的孩子回來了！」

　　如此忠誠而溫柔，而且在命運女神的寵溺之下，未曾遭到絲毫的損

害。在她嗓音的聲音裡面，在她眼睛的光芒裡面，在她兩手的觸摸裡面，都包含著如此誠摯而充滿撫慰功效的、宛若天使般的情愫！

在他擁抱她的時候，她對他說，「他們一點都沒有告訴我你病了。」說完用一條胳膊溫柔地箍住了他的脖子，把他的頭攬到了她的胸脯上面，又把她自己的一隻手放到他的頭上，用面頰貼住了那隻手，就這樣充滿愛意地，而且上帝知道是天真無邪地像保姆那樣照顧起了他，一如以前在這個房間裡面，她照顧其父的那副模樣，而在其時，她自己還只是一個孩童，急需她付諸他人的一應照顧。

等他能說出話來之後，他說，「妳真的到我身邊來了嗎？還穿著這身衣服？這真的有可能發生了嗎？」

「我之前希望，比起其他衣服來，你會更喜歡我穿著這身衣服。我一直都把它留在身邊，用它來提醒我，儘管我是不需要任何提醒的。我不是一個人來的，你瞧。我還一起帶來了一位老朋友。」

於是他四下裡打量了起來，然後便看到了馬姬，只見她戴著那頂已經扔掉很久的大帽子，像過去那樣在胳膊上面挎著一隻籃子，嘴裡發著幾至銷魂般的竊笑聲。

「我是在昨天傍晚，才剛跟我哥哥一起回到倫敦來的。我們剛一到達之後，我就給布羅夫人送了信，為的是可以聽到你的消息，再讓你知道我回來了。然後我就收到消息說，你進這裡來了。你在昨天晚上也碰巧想到我了嗎？我差不多相信，你肯定把我想到了那麼一小點。我自己如此焦心地想著你，好像熬了好久才熬到早晨。」

「我也想到妳了。」他有些遲疑該怎麼稱呼她，而她馬上便領悟到了這一點。

「你還沒有用我該有的那個名字跟我說過話呢。你知道在你這裡，我永遠都該有什麼名字。」

「我也想到妳了，小杜麗，每一天，每一小時，每一分鐘都在想，自

從我來到這裡一直都是這樣。」

「是嗎，是嗎？」

看到她臉上的那抹明媚的快活色彩，以及於其間燃起的那朵紅雲時，他有些羞愧的感覺。因為他是一個被碾碎了的、破了產的、病弱的、不名譽的囚犯。

「我在大門還沒開之前就到這裡來了，但我有些擔心，不該直接過來找你。剛一進來的時候，我給你帶來的傷害會多過好處，因為這座監獄對我來說實在是太熟悉了，但現在又是如此陌生，它勾起了如此之多有關我那可憐的父親的回憶，當然也有你的，所以剛一進來的時候，它們完全壓倒了我。但我們先去了老齊那裡，然後才來了它的大門口，他把我們帶了進來，又把小莊的房間給我們使用 —— 你得知道，就是我以前那個可憐的房間 —— 然後我們就在那裡等了一小會兒。我把那些鮮花帶到了門口，但你沒有聽到。」

比起離開的時候，她看起來更有女人味了一些，而且，義大利陽光的那種予人以成熟的特質，也在她的臉上有跡可循。但在其他方面，她卻是沒有任何變化的。比如，他以前一直都能在她身上看到，她有一種深刻的，有些膽怯的，但絕不缺少感情的堅決氣質，而現在，他仍然能夠看到它。如果它現在具備了一種重擊到了他的心坎裡面去的新意思的話，那麼，這種變化是因為他自己的感覺問題，而不是在於她。

她摘掉她以前的那頂軟帽，把它掛在了以前的那個地方，然後便在馬姬的幫助之下，開始悄無聲息地動作了起來，把他的房間整理到了一種盡可能清新和整潔的地步，還給它灑了一些聞起來味道很是讓人愉悅的水。此事完成之後，那個裝了葡萄和其他水果的籃子被打了開來，然後它的所有內容物都被安靜地擺在了一邊。此事完成之後，她對馬姬耳語了片刻功夫，派她再去差遣另外某個人，去把那個籃子重新給裝滿，結果，它很快便被送回來了，且被補足了新的儲備品，而從它們的裡面被最先取出來的

是，供眼下使用的一些涼飲料和肉凍，以及一份將來的補給，包括烤雞和兌水葡萄酒。待到做完這些安排之後，她又取出她的舊針線盒來，欲要給他的窗戶縫上一條窗簾。就這樣，在這座嘈雜的監獄裡面，在一種主宰著眼前這個房間的，而且好像還擴散進了它的其他地方的寧靜氣氛當中，他發現，小杜麗開始在他的身邊做起工作來，他自己開始在椅子裡面變得平靜了下來。

就這樣，他看著那顆謙遜的頭再度俯在了它的工作上面，看著那些靈巧的手指忙起了它們舊有的工作 —— 儘管她並沒有完全專心於它，而是常常會把飽含憐憫的兩眼抬起來望向他的臉，而且，當它們重新低下去之後，會有淚水充盈於其中 —— 就這樣，他從她那裡接受了一份如此之大的安撫和慰藉，而且他還相信，這些堪稱偉大的奉獻之所以會在他遭逢逆境之際朝他湧來，完全是為了把它那種耗之不竭的寶貴的善意傾注在他的身上，除此之外沒有任何其他目的，另外，雖然凡此種種並沒讓柯南顫抖的聲音和手變得穩定下來，也沒讓虛弱的他變得強壯起來，可在他的內心深處，它們卻激起了一份跟他的愛意一起升騰起來的勇氣。結果是，對於他把她愛得有多麼深情這個問題，可有什麼言辭能把它給表達出來嗎？

當他們並排坐在監獄高牆的陰影裡面時，落在他身上的陰影竟然生出了一些光明的意味來。她不允許他說上太多，於是他便躺在椅子裡面看著她。時不時地，她會立起身來把杯子遞給他，讓他可以喝上一些，或者拿手撫平他的頭枕著的那個地方，然後，她會輕輕地重新在他身邊坐下去，再次低頭工作起來。

那道陰影隨著太陽不斷移動著，但她除了起身服侍他之外，一下也沒有離開過他的身邊。太陽最終落下去了，她卻仍然待在那裡。現在，她已經完成了手頭的工作，但她有一隻手，自從最後一次照料完他之後，一直都放在他的椅子的扶手上面，在那裡不安地動彈著，而現在，它仍然在那裡遲疑著不知該如何動作。他見狀把自己的一隻手放在了它的上面，結

果，它一下就緊緊地抓住了他，並顫顫巍巍地傳達了一份急切的懇求意味出來。

「親愛的柯南先生，在我離開之前，我必須得跟你說上一些話，我已經把它們推遲了一個小時又一個小時了，可現在必須得說出來了。」

「我也是，親愛的小杜麗，我也推遲了我必須說的一些話。」

她聞言緊張不安地把那隻手朝他的嘴唇那裡移動了過去，但接著又顫顫巍巍地掉落了下去，回到了它之前的位置上面。

「我不會再出國去了。我哥哥會，但我不會了。他過去一直都是很依戀我的，現在又變得非常感激我 —— 這種感激實在是有些過多了，因為我僅僅是在他生病的時候，碰巧陪伴了他一下而已 —— 結果他說，我可以自由地待在我最喜歡的地方，可以去做我最喜歡的事情。他僅僅希望我能快樂，他說。」

這時，天空上面有一顆明星在閃耀著。她一邊說話，一邊舉首觀看著它，就像她自己心裡那個熱切的心願，正在她頭上閃耀著一般。

「我敢說，就算我不告訴你，你也能明白，我哥哥之所以會回家來，是為了尋找我父親的遺囑，為了獲取他的那份財產。他說，要是真有一份遺囑的話，他確信我會變得富有起來，而且就算沒有，他也會想辦法讓我變成這樣。」

聽到這裡，他原本打算說上一些什麼，但她再次抬起了那隻顫顫巍巍的手，於是他止住了話頭。

「我要錢是沒什麼用處的，我也對它沒什麼想望。它對我來說是沒有任何價值的，除非是為了你的緣故。要是你在這裡的話，我是沒辦法變得富有的。要是你遭受著巨大的痛苦，我絕對只能一直過著比貧窮還不如上許多的生活。你願意讓我把我的錢全都借給你嗎？你願意讓我把它們給你嗎？你願意讓我表示一下，讓我說我從來都沒有忘記過，也絕對沒辦法忘記，當這裡是我家的時候，你給予我的那份保護嗎？親愛的柯南先生，請

讓我變成全世界最快樂的那個人吧，只要說上一聲願意就行。請讓我在把你留在這裡的時候，變得盡可能快樂起來吧，只要你今晚什麼都別說就行，讓我可以在離開的時候擁有這麼一個希望，覺得你會仁慈地考慮我的建議，覺得為了我的緣故 —— 不是為了你的，而是為了我的，不是為了任何人的只是為了我自己的！ —— 你會給予我一份我能在地球上面所經歷的最大的快樂，這份快樂就是讓我知道，我對你是有過一些用處的，我已經把我那份巨大的感情債和良心債償還了些許。我沒辦法把我想說的話全都說出來。我也沒辦法來這個我自己住過如此之久的地方拜訪你的時候，或者是想起你待在這個我對它了解很多的地方的時候，表現出我應有的那份平靜和安慰作用來。我的眼淚會流淌下來。我沒辦法把它們給憋回去。但求你了，求你了，求你了，請你現在不要背過臉去不理你的小杜麗，在你遭難的這個時候！求你了，求你了，求你了，我要捧出我的整顆悲慟不已的心乞求你哀求你，我的朋友 —— 我的親愛的！ —— 把我擁有的全都拿去吧，讓它變成對我的一份恩賜吧！」

那顆明星一直都照在她的臉上，直至現在，也就是她的臉俯低在他的那隻手，還有她自己的那一隻上面的時候，都是如此。

但接下來，它變得有些陰暗了起來，因為他摟著她把她扶了起來，並且溫柔地做出了如下回答：

「不行，心愛的小杜麗。不行，我的孩子。我絕對不能聽到讓妳做出這樣的犧牲。自由和希望將會變得如此之昂貴，要是用這樣一個價格去購買的話，這會讓我絕對沒辦法支撐得起它們的重量來，絕對沒辦法去承受擁有它們帶來的那種良心譴責。但是，在我說出這些話的時候，我是懷著怎樣一份熱烈的感謝和愛意，我可以召喚上帝來為我見證！」

「但你就不能讓我在你遭難的時候，向你表達一下我的忠誠嗎？」

「聽著，最最親愛的小杜麗，話應該這麼說，但我會試著向妳表達一下我的忠誠。要是在過去的那些日子裡，就是當這裡是妳家，妳把這身衣

服穿在身上那個時候，我能把自己（我說的僅僅是我自己）理解得更明白一些，能把我自己心裡的那些祕密讀得更清楚一些的話；要是我能多上一點謹慎和自我懷疑，然後辨識出了我心頭的那團火苗的話，我現在能夠看到，它那時在我心裡明亮地燃燒著，但現在已經離去得老遠了，我這虛弱的腳步是絕對沒辦法追得上它了；要是我當時能夠知道下面這些事情，然後把它們告訴了妳的話，讓妳知道我在熱愛和尊敬妳的時候，並不是把妳當成我過去嘴裡的那個可憐的孩子，而是當成一個女人，而且，這個女人的那隻誠實的手，能夠把我抬舉到比我自己更高的位置上去，能夠讓我變成一個比現在快樂和優秀上許多的人；要是我在那時候抓住了這個機會的話但現在是找不回來了 —— 但我多麼希望我抓住了它，哎呀，我多麼希望我抓住了它 —— 而且，要是在我還算發達，在妳遭受貧困的時候，有某個東西讓我們沒能相遇的話，我可能會用其他一些言詞，而不是現在的這些，最最親愛的女孩，來迎合妳對妳的財產所做的這份高貴的奉獻，可仍然是羞於去碰觸它的。但實際上，我是絕對不能碰觸它的，絕對不能！」

她用她那隻流露著懇求意味的小手祈求著他，而且比她能用不管什麼言詞所表達出來的無論任何效果，都更見哀憐和堅決。

「我已經夠丟臉了，我的小杜麗。我絕對不能墮落到如此低劣的一種境地，去做妳剛才說的那種事情，然後拉著妳 —— 如此可愛，如此慷慨，如此善良的一個人 —— 跟我一起掉落下去。願上帝保佑妳！願上帝回報妳！這事已經過去了。」

而且，他還用兩條胳膊摟著她，就像摟著他的女兒似的。

「永遠都要比妳老上這麼多，比妳粗魯上這麼多，比妳不值得尊敬上這麼多，甚至連我過去的樣子都必須從我們的頭腦中擦除掉，而且，妳絕對只能看我眼下的樣子。現在，我要把這臨別的一吻加在妳的臉頰上，我的孩子 —— 她原本可能跟我比現在親近上許多，但絕對不會比現在更

加可愛 —— 我這個已經跟妳相隔了萬里之遙的，已經永遠不會跟妳交集的，被毀掉了的人，這個人的人生道路已經走盡，而妳的那一條才剛剛開始。在我身陷恥辱之際，我沒有勇氣請求妳忘掉我，但我要請求，只記住我眼下的樣子。」

這時，牢裡的鈴聲開始響了起來，警告訪客們快些離開。於是，他從牆上取下她的斗篷來，溫柔地把它裹到了她的身上。

「我要再說一句，我的小杜麗。讓我說出它來是有些困難的，但必須得說。它就是，妳跟這座監獄擁有不管什麼共同點的那個時候已經過去很久了。妳明白我的意思嗎？」

「啊！你絕對不會對我說，」她大叫著說，並且憤恨和痛苦兼具地流下了眼淚來，同時舉起了緊緊抓著的兩手，傳達出來一份懇求的意思，「我不要再回這裡來了！你肯定不會這麼拋棄掉我的！」

「要是我有那個能力的話，我是會這麼說的，但我沒有勇氣，沒辦法完全把這張可愛的臉拒之門外，或者拋棄掉讓它歸來的所有希望。但不要來得太快，也不要來得太勤！這裡現在已經是一個被玷汙了的地方，而且我清楚地知道，它的那種髒汙已經牢牢地附著在了我的身上。妳屬於一些更加光明和美好的場面。妳不要回頭朝這裡看，我的小杜麗，妳要往遠處看，去看一些非常不同和快樂上許多的人生道路。我要再說一遍，願上帝在這些事情上面保佑妳！願上帝回報妳！」

這時，馬姬的情緒已經陷入了一種非常低落的狀態當中，聽到這裡，她叫嚷著說，「啊呀，把他弄進一家醫院裡面去吧，一定得把他弄進一家醫院裡面去，媽！要是不把他弄進一家醫院裡面的話，他是絕對不會恢復他的本來面目的。然後那個一直都在輪子旁邊紡線的小女人，她就可以跟那位公主一起走到櫥櫃那裡，然後說，妳把雞肉放在那裡是為了什麼呢？然後她們就可以把它拿出來交給他了，然後大家就會全都樂起來了！」

這個打斷來得正是時候，因為牢裡的鈴聲差不多快要響完了。於是，

亞瑟再次溫柔地裹了裹她身上的斗篷，並且讓她挽住了自己的胳膊，然後便領著小杜麗下樓去了（儘管要不是她來訪的話，他差不多都虛弱得沒辦法走路）。她是最後一個穿過門房的訪客，接著，那扇大門便在她身後沉重而無望地響著刺耳的聲音關上了。

伴隨著直響進了他心裡去的那陣葬禮似的鏗鏘聲，亞瑟的那種虛弱感又歸來了。上樓回他房間的那段旅途可稱相當艱苦，最後，他心懷著一種難以言說的淒慘情緒，重新進入了它那片黑暗而孤絕的領地當中。

等到差不多到了半夜，牢裡已經安靜了很長一段時間的時候，有一陣小心翼翼的嘎吱聲沿著樓梯響了上來，接著，又有一陣小心翼翼的鑰匙叩擊聲在他門上響了起來。敲門的人是小莊。他偷偷溜了進來，光腳只穿著長筒襪，並且牢牢頂著門保證它處於閉合狀態，同時用耳語聲說起了話來。

「這麼做是完全違反規定的，但我不在乎。我下定決心要進來，要過來找你。」

「出什麼事了？」

「什麼事都沒有，先生。在杜麗小姐出去的時候，我正在院子裡面等著她。我認為，你是想讓某個人親眼看著她回家的。」

「謝謝你，謝謝你！你把她送回家了嗎，莊？」

「我把她送回了旅館。就是杜麗先生住過的那一間。杜麗小姐一路都是走回去的，還非常親切地跟我談了話，這可真是徹底把我給感動翻了。在你看來，她為什麼要走路，而不去坐車呢？」

「我不知道，莊。」

「是為了談論你。她對我說，『莊，你一直都算是一個光榮的人物，現在，要是你願意許諾我說，當我不在那裡的時候，你會去照顧他，絕對不會讓他缺少幫助和安慰這些東西的話，那我心裡將會大大地安穩上不少。』於是我就許諾了她。然後我會侍立在你的身邊，」齊莊說，「永遠都

會這樣！」

柯南被深深地打動了，於是朝這個實在人伸出了一隻手去。

「在我接受它之前，」莊一邊說，一邊看著它，但並沒從門口朝它走過來，「猜猜杜麗小姐讓我捎了什麼口信。」

柯南搖了搖頭。

「『你告訴他，』」莊用一種清楚但有些顫抖的聲音學舌說，「『他的小杜麗要向他送上一份永不消亡的愛意。』現在它被送到了。我算是一個光榮的人物嗎，先生？」

「非常光榮，非常光榮！」

「你會告訴杜麗小姐，我表現得像個光榮的人物嗎，先生？」

「絕對會的。」

「那接著我的手吧，先生。」莊說，「而且我會永遠侍立在你的身邊！」

待把柯南的手熱烈而有力地擠捏了一陣子之後，他便消失掉了，樓梯上面隨即響起了剛才那種小心翼翼的嘎吱聲，接著，他光著腳悄悄走上了放風場裡面的走道，待在身後鎖上大門之後，他便進入他把鞋留在那裡的前院了。倘若這段路程上面鋪滿了燃燒的鏵頭，讓莊去為了同樣一個目的，再懷著同樣的奉獻精神去橫渡它，也並非是一點可能性都沒有的。

（小杜麗正在離開馬夏）

第三十章　大戲正在閉幕

指定那一週的最後一天終於來到了，它的曙光觸及到了馬夏大門的鐵柵子上面。自從那扇大門發著刺耳的撞擊聲在小杜麗身後關上之後，它的那些鐵條整夜都是黑漆漆的，而現在，早間灼熱的太陽把它們變成了一些金條。這是因為，它那些長而明亮的光線斜刺裡穿過了眼前這座城市，越過了它那些雜亂無章地混雜於一處的屋頂，又穿透了它那些教堂塔樓開著的花格窗，最後落在了這座位於底層世界的監獄的柵欄上面。

在整整一個白天裡面，那座建有門洞的老房子始終未曾被任何訪客攪擾過。但是，等到太陽低落之後，有三個男人拐進它的門洞裡面，直奔那座年久失修的房子而去了。

李高在這支隊伍裡面占據著首位，他未曾受到羈押，獨身一人走著，一邊走還一邊抽著菸。巴普先生占據著第二位，緊跟在他的身後顛顛地小跑著，眼裡無暇他顧任何其他事物。潘可思先生位居第三，他把他的帽子夾在了胳膊下面，為的是解放他那些難以約束的頭髮。其時的天氣極度炎熱。最後，他們一起來到了門口的臺階旁邊。

「你們這一對瘋子！」李高轉過身說道。「先不要走！」

「我們並沒打算要走，」潘可思先生說。

李高先陰沉地瞥了他一眼，以示收到了他的回答，然後便大聲敲起了門來。為了成功地玩完這局遊戲，在來這裡之前，他先給自己灌了一肚子的酒，而在眼下，他急不可耐地想要馬上就展開它。於是，幾乎還沒等第一通漫長而發著回聲的敲門聲結束掉，他便再度把手伸向門環，開始了又一輪的敲擊。接著，在這一輪敲擊尚未結束之前，付劍利便出來打開了門，他們一行隨即叮叮噹噹地走進了那個石頭大堂裡面。然後，李高猛地把付老爺子搡到一邊，直奔著樓上而去了。他的那兩位扈從跟在他身後，付老爺子又跟著

他們倆，就這樣，他們列隊進入了柯南老夫人那個安靜的房間裡面。它還是平常那副模樣，唯一的不同是，有一扇窗戶被大展著打開了，且有阿麗坐在它那個老式的窗座上面，正在縫補著一隻長筒襪。那張小桌子上面擺著平常的那些對象，那個爐柵裡面堆著平常的那堆死氣沉沉的爐火，那張床上套著平常的那張棺罩，還有所有這些東西的女主人，她坐在那張狀如停屍架的黑色沙發上面，靠著那個像是劊子手的墊頭木的黑色三角形靠枕。

　　然而，在這個房間裡面，還有一種莫可名狀的像是做好了某種準備的氣氛存在著，像是在等待某個場合來臨似的。至於這種氣氛從何而來 —— 因為它的那些對象都變化甚微，而且每一樣都被放在它們經年累月占據著的固定位置上面 —— 要是不去專注地觀察一番它的女主人的話，是沒有人能夠說得上來的，而且，要是此人事先便知道她的那張臉是什麼樣子，也會得到同樣的結果 [158]。雖然她身上的那套黑色禮服是恆久不變的，而且它上面的每一個皺褶都跟之前別無二致，還有她那個恆久不變的姿勢，也仍然被僵硬地保持著，但是，她臉上的五官卻額外增添了非常微小的一點其他背景，她陰沉的額頭也有些皺縮了起來，而且，這些變化都被它們的女主人如此有力地標示在了她的臉上，轉而給她身邊的每一樣東西都打上了類似的印記。

　　「這些是誰？」當那兩位侍從走進來的時候，她有些驚奇地說。「這些人來這裡想要做什麼呢？」

　　「這些人是誰，親愛的夫人，妳是在問這個嗎？」李高回應說。「千真萬確，他們是妳兒子，也就是那位囚犯的朋友。還有他們來這裡想要做什麼，妳是在問這個嗎？該死，夫人，我也不知道。妳最好還是自己去問他們吧。」

　　「你得知道，你剛才在門口對我們說，先不要走。」潘可思說。

---

[158]　這句話的潛臺詞是，房間裡的氣氛變化可以從柯南老夫人的表情變化看出，但她的表情變化又是微乎其微的，所以，知道她過去樣子的人可能會覺得沒什麼變化。

「但你也得知道，你剛才在門口對我說，你們還沒打算要走，」李高反駁道。「總而言之，夫人，請允許我引薦那位囚犯派來的兩位探子 —— 夫人，確實是探子。要是在我們接下來小談一番期間，你想讓他們留在這裡的話，就把這話說出來吧。對我來說這是無所謂的。」

「我為何會想要他們留在這裡呢？」柯南老夫人說。「我跟他們有什麼關係嗎？」

「那麼，最最親愛的夫人。」李高說，並且非常沉重地把自己丟進了一張扶手椅裡面，結果讓這個古老的房間都有些抖動了起來，「妳最好還是打發掉他們吧。這是妳的事情。他們不是我的探子，也不是我的搗蛋鬼。」

「聽著！你這個潘可思。」柯南老夫人說，並且憤怒地對著他彎起了她的眉毛，「你這個給賈思彼辦事的！去留心你老闆和你自己的事情吧。去吧。再把另外那個人也一併帶走。」

「謝謝妳，夫人。」潘可思先生回應說，「我要很高興地說上這麼一句，我對我們倆人全都告退掉不懷任何異議。我們已經完成了我們在柯南先生名下所作的全部承諾。他一直以來都焦心不已的一件事情是（當他被關起來之後，這種焦慮變得更加嚴重了起來），這位討人喜歡的紳士應該被帶到這裡，帶回這個他從這裡拔腳溜掉的地方。他現在人在這裡了 —— 被帶回來了。然後我還想說，」潘可思先生補充說，「這話是要當著他這張凶神惡煞的臉來說的，想說我覺得，要是他完完全全溜出這個世界消失掉的話，對它來說是不會有什麼壞處的。」

「沒有人問你的意見。」柯南老夫人回答說。「去吧。」

「我很抱歉沒能把你留給一個更好一些的夥伴，」潘可思說，「讓我亦感抱歉的是，柯南先生沒能身在此處。這是我的錯，是我的。」

「你是想說錯在他自己吧。」她回應說。

「不是，我的意思是錯在我這裡，夫人。」潘可思說，「因為是我不大

走運地把他引進了一場毀滅性的投資裡面。（潘可思先生仍然死抱著那個詞不放，絕不肯說它是一場投機活動。）雖然我可以用數字來證明，」潘可思先生一臉焦急表情地補充說，「它本應該是一場良好的投資來的。自從它告於失敗之後，我一直都在反覆研究它，每一天都在做這件事情，然後我得到的結論是 —— 要是把它當成一個數字問題來看待的話 —— 是大獲全勝。但眼下不是一個合適的時間和地點，」潘可思接著往下說去，並且非常渴望地朝他的帽子裡面瞥了一眼，因為他在那裡保存著他的計算結果，「不適合來探討這些數位，但這些數位是無可置辯的。在眼下這一刻，柯南先生本應該坐在他的雙駕大馬車上面，我自己本應該值上三千到五千英鎊的身價。」

說完，潘可思先生把他的頭髮抓得直立了起來，並且掛著一副從總體上而言算得上是自信的臉相，對於這份自信而言，就算他的口袋裡揣著之前所說的那筆鉅款，它幾乎都是沒辦法給超越掉的。自從失去他的錢以來，這些無可爭議的數字占據了他每一刻的閒暇時光，而且注定要一直為他提供這份慰藉，直至他人生在世的盡頭處。

「不過，」潘可思先生說，「不要再說這個了。奧特羅，老小子，你已經見過那些數字了，而且知道它們得出了怎樣的結論。」巴普先生雖然沒有最微小的一點這種數學才能，不會用這種辦法去補償自己，但他還是點了點頭，並且很好看地露出了他光潔的牙齒來。

在此之前，付老爺子一直在看著他，現在對他開口說道：

「啊呀！是你呀，對不對？我之前就覺得，我是見過你的臉的，但還沒敢確定，直到看見了你的牙。啊！沒錯，確實如此。就是這個愛管閒事的難民，」劍利對柯南老夫人說，「在亞瑟和話匣子在這裡的那天晚上，他過來敲了我們的門，然後問了我一整本《教理問答手冊》[159]那麼多的有關布蘭多先生的問題。」

---

[159]　《教理問答手冊》（*Catechism*）包含著基督教教義的一些基礎性知識。同時可參見前文的注釋11。

「是的。」巴普先生快活地承認道。「而且妳看他，老闆娘！我結果地那個地還是找到他了。」

「我是一點都不反對，」付老爺子回應說，「你結果地那個地終究會把自己的脖子給搞折掉。」

「那個，」潘可思先生說，在此之前，他的一隻眼睛屢屢偷偷摸摸地游移到了那個窗座，還有在那裡縫補著的那隻長筒襪上面，「在我走之前，我只有一句話要說，要是柯南先生在這裡的話 —— 但是很不幸地，他正在監獄裡面生著病，儘管他已經遠遠地勝過了這位優秀的紳士，讓他不情願地返回了這個地方來 —— 正在監獄裡面生著病，可憐的夥計！ —— 要是他在這裡的話，」潘可思先生說，並且朝著窗座那邊移動了一步，把他的右手放在了那隻長筒襪上面，「他會說，『阿麗，說出妳的夢來！』」

說完，潘可思先生舉起他的右手食指，把它擺在了他的鼻子和長筒襪之間，同時臉上掛起了一副嚇人的警告神情，然後便轉過身去，噴著蒸汽駛出去了，並且把巴普先生拖在了他的後面。房間裡面的眾人都聽到，大堂的門在他們身後關上了，接著，他們的腳步聲也消失在了蕩漾著回聲的院落的那條沉悶的走道上面，但直到這時候，仍然沒有誰再多說上一個字。在此之前，柯南老夫人和劍利交換了一個眼神，然後看起了阿麗來，現在，他們仍然還在看著她，但後者只顧坐在那裡極為一絲不苟地縫補著她的長筒襪。

「快點啊！」最後是付老爺子先開了口，並且把他自己朝著窗座那個方向扭擰了一到兩圈，與此同時，他還在大衣的燕尾上面摩擦著兩隻手的手掌，像是正在讓它們做好準備，接下來要去做某件事情似的。「不管我們之間必須得說上一些什麼話，最好還是開始說起來吧，不要再浪費更多的時間了。所以，阿麗，我的老婆子，妳給我走人吧！」

此言一出，阿麗旋即便丟下長筒襪驚跳了起來，然後用右手緊緊抓住窗臺，用右膝讓自己在窗座上面安家落了戶，同時還揮舞著她的左手，欲

要擊退預期當中的攻擊者。

「不，我不，劍利──不，我不──不，我不！我不走，我要留在這裡。我要把我不知道的那些事情全都聽個飽，還要把我知道的那些事情全都說個乾淨。要是我會因為這個把命送掉的話，那我終於願意了。我願意，我願意，我願意，我願意！」

因為強烈的憤慨和驚詫，付老爺子變得渾身僵硬了起來，只見他把一隻手的幾根手指放到嘴唇旁邊，用唾沫濡溼了它們，然後用它們在另一隻手的掌心裡面，輕輕地描畫出來一個圓圈，接著，他臉上掛起一個帶有威脅意味的齜牙咧嘴的笑容，繼續朝著他妻子的方向扭擰起自己來，而且，在他以此種方式前進的過程當中，他還張大嘴巴喘出了一些話來，然而，因為他那份強烈到幾乎令他窒息的巨大憤怒，在這些話裡面，只有「這麼大的一劑！」這幾個字能夠被聽得清楚。

「不要再靠近哪怕一丁點了，劍利！」阿麗喊叫著說，並一下也沒有停止過擊打空氣的動作。「不要再朝我靠近哪怕一丁點了，不然我會把鄰居們叫起來的！我會把我自己丟到窗戶外面去。我會尖叫著說著火了殺人了！我會把死人都叫醒！停在你的位置上別動，不然我會大聲喊叫起來，大得足夠把死人都叫醒！」

只聽柯南老夫人堅定的聲音應聲說道，「停下！」而實際上，劍利在此之前便已經停下了。

「這場戲就要閉幕了，老付。別管她了。阿麗，在經過這麼許多年之後，妳這是要跟我對著幹嗎？」

「要是聽一聽我不知道的那些事情，再把我知道的那些事情說出來算是跟你對著幹的話，那麼是的。我現在已經發作出來了，沒辦法再回頭了。我下定決心要這麼做。我願意這麼做，我願意，我願意，我願意！要是那麼做算是跟你對著幹的話，是的，我還要跟你們這兩個聰明人全都對著幹。在他第一次回家來的時候，我對亞瑟說過，要他站出來對付你們。

我還告訴他，因為我害怕你們會要了我的命，但他沒道理也這麼覺得。從那之後發生了各種各樣的事情，我現在不會再被劍利趕上樓去了，不會再被嚇得昏頭昏腦了，也不會再跟一個我不知道的什麼東西站在一起了，再也不了。不會了，不會了，不會了！在亞瑟變得一無所有，還生著病，還待在監獄裡面，還沒辦法自己站出來的時候，我願意為他站出來了。我願意，我願意，我願意，我願意！」

「妳怎麼就能知道，妳這個糊塗蛋，」柯南老夫人嚴厲地質問道，「做妳現在正在做的這些事情的時候，妳就是在幫助亞瑟呢？」

「我從來沒有知道過無論任何正確的事情，」阿麗說，「還有，要是你這輩子曾經說過一句真話的話，那它就是在你叫我是一個糊塗蛋的時候，因為你們這兩個聰明人費盡心思把我變成了這樣。你讓我結了婚，不管我願意還是不願意，而且自從那以後，你差不多時時刻刻都讓我過上了這樣一種連夢帶嚇的，從來都沒有人聽說過的生活，所以除了是一個糊塗蛋之外，你還指望我能是別的什麼嗎？你想讓我變成這樣，所以我就變成這樣了，但我不會再順從你了，不，不會了，不會了，不會了，不會了！」而且，在說出這些話的時候，她仍然在擊打著空氣，欲要擊退一切來犯者。

柯南老夫人先默不作聲地凝視了她一陣子功夫，然後把臉轉向了李高：「你看見也聽見這個蠢人的話了。你反對這樣一個頭腦不清楚的東西待在她現在的位置上面嗎？」

「我啊，夫人！」他答覆說。「妳說我嗎？這應該是妳的問題呀。」

「我不反對，」她有些沮喪地說。「現在已經很少有選擇的餘地了。老付，這場戲就要閉幕了。」

付老爺子聞言把一個包含著流血復仇意味的眼神轉向了他的妻子，算是對她的話進行了答覆，然後像是要綁起自己的胳膊，以防自己撲到她身上去似的，扭擰著他的交抱起來的雙臂，把它們插進了馬甲的胸口裡面，還把下巴跟其中的一個胳膊肘子靠得非常之近了起來，就這樣，他挺著這

副古怪到極點的姿勢，讓自己站在一個角落裡面，密切注意起李高的動向來了。至於李高這邊，只見他從椅子上立起身來，在那張桌子上面落了座，讓他的兩條腿懸垂在半空中蕩悠著。接著，他用這副毫不拘束的姿勢迎向了柯南老夫人凝固不動的面孔，同時，他的髭鬚開始向上翹起，他的鼻子開始向下挪去。

「夫人，我是一位紳士 ──」

「有關這位紳士，」她用沉穩的音調打斷了他的話，「我已經聽到了一些貶低的言論，事關一所法國監獄和一樁謀殺控告。」

他聞言用他那種誇張的騎士風度，朝著她拋過去一個飛吻。「完全正確。一點都不差。也是跟一位女士有關呢！何其荒唐可笑呀！如何難以置信呀！我有幸在那時候取得了一場巨大的勝利，而現在又希望，我在眼下亦能有幸取得一場巨大的勝利。我要敬吻妳的兩手。夫人，我是一位紳士（我剛才正要說出這話來），這位紳士當他說『我會在目前的會晤當中完成這件或者那件事情』的時候，他就一定會完成它。我現在要向妳公告，有關我們那件小小的業務，我們已經達到了最後一場會晤這個階段。妳能幫個忙跟上我的話，並完全理解它們嗎？」

她蹙著眉頭，拿兩眼緊緊地盯著他。「可以。」

「另外，我還是一位不知純粹唯利是圖的交易為何物的紳士，但對他來講，金錢作為一種博取他歡心的手段，總是可以得到悅納的。妳能個幫忙跟上我的話，並完全理解它們嗎？」

「有人會說，不是太有必要總是這麼問。可以。」

「另外，我還是一位擁有至為溫柔甜美性情的紳士，但如果受到輕視的話，他會變得勃然大怒起來。在該等情形之下，那些高貴的天性會變得勃然大怒起來。我是擁有一種高貴的天性的。當那頭獅子被喚醒之後 ── 也就是說，當我變得勃然大怒起來之後 ── 若想撫慰我強烈的敵意，金錢是一種可被我悅納的手段。妳仍然能幫個忙跟上我的話，並完全

理解它們嗎？」

「可以。」她用比之前多少響亮了一些的聲音回答說。

「不要讓我把妳弄得精神錯亂起來，請安寧一些。我已經講過，我們現在已經達到了我們的最後一場會晤這個階段。請允許我回顧一下我們已經舉行過的那兩場會晤。」

「沒有這個必要。」

「該死的，夫人。」他突然發作了起來，「這是我的喜好問題！另外，它還能把各種障礙清除掉。第一場會晤是小規模的。我很榮幸地結識了妳 —— 很榮幸地呈遞了我的信函，我是一位樂意為您效勞的機靈騎士[160]，夫人，但我文雅的舉止卻為我贏取了如此之多的勝利，作為一位語言大師，讓我在妳的同胞們中間取得了這種勝利，他們彼此之間像他們那些上了漿的衣服一樣僵硬刻板，但在面對著一位擁有文雅舉止的外國紳士時，卻總是樂意放鬆下來的 —— 還很榮幸地在這座讓人肅然起敬的房子裡面，」他四下裡瞥視著眼前的房間，並微笑了起來，「觀察了一兩樣小東西，為的是得到一些必需的證據，好讓我放心，好讓我確信，我確實可稱尊貴地有幸結識了我在尋找著的那位女士。我實現了這個目標。我把那句無上光榮的讖語說給了我們親愛的老付，說我會回來的。我優雅地離開了。」

她的臉既沒表現出默許，也未做出反對的樣子來，在他停下和說話的時候，它一直都是同一個模樣，也就是截止目前，它所展現給他的始終都是同一副專注的蹙眉表情，以及前文述及過的那一絲陰沉的內心流露，即她對眼下的場合是有些緊張的。

「我之所以說優雅地離開，是因為我在退卻時未曾去驚嚇一位女士，算得上是一種優雅的作為。而讓道德方面的優雅並不遜色於身體姿勢上的

---

[160]　機靈騎士（Knight of Industry），這一提法來自法語的 chevalier d'industrie，指靠智慧和頭腦謀生的人。

優雅，是李高‧布蘭多的性格的一個組成部分。另外它也是富於韜略的，它表現在當我離開妳的時候，讓某個東西壓在了妳的心頭，讓妳懷著一份小小的焦慮心情去期待，我會在未曾說明的某一天再度歸來。但妳的僕人確實是富於韜略的。我敢拿上帝起誓，夫人，是富於韜略的！讓我們言歸正傳吧。在未曾說明的那一天，我再度很榮幸地讓自己出現在了妳的房子裡面。我暗示說我有某樣東西要出售，這個東西要是不被買去的話，會損害到為我所高度敬重的那位夫人的名譽。我當時只是粗略地說明解釋了一下。我的要求是 —— 我認為它之前是一千英鎊。妳要糾正我嗎？」

在此種情勢下被迫開口講話之後，她有些肉疼似地答覆說，「你之前的要求多達一千英鎊。」

「我眼下的要求是兩千。這就是拖延導致的惡果。但是再次言歸正傳吧。我們的意見是不一致的，我們在這一點上面是存在分歧的。我是一個愛玩鬧的人，玩鬧是我那種親切性格的一個組成部分。我玩鬧著讓自己變成了一個被殺掉和藏起來的人。而對於夫人來講，光是擺脫我那個離奇有趣的主意所引起的那份嫌疑，就值得上那個數額的一半。但意外和探子們聯合起來跟我的玩鬧對著幹，在它的成果剛剛才成熟的時候，可能是這樣吧 —— 有誰能知道呢？只有妳和老付兩人知道 —— 把它給糟蹋掉了 [161]。就這樣，夫人，我最後一次出現在了這裡。聽著！絕對是最後一次了。」

說完，他一邊用四處亂動著靴跟踢著桌子的折板，同時還用一種傲慢且粗魯的凝視目光，迎擊著她的蹙眉表情，一邊開始把他的音調變得凶惡了起來。

「吭！先停上一下！讓我們來一步一步往前走。這裡是我的旅館帳單，根據我們的合約，它是要由你們來支付的。從現在起五分鐘之後，我

---

[161]　李高這句話的潛臺詞是，在柯南老夫人和老付剛剛以為他已經死掉了的時候，結果他卻出現了。

們可能就會劍拔弩張起來了。我不會把它留到那時候，不然你們會騙我的。付清它！把錢數出來！」

「從他手裡接過它付了它，老付。」柯南老夫人說。

在付老爺子趨前去接它的時候，他突然把它丟到了那個老人的臉上，然後伸出他的一隻手去，叫囂著重複說，「付清它！把它數出來！可愛的錢呀！」劍利隨即拾起了那張帳單，用一隻充血的眼睛看著它的總額，然後從口袋裡面掏出一個小帆布包來，把那筆款項數到了他的手裡。

李高把那些錢弄得叮噹作響起來，用一隻手稱著它們的重量，把它們扔高一些又接住它們，然後再次把它們弄得叮噹作響起來。

「它們的聲音對於勇敢無畏的李高‧布蘭多來講，就像鮮肉的味道對於那隻猛虎一樣。然後，夫人，說吧。出多少？」

「我再跟你說一遍，就像我之前跟你說的那樣，我們這裡並不像你想像的那樣，不是一個富裕的地方，還有你要求的數額過分巨大了一些。我眼下沒有辦法滿足這樣一個要求，要是我曾經有過如此巨大的一個意向的話。」

「要是！」李高大叫著說。「聽聽這位女士和她的要是吧！你這是要說，你現在沒有這個意向嗎？」

「我要說的是我現在所面對的處境，不是你心裡想的那些東西。」

「那麼把它說出來吧。有關你的那個意向。快點！說說你的意向吧，然後我才知道該怎麼辦。」

但她在作答的時候，既未顯得更快，也沒變得更慢。「你似乎已經得到了一張 —— 或者是幾張紙 —— 對於它們我確定是有意向將其收回的。」

李高一邊朗聲大笑著，一邊用靴跟撞擊著桌子，並且把那些錢弄得叮噹作響。「我也這麼認為！我相信你想那麼著！」

「那張紙對我來說可能會值上一筆錢。但我沒辦法說得上來，這筆錢

該有多大，或者是多小。」

「究竟是怎麼回事！」他野蠻地質問道。「給了你一週的優惠期去考慮，還是說不上來嗎？」

「說不上來！我不願意從我這些緊巴巴的財產裡面——因為我可以再告訴你一遍，我們這裡是很窮的，並不富裕——不願意為一份我不知道它發揮到最壞和最大程度會是什麼樣子的力量報出任何價格。這是你第三次暗示和威脅我了。你必須得清楚詳細地說出來，不然的話，你就可以去你想去的地方，做你想做的事情去了。對於一隻老鼠來說，被一隻貓跳起來撕成碎片，是要比讓這樣一隻反覆無常的貓隨意擺弄強上許多的。」

他用那兩隻靠得過近，從而擠在了一起的眼睛死死地盯著他，結果，那兩道陰險的目光幾乎都交叉到了一處，然後讓他的鷹鉤鼻子的鼻梁，都好像在他的這種視線中變得彎曲了起來。在漫長而仔細地審視了她一番之後，他說，並進一步展現了他那地獄般可怕的笑容：

「妳是一個大膽的女人。」

「我是一個堅定的女人。」

「妳一直都是。什麼！她竟然一直都是，難道不是這樣嗎，我的小不點老付？」

「老付，什麼也別跟他說。現在該輪到他在這裡把他能說的全都說出來了，不然的話，他就可以從這裡離開，然後去做他能做的不管什麼事情了。你知道這是我們的決定。讓他對它展開行動吧。」

他聞言朝她投過來充滿惡意的一瞥，但她並未表現出退縮，也沒有去迴避它。於是，他重新轉臉看起她來，但她仍然保持著之前那副巋然不動的架勢。他見狀從桌子上下來，把一張椅子擺在沙發旁邊，坐進了它的裡面去，然後把一條胳膊掛在沙發上面，跟她的胳膊離得很近，並伸手碰著她的胳膊。而她的臉始終都是蹙眉、專注而安定的神情。

「那麼，夫人，妳是樂意聽我在這個小小的家庭圈子裡面，講述上一

點家史了。」李高一邊說，一邊在她的胳膊上面把玩著他靈巧自如的手指，但動作裡面充滿了警告的意味。「我算得上是一個醫生。讓我來給妳把把脈吧。」

她任由他用手抓住了她的手腕。待抓緊它之後，他接著說了下去：

「這段歷史事關一份奇怪的婚姻、一位奇怪的母親、一場復仇和一場隱瞞——是嗎，是嗎，是嗎？這個脈搏可是跳得有點奇特呢！在我看來，當我碰到它的時候，它的速度竟然加快了一倍。這些是妳的病症所引發的正常變化嗎，夫人？」

在她扭動著掙脫的時候，在她那條殘廢的胳膊裡面，是包含著一些掙扎的意味的，但在她的臉上，卻絲毫不見這種跡象。至於他的臉上，則是他自己的那種笑容。

「我過著一種冒險的生活。我是一個冒險的人物。我與聞過許許多多的冒險，和各種有趣的人——這個和藹可親的社會呀！對於他們當中的某一位來講，我是欠著我所了解的一些情況，和我獲取到的一些證據的——我要再說一遍，為我所高度敬重的夫人——是一些證據——事關一段我正在開始講述的、令人銷魂不已的小小的家庭史。你將會對它著迷不已。不過，呸！我竟然忘了這個。有人是應該給一段歷史冠上一個名目的。我可以稱它為一個家庭的歷史嗎？但是，再呸它一次！因為這個世界上有著如此眾多的家庭。那我可以稱它是這個家庭的歷史嗎？」

只見他仰躺在椅子上面，用椅子的兩條腿和他的左胳膊肘子支撐著平衡；用拄在沙發上的那隻手不時輕輕敲打著她的胳膊，為的是對他話裡的要點予以強調；他的兩條腿交叉在一起；他的右手時而整理著頭髮，時而撫弄著髭鬚，時而又敲打著鼻子，但無論它如何動作，始終都意在予她以威脅。就這樣，他挺著這副悠哉的架勢，粗野、無禮、貪婪、殘忍而有力地往下進行著他的講述。

「那麼，最後我要稱它是這個家庭的歷史。我要開始講了。讓我們來

猜想一下，這個地方住過一對叔姪。這位叔叔是一位擁有強勢性格的、嚴厲而死板的紳士，至於那位姪子，他慣於受到壓制和約束，是個羞怯的人。」

　　在此之前，女管家阿麗一直專注而堅定地待在窗座上面，嘴裡咬著她的圍裙卷起來的一頭，而且從頭到腳都在打抖，聽到這裡之後，她大聲喊叫了起來，「劍利，離我遠一點！我在夢裡聽到過亞瑟的父親和他的叔叔。他現在說的就是他們。雖然這些事發生在我來這裡以前，但我在夢裡聽到，亞瑟的父親是一個可憐的、不太堅定的、被嚇壞了的小夥子，他原本什麼都有，但全給他小時候的孤兒生活給嚇跑掉了，而且，就連在選擇妻子這個問題上面，他都沒能發出自己的聲音，而是讓他的叔叔選擇了她。她現在就坐在那裡！我在夢裡聽到了這些，是你把這些告訴了她本人。」

　　在付老爺子朝她揮舞著拳頭，和柯南老夫人凝視著她的時候，李高朝著她拋過來一個飛吻。

　　「完全正確，親愛的付夫人。妳擁有一份做夢的天才。」

　　「我不想聽你的什麼表揚。」阿麗回應說。「我不想跟你說無論什麼話。但劍利說它們是做夢來的，所以我就這樣把它們說出來了！」說完這話，她重新把圍裙塞回了嘴裡，就像正在堵其他某個人的嘴似的 —— 可能是劍利的吧，因為他正在喋喋不休著一些威脅的辭令，好像正在打著一場面目猙獰的擺子似的。

　　「我們深受愛戴的付夫人。」李高說，「完全突然之間就發展出來一份優秀的敏感性和靈性，可以稱得上是一個奇蹟。是的。歷史就是這樣運行的。那位先生，也就是那位叔叔命令他的姪子結了婚。那位先生等於是對他說，『我的姪子，我要向你引薦一位擁有強勢性格的、跟我自己有些相像的女士 —— 一位堅定的女士，一位嚴厲的女士，一位她的意志可以把弱者碎為齏粉的女士，這位女士她沒有憐憫，沒有愛心，毫不寬容，報仇

心切，冰冷得像是一塊石頭，但發作起來卻暴烈如火。』啊呀，這是何等的剛毅呀！啊呀，這份智力是何等的高高在上呀！的的確確地，這是一個傲慢而高貴的人物，我現在用這些我自己想像出來的，這位先生也就是這位叔叔可能說的話，把它給描述了出來。哈，哈，哈！讓我的靈魂見鬼去吧，我愛死這位溫柔的女士了！」

此時，柯南老夫人的臉色已經大變。它的上面出現了一份引人注目的陰沉色彩，而且眉頭也更顯緊蹙了。「夫人，夫人。」李高一邊說，一邊輕輕敲打著她的胳膊，就像那隻殘忍的手正在彈奏著一件樂器似的，「我意識到，我這是引起妳的興趣了。我意識到，我這是激發起妳的同感了。讓我們繼續說下去吧。」

然而，他的低垂的鼻子和翹起的髭鬍卻不得不先在他的小白手裡面隱匿了片刻功夫，然後他才得以繼續說了下去，因為他必須得享受一下，他所取得的這份如此巨大的成果。

「那位姪子就像我們理智清明的付夫人所說的那樣，是一個可憐的傢伙，他曾經什麼都有，但都給他的孤兒生活給嚇跑和餓跑掉了 —— 於是，那位姪子低下頭去，做出了如下答覆，『我的叔叔，全憑你的吩咐。照你的意思來吧！』於是，那位先生，也就是那位叔叔就按他的意思來了。這也是他的一貫做法。那場充滿古兆的婚禮即告舉行了，那對新婚夫婦回家來到了這座迷人的華廈裡面，然後那位夫人是被，讓我們來猜想一下，是被老付接待的。嘿，老陰謀家，是不是呢？」

劍利拿兩眼看著他的女主人，沒有進行任何答覆。李高的眼睛從他們兩人的其中一人身上移到了另一人身上，敲了敲他醜陋的鼻子，又用牙齒發出了一串類似母雞叫喚的咯咯聲。

「那位女士很快就做出了一項非凡而激動人心的發現。於是，滿心都是憤怒、滿心都是嫉妒、滿心都是報復的她構想出來 —— 瞧瞧妳吧，夫人 —— 一套報復方案，而且，她還如此巧妙地，不但強使她已經被完全

制服的丈夫承擔起了這套報復的重量，同時也向她的情敵執行了它。這是何等高超的智慧呀！」

「離我遠點，劍利！」瑟瑟發抖的阿麗又把她的圍裙從嘴裡取了出來，然後喊叫著說。「但我還做過這樣一個夢，在夢裡你對她說，當時你在跟她吵架，那是一個冬天的傍晚，是黃昏那時候 —— 她就坐在那裡，而你在看著她 —— 說當亞瑟回家來的時候，她不應該光讓他懷疑他父親，說她其實一直都是家裡有力量和掌權的那個人，還說她應該多向亞瑟維護一下他父親。也是在這個夢裡，你對她說她其實不是 —— 不是某個東西，但我不知道是什麼，因為她嚇人地發作了起來，攔住了你的話。你也跟我一樣，也是知道這個夢的。當時你下樓來到了廚房裡面，手裡拿著那根蠟燭，一把從我頭上揪掉了我的圍裙。當時你對我說，我正在做夢。當時你還不願意相信真有那些聲音。」爆發完這一通之後，阿麗重新把圍裙塞回了嘴裡，而且始終都把一隻手放在窗臺上面，把一隻膝蓋跪在窗座上面，隨時準備喊起來或者跳出去，要是她的夫主膽敢靠近她的話。

李高沒有漏掉這番話裡的哪怕一個字。

「哈哈！」他大叫著說，並豎起了他的眉毛，抱起了他的雙臂，還在他的椅子裡面仰躺了下去。「我一點都不懷疑，付夫人是一位神使！那我們該怎樣解釋這位神使的話呢，你和我，還有那位老陰謀家？他說你其實不是 —— ？然後你發作起來攔住了他的話！那你以前不是個什麼東西呢？現在又不是個什麼東西呢？說呀夫人！」

在這番凶猛的挑逗之下，她坐在那裡更顯沉重地呼吸了起來，嘴巴也被攪擾地失卻了安寧。她的嘴唇抖動和微張著，儘管她已經費盡力氣想讓它們保持安定了。

「快點呀，夫人！說呀！我們的老陰謀家說妳其實不是 —— 然後妳攔住了他的話。他正要說妳不是個 —— 什麼東西呢？我已經知道了，但我還想讓妳透露一點。那麼怎樣呢？妳不是個什麼東西呢？」

她再度嘗試要克制住自己，但卻激烈地爆發了出來，「不是亞瑟的親媽！」

「很好，」李高說。「妳挺聽話。」

待她臉上那副凝固不動的表情被這一通猛烈爆發出來的激烈情緒徹底撕碎之後，待每一樣被撕碎的五官都發作出了被壓制和悶燃已久的怒火之後，她叫嚷著說，「我要自己把它們說出來！我不要從你的嘴裡聽到它們，那會讓它們沾染上你那些邪惡的汙點。因為它們是必須要被看到的，所以我要用我立身其中的那份光明來照亮它們。不要再多說一個字了。聽我說吧！」

「除非妳是一個甚至比我了解的還要頑固上許多，還要一根筋上許多的女人，」付老爺子插進了話來，「妳最好還是讓李高先生，讓布蘭多先生，讓別西卜先生[162] 用他自己的辦法把它們講出來吧。要是他知道了有關它們的全部情況，那會意味著什麼呢？」

「他並不知道有關它們的全部情況。」

「他至少知道他關心的全部情況。」付老爺子急躁地竭力主張道。

「他並不了解我。」

「那你認為他關心妳身上的什麼事情呢，妳這個自負的女人？」付老爺子說。

「我告訴你吧，老付，我要開口講話了。我告訴你吧，當事情到了這個地步以後，我要用我自己的嘴把它們講出來了，要親自把它們完完全全地表達出來了。什麼！難道我沒在這個房間裡面受過任何苦難嗎，沒有遭受過任何剝奪，和任何監禁嗎，結果讓我竟然要在最後，去低三下四地在一面像他這樣的鏡子裡去注視我自己嗎？你能看到他的樣子嗎？你能聽到他的那些話嗎？要是你的妻子比現在再忘恩負義上一百倍，要是我比現在再無助上一千倍，更加沒辦法勸說她安靜下來，同時要是這個人能夠閉住

---

[162]　巴力西卜（Beelzebub），眾鬼之王，《聖經新約－馬太福音》第 10 章 25 節有相關記載。

嘴的話，我早就自己把它們說出來了，不會去等從他嘴裡聽到它們，不會去受那份折磨。」

李高把他的椅子往後推移了一點，把兩條腿筆直地伸在了身前，還交抱起了雙臂，還有，此時他是正對著她而坐的。

「你並不清楚，」她繼續往下說去，這些話對著他而講的，「在一種受到嚴格限制的環境裡面長大是怎麼回事。我就是這麼長大的。我的童年沒有那些充滿罪惡的歡愉和快樂，它是毫無輕鬆可言的童年。我過的日子是充滿了有益身心的壓制、懲罰和恐懼的日子。我們的心靈的腐化墮落，我們的行為的邪惡乖僻，還有加在我們身上的那份詛咒，圍繞著我們的種種恐怖事物 —— 這些就是我的孩提時代的主題事項。它們造就了我的性格，還讓我對各種作惡者懷起了一份強烈的憎惡。當柯南吉伯老先生向我父親提議說，要他的孤兒姪子做我丈夫的時候，我父親讓我了解到，他的成長環境是跟我類似的，也是受到了嚴格限制那一種。他對我說，除了他的精神所承受的那些戒律之外，他還在一個忍飢挨餓的濟貧院裡面生活過，在那個地方，喧鬧和歡愉這些東西是聞所未聞的，在那個地方，每一天都充滿著苦幹和煎熬，像是世界末日一般。他還對我說，在他叔叔承認他很久以前，他就已經變成一個男人很多年了，說從他上學開始到眼前那一刻為止，他叔叔家的屋頂對他來說相當於是一個神聖的庇護所，為他隔絕了種種不敬虔和放縱行為的傳染。但在我們結婚還不到一年的時候，我發現我的丈夫，當時是我父親說起這些話來的，發現他對我們的主犯了罪，同時也激起了我強烈的怒氣，因為他把一個罪人放到了我的位置上面去，然後難道我會懷疑，這是要指派我去做出這項發現，這是要指派我去把那隻懲罰之手加在那個承受永劫的人身上嗎？難道我能有哪怕一秒鐘把它們逐出腦外嗎？ —— 這不是我的錯 —— 我是個什麼東西呢？ —— 只能滿腦子都是拒斥罪惡，滿腦子都是跟它開戰這種想法，我可是在這種教導裡面培養成長起來的呀。」

說完，她把她那隻大怒的手放到了桌子上面的那塊錶上。

　　「不能！『勿忘記。』這幾個單詞的首字母現在被繡在這裡，而且那時候就被繡在這裡了。我被指派去發現了那封提到了它們的舊信，它跟這塊錶一起被放在他那個祕密的抽屜裡面，這封信還告訴我，它們是什麼意思，它們是誰的繡工，還有它們為什麼要被繡在那裡。要是沒有受到這項委派的話，就不會有什麼發現了。『勿忘記。』當它對我說出這句話的時候，就像從一塊憤怒的雲彩裡面，傳出了一個聲音似的。我好像聽見它對我說，不要忘記他們那份致命的罪孽，不要忘記我被指派做出的這項發現，也不要忘記我被指定要承受的那些苦難。我沒有忘記。我牢牢記著它們是我自己的錯嗎？我的錯！我只是一個事工的僕人而已。我能對他們擁有什麼力量呢？只不過是他們被捆綁在他們那些罪孽的枷鎖裡面，然後被交到了我的手裡而已呀。」

　　自從她所追憶的那個時候以來，在這個堅定的女人的那頭灰髮上面，已經有四十多年的時光流逝而過了，與此同時，她也跟耳邊的一個低語聲拼鬥爭執了有四十多年，因為它一直對她說道，無論她給她這份報仇心切的傲慢和狂怒冠以任何名目，永遠都沒有任何事情能夠改變它們固有的性質。然而，在這些事情都已經過去四十多年之後，如今又有這位報應女神當面直勾勾地盯著她的時候，她仍然抱著她那套固有的不敬虔姿態死不撒手 —— 仍然在顛倒造物的次序，硬要把她自己嘴裡的一口氣息，吹到她的造物主的一個泥土形象裡面去[163]。可以絕對絕對肯定的一點是，已經有過眾多的旅人，在許多個國家裡面目睹了許多可怕的偶像，但沒有哪隻人類的眼睛曾經看見過，比起我們這些用塵土做成的受造之物照著我們自己的樣子，付諸我們自己邪惡的情欲製作出來的那些東西，有哪個具有神性的形象顯得更加膽大妄為，更加粗俗不堪，或更加震動人心過。

---

[163]　據《聖經舊約－創世紀》第 2 章 7 節記載，上帝照著自己的形象用泥土捏出人形，然後將口中的氣息吹入泥人的鼻孔，令其變成了有生命的活人。

「當我強迫他把她交給我，把她的名字和住址告訴我的時候，」她接著往外迸發著她那些憤慨和辯解兼具的語言激流，「當我指責她，然後她把臉埋在我腳邊的時候，我加給她的這份傷害是我自己要堅持主張的嗎，還有我對她的那些譴責，是我自己要把它們傾倒在她頭上的嗎？古時候那些被委派去面見那些邪惡的君王，然後去指責他們的人 —— 他們不也是一些事工的僕人嗎？然後再說我自己，雖然我配不上他們那種名頭，地位也跟他們相去甚遠，但我就沒有罪孽等著我去譴責嗎？當她向我辯解她的年幼無知，還有他過的那種悲慘艱難的生活（她就是用這些詞語來稱呼他所經受的那種具有高尚道德品格的訓練的，因為他扯謊把它說成了這個樣子），還有他們祕密進行的那個褻瀆神聖的婚禮，還有讓他們都有些承受不了的各種恐懼、困頓和恥辱，還有他們那份讓她把他給拋棄掉，然後留給了我的愛情（她在我的腳邊對我說出了這個詞）的時候，當我第一次受指派去充當懲罰他們的工具的時候，變成我的腳凳的難道是我自己的敵人嗎，還有那些讓她畏縮和顫抖的言詞，它們是來自於我自己的大怒嗎？不要把這種力量歸到我身上，也不是我強逼著她去贖罪的！」

自從她甚至都沒辦法自如使用她的手指以來，已經有許多個年頭到來又逝去了，但眼下頗為引人注目的是，她已經不止一次地，把她捏緊的拳頭重重地砸在了桌子上面，還有就是，當她說出這些話的時候，還把那條胳膊舉到了半空當中，就像對於她而言，這麼做只是等閒之舉似的。

「然後從她那顆剛硬的心裡和邪惡腐化的靈魂裡面，強行索取來的悔過表現是個什麼樣子呢？我報仇心切和毫不寬容？對像你這樣的人來說可能是這樣，因為你不知道正義是什麼，而且僅僅受到了撒旦的委派。大笑吧，但我終究會被認可是我自己知道的那個樣子，是老付知道我的那個樣子，儘管你和這個半腦子女人會那麼覺得，但只有你們會那麼覺得。」

「夫人，請對妳自己補充上這麼一句，」李高說，「我有這麼一些小小的懷疑，夫人這是有點急於想對自己辯白自己呢。」

「你錯了，不是這樣的，我沒有必要這麼做。」她說，而且話裡包含著巨大的力道和憤怒。

「真的嗎？」李高反駁說。「哈！」

「我問她，她應該有的悔罪態度具體上應該怎麼做呢？『你有一個孩子，可我沒有。你愛那個孩子。你現在把他給我。他會相信他自己是我的兒子，而且會被所有人都相信是我的兒子。為了讓你免於被暴露出來，他父親會發誓永遠不再見你或跟你聯繫，同樣地，為了讓他免於被他叔叔剝個精光，也為了讓你的孩子免於成為一個乞丐，你會發誓永遠不再跟他們當中的任何一個見面或者聯繫。等這一點做到之後，你還要聲明放棄掉，你目前那些從我丈夫那裡得來的財產，這樣一來的話，我就算是得到你的支持了。然後你就可以讓你的隱居地點不為人知，還可以，要是你想這麼做的話，我是不會去反對你的，還可以留下這麼一句謊話，說當你消失在除了我之外的所有人視線之外時，你是配得到一個好名聲的。』這就是事情的全部。她不得不犧牲了她那份充滿罪孽和恥辱的愛情，再沒有別的了。然後她就去自由地祕密地承擔她那份罪責的重負了，就去祕密地揉碎她自己的心了，同時還可以透過眼前這種悲慘的生活（對她來說已經夠輕的了，我是這麼認為的！），去買來讓她免於遭受永劫的救贖，要是她能做到這一點的話。就這樣，當我這麼做的時候，我算是懲罰了她，但我就沒有從這裡為她打開一條通往未來的路嗎？要是她知道，她自己是被無法滿足的復仇欲望和不滅的烈火包圍著的話，那它們是來自於我嗎？要是我在那時候和那以後，曾經用那些包圍著她的令她恐懼的東西威脅過她的話，那它們是被抓在了我的右手[164]裡面嗎？」

說完，她把桌子上面的那塊錶翻了個遍，並打開了它，然後開始用一張絲毫不見軟化柔和的臉，看起了繡在裡面的那幾個字母。

---

[164] 此處的「右手」，以及前文中的用仇敵充當腳凳和來自雲中的聲音等，均可見於《聖經》中對上帝的描述。柯南老夫人在話裡引用這些在《聖經》中出現頻度極高的提法，意在表明的是，她的行為並非是自己的意願，而是代表上帝執法。

「他們沒有忘記。在這一等犯法情形當中，那些犯法的人也有他們被指定的命運，就是他們是沒有能力去忘記的。要是亞瑟的出現每天都在給予他父親譴責的話，要是亞瑟的不見每天都在給他母親造成巨大痛苦的話，這都是耶和華做出的公正安排。還有，她在一顆甦醒過來的良心所遭受的那些刺痛之下發了瘋，並且照著萬物主宰的意願，就這樣生活了許多個年頭，這些罪狀也可能會歸到我的頭上來。儘管我竭盡全力去救贖了一個若是換了其他環境注定會迷失掉的孩子，去給了他一個擁有誠實出身的名聲，讓他在恐懼和顫抖中被撫養長大，讓他過上了一種用實際行動去贖罪的生活，去補贖那些在他來到這個被詛咒的世界之前，便已經沉重地加在了他頭上的罪惡。難道這是一種殘忍嗎？難道他們最初犯下的那些罪行所造成的後果，不也對我造成了影響嗎？儘管我並沒有同謀參與它們。當亞瑟的父親和我之間隔著半個地球的時候，也未曾像他和我一起生活在這幢房子裡面那麼疏遠過。他死了，然後把這塊錶寄回給了我，連帶著它的勿忘記。我沒有忘記，儘管我對它的解讀跟他對它的解讀是不同的。我對它做出的解讀是，我是被指定來做這些事情的。自從我把它們擺到這張桌子上面之後，我就在這樣解讀這三個字母，而且，在它們距離這裡萬里之遙的時候，我也在這樣解讀它們，而且也像現在這麼明確和清楚。」

說完，她用她其中一隻手新近恢復過來的那種靈巧動作，把那個錶殼拿在了手裡，但她對這一點像是沒有無論任何知覺似的，然後又低下兩眼看起了它，就像在對它發出挑戰，讓它來打動她似的，而這時候，李高伴隨著一陣響亮的滿含嘲弄意味的響指聲，大聲叫嚷著說，「快點啊，夫人！時間要到了。快點啊，虔誠的女士，時間絕對要到了。妳能講出來的那些東西，沒有什麼是我不知道的。來說說那筆被偷走的錢吧，不然我要說了！讓我的靈魂見鬼去吧，我已經受夠妳旁的那些行話術語了。直接來說說那筆被偷走的錢吧！」

「你這個無恥的東西，」她回答說，現在，她用兩手緊緊地抱住了自己

的頭，「因為老付犯下的什麼致命的錯誤，因為他行事有什麼不徹底的地方，他是除了我之外唯一一個參與了這些事情，和被託付了它們的人，或者是因為他把一張被燒掉的紙的灰燼收集了起來還是別的什麼，結果讓你擁有了那份遺囑附件。你到底是怎麼獲取到讓你在這裡有恃無恐的這份權力的，關於這個問題，我知道的就只有這些了 ——」

「還有，」李高打斷她說，「因為我的奇特的命運，讓我在我所知道的一個方便的地方，讓妳剛才所說的那份對柯南吉伯先生的遺囑所作的簡短的微小補充出現在了我的手邊，我還知道，它是由一位女士寫下來的，還由這位女士，和我們的老陰謀家充當了見證人！啊，呸，老陰謀家，歪歪扭扭的小木偶！夫人，讓我們接著往下說吧。時間緊迫呀。由妳還是由我來說完它呢？」

「由我！」她回答說，並且話裡更顯了堅定的意味出來，要是還有可能更加堅定的話。「由我，因為我受不了當你把我展示給我自己，或者展示給任何其他人的時候，加上你對我所做的那些可怕的扭曲。你，還有你的那些跟外國監獄和牢船有關的臭名昭著的行為，將會把驅策我的那個因素說成是金錢。它可不是金錢。」

「呸，呸，呸！我要在眼前的這一刻裡面，聲明跟我的文雅禮貌斷絕關係，然後對妳說，妳撒謊，妳撒謊，妳撒謊！妳得知道，是妳隱瞞了那份契約，然後留下了那筆錢。」

「不是為了錢的緣故，無恥的東西！」說完，她還進行了一番掙扎，就像正在驚跳起來似的，而且，在她做出這番激烈的感情流露時，甚至還好像差不多已經用她殘廢的兩腳站了起來似的。「當時柯南吉伯死到了臨頭，已經退化到了低能弱智那個地步，對某個女孩生出了一些想像出來的慈悲和憐憫，還在這種妄想之下勞神費力了一番，關於那個女孩他聽說，他的姪子一度狂熱地愛慕上了他，但他親自逼著他放棄了她，還聽說她後來意氣消沉到了一種憂鬱的地步，避開了所有認識她的人 —— 要是他在

那種虛弱的狀態當中，口授我這個被她的那些罪孽把生活搞得暗無天日，並且被指定看她親手做出那些邪惡行徑，然後從她自己嘴裡獲悉它們的人，寫下了那份旨在對她那些被認為不應該受到的痛苦做出補償的遺贈聲明的話，那麼，我要強烈唾棄那份不公正的東西，你怎麼能說我僅僅是為了覬覦金錢呢，它們能是一回事情嗎？對於後面那個東西，你和你牢裡的那些同志們，可是會從任何人那裡把它們給偷走的。」

「時間緊迫呀，夫人。小心了！」

「要是這幢房子從房頂到地面都燃起了熊熊的烈火，我會待在它裡面以證我的清白，證明我的那些動機，是不能跟殺人犯和小偷們的那些歸於一類的。」

聽到這裡，李高朝著她的臉撚響了他的手指，動作裡面滿是奚落的意味。「一千幾尼給那個被妳慢慢追捕到死的小美人。一千幾尼給她恩人最小的女兒，讓她可以在五十歲的時候得到它，或者是（要是他沒有女兒的話）他兄弟最小的女兒，讓她可以在成年之際得到它，『以此紀念他對一位缺朋少友的年輕孤女的保護，而且，此種方式可能為公正無私的他所最為樂意接納。』兩千幾尼。什麼！妳竟然絕對不願意談到那筆錢嗎？」

「那位恩人。」她正要感情激烈地往下說去，但他截住了她的話頭。

「說出他們的名字來！稱他為杜麗福德先生吧。不要再躲躲閃閃了。」

「那個杜麗福德是所有事情的肇始之人。要是他未曾是一位音樂演奏者的話，要是他未曾在他年輕時候那些發達的日子裡面，管理過一個無所事事的地方，讓那些唱歌的，奏樂的，還有這一類的其他罪惡之子們把背掉向了光明，然後把臉朝向了黑暗的話，那她可能會待在她的低賤境地當中，可能就不會被擢升於其外然後又被摔下去了。但是，不。撒旦進入了那個杜麗福德的心，然後對他展開了遊說，說他是一個擁有天真無邪和值得嘉許的品味的人，還說他之前行過種種善舉，而現在，這裡有一個可憐

的女孩，她擁有一副用來唱歌的好嗓子。然後他就把她給教了起來。然後亞瑟的父親就結識了她，因為他一直都在用一些貌似道德高尚實則粗俗不雅的方式，祕密地迷戀著那些被稱之為藝術的，受到了詛咒的陷阱。就這樣，一個粗野的孤女在受訓成為歌女的過程當中，由那個杜麗福德擔當她的中間人，扛著藝術的名頭跟我作對了起來，然後我就受到了侮辱和欺騙！ ── 實際上不是我，也就是說，」她迅速補充道，同時有血色充斥進了她的臉龐當中，「是一個比我更大的東西。我算個什麼東西呢？」

　　在此之前，付劍利一直都在逐漸朝她這邊扭撐著自己，現在，他已經距離她的一隻胳膊肘子非常之近，但她卻沒能得知這一點，而且，在她說出上面那些話的過程當中，他還做出了一副扭曲得非常嚴重以示異議的臉相，除此之外，他還用猛烈的動作拉扯著自己的綁腿，就像她的那些自說自話跟他腿上的那些小毛刺是同一種東西似的。

　　「我最後要說的是，」她繼續往下說去，「因為我已經把這些事情講到了最後，關於它們我不會再多說什麼，你也不應該再多說什麼了，剩下的唯一一件事情是，我們得來確定一下，關於它們的這些情況能否被保留在我們這些在場的人之間，不要被擴散出去。所以我最後要說的是，當我在亞瑟父親知情的前提下瞞下那張紙的時候 ── 」

　　「但卻沒有得到他的同意，妳得知道這一點，」付老爺子說。

　　「誰說得到他的同意了？」她這才驚覺劍利原來距離她如此之近，於是把頭向後仰去，用愈來愈不信任的目光看起了他來。「當他想讓我把它交出去，而我不願意的那個時候，你是經常在我們倆人之間走動的，所以要是我剛才說，我得到了他的同意，你是絕對有理由來反駁我的。但我想說的是，當我瞞下那張紙的時候，我沒有試著去毀掉它，而是把它留在了身邊，留在了這座房子裡面，留了很多年。吉伯剩下的財產被留給了亞瑟的父親，所以我原本可以在不管什麼時候，去假裝發現了它，也用不著動用那兩筆錢之外的其他錢。但是，一來必須靠直接撒謊才能維持住這種假

裝（這是一份巨大的罪責），二來是，在我在此地接受考驗的所有時間裡面，我都未曾發現有什麼新的原因，應該讓它去重見天日。它是罪孽帶來的一份回報，是妄想造成的一個錯誤結果。我做了我被指定的那些事情，還在這四堵牆壁之間，經受了我被指定要經受的那些東西。當那張紙最終在我面前被毀掉的時候 —— 我原本是這麼認為的，她已經死去很久了，還有她的恩人杜麗福德，也已經罪有應得地毀掉和白痴了很久了。他沒有女兒。我在那之前就發現了他的一個姪女，然後為她做了一些事情，而且，它們要比讓她得到那筆對她沒有任何好處的錢強上許多。」過了片刻功夫之後，她又補充說，就像在對著那塊錶講話一般，「她本人是無辜的，所以我可能會在臨死的時候，不會忘記把它交還給她。」然後便坐在那裡看起了它來。

「我可以幫妳回憶一些事情嗎，令人景仰的女士？」李高說。「在我們的朋友，也就是那位囚犯 —— 他還是我的靈魂的獄友和同志 —— 從國外回到家裡的那個晚上，那張小紙片仍然在這座房子裡面。我可以再多幫妳回憶一些事情嗎？那隻從來沒能長全過羽毛的愛唱歌的小鳥，她長期被關在一隻籠子裡面，看守它的那個人是由妳指派的，也為我們這位老陰謀家所熟識。我們可以勸說我們的老陰謀家來告訴我們，他最後一次見到他是在什麼時候嗎？」

「讓我來告訴妳吧！」阿麗拿掉她的口塞，然後大叫著說。「我在我的第一場夢裡就夢到了這事。劍利，要是你現在敢走近我的話，我會尖叫得讓聖保羅教堂都聽見我的聲音！這個人說起的那個人是劍利的雙胞胎兄弟，在亞瑟回家來的那個晚上，他在半夜三更來到了這裡，然後劍利親手把那張紙交給了他，連帶著我不知道的旁的什麼東西，然後他在一隻鐵箱子裡面帶走了它。救命呀！殺人啦！劍利要殺我啦！」

因為付老爺子聞言朝她飛奔了過去，但李高在半道上抱住了他。在跟他搏鬥了片刻功夫之後，老付表示了屈服，然後把兩手插進了口袋裡面。

「什麼！」李高大叫著說，並用兩隻胳膊肘子把他捅得和推得往後退去，以此種方式打趣著他。「你竟然會襲擊這樣一位女士，她可是擁有這樣一份做夢的天才啊！哈，哈，哈！啊呀，她會是你的一筆財富呢，可以當個展覽品什麼的。她夢到的那些事情全都變成了真的。哈，哈，哈！你跟他是如此的相像，我的小不點老付。實在是像極了我認識的那個他（當時我為了試探試探他，一開始跟餐館的老闆說了英語），那是在那間名叫三張桌球案子的卡巴萊餐館 [165] 裡面，坐落在那條滿是高屋頂房子的小街上面，位於安特衛普 [166] 碼頭旁邊！啊，但他喝起酒來可是一個英勇的小子呢！啊，但他抽起菸來可是一個英勇的小子呢！啊，但他可是住在一套味道芬芳的單身漢套間裡面呢 ── 它帶著傢俱，在五層上面，下面是賣木材和焦炭的，做衣服的，做椅子的，還有做盆子的 ── 我就是在那裡認識他的，也是在那裡，他靠著他的科涅克白蘭地 [167] 和菸草，一天會睡上十二個鐘頭，然後抽抽上一頓，直到有一回抽抽大發了，然後就升了天。哈，哈，哈！我是怎麼拿到他的鐵箱子裡面的那些紙的，這有什麼要緊嗎？可能是他把它交托到了我的手裡，讓我把它交給妳，可能是它被鎖著，然後我的好奇心被激發了起來，也可能是我瞞下了它。哈，哈，哈！這個問題它有什麼要緊嗎，我終究還不是妥妥地擁有了它？我們就不要在這個問題上斤斤計較了，嘿，好不好啊老付？我們就不要在這個問題上斤斤計較了，是不是這樣呢，夫人？」

聽到這裡之後，付老爺子一邊凶惡地向後急扯著他自己的兩個胳膊肘子，一邊從他的面前往後退去，最後退到了他自己的那個角落裡面，於是，他現在兩手插著口袋站在那個地方，一邊稍事休息，一邊回應著柯南老夫人的凝視。「哈，哈，哈！但這是怎麼回事呀？」李高叫嚷著說。「這看起來就像是，你們這個不認識那個似的。所以請您允許我，專事隱瞞的

---

[165]　卡巴萊餐館（cabaret），指有歌舞或滑稽劇表演助興的餐館。
[166]　安特衛普（Antwerp），比利時的一座港口城市。
[167]　科涅克白蘭地（cognac），產於法國西部科涅克地區的一種優質白蘭地酒。

柯南夫人，向您引薦專搞陰謀的付先生。」

　　而付老爺子先是抽出一隻手刮起了他的下巴，並用那個姿勢朝前走了一到兩步，接著，他就用那副樣子朝著柯南老夫人講說了起來，同時仍然在回應著她的目光：

　　「好吧，我知道朝我把眼睛瞪得這麼大是什麼意思，但妳是沒必要費這個事的，因為我根本就不在乎它。在不知道多少個年頭以來，我一直都在跟妳說，妳是全世界最固執己見和最頑固不化的女人之一。那就是妳現在的樣子。妳說妳自己是謙虛和有罪的，但妳實際上是妳那個性別裡面最自以為是的那一個。那就是妳現在的樣子。在我們發生口角的時候，我曾經一遍又一遍地跟妳說過，妳想讓每一樣東西都在妳的面前倒下去，但我是不願意倒下去的 —— 妳還想生吞掉每一個人，但我是不願意被生吞掉的。當妳一開始拿到那張紙的時候，妳為什麼不把它給毀掉呢？我建議妳那麼做，但是不，採納建議可不是妳的作風。妳必須得把它給保管起來，的確是這樣。有可能妳會在其他某個時間去執行它，的確是這樣。就像我不知道妳在它上面轉著什麼念頭似的！我認為，我看見妳的傲慢在心裡悄悄地執行了它，儘管可能會被懷疑是妳藏起了它。但這就是妳那套自欺欺人的把戲。就像妳欺騙自己假裝出來，妳做所有這些事情並不是因為，妳是一個苛刻的滿心都是輕蔑、惡意、權力和不原諒的女人，而是因為妳是一個事工的僕人，是被指定去做這些事情的。妳是誰呢，會讓妳被指定去做它們？那有可能是妳的宗教信仰，但對我來說卻是胡說八道。既然我已經說到這事上面來了，就讓我把所有事實都告訴妳吧。」付老爺子交抱起兩條胳膊說道，並隨之變成了一幅明確描摹出了暴躁易怒的固執性情是什麼樣子的畫像，「我已經被妳刮擦刺激了 —— 刮擦刺激了四十多年了 —— 因為就連對我這麼一個見識高妳一等的人，妳都擺出了這麼一副高姿態來，它所造成的後果就是，妳冷酷地把我擺在了一個低賤的位置上面。我是非常仰慕妳的，妳是一個擁有強大的頭腦和了不得的天才的女

人，但就算是最強大的頭腦，和最了不得的天才，都不能把一個人刮擦刺激上四十多年，而不讓他感到疼痛。所以，我是不在乎妳現在的眼光的。現在我要說到那張紙了，請留心聽我的話。妳把它收在了某個地方，同時也把妳自己的企圖藏在了那裡。那時候妳還是一個活蹦亂跳的女人，要是妳想拿到那張紙的話，妳是可以拿到它的。但是，請注意。接著卻進入了一個妳被打擊到了現在這副模樣的階段，然後要是妳想拿到那張紙的話，妳是沒辦法拿到它的。所以，它就在它被藏匿的那個地方，一直躺了很多個年頭。最後，當我們每天都在等著亞瑟回家來的時候，當他任何一天都可能回到家裡來，而我們卻沒辦法說得上來，他可能會在這座房子裡面來上一場什麼樣的翻找的時候，我建議了妳有五千多遍，要是妳沒辦法拿到它的話，就讓我去拿到它，然後把它丟進火裡去吧。但是不 —— 除了妳自己之外，沒有任何人知道它在哪裡，而那就是權力，所以，儘管拿妳想用的無論任何謙虛的名頭來稱呼妳自己吧，但我卻要把妳稱為是，一個對權力有著貪得無厭胃口的女性路西法[168]！在一個星期天的晚上，亞瑟終於回家來了。他在這個房間裡面待了還不到十分鐘之後，就說到了他父親的那塊錶。而妳知道得非常清楚，在他父親把那塊錶寄給妳的那個時候，那個勿忘記唯一能有的意思是什麼，當時這個故事的其他部分全都已經死的死完的完了，它只能是讓妳勿忘記妳所作的那場隱瞞。歸還它吧！同時亞瑟的行為也有點嚇到妳了，那張紙終究是要被燒掉的了。所以，在那個蹦蹦跳跳的蕩婦和耶洗別[169]，」說到這裡，付老爺子朝著他妻子呲著牙笑了起來，「把妳弄到床上之前，妳終於告訴我妳把那張紙放在了哪裡，原來在地下室的一堆舊分類帳裡面，在第二天上午，亞瑟自己也在那裡很是搜尋了一頓。但是，它是不能在一個星期天晚上被燒掉的。不，妳是嚴格

---

[168]　路西法（Lucifer），魔王撒旦的別稱。路西法原為上帝所有天使當中最聰明的一個，但因野心過大而遭上帝厭棄。

[169]　耶洗別（Jezebel），以色列王亞哈（Ahab）之妻，以邪惡淫蕩著稱，其事可見於《聖經舊約－列王紀下》第9章。

恪守著戒律的，妳的確是，所以我們必須得等到過了十二點，等時間到了星期一才行 [170]。喏，妳做的所有這些事情都等於是在生吞我，所以，覺得有點惱火同時並不像妳那麼嚴格恪守戒律的我，在十二點之前看了一眼那份檔案，幫我自己恢復了一下我對它的外觀的記憶 —— 並從地下室那些為數眾多的發黃的舊紙裡面，折起了一張樣子跟它相像的 —— 隨後，當我們到了星期一凌晨之後，當時我必須得就著妳的燈光，從妳躺著的那張床那裡，走到這個爐柵跟前，而我在途中像個魔術師似的，做了一個小小的交換，並隨之燒了那張假的。我的兄弟以法蓮，也就是那個看管瘋子的人（我現在倒是希望，他自己能被穿上一件束臂衣 [171]），他自從做完了妳交給他的那份長期工之後，一連換了許多個工作，但都做得不是很好。他的妻子死掉了（那並不是什麼大事，我自己的那一個可以替她去死，我熱烈歡迎），他在瘋子身上做的投機生意也不大成功，因為他試著用烘烤法幫一個病人恢復理智，結果把那人給烤過頭了，這讓他陷入了困境裡面，欠了一屁股債。他當時正在離開過去那條能讓他多少刮攏上一些，同時也從我這裡搜刮一點的正道。他在那個星期一的凌晨來到了這裡，等著河水漲潮，簡單說就是，他打算去安特衛普（我擔心，我說的話讓妳有些震驚，至於他，就讓他下地獄去吧！），然後在那裡結識了眼前這位紳士。他是走了一段遠路過來的，我當時覺得，他只是有些瞌睡而已，但我現在認為，他是喝多了。當亞瑟的母親被他和他妻子看管著的時候，她一直都在寫信，接連不斷地寫 —— 多數都是寫給妳的認罪信，並乞求原諒。我兄弟時不時地，把大量這樣的紙交到了我的手裡。而我那時候認為，我不妨把它們給據為己有，也用它們過上一把生吞的癮，所以我就把它們放在了一個箱子裡面，等到我有了那個興致之後，就把它們給飽覽上一頓。現在，因為有亞瑟來到了它的附近，所以我確信，應該把那張紙拿

---

[170]　按照《聖經舊約》中所載的古時戒律，星期天是上帝的安息日，是不能做任何工作的。

[171]　束臂衣（strait-waistcoat），一種沒有袖子，後背處設計有收緊帶的長袍，用來約束精神病患者的活動。

出它原來的地方，於是我把它放進了上面說的那個箱子裡面，又給它上了兩道鎖，把它交托到了我兄弟手裡，讓他帶著它離開然後保管起來，直到我寫信指示他怎麼做。我確實是寫了信，但沒有收到任何回音。我不知道該怎麼解釋這個狀況，然後就有這位紳士賞臉對我們進行了第一場拜訪。理所當然的是，我那時候就開始懷疑，那個箱子可能怎麼著了，但我現在卻不想聽他解釋，他是怎麼得知我的那些紙上，和妳那張紙上的內容的，還有我兄弟在喝了酒抽了菸之後的談話的（我現在倒是希望，他被強迫塞住了嘴巴）。現在，我只剩下一件事情要講了，妳這個腦袋像錘子一樣堅硬的女人，它就是，我還沒有完全下定決心，要不要拿那份遺囑附件找妳什麼麻煩，可能會，也可能不會。但我現在認為不會，還覺得只要讓我知道，我是勝過了妳，並且統治著妳的，就會讓我感到徹底心滿意足了。在眼下的情況裡面，在明晚這個時間之前，我沒有別的話要解釋給妳聽了。所以妳不妨，」付老爺子說，並用一個扭擰動作結束了他的演講，「拿妳的眼睛去瞪旁的某個人吧，因為拿它們瞪我是沒有什麼用處的。」

待他停下講述之後，她慢慢地收回了目光，然後把額頭落在了一隻手上。與此同時，她的另一隻手緊緊地按在桌子上面，而且，那種奇特的動靜再一次出現在了她的身上，就像她正要站起來似的。

「這個箱子絕對不能賣出，要是換了其他地方的話，它能在這裡賣出的那個價格。這個情報也絕對不能給你帶來像是賣給我那麼多的收益，要是賣給任何其他人的話。但我現在沒辦法籌到你要求的那個數額。我並不怎麼發達。那你現在要拿多少呢，換了另外一個時間又要拿多少呢，我怎麼樣才能放心地知道，你會保持沉默呢？」

「我的天使，」李高說，「我已經說過我要拿多少了，而且時間很是緊迫呢。在來這裡之前，我把那些紙裡面最重要那些的副本交到了另一個人手裡。要是把時間拖延到馬夏今晚關門的話，就會為時過晚來不及處理了。那個囚犯就會讀到它們了。」

　　她聞言再次用兩手抱住了頭，並發出了一聲嘹亮的喊叫，然後在一驚之下站了起來。她先是蹣跚搖晃了有片刻功夫，就像馬上要倒下去似的，但旋即便穩穩地站住了。

　　「說說你是什麼意思。說說你是什麼意思，小子！」

　　在她那個太長時間沒有使用過直立這種姿勢，同時又太過僵硬的可怕的身形之前，李高被嚇得朝後跌了出去，並隨之放低了嗓音。在場的三個人全都覺得，差不多像是有一個死去的女人起屍還魂了。

　　「杜麗小姐，」李高回答說，「也就是福德先生的那位小姪女，我是在海峽那邊結識到她的，現在正熱戀著那個囚犯。杜麗小姐，也就是福德先生的小姪女，眼前這一刻正在看守著那個生病的囚犯。在來這裡的路上，我親手把一個包裹留在了監獄裡面，也就是留給了她，隨同包裹的還有一封指示信函，那裡面說『為了他的緣故』── 為了他的緣故她是願意去做任何事情的 ── 她要讓它保持原樣不要開封，但前提條件是，它在今晚關門之前被取了回去 ── 要是它在監獄的鈴聲敲響之前沒被取回去的話，那就把它交給他，而且，它的裡面還包著為她自己準備的第二份副本，而他是絕對會把它交給她的。什麼！既然我們現在已經熟到這個分上了，我竟然沒在你們當中再托上一個人，讓他把我的祕密再告訴第二個人。至於它在別的地方不能給我帶來它能在這裡賣出的價格這個問題，那麼請妳說說，夫人，妳是已經限制和敲定了那個小姪女為了息事寧人 ── 為了他的緣故 ── 會給出的價格嗎？我要再說一遍，時間緊迫呀。要是那個包裹在今晚的鈴聲敲響之前沒被取回來的話，妳就不能買到它了。到了那個時候，我就會把它賣給那個小女孩了！」

　　再一次地，那種動靜和掙扎出現在了她的身上，只見她跑向一個櫥櫃，一把扯開它的門，取下來一塊頭巾或者是披肩，把它裹在了頭上。在此之前，阿麗一直在驚恐萬狀地注視著她的女主人，現在，她飛奔到位於房間中央的她那裡，緊緊抓住了她身上的禮服，然後在她的身邊跪了下去。

「不要，不要，不要！妳正在做什麼？妳要去哪裡？妳是一個可怕的女人，但我對妳是沒有惡意的。我現在沒辦法為可憐的亞瑟去做任何事情，這一點我是知道的，所以妳是沒必要害怕我的。我會保守妳的祕密。不要出去，妳會倒斃在街上的。只要答應我下面這件事情，要是祕密關在這裡的那個人就是那個可憐的東西，然後妳會讓我來照顧她，當她的保姆。只要答應我這件事情，然後就永遠不用再害怕我了。」

在她迅速而匆促地動作著的緊要關頭，柯南老夫人定定地站立了有一瞬間功夫，然後用嚴厲而驚詫的口吻說道：

「關在這裡！她已經死去有十好幾年了。去問老付吧 ── 去問他吧。他們都會告訴你，在亞瑟出國那時候，她就已經死了。」

「那事情就更糟了。」阿麗說道，並打了一個激靈，「這麼說是因為，那麼就是她在纏著這座房子鬧鬼了。還有誰會窸窸窣窣地到處走動，會讓那些灰塵那麼輕地掉落下來，向我們發出這些信號呢？還有誰會在我們全都上床睡覺之後，在這裡來來去去，並且在牆上留下那些長長的彎彎曲曲的觸摸痕跡呢？還有誰會有時候把門給頂住呢？但是不要出去吧 ── 不要出去女主人，妳會死在街上的！」

但她的女主人未做任何答覆，只是從她哀求的兩手裡面掙脫了她的禮服，然後對李高說，「在這裡等我回來！」隨即便跑出了房間。他們從窗戶那裡看到，她先是狂熱而激動地跑過了庭院，然後又跑出了門洞。

有那麼幾陣子功夫，他們都站在那裡動彈不得。阿麗是第一個動作起來的，只見她絞著兩手追趕她的女主人去了。然後是付劍利，他慢慢後退到了門口那裡，期間一直保持著一手插著口袋一手刮著下巴這個姿勢，最後挺著他那副城府極深的派頭，默不作聲地把自己擰出了門外。於是李高被孤零零地剩在了那裡，他讓自己在那扇開著的窗戶的窗座上面安坐了下去，用的還是過去在馬賽監獄裡面的那套姿勢。待把菸捲和火絨盒子擺在手邊之後，他就開始抽起了菸來。

「呼哧！差不多跟那個地獄一樣的老監獄一樣沉悶。要熱上一些，但差不多一樣淒慘。在這裡等她回來？是的，一定會的，但她到哪裡去了呢，還有她要去多久呢？統統沒有關係！李高雷哥布蘭多，我的親切的人兒，你會得到你的錢的。你會讓自己變得富有起來的。你生來是一位紳士，到死還是一位紳士。你會勝利的，我的小男孩，但你生性不就是要勝利的嗎？呼哧！」

在這個大獲全勝的時刻裡面，他的髭鬚開始向上翹起，他的鼻子開始向下挪去，與此同時，他還懷著一份特別巨大的滿足感，用挑逗的目光看起了頭頂上方的一根巨大的橫梁。

（達摩克利斯[172]）

---

[172]　達摩克利斯（Damocles）是敘拉古王狄奧尼修斯（Dionysius）的諂臣，善歌功頌德。狄奧尼修斯某天請其赴宴，並於其頭頂上方用一根頭髮懸一出鞘之利劍，以此向他暗示，帝王之尊榮喜樂是危機四伏的。作者於此處用達摩克利斯喻李高布蘭多，暗示他正處於險境當中。

第三十章　大戲正在閉幕

第三十一章　閉幕完畢

在太陽已經降落了下去，各條街道都在布滿塵土的暮光中變得一派昏暗之際，那個太長時間沒有接觸過它們的身形，正在急匆匆地趕著它的路。在緊鄰那幢老房子的地帶，它引起的注意甚是微小，因為在那些地方，只有為數甚少的幾個零散行人注意到了它，但是，當它沿著河邊那些蜿蜒曲折的小路朝著倫敦橋那邊爬去，然後又拐進那條巨大的主幹道之後，它卻被包圍在了一片詭異當中。

其時，它臉上的表情是堅定而激動難捺的，腳下雖然是虛弱而無甚把握的，但卻步履如飛，而且，她的身上還穿著惹眼的黑色禮服，頭上還在匆促之間胡亂包裹了一些東西，還擁有一副枯槁憔悴絕非人間所有的蒼白面目。它就這麼一副模樣在人堆裡往前擠著，像個夢遊的人似的對身邊的龐大人群渾不在意。因為如此顯著地游離於它所置身於其間的人群之外，讓它比擺在基座上面供人觀看的雕像更顯引人注目了起來，結果，它把所有眼睛都吸引到了自己的身上。閒逛的人們引起他們的注意力觀察起了它，忙碌的人們在經過它身邊的時候，放慢了他們的腳步，又扭過了他們的頭來，成雙結伴的人們停下腳步站在了一旁，一邊彼此嘓嘓低語著，一邊打量著這個從他們身邊走過的狀如鬼怪的女人，總之，當它經過的時候，這個遊弋著的身形像是掀起了一個漩渦似的，把那些最為無所事事和最為好奇的人們給拖在了它的後面。

因為有眼前這一大批人緊盯著她的臉龐，鬧哄哄地侵入了她那間經年累月單獨一人居住著的囚室，因為她有些糊裡糊塗地覺得，她正置身於半空當中，同時更加糊裡糊塗地覺得，她是用兩腳踏著地的，又因為身邊那些依稀記著的事物全都發生了未曾料想到的變化，還因為，在她經常用想像力對她被隔絕於其外的那種生活進行描畫時，所得到的那些她可以控制

得住的畫面，和讓她有些不知所措的飛速奔湧而來的現實洪流之間，出現了天壤雲泥般的巨大差別，所以，她覺得有些頭暈，但仍然在堅持走著她的路，就像包圍著她的只是一些渙散凌亂的想法，而非是來自外界的人類和眼睛觀察到的東西似的。但是，在穿過那座橋，又徑直朝前走了一段距離之後，她想了起來，她是必須得打聽上一下方向的，於是，她停下腳步四下裡打量了起來，想要找到一個有望打聽到答案的地方，而直到這時她才發現，自己被一堆熱切關注著她但又對她怒目而視的臉龐給圍了起來。

「你們為什麼要圍著我呢？」她問道，並且打起了抖來。

在距離她最近的那些臉當中，沒有任何一個給予她回答，但是，從外圈那裡，卻有一個尖利的喊叫聲竄升了起來，它說「因為妳是瘋子！」

「我的神志是正常的，跟這裡的任何一個人都一樣。我想找馬夏監獄。」

外圈的那個尖叫聲再度反駁道，「要是別的事情不能的話，那它正好能說明妳是瘋子，因為它就在正對面！」

在這句答覆掀起了一片譁然之際，有一個面目溫和安靜的小個子年輕男人擠到了她的身邊，然後說，「妳是想找馬夏嗎？我正要去那裡值班呢。跟我一起到路對面來吧。」

於是，她把一隻手搭在他的胳膊上面，讓他把她帶到了路的對面。至於那個圍觀的人群，則因為馬上就要失去她了這個有些暗淡的前景，而頗有些受到了傷害的感覺，於是，它的前後及兩側都出現了一些推擠的跡象，並且提議把會議地點轉移到貝德倫[173]去。接著，在監獄的外院裡面短暫地騷動了一陣子之後，監獄的大門被打開了，又在他們的身後關了起來。進了門房之後，它已經點起了一盞昏黃的燈，正在跟監獄裡面無處不在的陰影做著鬥爭，而且，跟外面的吵鬧兩下相形之後，它倒有些像是一個可以讓人避難的安靜地方似的。

---

[173]　指貝斯蘭姆精神病院（Bethlem Hospital for the Insane），1814 年起移至倫敦蘭貝斯自治市（Lambeth）的聖喬治廣場（St. George's Fields），曾為倫敦的一處觀光景點，花兩便士便可參觀裡面的瘋人。

「喔，莊呀！」把他們放進來的那名獄卒說。「這是怎麼回事？」

「沒事，父親，只是這位女士不認識路，又被一群孩子糾纏著不放。妳想找誰呢，夫人？」

「杜麗小姐。她在這裡嗎？」

那位年輕人變得更感興趣了起來。「是的，她在這裡。請問您高姓大名呢？」

「柯南夫人。」

「是柯南先生的母親吧？」那位年輕人問。

她聞言把兩片嘴唇緊抿了起來，有些猶豫該如何作答。「是的。她最好被告知，是他的母親在找她。」

「你瞧，」那個年輕人說，「典獄長一家人目前正住在鄉下，典獄長把他的一個房間留給了杜麗小姐，讓她可以隨意使用。難道你不認為，你最好先上去那裡，然後讓我把杜麗小姐帶過去嗎？」

她表示了同意，於是他給一扇門開了鎖，領著她走上了一條側樓梯，而它是通往位於樓上的一套住宅的。接著，他把她帶進了一個昏暗的房間裡面，把她留在了那裡。那個房間可以俯瞰陰暗的監獄放風場，在那個夏日的傍晚裡面，它的那些居民們有的四處溜達著，有的把身子斜靠在窗戶外面，有的在跟他們即將離開的朋友，盡量做著更多的話別，一言以蔽之就是，他們正在用他們能夠找到的最佳方式，消磨著他們的監禁時光。其時的空氣是滯重而炎熱的，眼前這個閉塞的地方是令人壓抑的，而這時，卻從外面竄起了一陣疾速行進而毫不受拘束的聲音來，其情狀就像是，一個人在頭疼和心痛之際，回憶起了這些令他倍感刺耳的東西。而正當她站在窗戶旁邊，有些迷惑地俯瞰著眼前這座監獄，就像從她自己那座截然不同的監獄裡面向外望去一般的時候，忽然響起了一兩句流露著驚訝之情的溫言軟語，把她給驚醒了過來，接著便有小杜麗站在了她的面前。

「這是真的嗎，柯南夫人，這太讓人高興了，妳竟然恢復得 —— 」

但小杜麗卻半道停下了話頭，因為在扭向她的那張臉上，是既沒有高興也沒有健康的成分存在的。

「這不是什麼恢復，也不是我有了力氣，我不知道它是什麼東西。」她把一隻手微微揮了一下，把前面說的那些東西全都揮到了一旁。「妳手裡有一個留給妳的包裹，它要是在這個地方今晚關門之前沒被取回去的話，妳就會把它交給亞瑟，對嗎？」

「是的。」

「我是來取回它的。」

小杜麗聞言從胸口那裡把它掏了出來，把它交到了她的一隻手裡，然而，在接到它之後，那隻手卻仍然保持著向外伸出的姿勢。

「妳對它的內容有什麼想法嗎？」

此時，小杜麗是受到了一些驚嚇的，因為她突然就帶著那份新近獲取的運動能力，出現在了那個地方，而且這種能力照她自己的話來講，還不是有了力氣，還顯得有些不真實似的，像是一幅畫或者一座雕像被賦予了生氣一樣。於是，她在這種受驚的心情中回答說，「沒有。」

「那讀讀它們吧。」

於是，小杜麗從那隻仍然向外伸著的手裡取過那個包裹，給它開了封。然後，柯南老夫人把裡面那個寫給她的小包遞給了她，手裡拿著剩下的那些。即便在正午時分，因為礙於監獄高牆和其他建築物的陰影，也會讓眼前這個房間的光線有些昏暗，而現在又加上了飛快變重的暮色，所以，它暗得沒辦法在其中閱讀它們，唯有窗戶那裡尚堪使用。於是，小杜麗便站在窗戶那裡，在夏日傍晚的一小片明亮天空的映照之下，讀了起來。接著，在發了一兩聲突然爆發出來的驚奇和驚嚇兼具的喊叫之後，她便默不作聲地一路讀了下去。等到讀完之後，她把頭扭了過去，看見她舊日裡面的女主人，正低頭站在她的面前。

「妳現在知道了，我做了些什麼事情。」

「我認為是的，恐怕是的，雖然我心裡慌亂得厲害，難過得厲害，還覺得可憐人實在是太多了，這讓它沒辦法完全去理解，我剛才讀到的那些東西，」小杜麗抖抖索索地說。

「我會把我從妳那裡扣下的東西還給妳。原諒我吧。妳能原諒我嗎？」

「我能，而且上帝知道，我已經原諒妳了！不要吻我的裙子，也不要朝我下跪，妳的年紀太大了，我受不了讓妳跪我。我已經心甘情願原諒妳了，用不著那樣。」

「我還有別的請求。」

「那也不要用那個姿勢，」小杜麗說。「看著妳的灰髮低在我的面前，有些不大正常的感覺。請起來吧，讓我來幫妳。」說完這些話之後，她把她扶了起來，然後，她（指小杜麗）雖然站在那裡有些畏縮地不敢靠近她，但看著她的目光卻是相當堅定的。

「我現在要向妳提出的這個重大的祈求（還有另外一個從它的裡面衍生了出來），我現在要向妳那顆慈悲溫和的心訴說的這個重大的懇求它就是，在我死掉以前，請妳不要向亞瑟透露這件事情。要是妳認為，等到妳有時間考慮它們的時候，認為在我尚在人世的時候，讓他知道它們能給他帶來什麼好處的話，那就告訴他吧。但妳是不會那麼認為的，然後，在那種情況之下，妳願意向我承諾，妳會饒恕我直到我死去嗎？」

「我實在是太難過了，讀到的那些東西又讓我的思路亂得厲害，」小杜麗回應說，「所以，我不能給妳一個很篤定的回答。要是我能完全確定，了解到它們不會給柯南先生帶來任何好處 ──」

「我知道妳是愛戀著他的，會把他當成第一考慮因素。把他當成第一考慮因素這是正確的。我也要求妳那麼做。但是，要是等妳認真考慮過他之後，仍然發現在我在世上停留的這一小段時間裡面，妳是可以饒恕我的話，妳願意這麼做嗎？」

「我願意。」

「願上帝保佑妳！」

其時，她立身於暗影當中，在身處光明中的小杜麗看來，她只是一個蒙著面紗的人影而已，但是，在說出上面那幾個飽含感激之情的字眼時，她的嗓音卻突然就變得相當熱烈了起來，但也有些支離破碎，而這種破碎是因為，她封凍的兩眼還不習慣目睹這種溫和的感情流露，就像她封凍的四肢還不習慣運動一樣。

「妳可能會覺得奇怪，」她用一種比方才更顯強烈有力的音調說，「我竟然受得了讓妳這個被我傷害過的人知道真面目，卻受不了讓傷害過我的敵人的兒子知道。這麼說是因為，她是確確實實傷害過我的。她不僅對我們的主犯下了嚴重的罪孽，還傷害了我。亞瑟的父親在我眼裡是個什麼形象，那是她一手造就的。自從我們結婚那天起，我就是那個讓他害怕的人，我的這個樣子也是她造就的。結果我變成了懲罰他們倆人的工具，這也是可以追因到她的身上的。妳是愛著亞瑟的（我能看見，有紅暈出現在了妳的臉上，希望它能是妳們快樂生活的一個前兆！），所以妳可能會覺得，或者已經這麼想過了，覺得他是跟妳一樣慈悲善良的，那我為何不能馬上就向他敞開心扉呢，就像對妳那樣？妳沒有這麼想過嗎？」

「對於我的內心來說，」小杜麗說，「不管什麼想法，只要是發端於下面這個認知，就是覺得仁慈慷慨而善良的柯南先生永遠都是可堪信賴的，那它就不會是一個太過陌生的存在。」

「我並不懷疑這一點。可亞瑟是唯一一個，在全世界的人裡面，是唯一一個在我在世期間，我想把這件事情瞞著他的人。在他還是一個剛開始記事的孩子的那些日子裡面，我就把我的施加約束糾正的手按在了他的身上。我對他是嚴厲以待的，因為我知道，父母的過犯會被施加到他們的後代身上 [174]，我還知道，在他出生的時候，他的身上就被打下了一個憤怒

---

[174]　柯南老夫人在此處援引了《聖經－舊約－出埃及記》（*Exodus*）第 20 章 5 節中所載的教義，「因

的印記。我曾經跟他和他父親坐在一起，看見他非常想要鬆懈下來，去繼承他父親身上的那些軟弱成分，是我強行把他拉了回來，好讓這個孩子可以把自己解救出那種枷鎖和困苦之外。我還見過，他那張跟他母親一模一樣的臉從他的那些小書上面抬起來，用敬畏的目光看著我，想用她母親的那套辦法來軟化我，但實際上，它們只會讓我變得更加堅定。」

她用一種追憶過往但又有些沮喪的聲音滔滔不絕地往下說去，宛若向外噴湧著一條語言的激流，但是，在聽到這裡之後，她的那位女性審計人員更加朝後畏縮了起來，這讓她的這條語言之河停止流動了有片刻功夫。

「這都是為了他好，不是為了補償我所受過的傷害。我那些事算個什麼呢，在上帝的詛咒面前，它們能值上些什麼呢？我親眼看著那個孩子成長了起來，雖然沒有選民那樣的虔誠（在那個方面，他母親身上的那些過錯對他的遺傳實在是太重了一些），但仍然算得上公正和正直，對我也算順從。他從來沒有愛過我，雖然我一度有些希望，他可能會這樣 —— 我們的意志實在是太薄弱了，還有我們肉體的那種腐敗愛欲，它跟我們被託付的任務之間的那種爭戰實在是太強烈了，但他一直都是尊敬我的，還強令他自己盡職於我。他直到眼前這一刻都是這樣做的。但他還是在心裡留著一塊從來不知道那是什麼滋味的空白地方，轉身離我而去了，跟我分道揚鑣去走他自己的路了，但是，就連那件事情，他都做得不失體貼和敬意。這些就是他跟我之間的關係。妳跟我的關係要比它們輕鬆上許多，涉及的時間也要短上許多。當妳坐在我的房間裡面做針線活的時候，妳是有些怕我的，但妳當時可能也認為，我是在對妳做著一件好事，現在妳了解得更加清楚了，知道我實際上是對妳有過一份傷害的。妳誤會和誤解了我設計出這份工作來的原因和動機，但妳的這種誤會和誤解，要比他那種更加容易承受。不管給我什麼我能想像出來的物質補償，我都不願意有哪怕

為我，耶和華你們的神，是忌邪的神。恨我的，我必將其罪加於其子身上，直至三四代。」
(I the Lord thy God am a jealous God, visiting the iniquity of the fathers upon the children unto the third or fourth generation of them that hate me.)

一瞬間，讓他不管多麼盲目地，把我從我在他面前維繫了一輩子的地位上面摔下去，不願意讓他完全把我變成一個他不會去尊敬的東西，也不願意讓他覺得，我是被查明和暴露了底細的。但要是必須得這麼做的話，那就讓他去做吧，只要別讓我在這裡看見就行。在我仍然活著期間，讓我一下也不要感覺到，我像是一個被閃電消滅掉或者被地震吞噬掉的人那樣，讓他親眼看著死掉了，或者從他身邊完全被消滅了行跡。」

　　當她如此這般表白自己的時候，她內心裡面的那種傲慢是非常強烈的，還有這種傲慢和她素來有之的那種激怒所導致的那份痛苦，也在予以她非常劇烈的折磨。而且，在她做出如下補充的時候，它們也未見有減少的跡象：

　　「甚至到了現在，我都看見妳畏縮著不敢靠近我，好像我是個殘忍的人似的。」

　　小杜麗是沒辦法否認這一點的。她努力不想把它表現出來，但是，在面對著這份燃燒得如此凶猛，且持續得如此長久的心境時，她還是恐懼萬分地退縮了。在她眼裡，它就是那麼一副清楚簡單的模樣，並沒有什麼詭辯的成分在裡面。

　　「我做的那些事情，」柯南老夫人說，「都是上面交給我去辦的。我讓自己去對抗的是罪惡，不是善良。我充當了一件對罪孽給予嚴厲懲罰的工具。難道像我自己這種全然的罪人，就不能受命隨時去打壓它嗎？」

　　「隨時？」小杜麗學舌說。

　　「儘管有我自己受到的那些傷害充溢在心間，而且我自己的復仇欲望也在推動著我，但我就不能找到任何正當理由嗎？在古時候，無辜的人差不多肯定會跟惡人一起被滅絕，這裡面也沒有任何正當之處嗎？還有，當憎惡不義之人的大怒甚至連流血都沒辦法讓它平息下去的時候，結果它們卻得到了上帝青眼相加，這裡面也沒有嗎？」

　　「啊呀，柯南老夫人，柯南老夫人呀！」小杜麗說，「憤怒的感情和不

寬恕的行為是不能給妳和我帶來任何安慰和指引的。我曾經在這座可憐的監獄裡面生活過，還在這裡接受了一些存在嚴重缺陷的教導，但請允許我懇求妳這麼一句，妳要記住以後那些更好的日子。要只拿那位治病救人者，那位起死回生者，那位與所有受苦受難和孤苦無依的人們為友者，和那位會為我們的軟弱流下同情之淚的忍受磨難的主[175]，來充當我們的導師。要是我們把所有其他東西都統統拋開，做每一件事情的時候都把他記在心裡，那我們就沒辦法不被稱為義人。我確信，在他的生活裡面，是沒有復仇和讓別人受苦這碼事情的。我還確定，只要我們跟隨他，就沒辦法有糊塗昏亂的時候，也沒辦法去追尋其他人的腳蹤！」

　　其時，她身處於窗戶那裡的柔和光線當中，於是，她把目光從她以前遭受考驗的這個地方，轉移到了窗外發著光的天空上面，其實，對於身處陰影當中的那個黑色身形，她是不懷有太大的成見的，她們之間更大的分歧存在於，她所仰賴的生活和信條跟那個身形的過往經歷之間。而這時，它的頭再度低了下去，沒再說上哪怕一個字眼，而且，它一直保持著那個樣子，直到第一遍提醒離開的鈴聲開始響了起來。

　　「妳聽！」柯南老夫人很是吃了一驚，然後叫嚷著說。「我剛才說過，我還有另外一個祈求。而且它是不允許受到耽擱的。那個把這個包裹帶給妳和擁有這些證據的人，他現在正在我的家裡等著，等我拿錢去收買他。我只有買通了他，才能讓這件事情不被亞瑟知道。他要的是一筆數額巨人的錢，超過了我馬上能籌集到付給他的數目。而且，他還拒絕在數目上做出任何讓步，因為他對我的威脅是，要是他在我這裡沒能如願以償，他就會來找妳。妳願意跟我一起回去，然後告訴他妳已經知道了這些事情嗎？妳願意跟我一起回去，然後試著去說服他嗎？妳願意一起來幫著我對付他嗎？不要拒絕我用亞瑟名義提出的請求，儘管我不敢說，我是為了亞瑟的利益做出這個請求的！」

---

[175]　小杜麗在此處指的是耶穌基督，耶穌的相關事蹟可見於《聖經－新約》的四部福音書。

　　小杜麗心甘情願地表示了服從。她先溜進監獄裡面消失了一陣子功夫，然後便回來了，說她已經做好了離開的準備。於是，她們從另外一條樓梯上面下去，避開了門房，待走過現在已經鴉雀無聲而空無一人的前院之後，便來到了大街上面。

　　其時正值那種除了一陣漫長的暮光之外，別無其他更為深重的黑暗的夏日傍晚時分。街道和倫敦橋形成的長條狀景色都一覽無餘地擺在那裡，天空也顯得寧靜而美麗。人們或站或坐在自家的門前，有的跟孩子們玩耍著，有的享受著這個美麗的傍晚；有很多人都在散步透氣；眼前這個充滿煩憂的白晝差不多已經煩到了頭，所以，除了那些煩憂本身之外，鮮有人表現得匆促或慌亂。在穿過倫敦橋的過程當中，他們看到，有很多教堂的尖頂清楚地出現在了她們眼前，就像它們先衝破了素常包裹著它們的濃霧，又向前走了一段距離，結果跟她們離得比以前近了不少似的。升騰到天空當中的煙氣都失卻了原本的暗淡色調，轉而披上了一層明亮的外衣。落日的美麗景象尚未散盡，還可以從靜臥在天邊的那些狹長的薄雲中覷得一些蹤跡。在那個覆蓋著整個大地的安謐天穹上面，從它的中心部位處射出來一些巨大的光柱，散布在了一干很早就露了頭的星辰當中，像是在昭告著，那份充滿和平和希望、受到上帝保佑而且把那頂荊棘的冠冕變成了一種榮耀的新約即將要兌現似的。

　　現在，柯南老夫人已經不像來時候那麼卓爾不群了，一來是因為她不再孤身一人，二來是因為天色更暗了一些，所以，她現在在小杜麗身邊急匆匆地走著，未再受到任何騷擾。她們先從她之前走過的那個街角離開了那條通衢大道，然後便在眾多空蕩蕩的寂靜的小街裡面，蜿蜒曲折地往下走了起來。最後，她們的腳步來到了她家的門洞跟前，但就在這時，那裡卻響起了一陣打雷般的嘈雜聲響。

　　「那是怎麼回事？我們快些進去吧。」柯南老夫人叫嚷著說。

　　於是她們便走進了門洞裡面。但這時，小杜麗卻伴隨著一陣穿雲裂帛

般的喊叫聲，緊緊抓住了她的背部。

　　因為在電光火石般的一剎那間，那座老房子就來到了她們的面前，連帶著那個躺在窗戶上面抽菸的男人；接著，隨著另外一陣打雷般的聲音，只見它上下起伏著，猛烈向外湧動著，在差不多五十個地方破裂著，最後坍塌著倒了下去。她們幾乎被噪音震聾了耳朵，還被塵土堵住了聲音、塞住了喉嚨、蒙蔽了眼目，於是，她們只好用手掩起臉來，同時腳像生了根似的站在原地動彈不得。接著，有一陣由塵土組成的巨大塵暴，開始在她們和寧靜的天空之間行進了起來，但只持續了片刻功夫，旋即便重新把一干星辰呈現給了她們。正在她們一邊舉目向上望去，一邊激動萬分地哭喊著救命的時候，那一大堆唯一還在站立著的大煙囪，也像是旋風裡面的一座塔樓似的，開始輕輕搖動了起來，破裂了起來，最後像下冰雹似的撒落在了倒塌形成的廢墟堆上面，其時的情形就像是，每一塊掉落下去的碎片都專一懷著這麼一個心思，想要把那個被壓碎的惡棍埋得更加深上一些。

　　她們被到處飛舞的垃圾顆粒蓋上了一層厚厚的黑塵，以致都辨認不出原本的面目來了，就這樣，她們從門洞裡面跑回了街上，並伴隨著哭喊和尖叫。在那裡，柯南老夫人跌倒在了鋪路石上面，從那一刻起，她再未動彈過哪怕一根手指頭，也沒有力氣再說上哪怕一個字眼。在之後的三年裡面，她始終靠坐在一張輪椅裡面，專注地看著她身邊的那些人們，像是能明白他們在說些什麼似的，但是，她長久以來一直固守著的那份嚴厲刻板的沉默，卻比以前更加嚴格地施加到了她的身上，而且，除了能動動兩隻眼睛，或者用點頭動作虛弱地表示一下同意或者否定意見之外，她不管活著還是死去，都跟一座塑像沒什麼兩樣。

　　在此之前，阿麗一直在監獄跟前尋找著她們，還在大橋上面遠遠地看見了她們的身影。現在，她上前把她的老主母抱在了懷裡，相幫著把她抬進了附近的一座房子裡面，對她表現得忠心不二。現在，那些神祕的噪音終於消失了。而阿麗像是一干大人物們那樣，總能在辨別事實時做出正確

的判斷，但又總是錯在了從它們推斷出來的理論上面。

　　等到那場塵暴最終消失得一乾二淨，又見那個夏日夜晚重新平靜下來之後，有數量甚眾的人們把通往那裡的每一條通道都堵了個水泄不通，接著又組成了幾隊挖掘人員，開始彼此相幫著在那堆廢墟裡面挖掘了起來。聽說在它倒掉的時候，那幢房子裡面有一百個人呢，聽說有五十個，聽說有十五個，聽說只有兩個。傳言最終定在了兩人這個數字上面，也就是那個外國人和付老爺子。

　　在那個夜晚所剩無幾的時間裡面，挖掘人員們一直就著搖曳不定的煤氣管燈挖到了天亮，最終跟初升的太陽位於了同一條水平線上面，接著越挖越深越挖越深，位於了升至天頂當中的它的下方，接著又跟開始降落的它形成了一條傾斜線，最後，在它離開地平線之際，又重新跟它位於了同一條水平線上面。他們就那麼堅定不移地挖啊鏟啊搬啊的，用手推車用獨輪車用籃子，就那麼夜以繼日無休無止地一直往下進行著，但是，直到夜晚第二次來到的時候，他們才發現了一堆骯髒的垃圾狀物，它就是那個外國人，在他的前額部位處，那根位於他頭頂上方最終落下來砸碎了他的巨大橫梁，把那裡給壓成了一堆碎末，看上去像是一堆碎玻璃似的。

　　然而，他們卻仍然沒有碰到老付，於是，那種挖啊鏟啊搬啊的，仍然在夜以繼日無休無止地繼續往下進行著。有傳聞聲稱，說那幢老房子擁有一個著名的地窖群（事實確實如此），說老付當時正在一個地窖裡面，或者是有時間逃進其中一個裡面去的，還說他在它堅固的穹頂下面毫髮無損，甚至還有人聽到，他用位於地底下的那種空洞窒悶的音調說，「我在這裡呢！」在鎮子的另外一頭，甚至已經有人了解到，那些開掘者們已經能夠用一根管子跟他展開溝通了，還說他已經用那個管道接受了肉湯和白蘭地，還說他用令人仰慕的堅毅語氣說，我一切都好，我的老弟們，只是鎖骨有點不妥。但是，那種挖啊鏟啊搬啊的仍然在無休無止地接著往下進行著，直至廢墟被全部挖了出來，那些地窖也都被打開現於了天日之下，

但仍然沒見老付被鎬或鏟子翻掘出來，不管是死的還是活的，是完好無損還是面目全非的。

然後，便開始有人領悟到，在房子倒掉的時候，老付是並沒有待在那裡的，然後又有人開始領悟到，他當時可是在別的地方忙得緊呢，正在讓他的股票在一個最短的預先通知期當中，轉變成盡量多的金錢，正在把他代那家商號行使的管理權，轉移進他個人的那個專用帳戶當中去。而阿麗記得，那個聰明人當時說過，他會在再過二十四小時之後作出解釋，於是她私心裡認定，他在那個期限裡面帶著能夠拿到的所有東西溜之大吉，這些金額和事實已經足夠且最終說明，他承諾做出的解釋會是些什麼內容，但她卻固守著沉默，只在心裡虔誠地感謝上帝，終於讓她擺脫了他。又因為看似有理的一個結論是，一個從來沒被埋掉的人是沒辦法被挖出來的，所以在他們的工作完成之後，那些挖掘人員們便放棄了他，而沒有為了他的緣故，一直挖進地球的深處去。

但是，這個觀點卻遭到了為數甚眾者們的敵視對待，因為他們堅持不懈地相信，老付正躺在倫敦那些地質學構造物當中的某個地方。而且，在下面這則消息最終屢次三番不斷傳來之後，他們的信念也未見有太大的動搖，這則消息說，有一個把領巾打成的結歪在一隻耳朵下面，而且眾所周知是一個英格蘭人的老頭，他跟海牙那些古雅運河兩岸的，還有阿姆斯特丹那些酒吧裡面的荷蘭人們相與得甚是相得，而此人使用的正是凡付先生 [176] 這個名號，連帶著它所應該具備的那份派頭。

---

[176]　在荷蘭語中，凡（Von）通常被用於貴族姓氏之前，比如著名荷蘭畫家文森特‧凡高（Vincent Von Gogh）。

第三十一章　閉幕完畢

第三十二章　演員正在退場

現在，亞瑟仍然病勢沉重地躺在馬夏裡面，魯格先生在法律的大空上面看不到哪怕一點機會，讓他能有拓展業務的希望，至於潘可思先生，則是絕望地承受著自責帶來的巨大痛苦。倘若沒有那些萬無一失的，已經證明亞瑟本應該乘坐著一輛雙駕大馬車外出兜風，而不是被關在監獄裡面動彈不得，也證明了潘可思先生本應該有三千到五千英鎊屬他自己所有的錢揣在手邊，可以供他隨意處置，而不是拿著捉襟見肘的小職員薪水的數字的話，那位不快樂的算術家可能已經迷戀上了他的床鋪，在那裡變成了把臉扭向牆壁然後死掉的眾多籍籍無名之輩中的一員，用來充當了獻給已故偉人莫德先生的最後一份祭禮。於是，在他那些無懈可擊的計算的獨力支撐之下，潘可思先生過上了一種有失快樂和安寧的生活，他隨時都把那些數字塞在帽子裡面，帶在身邊四處遊走著，不僅會在每一個可以利用起來的場合當中獨自對它們大加鑽研，還會請求他能抓住的每一個人類跟他一起去鑽研它們，並請他們觀摩，它們證明出來的那個情形是多麼的昭彰顯著。在瀝心庭裡面，只要是有一些無論大小的名望的居民，幾乎沒有一個未曾領教過潘可思先生的論證，而且，就像數位也具有傳染性一樣，有一種名曰算術的風疹開始在那個地方爆發了出來，在它的影響之下，整個大院都有些變得暈乎了起來。

而潘可思先生的心情愈是焦躁不安，便愈對那位年高德劭者變得不耐煩了起來。在他們較近的幾次會談期間，他的那些噴鼻聲已經具有了一種暴躁易怒的調性，向年高德劭者顯示出了一些不好的兆頭，同樣地，有那麼幾次，潘可思先生還分外用力地看著年高德劭者凸出的腦門，簡直都用力到了並不能完全調和於，他並非是一個正在尋找活體模特的畫家或者佩魯基假髮 [177] 製作者這一事實的程度。

---

[177]　佩魯基假髮（peruke），一種流行於 17 至 19 世紀期間的男子假髮。

　　然而，他仍然按照是否需要出現在年高德劭者面前這個要求，噴吐著蒸汽進出於他那個位於背面的小船埠，同時，他們的業務也在照著通常的路線繼續往下進行著。在固定的季節裡面，瀝心庭這塊土地會先被潘可思先生給耙上一頓，然後被賈思彼先生收割掉。潘可思先生收穫的份額是，這份業務裡面所有的苦差賤役和所有的骯髒成分，而賈思彼先生收穫的份額卻是，它的所有得益，和它的一應狀如飄飄欲仙般的煙靄和月光的美妙物事，而且，在每個星期六的傍晚時分，當他先把那一週的結餘款給敲打上一頓，然後轉動起他那兩隻肥胖的大拇指的時候，這位滿臉堆笑的善人通常還會來上這麼一套公式化的辭令，「所有事情都是令人滿意的，對所有方面都是如此 —— 對所有方面都是如此 —— 都是令人滿意的，先生，對所有方面都是如此。」

　　而那艘蒸汽拖輪，也就是潘可思的那個船埠是擁有一個鉛皮屋頂的，當它在非常炎熱的陽光中被煎炸上一頓之後，它是有可能會把那艘船也給加熱了的。在某個灼熱的星期六傍晚，事態便有可能是這麼一個情形，在聽到那艘笨拙移動著的深綠色大船的呼召之後，只見那艘拖輪馬上便在一種過熱的狀態之下，開出了它的船埠之外。

　　「潘可思先生。」年高德劭者如此評論道，「你有些玩忽失職，你有些玩忽失職，先生。」

　　「你那麼說是什麼意思？」他簡短地答覆說。

　　在那個傍晚裡面，一向都處於平靜鎮定狀態當中的年高德劭者，更是安詳到了一種如此非同凡響的地步，結果都有些令人惱火起來了。列在必死人類清單裡面的一干其他人等全都熱得團團亂轉，可年高德劭者卻無比清涼。每個人都口渴難耐，但年高德劭者卻在暢飲甘醪。他的身邊彌漫著一股酸橙或者檸檬的香氣，因為他剛為自己調製了一杯金色的雪麗酒，它在一個巨大的平底玻璃杯裡面發著閃閃的光彩，就像他正在喝下傍晚的夕照似的。這個情形算是壞的了，但還算不上頂壞。頂壞的是，那個長著巨

大的藍色眼睛、鋥明瓦亮的禿腦袋、修長的白色頭髮，還把兩條深綠色的腿伸展在身前，並在腿的末端部位處有兩隻舒適的便鞋舒適地在腳背處交叉了起來的人，他還有這麼一副光芒四射的光輝形象，好像他是在他那副廣闊無邊的仁慈情操當中，為整個人類調出了那杯酒似的，儘管與此同時，他的一身當中卻獨獨缺乏了，屬於他自己所有的那份人情的乳臭[178]。

因此，潘可思先生說，「你那麼說是什麼意思？」並用一套強烈地流露著不祥之兆的動作，用兩隻手把頭髮抓得直立了起來。

「我的意思是，潘可思先生，你必須再對人們尖刻一點，再對人們尖刻一點，再對人們多多地尖刻一點，先生。你沒有去壓榨他們。你沒有去壓榨他們。你收到的錢沒能達到標準。你必須得去壓榨他們，先生，不然的話，我們的關係就不能再像我所希望的那樣，讓所有方面都感到滿意了。讓所有方面。」

「我沒去壓榨他們？」潘可思反駁道。「我被製造出來還有別的什麼用途嗎？」

「你被製造出來沒有任何其他用途，潘可思先生。你被製造出來是為了履行你的職責，但你卻沒去履行你的職責。既然我掏錢雇你去壓榨他們，你就必須得壓榨他們把錢掏出來[179]。」說到這裡，因為這個師法於詹森博士的，他自己一點都沒能料到或者作此打算的才華橫溢的倒置手法，年高德劭者讓自己吃了如此之大的一驚，結果，他朗聲大笑了起來，並且懷著一份巨大的滿足感，一邊轉動著他的兩根大拇指，同時還朝他小時候的畫像點著頭，一邊又把那話給重複了一遍，「掏錢雇你去壓榨他們，先

---

[178]　典出莎士比亞劇作《馬克白》第一幕第五場的第 17 節，「但我實在擔心你的天性，它充滿了太多人情的乳臭。（Yet do I fear thy nature, it is too full o' th' milk of human kindness.）」

[179]　這句話在原文中是「You are paid to squeeze, and you must squeeze to pay」，它仿效了詹森博士（即著名英國文人撒母耳詹森，Samuel Johnson，1709 ～ 1784）在德魯里街劇院（The Theatre at Drury Lane）開幕典禮上所講的一句話，「因為我們這些生而追求快樂的人，都必須要快樂地生活。（For we that live to please, must please to live.）」

生，就必須壓榨他們把錢掏出來。」

「啊呀！」潘可思說。「還有別的什麼事嗎？」

「是的，先生，是的，先生。還有一些事。請你，潘可思先生，再去把大院壓榨一下，它是星期一上午要辦的第一件事。」

「啊呀！」潘可思說。「那不會太快了一些嗎？我今天才把它榨乾過。」

「胡說八道，先生！還沒能接近標準，還沒能接近標準。」

「啊呀！」潘可思一邊說，一邊密切注視著他，其時，他正在用仁慈的做派吞下一大口雞尾酒。「還有別的什麼事嗎？」

「是的，先生，是的，先生，還有一些事。我的女兒，潘可思先生，讓我一點都高興不起來，一點都高興不起來。除了跑得過勤地去求見柯南老夫人之外，這個柯南老夫人，她現在的情況無論如何都不能算是 ── 不能算是讓所有方面都感到滿意，除了這個之外，她還去，潘可思先生，除非我受了別人的大騙，還去牢裡求見了柯南先生。去牢裡。」

「他現在正抱病在床，你得知道這一點，」潘可思說。「所以那可能算是好心的做法。」

「呸，呸，潘可思先生。她跟那個一點關係都沒有，跟那個一點關係都沒有。我不能允許它發生。先讓他把債還清，然後從那裡出來，從那裡出來，把他的債還清，然後從那裡出來。」

儘管潘可思先生的頭髮正像堅固的鐵絲那樣，在他的頭上站立著，但他還是兩手並用著，把它們朝著直立的方向又再推攏了一頓，然後用一副至為醜陋的模樣對著他的老闆微笑了起來。

「請你向我的女兒提起一下，潘可思先生，說我不能允許它發生，不能允許它發生，」年高德劭者溫和地說。

「啊呀！」潘可思說。「你不能自己跟她提起嗎？」

「不能，先生，不能，既然我掏錢雇你去提起它，」對於再把那個倒置

手法嘗試一遍這個強烈的誘惑，那個老笨蛋是沒辦法抵擋得住的，但他卻因此鑄下了大錯，「你就必須得提起它去掏錢，提起它去掏錢[180]。」

「啊呀！」潘可思說。「還有別的什麼事嗎？」

「是的，先生。在我看來，潘可思先生，你自己也往那個方向，往那個方向跑得太勤和太多了一些。我建議你，潘可思先生，要從你的注意力裡面把你自己的損失和別人的損失全都給趕跑掉，然後去關心你的業務，關心你的業務。」

在告知他的老闆他已經收到了這條建議的時候，潘可思先生又把那個單音節詞[181]「啊呀！」給說了一遍，但這次卻突兀、簡短和響亮得有些不同尋常，以致連那位身軀龐大而行動不便的年高德劭者，都有些忙亂地運動起了他的藍色眼珠子，把目光投向了他。而潘可思先生先是動用起一種與此前的發言前後呼應著的強度，把鼻子給吸了一通，然後補充說，「還有別的什麼事嗎？」

「現在沒有了，先生，現在沒有了。我要去，」年高德劭者一邊喝乾他的雞尾酒，一邊說道，同時面帶著和藹可親的神色立起了身來，「去遛個小彎，遛個小彎。等到我回來的時候，我可能還會在這裡找到你。要是沒有的話，先生，那就是職責，職責，到了星期一之後，壓榨，壓榨，壓榨，要在星期一去壓榨！」

潘可思先生聞言又把頭髮往堅硬裡推攏了一頓，然後便觀看起了穿戴寬邊禮帽的年高德劭者，有那麼一瞬間裡面，他顯出了一副心裡正有猶豫不決和受傷的感覺在兩下裡爭鬥的樣子來。此外，他還比之前更顯激動難捺了起來，呼吸也愈加沉重了。但他卻強忍著讓賈思彼先生走了出去，未

---

[180] 在原文中，「我掏錢雇你去提起它」對應的是 you are paid to mention it，賈思彼將其倒置後變成了 you must mention it to pay，他的本意是想說，提起它引起他女兒的注意，即 you must mention it to pay attention to it，但卻礙於對仗方面的考慮，沒辦法把 pay 後面的話說出來，所以就變成了「提起它去掏錢」，在這裡，作者利用 pay 這個詞的多義性，來達成了這麼一個喜劇效果。

[181] 原文中的「啊呀」對應的是 oh，所以有單音節詞這麼一說。

再提出任何其他意見，然後，他從那扇綠色小百葉窗的上方偷瞄了那人一眼。「我剛才就想到這個了。」他說。「我剛才就知道，你準備要到哪裡去。很好！」然後，他噴著蒸汽駛回了他自己的船埠，仔細地把它收拾了一個整齊乾淨，又取下他自己的帽子，把那個地方四下裡打量了一遍，在嘴裡說了一聲「再見！」隨即便噴噴吐吐地獨自駛離了那裡。他掌著舵徑直朝瀝心庭布羅夫人的那一頭開了過去，等到到達那裡又上了那些臺階的頂端之後，他要比之前的任何時候都更顯激動難捺了。

　　在那些臺階的頂端部位處，他先對布羅夫人的邀請做了一番抵擋，後者請他來快樂小屋裡面跟爹一道坐坐──讓他鬆了一口氣的是，那些臺階不像在星期六之外的任何其他晚上那樣人滿為患，在那些時候，這家商店的關係戶們會在那裡朝著店家無拘無束地發號施令，他們都習慣用除了金錢之外的任何其他東西，對該店的業務予以如此豪邁的支持──還是在那些臺階的頂端部位處，潘可思先生一直待到他看見，總是從另外一頭走進大院的年高德劭者正在滿臉堆笑地緩慢前進著，身邊還圍了一些向他求情的人們。

　　看見潘可思先生之後，還像平素那麼慈祥溫厚，同時正在接近他的年高德劭者顯得有些吃驚，但同時也認為，他這是被他激勵得馬上就來壓榨來了，而不是把那項操作推遲到星期一才去進行。大院裡面的人口都有些驚詫於此番相遇，因為就連在年紀最老的那顆瀝血之心的記憶裡面，這兩位權勢人物都從來沒被看見一起出現過。但是，他們接下來卻更是遭遇了一陣難以言表的，同時讓他們感到了一些難以承受之重的強烈詫異，因為潘可思先生走近了那位最最令人崇敬的人物，站在了他的深綠色馬甲前面，又用他右手的拇指和食指做成了一個扳機狀物，把它放到了那頂寬邊禮帽的帽簷上面，接著，他動用起一股非同凡響的機靈和準確勁兒，一下就把它從那顆鋥明瓦亮的腦袋上面給彈了下去，就好像它是一顆巨大的彈子似的。

對那位年高德劭者做完這個小小的失禮之舉後，潘可思又更加震撼了眾顆瀝血之心一番，並進一步引起了他們的注意，因為他用一種響亮的聲音說道，「喏，你這個甜得膩人的騙子，我要把你的這個面目揭露出來！」

　　此話一出，潘可思先生和年高德劭者馬上就變成了一個人群的中心，被所有眼睛和耳朵給包圍了起來，此外，還有很多窗戶被打開了，門階上面也擠滿了人。

　　「你這是裝什麼呢？」潘可思先生說。「你在玩什麼道德把戲呢？你走進這裡來有什麼目的呢？為了行善，不是嗎？你這個大善人！」說到這裡，潘可思先生朝著那顆圓鼓鼓的腦袋施展了一擊，但他顯然並沒有打他的意圖，只是為了透過這項有益身心的鍛鍊活動，來放鬆一下心情，和消耗一下多餘的精力，但是，他的這一擊卻被那顆圓鼓鼓的腦袋給身子一矮避開去了。接下來，在潘可思先生所作的每一篇演講結束之際，他都重複進行了這項獨特的表演，並且愈來愈多地贏取了觀眾們的瞻仰。

　　「我已經把我自己從你的那項工作裡面解僱掉了。」潘可思說，「所以我現在可以告訴你，你到底是個什麼東西。你是眾多假冒為善之輩裡面的一員，在能夠遇見的所有種類的人們裡面，你是最壞的那一種。莫德和你全都禍害過我，我從身為一個受害者這個角度來講，我聽不見自己的心裡在說，我不願意像碰見你這種人那麼快地去碰見他那種。你是一個披著羊皮的惡毒牧人，是一個派出了代表的勒索者，是一臺榨汁機，是一個壓榨者，是一個讓別人替你動手的剃毛工。你是一個鬼鬼祟祟的善人。你是一個破衣爛衫的騙子！」

　　（當他在這個節點再次進行那項表演時，人群裡面爆發出來一陣哄堂大笑聲。）

　　「你來問問這些好人們，這個地方的惡人到底是誰。他們會告訴你是潘可思，我相信是這樣。」

這個觀點得到了幾陣喊叫的支援，它們有的說「沒錯。」有的說「快聽！」

「但我來告訴你們吧，好人們──那是買思彼！這個裝滿了溫順的小山一樣的身子，這顆充滿了愛心的圓鼓鼓的腦袋，這個深綠色的笑瞇瞇的人，這就是你們的牧人！」潘可思說。「要是你們想看看那個想把你們活剝了的人是誰的話──他就在這裡！不要在我這個一週拿三十先令的人身上尋找他，而要在我不知道他一年要賺上多少的買思彼身上尋找他！」

「說得好！」有幾個聲音叫嚷著說。「聽潘可思先生往下說！」

「聽潘可思先生往下說！」那位紳士自己也叫嚷著說（他先又把那項受人歡迎的表演重複了一遍。）「是的，我也認為是這樣！現在差不多是時候了，該聽聽潘可思先生怎麼說了。潘可思先生今晚下到大院裡面來，就是為了讓你們聽聽他怎麼說。潘可思僅僅是演奏出來的曲子，這一位才是那個真正演奏的人！」

倘然不是那一綹一綹修長而絲綢般光滑的灰色頭髮，還有那頂寬邊禮帽，觀眾們可能就去改投在潘可思先生門下了，就像他們盲目去信賴任何一個男人、女人或者小孩子那樣。

「這是指孔，」潘可思說，「它讓那支曲子的曲調被嘎吱嘎吱地演奏了出來。而且它是只有一種曲調的，它的名字就是壓迫，壓迫，壓迫！這是老闆，這是為他斂財的錢鑼子。哎呀，好人們，當他今晚像個緩慢移動著的菩薩心腸的響簧陀螺似的，滴溜溜地轉動著穿過大院的時候，當你們圍在他身邊對他的錢鑼子大發怨言的時候，你們卻不知道，這位老闆自己是一個多麼大的騙子！他自己今晚來演這場戲，為的是我可以在星期一把所有責備都背起來，你們對此作何感想呢？就在眼前的這個傍晚，我剛剛因為沒把你們給壓榨足夠，才被他架在炭火上面給烤了一頓，你們對此作何感想呢？在眼前的這一刻裡面，我還身受著要在星期一把你們榨乾這道特別命令，你們對此又作何感想呢？」

人群裡面有人低聲答覆道「不要臉！」還有人說「真卑鄙！」

　　「真卑鄙！」潘可思噴著鼻子說。「是的，我也這麼認為！你們的賈思彼所屬的那一種人，是所有種類的人裡面最卑鄙的那一種。把他們的錢鑵子煽動起來，只給他們少得可憐的一點工資，做的卻是他們自己羞於或者不敢去做，而且假裝不會去做的事情，但他們想做的事是一定要做的，不然就讓你不得安生！還利用了你們，讓你們對他們的錢鑵子除了責備之外不作任何他論，同時對他們自己除了讚揚之外不作任何他想！哎呀，就算是倫敦全城最讓人看不上眼的那個會為了得到價值十八便士的東西找上許多虛假藉口的騙子，他都抵不上賈思彼這顆像是指路牌一樣的，專門用來騙人的腦袋一半卑鄙！」

　　有人叫嚷著說「這話沒錯！」也有人說「抵不上那麼多！」

　　「另外，再來看看你們從這些傢伙身上得到了什麼，」潘可思說。「來看看你們從這些在你們中間這麼滴溜溜地轉動著，結果讓你們對它們身上畫著的圖案，和它們裡面開著的那扇小窗沒有任何了解的寶貴的響簧陀螺身上，又得到了一些什麼。我現在想把你們的注意力轉移到我自己身上一會兒來。我並不是那種討人喜歡的小夥子，我對這一點了解得非常清楚。」

　　在這一點上面，他的聽眾們分化成了兩個陣營：它那些不大樂意妥協的成員們叫嚷著說，「沒錯，你不是，」但它那些較有禮貌的人才們卻說，「不對，你挺討人喜歡的。」

　　「從總體上來講，我是一個，」潘可思先生說，「一個冷冰冰的、不怎麼讓人舒服的、枯燥乏味的人，一個隻知道給老闆賣命和斂財的錢鑵子。那就是你們這位謙卑的僕人的形象。那就是他的全身肖像畫，由他自己繪製然後呈現在了你們的眼前，還可以擔保是非常像的！但是，要是有一個人有像是這樣的一個人充當他的老闆，他會變成什麼樣子呢？他能被指望變成什麼樣子呢？可有哪個人曾經發現過，在椰子裡面可以找出水煮羊肉

和刺山果沙司來？」

　　沒有哪顆瀝血之心曾經做出過這樣的發現，這一點清楚地顯現在了他們欣然做出的否定答覆裡面。

　　「那好，」潘可思先生說，「你們也不會發現，在像我自己這樣的，被像是這樣的老闆轄制著的錢鑼子身上，可以找出什麼令人愉悅的優秀品格來。從還是一個孩子的時候起，我就是一個錢鑼子了。我的人生是什麼樣子呢？苦幹和壓迫，苦幹和壓迫，轉動那個輪子，轉動那個輪子！我從來都沒討我自己喜歡過，我也沒可能討到任何其他人的喜歡。要是我可以用每週不到一先令的工資被用上十年的話，這個假冒的善人就會給我每週不到一先令，要是有個人可以用比六便士還便宜的工資被雇到的話，那他就會以比六便士還便宜的身價接替我的位置。討價還價然後賣掉，願上帝保佑你吧！固定不變的原則！這是一個很有力量的優秀的指路牌，我說的是買思彼的腦袋，」潘可思先生一邊說，一邊用可以被解讀出任何含義，但絕對不會是仰慕的目光仔細審視著它，「但是，這家商號的真正的名字應該是，假善人的殺人工廠。它的格言是，讓錢鑼子永遠都在殺人。在場的可有哪位紳士，」說到這裡，潘可思先生突然住口四下裡掃視了起來，「對英語語法有一些了解嗎？」

　　但瀝心庭卻是羞於聲稱擁有那種了解的。

　　「沒關係，」潘可思先生說，「我只是想評論這麼一句，這位老闆交給我的任務一直都是，一刻也不要停下對永遠都要去殺人這個祈使語氣的一般現在時動詞做詞形變化這件事情。汝要永遠都在殺人。要讓他永遠都在殺人。我們得或者我們必須得永遠都在殺人。爾等得或者爾等必須得或者你們得永遠都在殺人。要讓他們永遠都在殺人。這就是你們那位菩薩心腸的年高德劭的買思彼，那就是他的黃金法則。他從外表上看起來可是非同一般的日益精進著，但我卻一點這樣的成就都沒有。他是像蜜一樣甜的，我卻像陰溝裡面的水一樣呆滯。他負責提供瀝青，我負責把它們拿在

手裡，然後讓它們黏在我手上。現在，」潘可思先生一邊說，一邊再次朝他的前老闆挨近了過去，因為他剛才為了更好地把他展示給大院裡面的人們，從他身邊退開了一點距離，「一來因為我不大習慣在大庭廣眾之下講話，二來因為我已經進行了一場相當長的演講，所以把各種情形都考慮進來之後，我要用一句話來結束我的發言了，它就是，我請求你們跳出這個騙子的圈套。」

全世界最後的那位年高德劭者被這場攻擊占滿了整個身心，他需要如此之多的空間來從裡面抓取一個想法出來，同時需要更多的空間來讓這個想法有個迴旋轉動的地方，結果，他竟然沒能說出哪怕一個字來作答。他看上去像是在苦苦思索著某種年高德劭的法子，好讓他擺脫眼前這個棘手的位置，但這時，潘可思先生卻再度突然把他的手指扳機放到了他的帽子上面，然後又像之前那麼靈巧地，再次把它給彈了下去。在前一回裡面，有一兩位瀝心庭裡面的居民們巴結討好地把它撿了起來，然後把它遞給了它的主人，但現在，潘可思先生已經如此深遠地影響了他的聽眾們，結果年高德劭者只好轉過身去，親自彎下腰去撿它了。

但是，此前已經把右手插在大衣口袋裡面有一陣子功夫的潘可思先生，這時卻快如閃電般地，突然抽出一把剪刀來，猛地撲到年高德劭者的身後，剪短了他那些流暢地飄灑在肩膀上面的神聖的髮絡。然後，在突然發作出來的一陣強烈敵意和迅速反應當中，潘可思先生又一把從已然驚呆的年高德劭者手裡奪出了那頂寬邊禮帽，把它剪小成了一個全然的燉鍋模樣，最後把它牢牢地扣在了年高德劭者的頭上。

面對著這場不顧一切的行動所導致的可怕結果，潘可思先生自己也驚愕得有些退縮了。只見一個被剪光了頭髮的、瞪大金魚眼的、腦袋碩大的、艱於移動的大人物站在那裡乾瞪著他，此人已經沒有了絲毫的威嚴模樣，也不再有絲毫的可敬之處，看上去像是突然從土裡驚跳出來的一個怪物，在詢問賈思彼現在怎麼樣了。潘可思先生先是默不作聲地心懷著一些

敬畏，也把這個鬼怪似的東西回瞪了一會兒，然後，他扔掉他的剪刀，逃向了一個可供他藏身的地方，一個可以讓他躺下來規避犯罪後果的地方。潘可思先生還認為，迅速逃之夭夭是為精明之舉，但實際上，追趕著他的無外乎只是瀝心庭裡面的大笑聲，它們在空氣中泛起了陣陣漣漪，就那麼連綿不絕地一再迴響個不停。

第三十三章　仍在退場！

　　要是一個房間患上了熱病的話，那它的變化將會是緩慢而起伏不定的，但要是整個世界都患上了熱病，那它的變化就會是迅速而無可挽回的了。而小杜麗現在的際遇便是，要同時去服侍伺候這兩種變化。在每天的某段時間裡面，馬夏的那些高牆再度把她擁入了它們暗影的懷中，重新把她當成了它們的孩子，在此期間，她不管心裡想的、手裡忙的還是眼睛裡看的，全都只有柯南一個人，而且，就算在忙完之後離開了他，仍然還是把最大的愛心和關懷獻給了他。與此同時，她的那一部分位於監獄大門外面的生活，亦在竭力向她主張著它那些迫切的要求，而她總是耐心而不知疲倦地對它們予以了回應。她的這部分生活裡面包括傲慢跋扈、反覆無常而想入非非的范妮，現在，她的這種對於進入上流社會這件事情而言顯得有些不大夠格的狀態，比起之前來更其邁進了一步，而這裡面的部分原因在於，在龜殼刀事件發生的那天夜裡，這個上流社會給她帶來了如此之多而無法釋懷的煩憂，總之，她打定主意要覺得，自己是缺少安慰的，但又打定主意不接受任何人的安慰，還打定主意要覺得，自己受到了深深的傷害，但又打定主意要覺得，沒有任何人敢膽大妄為地對她作此想法。她的這部分生活裡面還包括她的哥哥，這是一個孱弱、驕傲、微醺、年輕但又老邁的男人，他從頭到腳都抖個不停，說起話來含混不清，就像為他所沾沾自喜的那些金錢裡面的某一部分被塞進了他的嘴裡，且沒辦法被掏將出來，此外，在他人生當中的無論任何行動上面，他都是沒有能力去獨自行走的，但他卻要在被他自私地愛著的妹妹面前以恩人自居（他一向都是擁有這項不良的美德的，這個注定要大倒其黴而輸在了起跑線上的提普！），因為他覺得，他是開了恩才容許她去帶領他的。她的這部分生活裡面還包括穿著薄紗狀喪服的莫德夫人 —— 在她的這套衣服裡面，它原

本的那頂帽子可能已經在一陣突然發作出來的巨大悲慟當中被撕成了碎片，但可以肯定的一點是，它讓位給了某件購自巴黎市場的極為合宜的物品 —— 她跟范妮拳腳相向地爭鬥個不停，在日間的每一個小時裡面，她都會挺著她光禿禿的胸脯對後者迎頭而上。她的這部分生活裡面還包括可憐的小秀才先生，他不知道該怎樣在她們兩人之間維持住和平的局面，只是謙卑地傾向於下述意見，就是他覺得，她們所能採取的再好不過的一個舉措是，她們能一致同意，她們全都是引人注目的傑出女性，而且她們不管誰身上都沒有什麼不可理喻之處 —— 但因為這條溫和的建議，她們兩人卻聯起手來，面目猙獰地朝他猛撲了過來。然後，她的這部分生活裡面還包括領袖夫人，從國外回到故鄉之後，她每天都會寄一封李子稜鏡式的東西過來，要求她出具一份新的舉薦書，好把她推薦給這個或者那個空缺的職位。對於這位惹人側目的淑女，現在可以做出的一句結論性評語是，世上確鑿是從來沒有過這樣一位淑女的，對於這顆地球表面之上的無論任何空缺的職位，她都擁有一份超越了常規的適配性，而且有如此眾多的人們如此徹底地滿意於她的這種優異表現（這也是她的那些措辭熱烈的舉薦書所明確表露出來的），或者說，她雖然擁有一大圈熱情非常而地位顯要的仰慕者們，但如此而非常不幸的一件事情是，這些人自己卻碰巧從未在無論任何職位上對她產生過無論任何需求。

　　在聲名卓著的莫德先生剛一死掉和垮臺之後，有許多重要的人物們都有些不大能確定，他們是該去砍了莫德夫人呢，還是該去寬慰她一番。不管怎樣，出於他們自己的案件的那份強度計，他們好像必須得去承認，她也是受到了那個人的殘忍欺騙，於是，他們便寬厚地承認了這一點，並且願意繼續去認識她。接下來出現的情形是，出於她所屬那個階層的利益計，莫德夫人這個在一個粗俗的野蠻人（這麼說是因為，當莫德先生在他那個像是口袋一樣的小浴缸裡面被發現的時候，或者說在那一刻裡面，是從天靈蓋到腳底板都被看了個一覽無遺的）的花言巧語之下，而獻出了整

個身心的擁有良好教養的時髦女人，是必須要被她所屬的那個階層給積極地捍衛上一下的。對於那些人進行的此番宣誓，她所作出的回應是，用實際行動讓他們覺得，對於那位死者犯下的那些暗無天日的昭彰重罪，她甚至要比任何其他人都更加義憤填膺。整體來講，她就如此這般地，像個睿智的女人似的走過了她的嚴峻考驗，並且可以說做得極其之好。

說來走運的是，小秀才先生的貴族爵位正是那些人們通常認為，一位紳士可以被終身收放於其上的擱板之一，除非又出現了另外一些原因，讓巴家的起重機有必要把他吊到一個更加獲利豐厚的高度上去。相應地，那位滿心都是愛國情操的公僕也相當忠於他的旗幟（就是那面把旗面做了兩次四等分的米字旗），而且，若拿把它釘到那根桅杆上面這方面而言，他還稱得上是一個徹頭徹尾的尼爾森[182]。對於他的這種大無畏精神所收穫的那些益處，小秀才夫人和莫德夫人這兩個分別住在那座上流雅致但有失便利的，而且就像死亡無時不刻都在追隨著人類一樣，它的那股隔天剩湯和套車馬匹身上的味道也隨時充盈於其間的小聖殿的不同樓層上面的，已經宣誓要鬥爭到底的死對頭，她們會把自己裝扮停當，去上流社會的比武場裡面為它鬥個頭破血流。而小杜麗在目睹了所有這些事情的發展變化過程之餘，不禁憂心如焚地想要知道，在不久的將來，在那個上流雅致的家庭裡面，范妮的孩子們將會被捅進哪個角落裡面去，還有，會有誰來照顧這些還未出生的小受害者們呢。

現在，亞瑟的病勢仍然很是嚴重，處於遠非能跟他談及有可能引發情緒激動或焦慮的話題的地步，而且，他的康復很大程度上要取決於，他的羸弱之軀能否被止息下來進入歇息狀態當中去，因此，在這個艱難的時期當中，小杜麗唯一的依靠便是米格先生。而他是仍然身在國外的，不過，頭一回在馬夏裡面見過亞瑟之後，她就馬上透過他的女兒給他寫了一封

---

[182]　尼爾森（Nelson），英法特拉法爾加海戰（Battle of Trafalgar）中的戰鬥英雄，在該場戰役中英勇犧牲。

信，自打那以後，她便開始向他透露起了她的種種不安來，這些不安事關一些最讓她感到著急擔心的問題，但要以其中一個尤甚。有關這個問題，米格先生為何會連續不斷地消失在國外，而不是出現在馬夏裡面給亞瑟帶來寬慰，也可以追本溯源到它的身上去。

在小杜麗這邊，她並未向米格先生披露落入李高手裡的那些檔案的確切性質，只是向他透露了那個故事的大致梗概，另外，她也向他講述了李高所遭遇的劫數。而米格先生素來有之的那種狀如天平和金勺的謹慎習性，馬上便向他顯示出了拿回檔案原件的重要性，因此，在寫給小杜麗的回信當中，他著力把她對那個事項所表達的那種擔憂掛慮情緒又再給強調了一頓，並且補充說，「若不試著把它們給追查出來，便絕不折返英格蘭。」

到了現在這個時候，高文恆瑞先生已經下定決心要覺得，認識米格夫婦並不是一件能夠討他歡心的事情了。可他又是如此體貼顧念他人的感受，所以並沒在這件事情上面向他的妻子下達任何禁止法令，但他卻向米格先生提及道，說從他個人的角度來看，他們待在一起好像並沒能出人頭地，還說他認為，要是他們能夠一致同意 —— 他是指文雅禮貌地去做這件事情，不要出現任何當眾吵鬧，或者任何其他此類情形 —— 雖然他們是全世界最好的一對夥計，但最好還是分道揚鑣為妙的話，那絕對算是一件好事來的。而可憐的米格先生在此之前已經意識到，雖然他屢屢甘願在他女兒面前受到對方的輕視，但卻並沒能有利於他女兒的幸福生活，所以他現在說，「很好，恆瑞！你是我的寶兒的丈夫，你已經在自然的進程中取代了我的位置，要是你想這麼做的話，很好！」然而，這項安排也包含了兩個高文恆瑞可能並沒有預見到的好處：第一是，不管米格先生還是米格夫人，他們在他們的女兒面前都比之前少了些拘泥，因為他們現在只需跟她還有她年幼的孩子溝通即可，第二是，高文本人的高尚情操發現，它在接受老丈人的金錢時比之前更顯得心安理得了不少，這是因為，它不用

再像以前那樣必須得十分趺份地知道，它們是從哪裡來的了。

於是乎，在這樣一個時期當中，米格先生自然而然地心懷著一份巨大的熱情，緊緊地抓住了一件工作。從他的女兒那裡，他得知了李高之前出沒過的各個城鎮，還有他在之前一些時間住過的各家酒店。而他讓自己投身進去的這件工作便是，極為謹慎和迅速地去探訪這些地方，還有，一旦發現他在不管什麼地方留下了一份沒有支付的帳單，還留下了一個箱子或者包裹的話，那他就去支付這份帳單，然後把這樣的箱子和包裹給它帶走。

除了孩子他媽之外，米格先生是沒有任何其他隨員的，他就這樣展開了這場朝聖之旅，並於其間歷劫了眾多險情。讓他絲毫不覺困難的是，他從來都沒有知道過，別人對他講的是什麼，還有在他向人打聽事情的時候，那些人也從來沒有知道過，他對他們講的是什麼。然而，米格先生卻心懷著一份無可動搖的堅強信心，覺得英語這門語言從某種程度上來講算得上是全世界的母語，只是人們蠢得不知道它罷了，於是，他會像口若懸河似的大聲訓斥旅館的老闆們，並朗聲用至為複雜的方式對他的話做出解釋，還會完全拒絕接受他的回應者們用他們自己的母語做出的無論任何答覆，而他這樣做所本的理由是，因為它們「全然都是胡嗳來的。」有時候，一些翻譯會被叫來介入他們的談話，對於這些人，米格先生會動用起一種包含著大量習語詞條的講話方式對他們大講特講，從而馬上把他們滅掉和封起口來 —— 結果，這樣做只能讓事情變得更糟。然而，在前面所說的那本帳的結餘款這件事情上面，他卻可以被懷疑是否損失甚巨，這麼說是因為，雖然他沒能在那上面發現什麼財產，卻發現了如此之多的欠債和跟喪失信用有關的各色事情，而所有這一類東西全都跟一個體面可敬的名字，也就是他唯一能夠理解的那個詞彙有關，結果，他差不多每到一個地方，都會被讓他痛心不已的各種指摘弄得不知所措起來。在這些場合裡面，員警還被叫來不下四次過，然後接受了人們對米格先生的各種控告，

有的說他是一位機靈騎士，有的說他是一個一無所用的二流子，還有人說他是一個賊。對於所有這些辱罵的言辭，他全都用一副極佳的脾氣把它們給承擔了起來（他對它們的意思沒有任何概念），而且，在他被用極為丟臉的方式護送到輪船或者馬車那裡給處理掉的途中，他會一路跟被他攬著的孩子他媽聊個沒完，全然是一副像他自己那樣的快活而舌頭抹油的不列顛人的形象。

　　但是，若拿他自己的語言和自己的頭腦來論，米格先生卻是一個思路清晰、精明無雙而守口如瓶的人。當他像他自己所說的那樣，在他的朝聖之旅中「變了方向」向巴黎進發，但截至目前處於全然失敗境地的時候，他並沒有灰心氣餒。「你瞧，孩子他媽，我跟著他走得離英格蘭越近，」米格先生辯稱，「我就有可能離碰到那些檔案越近了，不管它們會否露面。因為唯一一個合理的結論是，雖然他會把它們存放在某個讓對岸的英格蘭人找不到的地方，但那個地方也得是他自己能夠得著的呀，你明白不？」

　　到了巴黎之後，米格先生發現，有一封小杜麗寫來的信正躺在那裡等著他呢，她在這封信裡提及道，她已經能夠和柯南先生談上一兩分鐘有關那個斯人不再的人的事情了，還說當她告訴柯南先生，他的朋友米格先生正在來見他的路上，而且要是他有那個能力的話，是有興趣查明有關那個人的一些事情的時候，他讓她告訴米格先生，那個人是認識韋德小姐的，後者其時住在加萊的這樣一條街道上面。「哦呵！」米格先生看了後說道。

　　此後，米格先生便動用起在那些勤奮無雙的日子裡面的最大勁頭來，盡快地拉響了那扇開裂的門板上面的那個裂開了的門鈴，然後它便發著刺耳的聲音打開了，然後就有那個農婦站在了昏暗的門道裡面，嘴裡說，「我書——說！先生！找誰？」在對此人的問話做出反應時，米格先生先暗自嘟噥著說道，這些加萊人身上還是有一些理智存在的，因為他們真正對你和他們自己的源頭擁有一些了解，然後應答說，「韋德小姐，我的親

愛的。」然後他就被領到了韋德小姐的面前。

「離我們上次見面已經有一陣子了。」米格先生一邊清著喉嚨一邊說，「我希望你過得挺好吧，韋德小姐？」

但韋德小姐卻並沒希望，他或者任何其他人過得挺好，而只是向他發問說，她這是落了他的什麼虧欠，才讓她有幸再度得見了他的尊顏？在她說話的間隙當中，米格先生趁機把整個房間都掃視了一遍，但沒能觀察到任何形狀像是一個箱子的東西。

「喔，韋德小姐，實際上是，」米格先生用一種聽起來讓人很是舒坦的、愛管閒事的但還說不上是誘哄的聲音說，「在一件目前還暗著的小事上面，你可能是有能力給它灑上一點亮光的。我希望，在我們之間，不管任何不愉快的過往都已經過去了。現在都於事無補了。你還記得我女兒吧？光陰荏苒呀！已經是一個媽媽了！」

然而，無知的米格先生卻敲到了一個不能再更壞的主音上面。他說到這裡刻意停下了話頭，想要等對方表達出一些興趣來，但此番停頓卻只能以徒勞作結。

「那並不是你想要談論的主題吧？」她先冰冷地沉默了一陣子功夫，然後說。

「不是，不是，」米格先生回應說。「不是。我剛才以為，你那副溫良的脾性可能會 ——」

「但我以為你一直都知道，」她微笑著打斷了他的話，「我那副溫良的脾性是沒辦法被估算到的。」

「不要這麼說，」米格先生說，「你這麼說對你自己是不公正的。不過，我們還是回到重點上來吧。」因為他已經意識到，他方才採取迂迴線路來接近它是一無所獲的。「我從我的朋友柯南那裡聽說，對於他，你將會難過地聽到，他之前而且現在仍然病得非常嚴重 ——」

他再度停下了話頭，但她再度沉默以待。

「──從他那裡聽說到，你對一個布蘭多有一些了解，這個人最近死在了倫敦的一場凶猛的意外事故當中。那個，不要誤會我！我知道這只是一條不值一提的消息，」米格先生說，並借此預先阻止了一次憤怒的打斷，因為他看到，它馬上就要爆發出來了。「我是完全清楚那一點的。它只是一條不值一提的消息，我知道。但我要問的問題是，」說到這裡，米格先生的聲音再度變成了聽起來讓人很是舒坦的調性，「他在最後一次前往英格蘭的途中，可曾給你留下過一個裝著檔案的箱子，或者是一個裝著檔案的小包，或者僅僅只是一些檔案，或者是這樣那樣的其他容器──只要裝著不管什麼檔案就行，然後求你允許他把它們留在這裡不長一段時間，等他回來取走它們，有嗎？」

「你想問的問題？」她學著他的話說。「到底是誰的問題？」

「我的問題，」米格先生說。「但不僅是我的問題，也是柯南的問題，還是其他一些人的問題。還有，我確定，」米格先生繼續往下說道，此時，他的心裡滿滿地流溢起了他的寶兒來，「你對我的女兒是沒辦法懷有任何不友善的感情的，那是不可能的。喏！它也是她的問題，因為這個問題它，牽涉到了她的一個特別的朋友的切身利益。所以我就到這裡來了，然後坦率地對你說那就是我要問的問題，然後現在要問你，他有嗎？」

「我敢發誓說，」她回應說，「我看上去像個靶子似的，所有對我這輩子曾經雇傭過然後付錢給他，最後又開除了一個人這件事情有著不管多少了解的人，都會拿他們的問題瞄準我！」

「那個，沒有，」米格先生抗議說，「沒有！我並非有意冒犯你，因為它是全世界最簡單的一個問題，是可以向不管什麼人問起的。我提到的那些檔案不是他自己的，而是陰差陽錯落到了他手裡，在將來的這樣或者那樣一個時間，它們可能會給一個保管著它們的無辜的人帶來麻煩，而且，它們真正所屬的那個人現在正在尋找它們。他是取道加萊去了倫敦的，而且我有理由相信，他那時候是不會把它們帶在身邊的，我還覺得，他會想

把它們放在一個可以輕易拿到的地方，而且不會把它們留給跟他同類的人，因為他不相信他們。所以他把它們留在這裡了嗎？我宣布，要是我知道怎樣能避免冒犯到你的話，不管花費怎樣的精力我都會那樣做的。雖然提出這個問題的是我自己一個人，但它關係到的卻不是一個人的事情。我是可以向任何人提出它的，而且已經向很多人提出過了。他把它們留在這裡了嗎？他把任何東西留在這裡了嗎？」

「沒有。」

「那麼，韋德小姐，你是很不幸地對它們一無所知嗎？」

「我對它們一無所知。我現在已經回答完你的莫名其妙的問題了。他沒把它們留在這裡，我對它們一無所知。」

「那好！」米格先生一邊說，一邊立起了身來。「這讓我覺得挺難過的，但我問完了，而且我希望，我這麼做並沒有帶給你太大的傷害。塔珂好嗎，韋德小姐？」

「你是說哈莉好嗎？啊呀是的！」

「我這是又重蹈覆轍了。」被做了這麼一番糾正的米格先生說。「但在這件事情上面，我好像是沒辦法不重蹈覆轍的。有可能出現的一種情形是，要是我那時候多想上一遍的話，我可能就絕對不會給她起上這麼一個叮叮噹噹的名字了。但是，當一個人想要跟小孩子不存壞心眼地玩鬧上一下的時候，他是不會去想上兩遍的。她的老朋友要給她留下一句問候，韋德小姐，但前提條件是，你認為把它轉達給她沒有什麼不妥之處。」

她對此一言未發，於是米格先生就帶著他那張誠懇的臉走出了那個沉悶的房間（適才在那個房間裡面的時候，他的這張臉可是像明亮的太陽一樣把它給照耀了一頓呢），又帶著它回到了酒店（他把米格夫人留在了那裡），然後進行了這麼一番報導，「慘敗，孩子他媽，一無所獲！」接著，他又把它帶到了於當夜起航返回倫敦的班輪跟前，最後又帶到了馬夏跟前。

　　當孩子他爸和孩子他媽，也就是米格夫婦在夜幕降臨之際出現在馬夏大門上面的那扇小門旁邊時，忠於職守的莊正在閘上當著班。杜麗小姐那時候沒在那裡，他說，但她上午是去過那裡的，而且晚上一準還會再來。柯南先生的身體正在緩慢恢復當中，有馬姬和布羅夫人還有巴普先生在輪流照顧他。杜麗小姐是肯定會在那天晚上打鈴之前回來的。而且，樓上有一個典獄長借給她使用的房間，要是他們願意的話，是可以去那裡面等她的。而米格先生自己也懷疑，在亞瑟毫無準備的情況下突然去見他，可能會對他的身體不利，所以就接受了這個提議。於是，他們便被領進然後關在了那個房間裡面，透過裝著鐵柵的窗子向下俯瞰起了這座監獄的內部來。

　　然而，這座監獄的那塊逼仄的地盤卻給米格夫人帶來了一份相當巨大的影響，竟然讓她忍不住哭了起來，同時，它也給米格先生帶來了一份相當巨大的影響，讓他張大嘴巴喘起了氣來。接著，正當他氣喘吁吁地在那個房間裡面來回走動著，並且因為十分賣力地用手帕給自己扇風而讓感覺變得更糟了之際，正在打開的房門讓他把臉朝它扭了過去。

　　「嗯？善良親切的老天爺呀！」米格先生說，「這不是杜麗小姐！哎呀，孩子他媽，快看！是塔珂！」

　　絕對不會是別人。而且，塔珂的懷裡還抱著一個兩英尺見方的鐵箱子。這個鐵箱子正是付阿麗在她的第一場夢境中見過的那一隻，當時，她看見它在半夜三更之際，被夾在老付替身的胳膊下面帶離了那座老房子。同樣還是這個箱子，塔珂把它放到了地上她的老主人的腳邊，也還是這個箱子，塔珂把她的雙膝跪倒在了它的旁邊，然後用兩手摀著它半是狂喜半是絕望，半是大笑半是大哭地叫嚷了起來，「原諒我吧，親愛的主人，把我收留回去吧，親愛的女主人，它在這裡呢！」

　　「塔兒！」米格先生喊了這麼一嗓子。

　　「你想要的東西！」塔珂說。「它在這裡呢！我當時被放在了隔壁的房

間裡面，沒能出來見你。我聽見你向她打聽有關它的情況，我還聽見她說她沒有拿到它，但他把它留下的時候我是在那裡的，所以我在上床睡覺那時候拿到了它，然後把它帶了出來。它在這裡呢！」

「啊呀，我的女孩呀。」米格先生喊叫著說，並比之前愈發顯得艱於呼吸了起來，「你這大老遠的是怎麼過來的？」

「我是跟你坐一條船來的。我坐在它的另外一頭，而且裹得嚴嚴實實的。你在碼頭旁邊叫了一輛馬車的時候，我叫了另外一輛，然後跟著你到了這裡。在你對她說了有人想要找它之後，她是絕對不會把它交出來的，她會馬上把它沉進海裡去，或者燒掉它。但是現在，它在這裡呢！」

在說出她那句「它在這裡呢！」的時候，這位女孩沉浸在一陣激烈的狂喜當中，而且激動得滿臉通紅。

「她從來都沒想讓他留下它，我必須得為她說上這麼一句，但他還是留下了它，然後我清楚地知道，在你對她說了那些話但她否認了之後，她是絕對不會把它交出來的。但它現在在這裡呢！親愛的主人，親愛的女主人，再把我收留回去吧，把以前那個可愛的名字重新給我吧！就讓這個代我求情吧。它在這裡呢！」

對於米格夫婦來講，比起眼下讓這個固執任性的棄兒孤女重回他們庇護之下這一刻來，他們從未更應該得到孩子他爸和孩子他媽這兩個名字過。

「啊呀！我這陣子真是過得糟透了。」塔珂叫嚷著說，而且，在說完這句話之後，比之前更加屬害地哭了起來，「一直都非常不快樂，而且非常悔恨！我自打第一次見到她起，就是有些怕她的。我知道她擁有一份支配我的力量，這種力量是透過她非常清楚我心裡有些什麼壞東西這麼來的。它就是住在我心裡的那份瘋狂，而她可以按著她的喜好，隨時把它給挑逗起來。當我過去進入那種狀態的時候，我曾經這麼想過，覺得所有人都因為我一開始的出身，在跟我對著幹，還覺得他們越是對我好，我就越能在

他們身上找到更嚴重的錯處。我當時得出的結論是，他們洋洋得意地騎在我的頭上，想要讓我去嫉妒他們，但我現在知道 —— 要是我願意的話，我甚至在那時候就可以知道這一點 —— 他們是絕對沒有想過這種事情的。還有，我那漂亮的小主人也沒能過上她本應該有的那種快樂生活，而且我還離開了她！她肯定會覺得，我是這麼一個畜生和壞蛋！但你們會跟她為我解釋上一兩句吧，會求她像你們這樣寬恕我吧？這麼說是因為，我現在已經不像以前那麼壞了。」塔珂懇求說，「我現在還是夠壞的，但真的沒有以前那麼壞了。在這段時間裡面，我一直都在面對著韋德小姐，好像那就是我自己長大成熟之後的樣子似的 —— 會把所有東西都調轉到錯誤的方向上去，會把所有善良都扭曲成邪惡。在這段時間裡面，我一直都在面對著她，知道她沒辦法在無論任何事情裡面發現任何樂趣，唯一的樂趣只有，讓我也像她自己那樣淒慘和多疑，並且自己折磨自己。但她想要做到那一點是不需要去做太多的，」塔珂叫嚷著說，並對她的巨大痛苦做了一次收場式的激烈爆發，「因為我過去壞到了壞人能夠有的最大程度。我只是想說，在經歷了這些之後，我希望我永遠不會再像以前那樣壞到透頂了，還希望我會非常緩慢地慢慢變好。我會非常努力地去嘗試的。我不會數到二十五就停下了，先生。我會一直數到兩千五，兩萬五！」

　　這時，房門再一次被打開了，塔珂見狀退了下去，然後就有小杜麗走了進來，然後就見米格先生自豪而欣喜地交出了那個箱子，然後又見她那張柔和的臉上露出了喜色，泛起了流露著感激的快樂和喜悅。那個祕密現在終於是安全的了！她可以把屬於她自己的那一部分向他隱瞞起來，他永遠不會知道她損失了什麼，在將來的某個時候，他會知道對他具有重要性的所有情況，但他絕對不會知道僅僅跟她有關的那些事情。因為它們都已經過去了，都已經被原諒了，都已經被忘掉了。

　　「現在，我的親愛的杜麗小姐，」米格先生說，「因為我是一個生意人 —— 或者至少過去是 —— 所以我要快點去度量一下我這個生意人有多

大能耐了。我最好在今晚去見亞瑟嗎？」

「我認為今晚不行。我就要去他的房間了，可以查看一下他現在的狀況怎麼樣。但我認為，最好不要在今晚去見他。」

「我非常傾向於你的意見，我的親愛的。」米格先生說，「所以我才待在了這個淒涼的房間裡面，沒有不管怎樣去離得他更近一些。然後在接下來的一小段時間裡面，我可能會沒辦法跟他見面。但還是等你回來之後，我再跟你解釋我這話是什麼意思吧。」

於是她便離開了房間。米格先生透過窗戶的鐵柵欄朝外張望著，看見她穿過樓下的門房走進了放風場裡面。他見狀用輕柔的聲音說，「塔珂，來我這邊一下，我的好女孩。」

她聞言上前走到了窗戶旁邊。

「你看見剛才還在這裡的那位年輕女士了吧 —— 就是那個正在朝前走著的矮小、安靜、瘦弱的人影，塔兒？你看。人們都在讓開路讓她通過。那些人 —— 看看這些可憐的破衣爛衫的夥計們吧 —— 還相當恭敬地朝她摘掉了帽子，現在她已經溜進那個門洞裡面了。看見她了吧，塔珂？」

「是的，先生。」

「我聽到有傳聞說，塔兒，說她曾經習慣被稱為這個地方的孩子。她是在這裡出生的，還在這裡住過很多年。但我在這裡連氣都喘不過來。要是一個人得在這個地方出生然後被它教養長大，那會是一件非常讓人悲痛的事情，對吧塔珂？」

「是的，沒錯，先生！」

「要是她時時刻刻都在想著她自己，而且暗自認定，每個人都在把這個地方壓到她的頭上，都在拿它來針對她，都在拿它丟打她，那她將會過上一種怒氣衝天的，而且可能是一種百無一用的生活。但我卻聽到傳聞說，塔珂，說她幼年時代的生活充滿了積極的順從、美好的品德和高貴的奉獻精神。我可以告訴你在我看來，她的那兩隻剛才還在這裡的眼睛一直

都在看著什麼，然後才有了那種表情嗎？」

「好的，要是你願意的話，先生。」

「是責任，塔珂。早點把它承擔起來，然後好好去履行它。對於履行責任這件事情而言，它的那些先例不拘來自於哪裡，或者地位若何，它們都不會在全能的主和我們自己面前讓我們下不了臺。」

說完，他們一直待在窗戶跟前沒有動彈，孩子他媽也來加入了他們，並且可憐起了樓下的那些囚犯們，接著，他們就那樣一直待到看見她返了回來。她很快就出現在了房間裡面，並建議說，他們不應該在那天晚上去拜訪亞瑟，因為她是花了一些功夫才讓他平靜和鎮定下來的。

「很好！」米格先生快活地說。「我一點都不懷疑這是最好的選擇。我要把我的諸多問候，然後還有我的溫柔的照顧護理，全都交托在你的手裡，而且我清楚地知道，它們沒辦法再有一個更好的歸宿了。但我明天早上就要再次離開了。」

小杜麗有些吃驚，然後問他要去哪裡？

「我的親愛的。」米格先生說，「要是沒辦法呼吸的話，我是不能活下去的。但這個地方已經奪走了我的呼吸，而且，在亞瑟離開這個地方之前，我是絕對沒辦法再把它拿回來的。」

「這怎麼會是你明早又要離開的原因呢？」

「你很快就會明白了。」米格先生說。「今晚我們三個人會投宿在城市酒店。明天早上，孩子他媽和塔珂將會折返特威南姆，在那裡，那個被巴肯醫生陪伴著坐在客廳窗戶裡面的蒂琪夫人，將會認為她們倆是一對幽靈，而我將會為了道義再度前往國外。我們必須得讓丹回到這裡來。現在，我來告訴你吧，我的心愛的，什麼寫啊計畫啊，或者在不確定隔了多遠的距離的前提下去推測這個那個或者別的什麼的，它們統統都是沒有任何用處的，我們必須得讓丹回到這裡來。所以，在明天早上的破曉時分，我會讓自己投身進把丹帶回這裡這項大業中去。對於我來講，出去找到他

是件不值一提的小事。我在旅行方面已經是一個老手了，所有外國的語言和習俗對我來說都是一回事情 —— 因為我從來都沒對它們當中的無論什麼有過無論任何理解。因此我是不會遭遇到任何不便之處的。我必須馬上離開，這是自不待言的，因為要是沒辦法自由呼吸的話，我是不能活下去的，而在亞瑟從這個馬夏出去之前，我又是沒辦法自由呼吸的。我在眼前這一刻裡面有種窒息的感覺，幾乎沒辦法呼吸到足夠的空氣來說上這麼多，然後為你把這個寶貴的箱子拿到樓下去。」

接著，在監獄的鈴聲敲響的時候，他們已經來到了街道上面，途中一直由米格先生拿著那個箱子。小杜麗竟然沒有一輛交通工具在那裡恭候她，這可是讓他有點吃驚呢。於是他給她叫了一輛馬車，等她上車坐下之後，他把那個箱子放到了她的身邊。接著，在一陣欣喜和感激之情的驅策之下，她吻了吻他的手。

「我不喜歡你這樣做，我的親愛的。」米格先生說。「它有違我自己的感覺，就是在我心裡，我覺得你應該怎樣向我表達你的尊敬之情才是正確的這回事情 —— 我是指在馬夏的大門口這個地方。」

她聞言朝前彎下身子，又吻了吻他的面頰。

「你讓我想起了那些日子，」米格先生說，並且突然就意氣消沉了下去，」—— 但她是非常愛他的，會藏起他的錯處來，還覺得沒有誰會看到它們 —— 不過他確實擁有良好的人脈，而且出生於一個非常顯赫的家庭！」

這是他在失去女兒這件事情上面得到的唯一一份寬慰，而要是他盡力對它做了最大程度的利用，誰又能責備他做得不對呢？

第三十三章　仍在退場！

第三十四章　退場完畢

在一個充滿健康氣息的秋日裡面，馬夏的那位囚犯雖然還有些虛弱，但在其他方面已經恢復過來了，此時，他正坐在那裡聆聽著一個為他讀書的聲音。在這個充滿健康氣息的秋日裡面，金黃色的田地已經被收割完畢並且重新犁過了，夏日裡面的各種水果已經在成熟之後開始變小了，在遠處，由啤酒花構成了大片大片的綠色景致，而它們已經在繁忙的採摘者的手中倒伏了下去，還有果園裡面團團簇簇的蘋果，它們已經變成了黃褐色，但山上白蠟樹的那些漿果們，卻在逐漸泛黃的枝葉當中顯出了緋紅的色調來。在樹林子裡面，從之前不大常見的枝椏空隙望出去之後，已經可以瞥見一些正在到來的嚴冬的氣息了，透過這些枝椏，可以看到遠處的景象清楚明亮地呈現在那裡，它們已經不復擁有具有夏季那種困倦欲睡氣質的滿樹繁花了，其時，這些花憩息在它們的上面，就像水果的那層粉霜如今躺在李子的表皮上一樣[183]。同樣地，從海岸線上望出去，已經不再能看到海洋在暑熱裡面酣暢而眠了，取而代之的是，它的成千上萬隻閃閃發亮的眼睛全都睜開了，而且它的整個幅員，從海灘上面涼爽的沙子，到海天相接處那些小小的船帆，也都滿有了歡欣的生機，只見那些船帆正在漂流遠去，就像浸染了秋色的樹葉正在從樹上飄落似的。

然而，在眼前的這座監獄身上，卻看不到這些美麗景致當中的無論哪個的哪怕一絲形跡，因為它是一成不變而荒蕪貧瘠的，只知道板著它那張呆鈍皺縮而飽含著貧窮憂慮的臉，無知地看著這些季節的變遷而無動於衷。然而，當柯南聆聽著那個為他讀書的聲音時，他卻在它的裡面聽到了，偉大的造物正在進行的一切作工，還聽到了她為人類演唱的一應撫慰心靈的歌。在他的幼年時代，除了造物母親的之外，他未曾在哪個媽媽的

---

[183]　在原文中，「這些花」和「那層粉霜」都對應著同一個詞 bloom，作者利用該詞同時具有的這兩個含義，讓這句話達成了一種奇妙的對仗效果。

膝蓋旁邊暢想過那些充滿希望的未來，那些滿是玩鬧意味的突發奇想，和那些得益於早期成長環境的幫助，從想像力這枚種子當中潛滋暗長出來的名曰謙卑柔和的收成，還有那些懂得規避摧折的狂風，並且用它自己的果實養育強壯著根系的橡樹。此外，在那個為他讀書的聲音所具有的那些音調裡面，還包含著他所記著的，自己以前對於這些東西的一種感覺，以及在他過往的人生當中，曾經偷偷向他低語過的每一個滿含著慈悲和愛意的聲音所激發出來的迴響。

當那個聲音停下之後，他用一隻手蒙住了眼睛，並且低聲說，這個光線太強了一些。

小杜麗聞言把書放到了一邊，馬上默不作聲地站起身遮住了窗戶。馬姬坐在她以前的位置上面做著針線工作。等到光線變得柔和下來之後，小杜麗把她的椅子拉得離他的身邊更近了一些。

「這種情況很快就要結束了，親愛的柯南先生。不僅僅是道義先生寫給你的信滿滿的都是友愛和鼓勵，而且魯格先生還說，他寫給他的信也滿滿的都是巨大的幫助，另外大傢伙兒（現在那點憤怒已經過去了）也都很肯為別人著想，為你說了很多好話，所以它很快就要結束了。」

「親愛的女孩！寶貴的心靈！善良的天使！」

「你把我誇獎得太過厲害了一些。不過，對於我來說，聽你說出這些深有感觸的話來，再 —— 再看著，」小杜麗一邊說，一邊抬起她的兩眼跟他四目相對了起來，「你那副發自肺腑的模樣，可是有非常強烈的一份快樂在裡面呢，所以我是沒辦法說出不要這兩個字來的。」

他聞言把她的一隻手拉到了唇邊。

「在我還不能看著妳的時候，妳來過這裡很多很多次吧，小杜麗？」

「是的，我有時候會過來，但我沒有走進房間裡面來。」

「來得非常勤嗎？」

「有點勤吧。」小杜麗害羞地說。

「每天都來嗎？」

「我認為，」稍作猶豫之後，小杜麗說道，「我那時候至少會一天來上兩趟。」

把她那隻輕巧的小手又再熱烈地親吻了一頓之後，他原本可能是想要放開它的，但是，它卻用一種柔和的動作停留在那裡不肯離開，像是想要得到挽留似的，他見狀把它握在了兩隻手裡，而它則順勢溫柔地擱在了他的胸口上面。

「親愛的小杜麗，很快就要結束的不僅僅是我的監禁生活。妳做出的這種犧牲也必須得終止了。我們必須得學著再次分開了，然後去走我們不同的人生道路，它們彼此之間可以說相隔了有十萬八千里那麼遠。妳還沒有忘記，妳回來的時候我們一起說的那些話吧？」

「啊呀沒有，我沒有忘記它們。但有些事情已經 —— 你今天已經覺得完全好起來了，對不？」

「完全好起來了。」

這時，他緊握著的那隻手悄悄向上爬行了一點，距離他的臉更近了一些。

「你覺得已經好到這種程度了嗎，已經能夠讓你承受得了，來知道一下我得到了怎樣一份巨大的財富[184]了嗎？」

「要是能被告知的話，我會感到非常高興的。對於小杜麗來說，沒有什麼財富會是太過巨大或者過於美好的。」

「我一直都在非常焦急地等待著，想要把它告訴你。我一直都非常非常想要告訴你。你確定你不願意接受它嗎？」

「絕不！」

「你完全確定你連它的哪怕一半都不願意接受嗎？」

---

[184] 此處的「財富」原文為 fortune，該詞亦可作「命運，運氣」解，小杜麗的本意是後者，但亞瑟從他的角度上理解成了前者。

「絕不，親愛的小杜麗！」

她聞言默不作聲地看起了他來，而在她那張飽含深情的臉上，是包含了一些為他所不能完全理解的東西的，這是一些可以在一瞬間裡面迸散成點點淚珠，但卻具有快樂和自豪屬性的東西。

「你將會難過地聽到，我不得不告訴你的一些有關范妮的事情。可憐的范妮失去了一切。除了她丈夫的收入之外，她現在連哪怕一毛錢都沒有剩下。她結婚那時候爸爸給她的所有東西全都失去了，就像你失去了你的那些錢一樣。它們是掌握在同一個人手裡面的，然後它們全都不見了。」

聽到這則消息之後，亞瑟更多的是震驚，而非僅僅是吃驚。「我曾經寄望於，事情可能不會壞到這個地步。」他說，「但我之前就在擔心，她那邊可能會有一份嚴重的損失，這是因為我知道，她丈夫和那個違約的人之間是什麼關係。」

「是的。它們全都不見了。我為范妮感到非常難過，為可憐的范妮感到非常非常非常難過。還有我可憐的哥哥，也是一樣！」

「他也有財產被那個人掌握著嗎？」

「是的。然後它們也全都不見了。你現在認為，我自己那份巨大的財富會是怎樣一個數額呢？」

在亞瑟用探詢的目光望著她，並在臉上掛起了一副新的憂懼神色的時候，她把那隻手抽了回去，轉而把臉貼在了它之前停留的那個位置上面。

「我現在在這個世界上面一無所有了。我又像住在這裡的時候那麼窮了。爸爸遠道返回英格蘭那次，把他手裡的所有東西都託付給了同一個人，然後它們全都被掃蕩乾淨了。啊！我的最親愛和最好的人，你現在還是完全確定，你不願意跟我一起分享我的這份運氣嗎？」

他聞言把她緊鎖在了雙臂裡面，把她貼在了他的心口上面，並且把他充滿男子氣息的眼淚滴在了她的面頰上面，而她則用一隻纖手勾住了他的脖子，並把它跟另外一隻手緊扣在了一起。

「永遠不要分開了，我的最親愛的亞瑟，永遠不要再這樣了直到最後一刻！我以前從來沒有富有過，我以前從來沒有自豪過，我以前從來沒有快樂過。但我現在是富有的，因為有你抱著我，但我現在是自豪的，因為有你可以讓我去順從，但我現在是快樂的，因為能跟你一起待在這座監獄裡面，這種快樂就像是，要是上帝有意這樣安排的話，我會跟你一起回到這裡來，然後用我的全部愛心和真誠去撫慰服侍你。我在無論哪裡都是你的，在所有地方都是！我深深地愛著你！我寧願在這個地方跟你共度一生，然後每天出去為我們的麵包忙碌，卻不願意擁有古往今來曾經被數算過的最大的那筆財富，或者成為古往今來曾經被尊崇過的最了不得的那位淑女。啊呀，要是可憐的爸爸能夠知道，在這個他曾經煎熬了這麼多年的房間裡面，我的心最終收穫了怎樣一份幸運和快樂，那該有多好啊！」

自然而然的是，馬姬從一開始起就在瞪大眼睛看著這場戲，同樣自然而然的是，馬姬早在這以前就開始痛哭流涕了。而現在，馬姬卻變得如此大喜過望了起來，讓她先使出全身力氣熊抱了她的小媽一下，然後就像一個同時跳著木屐舞和角笛舞[185]兩種舞的人似的，飛奔著朝樓下衝去了，欲要找到這樣或者那樣的一個人，向他流露一下她的欣喜之情。然而，除了適時走進來的福蘿和豐姑媽之外，馬姬還會迎面遇上誰呢？接著，作為此番相遇個一個後果，當小杜麗在足足兩三個小時之後走出去的時候，她又會發現別的誰正在等著她嗎？

福蘿的兩眼稍微有點發紅，精神也顯得有些萎頓。但豐姑媽卻是如此之硬挺，結果竟然讓她顯得像是，若是不用哪臺機器去施加一份強大壓力的話，那是沒有任何其他辦法能把她給掰彎的。她的軟帽在腦後嚇人地翹起了帽檐，她的石頭狀收口網兜堅硬得就像是，它先是被戈爾貢的腦袋變成了石化狀態[186]，然後在同一刻裡面，又把那顆腦袋給裝進了它的裡面

---

[185] 角笛舞是水兵跳的一種單人獨舞，以節奏歡快見長，至於木屐舞，顧名思義是一種穿著木屐跳的舞蹈，跳時踢踏有聲；作者用這兩種舞蹈來比喻，馬姬下樓動作之歡快和動靜之大。

[186] 戈爾貢是希臘神話中的女怪，睹其面目者皆變為石頭，詳情可見前文的注解105。

去。在之前所講的那兩三個小時裡面，豐姑媽一直攜帶著她這些氣度不凡的特徵，公開坐在典獄長官邸的臺階上面，同時為馬夏這片自治之地的那些年輕居民們充當了一個大有裨益之物，這麼說是因為，她對他們那些打趣的俏皮話表現出了巨大的怨憤，時不時就會將其流諸雨傘的尖端，但結果卻把自己弄得相當臉紅脖子粗了起來。

「痛苦地明白，杜麗小姐，我能確定這一點。」福蘿說，「向一個被命運抬舉得如此之高而且被最優秀最有地位的人們如此追捧和寵愛的人提議換到不管任何地方不管在任何時候都絕對會顯得冒昧之至儘管並不是一家跟妳現在的活動領域相距甚遠的餡餅店那是一個後廳可老闆是斯文人來的但要是為了亞瑟的緣故的話 ── 沒辦法克服這一點現在要比任何時候都更顯得不合適應該是前道義柯南公司 ── 我可能會想要發表最後一份意見我可能還會想要做出最後一次解釋可能妳溫厚的性子可以原諒這個拿三個腰子餡餅充當藉口的簡陋談話場所。」

幸而小杜麗對這一則相當晦澀費解的發言做出了正確的解讀，於是她回應說，她完全聽憑福蘿的處置。於是，福蘿便領著她來到了馬路對過，走進了前面所說的那家餡餅店，豐姑媽也跟在後面雄赳赳氣昂昂地穿過了馬路，還把她自己置於了一種堅決要讓哪輛車從她身上碾過去的狀態當中，而且那股堅持不懈的勁頭絕對是配得上更好的一樁事業的。

接著，那「三個腰子餡餅」，也就是那三個用來充當這場談話的擋箭牌的東西，被裝在三隻錫製小淺盤裡面擺在了她們的面前。每個腰子餡餅的頂端都裝點了一個小孔，而且那個斯文人還用一個壺嘴往它們的裡面傾倒了一些熱的肉鹵，就像他在給三盞油燈加油似的，而這時，福蘿卻掏出了她的手帕來。

「要是想像當中的那些美夢，」她開口講了起來，「曾經勾畫過這麼一個畫面的話就是當亞瑟 ── 沒辦法克服它請原諒我吧 ── 恢復自由之身的時候就連一個像眼前這個遠遠談不上什麼分層的餡餅而且腰子也少得可

憐拿這方面來講簡直像是被切碎的肉豆蔻可能都不會是不可接受的只要端出它的那隻手包含著真摯的關懷就行，那麼這樣的幻景已經永遠逝去了而且所有東西全都被撤銷掉了但因為明白有一些溫柔的關係正在盤算當中所以要乞求做出如下陳述就是我衷心希望兩人都能安好而且沒在任誰的身上發現絲毫的錯處，一個可能會讓人枯萎掉的事實是早在時光之手把我變得比之前少了許多苗條而且就算最輕微地動上一下都會臉紅的嚇人之前尤其是吃過飯那時候之後我就清楚地知道就算它已經弄到了出了一身疹子這種地步可能是這樣吧而且不是因為父母的干預接著又是精神上的麻痺直到豐先生抓住了這條神祕的線索就算是這樣我仍然不會不對任誰慷慨以待而且還是會衷心希望兩人都能安好。」

小杜麗抓住她的一隻手，為她這些一如既往的善意向她表示了感謝。

「不要說它是善意，」福蘿回應說，並且誠實地吻了她一下，「因為妳一直都是古往今來曾經有過的最好和最可愛的那個小東西要是我可以失禮這麼說的話而且就算在金錢這個角度都是一個節省既是良心本身的人但我必須得補充一下我一直都覺得它要比我自己的討人喜歡多了因為雖然我並不認為我的比其他人的負擔更重但我一直都發現比起讓人舒舒服服來它遠遠更喜歡讓人不那麼舒服而且顯然在這裡面得到了一份巨大的樂趣但我這是正在跑題呢，在結束的場面尚未臨近之前我想表達一個希望它就是為了過去那些時光和過去那些真情的緣故我一定要託付妳妳得讓亞瑟知道在他落難的時候我並沒有拋棄他而是一直都在前前後後地打聽我能不能為他做上一些不管什麼事情而且我還坐在這家餡餅店裡面他們會非常斯文地從那家飯店用一個平底玻璃杯裝一些溫熱的東西回來然後真是非常體貼地一小時又一小時地陪伴馬路對面的他但沒讓他知道這回事。」

現在，福蘿的兩眼真的噙起了滿眶的淚水，幫著她展現了一個極為正面的形象出來。

「比這些更重要和當緊的是，」福蘿說，「我要堅決地乞求妳這個古往

今來最可愛的東西要是妳仍然能原諒一個行走在非常不同的圈子裡面的人對妳這種放肆的親昵的話請讓亞瑟明白雖然說了這麼多我終究還是不知道說我們之間的那些事並非是全然的胡鬧正確與否雖然當時挺讓人愉快的但也挺煎熬人的還有豐先生他無疑地肯定是做出了一個改變的現在那句咒語正在被打破當中它說不要指望能有任何事情發生除非能把它給重新編織一遍而這種可能性已經被各種情形聯起手來阻止掉了在這些情形裡面它是不會發生的這一點大概可以說是一點力量都沒有的，我並不打算要說要是亞瑟喜歡那麼做然後頭一回就讓它自然而然地發生了的話那我也不會非常高興雖然是一種活潑的性子而是會待在家裡悶悶不樂在那個地方爸爸無疑是他那個性別裡面最能讓事態更加惡化的那個人自從被那個煽動犯親手剪成某個我這輩子從來沒有見過跟它一樣的東西之後一直沒有什麼起色但嫉妒不是我的性格也不會心懷惡意雖然也有挺多錯處的。」

小杜麗並沒能緊跟著豐夫人的思路穿越這片語言迷宮，但她卻理解了它的目的所在，並且熱誠地接受了對方的委託。

「那頂枯萎的花冠，親愛的。」福蘿說，並在這種神侃當中享受著巨大的樂趣，「然後就徹底毀掉了柱子也倒下來碎掉了還有那個像是金字塔一樣的人它正頭朝下站在它的那個他叫什麼名字來著但不要說這是發昏吧不要說這是發昏吧也不要把它叫做犯蠢吧我現在必須得退回自己的世界裡面去觀看逝去不再的快樂留下的那些灰燼了但還要再失禮一次請讓我支付這些點心錢它們方才構成了我們這次會晤的一個簡陋前提然後就要說永遠再見了！」

此時，豐姑媽已經態度極為莊重地吃完了她的餡餅，而且，自從一開始在馬夏典獄長的臺階上面篡奪了他的那個社會地位以來，她就一直在心裡精心謀劃著某個極為凶殘的傷害計畫，所以，她現在抓住了眼前的這個機會，對她已故姪子的遺孀說出了下面這句西比爾[187]式的呼語：

「把他帶上前來，我要把他丟到窗戶外面去！」

---

[187]　西比爾（Sybil），希臘和羅馬神話中的女先知，慣說一些謎語般的暗示意味濃厚的預言。

福蘿試著想要安撫這位卓越傑出的女士，解釋說她們馬上就要回家吃晚飯去了，但只能以徒勞作結。因為豐姑媽堅韌不拔地對此答覆說，「把他帶上前來，我要把他丟到窗戶外面去！」就這樣，豐姑媽交抱著雙臂端坐在餡餅店後廳的那個角落裡面，一連把這道命令反覆重申了有無數多遍，同時還拿蔑視的目光怒目瞪視著小杜麗，且那種憤怒的力道始終未見有減弱的跡象，總之，她堅定不移地拒絕挪動上哪怕一下，除非到了那個「他」能夠被「帶上前來」，然後他命運當中被丟出去的那部分得以完成那時候。

　　在這種事態之下，福蘿向小杜麗透露說，她已經有好幾個星期未曾見到豐姑媽如此滿有生機和格調了，所以她發現，她必需得在那裡待上「好幾個小時了可能是這樣吧」，直至這位不為懇求所動的老年淑女能夠被軟化下來，還說她一個人也是能把她給照管好的。於是她們便告別了，其間的儀態舉止極盡友好之能事，而且雙方都滿懷著至為體貼關愛對方的心思。

　　此後，豐姑媽像是一座凜然不可侵犯的堡壘似的，拒絕做出任何妥協讓步，而福蘿則慢慢變得需要進食了，於是，她便派遣出一位信差，去那家飯店買來了方才已經簡略提及過的那種玻璃杯飲品，而且後來還又續了一杯。在這種玻璃杯裡面的內容物、一份報紙還有從餡餅存貨搜刮來的奶油碎渣的幫助之下，福蘿懷著完美無瑕的愉快心情捱過了那一天剩下的時光，但偶爾也會被一則無聊流言的後果給弄得窘迫局促起來，這則流言流傳於附近那一帶的一些容易輕信的生手當中，大意說有一位老年女士把自己賣給了這家餡餅店，準備被打扮起來招徠顧客，但她當時卻坐在餡餅店的大廳裡面，拒絕去履行她的合約。這則流言吸引來了如此之多的年輕男女，而且，當夜晚的陰影開始浮動起來之後，它還給店裡的生意帶來了如此之多的干擾阻滯，結果，那位店主非常迫切地提議說，豐姑媽是一定要被挪動出去的。於是便有一輛交通工具被帶到了店門口，接著，在店主和福蘿的共同努力之下，那位引人注目的女性終於被連哄帶騙地弄進了車

裡，但就連在那個時候，她也沒忘把腦袋探出車窗外面，然後命令把他給
「帶上前來」，其意旨自然還是在於最初提及的那個目標。又因為當時有人
觀察到，她在把一些陰險的瞥視拋到馬夏那個方向上面去，所以有人猜
測道，這位令人景仰而不忘初心的女性用那個「他」指代的可能是柯南亞
瑟。然而，這僅僅只是推測而已，至於那個為了滿足豐姑媽的心願，而應
該被帶上前來，但一下也沒被帶上前來過的人到底是誰，那是永遠都不會
被確切知曉的了。

　　秋天的日子還在繼續往前推移著，現在，小杜麗一旦來到了馬夏，那
是絕對不會不去見他就離開的。不會，不會，不會！

　　有一天早上，當亞瑟正在聆聽著她那輕捷的腳步聲的時候，因為它們
每天早晨都會像長了翅膀似的飛到他的心窩裡面來，還會把一份像天堂般
明媚的嶄新愛意帶到眼前的這個房間裡面來，在這個地方，過去那份操勞
得非常辛苦的深摯愛意也曾留駐過它的身形。有一天早上，當他正在聆聽
著的時候，他果然就聽到她來了，而且並非是獨自一人。

　　「親愛的亞瑟，」只聽她那歡快的嗓音在門外說道，「我跟某個人一起
到這裡來了。我可以把他帶進來嗎？」

　　他在此前根據腳步聲進行了推斷，認為跟她來的一起有兩個人。待到
他回答說「可以」之後，她就跟米格先生一起走進來了。米格先生是一副
被太陽晒得黝黑而且興高采烈的模樣，只見他張開雙臂把亞瑟緊緊地抱在
了懷裡，像是一位被太陽晒得黝黑的而且興高采烈的父親似的。

　　「我現在完全好了。」過了一分鐘左右之後，米格先生說道，「已經沒
什麼問題了。亞瑟，我的親愛的夥計，馬上坦白承認吧，你在之前就是盼
著我的。」

　　「是的。」亞瑟說，「但愛米告訴我說 ——」

　　「小杜麗，永遠不要用任何其他名字。」（她低聲對他耳語了這麼一
句。）

「——但我的小杜麗告訴我說，不要要求什麼更進一步的解釋，總之在見到你之前不要去盼望你就好了。」

「但你現在見到我了，我的孩子，」米格先生一邊說，一邊堅決有力地搖著他的手，「但你現在可以要求你想要的無論任何解釋和每一條解釋了。事實是，我之前就來過這裡——從那些阿龍人和馬松人[188]那裡直接就奔你來了，不然的話，我會在眼下羞於直視你的面孔——但你那時候並不處於宜於相伴的狀態當中，所以我只好重新出發去逮道義去了。」

「可憐的道義！」亞瑟嘆息著說。

「不要拿他不應該得到的那些名字來稱呼他，」米格先生說。「他可不可憐，他現在做得好著呢。我可以向你保證，他把他的那件事做得像是一座失了火的房子似的。他已經站穩腳了，我們的丹。在那些他們不想有人做事，但卻發現有個人正在做它們的地方，那個人就是個閃了腳的，但是，在那些他們想要有人做事，然後發現有個人正在做它們的地方，那個人就是個站穩了腳的。你不會再有理由去麻煩迂迴辦事處了。讓我來告訴你吧，丹沒用它們就把事情給辦成了！」

「你從我的思想上面卸去了多麼重大的一份負擔呀！」亞瑟叫嚷著說。「你給我帶來了多麼巨大的快樂呀！」

「快樂！」米格先生反駁說。「在你見到丹之前，不要再去談論什麼快樂。我可以向你保證，丹現在正在那邊指導工作和履行責任，所以你要是看到他的話，會嚇得把頭髮都豎起來。他現在不是什麼公眾之敵了，上帝保佑！他現在有勳章和綬帶加身，有星章和彩帶披掛，還有我不知道的別的什麼東西，總之就是大家心目當中一個天生貴族的那種形象。但是，我們在這裡是絕對不能談論這一點的。」

「為什麼不能？」

「啊呀，喔呦！」米格先生一邊說，一邊非常嚴肅地搖著頭，「回到這

---

[188]　指法國人，其中詳情可參見上卷的注解 7。

邊之後，他必須得把所有這些東西都藏好鎖好。它們在這邊是行不通的。在這個方面，不列顛娜[189]是一個占著茅坑不拉屎的不列顛娜 —— 不會向她的孩子們授予這些榮譽，不會容許有人看到它們，但其他國家卻是願意授予它們的。不，不，丹！」米格先生說，並且再度搖起了頭來。「那在這邊是行不通的！」

「就算你能給我有我失去的那些兩倍多的錢（除非是把它們補償給道義），」亞瑟叫嚷著說，「你都不會帶給我這條消息帶來的這份歡樂。」

「喔，那是當然，那是當然，」米格先生對此表示了首肯。「我當然是知道這一點的，我的親愛的夥計，所以我才在第一頓發作的時候，就把它給說出來了。現在，讓我們來說回逮道義這件事情吧。我最終逮到了道義。朝著他衝了過去，他混在一大堆那些邐裡邐遢的灰不溜秋的人們中間，他們都戴著比他們的頭大了許多的女式睡帽，還稱他們自己是阿拉伯人和其他各式各樣的連話都說不流利的種族。你知道他們是些什麼貨色！好了！他直接就朝著我奔了過來，我也直接朝著他奔了過去，然後我們就這樣一起回來了。」

「道義在英格蘭？」亞瑟失聲大喊了這麼一句。

「好了！」米格先生一邊說，一邊攤開了他的雙臂。「在處理這樣一件事情這個方面，我可能算是全世界最差的那個人。我不知道，要是我入了外交這一行的話，會做出些什麼事情來 —— 沒錯，可能吧！總之事情就是，亞瑟，我們在這兩周裡面全都待在英格蘭。要是你接下來要問，道義在眼前這一刻身在何處的話，喔，那我要給你這麼一個清楚明白的回答 —— 他就在這裡呢！現在我終於能重新喘過氣來了！」

道義應聲從門後面飛奔了出來，用兩手緊緊抓住了亞瑟，然後親口說出了下面這席話來。

---

[189]　不列顛娜 (Britannia)，大英帝國的一個擬人化形象，通常是一個頭戴鋼盔手拿三叉戟和盾牌的女性。

「我的發言主題只有三個分支，親愛的柯南，」道義說，並且開始在他的一隻手掌上面，用他靈活的大拇指分別塑造起了它們的形象來，「而且它們很快就會被處理掉了。第一點是，請你不要再對過去多說上哪怕一個字眼。你的那些計算裡面出現了一個錯誤。我知道那是怎麼回事。它影響到了整臺機器的運轉，然後導致了失敗這個結果。但你是會從這場失敗裡面獲益的，會在下一次避免它的出現。在建造構築的過程當中，我自己也會經常做上一件類似的事情。每一場失敗都會教給人一些東西，要是他願意學習的話，而你又是太過理智清明的一個人，是不可能不從這場失敗裡面學到一些東西的。第一點就說這麼多。第二點。我很難過你會這麼沉重地把它放在心上，而且會這麼嚴厲地責備自己，還有，我當時正在夜以繼日地往家裡趕，想要在我們這位朋友的協助之下，讓各種事情都重上正軌，碰巧就在那時候跟他會合了，當時的情形就像他跟你透露的那些。第三點。我們兩人一致同意，在你經受了這些事情之後，在你承受了精神上的巨大痛苦之後，在你生了這場病之後，我們會帶給你一份讓你愉快的驚喜，這份驚喜它來自於，我們在沒讓你知道的前提下把各種事情都完全安排妥當了，而且截至目前做到了守口如瓶，然後我們會過來對你說，所有事情都是順順當當的了，每樣東西都是正確無誤的了，我們的業務比以往任何時候都更加需要你了，而且，在你和我這對合夥人的面前，還展開了一段嶄新而注定會發達的職業生涯。這就是第三點。但你是知道的，我們一直都會為不同意見留點餘地，所以我事先保留了一點空間，用來進行下面的結束陳詞。我的親愛的柯南，我是完全信賴你的，你現在是有力量對我有所用處的，就像我現在，或者曾經有力量對你有所用處那樣，我們的這種互利地位是完全對等的，你以前的位置正在等著你，而且非常地需要你，還有，已經沒有什麼事情能讓你再在這裡多耽擱上哪怕半小時了。」

接下來出現了一陣沉默，而且一直就那麼保持著未被打破，直至柯南背朝他們在窗戶旁邊站了很有一陣子工夫，而且即將成為他妻子的小個子

女人也走過去跟他站在了一起。

「我在不大工夫之前發表了一條意見，」然後道義柯南說道，「但我現在傾向於認為，它是不大正確的。我那時候說，已經沒有什麼事情能讓你，柯南，再在這裡多耽擱上哪怕半小時了。但我現在猜測，你可能更願意到了明天上午再離開這裡，我這麼想有錯嗎？作為一個並不非常智慧的人，我算是知道當你從這些高牆和這個房間裡面出去之後，你會徑直做什麼去嗎？」

「你是知道的，」亞瑟回應說。「它就是我們共同珍視著的那個心願。」

「非常好！」道義說。「那麼，要是這位年輕女士願意賞臉在接下來的二十四個小時裡面，用對一位父親的眼光來看待我，而且現在還願意，跟我一起坐著馬車往聖保羅教堂墓地[190]那邊去的話，那麼我就敢說，我是知道我們想在那裡拿到什麼東西的。」

此後，小杜麗和他很快就一起走出去了，但米格先生卻逗留在了後面，想要再跟他的朋友說上一句話。

「我認為，亞瑟，你在明天上午是不會需要孩子他媽和我的，所以我們會離你遠點。它可能會讓孩子他媽想起寶兒來，而她又是一個軟心腸的女人。她最好能待在鄉下的別墅裡面，我也會待在那裡陪著她。」

說完這些話之後，他們便暫告分別了。然後那天的白晝結束了，夜晚也結束了，接著就是次日的早晨到來了。小杜麗像平常一樣簡單穿扮了一下，除了馬姬之外沒有任何其他人隨行，踏著晨曦來到了監獄裡面。在那天早晨，那個可憐的房間算得上是一個幸福的房間。在這個世界上面，還去哪裡找一個如此滿滿當當地充斥著寧靜的歡欣的房間呢？

「我的親愛的愛人！」亞瑟說，「馬姬為什麼要生火呢？我們馬上就要離開了。」

「我讓她生的。我之前突發了一個奇想出來。我想讓你為我燒上一些

---

[190]　舊時，倫敦的法律博士協會（Doctors' Commons），位於聖保羅教堂墓地附近，而該協會擁有簽發結婚許可狀的資質。

東西。」

「燒什麼？」

「只是這張折起來的紙而已。要是你願意照著它現在的樣子，親手把它投進火裡面去的話，那我的這個想法就會得到滿足了。」

「妳這是迷信吧，親愛的小杜麗？它是一道符咒嗎？」

「只要在火著起來之後，你願意去遷就一下我的這個想法，親愛的。」她大笑著回答說，並且兩眼也流光溢彩了起來，還踮起腳尖吻了他一下，「那它就會是你喜歡的不管什麼東西。」

於是他們便站在爐火前面等待了起來。柯南用一條胳膊攬著小杜麗的腰，並且看見，爐火正在她的兩眼裡面閃耀著它們的光芒，在以前，同一個地方的火光也經常會映照進那裡面去。「它現在夠旺了嗎？」亞瑟說。「完全夠了。」小杜麗說。「這道符咒需要說上些什麼話嗎？」把那張紙舉到火焰上方之後，亞瑟問道。「你可以說我愛你（要是你不介意的話）！」於是他便那麼說了，然後那張紙就被燒掉了。

接著，他們開始非常寧靜地沿著放風場往外走去，而出現這種狀況的原因在於，那裡面不見哪怕一個其他人等，儘管有很多腦袋正從窗戶裡面往外偷看著。到了門房裡面之後，也只是碰到了一張臉，但它還是像過去那麼親切。等到他們都跟它搭訕過，又說了許多溫言暖語之後，小杜麗最後一次朝它轉過身來，並且伸出一隻手說道，「再見了，善良的莊！我希望你會生活得非常幸福，親愛的！」

然後他們便走上了隔壁的聖喬治教堂的臺階，又向上走到了祭壇的旁邊，在那裡，道義丹尼正以父親的身分等待著他們。另外，那裡還有小杜麗的那位老友存在著，此人曾把葬禮登記簿當枕頭給她枕過，而現在，見她在經歷了種種變遷之後，最終還是回到他們這裡結婚來了，因此滿心裡都洋溢起了巨大的仰慕之情。

然後他們便結婚了，並有陽光透過畫在窗戶上面的我們的救主的形象

照耀著他們。然後他們又走進了小杜麗在參加完她的聚會之後，於其間小睡過的那個房間裡面，目的是為了簽署結婚登記簿。在那裡，潘可思先生（他注定要成為道義柯南公司的首席辦事員，後來又變成了那家商號的合夥人）在他這位平和的朋友身上沉沒了他的煽動犯人格，站在門口觀看起了簽字的過程，還用一條胳膊勇武地攙扶著福蘿，另一條上面攙著馬姬。他們的背景上面是齊莊和他父親，還有一干其他獄卒們，這些人抽空跑來短暫造訪了這場婚禮，為了馬夏這個快樂的孩子的緣故，而拋棄了她的父親。至於福蘿這邊，在她的身上是見不到哪怕最輕微的一點欲要隔絕人世的跡象的，儘管她最近才發表過那樣的聲明，而且恰恰相反的是，她竟然顯出了一股神奇的伶俐勁頭來，十分賣力地享受著眼前的諸般儀式，儘管是屬於激動得發抖這一種類型。

當小杜麗簽下她的名字的時候，她的那位老朋友為她舉著墨水臺，另外那位執事也暫時停下了脫掉牧師法衣的動作，還有其他一應目擊者們，也都懷著特別的興味從旁觀看著。「因為，你瞧，」小杜麗的那位老朋友說，「這位年輕女士是我們這裡的一件奇珍異寶來的，她現在已經進入了我們的登記簿的第三卷裡面。她的出生被記錄在我把它叫做第一卷的那一本裡面，她在眼前的這塊地板上面睡過覺，用她小巧的頭枕過我把它叫做第二卷的那一本，而現在，她正在以一位新娘的身分，把她小小的名字寫進我把它叫做第三卷的那一本裡面去。」

等到簽字結束之後，他們全都退到了一邊去，然後小杜麗和她的丈夫就獨自走出教堂外面去了。他們在門廊上面停留了片刻功夫，觀看了一會兒顯得很是清新的街道遠景，看它怎樣沐浴在秋日早晨明媚的太陽光線當中，然後便走下去了。

走下去，過一種謙虛、快樂而有益於人的生活。

走下去，給予一份母親般的關懷，也就是到了應有的時候，去為范妮的那些失去怙恃的孩子們提供一份不亞於他們自己的孩子的照顧，好讓那

位女士能永遠在她的上流社會裡面暢遊。

　　走下去，給予一份溫情的養育和友愛，好讓那位雖然對她進行了巨大的勒索，卻永遠不會為此感到懊惱，覺得要是他在不管什麼時候擁有過財富，他是很有可能會分給她一些的，所以她只是在公平地回報他的，還會對馬夏和它的那些枯萎的果實們閉起眼來的提普，在接下來的幾年時間裡面不至於孤獨無依。

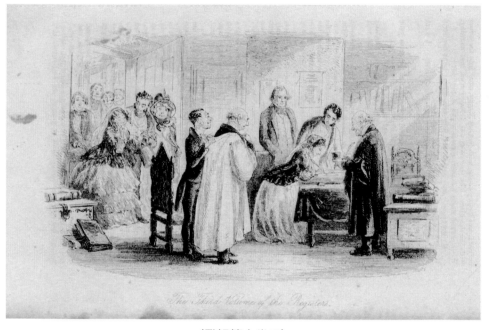

（登記簿之卷三）

　　他們就這樣安靜地走下去進入了喧囂的街頭，而且兩人再也不會彼此分離，也不會缺少上天的護佑。當他們在相互交織著的陽光和陰影中朝前走去的時候，那些嘈雜擾攘和急不可捺的人們，還有那些傲慢無禮和乖僻自負的人們，他們仍然還在憂心忡忡或怒火熊熊著，仍然還在製造著平素的那些喧聲。

（全書完）

第三十四章　退場完畢

附錄：譯名對照表

出於閱讀流暢性和漢語命名習慣這兩方面的考慮，譯者在翻譯書中的人名和地名時，絕大多數都作了趨於本土風味的簡化處理。現將英文原名和通用譯法一併列出，以供讀者參考。

本書譯名	英文原名	通用譯法
杜家	Dorrit	杜麗家
杜麗威廉	William Dorrit	威廉·杜麗
領袖夫人	Mrs. General	傑納勒爾夫人
杜麗福德	Frederick Dorrit	弗雷德里克·杜麗
福德	Frederick	弗雷德里克
杜麗愛米	Amy Dorrit	愛米·杜麗
馬姬	Maggy	瑪姬
布羅	Plornish	普羅尼斯
南帝	Nandy	南迪
南帝愛德莊	John Edward Nandy	約翰·愛德華·南蒂
愛德莊	John Edward	約翰·愛德華
湯馬	Thomas	湯瑪斯
齊莊	John Chivery	約翰·奇弗利
小莊	Young John	小約翰
老齊，齊先生	Mr. Chivery	奇弗利先生
齊夫人	Mrs. Chivery	奇弗利夫人
杜麗范妮	Fanny Dorrit	芬妮·杜麗
范妮	Fanny	芬妮
（小）秀才先生	Mr. Sparkler	斯派克勒先生

本書譯名	英文原名	通用譯法
小秀才愛頓	Edmund Saparkler	愛德蒙・斯派克勒
愛頓	Edmund	愛德蒙
杜麗愛德	Edward Dorrit	愛德華・杜麗
愛德	Edward	愛德華
班姆夫人	Mrs Bangham	邦漢姆夫人
柯南亞瑟	Arthur Clenamn	亞瑟・克萊南
賈瓦巴普莊	John Baptist Cavalletto	約翰・巴普蒂斯特・賈瓦列多
巴普先生	Mr. Baptist	巴普蒂斯特先生
道義丹尼	Daniel Doyce	丹尼爾・多伊斯
道義	Doyce	多伊斯
李高	Rigaud	利賈德
雷哥	Lagnier	雷尼埃爾
李高布蘭多	Rigaud Blandois	利賈德・布蘭多
李高雷哥布蘭多	Rigaud Lagnier Blandois	利賈德・雷尼埃爾・布蘭多
潘可思	Pancks	潘克斯
愛霞	Anastatia	安娜塔西婭
霍金	Hawkins	霍金斯
賈福蘿	Flora Casby	弗羅拉・卡斯貝
賈思彼	Casby	卡斯貝
克托	Christopher	克里斯多夫
豐夫人	Mrs. Finching	芬沁夫人
豐姑媽	Mr. F's Aunt	F 姑媽
阿麗	Affrey	艾芙莉

本書譯名	英文原名	通用譯法
付老婆子	Mrs. Flintwinch	弗林特溫奇夫人
付阿麗	Affrey Flintwinch	艾芙莉·弗林特溫奇
付老爺子	Mr. Flintwinch	弗林特溫奇先生
劍利	Jeremiah	耶利米
付劍利	Jeremiah Flintwinch	耶利米·弗林特溫奇
老付	Flintwinch	弗林特溫奇
柯南老夫人	Mrs. Clenamn	克萊南夫人
柯南吉伯	Gilbert Clenamn	吉伯特·克萊南
米格	Meagles	米格斯
彌克	Mickles	彌克斯
彌格	Miggles	彌格斯
巴肯	Buchan	布肯
寶兒	Pet	佩特
蜜妮	Minnie	米妮
高文蜜妮	Minnie Gowan	米妮·戈文娜
高文娜	Gowana	戈文娜
高文恆瑞	Henry Gowan	亨利·戈文
恆瑞	Henry	亨利
高文老夫人	Mrs. Gowan	戈文夫人
莉蓮	Lillie	莉莉
塔珂	Tattycoram	泰蒂科倫
塔兒	Tatty	泰蒂
哈莉	Harriet	哈莉特
巴蒂	Tite Barnacle	迪特·巴納科
老巴	Mr. Barnacle	巴納科先生

本書譯名	英文原名	通用譯法
小巴	Barnacle Junior	小巴納科
斐迪	Ferdinand	斐迪南
巴斐迪	Ferdinand Barnacle	斐迪南・巴納科
司家	Stiltstalkings	斯迪爾斯多金
巴蒂德西老爺	Lord Decimus Tite Barnacle	德西莫斯・迪特・巴納科勳爵
巴科倫	Clarence Barnacle	克拉倫斯・巴納科
科倫	Clarence	克拉倫斯
司伯爵	Earl of Stiltstalking	斯迪爾斯多金伯爵
畢傑瑪小姐	Lady Jemima Bilberry	耶米瑪・比爾博瑞小姐
薩拉弗小姐	Lady Seraphina	謝拉菲娜小姐
杜科倫小姐	Lady Clementina Toozellem	克萊門蒂娜・杜茲勒姆小姐
司蘭凱勳爵	Lord Lancaster Stiltstalking	蘭開斯特・斯迪爾斯多金勳爵
巴莊	John Barnacle	約翰・巴納科
司奧古	Augustus Stiltstalking	奧古斯塔・斯迪爾斯多金
巴衛廉	William Barnacle	威廉・巴納科
司圖朵	Tudor Stiltstalking	圖德爾・斯迪爾斯多金
詹金	Jenkinson	詹金森
伍布	Wobbler	沃布勒
柯立夫	Clive	克里夫
柯立波	Cripples	克瑞伯斯
羅湯馬	Thomas Lawrence	湯瑪斯・勞倫斯

本書譯名	英文原名	通用譯法
喬家	Joddleby	喬德勒比
詹森	Jackson	傑克森
柯羅德	Roger de Coverley	羅格・德・科弗雷
艾約瑟	Joseph Addison	約瑟夫・艾迪森
簡瑪麗	Mary Jane	瑪麗・簡
梅西船長	Captain Macheath	麥西斯船長
安瑪莉	Mary Anne	瑪麗・安妮
夏綠蒂	Charlotte	夏洛特
菲	Fie	費伊
巴亨瑞	Henri Barronneau	亨利・巴隆紐爾
畢哈莉	Harriet Beadle	哈莉特・比德爾
馬夏	Marshalsea	馬歇爾西
魯蓋山	Ludgate Hill	魯德蓋特・希爾
夏龍	Chalons	查朗斯
皮湯姆	Tom Pythick	湯姆・皮斯科
皮喬爾	Joe Phthick	喬・皮斯科

小杜麗（下卷）：
上流社會繁榮即邪惡，狄更斯經典批判之作

作　　者：[英] 查爾斯·狄更斯（Charles Dickens）

插　　圖：[英]H.K. 布朗（Hablot Knight Browne）

翻　　譯：劉成龍

校　　注：孔寧

發 行 人：黃振庭

出 版 者：崧燁文化事業有限公司

發 行 者：崧燁文化事業有限公司

E-mail：sonbookservice@gmail.com

粉 絲 頁：https://www.facebook.com/
　　　　　sonbookss/

網　　址：https://sonbook.net/

地　　址：台北市中正區重慶南路一段六十一號八
　　　　　樓 815 室

Rm. 815, 8F., No.61, Sec. 1, Chongqing S. Rd.,
Zhongzheng Dist., Taipei City 100, Taiwan

電　　話：(02)2370-3310

傳　　真：(02)2388-1990

印　　刷：京峯數位服務有限公司

律師顧問：廣華律師事務所 張珮琦律師

國家圖書館出版品預行編目資料

小杜麗（下卷）：上流社會繁榮
即邪惡，狄更斯經典批判之作 /
[英] 查爾斯·狄更斯（Charles
Dickens）著，[英]H.K. 布朗
（Hablot Knight Browne）插圖，
劉成龍 譯，孔寧 校注 . -- 第一版 .
-- 臺北市：崧燁文化事業有限公司，
2024.01
面；　公分
POD 版
譯自：Little Dorrit
ISBN 978-626-357-897-5(平裝)
873.57　112021189

定　　價：780 元

發行日期：2024 年 01 月第一版

◎本書以 POD 印製
Design Assets from Freepik.com

電子書購買

臉書

爽讀 APP